鲁艺精神在辽宁

梁海燕◎主编
毛　琦◎副主编

辽宁人民出版社

图书在版编目（CIP）数据

鲁艺精神在辽宁 / 梁海燕主编. —沈阳：辽宁人民出版社，2021. 12
ISBN 978-7-205-10342-2

Ⅰ. ①鲁…　Ⅱ. ①梁…　Ⅲ. ①鲁迅艺术学院—史料　Ⅳ. ①I209. 6

中国版本图书馆CIP数据核字（2021）第242791号

出版发行：辽宁人民出版社
地址：沈阳市和平区十一纬路 25 号　邮编：110003
电话：024-23284321（邮　购）　024-23284324（发行部）
传真：024-23284191（发行部）　024-23284304（办公室）
http://www.lnpph.com.cn
印　　刷：辽宁星海彩色印刷有限公司
幅面尺寸：170mm × 240mm
印　　张：24.75
字　　数：400 千字
出版时间：2021 年 12 月第 1 版
印刷时间：2021 年 12 月第 1 次印刷
责任编辑：董　喃
装帧设计：留白文化
责任校对：吴艳杰
书　　号：ISBN 978-7-205-10342-2

定　　价：95.00 元

编 委 会

主　编　梁海燕

副主编　毛　琦

撰　写（以姓氏笔画为序）

于　洋　刘　雪　刘恩波　刘新阳

李　铭　李丹青　李欣阳　张　彤

张　倩　孟　迪　钟一鸣　高　月

崔　健

前言

PREFACE

▼

鲁迅艺术文学院（简称“鲁艺”）作为中国共产党在延安时期创办的第一所综合性艺术学校，在极其艰苦的战争年代，紧密配合党的中心工作和战争形势，创作演出一批又一批深受群众喜爱的文艺作品和剧目，更培养和锻造了一大批活跃在抗日战争文艺战线上的文艺骨干，为抗战胜利做出了卓越贡献。抗战胜利以后，因革命形势的需要，鲁艺从延安出发，经历长途跋涉，来到东北，先后在黑龙江、吉林、辽宁继续开展创作、演出、讲学、培训等革命需要的艺术活动，史称“东北鲁艺”。东北鲁艺在解放战争，尤其是东北“土改”时期，同样做出了不可忽视的重要贡献。

新中国成立后，因工作职能的转变，东北鲁艺完成了她的历史使命，经过改编先后创建了东北音乐专科学校，后在此基础上成立沈阳音乐学院；创建了东北美术专科学校，后在此基础上成立鲁迅美术学院；一部分东北鲁艺的戏剧工作者加入东北人民艺术剧院，后在此基础上成立辽宁人民艺术剧院。另一部分东北鲁艺的文学工作者被分配到作协和文化系统工作，并继续发挥他们在各领域中的作用。

为迎接中国共产党成立100周年，辽宁省文化艺术研究院组织本院业务人员通力合作，联合撰写了《鲁艺精神在辽宁》。该书通过查阅资料与实地走访相结合的形式，对鲁迅艺术文学院的建立、发展、专业与课程设置进行查考，着重对1945年抗战胜利后，延安鲁艺迁到东北办学后的一段历史进行第一次系统的搜集与整理，力争还原1948年11月2日东北鲁艺文工团随部队进入沈阳后，东北鲁艺一系列的历史发展与演变，全面总结鲁艺在辽宁取得的成就，对在辽宁传承鲁艺精神的艺术家的从艺经历、代表性作品进行分析论述，并以此书为建党百年献礼。

编写过程中，撰写人员先后赴辽宁人民艺术剧院、沈阳音乐学院、鲁迅美术学院、辽宁省作家协会查找资料，邀请纪晓华、王虹、白长青、刘妮等相关领域专家开展讲座。写作组还专程前往延安，对延安鲁艺文化园区、鲁迅艺术学院、延安大学等地进行实地走访并搜集资料，特别感谢延安鲁艺文化园区的大力支持和帮助。本书写作中参照了大量图书资料，书目一并列于书后，在此对相关作者表示感谢。

因写作时间短和写作水平所限，敬请专家、学者以及读者批评指正。

本书编写组

2021 年 5 月 25 日

目录

CONTENTS

▼

1

第一章　综述篇

001—024

2

第二章　戏剧篇

025—118

3

第三章　音乐篇

119—196

4

第四章　美术篇

197—292

5

第五章　文学篇

293—376

第一章·综述篇

在历史长河中奠基、创造和传承

——鲁艺传统的概况回溯以及在辽沈大地的扎根

鲁迅艺术学院是中国共产党在1938年于延安创办的培养革命文艺干部的学校，1940年更名为“鲁迅艺术文学院”，简称“鲁艺”。对于昨天和今天乃至明天来说，延安都是一段值得永远珍藏的中国记忆，一个超越时空历久弥新的话题。延安精神以及在其土壤里生根发芽开花结果的鲁艺传统，已经成为中华民族走向新生、走向繁荣富强、走向全面振兴和复兴的价值动力源泉之一。那在各个历史阶段里继往开来不断打造着文艺进军号角和鼓点，伴奏着时代心声的巨大感召力和生命活力的延安精神和鲁艺传统，注定是信仰汇聚的地带、希望凝聚的纽带，还有推动着文艺拓展升华向着人类文明征程不懈进发的助推器和脚手架。回眸历史，凝视过去，研读岁月深处先辈们走过的路，我们才会由衷感叹永远的延安精神、永远的鲁艺传统。

一

1938年4月10日，鲁迅艺术学院在延安正式宣布成立。中国革命文艺从此有了大本营，有了集散地，有了把梦想镌刻在崭新的希望之上和用以脚踏实地躬耕和努力践行的生命沃土。有人说：“鲁艺是一所生机勃勃的大学校，更是一座青春淬炼的大熔炉。人们经常用一个饱含温馨情感的词语来比喻它——新中国的‘文艺摇篮’。”①

鲁艺的《成立宣言》中说：“我们宣告艺术学院的成立……是为了服务于抗战，服务于这艰苦的长期的民族解放战争。”②“就是要培养抗战艺术干部，提高抗战艺术的水平，加强这方面的工作，使得艺术这武器在抗战中发挥它最大的效能。”③《成立

① 于敏，曾经担任鲁艺实验剧团副团长，见《大鲁艺》，中国民主法制出版社，2014年版，第38页。

② 孙国林：《延安鲁艺——革命文艺的摇篮》“代前言”，《永远的鲁艺》上册，陕西师范大学出版总社有限公司，2014年版，第3页。

③ 孙国林：《延安鲁艺——革命文艺的摇篮》“代前言”，《永远的鲁艺》上册，陕西师范大学出版总社有限公司，2014年版，第3页。

宣言》中还申明：要把为目前抗战工作与为将来的新中国工作统一起来；把为抗战和为创造新文艺统一起来；把握创造新艺术与继承中外文艺遗产的辩证关系。

由此可见，从一开始，延安鲁艺就是有备而来，带着一个大时代精神需要的鲜明足迹和历史延伸的迫切感，带着中国共产党的重托和人民的期望而从黄土高原的某个角落孕育而生，可谓生正逢时。然后它破土萌芽，犹如春风化雨，催生着艺术和时代、艺术和人民、艺术与自身的相交织相融合的巨大活力与热情。

· 延安鲁艺旧址

鲁艺创立开初，就与引领中国革命的领袖毛泽东的身影和声音发生了内在的强烈的共鸣，是毛泽东以巨人之手确立了鲁艺未来新航程的方向、定位与路标。他出席了鲁艺创立典礼，以“来宾”而不是“首长”的身份来到师生们之间，发表了富有针对性和建设性的发言，讲了三方面的问题，包括我们对文艺应该持有什么态度；艺术作品要有内容，要适合时代的要求、大众的要求；鲁艺要造就有远大的理想、丰富的生活经验、良好的技巧的一大批艺术工作者等。“在讲话过程中，毛泽东始终站着，旁征博引，侃侃而谈。讲话涉及《红楼梦》《毁灭》及鲁迅的作品。”①

更重要的是毛泽东在鲁艺成立两周年的时候，亲笔为这所峥嵘岁月和战火洗礼中孕育成长的艺术殿堂题写校训，“紧张，严肃，刻苦，虚心”。这是方向也是指南，是号召也是推动力。它将鲁艺的办学方针和实践要求总结为积极进取服务社会的态度，敦厚朴实求实创新的基础，孜孜以求勤勉历练的作风，以及博采众长有容乃大的胸襟气魄。

历史就这样留下了伟人高瞻远瞩循循善诱的风范和脚印，它提醒我们后人，文化的开拓与传承是具有启示意义和血脉相连的，尤其是鲁艺发轫之初毛泽东提出的

① 孙国林：《延安鲁艺——革命文艺的摇篮》“代前言”，《永远的鲁艺》上册，陕西师范大学出版总社有限公司，2014年版，第13页。

一系列文艺精神构想和对文艺和生活的关系，文艺的服务对象以及创作源泉的强调，已经成为毛泽东文艺思想整体风格的写照。到了1942年5月，随着延安文艺座谈会的召开，毛泽东《在延安文艺座谈会上的讲话》的发表，更是成为革命文艺的灯塔，照亮了几代文艺工作者前行的脚步、奋进的征程。

二

理论和实践的关系当然是实践在前，理论是总结和归纳。反过来，理论又会指导和促进新的实践。从鲁艺奠基发展到延安文艺座谈会的召开，其间经历了无数风风雨雨的考验、磨砺，历史呈现出如同湍流一样从源头到中流逐渐延伸浩荡开阔的生命气势。走出“小鲁艺”，到工农兵这个“大鲁艺”中去，永远为他们服务，这是鲁艺成立之初，毛泽东和中国共产党领导者倡导坚持的实践原则。1939年5月12日，毛泽东又应邀到鲁艺讲话，那是在鲁艺成立一周年之际。在讲话中他指出，鲁艺学生不要做《红楼梦》里“大观园”中那样的人物，你们的大观园在太行山、吕梁山，在各抗日根据地。从实际出发，从实践出发，从时代出发，延安鲁艺的精神血脉深处，一直回响着这一雄浑动人的历史主旋律的乐章。

由沙可夫作词、吕骥作曲的《鲁迅艺术学院院歌》曾经豪迈地唱道：“用艺术做我们的武器……为争取中国解放独立奋斗到底。”从1938年到1946年整整八年时光，延安鲁艺的师生正是用艺术做他们的武器，用生命的热忱、坚实的脚印、累累的硕果，在革命文艺和人民艺术探索的道路上走出了一条辉煌的道路。

首先是从一开始，鲁艺就建制起属于自己的规范性教学体系，先是确立了戏剧、音乐、美术三个专业，后又加上文学。在此基础上，各个分支组织也如雨后春笋不断萌芽发展壮大——以戏剧系为主成立鲁艺实验剧团和鲁艺平（京）剧团，后者主要推动京剧演出和改革尝试，继而成立鲁艺文工团，属于下乡演出团体，此外还有秧歌队等；音乐方面，则有中国民间音乐研究会、音乐工作团等，收集民歌，出版选集，深入民间，走遍城乡；美术方面的团体有鲁艺木刻工作团、鲁艺漫画研究会等；文学方面的有路社（诗歌团体）、鲁艺文艺工作团。可以说，鲁艺体制是逐渐成熟的、完善的，而一个好的体制才会像磁石一样吸纳招揽一大批各式各样的人才。如果说延安是圣地，延安精神就是聚宝盆，鲁艺奠基成就发展的艺术体制就是发光的磁石，招引来天下各路豪杰。

许多年以后，我们还会在历史照片中，在当事人的口述传记里，在许许多多难能可贵的回忆录中，找到鲁艺从前的沧桑岁月的影像和记忆。

有这样一句话，人才是制度培养的。延安岁月，鲁艺风范。只要看看当时鲁艺的专业艺术人才，就能让人肃然起敬。专业化时期的鲁艺拥有一支高素质高水准的师资队伍。文学系有周扬、何其芳、周立波、陈荒煤、严文井等；戏剧系有张庚、田方、王大化、张水华等；音乐系有冼星海、吕骥、李焕之等；美术系有江丰、蔡若虹、力群、王朝闻等。应邀在鲁艺讲过课的，除了毛泽东，还有茅盾、艾青、丁玲、萧军、高长虹等。海纳百川，有容乃大。鲁艺是把眼光瞄准了时代和历史的聚焦点和最有活力、希望和向心力之所在，以此去成就艺术，成就人格，成就人生！

在鲁艺课堂上，茅盾讲《子夜》创作过程，结合着自己家族史，融汇着生命和心灵体验。周扬学识渊博，热情奔放，上大课，每礼拜一次，讲近代文学史，富于真知灼见。至于周立波，对苏俄文学和欧美文学有着精深研究，曾翻译过肖洛霍夫的长篇小说《未开垦的处女地》，因此他在讲授过程里对于思想的把握、艺术的分析，常常会引发听者的强烈共鸣[①]。

在一幅历史照片中，我们能通过那略显斑驳的影像和色调感受到延安鲁艺授课时的场景，“学员们从宿舍里出来，带着各式各样、高低大小不等的自制小凳、木墩，或者拣半截砖头，散散落落坐在院子里。中间仅留下一米见圆的空地”。就是在那样简单甚至简陋的环境中，人们饶有兴趣和充满热情地倾听着周立波的讲课。他的名著选读课，被认为是鲁艺历史上“最具浪漫色彩的篇章之一”[②]。周立波分析托尔斯泰经典作品《安娜·卡列尼娜》中的人物性格，一下子将西方的文学传统和艺术精魂传递到学员们的脑海深处。可以说，那个时候，对外国文学作品的阅读、接受、欣赏和陶醉，一时间成了鲁艺相沿成习的风气。

教学和实践紧密结合，互相促进而相得益彰，让鲁艺的学习和创作气氛格外生动、活跃。

正是在鲁艺东山窑洞，冼星海伏在临窗的小木桌上，一任心头的波浪恣意飞腾，他沿着光未然那壮丽雄浑的诗篇的节律，谱写出《黄河大合唱》的洪钟大吕一样的音符和乐章。《黄河大合唱》应对了中华民族处于历史危急关头时的政治需求、情感愿望还有信念支持，它振聋发聩响彻抗战前夜的使命呼唤，正义感和家国情怀，极大唤醒和推动了国人为自己的民族奉献出赤诚与热血、肝胆与勇毅。

① 参阅中央电视台等《大鲁艺》摄影组：《大鲁艺》，中国民主法制出版社，2014 年版，第 85 页。

② 中央电视台等《大鲁艺》摄影组：《大鲁艺》，中国民主法制出版社，2014 年版，第 85—86 页。

1939年5月11日，庆祝鲁艺成立一周年的晚会上，冼星海亲自指挥一百多人组成的合唱团，演唱《黄河大合唱》。刚一唱完，毛泽东就从座位上跳了起来，连声称赞，“好！好！好！”就在头一天，他还亲自为鲁艺题写赠言，“抗日的现实主义，革命的浪漫主义”。那么可不可以说，《黄河大合唱》正是用实际的艺术行动，回应了领袖的殷殷期待，与此同时，更是呼应了艺术创作与时代精神在最深层面上的融汇与化合、铸造和沟通。

不久，延安的戏剧舞台也呈现出中外名剧争相上演的热烈局面，《日出》《带枪的人》《钦差大臣》《蠢货》等经典剧目的闪亮登场，开启了革命圣地创造、吸纳、接受和欣赏戏剧艺术的新气息、新气象和新潮流。值得一提的是，1940年新年伊始，话剧《日出》和京剧《法门寺》轮番上演，更是成为当年延安艺坛的佳话。毛泽东四看《法门寺》，透露出他个人对京剧艺术的偏爱。

美术创作从一开始就成为鲁艺整体艺术追求的一部分。鲁艺美术工作者肩负着时代的使命、历史的重托，“最有创造性的一举，就是把学院里的小天地和社会的大天地挂起钩来，把社会实践（包括生产实践）放在艺术实践的同等地位，从而使所学与所用、生活与创作密切地结合在一起”[①]。美在民间，美在乡土，美在劳动人民的个性风貌的展现，并且结合着时代精神的召唤和吸引，让延安的美术工作者深入火热的现实生活的纵深地带，寻找到源源不断的创作源泉。

蔡若虹曾经担任鲁艺美术系的系主任，在他的回忆文章中，他用“游来游去的吉卜赛”来形容延安美术工作者脚踏民间土壤，到基层体验生活的情景。他们甚至越过日军封锁线，游走在山川河流村镇环抱的广大劳动人民火热激荡的生活湍流中，吸纳民族精神的质朴浑厚的底蕴和风格。

“中国气派”“中国风格”，照应了延安鲁艺美学家们的内在追求和心愿，他们也是在此基础上创造了一大批有血有肉、可歌可泣、栩栩如生的人物形象和生命造型。江丰、古元、罗工柳、力群、华君武等一系列优秀的画家在木刻、版画、连环画、漫画等形式上取得了卓越的成就。他们的作品贴近时代，贴近生活，贴近民生痛痒，贴近历史真实和生命真实的审美表现，为延安鲁艺的美术殿堂写下了辉煌的一笔。他们留下了许许多多的写实传神之作，像古元的《农村小景》《圣经时代过去了》《逃亡地主又归来》《八路军生产》，江丰的《清算斗争》，力群的《伐木》《落日教堂》《劳

---

① 蔡若虹：《一个崭新时代的开拓——回忆延安鲁艺的美学教学活动》，《永远的鲁艺》下册，陕西师范大学出版总社有限公司，2014年版，第62页。

动英雄赵占奎》，罗工柳的《马本斋的母亲》《新窗花》等，都代表了鲁艺美术的一股新鲜的活力，探索的热情和承接民间和民族文化母体营养的新创造、新尝试和新融合。

· 鲁艺美术系学生在刻木刻

越是民族的，越是世界的。土和洋的深度焊接与交流，民间艺术土壤和知识分子的精神追求只有你我不分浑然一体，才能创化出富于生命力的艺术。即如“为人称道的古元的木刻作品，就是采取这种中西结合而又保持原有基础的方法，成为探索木刻民族化富有成效的范例”[①]。古元作品充分利用西欧木刻黑白对比的表现手法组织画面，豪放而又朴实的刀法，显露了民族艺术风格的继承与拓展，那是力之美的奇妙律动和点染、聚焦和写照。可以说，“革命化，民族化，群众化”，三者的有机结合与推动，造就了古元木刻作品的时代特质和内在灵魂所在。

三

《在延安文艺座谈会上的讲话》是红色文艺成长道路上的精神里程碑，是中国共产党引领革命文艺向前推进的强大艺术理论支撑，是毛泽东文艺思想的伟大的方向标和指南针。

任何思想理论的提出，都会与时代历史的节拍相对照相呼应相契合。实事求是地讲，随着从全国各地赶到延安来从事文艺活动的人的不断增加，各种思想潮流也处于激烈争锋纠结和矛盾相持的状态。1942 年春节期间，鲁艺美术系的蔡若虹、华君武和《解放日报》美术编辑张谔在军人俱乐部举办了一个小型漫画展，对延安存在的某些现象进行了讽刺和批评。对此，引起了毛泽东的密切关注。结合着知识分子与时代脱节与人民大众脱节的严峻现实，他意识到在延安进行文艺整风运动势在必行。

---

① 任文主编:《永远的鲁艺》下册，陕西师范大学出版总社有限公司，2014 年版，第 163 页。

1942年5月，毛泽东邀请了在延安的部分文艺界知名人士参加了一次座谈会。在座谈会上他发表了重要的讲话，即著名的《在延安文艺座谈会上的讲话》，它是指导中国革命文艺向前推进和发展的纲领性文件。在讲话中，毛泽东深刻剖析了文艺工作存在的问题，明确提出了文艺是为大众，特别是为工农兵服务的，从根本上解决了革命文艺前进的方向问题。

在讲话的引言中，毛泽东提出文艺工作者的立场问题、态度问题、工作对象问题、工作问题和学习问题，全面深入地阐发了我们的文艺工作者是站在无产阶级和人民大众的立场，共产党员要站在党的立场，站在党性和党的政策的立场。歌颂和暴露，属于态度问题，对于敌人、统一战线中的同盟者还有自己人需要有不同的态度。工作对象问题，就是文艺作品给谁看的问题。在此，他提出了“大众化”，就是“我们的文艺工作者的思想感情和工农兵大众的思想感情打成一片”，“要使自己的作品为群众所欢迎，就得把自己的思想感情来一个变化，来一番改造”[①]。最后一个问题是学习，号召广大文艺工作者既要学习马克思列宁主义，又要学习社会，研究社会上的各个阶级，研究它们的相互关系和各自状况。

结论部分当然是“讲话”的核心和毛泽东文艺思想最闪光的宗旨所在。在这里，毛泽东提出了文艺要为工农兵大众服务，建立真正的无产阶级文艺。以此彻底解决文艺界存留的宗派主义问题。普及和提高是面向人民大众文艺创作的根本要求与方向。艺术来源于生活，又高于生活。应该看到“文艺作品中反映出来的生活却可以而且应该比普通的实际生活更高，更强烈，更有集中性，更典型，更理想，因此就更带普遍性……”。

在谈到文艺批评时，毛泽东认为有两个标准，一个是政治标准，一个是艺术标准。“任何阶级社会中的任何阶级，总是以政治标准放在第一位，以艺术标准放在第二位的……我们的要求则是政治和艺术的统一，内容和形式的统一，革命的政治内容和尽可能完美的艺术形式的统一。”忽视艺术的倾向，或者缺乏基本的政治常识，都有悖于革命文艺的精神追求和辩证价值观。

在讲话的结论部分，毛泽东还特别强调要用辩证唯物论和历史唯物论的思想方法去观察世界、观察社会、观察文学艺术，并且旗帜鲜明地反对教条主义。他指出，“空洞干燥的教条公式是要破坏创作情绪的，但是它不但破坏创作情绪，而且首先破

① 《毛泽东选集》第三卷，人民出版社，1991年版，第851页。

坏了马克思主义。”教条主义的“马克思主义”并不是马克思主义的，而是反马克思主义的。

四

可以说，《在延安文艺座谈会上的讲话》滋养哺育了一代代中国革命的文艺骨干走向火热的现实生活，感受现实，干涉现实，从而走进一个时代和历史的纵深地带，将文艺和人民大众的迫切需求密切结合起来。“为人民”和“如何为”的问题在讲话中得到了划时代的历史解决，从此，中国的革命文艺获得了更强大的使命感、责任感、时代感和历史感。

“黄土高原上闹秧歌”，这是当年当事者和过来人对延安民间艺术风暴的精彩定位和刻画。受“讲话”的熏陶感染和激励，一大批鲁艺人纷纷行动起来，让传统民间的秧歌舞获得了新生，注入了新时代的热情、活力和审美精神。尤其是《兄妹开荒》的出现，更是代表了新秧歌剧作为比较成熟的艺术载体，登上了延安鲁艺的历史舞台，将老百姓喜闻乐见的民族艺术形式，赋予了表现新型农民形象和欢乐的劳动场面的样式和状态。“鲁艺家”的秧歌队，成就了民族艺术的传承，其演出形式也从舞台剧场拓展到广场，拓展到生活的各个场所和空间，获得了巨大的生命传递感和精神价值的传扬。热爱群众，深入群众，了解群众，让艺术跟人民的内心需要水乳交融，这就是鲁艺“新秧歌运动”的灵魂基础和灵感所在。

这一时期陕北的民歌小调也在鲁艺艺术家们那里获得了特殊的对待和重视，他们通过采风，获得了民歌的曲调和曲谱，再结合自己的艺术想象力感受力，用新创作的歌曲去为人民代言，去为时代歌唱。于是，《十绣金匾》《万丈高楼平地起》《三十里铺》等歌曲传诵一时，使焕发着传统精神魅力的民歌，走入了当下经典老歌之列。

鲁艺的音乐创作者冼星海、安波、吕骥、郑律成、马可、刘炽、李焕之等人都是踏踏实实的艺术实践家，他们广泛吸纳民间的音乐资源和养料，从中国民族精神中汲取宝贵的艺术财富，再化为自己创作上的借鉴与触媒。

当时音乐工作者到各地采风，收获很大。譬如1943年春天，安波、马可、刘炽等人组成的音乐小组深入陇东、米脂一带收集民歌。4个月里，他们采集民歌400

多首，并以鄜户音乐的调式和旋律，创作出一批表现边区新生活的歌曲[①]。

生活是源，艺术是流。鲁艺的音乐人置身扎根时代的洪流、民间的沃土和历史的纵深之中，他们收集整理创作的《东方红》《二月里来》《南泥湾》《生产大合唱》《延安颂》《八路军进行曲》等作品荟萃了信念、理想的光芒，浓缩了延安生活中最珍贵的民生民情，融汇了风格多样、千姿百态的艺术表现手段和风格，从而确立了“抗日的现实主义”和“革命的浪漫主义”两相融合互为支撑的新的艺术美学典范。这是划时代的创造。

文学创作从来是整个艺术创作的先头部队、压阵者，或者不可替代的重要构成。延安时期，从各个地方来到这里的文学精英，抱持着坚定的文学理想，构建着属于自己和时代的写作之梦，并且结合人民大众的需要，创作了一大批为历史增光添彩的佳作，像孙犁的《荷花淀》，吴伯箫的《记一辆纺车》，方纪的《挥手之间》，欧阳山的《高干大》，柯蓝的《洋铁桶的故事》，贺敬之的《朱德颂》等，都记录了那个如火如荼的革命年月里的使命、激情、感念、正义、悲悯、良知……

什么样的价值观和艺术追求，就需要什么样的形式与之匹配和承载。鲁艺人的创造在这方面既把握了时代和历史的进步要求，又结合每个创造者的个体因素，创新了文艺的表现形式。大历史，大时代，既需要洪钟大吕直抒胸臆，同样也需要质朴深沉地展现人民群众有血有肉的生命需求和精神需要。像孙犁的《荷花淀》一类小说，就将美学的细腻表现用在了字里行间，将细节的刻画、人物内心世界的挖掘，赋予了诗化的理想主义特质，从而影响了几代人的阅读。李季的《王贵与李香香》，成功塑造了两个觉醒了的农民形象，突出了王贵对革命的坚定信念和不屈不挠的意志，表现了李香香性格深处的坚贞和朴实，将个人感情升华为阶级感情，将个体性融会为一个时代的社会性和历史的必然要求，展示了波澜壮阔的现实生活画卷里人的冲突、矛盾和再造。全诗采用陕北民歌信天游的格式和手法，在新诗艺术的民族化和大众化方面取得了可喜的成就，是毛泽东文艺思想具象化的展示和经典范例。

延安鲁艺精神确立了中国共产党领导下的人民文艺和革命文艺的灵魂基调和红色基因。这种灵魂基调和红色基因的集大成之作无疑是歌剧《白毛女》。该作品的出现，体现了艺术的集体创作的优势，它是延安鲁艺一大批优秀文艺工作者的集体智慧的结晶。歌剧《白毛女》的故事起源于晋察冀边区白毛仙姑的民间传说故事，经

① 中央电视台等《大鲁艺》摄制组:《大鲁艺》，中国民主法制出版社，2014 年版，第 129 页。

过加工整合，塑造了喜儿这个饱受旧社会摧残的白发少女，在八路军队伍的拯救与感召下重获新生的艺术形象。文学执笔人是贺敬之、丁毅，马可、张鲁、瞿维、向隅、陈紫、焕之、刘炽等作曲。1945 年初创作于延安，同年 4 月为中国共产党第七次全国代表大会演出，受到热烈欢迎，后在解放区各地陆续上演，盛况空前。

《白毛女》的主题是“旧社会把人变成鬼，新社会把鬼变成人”。它采用中国北方民间音乐的曲调，吸收了戏曲音乐及其表现手法，并借鉴西洋歌剧的创作经验，是在新秧歌运动基础上发展起来的中国第一部新歌剧。《白毛女》实现了诗、歌、舞三位一体的融汇与化合，再造和创新。其情节结构，吸取了民族传统戏曲的分场形式，场景变化灵活多样。既具有独特的民族风味，又具有一定程度的包容性和开放性。从表演上看，该剧整合了传统戏曲乃至话剧的艺术形式，在声腔韵律舞蹈形体上实现了美与诗的合一、造型和精神内质的合一。

· 歌剧《白毛女》剧照

艺术从生活中来，又回到生活中去。历史留下了许许多多关于《白毛女》上演后的强烈反响。据说当时有人甚至听到毛泽东在自己家里也唱起了《白毛女》。据鲁艺文学系学员黎辛回忆：“毛泽东高兴，他 11 号晚上就给李讷，他的姑娘，在他的窑洞里演白毛女，他先演杨白劳，后演黄世仁，他的女儿演喜儿，他那个窑洞外面有人走路，说他用湖南腔唱的杨白劳，谁都听见了。”[①] 作为革命领袖，毛泽东当年留下的这段充满了艺术气息和个人情感特质的生活逸事，说明在那个大时代，心神一体的延安鲁艺精神已经内化为从领袖到每个创作者的灵魂深处，成为他们信仰的一部分、生命的一部分。观众的共鸣和反响也同样强烈灼热，有些人甚至从戏里出不来了，在生活中还活在戏里。鲁艺戏剧系学员陈强后来回忆：“那个时候我演《白毛女》以后到南市场去买东西去，（老百姓说）你是坏人，你是坏人，我不卖给你，都这样。”[②]《白毛女》在延安演出了三十多场。演出时间之久，演出场次之多，创造了延安演出史上的奇迹。

① 中央电视台等《大鲁艺》摄制组：《大鲁艺》，中国民主法制出版社，2014 年版，第 139 页。

② 中央电视台等《大鲁艺》摄制组：《大鲁艺》，中国民主法制出版社，2014 年版，第 139 页。

五

延安鲁艺从1938年到1945年，历经岁月洗礼，蹭蹬生涯，在艰难困苦中跟人民一起历练成长。

1945年日本投降以后，根据形势的需要，配合中央部署的“向北发展，向南防御”的战略方针，鲁艺开始陆续告别延安，奔赴各根据地和解放区。9月，鲁艺奉命组成东北文艺工作团和华北文艺工作团。华北文艺工作团由艾青、江丰率领，于9月20日出发，奔赴河北张家口市，全团转入华北联大文艺学院，沙可夫任院长，艾青任副院长。东北文艺工作团，由舒群、田方率领，参加东北地区的解放战争和民主改革运动。在欢送会上，毛泽东发表讲话，嘱托鲁艺文艺工作者一定要把延安的精神、延安的传统、鲁艺的精神带到东北，要和群众结合起来，为群众服务[①]。

1946年6月，以鲁艺师生为主的东北文艺工作团到达东北重镇哈尔滨。1946年7月到达佳木斯。根据当时形势的需要，东北局提出鲁艺要改变以课堂教学为主的学院形式，先后组成四个文工团，分别前往牡丹江（以瞿维、寄明为团长的一团）、合江（张水华、潘奇为团长的二团）、哈尔滨（向隅、晏勇为团长的三团）和南满（张庚为团长的四团）。不久，鲁艺又在哈尔滨成立了以吕骥为团长的东北音乐文工团。在辽阔的黑土地上，这五个负载着延安精神与鲁艺传统的革命文艺团体，披荆斩棘，卧薪尝胆，用充满战斗力的革命英雄主义风范，密切联系群众，为人民鼓与呼，先后创作了《火》《两个胡子》《李二小参军》《王家大院》《血海深仇》等作品，用群众喜闻乐见的文艺形式，推动了解放区的土改斗争，并有力地配合了东北的解放战争。

火热的时代大潮造就艺术的精品和精魂。著名作家、鲁艺文学方面的杰出代表周立波1948年在哈尔滨完成了长篇小说《暴风骤雨》的写作。它和同一时期丁玲创作的《太阳照在桑干河上》，堪称描写土地改革运动的史诗性作品。

曾在鲁艺任教的著名作曲家马可也用亲身实践，走到现实生活的腹地，去体验东北解放区支前生产的热潮，在哈尔滨钢铁厂他和工人师傅们一起加入到热火朝天的生产大熔炉中，创作出令人激动振奋的歌曲《咱们工人有力量》。和工人一起抡大锤的马可，用进行曲一样的旋律，以顿挫有力的生命激情，书写了工人阶级闯入历史怀抱的豪情壮志和热烈激荡的革命浪漫主义精神。

---

① 中央电视台等《大鲁艺》摄制组：《大鲁艺》，中国民主法制出版社，2014年版，第145页。

东北电影制片厂也在战火硝烟的背景下诞生了，使它成为革命的阵地和具有鲁艺传统的团队。随着专题片《民主东北》在各地的上映，东北电影制片厂取得了骄人的成绩。该片在 1948 年布拉格世界青年联欢节上获得了广泛好评，引起巨大轰动。

六

1948 年 11 月 2 日，东北野战军攻克沈阳，辽沈战役胜利结束，东北全境宣告解放。1948 年底，中共中央东北局决定，在沈阳恢复鲁迅文艺学院，由吕骥、张庚担任正副院长。1953 年 2 月，鲁艺改变综合办学方式，在音乐部的基础上成立东北音乐专科学校，后更名为沈阳音乐学院。在美术部的基础上成立东北美术专科学校，后更名为鲁迅美术学院。鲁艺戏剧系大部分人员调往东北人民艺术剧院。东北人民艺术剧院即辽宁人民艺术剧院的前身。东北文学工作者协会成立于 1949 年 12 月 21 日，后沿革成为中国作家协会辽宁分会，引领着辽宁省文学创作的趋向、潮流和艺术风格的形成和拓展、深化与变革。可以这样说，延安鲁艺时代的精神血脉此后开始在辽沈大地生根发芽，结出累累硕果。在戏剧、音乐、美术、文学等各个类别上，都取得了跨越时代和历史的骄人成就。

辽宁戏剧作为延安鲁艺精神传承的生力军在辽沈大地扎下深根并开出硕果。在东北人民艺术剧院基础上分化独立发展出来的辽宁人民艺术剧院应该说是鲁艺现实主义精神实践的风向标。此前的东北人民艺术剧院在塞克、安波、严正、吕鹏、洛汀、柯夫、肖汀等人的领导参与下，建立了很正规的演出体制，在东北地区开展了活跃的艺术活动，演出了《在新事物面前》《堤》《王家大院》《红旗歌》等优秀剧目，塑造了工人农民等新人形象，质朴的风格、生活化的场景、动人的时代风貌，让人耳目一新。这些从延安来的老革命将鲁艺的气息带到了东北，带到了辽沈，“不仅把思想和业务带到了剧院，同时也把优良的革命传统和作风带到了剧院”[①]。

按照专业化正规化要求，东北人艺注重向生活学习，建立了与外国戏剧互动交流的信息沟通，上演了《曙光照耀莫斯科》《在那一边》《尤利乌斯·伏契克》等苏联经典剧目。与此同时，在借鉴和学习异域先进文艺的基础上，更侧重于深入现实领域，紧扣时代脉搏，推出反映新生活的剧目。《春风吹到诺敏河》《在建设的行列》《妇女代表》便是其中的优秀之作。《春风吹到诺敏河》，由安波编剧，肖汀导演，该

① 《中国话剧艺术的一颗明珠——辽宁人民艺术剧院四十年》，中国戏剧出版社，1994 年版，第 3 页。

剧从创作到排练均在绥化一带的农村，剧组人员边生活边创作，承接了延安鲁艺"到人民中去"的精神内核，实践了艺术来源于生活又高于生活的艺术创作宗旨。剧院领导和编剧安波鼓励演员们把自己在生活实践中看到的、听到的、感悟到的东西写下来，编成小品，然后安波在这些小品的素材上进行加工改造，最终打造出了这台具有浓郁生活色彩和气息的农村戏。可以说，是东北人艺为未来的辽宁人艺打下了很坚实的地基，从而让后来的辽艺能够踏踏实实地在现实主义精神光辉的照耀下迎风破浪，跨步前行。

1954 年 8 月 15 日，辽宁人民艺术剧院成立。在创作实践上继承了鲁艺两条腿走路的格局和定位。首先是坚持为人民服务，表现社会主义建设中涌现的新人新事。另一条路是展演古今中外经典剧目，做到推陈出新。毛泽东的文艺思想的核心在艺术样态上的界定，就是著名的"百花齐放，百家争鸣"。辽艺从成立伊始至今，始终贯彻着这一方向和目标。这也是对延安鲁艺精神的深入贯彻执行和历史性继承。辽艺始终沿着鲁艺开拓的道路继续前行。现实主义的使命感和生命意识，将辽艺的探索和创新引向了康庄大道。《前进再前进》《洞箫横吹》《同甘共苦》《刘莲英》《黄花岭》等一系列回应激荡着时代主题、社会良知、先进人物事迹和艺术实践精神品位的作品，为观众送去了缕缕春风，也滋养了辽艺拥抱现实生活、打造现实主义话剧样态的灵魂血脉。在此期间，涌现出优秀编剧崔德志、房纯如、杨舒慧等人，优秀演员李默然、王秋颖、魏华门等人，优秀导演万籁天、肖汀、洛汀等人。他们联袂开拓了辽艺的话剧艺术的实体和艺术创造的精魂。此后辽艺的发展虽然历经蹭蹬波折和磨砺，但始终延续着鲁艺的红色基因，为时代而歌，为历史而歌，为人民而歌，成为中国话剧艺术事业的中流砥柱。

几十年来，辽宁人民艺术剧院在辽沈大地扎根，在东北文化沃土上耕耘收获，以鲜明鲜活的时代感，以饱满生动的个性探索，以现实主义精神的洗礼建构塑造着辽艺的整体艺术形象和艺术风骨。尤其是改革开放以来，辽艺拓展出属于自己的话剧神韵气质与风格，及具有鲜活现实主义精神内涵的演出状态的崭新格局。涌现出《报春花》《高山下的花环》《夕照》《父亲》《凌河影人》等一系列在中国剧坛享有盛誉和地位的经典性作品。这些作品感受着历史变革的洪流，接续着革命文艺的血脉传承，洗礼着新时代的艺术美学的招呼与转换，焊接着剧场艺术和人民大众同呼吸共命运的文化精神的纽带。敏锐的观察力，表现力和凝聚力，生动鲜活的造型意识，都赋予这些作品从剧本创作、导演风格、演出状态、舞美音响等各个方面的独特效果，造就了属于辽艺人的生命气息和艺术精魂。这是北国话剧的悠远号角和生命历史的声声泣诉和吟唱。

沈阳音乐学院继承了延安鲁艺音乐的精神和传统，一些资深的音乐家从延安鲁艺到东北鲁艺，及后来的各个历史时期，深入生活，献身艺术土壤，扎根民族文化创作，为中国民族音乐的拓荒、进取和发展做出了卓越的奉献。

· 话剧《凌河影人》剧照

安波是东北文艺的先行者，此前即有《拥军花鼓》《兄妹开荒》《八路军开荒歌》等富于民族特色和时代精神的力作，在社会主义建设时期又创作了大型歌剧《纪念碑》和《草原烽火》，参与了评剧《小女婿》、山东琴书《大刚与小兰》的音乐改革和唱腔设计工作。1964 年，他在大型革命音乐舞蹈史诗《东方红》中担任编导和音乐组长，大胆地将诗歌、朗诵、歌曲、舞蹈、歌舞等艺术形式融为一体，描绘了辉煌壮丽的中国人民革命斗争历史画卷。

麦新曾经以《大刀进行曲》闻名于世，后来到东北解放区开拓新的艺术足迹，先后创作出《追悼歌》《挽歌》《庆祝解放区工人大联合》等歌曲。他是以生命为革命事业和艺术精神献祭的卓越音乐人。1947 年 6 月 6 日，在执行任务途中遭土匪袭击，经过激烈战斗，终因寡不敌众，壮烈牺牲。

李劫夫代表作品有《歌唱二小放牛郎》《我们走在大路上》《革命人永远是年轻》《沁园春·雪》，有人说他是“大众里面最专业的，专业里面最大众的”（著名音乐理论家周荫昌语），其作品拥有戏剧性、历史性、煽情性和流传的普遍性。他的歌曲表现出他对歌词的处理、对音乐语言的推陈出新所具有的独到功力。他为毛泽东诗词谱写的歌曲，如《蝴蝶花·答李淑一》《沁园春·雪》《七律二首·送瘟神》《浪淘沙·北戴河》等，成功地体现了时代性和民族性的结合，或气势雄伟，或委婉细腻，具有较高的艺术价值。

瞿维代表作品有交响诗《人民英雄纪念碑》、钢琴曲《花鼓》、舞剧音乐《白毛女》等，吕骥代表作品有《抗日军政大学校歌》《陕北工学校歌》《开荒参加八路军》等，他们共同的倾向和艺术追求，都渴望着用音乐发出时代的呼声。他们是延安鲁艺在音乐方面的开拓者和引路人，又是东北鲁艺和沈音创建时期的开创者和见证人。其结合时代精神和个人生活历程的音乐创作，标志着延安鲁艺音乐灵魂的拓展与再生。

马可抗战胜利后随鲁艺到东北，先后创作了歌曲《我们是民主青年》《咱们的军队回来了》等歌曲。尤其是他一夜之间写出的《咱们工人有力量》，更是唱出了工人兄弟的豪情。其创作紧密配合时代和生活的激变，并且身体力行，那就是走到第一线去体察捕捉劳动者的生命状态，他曾经带领文工团员到佳木斯发电所、铁路修理厂、德祥东面粉厂和东北银行造币厂收集素材。拥抱生活，再现历史和时代赋予工人阶级的斗志热情，此种创造状态是对延安精神和鲁艺传统的一脉相承，是实践艺术来源于生活的最鲜活的动态写真。

刘炽创作了歌剧《阿诗玛》，歌曲《我的祖国》《让我们荡起双桨》《英雄赞歌》等。在他的创作生涯中，将民族音乐和老百姓喜欢的旋律融为一体，将生活中打捞捕捉的音乐素材，应用到自己的创作实践。“你想让人民喜爱你的歌吗，那就决定于你是否热爱人民喜爱的歌”，这是刘炽贯彻到底的使命和艺术原则。他的代表作《我的祖国》就是从借鉴许许多多优秀歌曲的旋律中获得创作灵感而不断打磨而成的精品。

傅庚辰先后为故事片《雷锋》《打击侵略者》《地道战》《闪闪的红星》等作曲，这些歌曲脍炙人口，传唱一时。红色经典一直是鲁艺音乐的血脉和基因传承，傅庚辰的作品围绕着时代需要、人民需要，讴歌先进英雄人物，对接历史浪潮回音，做出了难能可贵的探索。

霍存慧的代表作品，如管弦乐曲《提灯游行》、大提琴曲《节日的欢喜》、管弦乐曲《蹦蹦组曲》等，都获得了良好的声誉。作为卓越的教育工作者，他精心培养了许许多多的音乐艺术人才，如秦咏诚、雷雨声、薛金炎、傅庚辰、谷建芬等享誉全国的知名作曲家。

丁鸣的代表作品有《贺新春》《闹生产》《互助合作好》《月牙五更》《森林之歌》等。上个世纪 50 年代写《森林大合唱》时，他刚刚告别白山黑水来到沈阳，为了还原更丰富的生活基础，他又两次重返小兴安岭林区，住在工棚子里，体验林业工人生活和劳动场景，记录劳动号子。1960 年写清唱剧《钢都三月满城花》时，他率领创作小组去鞍山深入生活数月之久。这部表现工人火热生活的作品获得了极大成功，受到周恩来总理的高度肯定。

秦咏诚作品最为直观的魅力，是他的旋律之美。从塑造生动感人的音乐形象出发，表现深厚活跃的思想和情感状态，构成了他的风格特色。他善于把握时代脉搏，把自己对生活的理解化为与时代相适应的曲调。其代表作有管弦乐作品《欢乐的草原》，交响诗《二小放牛郎》，声乐协奏曲《海燕》，歌曲《我为祖国献石油》《满怀深情望北京》《我和我的祖国》等。这些创作无不洋溢着革命的豪情，抒发着对自然之美、人性之美和祖国之爱的强烈共鸣，回荡着历史与时代奔放的旋律，印证着个人情感融入家国情怀的深沉思想和心愿。其中《我和我的祖国》尤其体现了鲁艺精神的浸润和洗礼、承接和延续。那种发自肺腑的歌吟，宛如赤子之心，打动了一代又一代中国人，唱出了他们内心的感动、赤诚与热爱。

谷建芬也出身沈阳音乐学院，后来以其丰硕的艺术创作成果蜚声中国音乐界，做出了令人刮目相看的成绩。其代表作品《滚滚长江东逝水》《烛光里的妈妈》《历史的天空》《今天是你的生日》《绿叶对根的情谊》等脍炙人口，深入人心，传递了民族音乐的无穷魅力。

鲁迅美术学院承接了延安鲁艺美术的血脉和传统，在现实主义的精神层面上做了大幅度的继承、拓展和延伸。走出校门，到社会现实生活中实践，体验历史时代的变迁，在火热的现场参与艺术创造，一直构成了鲁艺美术精神传承的主体。从土地改革到东北解放战争，到抗美援朝，到社会主义建设时期，鲁艺美术人的身影一直活跃着，记录下他们生命的激情和脚印，记录下时代的前进和历史的投影。

从延安鲁艺美术系到东北鲁艺美术部（东北美专），再到鲁迅美术学院，几代鲁美人创作了大量的有口皆碑，在当代美术历史上留下了坚实脚印和活跃生命气象的作品。

重温鲁美的艺术传承，我们很难忘记，王绪阳、贲庆余合作的连环画《我要读书》，路坦的版画插图《高玉宝》，王绪阳的中国画《黄巢进长安》，晏少翔的《松虎》，贲庆余的中国画《瓦岗军开仓放粮》，许勇的中国画《戚继光平倭》，王盛烈的《八女投江》等作品，它们闪耀着艺术生命的光芒，铭刻在鲁迅美术学院的校史上，也在中国艺术绘画史册上占有一席之地。这种从生活中来，到历史中去，细腻真实勾勒现实人生、历史图卷的努力，在鲁迅美术学院的几十年发展历程中，留下了深刻的烙印。一直到改革开放的岁月，延安鲁艺的乳汁似乎依然滋润着鲁美人的审美情感和艺术趣味。很多作品，不仅获得了国家级奖励，进入国家级美展行列，而且焕发出属于自己和那个年代特有的生命品格和艺术能量。王盛烈的《家乡的孩子》，以细微美妙的笔触展示了背书包的孩子和狗玩在一起的动人情景。尤劲东的连环画《人到中年》，以组合拼贴的方式如同电影镜头般的蒙太奇构图，渲染了特定时代人物的精神面貌。许勇、顾莲塘、赵奇合作的连环画《嘎达梅林》，展示了民族精神的一个鲜活侧面，具有厚重的历史画卷气息。韦尔申的油画《吉祥蒙古》以肃穆端庄的三个人物的静态构图展示了地域文化和民族风情的雕塑一般的美感。韦尔申的油画《守望者》更是以雄浑的笔触、丰富的构图，凝聚了生命的沉思和个性的自信从容。金黄色的原野，蓝色天空映衬的朵朵白云，强化了艺术的感染力和表现力。宋惠民、李福来等创作的《赤壁之战》，宋雨桂、杨仁恺等创作的《盛京演义》，还有赵奇创作的《靖宇不死》，或是彰显了宏大的历史气势传统神韵，或是聚焦了英雄人物的壮丽不屈的瞬间画面，带给我们强烈的历史文化的时空感和雕塑感，以及扑面而来的投射出人性内在精神的猎猎罡风。

在鲁艺精神的接力赛中，鲁美人既有踏踏实实勇于创新的学院传统的追求，又有回归生活腹地和纵深地带的接地气的不懈努力。刻画人物的性格和心理，塑造富于时代感和历史感的审美画卷，捕捉和勾勒属于生活本身的奇妙动态、结构和张力，形成了鲁迅美术学院几十年来恒久的艺术风骨和艺术特色。以王盛烈的著名作品《八女投江》来说，它属于新国画人物画创作，是根据抗联八位女战士为了不被敌人活捉，集体投江的悲壮动人的故事而绘制的作品。“画作笔墨严谨，人物造型极为扎实，突破国画旧传统的束缚，在当时的国画人物画创作上是一次重大突破，在选材、技法上都有一定的里程碑意义。”①

鲁美的风格与传统积淀实际上离不开它的原生血脉的滋养，如同丹纳在《艺术哲学》中指出的，只有从种族、环境、时代三个方面入手，人们才能理解特定时期之所以会涌现出特定艺术家群体的真实原因。可以说，延安鲁艺的艺术价值观提醒所有处于历史和时代交接点上的艺术工作者，如何为生活、为时代、为人民鼓与呼，是创作出有血有肉有声有色的艺术作品的动力源泉。诚如鲁美出身的画家赵奇所言，“是社会，是轰轰烈烈的时代把他们推上了画坛。”概而言之，贴近时代，贴近生活，贴近英雄人物，贴近百姓，贴近现实，即便某种程度弱化乃至牺牲掉某些艺术表现手段和技巧，反而更以浑厚有力质朴的风格，如这片黑土地上生长的植物和庄稼一样，更能走向大地，走向阳光的怀抱。鲁美的雕塑作品《哈尔滨抗洪纪念碑》、沈阳中山广场上的毛泽东塑像以及工农兵群雕、《“九·一八”历史博物馆整体雕塑》，无不展示了血性、气势、豪情，显露了历史创造者、革命英烈和人民大众内在的使命

① 王虹：《鲁艺美术之路（1938—1958）》，人民出版社，2019年版，第329页。

感、生命意志、历史豪情以及大写的人的性格。这不同于躲进象牙塔里的创作，而是带有塑造意味的气势磅礴的生命的诗。其中李象群作为中国当代雕塑的领军人物，更是将生活质感和艺术追求紧密融合，创作出《红星照耀中国》《阳光下的毛泽东》《我们走在大路上》等一系列作品。他的创作承接了鲁艺为时代为历史为生活造型的精神血脉，善于运用艺术作品反映一个时代的人物或相关联的历史事件，在艺术的真实中体现生命的真实和历史的真实。

辽宁文学的精神继承主要是东北作家群的传统和延安鲁艺的传统，两者互为渗透，交相辉映，造就了辽宁文学的革命现实主义和革命浪漫主义双向并行又彼此熔铸生发的璀璨之路。一切探索和创造从来不是一帆风顺的，辽宁文学同样是在坎坷、砥砺、摸索、掘进中才找到自己的活力生机，发展的向心力与精神裂变的可能性的。马加、方冰、草明、韶华、刘文玉、金河、刘兆林、邓刚、孙惠芬等几代人承接了东北作家群和延安鲁艺的灵魂血脉，又结合自己的创作风格艺术感觉，成就了辽宁文学的风骨与特色。

翻阅历史，每一阶段每一节点，都会涌现出承前启后的大河奔流般的生命状态。文学艺术的承接和发展同样如此。从 1931 年到 1949 年的 20 年间，东北流亡作家群的萧军、罗峰、白朗、端木蕻良、马加等，为抗战文学写下了不巧的篇章，也推动了辽宁文学的中兴和发展。解放战争时期，辽宁文学的人物画廊里多出了翻身做主的农民形象和觉醒起来的产业工人形象，拓展了文学表现中的社会和历史的厚度与容量[①]。

这一时期，东北文工团的文艺工作者和返回家乡的辽宁籍作家带来了延安文艺的宝贵经验，传递着关内文学的最新的信息，使辽宁解放区的文学呈现出不同以往的态势，涌现出马加的《江山村十日》、白朗的《孙宾和群力屯》、雷加的《鳝鱼》、草明的《原动力》等一批反映农村土地改革、恢复工业生产和人们思想巨变的力作。解放战争推动了土地改革，让作家们在纵横开阔的生活腹地去体验鲜活生动的劳动人民的既艰辛又美好的日子，表达他们翻身当主人的激情。

马加的《江山村十日》与周立波的《暴风骤雨》同样被视为东北农村土改题材的代表性作品而载入史册。长篇小说《江山村十日》取材于马加 1947 年 2 月在佳木

① 参阅白长青主编：《辽宁文学史》上册，辽海出版社，2005 年版，第 147 页。

斯近郊的土改生活，1949 年 4 月创作完成于沈阳。马加把高家村的土改凝聚于“十天”的时空中，描绘将高家村改成江山村那十天里发生的翻天覆地的变化，突出展现了农民们快活、健康、新鲜的生命活力，“散发着浓烈的政治热情和北国旷野气息”[①]。毛泽东《在延安文艺座谈会上的讲话》中指出，对于文艺工作的对象“就发生一个了解他们熟悉他们的问题”。也就是说，作家必须和新的群众的时代相结合，“必须彻底解决个人和群众的关系问题”[②]。马加以自己身体力行的人生实践，走进现实生活的前沿地带，与普通老百姓心贴心，以同呼吸共命运的状态和立场，展示了觉醒的时代农民们的梦想、渴望及其在火热现实中的行动和兑现的过程。小说塑造了金永生这个成功的艺术典型。作为车老板，他有主见，刻苦耐劳，又具备反抗强权意识。作者写出了他为人处世的矛盾复杂的性格，一方面识大体顾全局，另一方面也会为个人利益入落后分子的圈套。正是在主体人格的双向结构中去把握人性的内在驱动力，《江山村十日》找到了刻画人物的方便法门。小说在语言风格上具有东北地域文化特征，俚语歇后语的大量使用，地方方言的巧妙穿插，增加了这部长篇小说在美学上的现实主义风范。

诗人方冰以《歌唱二小放牛郎》的歌词闻名于世。他的创作之路是从街头到乡土，从热烈的抒情到沉稳的叙述，将质朴的风格和流畅的民间口语融合衔接成艺术完整的统一体。诗集《战斗的乡村》《飞》和长篇叙事诗《柴堡的故事》是方冰诗歌不断探索与成熟的标志。

草明以创作工业题材作品享誉中国文坛，她的《原动力》《火车头》《乘风破浪》等作品，书写了社会主义建设时期的一代新的工人典型，勾勒了特定历史年代里劳动者的生命画卷和情感历程。她笔下的知识分子形象也同样可信可亲可感，以细腻扎实的笔触为新时代的文学版图留下了不可磨灭的人性记忆。

将个人生命追求放置在时代背景深处加以绘声绘色的描摹、叙述和扫视，构成了韶华长篇小说创作的最基本的意图。他的《浪涛滚滚》和《沧海横流》分别聚焦 1958 年“大跃进”和 20 世纪 70 年代石油工人和解放军共同参加劳动会战的历史事件，进而深度表现了现实生活和个人境遇与一个时代的内在纠葛，写出了人与历史磨合共筑的辩证关系。

刘文玉作为乡土诗人，以讴歌新时代的生活，关注东北人的日常场景为宗旨和

---

① 白长青主编:《辽宁文学史》上册，辽海出版社，2005 年版，第 216 页。

② 《毛泽东选集》第三卷，人民出版社，1991 年版，第 850 页。

特色。热情质朴，浑厚生动，构成了其创作的初衷和情感流动的方向。《大道上响起自行车铃》写出了翻身解放的农家姑娘骑着自行车去看电影的快乐时光，这是对新生事物和新生活的具体入微的刻画和聚焦，反映了诗人迫切走进火热生活的冲动与愿望。无论抒情短诗还是长篇叙事诗，刘文玉总是在浓墨重彩里引发细腻的笔触，鲜活的意象的贯穿，还有蓬勃诗情的流淌。他的代表作《黑土壮歌》是对闯关东的开拓者的讴歌，书写了历史的波澜壮阔，寄寓了深沉动人的生命意识和民族精神的洗礼，对故乡、农民和历史断代的描绘与勾勒，接续了延安鲁艺精神传承中的灵魂基因。爱这块土地上有血有肉的真实生命的悲喜交织的人性美、人情美和风俗美，是刘文玉诗歌追求的终极价值。

辽宁工人诗人的佼佼者有晓凡和刘镇，他们都在20世纪50和60年代之交登上诗坛。晓凡的作品清新鲜活，“充满了青春朝气和坚强的精神力量，更艺术化地表现了工人阶级的劳动和生活，讴歌了劳动的豪迈和幸福”①。刘镇则以其热情粗犷的歌唱，塑造了工人阶级豪迈而坚强的形象。他的著名作品《上井》“写出了采矿工人从黑暗的井下升到地面时那一瞬的强烈感受，明亮、灿烂、开阔、温暖，有一种想飞翔的冲动，只有在井下进行过艰苦拼搏的劳动者才会有这样深切的体验”②。

此后，辽宁文学创作逐渐呈现出风格流派杂陈、美学追求迥异的特色，尤其是改革开放后，随着西方文艺思想潮流和翻译作品的大量涌入，影响到一些作家在价值观方法论和形式技巧上对现代主义和后现代主义的借鉴和模仿、传递和演化，但是还有一些讲究现实主义精神和神韵的写作者，依然秉承了延安鲁艺以来的书写生活热流，塑造性格化典型人物的气脉与风骨，将辽宁文学的红色基因、历史传承和深度写实的传统，在新的时代发扬光大。

金河的小说属于反思文学，善于将审视的剃刀对准现实和社会中的敏感问题，一经解剖，刀刀见血。作者善于将人物心理、命运哲理和社会批判意识互相交融渗透，从而形成了小说整体的场。邓刚的小说以写工厂、写海洋见长，评论家们喜欢以“铁味”和“海味”来描绘那些作品的内在气息和成色。从《八级工匠》到《迷人的海》，作者将现实的严峻和理想主义的浪漫精神融汇调和，写出了生命的丰满、激荡和眷恋。刘兆林的军旅题材作品《啊，索伦河谷的枪声》《绿色青春期》等，无不弥漫着悲情色彩和诗化倾向，将军人推向整个社会大背景和自然风情的交接地带，

① 白长青主编:《辽宁文学史》上册，辽海出版社，2005年版，第445页。

② 白长青主编:《辽宁文学史》上册，辽海出版社，2005年版，第450页。

去烛照和探讨人性的错落和复杂。李松涛的创作从现实走向历史的广度和深度，又从历史走向自然的生态，分别以《无倦沧桑》《拒绝末日》，还有《黄之河》，建构了属于自己的诗意空间。其作品的画面感、立体感、使命感以及对于精神乡愁的书写，体现了诗人参与生活、塑造历史、悲悯自然的大写意的人格。张涛的《窑地》，谢友鄞的《嘶天》，孙惠芬的《歇马山庄》等作品，则以乡土题材取胜，是辽宁地域文化风采的个性化结晶。历史的风情，人物的命运，与大自然赐予的节令气候和社会风俗濡染的情感状态，一起交织成生命的诗意和文学的精神底蕴。

总体来说，构成辽宁文学大山的主脉基本上还是现实主义精神的传承和浸润、洗礼和重塑，这不能不说是延安鲁艺生命血脉的深刻积淀和历史性的播种。

七

延安鲁艺作为一所学院实体已经成为历史，成为记忆。但是鲁艺作为精神的血脉传承，却一直在延伸持续拓展升华，像永不落幕的生命乐章和心灵传奇。刻苦自励奋发图强的延安精神和经受时代洗礼与历史共同成长、发扬的鲁艺风范，已经根植于中国红色文艺和革命文艺的血脉基因之中，得到了一代又一代文艺家的认同、尊重、承接和捍卫。鲁艺秉承着鲁迅救国救民，担当民族忧患的人文理想的光辉，见证着毛泽东文艺为人民大众服务的神圣宗旨，实践着文艺是时代的进军号角和助推历史进步的光荣职责，它的经久持续的影响力有目共睹，闪现在抗日战争、解放战争和人民共和国的史册上，成为信念的标识，成为精神成长的标本。

而亲炙鲁艺灵魂传承的辽沈艺术工作者，更是将文艺的时代性和地域性结合起来，将艺术生命的探索和人民大众的需要结合起来，将社会历史的主旋律与精神创造的多样性结合起来，从而建构确立了属于本地文化艺术的新基础、新领地和新坐标。

辽宁文艺所实践和见证的延安精神、鲁艺传统，就是坚持艺术生命从生活中来到生活中去，坚持文艺讴歌时代和历史的进步性，坚持为人民大众服务的核心宗旨，坚持踏实本色深沉有力的现实主义创作思想，坚持火炬般的传递和火种一样将艺术送到欣赏者的感应神经中。如果追根溯源，我们说，没有延安精神，实际上也就没有鲁艺风格和传统的落地生根。延安精神的内核主要是密切联系群众，用毛泽东的话来说，就是“和群众打成一片”的工作态度，自力更生艰苦奋斗的作风，理论与实践相统一的原则，着重调查研究从实际出发的实事求是的立场和方法。而鲁艺在文艺道路和文艺思想上的追求是对延安精神的充分系统化、专业化的遵循和贯彻。当延安精神和鲁艺传统构成了我们民族精神与文艺生活的某种信仰和价值坐标的时候，一个新时代开启了！

可以说，鲁艺风范在辽沈大地的生根发芽开花结果，正是实践延安精神的具象化呈现，是实践毛泽东文艺思想而产生的地域化成果。从《歌唱二小放牛郎》到《咱们工人有力量》，从《江山村十日》到《北国风云录》，从《报春花》到《凌河影人》，从《八女投江》到《重逢》……辽宁文艺经历了数十年风风雨雨的洗礼，阳光雨露的滋润，山河大地的滋养，众生百态的熏陶，取得了丰硕的成果，获得了丰碑一样的建树。尤其是习近平总书记2014年10月15日《在文艺工作座谈会上的讲话》的广泛深入的传播，更是如春风化雨，滋润了新时代广大艺术工作者的心田，"为人民抒写、为人民抒情、为人民抒怀"一时间成了最为激动人心、感召人心的艺术向心力的深刻表述。总书记号召文艺家深入现实生活，扎根人民，扎根生活，要拆除"心"的围墙，不仅要"深入"，而且要"心入""情入"。在此基础上"讲好中国故事、传播好中国声音、阐发中国精神、展现中国风貌"，向世界展示我们的精神文化和历史传统。

应该说，最近这些年，辽宁文艺界扎扎实实遵照总书记的号召，在振兴东北老工业基地的宏大主旋律的脚步声中，用自己精益求精的艺术实践打造出了众多的艺术精品，贴近了时代的呼吸，呼应着人民的激情，感受着历史崭新的脉动。在话剧《祖传秘方》《开炉》《工匠世家》《北上》等作品中，我们依然可以栩栩如生地呼吸到鲁艺精神的深度延续与传承，这里面有抗日战争时期捍卫家国尊严的悲壮命运传奇，有共和国长子在挫折艰难中重塑自我生命形象的坚韧不拔的努力，有开国大典前夕和平民主人士历经艰难险阻，北上携手共创人民共和国未来的值得镌刻的记忆写真。

如今，我们正处于继往开来的时代，中国梦的宏伟蓝图已经绘就，相信在以习近平同志为核心的党中央领导下，中国的文艺事业愈加繁荣，辽宁文艺界的使命感和艺术生命的节奏与旋律也会如春潮一样涌动，为中国梦的实现力争上游，不竭进取。

（刘恩波）

第二章·戏剧篇

第一节　鲁艺戏剧系发展概述

一、创建鲁艺戏剧系的背景

1938年1月，为纪念“一·二八”淞沪抗战六周年，延安决定召开一次隆重的纪念晚会。当时在延安有抗日军政大学、陕北公学、中央党校等培养军政民运工作干部的专门学校，但还没有专门培养艺术干部的学校。这时在延安的艺术家也大都分散在各个学校及机关中，为了这次“一·二八”淞沪抗战纪念活动要召开一个隆重的纪念晚会，除刚刚来到延安的上海救亡演剧队及北平学生流亡演剧队一批演员，又从中国人民抗日军事政治大学、陕北公学、党政群机关中集中了一批青年人才，用了两星期的时间创作出四幕话剧《血祭上海》。该剧根据抗日英雄胡阿毛的真实事迹创作，胡阿毛是上海的一个汽车司机，被日军抓去运送军火，他以中华民族利益为重，奋不顾身，在运输途中把装满日军弹药的汽车开进黄浦江，胡阿毛最后壮烈牺牲。

1938年1月28日在延安纪念“一·二八”淞沪抗战六周年的晚会上，四幕话剧《血祭上海》在中央大礼堂正式公演。演出非常成功，观众情绪高昂，歌声此起彼伏。首场演出成功之后，《血祭上海》在延安连续公演了20天，观众达10000多人。在这之前党中央就曾考虑到培养文艺人才问题。在《血祭上海》演出后的一次座谈会上，有人提出办一个专门的艺术学院的建议，毛泽东同志表示赞成。

随后，毛泽东、周恩来、林伯渠、徐特立、成仿吾、艾思奇、周扬等人在1938年2月联名发表延安鲁艺的《创立缘起》，其中谈道：“艺术——戏剧、音乐、美术、文学是宣传鼓动与组织群众最有力的武器。艺术工作者——这是对于目前抗战不可缺少的力量。因之培养抗战的艺术工作干部，在目前也是不容稍缓的工作。”延安鲁艺正是在这样的背景下开始组建的。

二、鲁艺戏剧系的教学情况

1938年4月10日延安鲁迅艺术学院在延安成立，该校后于1940年改名为鲁迅艺术文学院，这是中国共产党创办的一所综合性艺术学校，史上简称鲁艺。鲁艺成立伊始，院长暂时空缺，副院长由沙可夫担任。共设戏剧、音乐、美术 3 个系，第一届鲁艺共招收 7 个班（含新一班、新二班），学制为 6 个月，戏剧系系主任由张庚担任，教师由钟敬之等 5 人组成，第一届戏剧系共招收干学伟等 40 名学员（含新班学员 8 名），学制为 1938 年 3 月至 1938 年 7 月。

第一期鲁艺开设的必修课包括：列宁主义（杨扶讲授）、中国革命问题（李卓然讲授）、辩证法（艾思奇讲授）、文艺运动（周扬讲授）、艺术论（周扬讲授）、苏联文艺（沙可夫讲授）、中国共产党（李富春讲授）、军事（李富春讲授）；戏剧部课程包括：戏剧艺术论（张庚讲授）、中国戏剧问题（张庚讲授）、各时代戏剧代表作的研究（张庚讲授）、表演术（崔嵬讲授）、导演术（崔嵬讲授）、剧团组织与管理（徐一新、崔嵬讲授）。此外，读剧在每周五 15 时—16 时开展，舞台实习在每周六晚会举办时进行，表演、导演、剧本习作均于每周一、二、三、四、五的 14 时— 16 时举行，由崔嵬负责。关于实习的测验，每月测验一次。必修课采用笔试，各专修科目除笔试外，还采用正式公演、表演测验、剧本创作等方式完成。1938 年 7 月 1 日，为欢迎世界学联代表团来延安，鲁艺演出新歌剧《农村曲》（李伯钊编剧，吕骥、向隅作曲，左明导演）。六天后，鲁艺举行抗战周年纪念晚会，再次演出《农村曲》。男主角由丁里扮演，女主角由李丽莲扮演，演员有邸力、张颖、于龙江等。[①]

7 月 24 日，鲁艺召开第一届学员第一学期总结大会。第一届第一学期结束，学员分赴各地实习。在此期间，鲁艺开始陆续招收第二届学员，并筹备增设文学系、木刻研究班及实验剧团。8 月，实验剧团正式成立。实验剧团主任由王震之担任，组

· 1938 年 8 月 27 日，鲁艺实验剧团成立时的合影

① 谷音、石振铎、傅景瑞编：《鲁迅艺术学院—沈阳音乐学院大事记（征求意见稿）》，沈阳音乐学院《东北现代音乐史》编委会，1983 年版，第 3—4 页。

织科长由李伯钊兼任，干事由龚伟担任。教育科长由王震之兼任，干事里诃。剧务科长由钟敬之兼任，干事由孙强担任。总务科长由赵冠琦兼任，干事李非。导演由左明、崔嵬、张庚、王震之组成。团员由韩塞、里诃、温容、徐一枝、苻律衡、萧逸、张守维、章皑、张林籍、苏路、王久晨、金针铭、路玲、邸莉茜、陈锦清、阎闾、王一芬、陈炎、庄焰、张颖、吴虹、黎虹、薄平构成。音乐顾问向隅，医药顾问马海德。实验剧团的宗旨是“要成为抗战戏剧实际行动的模范”。实验剧团集话剧、歌剧、京剧、曲艺等综合表演为一体，与戏剧系的教学双管齐下，创造了鲁艺建校初期抗战剧目演出颇为频繁的局面。

· 1938 年 7 月，庆祝抗战胜利一周年，鲁迅艺术学院演出新歌剧《农村曲》

1938 年 8 月 27 日，鲁艺举行第二届第一学期开学与实验剧团成立典礼。戏剧系教师增加了塞克、丁里、姚时晓、黄乃一（助理员）4 人。戏剧系第二届共开设两个班，表演班共招收王地子等 41 人，另一个是剧作研究班共招收干学伟等 6 人。表演班的学制是 1938 年 7 月至 1938 年 11 月，剧作研究班的学制是 1938 年 11 月至 1939 年 1 月。必修课包括：列宁主义、哲学、中国问题、艺术论、军事、政治经济学、艺术工作与农众运动、特别讲座等。戏剧系专修课包括：戏剧概论、戏剧运动、导演术、表演术、化妆术、剧作法、读剧、排戏、秧歌、舞台工作、戏剧民间戏剧等。从整体的课程安排上看，新一届学员班的课程照比首届学员课程更加丰富并具有针对性。

1938 年 8 月 30 日，鲁艺增设文学系，鲁迅艺术学院遂改称鲁迅艺术文学院。1939 年 1 月，鲁艺第三届学员班招生并开班，共招收学员王松声等 38 人。戏剧系开始增设副系主任，戏剧系副系主任由王震之担任，教员则略有调整。第三届鲁艺戏剧系学制为 1939 年 1 月至 1940 年 5 月。除与第二届学员班相近的公共课外，戏剧系的专设课程有：戏剧概论（张庚讲授）、戏剧运动（张庚讲授）、剧作法（王震之讲授）、表演术（姚时晓讲授）、导演术（左明讲授）、化妆术（崔嵬讲授）、读剧（崔嵬讲授）、舞台装置（钟敬之讲授）、音乐常识（吕骥讲授）、排戏等。由于师资力量的不断加强，第三届鲁艺戏剧系学员班的专业课程首次加入了吕骥讲授的音乐常识，这既是对戏剧表演领域的拓展，也是对戏剧表导专业课程的丰富，更是提升戏剧系学员专业素质的一门极其重要的课程。

· 1938 年 7 月，鲁艺演出新编京剧《松花江上》。自右至左：抗日联军战士（李非、张达观、翟少春饰）、指挥员张恩（李纶饰）、孔武（张东川饰）、赵瑞（阿甲饰）

1939 年夏，日寇增兵华北，企图攻占中共中央的所在地延安。为减少伤亡，中共中央决定将陕北公学、鲁艺、安吴堡青训班、延安工人学校四校合并，组建华北联合大学，改编为八路军第五纵队独立旅，开赴华北。此时鲁艺抽调 90 余人组成华北大学文艺部，沙可夫任部长，吕骥任副部长，开赴华北办学。其中，戏剧系随行人员有崔嵬、胡苏、韩塞、丁里、石丁、汪洋、陈克、范景岳、洪涛、胡丹沸、田风、沈定华、王久晨、吴江平、陈强、赵奎英、刘介之、石岩、杜力亚、玛金、郭维、陶剑心、谷军、牧虹、苏路、狂流（女）、岳慎（女）、张铮（女）、路玲（女）、林青（女）等共计 30 人。

1939 年 11 月 28 日，根据中共中央决定，留在延安的鲁艺部分师生恢复鲁艺，此时鲁艺院长为吴玉章，副院长为周扬。鲁艺的教育方针是：团结与培养文学艺术的专门人才，以致力于新民主主义的文学艺术事业。1940—1941 年间，为了强化专业学习，各系教学计划中学制统一改为三年。

1940 年 2 月，鲁艺第四届学员班招生并开班，共招收田民等 35 人。教员增加了张季纯、王滨、张水华、王大化、舒非、许珂等人。第四届戏剧系学制则从 1940 年 2 月至 1943 年 1 月。在鲁艺走上三年制教学改制后，必修课增设并调整为：中国近代史、中国新文艺思潮史、西洋近代史、马列主义、哲学、艺术论、第一外国语（俄语）、策略教育、新文学。戏剧系专修科目则丰富为：中国新剧运动史、戏剧概论、中国戏剧史、名剧选读、演技、朗诵、动作、导演、歌唱、音乐常识、舞台工作、素描、舞台美术、文学欣赏、作文、剧作法、剧本创作、理论名剧选读等。由于学制的改变、师资的进一步加强，鲁艺的公共课程和戏剧系的专业课开始朝着正规化办学的道路向前迈进了一大步，也可以说从鲁艺第四届学员班，鲁艺的整体教学从短训班开始向规模化、正规化的办学挺进，从而使鲁艺在院系建设上开始走向完善与成熟。

· 小歌剧《小二参军》剧照

1943 年 4 月，中央决定鲁艺并入延安大学，组建延安大学文艺学院。此时，延安大学分设行政学院、自然科学院、鲁迅文艺学院 3 个分院，鲁迅文艺学院分设戏剧音乐系、美术系、文学系 3 个系，鲁艺戏剧系与音乐系合并，改称戏剧音乐系（简称戏音系）。1943 年 6 月，鲁艺戏音系开设第五届戏剧系学员班，经过报名考试，戏剧系共招收于亚伦等 26 人，系领导与教师均无调整，但学制却因并校有所调整，仅为一年的时间，从 1943 年 6 月至 1944 年 4 月止。

鲁艺第五届学员班的必修课又在原有基础上做了一定的调整，调整后的必修课科目为：[①] 中国近代史、中国新文艺思潮史、中国社会问题、西洋近代史、思潮方法论、艺术论、策略教育、外国文（俄语、英语任选其一）。戏剧系的专修科目也较上一届课程有所调整，进一步突出专业化。第五届学员班的专修科目包括：[②] 中国新剧

① 谷音、石振铎合编：《鲁迅文艺学院文献》（内部资料），沈阳音乐学院《东北现代音乐史》编委会，1986 年版，第 127 页。

② 谷音、石振铎合编：《鲁迅文艺学院文献》（内部资料），沈阳音乐学院《东北现代音乐史》编委会，1986 年版，第 128—130 页。

运动史、戏剧概论、中国戏剧史、西洋戏剧史、名剧选读、演技、朗诵、体格训练、导演、音乐常识、歌唱、舞台工作、素描、舞台美术、文学欣赏、写作练习、剧作法、剧本创作、毕业公演等。这表明走上正规化教学的鲁艺，始终没有放弃对教学内容的调整，而调整的目的就是为了使学员在新形势下最大程度地学以致用。鲁艺戏剧系并入延安大学的戏音系后，在课程设置上又有所调整。这时延安大学设置的公共课有：边区建设、中国革命史、革命人生观、时事教育。戏剧音乐系则调整为 11 门专业课：语言、舞蹈、发音及唱歌、器乐、民间音乐、名曲研究、排演实习、民间戏剧、名剧选读、戏剧音乐运动现状、创作实习（名曲研究、名剧选读任选一种）。

1943 年 4 月，并入延安大学的鲁迅文艺学院，将第六届戏剧部与音乐部合并为戏剧音乐部，下设戏剧音乐系，开设鲁艺历史上第六届学员班，共招收许翰如等 40 名学员。由于院系调整，此时戏剧音乐系主任由吕骥担任，副系主任改由张庚担任。这一时期的鲁艺学员的课程同样由两部分组成，一部分是延安大学所设的公共课：边区建设、中国革命史、革命人生观、时事教育。戏剧音乐系的专业课包括语言、舞蹈、发音及唱歌、器乐、民间音乐、名曲研究、排演实习、民间戏剧、名剧选读、戏剧音乐运动现状、创作实习（名曲研究和名剧选读任选一种）[①]。至此，历史上鲁艺戏剧系在延安总共办学6期。第六届戏剧系学员的学制也因抗战胜利而发生调整，从 1944 年 4 月至 1945 年 9 月止，学员实际在校一年半左右。

· 鲁艺演出的《挑花篮》剧照

① 谷音、石振铎、傅景瑞编：《鲁迅艺术学院—沈阳音乐学院大事记（征求意见稿）》，沈阳音乐学院《东北现代音乐史》编委会，1983 年版，第 28 页。

附：延安鲁迅艺术文学院戏剧系第1—6届师生名单

	时间	系主任	系副主任	教师	学员	注
第一届	1938.3—1938.7	张庚		钟敬之、左明、崔嵬、王震之	干学伟、方彬、王放明（女）、王凤翔（女）、朱野蕻、孙嵩、王一芬（女）、阎闾（女）、吴寒、金仲明、邸力（女）、安琳（女）、侣明、张颖（女）、岳慎（女）、张崇本、庄焰（女）、莫耶（女）、耿西、胡苏、路玲（女）、黎虹（女）、张守维、陈炎（女）、陈锦清（女）、贾克、谭兴邦、韩塞、薛云、苏路、翟强、刘仁安（刘漠）。新班学员：邓豫成、谢翰生、徐玉峰、张云芳（女）、翟其春、成荫、谷野、李纶	
第二届	1938.7—1938.11	张庚		钟敬之、左明、崔嵬、王震之、塞克、丁里、姚时晓。助理员：黄乃一	王地子、王礼易、毛嗣读、方华（女）、马瑜、邓豫成、刘汉章、龙韵（女）、成荫、朱恶紫、何文今、林青（女）、朱决、徐际昌、谷野、段磊（女）、苏理、沈定华、严喜、张云芳（女）、肖枫、徐玉峰、张治、熊塞声（女）、施克、潘之汀、张熊、黄准（女）、李纶、翟其春、陈强、陈克、贾尤、黄元甲、徐苓、史行、洪流、王白雨、伊琳、孔勋、洪涛（谢翰生）	
剧作研究班	1938.11—1939.1	张庚		钟敬之、左明、崔嵬、王震之、塞克、姚时晓、丁里。助理员：黄乃一	干学伟、王白雨、沈定华、潘之汀、肖枫、张林	
第三届	1939.1—1940.5	张庚	王震之	王震之、钟敬之、姚时晓、崔嵬、张庚、塞克	王松声、王异、王思真（女）、石丁、田野、左萤、刘莎（女）、刘因、刘镇、吴江平、任均（女）、严正、陈杰、容枫、孙玲（女）、牟决鸣（女）、李实、胡丹沸、李郁（女）、骆林、柳岸、洪荒、林白（女）、范景宇、范景岳、普耳、张铮（女）、赵力、谢力鸣、王辉、韩冰（女）、王柯、林农、方深、黄炣、陶剑心、鲁虹、黄韦	
第四届	1940.2—1943.1	张庚	王震之	张季纯、姚时晓、王滨、张水华、王大化、舒非、钟敬之、许珂、田方、于敏、干学伟、陈锦清（女）	田民、冯敏、束为、李威（女）、边疆、吕西凡、李麟、苏菲、杜印、肖武、吴时韵、韦若（女）、岳林、迪之、张东川、秦真（女）、洪云、徐枫、胡仁智、林白（女）、王岚、祁春、鲁非、柳岸（女）、王瑜、陈梦轩、王吉山、刘莎（女）、华纯、杜德甫、齐瑞棠、高维进（女）、程秀山、李敏、杨××	1941年3月成立戏剧部，部长章泯（张庚代），下设戏剧系和实验剧团
第五届	1943.6—1944.4	张庚	王震之	张季纯、姚时晓、王滨、张水华、王大化、舒非、钟敬之、许珂	于亚伦、关松筠、邓涛雨（女）、岳镇（女）、肖伟、张婷懿（女）、魏琛、高歌、莉莎（女）、王炎、张可奋、林白（女）、赵莹、冯毅、李波（女）、肖武、胡仁智、陈宜君、祁春、吴时、桑夫、董小吾、刘西林、林丹、沙新、郭新民	
第六届	1944.4—1945.9	吕骥	张庚		许翰如、程瑞征、杜德甫、蒋玉衡（女）、黎明、高歌、霍希扬、陈素（女）、李刚、徐辉才、卡洛夫、李群（女）、张世威、张刃仙、肖磊、江雪（女）、程云章、刘浩然、桑夫、兰村（女）、苏哲、张文、陈友义、贺高洁（女）、刘荣友、胡零、李鸿昌、李曦（女）、张海、张波、郝汝惠、李波（女）、雪楠（女）、王昆（女）、胡斌（女）、程迈（女）、熊焰（女）、高维进（女）、蒋忠（苏扬）、欧阳儒秋（女）	1943年4月并入延安大学，改为鲁迅文艺学院后，将第六届戏剧部与音乐部合并为戏剧音乐部，下设戏剧音乐系

注：以上内容整理并摘录于延安鲁迅艺术学院旧址暨革命文艺家馆。

三、鲁艺及实验剧团的剧目创作与演出

鲁艺戏剧系自办学以来，便以理论学习与艺术实践相结合，加上以 1938 年 8 月成立的鲁艺戏剧实验剧团为依托，从实习到实践中创作演出了大量的剧目。从 1938 年鲁艺戏剧系建立到 1945 年鲁艺离开延安，鲁艺戏剧系先后演出了《弟兄们拉起手来》《到马德里去》《矿山》《军火船》《“八一三”的晚上》《希特勒之梦》《还我的孩子》《油布》《农村曲》《松花江》《流寇队长》《扬子江暴风雨》《送郎上前线》《边区自卫军》《模范儿童》《国际玩具店》《信号灯》《林中口哨》《鲁迅之死》《团圆》《血宴》《好日子》《人命贩子》《学不够》《今天》《被蹂躏的女性》《军民进行曲》《红灯》《冀东演义》《棋局未终》《闲话江南》《带枪的人》《我们的指挥部》《军民之间》《民兵》《三光政策》《惯匪周子山》《粮食》《白毛女》等独幕剧、话剧、歌剧、京剧数十部之多。

· 西战团回延后为“七大”演出的独幕剧《粮食》(《沁源围困》)。编剧：洛汀、海默、朱星南，导演兼舞台设计：凌子风

据统计，鲁艺戏剧部历年创作的各种剧本从 1938 年 4 月至 1940 年 5 月，累计创作剧本 61 部，1940 年 6 月至 1942 年 12 月，创作剧本 11 部。整理传统平剧[①]曲目 14 部，新编历史平剧剧目 2 部。1942 年 12 月至 1945 年 8 月，鲁艺共创作剧本 49 部（秧歌剧 48 部，话剧 1 部）。与此同时，鲁艺实验剧团演出了《一心堂》《松林恨》《打虎沟》《佃户》《钟表匠与女医生》《雷雨》《日出》《钦差大臣》《求婚》《蠢

① 平剧即京剧，因北京旧称北平，故称为平剧。

货》《纪念日》《公事》《剿匪》《竞选》《中秋》《神手》等几十部话剧、独幕剧乃至契科夫的世界名著。

· 鲁艺演出的秧歌剧《二流子转变》

1942年4月，遵照党中央的决定，鲁艺平剧团与八路军一二〇师战斗平剧社合并，组建延安平剧研究院。鲁艺领导的京剧工作至此结束。后来，鲁艺平剧团和延安平剧院在这一期间也相继创作演出了《宋江》《逼上梁山》《三打祝家庄》《难民曲》《上天堂》《鬼变人》等一批具有进步思想的平（京）剧剧目。

鲁艺秧歌队在这一期间也排演出了著名的《兄妹开荒》《赵富贵自新》《刘二起家》《张丕模锄奸》《夫妻逃难》《栽树》《地雷阵》《拖辫子》《李凤莲》《夫妻识字》等一批当地农民喜闻乐见的秧歌剧。除此之外，当时在陕北地区活动的演出团队还有抗大文工团、留政烽火剧团、民众剧团、西北文工团、联政宣传队、中央党校秧歌队、杨家岭秧歌队、枣园秧歌队、保安秧歌队等多个演出团体，他们在延安乃至陕北的戏剧活动也十分活跃，同时也与鲁艺戏剧系、鲁艺实验剧团、延安平剧院和鲁艺秧歌队的演出交相辉映，既极大地丰富了陕北革命区整体的文艺演出市场，更通过文艺的宣传与普及，在抗日战争、解放战争、土改斗争等历次革命斗争中发挥了不

· 1943年延安平剧院演出的《四郎探母》（坐宫）剧照。方华饰铁镜公主，齐冀民饰杨延辉

可估量的作用。

四、东北鲁艺的艺术活动

· 王大化、李波演出的秧歌剧《兄妹开荒》

1945 年 9 月，随着解放战争拉起的帷幕，革命局势又进一步变化，根据中央指令，鲁艺组成华北文艺工作团和东北文艺工作团两支队伍，分别向华北和东北挺进。

东北文艺工作团由舒群、田方率领，于 9 月 2 日出发，从商洛张家口村出发，经过内蒙古，从吉林白城子进入东北，再经齐齐哈尔、哈尔滨，于 1946 年 7 月下旬迁到佳木斯。此时鲁艺在东北改称鲁艺文工总团，9 月，鲁艺在佳木斯招收自进入东北以来的第一批新学员。

1946 年 12 月，根据东北局指示，把现有鲁艺成员编为“一团一组”：团是牡丹江鲁艺文工团，史上简称鲁艺一团；组是哈尔滨工作小组，就是后来发展为的鲁艺三团。其余成员参加土改。这时期，鲁艺在牡丹江演出了《白毛女》《反“翻把”斗争》《干活好》等剧，为配合东北地区的土改运动起到了有力的推动作用。

· 1945 年 9 月 2 日，东北文艺工作团赴东北前在延安留影

· 1947 年鲁艺一团演出《干活好》

1947 年 5 月，东北局把在牡丹江参加土改的同志与东北大学来的学生合并组成合江鲁艺文工团，即鲁艺二团。7 月根据东北局宣传部指示，从现有的牡丹江鲁艺一团、合江鲁艺二团、哈尔滨鲁艺三团各抽取一部分成员，组建鲁艺四团奔赴“南满”开展工作。至此，东北鲁艺共分建为 4 个团:（1）牡丹江鲁艺文工团，团长、副团长分别由舒非、瞿维担任。（2）合江鲁艺文工团，团长、副团长分别由张水华、潘奇担任。（3）松江鲁艺文工团，团长、副团长分别由向隅、晏甬担任。（4）南满鲁艺文工团，团长、副团长分别由张庚、张望担任。此时前三个鲁艺文工团主要集中在黑龙江地区活动，只有南满鲁艺文工团（鲁艺四团）开赴辽宁。鲁艺四团由张庚兼任团长，张庚、张望、陈紫、陈锦清、丁鸣等任团委。鲁艺四团一行人“他们经图们、敦化、延吉、吉林、盘石、桦甸、梅河口等地，在‘九一八’纪念日他们到达当时东北局南满分局所在地通化市”①。10 月末，鲁艺四团开进辽宁丹东，在丹东他们排演了《永安屯翻身》《火》《复仇》《参军》《分浮财》等秧歌剧，演出观众达 4 万多人。1948 年 3 月，鲁艺四团从丹东出发，经大孤山、庄河、瓦房店向大连挺进。在瓦房店前元台村，四团再次投入到土改工作中。6 月抵

· 1948 年夏，鲁艺二团在佳木斯街头演出活报剧后合影

① 安葵:《张庚评传》，文化艺术出版社，1997 年版，第 134 页。

达大连，鲁艺四团在大连又先后演出了《永安屯翻身》《火》《杨勇立功》《全家光荣》《收割》《四季生产》等秧歌剧。至 1948 年 7 月，最后成立的鲁艺四团累计编写剧本 16 部，演出 103 场，观众达 20 余万人次。

1948 年 11 月 2 日，沈阳解放，鲁艺四团进入沈阳，并根据指示电告鲁艺其他三个团来到沈阳，在东北电影院等地演出了《白毛女》《复仇》《保卫和平》等剧目，并编写了大型活报剧在街头演出，此后他们参加了沈阳解放和后来开国大典的庆祝活动。后经东北局决定把鲁艺留在沈阳恢复办学，任命吕骥为东北鲁迅艺术学院院长，鲁艺自延安建校到东北以后，为国家培养了大批革命文艺工作者和干部。

· 1948 年 1 月，鲁艺三团在哈尔滨亚细亚电影院演出歌剧《火》

随后，原鲁艺四团于 1950 年 1 月在沈阳改组成立东北鲁艺实验话剧团。该团在当时演出的剧目有话剧《王家大院》《谁劳动谁喜欢》，和歌剧《星星之火》等。1951 年 10 月，东北鲁艺实验话剧团和东北文工团、东北文教队、东北鲁艺音工团四家单位奉命合并组建东北人民艺术剧院，至此，东北鲁艺完成她的历史使命。1954 年 8 月，东北人民艺术剧院被撤销，其中话剧团改建为辽宁人

· 鲁艺四团工作留影

民艺术剧院。

鲁艺虽然成为过去和历史，但“鲁艺精神”却没有因此成为历史而被人遗忘。70 年来，辽宁人艺始终牢记“鲁艺精神”，以中华民族传统审美理念与民族精神为根基，以现实主义为主体创作风格，这 70 年间东北人艺和后来的辽宁人艺先后创作演出了《曙光照耀莫斯科》《春风吹到诺敏河》《报春花》《高山下的花环》《雷雨》《第一次打击》《吝啬鬼》《第二个春天》《于无声处》《李尔王》《富有的女人》《爱洒人间》《那一年在夏天》《夕照》《鸣岐书记》《岁月》《母亲》《任弼时》《父亲》《凌河影人》《矸子山上的男人女人》《黑石岭的日子》《郭明义》《周恩义》《千字碑》《祖传秘方》等一批紧贴生活大众生活实际、关注社会问题、直面现实与人生的优秀剧目，辽宁人艺也因此多次获得中宣部“五个一工程”奖、文化部“文华大奖”、“曹禺戏剧金奖”、“中国艺术节大奖”、东北三省话剧节以及辽宁省艺术节金奖，以及导演、表演个人文华奖、梅花奖、金狮奖、振兴奖、白玉兰奖等。

· 话剧《曙光照耀莫斯科》剧照

在未来，辽宁人艺将继续以“鲁艺精神”为艺术创作的指导方向，不断推出精品舞台艺术剧作，为社会和人民输送精神食粮，在不断的艺术实践和发展中，践行鲁艺可贵的精神实质。

· 话剧《父亲》剧照

（刘新阳）

第二节　万籁天

· 万籁天

万籁天（1899—1977），曾用名万群，1899 年 5 月出生于湖北省武昌市葛店乡。曾任全国人大三届代表，辽宁省政协委员、常委，中国戏剧家协会辽宁分会主席，全国剧协理事，辽宁省文联副主席。

一、文艺创作之路

1916 年，万籁天到北京高师附中读书。1919 年 9 月，考入日本东京大学。这期间，他开始接触戏剧，编导了以反对日本帝国主义侵略旅大为内容的独幕剧《东道主》。1923 年，他考入北京东方大学研究院继续深造。这些经历为他后来从事的艺术事业奠定了良好的基础。 1924 年 3 月，万籁天应邀去上海明星电影公司任编导，兼任明星影剧学校教务主任。1925—1935 年，在上海编导、主演了《难为了妹妹》《意中人》《热血男儿》《努力》《花花世界》《峨眉山下》《时势英雄》等电影。1927 年冬，田汉、徐悲鸿、欧阳予倩三人成立“南国社”，下设文学、戏剧、电影、美术、音乐五部，万籁天任理事兼电影部主任。在“南国社”期间，高举“民众戏剧”的旗帜，上演众多部面目一新的话剧作品，如《南归》《罗锅》《英雄美人》《强盗》《名优之死》《第五病室》《压迫》《生之意志》《苏州夜话》《孙中山之死》《一致》《火之跳舞》等。

1933 年 2 月，万籁天应邀去四川西南电影公司大同电影学院任校长，因政治嫌疑被四川军阀刘湘拘捕软禁。1935 年 7 月返回上海，时逢全国人民抗日情绪高涨时期，万籁天与上海进步戏剧工作者在“左联”的领导下组织了中国舞台协会，万籁天任首席理事。1936年11月，他利用亲属与广西军界的旧关系，赴广西投奔李宗仁、白崇禧，任国防社社长，后随桂军北上抗日，任第五战区青年艺术组组长。1938年8月，应田汉的邀请到武汉国民政府军事委员会政治部第三厅工作，任电影戏剧部主任。1940年任重庆国立实验剧院话剧组主任。1944年9月，他任成都私立南虹艺术职业专科学校戏剧科主任，兼任国立四川大学教授。1947年6月，到重庆任陪都剧艺社社长，并在私立重庆中华戏剧专科学校任教授。1948年，他被聘为国民党重庆市执行委员会所属文化委员会委员。这期间，编著有独幕话剧《摸索》《童养媳》《期待》《不吃人的狼》《第三代寡妇》和三幕历史剧《唐宫秘史》等，担任导演、主演或扮演重要角色。聘为顾问的剧目有《回春之曲》《娜拉》《道义之交》《钦差大臣》《古屋黄昏》《满城风雨》《黑暗的笑声》《女店主》《新婚之夜》等。还和董每戡编剧了《天罗地网》，参与了宋之的的《刑》，于伶的《花溅泪》，陈白尘的《群魔乱舞》《升官图》，李束丝的《堕落性瓦斯》，夏衍的《离离草》，刘盛亚的《水浒外传》，曹禺的《雷雨》《日出》，杨村彬的三部《清宫外史》等剧目的编剧、排演。

1950年1月，万籁天参加了中国人民解放军二野三兵团文工团，任戏剧指导。同年8月，被中央文化部调到东北鲁迅文艺学院戏剧部，任教授。1953年，进入东北人民艺术剧院话剧团，任导演。1954年，东北人民艺术剧院更名为辽宁人民艺术剧院，万籁天任导演、艺委会主任。这期间，他导演了《在那一边》《美丽的姑娘们》《一万万美元》《日出》《娜拉》《阿Q正传》《刘介梅》《渔人之家》《第一次打击》《吝啬鬼》《春之歌》《蔷薇何处开》等剧。他对于辽宁话剧艺术的贡献是巨大的，对辽宁话剧的发展产生了深远的影响。

二、导演艺术逐步成熟

万籁天是集编剧、演员、导演、戏剧教育家于一身的天才艺术家。早年的求学经历，使得他有了不一样的眼界和阅历。他博览群书，系统地阅读过古今中外的很多戏剧名著、文学名著，这培养了他深厚的艺术造诣。他也关注和了解过国外的各种戏剧流派，因而，有着扎实的戏剧理论修养。这也就使得万籁天有能力驾驭古今中外不同作家的不同风格、不同流派的剧本。

每排演一台戏，万籁天首先要做的便是剧本的案头分析，这也是他认为的必不可少、非常重要的工作。下排练场前，他总会查阅大量相关资料，反复阅读剧本，寻找戏剧的最高任务、矛盾冲突，写人物小传，分析人物性格，寻找人物的行为动机。进入排练场，万籁天在帮助演员塑造人物时，注重人物的内心体验和外在表现相统一，通过极富表现力的形体动作去揭示人物的内心世界，塑造鲜明的人物形象。他时常亲身示范，让演员从中体会行动与角色之间的内在联系，用丰富的形体动作表现人物。

《日出》是曹禺先生的代表作。该剧讲述了交际花陈白露靠银行家潘月亭供养，住在大旅馆里，与一群寄生虫混在一起。陈白露学生时代的好友方达生本想帮助她摆脱这样的生活，陈白露虽然也厌恶身边的人和事，但她却无力摆脱，终于在潘月亭股票投机失败后自杀。剧作通过对旧中国上层社会的腐烂、罪恶及下层人民被欺凌压榨的痛苦的描写，表现出摧毁这个“损不足以奉有余”的社会的强烈愿望。演出前，院长洛汀亲自作了《论曹禺》的专题学术报告，经过全剧组演职人员的齐心协力，《日出》演出获得成功。不仅在辽宁戏剧观众中受到欢迎，还被邀请到全国各地演出，广受赞誉，当地报刊对演出进行了跟踪报道。《日出》的成功演出，使辽宁人民艺术剧院扩大了在全国的影响力。

《日出》的演出之所以能取得成功，陈白露、李石清、胡四等人物之所以能让观众印象深刻，除了演员的精湛演绎外，万籁天可谓功不可没。在他的调度下，演员能够把观众带到典型环境中去，典型环境下的典型人物向观众传递出了戏剧的丰富内涵。

· 话剧《日出》剧照

万籁天对演员有一个要求——语言里有动作，即在剧本的字里行间寻找矛盾冲突，因为没有矛盾冲突就没有戏剧性，然后再进一步挖掘它的潜台词，发现言外之意、弦外之音，从而设计角色的行为动作。在《日出》中，王福升给陈白露念账单的声调和语气就与《吝啬鬼》中拉弗莱史念账单时不同，因为，两次念账单的行为目的是不同的。王福升给陈白露念账单的目的是“要挟”，用钱逼迫陈白露就范。而拉弗莱史念账单的目的是

"规劝",劝少爷不要走上败家子的道路。这是声调抑扬顿挫中透露出的"潜台词",所表现的动作目的不同,所表现的人物思想情感也不相同。万籁天还为崔喜设计了一系列动作。其中一场戏,崔喜强打着精神送客,跟走出门的胖子打招呼,随着胖子影子的消逝,她高扬的打招呼的手臂缓慢地落了下来,接着一个失掉控制的转身,她无力地半瘫痪地倚靠在门旁。这时,这个被认为"人老珠黄不值钱"的三等妓女想到了她卖笑换来的代价,马上奔到桌旁,拿起两张角票,惊呆了。她眼前立刻闪现出瘫在床上的婆婆,两个瞎了眼睛的孩子,因娶了她而染上性病的瘸子丈夫。一家子人都伸着手、张着口等她弄钱来养活。她内心里的苦,在这样一系列的动作中外化出来,观众也分明地感受到了她的万般苦楚。

万籁天还主张在人物塑造时,要向传统戏曲学习,学习传统戏曲通过形体来表达人物思想、情感的技巧。他说:"演员的创造工具就是自己的身体。"他反对演员在舞台上不管扮演什么角色,都"重复着同一走路、同一动作、同一手势","只是本色而无表现力",主张"演员应该遍身都会讲话,应该动作里有话,话里有动作"。

万籁天导演艺术的又一特色是注重戏剧的形式美。这在强调思想内容、忽视戏剧外部呈现的时代,一提形式就会被扣上"形式主义"帽子的时代,实属难能可贵。

敢于提倡"形式美",讲究外部呈现,就是在视觉上首先抓住观众的注意力和兴趣点,带领观众在戏剧情境中进行审美体验。形式美,包括舞美设计、灯光设计、音乐设计、音响特效、服装设计等,这些在增强演出的观赏性的同时,要把各组成部分统一起来,形成一个整体的舞台观感。万籁天提倡形式美的目的,一方面是要增加戏剧的观赏性,另一方面,他会着重赋予每一部戏一个独特的个性化的呈现。他导演的《吝啬鬼》便是一个典型的范例。

《吝啬鬼》是世界著名喜剧大师莫里哀的名作。主人公阿巴贡是个放高利贷的老鳏夫,认为"世上的东西,就数钱可贵"。他认为有了钱就有了一切,有了钱也可以不要一切。他用尽心机追求金钱,但只是追求金钱,并不贪图物质上的享乐。他每天惴惴不安,怕别人算计他的钱,于是,他把一万金币埋在花园里。他想娶年轻姑娘玛丽雅娜,但玛丽雅娜前来相亲时,却与阿巴贡的儿子克莱昂特悄悄在花园里幽会,原来他俩早已相爱。阿巴贡气得暴跳如雷,接着又发现埋在花园里的钱丢了,顿时痛不欲生。克莱昂特承诺,若能娶到玛丽雅娜,保证找回丢失的钱。阿巴贡一口答应。原来钱是克莱昂特的仆人阿剑偷的,而不是乔装佣人的贵族青年法莱尔偷的,而法莱尔也在不知情的情况下公开了他与阿巴贡女儿艾莉丝的恋情。最后,两对年轻人喜结良缘。

莫里哀在这出戏剧中，生动地刻画了一个爱财如命、以儿女婚嫁为致富手段的面目丑恶的守财奴形象。于是，万籁天在仔细阅读文本后，对这部戏的形式呈现上确定了一个意象——圆。因为，在中国古代，钱币的突显形态便是“圆”形。在舞美设计上，他和舞美设计师经过多番商议，设计出了一个方案。在舞台布景上采取喜剧性的对称表现方式，两边是圆形走廊，圆形楼梯，演员可以跑上跑下，

舞台也显得明朗舒畅、格调轻快。演员的表演手势也是“圆”弧形，他选定王秋颖饰演主人公阿巴贡，根据王秋颖身材高大的特点，给这个阿巴贡设计了个“罗圈腿”，王秋颖由一个一米八〇的大个子变成了弯背屈腿的小矮子。这样的人物造型很符合观众对于阿巴贡的心理认知，这就是人物造型的真实可感。就是这样一个有生理缺陷的老头，偏偏想入非非，想娶年轻漂亮的玛丽雅娜为妻子。

当阿巴贡抱着钱匣子在台上走着罗圈步，伸着脖子，瞪着两只大眼睛不停寻觅时，台下的观众不时报以热烈的笑声和掌声。

· 话剧《吝啬鬼》剧照

《吝啬鬼》的演出非常成功，赢得了颇多赞誉，这些都与万籁天精湛的导演技艺是分不开的，它标志着万籁天导演艺术由成熟走向高峰。该剧打破了苏联喜剧的惯常演出模式，成为中国表演莫里哀喜剧的新形式。瑞典皇家学院院长在沈阳看完演出后说：“我到法国看过莫里哀《吝啬鬼》这个戏，你们跟他们演的一样好，这是我在全世界看过的最好的《吝啬鬼》之一。”

万籁天认为艺术贵在创新，他反对不经思考的抄袭与模仿。丁尼在《重演名剧忆万老》一文中提到了当年排演《吝啬鬼》时的情况。当时剧院中的大部分人对外国古典喜剧的演出样式一无所知，更没看过古典喜剧的演出，那么，摆在导表演面前的困难是可想而知的。在实际排演中，演员们找不准正确的速度、节奏，演员之间建立不起来正确的交流适应，也找不到角色的舞台感觉。于是，有人提出到北京

去看看戏，想“伸手拿来”，但万籁天坚决不同意。他坚持走自己的路，耐心地说服大家，不要走抄袭和模仿的路，艺术贵在创新。功夫不负有心人，他终于找到了最佳的表现样式，找准了戏剧的节奏，帮助演员们建立起准确的舞台感觉和舞台自信，在全剧组的共同努力下，终于把这部戏立在了舞台上，获得了演出的成功。

三、美学追求

万籁天导戏博采众长，融表现和体验于一体。他认为中国话剧表演体系应向苏联的斯坦尼斯拉夫斯基的演剧体系学习，把体验和表现统一起来。作为经验丰富的艺术家，他善于启发和帮助演员进行艺术创造，他对舞台十分熟悉，熟悉舞台各部门的艺术创作规律，调动舞台各部门在统一的认识下进行艺术创造，因而，舞台演出呈现出协调、统一的风格特征。

万籁天熟悉中国传统戏曲，博览群书，了解民族文化的优良传统，熟知民族的审美心理和审美需求，因此，在拍戏时他十分注意有选择地从民族文化宝库中吸取营养，注重舞台艺术的韵律美，将传统戏曲的优美表演程式化用于话剧舞台，使舞台呈现上能够天然地拉近与观众的心理距离。他还注重技巧的运用，即运用技巧使剧本的思想得以形象化的展现。他鼓励演员勇于创新，创造性地运用各种形体动作塑造人物形象。他讲究舞台调度的节奏美，注重舞台灯光、舞美、音效对戏剧气氛的烘托、营造与渲染。万籁天反对脱离生活的技巧展示。他着重强调演员的内心体验，要求演员到生活中去，认真仔细地揣摩人物，深入开掘人物性格，要求演员生活于角色之中。因此，万籁天导演的每一台戏，普遍具有人物性格生动鲜明、节奏明快晓畅、戏剧气氛浓厚、调度灵活流畅的特点。多年的艺术实践活动，为万籁天提供了丰富的戏剧经验，确立了其现实主义创作深刻兼具和谐、优美、灵动的导演艺术风格。

万籁天导演艺术风格，深刻影响着他身边的导演和演员们，那一时期，辽艺成长起了一批优秀的表演人才，逐渐成长为国内卓有成绩的艺术家。万籁天的导演艺术是辽宁人民艺术剧院的一块瑰宝，每一代导演艺术家都可以从他那汲取营养，不断地为辽宁戏剧事业的发展奉献出优秀的作品。

（张彤）

第三节 张庚

· 张庚

张庚（1911—2003），中国著名戏剧理论家、教育家、戏曲史家。早年从左翼剧联开始从事戏剧活动，之后投身革命，奔赴延安。在延安鲁迅艺术学院的建设时期，张庚更是亲力亲为，为鲁艺前后培养了六届共200余名学员。抗日战争胜利以后，张庚带领鲁艺“东征”率先到达东北，组建东北鲁艺，率领东北鲁艺四团在辽宁地区活动。新中国成立前后，张庚历任延安鲁迅艺术学院戏剧系主任、中央戏剧学院副院长、中国戏曲研究院副院长、中国戏曲学院院长、《戏剧报》主编、中国艺术研究院副院长、中国戏剧家协会副主席。

一、接受启蒙

张庚原名姚禹玄，1911年1月22日生于湖南长沙。幼年的张庚曾听父亲说，姚姓在当地本是大户人家，张庚的母亲姓曾，是曾国藩的重孙女，从门当户对看，姚家在当地理应是名门望族。尽管出身望族，但在张庚幼小的记忆中他们家并没有“良田千顷”，相反，每到开学的时候，他的父母还总要为自己所交纳的学费而发愁，而那时所交的学费，多半也是父母从亲戚和邻居那里借来的。

1924年，13岁的张庚考入湖南最有名的私立学校——楚怡中学。楚怡中学的校长陈润霖是一名具有进步思想的教育家，他注重书本知识，但更看重劳动与实践，在老师和同学们的指引下，张庚开始不断追求进步思想。1926年大革命发生，北伐军攻打长沙，热血青年张庚只身来到武汉，参加中央军事政治学校武汉分校。但这时的张庚还不到16岁，无法入伍，只能在医务所做看护兵。即便如此，张庚也跟随医务组来到前方，在侯连瀛独立师与夏斗寅的战斗中担任伤员的救护工作，这是张庚第一次直面血与火的洗礼。但是随后的“马日事变”[①]使武汉的空气又异常紧张，既要躲避反动的反革命屠杀，又要寻找下一步的出路，张庚和同学们商量，大家听说此时上海的劳动大学免收学费，于是张庚和同学们再次背井离乡奔向上海。

1927年7月，张庚抵达上海，而且在没有高中学历的情况下，顺利地考取劳动大学社会系。在社会大学学习的这段时间，张庚陆续阅读了“《共产党宣言》，河上肇的《经济学大纲》，布哈林的《历史唯物论》，以及普列汉诺夫的一些著作，包括他的文艺理论著作”[②]，这样此时的张庚大开眼界，并且认为这些著作中宣扬的革命思想，更符合中国社会的现状与实际革命的路径。当时劳动大学的学生思想相当活跃，这使亲身经历过战场和“马日事变”的张庚有了很强的革命意识。除此以外，在劳动大学的学习中让张庚学习了外语，借助外语他又阅读了一批外文版的马列著作，同时通过外文还阅读了外国的文艺理论书籍。他还通过中学的陈子展老师的介绍，观摩了当时田汉领导的艺术大学“鱼龙会”以及南国社演出的“《生之意志》《江村小景》《画家与其妹妹》《苏州夜话》《名优之死》，外国戏剧《父归》《未完成的杰作》”[③]与欧阳予倩编演的《潘金莲》。这些戏剧作品同张庚小时候在家乡看过的地方戏曲截然不同，更使张庚进一步接触到了五四运动以来的反封建题材的戏剧作品。后来，上海劳动大学的学生们很快也组建了学生剧社，张庚应征报名成为剧社的骨干，这期间剧社排演了田汉改编的话剧《卡门》、易卜生的《娜拉》及爱尔兰剧作家的剧作《月亮上升》，剧社的演出在当时劳动大学的校内产生了不小的影响，甚至还吸引来一些校外慕名而来的观众。

张庚在回忆这段经历时曾说：“在20世纪20年代下半叶到30年代这一段时间中，中国的历史上充满了大事：国共合作举行北伐；蒋介石叛变革命，屠杀共产党和工农群众；工农红军和苏区的建立；日本帝国主义侵占东三省……每一件所发生的事对于像我这样的年青一代，都是震动心弦的，都是在脑子里像烧到一百度的水一样猛烈翻腾的。青年们心里有一个重大的问题：我们到底怎么办？我们往哪里走？回答是要革命，要投奔中国共产党。促使我们下这决心的，首先是事实教训。我们

① 1927年5月21日，驻守长沙的国民党反动军官许克祥率叛军捣毁了湖南总工会、农民协会、农民讲习所等中共组织革命机关和团体，解除工人纠察队和农民自卫军武装，释放所有在押的土豪劣绅。杀害共产党员、中国国民党左派及工农群众百余人。之后，许克祥与中国国民党右派组织了“中国国民党湖南省救党委员会”，疯狂屠杀共产党人和革命群众，因21日的电报代日韵目是“马”字，故这次事变被称为“马日事变”。

② 安葵：《张庚评传》，文化艺术出版社，1997年版，第11页。

③ 安葵：《张庚评传》，文化艺术出版社，1997年版，第12页。

除了此道，别无其他生路可走。这是国家民族的生路，也是个人的生路。促使我们如此快地觉醒的，就是马克思主义理论和革命文艺，南国社的文艺活动和他们的政治行动也是吸引我们走向革命的推动力之一。”①

二、投身革命

然而好景不长，张庚在劳动大学这段激动而充实的生活，不得不在 1931 年戛然而止。由于劳动大学的师生不断要求进步解放，这年夏天蒋介石亲自下令强行关闭了劳动大学，致使张庚等劳动大学的外埠学生流落街头。在上海的正常生活不能得到延续，张庚便与当时的同学丽尼（郭安仁）、吕骥（吕展青）先后来到自己熟悉的武汉谋生，他先在《时代日报》做校对，又在扶轮小学（铁路子弟小学）做教员。这时，盛佳伦从上海来到武汉，组建了“左翼剧联武汉联盟”，张庚在武汉联盟里任宣传部长，并把《时代日报》的副刊变成左翼剧联武汉联盟的机关刊物，取名《煤坑》，张庚在《煤坑》上发表了很多新诗、小说、杂文、文艺评论。此后，吕骥、张庚、陈荒煤等人又开辟了《电影与戏剧》周刊，三人化名在这个阵地上发表很多评论文章，抒发自己的革命感情，播撒革命火种。然而，这又引来国民党反动派的围堵，此时中共地下党陈心泉被捕，张庚不得不再一次离开他热爱的武汉。

1933 年夏，张庚从武汉来到上海，由于一时难以找到事做，经过同学丽尼的介绍，来到福建泉州黎明高中任教。年底，张庚离开泉州再次回到上海。回到上海后，因没有固定职业和收入，张庚加入左翼剧联并仅靠稿费度日。此时张庚担任了左翼剧联总盟常委，主管宣传工作。1934 年，张庚由赵铭彝、肖之亮介绍加入中国共产党。除了在左翼剧联工作，张庚还积极地参加一些学校业余剧社的辅导工作，那个时期上海的麦伦中学、新旦小学等学校都留下了张庚工作的身影。1935 年上海“左联”率先提出“国防文学”的口号，随后各个领域纷纷提出“国防戏剧”“国防电影”的口号，在这个背景下，张庚参与创作了《汉奸的子孙》《洋白糖》《我们的故乡》《咸鱼主义》等剧作。1936 年他出版了第一本戏剧理论著作《戏剧概论》，初

· 张庚 1935 年在上海留影

① 张庚：《悼念田汉同志》，《剧本》1979 年第 5 期。

步建构了自己的戏剧理论框架及主张。1937 年麦伦中学组织了戏剧研究会，经过推选，张庚成为该会的负责人，也正是在这一时期他认识了干学伟和陈锦清等麦伦中学的学生骨干。

全民族抗战爆发后，日本侵略者很快攻占了上海，张庚不得不于 1937 年 12 月离开上海，再次奔往武汉。在武汉的蚁社流动演剧队，张庚又积极地参与剧社活动进行抗日宣传，并在马彦祥等人编辑的《抗战戏剧》上发表了《新的剧本创作》和《戏剧的旧概念和新概念》等文章。他强调，“新的戏剧必须有一种特有的热，吸引每个群众投入到这戏剧行动中去。它不以艺术的游戏为满足，而把领导一个政治行动的任务放在自己的肩上。”[①] 张庚又参加了“中华全国戏剧界抗敌协会”的成立大会，后周扬从延安发来电报，让他到延安筹建鲁艺，张庚就此离开上海，经西安八路军办事处的介绍，在 1938 年 2 月抵达延安。

三、奔赴延安

周扬对在上海左翼剧联工作的张庚比较熟悉，更了解他在上海工作中所取得的成绩，因此在筹建延安鲁艺时自然想到张庚这位戏剧方面的干将。抵达延安后，张庚从周扬那里了解了延安建立鲁艺的缘起，这座艺术学院为何以“鲁迅”命名，除了纪念这位逝去的文学巨匠，更重要的是表明中国共产党创立的艺术学院要向着鲁迅开辟的道路大步前进。

相对上海的生活，当时在延安的居住和生活条件都比较艰苦，但在延安的生活却让张庚感到前所未有的充实与踏实。在延安，爱国与抗日再不会被禁止，人们感受到了精神上的自由与放松，聚集在延安这批进步人士充满了爱国的激情与抗日的积极性，人与人之间的关系也变得那么平等和团结。在这种氛围中，张庚积极地投入到鲁艺的筹备工作中。1938 年 4 月 10 日，鲁艺在延安中央大礼堂举行了隆重的成立典礼，毛泽东主席等中央领导同志参加了成立典礼，并愉快地与全体鲁艺师生合影。这时的鲁艺全名叫鲁迅艺术学院，共设立戏剧、音乐、美术三个系，院长空缺，副院长由沙可夫担任。 鲁艺的日常工作则由周扬主持，而在此期间，张庚始终担任鲁艺戏剧系的系主任并参与授课。

最初创立鲁艺时，鲁艺校址在延安旧城北门外西侧的一个山洼，那里有上下两

① 张庚:《戏剧的旧概念和新概念》,《抗战戏剧》1938 年 4 卷 8 期。

排20多孔窑洞，校部和教学场所就在这里。直到1938年8月，鲁艺从延安北门外搬到延安东郊离城十多里的桥儿沟。戏剧系成立之后，除了紧张的教学任务，当时几乎是一两天、两三天就有一个晚会，晚会上的节目则都是学生们自己编的《希特勒之死》《国际玩具店》等活报剧和独幕剧。当时鲁艺第一期的学员大都选拔自来到延安的剧社、演剧队的成员，有一定表演基础，同时也有一定的文化水平。经过一段时间的学习后，他们就纷纷离开延安，奔赴晋西北、晋东南以及山东等地开展戏剧活动。从1938年4月到1945年11月，戏剧系共计培养了179人。当时的干学伟、陈锦清、贾克、张平、张颖、侣朋、苏里、李纶、张东川等人都是延安鲁艺戏剧系不同时期的学员。

戏剧系建立之初，戏剧课的教员有限，仅有王震之、崔嵬、左明、姚时晓等人，后来1938年8月1日鲁艺实验剧团成立，由于工作需要，王震之带领实验剧团去前方工作，未几左明也离开了，师资自然紧张起来。这时的张庚不仅担任系主任，还讲授《戏剧艺术引论》《话剧运动史》《各时代戏剧代表著作的研究》。此外，张庚还帮助接替王震之上课的姚时晓老师，二人共同研究教学方法。"大约1940年下半年，张庚收到从重庆转寄来的上海出版的《剧场艺术》杂志，上面连载了斯坦尼斯拉夫斯基的《演员的自我修养》，它提供了训练演员的方法，如戏剧小品、情绪记忆等。张庚认真学习了斯坦尼的文章，并与张水华、干学伟、王冰等一起研究，在教学中进行试验。"① 当时学员们都很喜欢上张庚的课，张庚不仅教授戏剧理论，还进行导演实践。钟敬之在《延安十年戏剧图集》中记录下了当时延安演出的一批戏剧作品，其中由张庚导演的剧目就有《流寇队长》《林中口哨》《军民进行曲》《红灯》《冀东起义》《异国之秋》《棋局未终》《中秋》之多。

经过鲁艺的教学，当时鲁艺演出了《日出》《婚事》《蜕变》《钦差大臣》《求婚》《蠢货》等一批名著，这标志着鲁艺戏剧系的教学成果，但是由于世界名著与当时陕北农民的现实生活距离很远，所以这些名著并没有得到当地农民观众的认可，为此当地老百姓还编了一个顺口溜讽刺当时鲁艺的教学成果："戏剧系装疯卖傻，音乐系哭爹喊妈，美术系不知画啥！"张庚很快注意到这个问题，经过分析，他认为农民兄弟不认可世界名著除了农民文化水平不高，更重要的是这些名著与农民的生活相距太远，不能产生共鸣。

① 安葵：《张庚评传》，文化艺术出版社，1997年版，第83页。

四、探索戏剧新路

1942 年 5 月，毛主席《在延安文艺座谈会上的讲话》发表，在“讲话”精神的指引下，鲁艺的创作方向开始进行调整，戏剧系自然首先响应。经过下乡深入生活和反复讨论，张庚发现陕北农民对当地的旧秧歌这种形式却情有独钟，根据这一发现，鲁艺在教学和创作中开始了方向性的调整。于是，《拥军花鼓》《惯匪周子山》《下南路》《兄妹开荒》《赵富贵自新》《刘二起家》《夫妻逃难》《栽树》《夫妻识字》等一批陕北农民喜闻乐见的新秧歌作品应运而生，并受到当地观众前所未有的欢迎。

为了给党的七大献礼，鲁艺戏剧系的师生们开始根据冀西山区流传的“白毛仙姑显圣”的传说创作一部戏。一开始，剧本“由邵子楠写了一个初稿，由于他不懂歌剧，写得像朗诵诗，于是由贺敬之执笔重写，但贺敬之写到最后一场生病了，张庚又请来丁毅参加创作和修改。导演团由王彬、王大化、舒坦担任，作曲由马可、张鲁、瞿维负责”①。此后在题材上，该剧又经历了“秦腔—秧歌加戏曲—话剧”等艺术形式的尝试与讨论，最终确立运用“民族歌剧”这种表现形式来表现，这部戏就是后来广为流传的歌剧《白毛女》。后来张庚回忆：“《白毛女》在‘鲁艺’学习中的价值和地位是十分重要的，特别对搞戏剧、音乐的同志是如此。《白毛女》令我们深刻体会到中国农民的苦难深重，在创作过程中是如此，在观众的反应中尤其如此……作为一个革命者，作为一个文艺工作者，我们要学习的东西是何等的多啊！后来在土改中间，在解放战争中间，《白毛女》从农民和战士那里所得到的强烈反应，更加深了我们这个感觉，中国人民是苦难深重的。”②如果说鲁艺戏剧系的创办在起初的探索期摸索总结出了一套完备的教学和实践体系，那么，歌剧《白毛女》的创作与演出，则代表着延安鲁艺在戏剧教育与结合国情和现实之中成功地走出了一条符合中国国情的戏剧教育和创作之路。

在鲁艺戏剧系工作的这段时间里，张庚除了教学和指导创作以外，还积极对戏剧理论以及中国化戏剧进行着理论层面的思考与探索，在这期间，他在鲁艺戏剧系讲授的《戏剧艺术引论》在 1942 年由华北新华书店出版发行。张庚在 1939 年发表的论文《话剧的民族化与旧剧的现代化》，也因较早接触话剧向戏曲学习和戏曲改革的问题，引起戏剧界的注意。后来，张庚还发表了《“鲁艺”工作团对于秧歌的一些

① 安葵：《张庚评传》，文化艺术出版社，1997 年版，第 98 页。

② 张庚：《我在“鲁艺 所学到的》，《光明日报》1988 年 11 月 27 日。

经验》《谈秧歌运动概况》等文章，并选编了《秧歌剧选集》，从而积极地总结了“秧歌运动”中的成功经验，这些理论文章在当时成功地推动了秧歌剧的探索之路和成功发展。

五、开赴东北

1945 年 9 月，根据中央指令，鲁艺分成华北和东北两支队伍，离开延安开始向华北和东北挺进。鲁艺这支队伍由舒群、田方带队，吕骥、张庚同行，从陕西商洛张家口村出发，进入内蒙古草原，经过两个月的跋涉，来到吉林境内的白城子，稍事休整后继续向黑龙江齐齐哈尔市挺进，随后直奔哈尔滨市。

鲁艺到达哈尔滨后，同先期抵达的总政文工团等演出团体联合举行了声势浩大的革命文艺演出活动，在鲁艺哈尔滨的大光明电影院演出了歌剧《白毛女》，和当地的热血青年合演了《黄河大合唱》。随后，鲁艺又在 1946 年 7 月下旬迁到佳木斯开展工作，这期间鲁艺文工团和总政治部文工团、东北文工团先后在佳木斯演出了《血泪仇》《白毛女》《三打祝家庄》等戏，演出轰动了佳木斯。1946 年 9 月，鲁艺在佳木斯招收自进入东北以来的第一批新学员。12 月，根据上级指示，把现有的鲁艺成员编为“一团一组”——一团是牡丹江鲁艺文工团（即鲁艺一团），一组是哈尔滨工作小组（后发展为鲁艺三团），其余鲁艺成员都去农村参加“土改”。这时张庚带领一部分学员开始在佳木斯长发屯开展土改，这一期间鲁艺除了演出《白毛女》，李之华还根据东北当地的实际情况创作了《反“翻把”斗争》。《反“翻把”斗争》描写的是“1946 年东北某农村恶霸地主孙林阁被斗争后并不甘心，利用混进农会的狗腿子马奎五，栽赃陷害农会主任刘振东，妄图把农会的大权夺到他们手里。后来在工作队领导下，群众擦亮了眼睛，弄清真相，揭破了地主翻把的阴谋。反‘翻把’斗争在新解放区是一个突出的问题。由于作者有生活积累，几个人物写得都很生动，全剧的故事在一个晚上的时间里展开，矛盾冲突的发展扣人心弦”[①]。该剧在当时的东北地区受到了极大的欢迎，同时也为配合东北地区特殊的“土地改革”运动起到了强有力的推动作用。

1947 年 5 月，上级决定把在牡丹江参加土改的同志与东北大学来的学生合并组成合江鲁艺文工团（即鲁艺二团），继续下乡参加土改。7 月，根据东北局宣传部指示，从目前现有的牡丹江鲁艺一团、合江鲁艺二团、哈尔滨鲁艺三团各抽取一部分

① 安葵：《张庚评传》，文化艺术出版社，1997 年版，第 131 页。

成员，组建鲁艺四团奔赴“南满”开展工作，该团由张庚兼任团长，张庚、张望、陈紫、陈锦清、丁鸣等任团委。9月，鲁艺四团一行人向“南满”进发。“他们经图们、敦化、延吉、吉林、盘石、桦甸、梅河口等地，在‘九一八’纪念日他们到达当时东北局南满分局所在地通化市。”[①]10月末，鲁艺四团开进辽宁丹东，在丹东他们排演了《永安屯翻身》《火》《复仇》《参军》《分浮财》等秧歌剧，受到当地的极大欢迎，演出观众达4万多人次。

1948年3月，张庚又带领鲁艺四团从丹东出发，经大孤山、庄河、瓦房店向大连挺进。在瓦房店前元台村，四团再次投入到土改工作中。6月抵达大连，鲁艺四团在大连又先后演出了《永安屯翻身》《火》《杨勇立功》《全家光荣》《收割》《四季生产》等秧歌剧。当时的《关东日报》还在1948年8月10日第3版上为秧歌剧《火》编发了专题评论。其中，有剧评对《火》作出了以下评价：“《火》剧是整个土改的一部缩影，它正面告诉了我们土地改革运动是极其复杂、曲折、尖锐、激烈而残酷的阶级斗争……剧本的故事非常曲折动人，许多场面都是使人看了与演员共鸣的。”[②]另有评论说《火》剧“刻画人物和农民语言方面相当活泼动人……整个剧的结构是紧凑的，作曲刘炽用民歌体的音乐贯穿了全剧，使人听了感到亲切”[③]。在大连除了演出，鲁艺四团还在当地举办了为期15天的两届戏剧学习班。学员都是从当地工厂工会优中选优选出的文艺积极分子，两期累计共300余名。在此期间，张庚、张望和鲁艺四团成员分别为学员们讲授戏剧、秧歌和化妆等课程。张庚在这一期间也撰写了《秧歌与新歌剧》的讲稿，后被收录在《论新歌剧》一书中。至1948年7月，最后成立的鲁艺四团累计编写剧本16部，演出103场，观众达20余万人次。

· 1948年6月，张庚在东北鲁艺四团工作时留影

1948年11月2日，东北重镇沈阳迎来解放，张庚和张水华从丹东带领鲁艺四团进入沈阳，并根据指示电告鲁艺其他三个团来到沈阳，在东北电影院等地演出了《白毛女》《复仇》《保卫和平》等剧目，并编写了大型活报剧在街头演出。后经东北局决定把鲁艺留在沈阳恢复办学，任命吕骥

① 安葵：《张庚评传》，文化艺术出版社，1997年版，第134页。
② 飞燕：《〈火〉剧观后》，《关东日报》1948年8月10日。
③ 清明：《关于歌剧〈火〉》，《大连日报》1948年8月3日。

为东北鲁迅艺术学院院长，张庚为副院长。

六、留京办学

1949年6月，中华全国文学艺术工作者代表大会（简称全国文代会）在北京举行，张庚作为东北代表团的代表出席会议，在会上他作了《解放区的戏剧》的专题发言。在文代会后，张庚就被留在北京，与曹禺、欧阳予倩等人共同筹划成立中央戏剧学院。1950年4月2日，中央戏剧学院在棉花胡同成立，欧阳予倩任院长，曹禺、张庚任副院长。1953年2月5日，根据工作需要，张庚调任中国戏曲研究院副院长。这时除梅兰芳任院长外，副院长分别是程砚秋、张庚、罗合如、马少波。这以后，张庚先生又参与到中国戏曲学院的筹建与教学工作中，1963年，张庚与郭汉城开始招收第一届硕士研究生。同时根据工作需要，张庚和郭汉城又带领研究院的同志们系统地开展戏曲研究工作，他与郭汉城以及“前海学派”的同人编写了奠定现代研究视角的《中国戏曲通史》与《中国戏曲通论》，通过古代戏曲与各个时代的政治、经济、文化的关系，探索戏曲发展规律，“一史一论”开创了现代意义上历史唯物主义和辩证唯物主义视野下中国戏曲研究的新纪元。随后在张庚的带领下，中国艺术研究院又先后完成《中国大百科全书戏曲卷》《当代中国戏曲》《中国近代戏曲史》《中国戏曲志》等几项重大项目的编纂工作，张庚也成为“前海学派”的开创人物。此后，张庚再也没有离开中国戏曲研究院（中国艺术研究院），还在改革开放后成为中国艺术研究院的首届博士生导师。1991年开始，张庚享受政府特别津贴。2003年9月27日，张庚先生因病在北京逝世，享年93岁。

综观张庚先生的一生，是革命的一生、战斗的一生，也是为中国戏剧事业奋斗的一生。与此同时，张庚在不同时期的教学岗位上培养了一批又一批的学生，不论是在上海麦伦中学的业余剧社，还是在延安鲁艺，抑或东北鲁艺，更有新中国成立后中国戏曲学院，中国艺术研究院的硕士、博士研究生……处处都留下张庚传道授业的足迹，因此，张庚先生的一生也是倾注于戏剧（曲）教育的一生。张庚先生带领鲁艺戏剧系师生从延安到东北的经历，不仅是他个人一生难以忘却的回忆，更是鲁艺史上的浓墨重彩，为后人所景仰。

（刘新阳）

第四节　洛汀

· 洛汀

洛汀（1919—1983），原名袁天福。1938 年参加革命，1944 年进入延安鲁艺，1948 年进入松江鲁艺文工团。先后任东北鲁迅文艺学院戏剧部（系）副主任、主任，东北人民艺术剧院话剧团团长，辽宁人民艺术剧院副院长、院长，辽宁省文化局副局长，辽宁省文化厅副厅长、厅长。曾任辽宁省政协常委、中国戏剧家协会常务理事、中国文联委员、辽宁省剧协主席、辽宁省文联副主席。

一、延安鲁艺时期的文艺创作

1919 年 4 月，洛汀出生在昆明的一个封建大家庭。他中学读书时便开始接触戏剧，曾担任过学校救亡剧社主任。1938 年 9 月，他投身革命，奔赴革命圣地延安，进入西北战地服务团戏剧组，先后写了 12 个剧本，独幕话剧《烽火》、《父与子》、《粮食》（与海默、朱星南合作），二幕话剧《毒药》、《童养媳》（与田野合作），多幕剧《表》、《兵临城下》（与白刃、李树楷合作）、《故乡》（与海默合作）等。独幕话剧《粮食》（合写）成为战争题材戏剧的经典之作。1944 年后，延安鲁艺文学院成立，洛汀在戏剧研究室先后任研究员、教员。

二、扎根东北

1945 年 8 月 15 日，日本帝国主义投降。党中央决定，派出以彭真、陈云为领队的东北干部团开赴东北。9 月初，延安鲁艺也组成东北文艺工作团，随同东北干部团一起向东北挺进，这也是延安鲁艺最先进入东北解放区的文艺队伍。同时，中共中央决定延安鲁艺迁往东北办学。11 月下旬，周扬带队从延安出发，途经华北时，因国民党占据了长城一线通往东北的要塞，鲁艺东北团被阻在张家口。1946 年 3 月他被调往中央党校文艺工作研究室戏剧组，同年 12 月到旅大警察学校二大队任政治教官。1947 年 5 月，他进入东北旅大警察民主同盟军政治部工作。1947 年冬，中共中央东北局宣传部根据中央关于建立巩固东北根据地的指示精神，决定将东北大学

· 西战团回延后为“七大”演出的独幕剧《粮食》(《沁源围困》)

鲁艺文学院从东北大学分离出来，组建东北鲁艺文工一、二、三团（又称牡丹江团、合江团、松江团），分别派往牡丹江、佳木斯、哈尔滨，开展革命文艺活动。1948 年，洛汀任松江鲁艺文工团戏剧科长。

1948 年 11 月 2 日，沈阳解放。中共中央东北局决定在沈阳恢复鲁艺的学校建制，定名为东北鲁迅文艺学院，全院设美术系、音乐系、戏剧系。洛汀出任东北鲁迅文艺学院戏剧系副主任，培养了大批的戏剧人才。1953 年 3 月，洛汀任东北人民艺术剧院话剧团团长。1954 年，东北人民艺术剧院更名为辽宁人民艺术剧院，洛汀任副院长，主管话剧工作。1956 年任辽宁人民艺术剧院院长。1960 年，洛汀任辽宁省文化局副局长。1966 年进“五七干校”下乡插队。1977 年任辽宁人民艺术剧院院长，辽宁省文化局副局长，辽宁省文化厅副厅长、厅长。

三、开启导演之路

抗日战争期间，洛汀先后导演了《毒药》《父与子》《地雷战》《粮食》《过关》《婚事》《望穿秋水》等剧。进入辽宁人民艺术剧院后，他先后导演了《第一次打击》《明

朗的天》《家》《在建设的行列里》《前进再前进》《胆剑篇》《秋瑾传》《故乡》等剧目。其中，《在建设的行列里》获得导演奖;《前进再前进》1956年参加第一次全国话剧观摩演出，洛汀荣获导演二等奖。

洛汀是一位集戏剧导演、创作、教育于一身的戏剧领域的杰出艺术家。同时，他还是一位尽职尽责的剧院领导。他任辽宁人民艺术剧院副院长、院长期间，培养了一批全国知名的优秀演员，演出了许多在全国颇有影响的优秀剧目，把辽宁人民艺术剧院建成了全国一流的剧院。他对钟爱的戏剧事业始终保有高涨的热情，对辽宁戏剧事业做出了卓越贡献，赢得了文艺界同行对他的尊敬和爱戴。“烽火连天，驰骋长城内外，壮心犹在。芳泽行地，梭罗舞台上下，亮节可风。”这副悼念挽联，可以说是洛汀戏剧人生的真实写照。

洛汀是一位优秀的导演艺术家，同时也是一个有着鲜明审美追求的导演。在他导演过的戏剧中，能够分明地感受到他对于戏剧诗化意境营造上的追求。洛汀博学多才，博览群书，有着惊人的记忆力。他对戏剧、小说、绘画涉猎颇多，广博的知识储备是他能够形成自己独具特色的导演风格的基础。这种导演风格的形成是受了契诃夫的影响。他对契诃夫的剧作爱不释手，从契诃夫的戏剧作品中，特别是《海鸥》中，他发现了丰富的诗意营造。可以说，契诃夫是戏剧诗意营造的高手。洛汀经过一番比对和思考，认为一部戏在舞台呈现上只有达到整体的诗意化，这部戏才能达到较高的艺术境界。

四、诗意化的美学追求

洛汀的诗意化的导演美学追求贯穿他导演艺术道路的始终，在他导演的《家》《秋瑾传》《海边青松》中都可以轻易窥见，在其导演代表作《家》中体现得尤为明显。

《家》是一部思想深刻的现实主义戏剧作品。全剧通过以觉新为代表的青年一代与以高老太爷为代表的封建腐朽一派的激烈斗争，深刻反映了当时的社会面貌，揭露了封建社会和家族制度的腐朽与压抑，控诉了旧礼教的罪恶及其压抑人性的本质，其必然的结果就是会被社会的发展无情地碾压直至消亡。全剧还以极大的热情歌颂了青年知识分子的觉醒、抗争以及他们与罪恶的封建礼教家庭的彻底决裂。

作为导演，洛汀首先要做的就是仔细研究文本。对于《家》，他有着一个艺术家的敏锐洞察力，对剧本有着独到的见解。他认为不能把《家》简单地理解为封建与反封建、激进派与反动派的斗争。《家》的主题是要号召人们在激流中勇进、奋斗，但是，这种奋斗与抗争不能脱离开写作时的特定历史环境。当时的抗争是血泪的抗争、血泪的控诉。主人公觉新本性善良，但为人懦弱，向封建礼教妥协，结果害人害己。洛汀认为觉新是“思想上的巨人，行动上的矮子”。他的反抗多体现为内心的波动，因为他生性懦弱，长子长孙所谓的“责任感”一直在绑架他的精神，逼他就范。他内心清醒，但又充满矛盾，这就形成了他的典型性格。所以，在人物身上，他的懦弱又是特定时代和特定家庭环境的产物。他始终痛苦，想朝着自己内心真实的想法进发，却有着家庭的拖累，不断在矛盾中起伏挣扎，最终在洞房花烛那一天，同梅芬的邂逅，与瑞珏诀别……

“《家》不是一个慷慨激昂的情调，它是生活是[illegible]，不是高音不是强音，是非常抒情而又严肃的，是一条平静的流水，不是奔腾的巨流，但遇到石头也会溅起浪花，浪潮在《家》之后。用画来比喻，近乎工笔，是很细致的描绘，也有破格的地方是传神，近乎诗画，画中有诗，诗中有画，用音乐来比喻，是抒情独唱，是一首抒情的诗，平淡的诗，内含有愤怒、抗议。”① 洛汀在《家》中，在人物身上感受到了压抑痛苦的诗意。

在人物形象塑造和舞台调度上，也透露着洛汀对浓郁的诗意化的追求。如“鸣凤之死”的一场戏。鸣凤知道自己做了一场梦，那短暂的甜蜜和快乐让她感到十分满足。那种爱而不能的心境，是一曲交织着爱与恨、快乐与痛苦的哀婉鸣唱。她清楚地知道觉慧娶她是个不能实现的梦想，就算自己甘心做他的婢女、只求能够经常伴其左右的心愿也不是能够轻易达成的。这里，导演洛汀为鸣凤设计了一系列动作：她没有呐喊，没有挣扎，有的只是平静地、从容不迫地、一步一步走进湖水，慢慢地走进湖水的深处，毫无声息，悄然而逝。导演删掉了原来舞台呼啸的大风，把这里处理得异常平静。鸣凤的死，投射进了观众的心里，宛如一首低泣的诗。

在诗意营造上，洛汀追求“有机的内在和谐，完整而富有意蕴的境界”，追求含蓄的、蕴味无穷的意象。戏剧是综合性的舞台艺术，意象的设计必须要服从整体，要为人物塑造、主题阐释、情节推进等服务，这样才能构成一个有机融合的整体。洛汀以极为严谨的写实手法，细致地描绘了各个特定场景。典雅精致的屏风分割出不同的舞台空间，深宅大院之中盛开着美丽的梅花，错落有致的暖阁陈设显示出洞房的喜庆气氛，月光湖水、一派宁静祥和的小院与之形成强烈的反差。然而平静的

① 摘自《家》场记。

表象下往往是急流勇进。电闪雷鸣之中，鸣凤走向了死亡。荒郊野外的破房子中，旧木床前的炭火怎么也暖和不起来，瑞珏在破房子中分娩，只有院内与深宅大院相呼应的梅花还有着些许的生气。瑞珏难产而亡，预示着封建大家庭及封建制度的最终必将没落走向衰亡。

剧中，洛汀设计了两次杜鹃鸣叫。第一次杜鹃鸣叫是在觉新和瑞珏洞房花烛夜，觉新无奈娶了瑞珏，他恨新娘，怨自己，思念梅芬。觉新原来无论如何是不愿意看瑞珏，甚至故意从感情上贬低这个陌生的姑娘，可待到他和瑞珏的目光相遇，他竟恍惚地看见梅芬出现在自己的面前。他感到害怕，想竭力逃避。当瑞珏给小孩穿鞋后，他看到了瑞珏的容貌和她善良温柔的内心。此刻，他的害怕消失了，他不忍心再仇视这个善良的姑娘，让毫不知情的姑娘也遭到痛苦和不幸。于是，一种爱护、想要保护瑞珏的情感油然而生。此时，杜鹃第一次鸣叫。鸣叫声那么明快，那么令人神往。觉新和瑞珏双双凝神细听，此时，觉新内心中由冷漠到温暖的变化经由“杜鹃鸣叫”这个诗化的意象逐渐显露出来，并准确地传递给了观众。第二次杜鹃鸣叫是瑞珏难产生命垂危之时，瑞珏知道自己必死无疑，内心十分哀痛，但善良的她不愿意把这种苦痛传递给他人，她自己强忍着精神和肉体上的双重痛苦，默默无语，深情地望着觉新，进行最后的诀别。这时，杜鹃又叫了。在杜鹃的阵阵鸣叫中，瑞珏安静地离开了人世。杜鹃的哀鸣，是在哀悼瑞珏的人生，哀其不幸，渲染出了一种浓重的悲剧氛围。两次杜鹃鸣叫，是两种寓意完全不同的戏剧表达。所以，洛汀的戏剧诗意化追求是含蓄的，所凭借的意象，也不仅仅是视觉形象，而是综合地运用各种手段来提高戏剧的感染力。

再如，洛汀在剧中对于“落叶”意象的处理。梅芬死后，觉新蹒跚归来，庭前的落叶飘扬而下，恰似梅芬生前的孤零无助、寂寞凄清，同时，也营造了此时觉新心思幻灭的心境。落叶透露出的寒意，也表明了这个吃人的家庭的凌冬将至，衰败是不可避免的。当瑞珏安静地死去时，一阵风吹过，落叶纷纷，掠过觉新的心头，也掠过观众的心头。自然景物的衰败在此时此刻更让人倍感凄凉。瑞珏是这个大家庭硬塞给他的，他曾经那样的痛苦，但最终妥协接受了，因此，对于妻子瑞珏，觉新有着不可名状的情绪，有悲愤，有怨恨，有可怜，也有惋惜……当瑞珏成为在这个让人窒息的大家庭里仅存的慰藉时，还要被无情地吞噬掉。洛汀用落叶纷纷的舞台意象把觉新失望、痛苦、幻灭、茫然的复杂心境表达得淋漓尽致。导演对于这些舞台意象的恰当运用，使得戏剧产生了强烈的感染力。

五、细腻与气魄并存

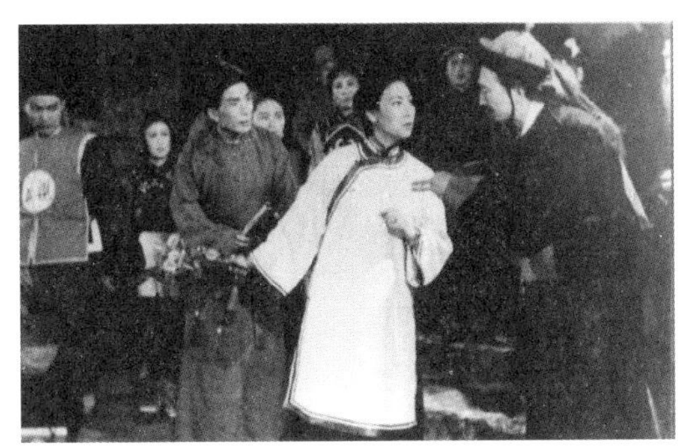
· 话剧《秋瑾传》剧照

洛汀的导演艺术注重从整体谋篇，有戏则长，无戏则短，既讲究表现的细腻性，又有大手笔、大气魄的舞台呈现。细腻处，精雕细刻。《故乡》中，民兵队长牺牲后，他的母亲撕下一块白布扎在孩子的头上，洛汀强调要用极新、极结实的白布，当台上鸦雀无声时，队长母亲撕扯这块极结实的白布所发出的声音所产生的效果是震撼的，是撕心裂肺的。这样处理，既表现出了死者的悲壮，又表达了生者的悲愤，隐含着同仇敌忾的决心。再如《家》中梅表姐的手绢、洞房花烛夜两个女人的对话，《秋瑾传》中丈夫与妻子的离别等。大手笔、大气魄是洛汀导演艺术的又一特色，如《第一次打击》《胆剑篇》等。

在导演实践中，洛汀还十分强调艺术的创新。他认为戏剧的发展离不开形式的创新，因而，非常鼓励舞台呈现的多元发展。20 世纪 60 年代，他导演了现代戏《海边青松》，剧中他首次使用了小转台，把门里门外、院内院外都集中在了这个小转台上，人物上下场十分灵活。“转动时产生具有高度假定性的空间流动感，使得演出在现实环境和主观情感之间的相互渗透和自如转换成为可能，而转台舒展、流畅、平缓的转动感觉，更有利于抒发深沉的情感，渲染浓郁的气氛。”① 转台的创新性运用，对当时封闭的话剧舞台来说是注入了一股新风。此外，他还曾引进了滑稽戏《三毛学生意》《阿 Q 正传》等，为辽宁戏剧舞台的多元发展做出了贡献。

洛汀对诗意表达的追求，形成了诗意化、大写意的独特的导演风格。这种风格，在后来的刘喜廷导演那里得到了集成和发扬。作为剧院的管理者，他又以自己的远见卓识，引入新的戏剧观念，培养戏剧人才，为辽宁戏剧舞台的多元多样化发展做出了不可磨灭的贡献。

（张彤）

---

① 王晓鹰：《戏剧演出中的假定性》，中国戏剧出版社，1995 年版，第 65 页。

第五节　肖汀

· 肖汀

肖汀（1924—1991），中国共产党党员，1924 年生于河南开封市，1945 年 11 月加入中国共产党，1954 年在中共中央高级党校学习。曾任辽宁人民艺术剧院副院长、导演，中国戏剧家协会常务理事，省文联委员，省戏剧家协会副主席、顾问。在长达半个多世纪的艺术生涯中，肖汀导演了近百部戏剧。1959 年，他被特邀参加全国工业、交通、基建、财贸社会主义建设先进集体先进工作代表大会，受到周总理的接见。

一、投身革命

肖汀，原名郭新民。1938 年，年仅 13 岁的肖汀在河南许昌参加了中共地下党领导的“孩子剧团”，开始接触戏剧。在这期间，他在《壮丁》《林中口哨》《八百壮士》等剧中饰演老头、日本军官、排长等角色。在战火纷飞的中原大地上，“孩子剧团”为抗战救亡宣传，为唤醒民众而呐喊，被誉为“孩子抗战先锋队”。1939 年末，国民党顽固派掀起反共高潮，欲对“孩子剧团”下毒手。在这紧要关头，党组织为保护这些革命的种子，决定带领他们撤离国统区。经过艰苦跋涉，冲破重重封锁线，终于到达了延安。

二、在延安

到达延安后，肖汀先后在延安陕北文工队、延安鲁艺戏剧系、延安西北文工团、中共中央党校文研室、延安陕甘宁边区文协办、延安西北文工团革命文艺组织学习、工作，以蓬勃的政治热情投身革命文艺工作中去。

这一期间，他在《带枪的人》(苏)、《北京人》、《蜕变》、《清明前后》、《生命在呼唤》、《俄罗斯人》(苏)等中外戏剧中扮演各种角色。在曹禺的《蜕变》中，他扮演丁大夫的儿子丁昌，戏里大家喊他“小丁”，在台下同志们也戏称他为“小丁”，久而久之，他索性便给自己取了个谐音“小丁”的艺名——肖汀。

除了演戏，肖汀还积极创作文艺作品。在延安兴起的秧歌剧浪潮中，他与人合作编写并导演了秧歌剧《变工好》《一朵红花》《归队》《回娘家》，受到了中共中央西北局宣传部和文委的奖励。《回娘家》《一朵红花》被选入张庚编的《秧歌剧选集》。《变工好》《王有才归队》等剧本曾在延安《解放日报》《东北日报》刊载，后由新华书店出版发行。在创作实践中，他对于表导演有了新的认知，撰写了《论秧歌戏的表演》《导演杂记》等数篇文章，发表在《东北日报》《人民戏剧》等报刊上。大量的戏剧实践活动，极大地丰富了他的阅历，积累了大量的经验，为其导演艺术的日臻成熟奠定了坚实的基础。

三、挺进东北

1945 年，抗战取得了全面胜利，党中央部署开辟东北根据地，张庚带领当时延安的一批文艺工作者奔赴东北。肖汀也是队伍中的一员。告别延安，东渡黄河，穿越晋西北莽莽山区，既要避开国民党占据的城镇，又要在黑夜伪装潜行以通过国民党的封锁线，历尽千难万险，终于在数月后到达了当时解放区首府哈尔滨市。1946 年，他先后担任了松江军区文工团副团长、导演，排演了《白毛女》《为谁打天下》《牛永贵负伤》《归队》《十六条枪》《把眼光放远一点》等配合部队激发革命斗志主题教育的戏剧。不仅如此，他们还深扎进农村，把戏送到庄稼院、送到了土改第一线，进行保田自卫教育，提高政治觉悟。1947 年，肖汀进入松江鲁艺文艺工作三团，担任演出、教育科长、导演等职。苏杨回忆中说道：“肖汀同志在三团负责戏剧方面的工作，对三团戏剧艺术建设和演员的培养，都有他所付出的精力、智慧和劳动。”这期间，他导演了《杨勇立功》《收割》《干活好》《反“翻把”斗争》《为谁打天下》《白毛女》等 20 多部戏，推动了土改运动和民主政权的建设，深受广大观众的喜爱。松江鲁艺文艺工作三团经常冒着严寒酷暑，步行百里去演出，条件非常艰苦。有一次，他们到硝

· 肖汀任松江军区文工团副团长兼编导

烟密布的长春前线慰问演出，夜间正在熟睡之时，突然接到“敌军在驻地附近突围，必须立即转移的通知”。肖汀不顾个人安危，顶着敌军的枪炮，带领大家迂回有序地跑出了十几里，顺利转移到安全地带。

· 1947 年鲁艺一团演出《干活好》

东北全境解放，中共中央东北局决定将东北鲁艺文艺工作团的五个团组建为“东北鲁迅文艺学院”。肖汀被任命为东北鲁迅文艺学院实验剧团的导演，兼演出教育科副科长。这期间，他导演了《全家光荣》《警惕》《北平号火车头》《王秀鸾》《白毛女》《为谁打天下》等 20 多台话剧、歌剧。这些作品与时代、与人民息息相关，继承了中国戏剧优良的战斗传统，发挥了巨大的历史作用，也体现了肖汀高度的政治觉悟、强烈的社会责任感与历史使命感。肖汀的导演才能在实践中得到了切切实实的锻炼，其导演艺术逐渐走向成熟。

四、攀登艺术高峰

1948 年 11 月，沈阳解放。东北鲁艺的四个文工团队和音工团由哈尔滨进驻沈阳。1949 年，肖汀被调入东北文协文工团任戏剧教员、导演。这期间，他与杜印合作导演了大型工业题材的话剧《在事物面前》。后他又被调入东北文教队，任副队长、导演。1950 年，他导演反映抗洪英勇事迹的话剧《堤》。《堤》通过防汛修堤这一中心事件，写出了当时农村中个人利益与集体利益、先进思想与落后思想之间的冲突斗争。全剧节奏紧凑，人物性格鲜明，极富生活气息。

·《堤》书影

导演肖汀主张“从生活出发”的艺术理念，强调要体验生活，细致观察，把体验观察的收获，运用到形象塑造中去。他亲自带领全剧组到新民县烧羊皮褂子村抗洪第一线，了解抗洪抢险的实际。农家院、沿河大堤成了他们的排演场。一天，大家正在排戏，忽然锣声大震，就听有人喊：“大堤决口了！”肖汀立即率领演职人员跑上大堤，奋不顾身同当地群众一起抗洪抢险，堵住缺口。与洪水搏斗的惊心动魄的过程和内心感受，都被肖汀应用到了戏剧舞台之上，形神毕肖、生动感人。肖汀要求大家细心观察生活，并找到与自身相近的角色，通过那一段“同劳作、同休息”的特殊学习实践，演员都找准了自己角色的定位，因此，能够在台上把原汁原味的农民形象演绎出来。有一场戏，电闪雷鸣、倾盆大雨，洪水即将到来。群众各自逃难，整个堤坝上人在喊、鸡在叫……老李婆子披头散发，脖子上挂着串大蒜，怀里抱个座钟，手还拎着只活鸭子，还拽着孩子……把洪水来临前群众慌乱的窘态生动地勾画出来，引得观众哭笑不得。肖汀还特别善于利用细节和小道具为戏剧演出服务。剧中王老六钉橛子，邻居家孩子出门被橛子绊倒，与王老六对立的老李婆子出来拔橛子，于是，上演了一场激烈有趣的拔橛子戏。一根橛子被肖汀运用得淋漓尽致、妙趣横生。此外，剧中还运用长杆烟袋、茶壶水碗、板凳、手帕、日本战刀等道具帮助刻画人物形象。

该剧公演后受到了戏剧界人士及广大人民群众的肯定。当时的媒体把这部戏称为“一部人民的喜剧”。《东北日报》与东北文教队于 1950 年 10 月 20 日召开了关于《堤》的座谈会，时任东北局文化部部长刘芝明、苏联戏剧专家瓦拉比约夫以及文艺界二十余名专家学者参加了座谈会。29 日，《东北日报》刊载了刘芝明的评论文章。他对《堤》给予全面的充分肯定，认为该剧是成功的，富于东北乡土特点，是戏剧界比较好的创作。可以说，《堤》的成功开了一个好头，为辽宁人艺开辟了长于表现农村题材的道路。至今，辽艺仍保留着体验生活、学习实践的优良传统。

五、在农村戏中走向成熟

1951 年 6 月，中央文化部召开全国文工团长会议，决定各大行政区首府及大城市设立剧院或专业剧团，戏剧由文工团队的流动演出走向剧场艺术。1951 年 11 月，东北文协文工团、东北文教队、东北鲁艺文工团等抽调相关戏剧人才，组成东北人民艺术剧院。话剧团由肖汀任副团长、导演。1954 年 8 月，东北大区撤销，东北人民艺术剧院改名为辽宁人民艺术剧院。

1952 年，肖汀导演了话剧《十字路口》。1953 年，他又导演了话剧《春风吹到诺敏河》。《春风吹到诺敏河》参加东北区第一届戏剧、音乐、舞蹈观摩大会，荣获优秀剧本奖、优秀导演奖、优秀演出奖、优秀舞台美术奖。同年,《春风吹到诺敏河》参加了中国人民第三届赴朝慰问演出。他还应解放军总政文工团话剧团和公安部队文工团之邀,为他们排演了《春风吹到诺敏河》,获得了一致好评。这部戏是肖汀的代表作,从中可以窥见肖汀导演艺术的独特风格。

· 话剧《春风吹到诺敏河》剧照

《春风吹到诺敏河》是一部反映农业合作化运动的大戏,通过讲述东北诺敏河畔的一个农村生产合作社的成长过程,真实再现了农村互助合作运动中,积极领导、稳步前进与急躁主观、强迫命令两种不同思想作风之间的斗争,以生动具体的事例证明党在过渡时期对农业实行社会主义改造的方针政策的正确性。结尾处,通过洋溢着丰收喜悦的场景的描写表达了社会主义新农村的美好愿望。

在进入排练场前,导演肖汀依旧带领演员们奔赴黑龙江绥化县进行了为期近一个月的体验生活。这一个月中,演职人员与村民一起劳动、休息、吃饭,纷纷寻找与自己所饰演的角色相似的人物,在生活中一点一滴地模仿、揣摩他们的举止、神态、语调、心理特征……因而在舞台呈现之上,表演自然流畅,生活气息浓郁。

肖汀善于多视角观察社会生活,塑造多姿多彩、有血有肉的人物形象。肖汀在《春风吹到诺敏河》中从人物关系入手,用合乎逻辑的动作直观展现他们丰富的内心世界。有一场戏,中农孙守山在家里吃饭,边吃边训斥儿子。肖汀安排儿子拿了个道具铁盒,在老爹训斥时敲打铁盒,随着心情越来越坏而加重敲打声,声音越来越大,孙守山气急大怒,把筷子猛地一摔,说道:“别磕打了,我那还留着装菜籽呢。”

这一段精妙的处理可谓匠心高妙、别具一格。肖汀独特的导演艺术风格受到了广大观众和专家学者的喜爱，在戏剧界声名大振，农村戏也成了肖汀的拿手好戏。

1955年，肖汀进入中央戏剧学院由苏联专家授课的导演进修班学习，系统地学习了斯坦尼斯拉夫斯基的戏剧理论。1956年学成归来。在双百方针的指引下，肖汀以时代需要为己任，导演了各种题材的戏剧作品，如曹禺名剧《蜕变》《北京人》《雷雨》，苏联名剧《为革命》《叶尔绍夫兄弟》，以及《瓦斯问题》《同甘共苦》《青春之歌》《三毛学生意》《智取威虎山》《卑贱者最聪明》（与冷波合作导演）《白鹭》《烈火红心》《青春》《第一次打击》（与万籁天、洛汀合作导演）《粮食》《八一风暴》《胆剑篇》（与洛汀合作导演）《第二个春天》（与特邀导演黄佐临合导）《红石钟声》等剧。1956年，《瓦斯问题》参加全国首届话剧会演，荣获导演二等奖。《第一次打击》被文化部作为对外文化交流剧目。《第二个春天》获得了文化部颁发的优秀演出奖，在京、津、穗、琼等地演出，影响很大。

经过这些艺术实践，肖汀渐渐悟出自己的优势是在农村戏上。1964年《红石钟声》的演出，使他的导演艺术达到了高峰，形成了独树一帜的导演风格。

《红石钟声》是辽宁人艺20世纪60年代农村戏的代表作，也是导演肖汀的又一个代表作。该剧以60年代东北农村为背景，用现实主义手法描绘了农村的两条道路的斗争。写实手法细腻，地域色彩鲜明，具有朴素浓郁的生活气息。特别是成功地塑造了党在农村的基层领导干部形象——郭长青。这个形象是最感人的，也是最能代表时代精神的革命战士，也是最足以代表《红石钟声》思想和艺术成就的形象。

同以往的创作过程一样，肖汀带领演职人员到北镇县李屯乡劳动模范佟王兰家体验生活。该剧的编剧房纯如、杨舒慧曾落户于此，体验生活时，两位也一同前往。肖汀要求戏要抓人，幕一拉开就要让观众目不转睛。因而对剧本要求很严格，戏改不好，他不排。他的脑袋里分门别类地装满生活素材，取之即来，用得巧妙。当他往排演场的椅子上一坐，便能感觉到他对冲突、人物、情节、场面、道具甚至声响，都是胸有成竹的。

· 话剧《红石钟声》剧照

肖汀善于借助道具，通过细节的点燃把戏导活，趣味盎然。有一场戏，车富中年丧妻，急于找个伴，贾玉花无处藏身，急欲寻个对象，二人各怀心事。车富借掏火柴点烟之时看了一眼贾玉花，贾玉花趁热打铁走近车富，背对观众也坐到长凳上，轻轻地把火柴放在两人之间。车富说自己同意结婚后，站了起来，手上的卷烟也刚好卷好，贾玉花顺势拿起火柴，点着了火，递到车富面前为他点烟。车富深吸一口，烟点着了，心满意足地走过长凳。这场戏，肖汀以长板凳为支点，以火柴为道具，加上演员的精湛演技，成为全剧最精彩的片段，赢得了观众阵阵掌声。导演肖汀在戏中为傅连仲设计了三次鞠躬的动作：第一次是他对郭长青等人说："我爹没有文化，开口就骂人，叔叔大爷别见笑。"第二次是他得知车凤和郭宏并没有感情破裂，他向车凤说："这是个误会，我向你赔礼道歉。"第三次是他又向郭宏道歉，鞠躬后匆匆离开。这三次鞠躬极具喜剧色彩，表明傅连仲不过是个糊涂的青年。对于傅万成这个人物，无论语言还是动作节奏，导演肖汀都把他处理得十分"零碎"，一个保守、自私、目光短浅、摇摆不定的形象跃然纸上。

·《红石钟声》剧组体验生活

六、一生为了戏剧

在浩劫的年代，肖汀被冠以"党内走资派""反动学术权威"的帽子，住过牛棚，后流放、插队。落实政策后，在青年点当指导员，为青年做了很多工作。一天天降大雨，他抢救落水青年，自己却病倒在田野。1972 年，他被调回省话剧团工作。他不顾积劳成疾的身体，一年当两年用地拼命排戏，想把损失的时间抢回来。他导演了《针锋相对》（与洛汀合作导演）、《龙马精神》、《枫叶红了的时候》（与王文清合作导演）、《丹心谱》、《清宫外史》、《落凤台》、《张灯结彩》、《松林疑案》等话剧。他还应邀为歌剧院排《骄场》，为省京剧院排《青山峪》，为沈阳市话剧团排《少帅蒙难记》等戏。

1980 年，剧院决定排演反映农村改革开放新貌的《落凤台》，院领导担心他的身体，不让他参加排练。他听说后，说“我一排戏就啥病也没了”。于是又一如既往地亲自带队到辽南农村体验生活，全身心扑在这个戏上。演出后，反响强烈，有观众称赞：“真是满台生活满台戏。”该剧荣获了全国优秀剧本创作奖，文化部颁发的全国农村题材优秀电影、戏剧创作奖，后制作成电视剧在中央台播放。1983 年，他怀揣诊断书排演了《松林疑案》，参加省会演，获得省文化厅演出奖。1986 年，沈阳评剧院要继续排演《风流寡妇》，请肖汀去做顾问。他只提了三点要求，一不要报酬，二不登名字，三吃饭交粮票。他早出晚归，多次晕倒在排练场里。1990 年，剧院要排《爱洒人间》，肖汀主动请缨，但鉴于他的身体状况，剧院领导请他做艺术顾问。他依旧拖着孱弱的病体下乡体验生活。排练场里，他全神贯注，排练结束后，他把自己的想法提供给导演做参考。不久，他再次住进了医院，但仍然关心着这个戏，为演出受到观众欢迎兴奋不已。《爱洒人间》演出 210 多场。1991 年，这部戏应文化部邀请作为交流演出剧目进京演出，又经文化部推荐专程赴京为党的十三届八中全会做了献礼演出。肖汀真想同行，可是病情不允许。遗憾的是，剧组再进京演出时，他的病情突然恶化，与世长辞。

肖汀一生清贫，他来到人世间，仿佛就是为了戏剧。人们在清理他的遗物时，发现一个锁紧的铁箱。当人们带着疑问悄悄打开箱子时全都惊呆了。箱子里装得满满的是他所有排过的 108 个戏的资料，包括说明书，报刊演出广告，报刊上的评论文章以及下厂、下乡体验生活、排戏的笔记。还有一个用淡绿色草纸订成的小本，上面密密麻麻的小字，字迹端正清晰，是他在延安鲁艺张庚讲授的“戏剧概论”的学习笔记。这些是肖汀留给后人的无价的宝贵的艺术财富。

肖汀是一位多产的导演，也是一位艺术风格非常明显的导演艺术家。最能代表他独特导演艺术的莫过于他导过的农村戏，“大幕一拉开就闻到了一股泥土香”。独特的导演艺术风格的形成，源于他遵循现实主义创作从生活出发的基本原则，注重表现思想内涵，要求演员向生活学习，体验不同环境中人的思想和情感的变化，在此基础上，发挥自己的“内在创造力”去塑造人物。在他导演的剧目中，随处可见浓郁的生活气息、鲜明准确的戏剧节奏、血肉丰满的人物形象。他的探索与实践为辽宁人艺艺术风格的多样化发展做出了杰出的贡献。

（张彤）

第六节　李默然

· 李默然

李默然（1927—2012），原名李绍诚，回族。1947年10月，在哈尔滨参加东北文协文工团，历任东北人民艺术剧院话剧团队长，辽宁人民艺术剧院演员、副院长、院长、名誉院长，中国戏剧家协会主席，辽宁省文联副主席，辽宁省戏剧家协会主席。

一、颠沛童年

1927年12月21日，李默然出生在黑龙江省珠河县（今尚志市）一面坡镇的一个回族家庭，当时家里为他取名李绍诚。李默然的祖籍在山东黄县龙口，其祖上从清乾隆中叶开始闯关东，李默然祖上的一支从山东来到东北，先在黑龙江的阿城落脚，而后又从阿城迁徙到珠河县的一面坡镇。李默然的祖父以宰牛为业，收入微薄，又要供养八个孩子的吃穿，生活的艰辛可想而知。

李默然父亲是位车夫，母亲是家庭妇女，他们也有八个子女，全家的收入除了靠父亲拉车，就是靠李默然的大哥李绍贤在铁路机务段做工维持全家的生活，但在1932年——也就是李默然不到五岁的时候，他们居住的一面坡开始流行白喉，由于家庭经济能力有限，无力医治，李默然的二哥、三哥和三姐先后被白喉夺去了生命。而此时的李默然也被传染了白喉，幸运的是他被一位郭姓的中医治愈了，从鬼门关又回到了父母和祖父的身边。

由于家庭贫困，直到十岁，李默然才上小学。虽然晚读，他的成绩却很好，特别是语文课，只要读过的课文，李默然都会过目不忘，他的语文老师也非常喜欢他。但在一次意外中，他摔得遍体鳞伤，为此在家休学半年。就在这时李默然的祖父去世了。祖父的去世在一定程度上改变了李默然的命运。由于家庭收入的锐减，14 岁的李默然被迫辍学，并跟随父母从一面坡迁到牡丹江市生活。

牡丹江虽然比一面坡繁华了许多，但是生活依旧艰辛。李默然的父亲靠给人家赶马车，每天得到一点微薄的收入供养家人，哥哥则去蹬三轮。此时家里再没有能力供李默然读书了。14 岁的李默然就此辍学，开始走上街头，跟着小伙伴们学做小生意，以此来贴补家用。李默然跟小伙伴们学的是卖烟卷，他先在日本人的商店里买来香烟，再到戏院、书馆去贩卖。一天下来，大致能赚到四毛钱，而当时的一毛钱就可以买到五个烧饼。这样，不仅自己有了吃的，还可以把多余的烧饼和钱拿回家，贴补一家人的生活。

由于在书场、戏院里卖烟卷，李默然有机会开始接触到了评书、大鼓、河南坠子以及京剧的演出。借助卖烟卷的机会，他在书场里听了《三国演义》《隋唐演义》《七侠五义》《三侠剑》等传统评书，也在戏院里看了一大批京剧的传统剧目，当然对这些评书和京剧的观摩都是李默然“听蹭戏”——“蹭”来的。在戏院里卖烟卷的经历，使他接触到了京剧，并且对戏曲产生了很浓厚的兴趣。久而久之，他也能唱一些剧目中的唱段，比如说常见的《武家坡》和《大登殿》里薛平贵的唱段，李默然早已烂熟于胸。

后来，16 岁的李默然又去了一家日本人开的拖鞋厂里做工，他的工作就是负责从拖鞋厂往商店里送木头拖鞋。但这样的收入仍不能糊口，为此他还要在每天早晨，再去市场做力工，扛 100 多斤的麻袋……生活的痛苦和艰难，并没有使李默然的意志消沉，他仍醉心于戏院里的演出，如痴如醉地追求他的表演梦。1944 年，李默然看到了平生第一部电影《回春曲》，他被银幕上刘琼的精湛表演惊呆了。后来，他又看到了王人路主演的一部话剧，这使李默然内心想要做一名演员的梦想更加强烈了。1945 年，李默然在牡丹江邮政局谋到了一份邮差的工作。

· 青年时代的李默然

这份邮差的工作，使此前朝不保夕的李默然在生活上相对更加稳定，但也就是这个邮差的工作，使他走上了表演艺术的平台，开启了对表演艺术的探索，最终成就了李默然做演员的梦想。

二、参加剧社

1945 年，李默然参加了牡丹江邮政局的业余剧团，并被安排在一部名叫《保险箱》的话剧中饰演一个行长家的老仆人。虽然戏份很少，但李默然依然十分珍惜，他反复研读剧本，琢磨人物的心理和感情，设计人物动作与表情……经过一段时间的排练，这年 7 月 26 日，牡丹江邮政局业余剧团排演的话剧《保险箱》在牡丹江最大的电影院——新安电影院演出。演出获得了成功，这也坚定了李默然从事表演艺术事业的信心。此后，他还在业余剧团演出了《流尽最后一滴血》里的老中医。

“九三”胜利以后，邮政业余剧团的主创人员又发起组建青年文化剧社，并很快创作出了一部大戏《风雪之夜》，于 1946 年 4 月开始彩排，一心陶醉表演事业的李默然自然参加了剧社，并在《风雪之夜》中担任一个重要的角色——一个一家之主的资本家。半个月后，《风雪之夜》在牡丹江演出，李默然的表演也得到了剧社同人和观众们的普遍认可。

1947 年 10 月，东北作家群的主要成员舒群、罗烽、白朗从延安来到哈尔滨组建东北文协文工团，李默然前去报名，并顺利地通过了考试，成为东北文协文工团的一名演员，至此，终于成就了他作为一名专业演员的职业梦想。然而，成就梦想并非是一蹴而就的事情，由于李默然只读过不到四年书，在成为专业演员后，有很多字都不认识，甚至还读过错字，文章与理论书籍的阅读能力自然也受到了限制。为此，李默然横下心来，一头扎进图书馆。他当时的座右铭是：“学习，学习，再学习！”当时的李默然，除了吃饭、睡觉和排戏，其他的业余时间都在图书馆里度过。从 1947 年冬到 1950 年秋，在这四年的业余时间，李默然阅读了古今中外的哲学、文学、历史等各方面的经典书籍，这段经历也被他后来戏称为“自修”的“四年本科”，这样的经历使李默然夯实了作为一名演员的文化基础。[①]

很快，东北文协文工团排演了西蒙诺夫的话剧《俄罗斯问题》，剧中的主要角色麦克菲森指定由李默然出演。在党的教育下，李默然逐渐确立了正确的世界观、人

① 参见关捷著：《人民艺术家李默然》，辽宁人民出版社，2011 年版，第 47—59 页。

生观和价值观。1948 年 9 月，在解放区文工团又排演了歌剧《血泪仇》。李默然在剧中出演了国民党的孙副官这个角色。在东北文协文工团这段时间里，李默然还演出过《纪念碑》《在新事物面前》《侵略者》等戏。

1948 年 11 月 2 日，东北重镇沈阳宣告解放。11 月 3 日，李默然所在的东北文协文工团随四野大军进入了沈阳。1951 年 10 月，东北文协文工团奉命与东北鲁艺实验剧团等单位合并组建东北人民艺术剧院话剧团。东北人艺剧院的首任院长是塞克，继任院长是安波，李默然本就聪明和勤奋，再加上这两位专家型院长的指点，使他在表演艺术发展的道路上如鱼得水。

三、艺途求索

1951 年开始，李默然经过专业化的学习和训练，理论水平显著提高。在《曙光照耀莫斯科》一剧中扮演党委书记库列聘，获东北区第一届戏剧音乐舞蹈观摩大会优秀表演奖。此后他在东北人艺还演出了《在那一边》《在建设的行列里》《是谁在进攻》《红旗》《尤利乌斯·伏契克》等一批不同题材和人物类型的戏剧作品，并在 1953 年导演了话剧《妇女代表》。1954 年，东北大区撤销，东北人民艺术剧院改名为辽宁人民艺术剧院，李默然又在剧院演出了《李闯王》《战线南移》《明朗的天》《日

· 话剧《第二个春天》剧照

出》《前进再前进》《娜拉》《秋瑾传》《名优之死》《同甘共苦》《渔人之家》《烈火红心》《智取威虎山》《青春之歌》《纸老虎现形记》《第一次打击》《海边青松》《八一风暴》《剑胆篇》《第二个春天》《叶尔绍夫兄弟》《红石钟声》《故乡》《为革命修路》《艳阳天》《市委书记》《彼岸》《报春花》《短夜长歌》《人生在世》《李尔王》《高山下的花环》《夕照》等影响了几代人的戏剧作品。

从20世纪60年代开始，李默然从容并成功地走上电影银幕和电视荧屏。他从1961年开始，先后拍摄了《甲午风云》《兵临城下》《熊迹》《走在战争前面》《检察官》《林海情》《花园街五号》等7部电影作品。1978年开始，李默然进一步投入到电视剧的创作中，先后参与拍摄了《乔厂长上任》《公诉人》《银行家》《末代皇帝》《铁市长》等5部电视剧作品。

从1954年以后，李默然历任东北人民艺术剧院话剧团队长，辽宁人民艺术剧院演员、副院长、院长、名誉院长。1985年，以中国代表团团长的身份出席西班牙国际戏剧大会，当选为执行主席。1994年12月，在辽宁省文联第四次代表大会上被聘为第四届辽宁省文联名誉主席。1996年12月，当选为中国文艺界联合会第六届全委会副主席。1998年12月，当选为第五届中国戏剧家协会主席。曾任中共十五大代表，第六至九届全国政协委员、中国文学艺术联合委员会第五届理事。

1956年，获全国话剧会演二等奖；1960年，获全国劳动模范称号；1986年，被中国戏剧家协会授予“话剧表演艺术家”称号和“话剧终身荣誉奖”的殊荣；1995年，被国务院授予“全国先进工作者”称号；1996年，辽宁省政府授予他“人民表演艺术家”称号；2007年，获得国家人事部、文化部授予的“有突出贡献话剧艺术家”荣誉称号；2007年4月23日，在中国话剧百年诞辰之际，李默然被授予第十七届白玉兰戏剧艺术“终身成就奖”。李默然也成为“戏剧白玉兰·终身成就奖”设立以来第二位获此殊荣的人。

2012年11月8日，李默然先生在北京医院溘然长逝，享年85岁。

四、剧坛流光

随着演艺事业的发展，1951年在建立东北人民艺术剧院时，李默然被分配到话剧团，当时的李默然还为此闹过一阵情绪，因为他刚刚演出过歌剧《纪念碑》，还多次看过东北鲁艺实验剧团的歌剧《星星之火》，对自己成为一名歌剧演员信心满满，一心想当个歌剧演员。后来在领导的指导下，李默然才认可自己做话剧演员的身份，

· 话剧《曙光照耀莫斯科》剧照

并很快投入到新剧目的排练中。

从事话剧表演专业后，李默然排的第一个戏是《曙光照耀莫斯科》，在戏中他饰演党委书记库列聘。也正是从这时起，李默然才真正认识到从事话剧表演的艰辛与不易。案头工作、剧本分析、角色阐述、寻找模特、生活体验……这些既让李默然感到新奇，又让他感到陌生；李默然既想搞好专业，又不知从何下手。最重要的是在排戏的过程中，李默然读的台词拿腔作调，没有一点儿“生活化”的气息。这使李默然非常紧张，也很苦恼——难道原来自己表演过的剧目都错了吗？特别是导演评价他的台词是形式主义！这下，李默然彻底蒙了！尽管当时的李默然理论水平并不算高，但“形式主义”却是现实主义演剧艺术中坚决抵制和反对的表演形式这样一个基本的道理，李默然是了解的。换句话讲，他的台词犯了现实主义表演的大忌。指出李默然台词“形式主义”的不是别人，正是《曙光照耀莫斯科》的导演，这位导演就是延安鲁艺第三期戏剧系的学员严正。正是导演从延安鲁艺带来的苏联斯坦尼斯拉夫斯基的表演学派的思想，使李默然第一次面对真正意义上的现实主义戏剧创作。经过了差不多半年时间的刻苦训练与学习，《曙光照耀莫斯科》终于被搬上舞台。这半年的排练，实际上也是李默然整个演剧生活当中最重要的一次系统、正规的表演艺术的训练，这次训练让他懂得作为一名演员的甘苦，也尝试到了创作工作的愉快和艰辛，更重要的是奠定了李默然从事表演艺术的决心。李默然也从一个所谓的“形式主义”的演员，变身并成长为一名名副其实的现实主义表演艺术风格的话剧演员。

李默然在自己的一篇“创作札记”中谈道：“通过《曙光》的排演和演出，使我对如何创造一个人物，有了下边几点认识：首先必须深刻地、透彻地理解剧本的主题思想，剧作者的思想，导演想怎样表现它，同时必须认真地弄清自己饰演的和所有人物的思想情感，对具体事情的具体态度和他的舞台任务，在这些问题上，采取一知半解的轻率态度，那就只有演糊涂戏，甚至要歪曲剧本和人物，我在开头正是犯了这种毛病。其次是听导演的启示，通过一点来理解导演对整个人物的想法，这既能锻炼自己单独思考的能力，而且消化也快。如果一点一滴都依靠导演告诉，创造工作就变成被动了。这里边就包括了一个艰苦的劳动问题，什么都依靠导演倒是省事，但对自己却没任何好处。当然，演任何戏，创造任何角色都离不开剧本和导演，但我觉得演员还必须进行自己的劳动。第三则是和观众共同创造。有很多问题我是在不断的演出中补充上去的，也就是说在演出中，要经常保持清醒的头脑，多方面听取意见，也只有这样做，才能使人物日趋完整。这样的例子，在我是很多的。”[①] 从这篇创作札记的字里行间，不难看出走上专业化、正规化戏剧舞台并经历一番历练和求索的李默然，已然经历了艺术观的蜕变而成长为一名有经验、有思考、有追求的话剧演员，这时李默然还不到 35 岁。

如果说，李默然是通过《曙光照耀莫斯科》一剧正式走上现实主义戏剧创作道路的话，那么李默然参与拍摄的电影《甲午风云》，则让他成为亿万观众家喻户晓的明星。电影《甲午风云》讲述的是清末爱国将领邓世昌，在甲午海战中坚决抵制卖国政府李鸿章的对日主和，并英勇指挥北洋舰队奋力抗击日本海军舰队，在弹尽粮绝后，邓世昌率致远号战舰硬撞敌舰吉野号，但不幸被鱼雷击中，以身殉国的故事。该影片由林农担任导演，由长春电影制片厂拍摄于 1960 年，后于 1962 年公映，随即引起轰动。《甲午风云》是一部爱国主义影片，李默然在

· 电影《甲午风云》剧照

① 李默然：《扮演库烈聘的几点体会》，参见李默然著《戏剧人生》，春风文艺出版社，1996 年版，第 99 页。

《甲午风云》中成功地创造了爱国将领、致远舰管带邓世昌的形象，如在公使宴会上唇枪舌剑的大段台词，机智果敢、有理有利、义正词严、慷慨陈词，将帝国主义侵略者的野心和阴谋揭露得淋漓尽致。又如撞吉野舰一场的表演，给人们留下了深刻印象，致远舰在弹尽粮绝的情况下，邓世昌怒火中烧，把辫子猛地一甩，缠在脖子上，手握舵把，驾驶着致远号向敌指挥舰撞去，表现出坚定的信念和誓死杀敌的决心。李默然通过电影《甲午风云》对邓世昌的银幕塑造，把民族英雄邓世昌演绎得淋漓尽致，入木三分，赢得广泛声誉。就是这部《甲午风云》，也让李默然通过电影银幕一炮走红，李默然塑造的民族英雄邓世昌的风骨，鲜明生动地呈现在银幕上，并影响着一代又一代的电影观众，成为中国银幕上独具一格的英雄形象——即便多年以后，当很多当年的观众见到已是白发盈顶的默然先生，依然习惯并亲切地称呼默然先生为“邓大人”，可见电影《甲午风云》和李默然先生的艺术魅力！

尽管李默然通过电影《甲午风云》迅速走红，并且事后他还参加拍摄过不少影视作品，但在他的心中自始至终地认为自己是“一个戏剧人”，无论是东北人艺时代，还是后来的辽宁人艺时代，李默然始终信念坚定地站在话剧舞台上，并且一以贯之地践行着鲁艺秉承和倡导的现实主义创作方向。1978 年，神州大地迎来了“第二个春天”，各行各业百废待兴，但是人们对需要解放的思想总是犹豫不决，在行动上更是畏首畏尾，裹足不前。编剧崔德志在丹东走访时就遇到了类似的情况：丹东毛绢厂和纺织厂的两位女工，尽管她们思想要求进步，工作兢兢业业有成绩，但她们都没有被评上市级劳模，原因无一例外地都出在她们的家庭出身上。这让崔德志很是想不通，他根据采访所得的素材很快地创作出了话剧《报春花》，辽宁人艺也在讨论剧本后，很快决定要排演这部反映当时社会真实状况的话剧。李默然被指定出演剧中新到任的厂长——李健。

李默然在接到角色任务时已 52 岁，“老李”早已是当时人们对他的称呼了，但李默然依然以百倍的热情和端正的态度对待艺术创作。他到瓦房店纺织厂体验生活，在那里他和工人们一起下

· 话剧《报春花》剧照

车间、交朋友，同时也参加党委会，和工厂的上上下下打成一片，倾听工人们的心声。与此同时，李默然与该剧的编剧崔德志、导演刘喜廷反复研究讨论剧本，最终，“确立了全剧的主题思想是：团结起来向前看，为实现四化作贡献。戏剧冲突是：正确贯彻执行党的十一届三中全会精神，调动一切积极因素，坚决实现‘四化’，同墨守过去章法，照本本办事，自觉与不自觉地维护极左路线的阶级斗争扩大化以及思想僵化之间的思想冲突”[①]。主题与戏剧冲突明晰以后，李默然又开始对剧中的人物关系进行分析，最终，他把“李健的特点概括为：思想敏锐，行动稳健；火热的心肠，平易的外貌；勤恳好学，学而不厌”[②]。在此基础上，李默然又进一步设计了李健与各个人物的关系及对他们不同的态度：“对吴一萍（老战友），热情而不迁就。对李红兰（自己的女儿），关怀而不溺爱。对白洁（要树的质量标兵），支持而不硬树。对吴晓峰（老战友的儿子），喜欢而不过宠。对由贵（一个好党员），赞许而不夸大。对韩卫东（厂技术员），帮助而不摒弃。对魏大姐（老工人），尊重而不强求。对刘小英（青年工人），重视而不苛责……李健是一个好干部、党委书记，但他也是一个有感情的人，要把这样的人演得像，才能引起观众的共鸣。”[③]为此，李默然还在李健的着装上进行了精心的设计，一改人们印象中书记、厂长不分场合的一身中山装或人民装，而是穿了一件对襟的中式褂子和一双布鞋，因为李默然坚信：“真实是艺术的生命。那么艺术的真实又从何而来呢？不言而喻，主要的途径是来自生活。到今天为止，还有没有忽视生活、生编硬造的戏剧、电影及其他艺术作品呢？回答是有的。这些读者、观众不满意的戏剧、电影，可能原因很多，但其中脱离了生活真实，恐怕是问题的症结。艺术作品中脱离生活的问题，如果只是作家、艺术家深入生活不够，艺术提炼和概括不够造成的，那经过听取批评意见、努力加工修改之后是可以解决的。因为有一点他们还是清楚的，那就是离开了生活这个创作的源泉，是搞不出被群众承认的艺术作品来的。”[④]

话剧《报春花》和李默然塑造的李健在演出中获得了巨大的成功，该剧曾进入中南海怀仁堂为党和国家领导人两次演出，得到了很高的评价。《报春花》最大的意

---

① 李默然：《话剧表演应该创新——扮演李健随感》，参见李默然著《戏剧人生》，春风文艺出版社，1996 年版，第 123 页。

② 李默然：《话剧表演应该创新——扮演李健随感》，参见李默然著《戏剧人生》，春风文艺出版社，1996 年版，第 124 页。

③ 李默然：《话剧表演应该创新——扮演李健随感》，参见李默然著《戏剧人生》，春风文艺出版社，1996 年版，第 124 页。

④ 李默然：《生活与艺术的一点感受》，参见李默然著《戏剧人生》，春风文艺出版社，1996 年版，第 7 页。

义在于对过去“血统论”的无情鞭挞，更为思想解放提供了戏剧化和艺术化的精神指引，进而通过戏剧艺术推动社会的进步与发展。这其中不能忽视李默然对剧中李健的成功塑造，正如一篇评论所说的那样：“他在全剧表演中就采取了力求松弛、自如的感觉基调，来表现人物真挚随和、平易近人的方面，而逢关键时刻又动用强烈鲜明、扣人心弦的神来之笔，人物演得刚柔相继、辩证统一，从而使形象产生出巨大的艺术魅力。李默然以独特的表演风格，塑造了李健这一具有新长征时代气息的鲜明感人的形象，给观众以强烈的印象，也给同行以有益的启示。”[1]年过半百的李默然并没有因为自己的年龄抑或资历而放松对现实主义表演艺术的求索，在《报春花》之后，李默然依旧在舞台上不懈进取，相继排演了一批不同类型却又深受观众喜爱的话剧剧目。

· 话剧《报春花》剧照

李默然先生曾说：“我是个戏剧人，我主要是从事舞台话剧艺术的，我的精力更多在话剧舞台上。”综观李默然先生一生从事话剧表演艺术的道路，不难发现在他走过的专业表演道路上，始终秉承着现实主义戏剧创作的方向与思想，而这一方向又与严正导演、东北鲁艺乃至延安“鲁艺精神”有着一脉相承的关系，而今，辽宁人艺在鲁艺精神培育和引领下，更加坚定地立足于现实主义戏剧的创作，辽宁人民艺术剧院一定会创作出更加优秀的戏剧作品，用实际行动延续和传承鲁艺精神。

（刘新阳）

① 赵健：《沁心夺目报春来——评话剧〈报春花〉的演出艺术》，参见李默然著《戏剧人生》，春风文艺出版社，1996年版，第603页。

第七节 崔德志

· 崔德志

崔德志（1927—2016），一级编剧。曾任中国戏剧家协会常务理事，中国民族戏剧学会理事，辽宁戏剧家协会副主席，第四届全国文联委员。享受政府特殊津贴。

一、文艺启蒙

1927 年 5 月，崔德志出生在黑龙江省青冈县，中学时期是在安达度过的。他很小就开始阅读鲁迅的作品，受鲁迅的影响很大。鲁迅说过，学医的人只能医治人们的身体，学文学的人可以医治人的灵魂。于是，他便立志从事文学创作。1945 年，日本投降，抗日战争结束。1946 年 1 月，崔德志考入了哈尔滨大学中文系。

在哈尔滨的那段日子，是崔德志走向革命的开始。大学期间，崔德志阅读了大量歌颂劳动人民的作品，如赵树理的《李有才板话》《小二黑结婚》等，还有毛泽东主席的《在延安文艺座谈会上的讲话》，他明确了自己未来的文艺创作方向——歌颂农工，反映时代现实生活。

1947 年开始，崔德志用笔名“马非”在《工商日报》《东北日报》《知识》等报刊上发表短篇小说《楼》《大娟小姐》《吴经理》《喜相逢》《伤兵们》以及报告文学《访劳动英模刘英源》《哈尔滨监狱参观记》等。他在哈尔滨发电厂学习期间认识了一个叫刘英源的老工人。老工人没有文化，可他却奇迹般地修复了被战败后的日本帝国主义破坏了的发电机组，使整个哈尔滨一片光明。崔德志根据这个素材创作出了报告文学《访劳动英模刘英源》，发表在《东北日报》上。从刘英源身上，他看到了工人阶级的伟大力量，更加满怀激情地讴歌工人阶级。

二、从事专业戏剧创作

1948年春，崔德志毕业后参加了东北文教队，这是他人生的一个转折点。在东北文教队，崔德志开始写唱词，写舞台文本，也取得了不错的成绩。1949年，歌剧《立功》（与他人合作）在第一次文代会上演出，赢得一片喝彩之声。1952年，他作词的歌曲《全世界人民团结紧》，特别是抗美援朝时期，可以说是唱遍全中国……

1954年，崔德志进入东北人民艺术剧院创作室，从事剧本创作。在这期间，他与人合作创作了话剧《是谁在进攻》。10月，崔德志被调入辽宁省文联创作组。很快，他便创作了《刘莲英》《时间的罪人》《爱的波折》等剧。其中，独幕剧《刘莲英》在《辽宁文艺》发表后，《人民文学》《剧本》月刊相继转载，作家出版社、人民出版社等多家出版社出版发行。先后被中国青年艺术剧院、上海电影演员剧团及评剧、沪剧、京剧、淮剧、评弹等很多戏曲剧种移植或改编。1956年2月，《刘莲英》被《剧本》月刊评为1954—1955年度优秀独幕剧一等奖，并译成外文向国外发行。他又先后创作了《生活的赞歌》《韩巧玲》等剧目。

· 独幕剧《刘莲英》剧照

独幕剧《刘莲英》是歌颂纺织女工的戏，剧名就是纺织女工的名字。创作《刘莲英》之前，崔德志正在北市场的沈阳纺织厂体验生活，挂职工会主席。当时的条件非常艰苦，房间是大通铺，能住好几十人，一个挨着一个。纺织女工也都非常辛苦，吃得也很简单，装备也很简单，就是一个口罩，棉絮什么的都能吸进去，所以食堂的木耳是免费的。他在纺织厂挂职的那几年，每每被工人们身上的精神所感染，强烈的震撼促使他将这些感动记录下来。这部戏的成功让崔德志初尝“创作从生活中来”的甜头，也坚定了他现实主义的戏剧创作观。

1960 年，崔德志进入辽宁人民艺术剧院，专职从事剧本创作。1963 年，他创作了《春之歌》，该剧将创作视角聚焦于更为广阔的厂区外的工人生活，是他继续深入生活后创作的又一力作，在当时产生了一定的轰动效应。

三、里程碑的《报春花》

十年浩劫，文艺界受到空前的摧残，崔德志也未能幸免，全家被下放到盘锦农村插队，基本停止了艺术创作。1976 年，粉碎“四人帮”后，辽宁人民艺术剧院得以恢复，崔德志重回辽宁人艺，又拿起笔，重新书写让他感动的现实生活。1979 年，崔德志根据自己多次深入纺织厂的所见所闻，创作了大型话剧《报春花》。自己认为这是从事创作以来，最为舒畅、最动情的一部作品。该剧曾受邀参加文化部举办的中华人民共和国成立 30 周年献礼演出，在北京连演三个月，场场爆满。首演时，引起了不小的轰动，获得了观众及专家、领导的极高评价，随后被春风文艺出版社和中国戏剧出版社相继出版，他本人也被选为中国文联委员，又被选为第五、六、七届全国人大代表。可以说，《报春花》成为中国戏剧史上值得浓墨重彩一笔的作品。该剧也创造了新中国成立以来剧院的最高演出纪录 285 场。

庆祝中华人民共和国成立卅周年
献礼演出
七场话剧
报春花

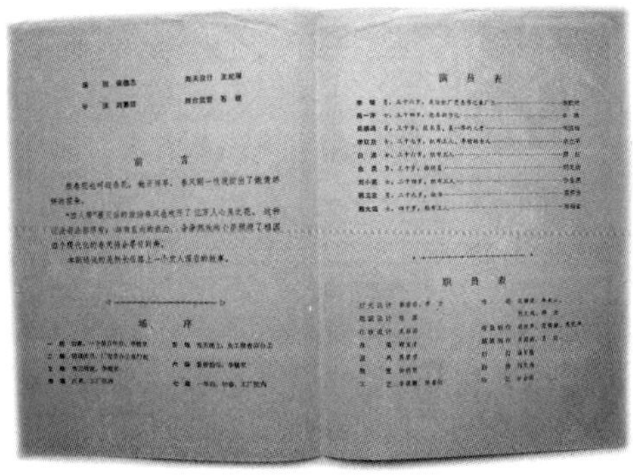
前言
场序
演员表
职员表

·《报春花》演出节目单

《报春花》的故事发生在20世纪70年代末的东北某纺织厂，刚刚被“解放”的老干部李健即将出任纺织厂的厂长兼书记。战争时期，他为革命事业出生入死，然而，在十年浩劫中，他受到严酷迫害，妻子被打死，女儿被人叫作“狗崽子”，身心均受到重创。在四个现代化建设的火热浪潮中，李健不计前嫌，以非凡的勇气接手了积重难返的纺织厂。他发现，纺织厂最为严重的问题是思想僵化。与他有着相似经历的老干部吴一萍等人思想僵化、抱残守缺，他们的所作所为正在阻碍现代化建设的快步发展。他们的冲突集中在青年女工白洁身上。白洁在纺织厂积极肯干，四年干了五年的活儿，是女工中的佼佼者，但是在评比劳模的时候，白洁因为出身于反革命家庭而受到歧视和排挤。吴一萍的儿子吴晓峰与白洁两情相悦，却遭到吴一萍的百般阻挠。最终，李健力排众议，树白洁为劳动模范。

· 话剧《报春花》剧照

在20世纪七八十年代，“血统论”的流毒遍布全国。崔德志在纺织厂体验生活的时候，遇到了一个事迹相当感人的女工。她十六岁进厂，离家近百里，每天坐几个小时的火车上下班，二十年来从来没有迟到、旷工，在男工也难胜任的岗位上劳动，四年完成了五年的工作任务，被称为走在时间前面的人。就是这个做省劳模都当之无愧的先进工人，只是因为在她还不懂事的时候，她的父亲做过反人民的事，所以，她评不上先进、劳模。在“四人帮”倒台之后，她才能够站在讲台（做报告）之上。在另一个纺织厂，他遇到一名女工。这名女工十几万米无次布，而到外地宣讲介绍经验的却是成绩比她差很多的另一名女工，仅仅做到了五万米无次布。原因就是那名女工的父亲在“四清”的时候，隐瞒了富农成分，被开除了党籍。

面对“血统论”的流毒戕害的这些普通而又伟大的工人，崔德志的内心被猛烈冲击着。“他们同我们的孩子一样生在新中国，长在红旗下，会唱的第一首歌是《东方红》，受的是社会主义教育，对国家的贡献高人一头，生活处境却低人一等。这是为什么？再联想起农村那些失去理想、沮丧地生活着的第三代地富子女，我思考了很多问题，他们生下来就已经是朗朗乾坤，没有过剥削生活，父母的事也无从知道，怎么会背上沉重的包袱？阶级是以经济地位划分的，不是生理遗传的，他们已经是多年的工人，工人是国家的主人，难道还要把劳动者分成三六九等吗？宪法规定公民政治地位一律平等，为什么还有一个宪法以外的规定。"①怀揣着这些疑问与困惑，他想到四个现代化建设要取得成功，就不能忽视这个流传甚广的社会问题。"新长征开始了。要改变祖国的贫穷落后的面貌，需要很多的物力、人力，正是这个涉及全国亿万人的社会问题，就不能把每一个有用的人调动起来，加快四个现代化的进程。"②经过几个月的考虑，崔德志决定写一个剧本，"把我看到和感受到的是拿出来同大家一起思考"③。

勇敢挑战"禁区"的崔德志，无疑是勇敢的，也因为受到过迫害，才使得他反抗思想禁锢的想法异常强烈。多年来，为数众多的忠于祖国和党的青年人因为出身不好而被束缚、禁锢，在精神上遭到扼杀。而且这种错误的思想倾向流传广泛，在崔德志写作之时，依然风行，不仅造成难以改变的事实，还成了束缚人民思想的精神枷锁。

打破"血统论"思想观念的《报春花》让人耳目一新。1979 年 10 月 13 日上午，中华全国总工会、中国妇女联合会、共青团中央和中国戏剧家协会为辽艺演出的话剧《报春花》举办了座谈会。会议由著名戏剧家、中国戏剧家协会副主席曹禺主持。

曹禺在会上说："献礼演出舞台上，出现了崔德志同志写的七场话剧《报春花》，感谢辽宁人民艺术剧院给我们送来的这一出好戏……最近，话剧舞台非常活跃，人民所熟悉所关心的问题在戏剧里公开提出来了。《报春花》艺术化、形象化、典型化地把问题反映出来，因此无论在哪个城市哪个剧场演出都有同样好的效果。我有幸昨天看了戏，剧场反应真强烈，每场落幕观众都热烈鼓掌，这不光是欢迎，而是他们高兴得无法用语言来形容的表示……这个戏不只歌颂了老干部李健，还写了干部思想僵化问题，接触了阶级斗争问题，这是人们关心和讨论的问题。"④著名戏剧家、中央戏剧学院院长金山说："我认为这是一出革命的政治内容与尽可能完美的艺术形式相结合的好戏。过去十多年来，被祸国殃民的'四人帮'破坏了的现实主义传统

---

① 崔德志：《我为什么写〈报春花〉》，《沈阳日报》1979 年 9 月 15 日。

② 崔德志：《我为什么写〈报春花〉》，《沈阳日报》1979 年 9 月 15 日。

③ 崔德志：《我为什么写〈报春花〉》，《沈阳日报》1979 年 9 月 15 日。

④《著名戏剧家曹禺和金山谈〈报春花〉》，《辽宁日报》1979 年 10 月 19 日。

在这个戏里得到了恢复而且有发展，这是很了不起的贡献。”① “戏的主题，接触的内容很重要，而且解决得很好。其所以重要，因为它是普遍存在的，但尚未普遍得到解决。这些问题关系到四个现代化能否很好向前进。”②

《报春花》的意义是不言而喻的。另一方面，崔德志以艺术的手法来展现矛盾冲突、表现人物性格。剧中，李健与白洁无疑是最具时代感的人物。崔德志没有把他们图解成模式化、概念化的人物，而是在善与恶的矛盾冲突的历史行进中，描摹人物的内心世界，揭示人物的思想品格、人性真实。白洁的形象具有典型性，她作为正面人物具有高尚的品格，是真善美的化身。对于老干部李健的塑造，也是不同于以往的僵化的、模式化和概念化的塑造，而是在他的身上灌注了人性的、充满鲜活气息的、对待革命充满干劲儿的、乐观的精神力量，是那个历史年代下有血有肉的人物形象。特别是他树立白洁为典型时，表现出了坚忍、果敢、磊落、无私的美好品质，给观众留下了极好的印象。正如金山说的那样，“有白洁这样女工同样遭遇的人在我国很多，不是很少。作者对这个问题解决得很好，是用三中全会的精神来写，用党的政策来解决，但又不是概念化的，不是通过政治说教，而是用艺术的形象来解决的。”③

1983年，崔德志创作了大型话剧《红玫瑰》。这又是一部深入生活，在工厂中体验生活而得来的戏。《红玫瑰》围绕服装厂的改革展开，比《报春花》的人物更加复杂多面，抛弃了人物身上的理想化，代之以冷峻的剖析。该剧获得了辽宁省政府二等奖。

话剧《红玫瑰》的创作，带有一定的探索意味。针对那一时期戏剧不上座的现状，崔德志没有正面写工厂的改革，而是有意识地加重了生活线、爱情线，只拿出少部分的篇幅来写改革。这样做的目的是配合观众的审美需求，写观众能看得懂和喜欢看的作品。让爱情线紧贴改革线，增强了戏剧性。特别是塑造主人公朱凌燕，既写她工作中的拼搏进取，也写她的爱情经历，两条故事线相贴合交织，真实、可信、生活化的形象就呼之欲出了。

---

① 《著名戏剧家曹禺和金山谈〈报春花〉》，《辽宁日报》1979年10月19日。

② 《著名戏剧家曹禺和金山谈〈报春花〉》，《辽宁日报》1979年10月19日。

③ 《著名戏剧家曹禺和金山谈〈报春花〉》，《辽宁日报》1979年10月19日。

四、从生活出发的现实主义创作

戏剧创作经常讲要深入生活，生活是创作的源泉。实践证明生活是创作的基础和保障。崔德志的创作充分证明了这一点。《刘莲英》《报春花》《红玫瑰》都是他长期深入工厂、厂矿而“得来”的。深入生活，扎根生活，捕捉生活中的典型人物与典型事件，为他的戏剧创作提供了源源不断的素材，通过艺术的手段加工后，结成了丰硕的艺术成果。

1958 年，崔德志到沈阳重型机器厂体验生活，当学徒工，当钳工，拜工人为师，同吃同住，同甘共苦，一步一步从工人干起。后来，为了更多地了解工厂、熟悉工人的生活，几乎不间断地深入厂矿，扎根在工人中间，跑遍了沈阳所有的纺织厂，鞍山、阜新、抚顺等地的很多钢厂、矿山都留下了他的足迹，了解了他们的喜怒哀乐和真实的内心世界，发现了他们身上的美与善。和工人师傅们感情越深，越让崔德志感觉到应该把他们身上的真与美搬上舞台。那些年里，他结交了一批工人兄弟，大家都亲切地叫他“崔师傅”。退休后，他喜欢修理钟表，所用的技术也是那个时期学会的。

崔德志曾郑重而严肃地说：“剧作家要有生活，要及时地创作出反映现实主义题材的作品，不能脱离实际，要敢于直面现实生活，这是一个剧作家的良心。”[①] 直面现实，及时反映生活是现实主义戏剧观的最核心所在。现实主义的作品充满着对世界、对人的深切关怀。这种直面人生的关怀大多含有人物与环境的矛盾、人物关系的张力、人物命运的顺逆，带有强有力的剖析、冲击与震撼。不知不觉间，崔德志在深入生活、反映现实的创作上越走越远，越走越坚实。他在创作《报春花》时，虽然“四人帮”被粉碎了，然而极左思想还是顽强地盘踞在各个领域，政治上的“唯成分论”与“血统论”犹如两座大山压在中国人民的头上。崔德志带着一个剧作家的责任，在这种历史背景下写出了《报春花》。排演之初，就有这样的声音，认为这是为地、富、反、坏、右五类分子树碑立传。然而，崔德志并没有动摇，坚信自己没有错，认为自己的强有力的社会批判是符合历史发展规律的。演出后产生了强烈的反响，足以说明现实主义的创作方向是正确的。

戏剧需要真实，戏剧同样不能脱离美。“戏剧创作，不能说真实就可以，必须升

---

① 羊驰:《真实与美是戏剧的生命——访辽宁人艺著名剧作家崔德志》,《辽宁人艺》2007 年第 3 期。

华，符合审美需求。生活里的大白话真实，可是剧作家不能将这些大白话搬上舞台，要经过加工。变成很美的语言，传递戏剧艺术。”从《报春花》的诗意性营造和文学化的语言，便可看出崔德志戏剧创作的艺术追求。

崔德志有着较高的文学造诣，写过小说、报告文学、散文、诗歌、歌词等。在他看来，戏剧性与文学性须得构成一个和谐统一的整体。为了消解剑拔弩张的紧张局面，崔德志在《报春花》中做了象征的诗意化的努力。如贯穿全剧的“花”的意象，带来的是温暖、美好、抚慰，而最早开放的“报春花”则寓意美好的希望。在人物语言上，根据年龄、身份、经历以及文化程度的不同，塑造了个性鲜明的艺术形象。李健是果敢坚毅，又不失幽默；吴一萍生硬刻板、居高临下；白洁质朴美丽、善解人意；吴晓峰真挚热情、情感浓烈。每个人物的行动轨迹都是符合其性格特征的。

崔德志的创作始终扎根生活，以高度的责任感和使命感为广大民众抒写赞歌，是那样鼓舞人、激励人。《报春花》为中国戏剧史上留下了辉煌的一页，开启了崭新的未来。1956 年田汉为崔德志题词：“要以社会主义、爱国主义精神教育人民，自己得先成社会主义者、爱国主义者。”他的工业题材的戏剧创作也成为辽宁人民艺术剧院的一个创作传统，其深入生活的现实主义创作原则也被后人继承下来。

（张彤）

第八节 房纯如 杨舒慧

· 房纯如

· 杨舒慧

房纯如和杨舒慧1948年参加革命，房纯如、杨舒慧先后毕业于辽北文学院，二人被分配到辽北文工团任创作员。1951年杨舒慧被文工团选送到东北鲁艺戏剧部在职干部创作班学习。1960年，房纯如、杨舒慧调至辽宁人民艺术剧院任专职编剧。二人创作曾获全国优秀剧本奖、辽宁省人民政府优秀文艺创作奖、曹禺戏剧文学奖、第五届金鸡奖故事片特别奖、辽宁省精神文明建设“五个一”工程优秀剧本奖。杨纯如先后被选为辽宁省文联委员、辽宁省戏剧家协会理事，杨舒慧历任辽宁省第三届政协委员、辽宁省共青团常委、辽宁省文联委员、中国戏剧家协会辽宁分会委员。1991年文化部授予杨舒慧全国文化系统先进工作者称号。

一、同学少年

房纯如笔名村路、房纯儒，1929年1月生于吉林省大安县，1947年来到长春求学。学生时代的房纯如目睹了国民党反动派统治的腐败和人民生活的疾苦，因此还是学生的他挥笔创作了散文《途中》和《我为何而来》并发表在当时的《长春日报》上。半年后，房纯如回到大安县，创作出了报告文学《我从蒋管区来》，发表于当时的《胜利日报》上。1948年7月他来到当时的解放区四平，进入辽北文学院文艺系学习，并在此时相识了杨舒慧。在学习期间房纯如创作了秧歌剧《送粮》。《送粮》

是房纯如第一次接触并实践戏剧创作，也正是从此开始了房纯如为之奋斗一生的戏剧创作。从辽北文学院毕业后，房纯如被分配到了辽北文工团任创作员，在此期间，他除写鼓词、演唱和秧歌剧外，还创作了《好日子往长拉》《播种记》等小戏。

杨舒慧笔名舒慧，1929 年 1 月生于辽宁省法库县，1948 年从国管区投向解放区，加入四平辽北文学院文艺系学习。在学习期间杨舒慧就经常采写报道、创作街头诗歌和参加演唱活动。毕业后，她与房纯如一同被分配到辽北文工团从事专业创作，在此期间她先后创作了《不般配》《一把钳子》等剧本。1951 年杨舒慧被文工团选送到东北鲁艺戏剧部在职干部创作班学习，此间，她除了学习戏剧理论外，还认真阅读了大量古今中外的戏剧名著，这对她后来专业从事戏剧创作打下坚实的基础。学习结业后，杨舒慧被分配到辽西省文联创作组工作。

二、同走“乡村路”

1953 年，房纯如同杨舒慧一起到辽宁省北镇县富屯乡李屯村，杨舒慧担任村党支部的支委，从此二人与农民同吃、同住、同劳动，与农民成为知心朋友。由于他们在农村深入生活，对农民生活及感情有了更多更深的了解与体验，从而也为他们创作农村题材的剧目以及塑造农民形象积累了丰富的素材。这一期间，房纯如连续创作了《存款》《一个晚上》《女社员》《红皮白瓤》《山村一日》《槐林飘香》等独幕话剧，杨舒慧则独立创作出了独幕话剧《黄花岭》。这些剧目有的通过排演成功演出，有的则发表在当时的刊物上，其中《一个晚上》曾获全国第二届优秀独幕剧奖。1956 年，杨舒慧应邀出席了全国青年创作会议，与此同时，由她创作的《黄花岭》在第一届全国话剧会演中获得一等奖。1957 年新文艺出版社为房纯如出版了剧作集《褪了色的锦旗》。

1958 年房纯如、杨舒慧再次来到北镇县李屯村正式安家落户，成了名副其实的公社社员。翌年，房纯如到该县下属的蓏蓏堡公社任党委副书记。由于对农村生活及农民的酸甜苦辣有了进一步的了解与体会，所以 1959 年杨舒慧又相继创作了《铁连环》《山村接生员》《三代人》《秘密钥匙》《壶》等话剧。

1960 年，房纯如与杨舒慧一起调至辽宁人民艺术剧院任专职编剧。1964 年，二人共同合作创作了大型话剧《红石钟声》，该剧经辽宁人民艺术剧院排演后在辽宁乃至全国剧坛引起强烈反响，从而也奠定了夫妇二人立足现实主义创作、深刻反映农村生活面貌和确立农村题材为主要创作的方向及地位。“文化大革命”期间，房纯如又和杨舒慧合作创作了话剧《云岭风雨》和《两条渠道》等戏。“文化大革命”结束后，文艺创作从极左路线束缚下解放出来，房纯如与杨舒慧继续深入生活，共同创作了大型话剧《南园悲歌》《落凤台》《松林疑案》《富有的女人》《爱洒人间》和电影剧本《迷人的乐队》《人间烟火》及多幕话剧剧本《缘分》。其中，多幕话剧剧本《落凤台》获第一届曹禺戏剧文学奖、全国农村题材优秀创作奖、1980—1981年度全国优秀剧本奖、辽宁省人民政府优秀文艺创作奖，《松林疑案》获辽宁省话剧歌剧调演创作奖，《富有的女人》获第五届曹禺戏剧文学奖，《爱洒人间》获第二届文华奖，电影文学剧本《迷人的乐队》获1985年广电部优秀故事片奖、第五届金鸡奖故事片特别奖，此外电影文学剧本《人间烟火》获省级奖励，多幕话剧剧本《缘分》获辽宁省精神文明建设“五个一”工程优秀剧本奖。1982年3月，中国戏剧出版社出版了他们的剧本《落凤台》，1984年10月，春风文艺出版社为他们出版了《房纯如杨舒慧剧作选》。

·《房纯如杨舒慧剧作选》书影

由于他们在戏剧创作上所取得的成绩，房纯如曾先后被选为辽宁省文联委员、辽宁省戏剧家协会理事，杨舒慧则历任辽宁省第三届政协委员、辽宁省共青团常委、辽宁省文联委员、中国戏剧家协会辽宁分会委员。1991年，文化部授予杨舒慧全国文化系统先进工作者称号。

三、生活是创作的源泉

房纯如与杨舒慧既是创作中的伙伴，又是生活上的伴侣，同时他们也是辽宁人民艺术剧院乃至中国戏剧界难得的两位创作功底踏实、创作态度严肃的现实主义剧作家。通过青年时代的生活经历、在解放区接受的新文艺理论教育以及几十年来的艺术实践，使他们坚信“只有生活才是创作的源泉”的现实主义创作原则，因此他们几十年如一日地在农村深入体验生活，把农村作为他们的创作活动基地，把农民当作他们的朋友亲人，把反映农村生活作为他们创作的主要内容，把塑造农民形象作为他们艺术创作的宗旨。他们热爱农村，关注农民，在生活中他们与农民同吃、同住、共同劳动，是农民的知心朋友。他们真正了解农民的所思所想，熟悉农民的喜怒悲欢，懂得农民的爱恨情仇。与此同时，他们还具有超强的戏文再现能力，因此他们笔下的人物真实可信、活灵活现，并具有浓郁的生活气息。从他们笔下走出的农民人物形象，有血有肉、生动真实，并符合农村生活的思维及行为逻辑。这些农民形象蕴含着强烈的时代精神。也可以说，从房纯如、杨舒慧的全部创作历程看，他们创作的农村题材戏剧作品是中国农村几十年来历史的缩影，是新中国成立以后中国北方农村的真实写照，这也是房纯如与杨舒慧两位作者在长期合作创作中反映在剧作中的一大风格与特点。

四、剧坛流光

从房纯如、杨舒慧二人几乎共同走过的创作历程看，大致可以把他们的创作经历分为三个阶段，即新中国成立至 20 世纪 50 年代后期的早期求索、20 世纪 60 年代至“文化大革命”结束的中期探索和十一届三中全会之后至今的后期成熟。

早期求索是房纯如、杨舒慧初习创作阶段。虽然二人初习创作，但由于他们熟悉生活，又能认真而刻苦地学习，掌握了一定的创作技巧，更重要的是他们有着强烈的创作激情。在此阶段，房纯如创作了《一个晚上》《存款》《女社员》《红皮白瓤》《山村一日》《槐林飘香》等多部话剧，杨舒慧创作出了《黄花岭》。其中，《一个晚上》曾获全国第二届优秀独幕剧奖，《黄花岭》在第一届全国话剧会演中获得一等奖。同时，杨舒慧应邀出席全国青年创作会议，新文艺出版社为房纯如出版了剧作集《褪了色的锦旗》（署名村路）。这些均表现出新中国文艺事业对房、杨两位在戏剧创作方面取得成绩的肯定与鼓励。

中期探索是指他们从 20 世纪 60 年代到“文化大革命”结束这段时间的戏剧创作期。需要说明的是，在这种政治环境和创作环境中，有些作家依然能坚持从生活出发，从艺术规律出发，并在极其有限的创作自由中创作出一些虽带有明显时代烙印却仍不失一定美学与观赏价值的作品。房纯如和杨舒慧共同创作的话剧《红石钟声》就是这类作品中最为突出和典型的戏剧作品。《红石钟声》是在“以阶级斗争为纲”口号下创作出的一部戏剧作品。不可否认，社会文化背景是作家、艺术家赖以生存的条件。社会文化包括物质条件、社会制度和价值观念三个层面，正是这三个层面构成了作家的创作背景，并将这种背景逐步转化为他们的心理结构，进而成为他们的创作内驱力，再结合他们的天赋条件，使他们的心灵对象化，然后，才能完成其创作作品的过程。只有这样，才能把蕴含在作品本身的美学价值转化为社会价值和促进社会的发展。除立意与观念外，《红石钟声》还具有一定的美学价值。剧中的人物郭长青写得比较真实，性格也比较鲜明，他不但有着共产党员的高尚品格，而且也闪烁着中华民族的传统美德，如他为了改变穷队，舍弃了已经比较富裕的生产队，放弃了自己新盖的房子，心甘情愿地去穷困生产队当队长，其目的就是要通过他的努力，改变那里的穷困面貌。这种舍己为人的精神，既是共产党员的高尚品格，也是中华民族传统美德的表现。因此即便在极左思想禁锢中，房纯如、杨舒慧两位剧作家仍然坚守着心中“从现实生活出发”的艺术创作原则，凭借他们对农村生活和农民朋友的熟悉，在极其有限的创作环境中创作出《红石钟声》这样在主题挖掘及艺术处理上均值得肯定的戏剧作品。

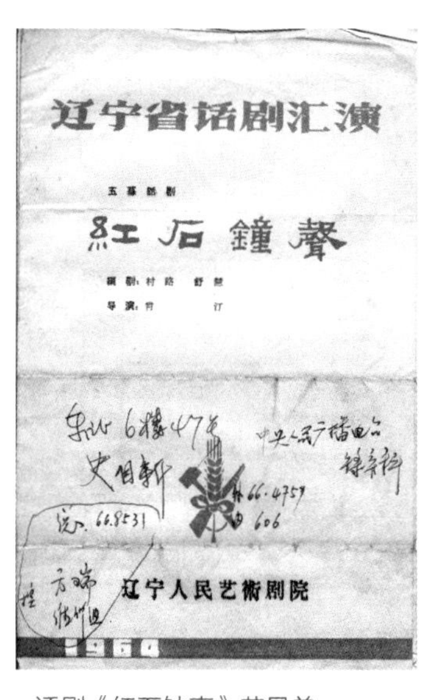

· 话剧《红石钟声》节目单

后期成熟是房纯如、杨舒慧从“文化大革命”结束以后至今的戏剧创作阶段，这个时期既是他们戏剧创作的成熟期，也是他们戏剧创作喜获丰收的阶段。十年浩劫的结束和十一届三中全会的拨乱反正，使他们从极左思想中解放出来，他们认真地清理自己的思想观念和价值观念进而回归到艺术规律之中，能按艺术规律来观察生活、认识生活、提炼生活和表现生活，并将百倍的创作热情投入到新时期百废待兴的戏剧创作中。这一时期，他们创作了《南园悲歌》《落凤台》《松林疑案》《富有的女人》《爱洒人间》等多部话剧，均被辽宁人民艺术剧院搬上舞台，其中多部剧作获得中央及省级以上奖励，在当时产生了一定的影响。此时他们已年过花甲，作为创作基础的生活经验和人生阅历更加深刻和宽广，同时他们的生活积累越加丰富，写作技巧也更加成熟。

在这批作品中，以《富有的女人》最具代表性。《富有的女人》是一部反映现实生活比较成功的剧作，它的成功之处主要表现在“避开了对改革方针政策的图解，跳出了就事论事的肤浅层面，把审美的注意力、审美的焦点，集中在处于改革大潮的潮头浪尖上的人物身上”[①]，即把焦点集中在了本剧主人公何凤英内心世界的开掘

① 康洪兴:《话剧〈富有的女人〉得失谈》,《文艺报》1990年2月17日。

上，从而令观众陷入良久的沉思中，沉思她的命运、精神世界、道德观和价值观。剧作通过何凤英在不同人生遭遇中的表现，塑造了一个真实可信却又令人沉思的人物形象。何凤英是个腰缠万贯的富有女人，然而在她的精神世界中却背负着损人利己的沉重包袱，她只相信竞争，只相信适者生存，只相信自己，却从不考虑他人的感受，因此，她自然而然地失去了友谊，失去了爱情，失去了集体，也失去了身边的所有人，成了一个名副其实的孤独的“富有者”。当然，在果园失火仅剩下她独自面对巨大变故的时刻，她唯一的心灵寄托也得不到任何人的一丝体贴与关怀，此刻使她成为一个既富有又贫穷，既坚强又脆弱的女人。何凤英为财富上的富有而奋斗、拼搏，但实际也是在挣扎——在为财富上的争夺、精神上的危机和道德上的沦丧而挣扎。这种艺术处理上的交织与外化，使得何凤英这个人物的存在变得真实而又可信，立体而又生动。创作者对何凤英这个人物的塑造，“已经明显地摆脱了以往那种好人一切都好，坏人一切皆坏的公式化、概念化的痼疾和形而上学的创作倾向。这是现实题材戏剧创作中的一大进步，它使戏剧舞台在贴近现实的同时，也贴近生活的复杂性和人的复杂性”[①]。

· 话剧《富有的女人》剧照

《富有的女人》的立意正是在道德层面上给予像何凤英这类人群以批判和警示，但是剧作并没有把“富有的人”打入万劫不复的深渊，而是给予了公正的评判，既肯定了何凤英在创业中的拼搏和创业精神，也批判了她在“富有”的过程中因为利益的驱使而走向了另一个极端。可以说作者对何凤英这个人物既有同情和赞许，又有批评和贬抑。这种创作方法是对过去好与坏森严壁垒的创作模式的突破，使人物

① 康洪兴:《话剧〈富有的女人〉得失谈》,《文艺报》1990 年 2 月 17 日。

更为“人性化”和真实可信，从而引起人们在经济大潮迅猛袭来的时候关注和思考其间出现的新问题。同时，《富有的女人》在剧作的主旨上也提出了一个剧情之外的新问题，即普通人群在迅速脱离贫困走向富裕道路之后，社会如何在他们的心灵深处和精神层面给予相应的引导，如果忽视了这个问题的疏导，必将会在一个阶段集结、汇聚成社会问题，进而成为建设具有中国特色的社会主义伟大进程中不可逾越的羁绊，应该说这才是剧作者创作《富有的女人》并塑造何凤英这个鲜活人物的本意，从而呼唤社会主义价值观、道德观与社会主义精神文明建设的必要性与紧迫性。该剧对20世纪80年代改革开放后，发家致富迅速走上富裕道路的个体阶层人群在物质达到富有后在精神层面缺失的现象进行了集中、突出的展示，同时也对这一社会现象的根源进行了深入的理性剖析，在具有教育作用的同时，也具有相应的审美作用，因而起到了深刻的启迪作用。

· 话剧《富有的女人》剧照

房纯如和杨舒慧坚持长期在农村生活，形成了深厚的生活基础，他们不但对农民及其生活有着深刻的理解，而且更能准确自如地表现出来。他们掌握农民生动、朴实的语言，把各种农民形象写得活灵活现、栩栩如生。话剧基本是通过对话展开在舞台上的，交代情节和塑造人物则是戏剧的基本任务，只有在完成这个基本任务之后，才可能要求观众对剧作的思想层面进行深入的思考。“对于一个真正的语言艺术家来说，保持同读者或观众的联系，就是他的创作意义和目的。把自己的语言千锤百炼，只有这样，艺术才干才会增长起来，活跃起来，巩固起来。”（俄国作家柯罗连科语）对于一个真正的剧作家来讲，首先应该是一个语言家，要通过语言来保持同读者或观众的联系。房纯如和杨舒慧二位剧作家便属于这类作家，他们一些成功的作品，多数具有这些优势和特点，也正是他们对农民语言的积累和准确运用，才为其剧作增添了巨大的光彩。

房纯如和杨舒慧是长期生活在北方、深深扎根于农村、始终与农民为友、坚持为农民创作的一对拥有责任感的伴侣剧作家。他们热爱农村，关注熟悉农民生活的同时，又有着火红与滚烫的心，在深入生活的基础上不知倦怠地积极投入创作之中，为辽宁人民艺术剧院，更为广大的中国农民创作出了一批又一批反映现实、深受人民喜爱并具有教育和启迪作用的戏剧作品，使他们在辽宁人民艺术剧院立足现实主义创作方向的征途中支撑着剧院农村题材剧作创作的一片天空。辽宁人艺始终能够以“农村戏”的创作演出驰名全国剧坛并得到同行的拥戴，房纯如和杨舒慧两位剧作家在幕后、台下乃至书斋里所做出一度创作的贡献也不应忽略和小视，同时也是他们坚持鲁艺精神，深入生活、面对现实创作戏剧的力证。

（刘新阳）

第九节　辛薇

·辛薇

辛薇（1930—2012），原名辛丽萍，1948年11月参加革命，1949年5月进入东北鲁迅文艺学院戏剧系学习。1953年加入东北人民艺术剧院，1954年转入辽宁人民艺术剧院，1990年6月任辽宁人民艺术剧院院长。曾获中国话剧研究会首届话剧“金狮奖”、辽宁省政府艺术成果奖、全国文化系统先进工作者称号。

一、与戏曲结缘

1930年3月，辛薇出生在吉林省梨树县一个普通家庭。辛薇的少年时代是在黑暗的伪满统治下度过的，加之贫寒的家境和微薄的收入，少年时的她只上了两年半的小学，便辍学在家。12岁时，由于生计所迫，还未成年的辛薇就开始出外做童工，以此获得微薄的收入，以贴补家用。

尽管如此，年少时的辛薇却在冥冥之中与戏曲结下了不解之缘。可能是出于兴趣使然，虽然辛薇经历了辍学、童工的苦难童年，但这样的经历却没有让辛薇放弃对生活的热爱。更为难得的是，少年时的辛薇开始对京剧产生浓厚的兴趣，并且有机会在梨树县观摩了很多京剧演出，少年辛薇的这种兴趣后来发展为不仅是在台下观看京剧的戏迷观众，更让她因兴趣而热爱，因热爱而走上舞台粉墨登场。由于性别和兴趣的缘故，辛薇喜欢京剧舞台上唯美端庄、沉着稳重的青衣行当，在流派上辛薇同样喜欢当时风靡一时的京剧大师梅兰芳先生的梅派艺术。这一期间辛薇曾以京剧票友的身份参与到票房的活动中，登台演出或清唱过《武家坡》（饰演王宝钏）、

《龙凤呈祥》（饰演孙尚香）、《打渔杀家》（饰演萧桂英）、《法门寺》（饰演宋巧姣）等传统京剧剧目或唱段。

京剧与话剧虽然同属戏剧，却是截然不同的两个艺术门类，京剧是写意的，话剧是写实的；京剧是虚拟的，话剧是生活的；京剧有歌唱和武打，话剧只有语言和调度，表面看来这是两个毫无关联的艺术门类。但如果进行深入的对比就会发现，京剧和话剧的本质都是要表现剧情和塑造人物的，无非它们在表现剧情与塑造人物过程中的手法、手段不同。因此，自幼得到戏曲表演艺术的熏陶，也为辛薇在后来从事话剧表演产生了积极影响，同时也奠定了基础。

二、艺途漫漫

在业余做票友“票”了几年戏后，1946 年，16 岁的辛薇才开始接触话剧表演艺术，这使辛薇在京剧抑或戏曲之外，又打开了一扇戏剧之门。最初的辛薇只是凭借兴趣而看戏，但随着看戏的深入，她开始从心底对表演艺术产生了热爱，并梦想从事表演艺术事业。

这时恰逢东北鲁艺戏剧系招生，19 岁的辛薇进入东北鲁艺戏剧系学习，由此开始了她话剧表演艺术的生涯。辛薇在鲁艺及后来多年的艺术实践中，学习、钻研过斯坦尼斯拉夫斯基学派的表演理论，并把这一理论同民族戏曲的表演方式结合起来，走自己的艺术道路。她注重发现人物内心世界最独特的性格侧面，赋予人物以独此一家的性格特征，形成一个又一个各不相同的艺术形象。她多方面的艺术积累、丰富的艺术经验、严肃认真的艺术态度、良好的艺术感受力帮助她在完成不同的艺术形象的创造时能够游刃有余。在这一期间，她还演过歌剧《金玉满堂》和秧歌剧《夫妻识字》等，因此具有多方面的艺术素质，这些都为她形成了丰富的艺术积累。

1951 年 6 月 19 日，中央文化部在北京召开了全国文工团工作会议，确定了文艺团体的总任务，就是要大力发展人民的新歌剧、新话剧、新音乐、新舞蹈，用革命精神和爱国主义精神教育全国广大的人民群众。这种背景下，东北局宣传部决定将当时的东北文协文工团、东北文教队、东北鲁艺实验剧团、东北鲁艺音乐工作团合并在一起，组成东北人艺，这其中除东北鲁艺音工团，其他各团均有部分成员汇入东北人民话剧团。此后，东北鲁艺戏剧部的部分师生也加入到东北人艺之中，至此，东北人艺话剧团在规模上已属大型话剧团。东北人艺就是后来人们熟悉的辽宁人民艺术剧院的前身，东北人艺是一个创作实力强大的艺术院团，更重要的是东北人艺在建立之初就继承了鲁艺的创作精神。这一期间，东北人艺排演了《十字路口》《春风吹到诺敏河》《在建设的行列里》《妇女代表》，还有《曙光照耀莫斯科》《在那一边》《尤里乌斯·伏契克》，以及《是谁在进攻》《识时务者》《跟谁走》等不同类型与题材的话剧作品。

1953年，东北鲁艺戏剧系正式并入东北人民艺术剧院，辛薇也因此进入东北人艺，正式做了一名话剧演员，从事话剧表演艺术事业。在四十余年的舞台生涯中，辛薇塑造了五十多个艺术形象，其中像《妇女代表》中的张桂容、《我的一家》中的陶承、《第二个春天》中的刘之茵、《八一风暴》中的周凤莲、《前进再前进》中的齐芳、《家》中的梅表姐、《报春花》中的吴一萍、《高山下的花环》中的吴爽等艺术形象深得不同时代观众的熟悉和喜爱。1956年，在由文化部举办的全国话剧会演中，辛薇扮演《前进再前进》中的齐芳获大会颁发的表演三等奖。1984年，在由文化部举办的全国现代题材戏曲话剧歌剧观摩演出中，辛薇扮演《高山下的花环》中的吴爽又获大会颁发的配演一等奖。之后，辛薇又在1988年获中国话剧研究会颁发的首届金狮奖，1990年她又荣获辽宁省政府艺术成果奖，1991年获全国文化系统先进工作者称号。与此同时，辛薇还曾任辽宁省人民代表大会常务委员会委员、中国戏剧家协会会员、辽宁省文联委员、中国戏剧家协会辽宁省分会常务理事等社会职务。

· 话剧《报春花》剧照

2012年4月11日，辛薇女士在辽宁金秋医院因病辞世，享年82岁。

辛薇幼儿失学，她深知文化知识对表演艺术的重要性，因此她十分注意读书学习，从读书中吸取表演艺术的营养。辛薇对《史记》《汉书》及各类文学名著都有广泛涉猎，对哲学、心理学、逻辑学也都有悉心的钻研。这使她具有广博的学识，对艺术、生活的认识和理解具有更深入的洞察力。辛薇十分注意向火热的现实生活索取艺术的灵感，农村、部队、工厂等她都非常熟悉，因为她经常到那里去体验生活，去观察形形色色的人，丰富自己的艺术储藏。她还十分注意表演技巧的雕琢，因为思想、生活、鲜明的舞台形象归根结底要靠技巧表现出来，没有技巧的舞台呈现注定是苍白无力的。正是由于多方面的兼收并蓄，她积累了丰富的表演艺术经验，形成了朴实细腻、自然大方和个性化的艺术风格。在她的角色谱系中，有工人也有农民，有知识分子也有领导干部，有今人也有古人，有中国人也有外国人，等等，在她演来都能惟妙惟肖，能有独特的发现与创造。她主张演员不能做编剧和导演的传声筒，演员也是创造者，要用自己的眼睛观察生活、发现生活，从而在舞台上创造出活生生的人来。

三、剧坛流光

辛薇在《一个动作的启示》一文中说："认识代替不了艺术创造，运用表演艺术手段，揭示人物思想本质，是要经过一番艰苦的探索过程的。"（《中国剧协辽宁分会会刊》1980 年第 2 期）在辛薇的艺术生涯中，她塑造了很多生活背景复杂、情感世界深沉的女性形象，这类形象同女领导人、女战士、女革命家甚至女坏蛋等形象不同，这类形象更需要对生活积累，更需要艺术呈现上的准确度和分寸感，达不到需要的艺术高度或过犹不及都会给人物带来损害。

1953 年，辛薇在《妇女代表》中扮演女主人公张桂容，塑造了一个纯朴、善良、贤淑，而又勇于同封建思想作斗争的普通农村妇女的形象。张桂容面临的矛盾，表面看是家庭矛盾，她的婆婆就是她矛盾的对立面，而实际上，是新社会的进步思想同落后的封建思想的矛盾。辛薇让张桂容在同封建落后思想进行斗争时，一方面旗帜鲜明，决不退缩，敢于反抗来自家庭以及任何方面的封建压力；另一方面，又注意到农村家庭中儿媳妇的特定地位，注意到家庭矛盾的特殊性，让张桂容主要通过说服、感化的方式晓之以理、动之以情，最终实现了矛盾的转化，取得了斗争的胜利。

1959 年，辛薇又在《我的一家》中扮演陶承。这是一位为党的事业无私地奉献了一切的革命母亲的形象。这个角色年龄跨度很大，要从二十几岁演到六十多岁，通常这类的舞台人物形象对话剧演员来说是一个挑战。辛薇首先从生活入手，解决自己与角色之间在年龄上的差异，她通过大量阅读陶承原著及其他革命史料，增强对那个时代的斗争生活的认识，从心理上靠近陶承，从人物的年龄变化、生活环境、斗争形势出发，设计出符合人物身份、性格和规定情境的形体动作，从外在气质和形体上接近陶承。通过分析剧本，认识到陶承既是一个坚强的无产阶级革命家，也是一个柔情似水的妻子；既是一个勇于斗争善于斗争的战士，更是一个有着亲子之爱的善良的母亲。她在与敌人的斗争中无比的坚强，但失去亲人后也无比的痛苦，她爱自己的孩子，却亲手扶植他们走上了充满危险的革命道路，因为她心中装着党的远大理想。陶承关心丈夫、孩子，更关心人民，关心党的事业，对自己则什么也不考虑，是那种一切为了别人的富于献身精神的伟大母亲。所以，在人物的外在气质上，突出她革命母亲的端庄秀丽、沉稳娴静。在语言风格上，强调不同年龄段的变化，清晰、稳重、大家风范。在人物的情感上，着力刻画她对敌人的无比憎恨，对亲人的无限柔情，对革命的无比忠诚，对新社会的无限向往。艺术表现的重点在于陶承作为革命母亲对革命、对亲人、对同志的真诚、深厚、动人肺腑的一片真情，所以这个戏有很强的情感力度。有一场表现陶承对党、对亲人的深厚感情的戏，亲人的牺牲，斗争环境的艰苦，敌人的凶残，在陶承的内心激起巨大的波澜，舞台上用画外音传达出她的内心独白，而陶承则随着独白中情感、意境的起伏变化把思念、牵挂、痛苦、坚强、仇恨等各种情感用表情和形体传达给观众，情真意切，生动感人，取得了很好的艺术效果。

1978 年，辛薇在《报春花》中扮演僵化、保守的厂书记吴一萍获得了良好的演

· 话剧《报春花》剧照

·话剧《报春花》剧照

出声誉。演出中，她注重动作的雕琢，把吴一萍塑造得真实自然。吴一萍自认是党的路线的代表，原则得近乎冷酷，动辄训人“丧失立场”“迷失方向”。但她不搞两面派，有话说在当面。辛薇准确地把握了这个人物的思想脉络和性格特征，从形体动作到语言形式都精当地传达出人物内心的隐秘。第五场，吴一萍规劝白洁退婚，语言“哼、哈”，面孔又是那么冷冰冰，听了白洁的诉说后甚至受了些感动，但这绝不能动摇她顽固的信念，违背她的意志的事她决不答应。她动情地抽泣，对白洁亲切地抚摸，更深刻地表现了她的僵化和冷酷。第六场，李健与吴一萍辩论，当李健引证有的革命导师“家庭出身并非工人农民”来批驳吴一萍唯成分论的观点时，辛薇利用舞台美术阳台门的设计，慌忙把开着的门关上，表现了吴一萍规定情境中的特定心理：为自己害怕，也为老朋友担心，唯恐隔墙有耳，给李健招来横祸。这一动作也激发了吴一萍说服李健的愿望，因为她感到李健的胆子越来越大，不能让他在“危险”的道路上越走越远。一个简单的动作，为人物关系、人物心理的发展提供了坚实的依托，创造了良好的条件。当李健说到“吴王好细腰，宫中多饿死，楚王好剑客，国人多伤疤”这段话时，本已心有余悸的吴一萍更如五雷轰顶，吓得心惊胆战。在她看来，这无异于“反动言论”，简直是立场、观点、路线问题。辛薇为吴一萍设计的动作是：手激烈地颤抖着，显示出内心的惊恐不安，连连后退，已不知该怎么好，许久说不出话来，显示出精神上受到的强烈震撼。她是不可能接受李健的观点的，因而注定要成为李健及以他为代表的改革事业前进的绊脚石。这一动作其实并不复杂，但在这一时刻使用，却可以达到画龙点睛的效果，有力地深化了剧目的主题，鲜明地表现了人物的性格。

1983年，辛薇在《高山下的花环》中扮演赵蒙生的妈妈吴爽。这是一个历史上为革命事业立下过战功的老革命、老干部，对部队及社会各种关系网她都十分熟悉。十年动乱中受过迫害，至今怨气未消，所以她时常居功自傲，并且自私自利、以权谋私。在剧中，她的核心动作就是不择手段地要把独生子赵蒙生“曲线调动”到安全、享乐的地方去，甚至在战争一触即发的关键时刻不惜让儿子当逃兵。在她心目中，儿子就是一切，私利可以排除其他全部所有。她在不同的人物面前，表现出不同的态度和方法。在赵蒙生和柳岚面前，她俨然一副慈母加家长的气派，表现得胸有成竹、谈笑风生，还不时地轻抚柳岚的头，微嗔赵蒙生几句，间或发出几声尽享天伦之乐的开朗的笑声。应当说，这种感情是真实的，因为她毕竟是一个母亲，辛薇在这里强调一个母亲慈善的一面无疑是正确的，使人物避免了脸谱化。而在黄师长面前，吴爽则摆出一副老上级、老朋友的架势，一方面亲切随和，一方面又颐指气使，和黄可以无话不谈，但又全然带有指挥、要求的语气。动作上也纯然是老干部、老领导的风度，缓慢，稳健，显得老练自如。而在面对雷军长的时候，由于她知道这个“雷神爷”的脾气，知道他有着高度的原则性，所以便保持了一定的距离。表面上也是不离战友亲情，交谈中随意、幽默，谈笑风生，无话不谈，但分明流露出一种故作亲切的不自然，尤其在涉及赵蒙生的时候，不但不把真意尽道其详，还有意岔开，装成正气凛然的样子要求“雷神爷”把赵蒙生从军机关下放到连队去锻炼锻炼，实际上是想在黄师长那里便于“曲线调动”，表现出以权谋私者的狡猾和虚伪。战争结束后，当她再次见到“雷神爷”的

· 话剧《高山下的花环》剧照

时候，她满面怒容，决不原谅雷军长对她无理要求的拒绝，并恶言相向：“我的儿子在前线立功的时候，你的儿子在哪里呢？”已经不惜撕破脸皮，因为她这次来部队已下决心要让儿子脱下军装。再次见到赵蒙生，面对已转变为优秀军事指挥员的儿子她竟不能理解，以训斥、责难为主。直到听儿子说出雷军长的儿子也在战斗中牺牲时心灵才真正受到震撼，对自己的所作所为开始有了反思。所以当她见到梁大娘和玉秀时，心情是沉痛、内疚、悔恨、反思的混合体，动作沉缓凝重，表情严峻肃然，语态沉重低缓。在不同情境，面对不同对象，吴爽的不同表现，使这一人物的塑造富于层次，血肉丰满。她是一个以权谋私者，但也是一个普通人，是一个慈爱的母亲。她也有亲子之爱、战友之情、老乡之谊。在不同时空中的不同表现，表现了她不同的性格侧面，使这个人物真实可信。

1985 年，辛薇在日本话剧《待嫁的女人们》中扮演母亲花田花。这是一部表现日本当代妇女在家庭、婚姻、恋爱方面的新的追求的轻喜剧。剧本着重抒写了家庭中母女、姊妹之间的骨肉之情，剧中的家庭最终虽然分裂了，但那种相濡以沫的骨肉之情却在人物之间延续着。花田花是一个近六十岁的老女人，剧中在经历了一系列生活际遇和情感撞击之后，花田花意识到了表面和谐平静的女人之家面临的不可避免的解体：小女儿春子不受权势、门第、经济及传统观念的束缚，首先和心爱的人出走；接着，三女儿也为了爱情而远走高飞。花田花终于醒悟了，自己独立支撑拉扯四个女儿的局面代替不了每个女人的个体幸福。大女儿秋子为了妹妹的学业，到了 38 岁仍然只身一人；二女儿冬子为了家庭日夜操劳，牺牲了个人的青春。自己苦守多年，恪尽母亲的职守，而在情感深处却忍受着痛苦的煎熬。辛薇处理这个人物以幽默含蓄、轻松活泼为基调，而在这轻松愉快的后面，却隐含着人物对自身命运的思索、情感煎熬的苦痛。她实际上是在旧的家庭观念的维持中牺牲了自己的生命，也牺牲了女儿的年华。辛薇随着剧情的展开，准确、适度地把握着人物情感的变化，时而开朗地纵情大笑，时而暴躁地大发脾气，时而诙谐地表现出老年人的天真可爱，时而含蓄地流露出单身女人精神上的抑郁和委顿。在女儿们面前，她永远是善良慈祥的母亲，但有时又表现得很矜持，在表象深处洋溢着她对女儿的深沉博大的爱。所以，当她自己也决计外嫁时，虽遭秋子和冬子的极力反对，她却义无反顾地坚持到底，走出了这个女人之家。因为只有这样，苦守家庭的大女儿和二女儿才可能也走出这个家，找到自己的幸福。辛薇凭借细腻的情感刻画和富于生活气息的表演，把一个善良、慈祥、幽默、含蓄而又情感深挚的母亲形象塑造得栩栩如生。

辛薇善于情感表现，善于准确、含蓄地揭示人物深广的内心世界。人物情感以及内心世界的揭示，要求有准确的表现手段，一个优秀的表演艺术家，往往善于利用多种手段去呈现和创造。

辛薇自幼酷爱戏曲，并可以登台演出很多旦角戏，由于她对戏曲的了解、熟悉以及把握，还使她从戏曲的表演角度吸收、借鉴和融合中国戏曲在塑造表现人物时的方法和手段，所以她在塑造艺术形象的时候，常常善于寻找最恰切、最传神的动作或方式，因此也就造就了她善于提炼动作，运用典型和准确的动作来表现人物的心理活动，这是辛薇戏剧表演艺术中的一大特点。当然，对此完全得益于辛薇了解戏曲表演程式却又没有门户之见地向中国戏曲表演艺术的学习。可见，在表现与体验之间，戏曲与话剧虽然有所不同，但在表现剧情和塑造人物两个方面，传统戏曲与现代话剧二者之间是有相通之处的，关键问题在于如何把握本体和借鉴融合兄弟剧种的表现手法，而这需要表演者对于两门不相同的表演艺术有着深入的了解和驾驭能力，二者缺一不可。

辛薇正是这样既熟悉戏曲，又深谙话剧表演艺术的艺术家，因此，辛薇在戏曲艺术中汲取营养灵活运用在话剧表演艺术中的成功范例，既是辛薇在表演艺术中取得的成就，更是话剧演员值得思考的问题。此外，不能忽略辛薇是因戏曲而热爱戏剧，因鲁艺而走上话剧表演艺术专业道路的表演艺术家。在她的成长道路上，鲁艺精神的指引可以说贯串了她的学习和创作道路，深入生活、贴近现实、为现实服务、为人民服务，运用现实主义的创作方法解读剧本、塑造人物、抒发人物的思想感情，最终通过自己塑造的人物和赋予魅力与内涵的表演艺术，揭示剧本的深刻思想与内涵，这就是鲁艺精神在现实主义创作中的具体表现，也是辛薇在其表演艺术中始终如一坚守的原则和方法，更是辛薇得以取得辉煌艺术成就的法宝。

（刘新阳）

第十节 丁尼

· 丁尼

丁尼，原名孙昌群，1931 年生于沈阳。曾任辽宁人民艺术剧院院长，中国戏剧家协会会员，东北话研会副会长，辽宁省戏剧家协会副主席。荣获第一届中国话剧金狮奖优秀导演奖，辽宁省第五届艺术节导演奖，文化部颁发的“优秀话剧工作者”称号。

一、开启艺术人生

与许多导演一样，丁尼的艺术人生也是从表演开始的。1947 年，丁尼就读于辽宁省商科学校。1949 年，他进入东北文协文工团任演员，演出了《纪念碑》《战斗中》等剧，从此开始了他的演艺人生。1951 年，他进入东北人民艺术剧院，任演员，演出《曙光照耀莫斯科》《十字路口》等剧。1954 年，在辽宁人民艺术剧院任演员。在话剧《春风吹到诺敏河》中饰演孙守山，获得东北区第一届戏剧音乐舞蹈观摩大会表演奖。同年秋天，他随剧组参加中国人民第三届赴朝慰问团到朝鲜进行慰问演出。此后，他又演出了《地下春天》《海滨战争》《一万万美元》《家》《潘金莲》《智取威虎山》《卑贱者最聪明》《三毛学生意》《青春之歌》《烈火红心》《渔人之家》《第二个春天》《兄弟》《千万不要忘记》《红石钟声》《吝啬鬼》《赤道战鼓》《艳阳天》等剧目。其中，在话剧《家》中扮演的觉新，给观众留下了深刻的印象。

表演艺术逐渐走向成熟的同时，丁尼还参与了一些戏的导演工作，导演了《一捧盐》《云岭红旗》《红灯记》《艳阳天》《万水千山》等剧目，他的导演天赋初露端倪。

二、演而优则导

丁尼是一位多产的导演艺术家，几十年间，导演了五十余部戏剧，如《南园悲歌》《朱德将军》《救救她》《神秘古城》《阿Q正传》《灵与肉》《天国之乱》《哥们折腾记》《死环》《市委书记》《骆驼祥子》《原野》《李尔王》《秦始皇》等，给观众留下了许多经典戏剧佳作。1988年，丁尼受中国剧协委派赴菲律宾马尼拉文化中心执导了《北京人》。他还执导了四平话剧团的《太阳女》《少帅传奇》和朝阳话剧团《会首》等剧目。

1976年，丁尼开始专门从事导演工作。1979年，他编剧的《市委书记》获得了辽宁省委、省革委会嘉奖。1978年刚刚改革开放，解放思想不仅是社会的思想主流，也是当时戏剧创作的主要方向。当时，丁尼着力思考的问题是，如何让戏剧创作重新回到现实主义的道路上来。排话剧《云岭红旗》花费了丁尼近四年的时间，可是一次比一次混乱，离生活越来越远。最终，舞台上只剩下一片僵死的程式。排演《市委书记》的过程中，脱离生活的创作态度依旧存在。如第四场结尾处市委书记陈明的独生子陈亚光无辜被捕的一场戏。一种处理是，儿子被捕，亲人们相继离开，大厅里只剩下陈明一个人，他精神上备受折磨，承受不住，踉跄地赶紧扶着柱子。当他看到桌前总理的遗像时，更加痛苦。他挣扎着把总理的遗像抱在怀里，倒伏在桌上……另一种处理是，在儿子被捕后，陈明一个人站在大厅中央，像一尊铜像，把所有的痛苦按压在心底，然后猛然推开落地窗，远处波涛汹涌，夕阳照射舞台，目光坚定的陈明在《国际歌》的歌声中慢慢转向观众……虽然只是很短的一段戏，但也让丁尼苦恼了很久，经过反复的思索，他坚持了第一种舞台处理。他认为从生活出发的戏剧创作是回到现实主义的第一步。

· 话剧《市委书记》剧照

排演《市委书记》时，丁尼注重剧中的每一处细节，时常会为一个角色的诞生而激动不已，为一个情节能够活在舞台上而流下泪水。丁尼彻底解放了思想，跳脱出自然主义的创作倾向，他努力摆脱“三突出”僵硬模式的影响，以舞台实践追求现实主义的深度再现与表达，避免对生活的简单模仿。1978 年，《市委书记》获第一届中国话剧金狮奖优秀导演奖、中国话剧艺术研究会颁发的振兴话剧奖。

三、代表作品

1984 年，丁尼任辽宁人民艺术剧院副院长兼导演。这一年，他导演了自己的代表作《原野》。在丁尼孩提时期，曾经看过《原野》的演出，留有非常深刻的印象，所以能够参与排练《原野》，他内心是十分欣喜的。

《原野》是曹禺先生的名作，创作于 1937 年，也是曹禺先生唯一一部描写中国农村的作品。故事是在一连串血海深仇的背景下展开的。40 年代末中国南部的一个村镇，焦阎王和焦大妈认定焦、仇两家势不两立，水火不容，只有毁了仇家，焦家才能兴旺。仇虎的父亲仇荣被恶霸地主焦阎王活埋，仇虎指天发誓要为父报仇，却未料焦阎王诬陷他勾结土匪，仇虎被投进了监狱。仇母悲伤过度身亡，仇家的土地被抢占，房屋被烧毁，仇虎的妹妹被送进妓院而惨死，仇虎的未婚妻金子也被焦家的儿子焦大星强占，仇虎在狱友老洪的帮助下逃出大狱，开始复仇……

· 话剧《原野》剧照

导演丁尼认为，曹禺笔下的仇虎不是概念化的农民，是那个时代农民复仇者的形象。他最后悟出的阶级斗争的道理，是多少农民通过痛苦的实践逐渐认清的。仇虎的悲剧结局让人思索，这是全剧最可贵的地方。“《原野》的排演，给我们剧院导演、演员、舞美提供了广阔的天地。台上只有六个角色，矛盾冲突是那样尖锐激烈。它是现实主义的，它深刻地揭露了中国几千年的封建势力的残酷，写了焦阎王一家血腥的发家史。它又是浪漫主义的，让人鬼同台。戏的最后一幕仇虎、金子，从焦家逃出来，迷路在黑树林子里，仇虎在侦缉队的层层包围之中，在阵阵密集的枪声威胁下，内心世界经受了苦苦的折磨，不断地出现幻觉：伞形人，阎王殿，牛头，马面，大鬼，小鬼，屈死的父亲、妹子……这些幻觉使舞台千变万化，进一步使剧情深入。”①

1986 年，丁尼导演了另一部导演代表作——话剧《李尔王》。《李尔王》是莎士比亚的四大悲剧之一，自 1606 年英国环球剧院第一次公演后，三百多年来，在不同国家的舞台上不断被解读、诠释。早在辽宁人民艺术剧院建院之初，剧院便有排演《李尔王》的想法，也准备安排在此类剧上经验比较丰富的万籁天做导演，李默然演李尔王，后因故未能排演。后剧院重新启动这个剧目，决定由丁尼来做导演，李尔王依旧是由李默然来扮演。

· 话剧《李尔王》剧照

《李尔王》通过“不列颠国王李尔个人所遭受的折磨和苦难，反映了封建统治阶级内部的矛盾和冲突，以整个充满悲剧、残忍与非正义的英国现实，揭露原始积累时期资产阶级对于权势、财富的贪欲和虚伪、自私的本性，又以李尔在苦难中的转变和觉悟，表达作者拥护‘开明君主’自上而下的改革，寄希望于对统治者进行道德教化以解决社会矛盾和改善人类命运的理想”②。

国外莎学界对《李尔王》的评价非常高。学者布拉德雷称《李尔王》是莎士比亚的“最高成就，是伟大诗篇”。奈茨认为《李尔王》表达了人生遭遇的某些永恒的东西。波兰的学者扬柯特把《李尔王》称为杰作，“和它对比，《麦克白斯》和《哈姆雷特》都显得疲弱无力”。把这样伟大的作品搬上舞台，必然会碰到好多难题，主题思想是什么？主要矛盾冲突在哪里？应该以怎样的形式进行舞台呈现？

带着这些问题，丁尼反复阅读、研究剧本。他认为，对李尔王刚愎自用、反复

① 丁尼:《写在话剧〈原野〉上演的时候》,《沈阳周末》1984 年 9 月 1 日。

② 宁殿弼:《情悠意浣荡气回肠——观辽艺演出的著名莎剧〈李尔王〉》,《辽宁日报》1986 年 6 月 7 日。

无常、专横武断的评价和性格造成悲剧的分析是“不公平的”，“这样确定主题也很容易流于概念……分国的戏充分表明李尔的专横武断。我认为这是李尔在特定的情境中自私心理的反映，是对小女儿感情的占有欲望的表现，‘人性扭曲’的结果。李尔性格的躁急更加重了冲突的激烈程度……李尔很快意识到自己的过错。两个大女儿的虐待、暴风雨的冲击，使他终于战胜了悲观和绝望。李尔丢掉了王冠却看到了人性的曙光。《李尔王》正是突出这人性复苏的主题”①。因此，他把《李尔王》的主题确定为“人性的呼声”。“《李尔王》由两个故事（李尔和三个女儿，葛罗斯特和两个儿子）组成。这两个故事有机地扭结在一起平行发展。与李尔相对立的冲突是爱德蒙的行动线……一面是李尔因‘人性的扭曲’而受到天罚、地罚、神罚，在绝望中重新认识了自己，人性得到复苏；爱德蒙和李尔相对立，以大自然为女神，放纵情欲，失去了人性。李尔和爱德蒙两个人物虽然在全剧没有直接接触，但是，他们之间思想上的、行为上的矛盾构成全剧的主要冲突。”②

丁尼把剧本由原有的四个小时压缩为两个半小时，这基本是观众能够聚精会神观看的最大时长。舞台调度上，丁尼吸收了中国戏曲演出“不换景”的特点，二十六场戏不换景、不拉幕，实现了整台演出的流畅感。如何处理好风暴场面也是导演必须深思熟虑的，现代舞台的技术条件呈现出的雷雨的逼真效果必然破坏李尔心中暴风雨般的诗情，会让观众感到荒唐可笑。1986 年，《李尔王》获辽宁省委、省政府优秀文艺成果奖。

1987 年，他任辽宁人民艺术剧院院长，兼导演。也是在这一年，他导演了另一部代表作——《秦始皇》。

· 话剧《秦始皇》剧照

《秦始皇》是一部原创历史剧。秦王嬴政亲政前夕，他的弟弟成蛟在樊於期的配合下起兵造反，宣扬嬴政为当朝相国吕不

① 丁尼:《人性的呼声——〈李尔王〉导演笔记》,《辽宁人艺》2007 年第 1 期。

② 丁尼:《人性的呼声——〈李尔王〉导演笔记》,《辽宁人艺》2007 年第 1 期。

韦之子。嬴政大怒，杀死成姣，樊於期叛逃燕国。嬴政赴故都举行加冠大典，宦官嫪毐与赵太后阴谋作乱，欲以鸩酒毒杀嬴政，后事情败露，嫪毐败北，贬生母赵太后于雍州冷宫。内乱尚未平息，外患又接踵而至。燕太子丹集结齐、楚、韩、赵、魏等国之兵形成“六国联盟”，准备进攻秦国，并安排胡姬、荆轲刺杀秦王，均未遂。“六国联盟”终因各自的私信而破裂，后被秦国逐一灭国。嬴政建立了中国历史上第一个大一统的中央集权的王朝，他自命始皇帝，史称秦始皇。

这是一出历史剧，内涵十分深刻，尤其是蕴含了深刻的现代意识，它提出了关于人的异化的问题。剧本中没有正面写秦始皇这个千古一帝的文治武功和征战杀伐，而是把他囿于宫廷之中，通过亲情的背叛一步步展现嬴政变得畸形、变态、残缺的心路历程。编剧颇具现代意识，把嬴政一统天下和宫廷内斗作为“一体两面”来写，透过秦始皇彪炳史册的千古功业，让观众看到一个伟大帝王的孤独无助。写重重困境中的嬴政，更能写出他作为一个人的复杂性，他是集明智和暴虐于一身的血肉之躯。

导演丁尼在导这部戏时，刻意追求历史凝重感。大幕拉开，首先呈现给观众的是由 50 余名演员和厚重布景组成的秦兵马俑，场面极为壮阔，伴随着空旷感的画外音“我来了……”，秦始皇出现在烟雾缭绕的舞台上，瞬间将观众的思绪拉回到了群雄并起、战乱纷纷的战国时期。然后，舞台上接连上演杀弟、韩非子对策、荆轲刺秦王等片段，逐步刻画出秦始皇人性中残忍、暴虐、泯灭人性的一面。这也是很多帝王的共性。丁尼导演在历史厚重感中挖掘人物的真实人性，以现代视角让观众参与历史人物的进步或局限的讨论。

四、现实主义美学追求

1990 年，丁尼离休。1995 年，由他导演的《名剧片段》，获得 1995 年辽宁省第三届艺术节优秀导演奖。1999 年，他导演的话剧《父亲》获得文化部第九届文华奖、第三届东北三省戏剧节导演一等奖。同年，儿童剧《小萝卜头》获辽宁省第五届艺术节导演奖。2007 年 4 月，获文化部颁发的“优秀话剧工作者”称号。

走进丁尼的艺术人生，不仅可以看到一位技艺精湛的演员，还可以看到一个对生活充满热忱、对戏剧艺术不断探索和追求的导演。他认为导演必须具体地从人物的性格出发、从故事发生的历史背景出发进行艺术处理，而不能从主观臆断和形式主义出发。任何不可观的、脱离生活的臆造，注定都是要失败的。在他导演的历史

· 话剧《父亲》剧照

剧中，如《天国之乱》《秦始皇》，他在严格尊重历史的前提下，又不让历史束缚住自己的思维，以现代意识向历史的纵深处思考。《天国之乱》围绕杨秀清“逼封万岁”与洪秀全保持“万国唯一真主”这一主要矛盾，穿插了杨秀清与韦昌辉、洪秀全与杨秀清、洪秀全与韦昌辉的对峙，得出农民革命走向失败的必然原因是骨子里对于皇权的崇拜。这是一出以权力、欲望为主题的哲理性悲剧。所以，丁尼把整出戏的基调定为庄严、沉重、激烈。

丁尼在导演的艺术实践中，一直从生活出发，从实际出发，坚守着现实主义美学精神，贴近时代，贴近生活，坚持不懈地探索导演艺术的最佳呈现。他注意从古今中外的艺术宝库中汲取营养，坚定不移地探索话剧的民族化之路。丁尼勇于探索，敢于创新，锐意实践，逐渐形成了深刻、清新、明朗、质朴的独特的导演艺术风格。

四十几年的艺术生涯，丁尼给辽宁的戏剧舞台留下了经典的舞台形象和一幕幕精彩的瞬间，在他独具匠心、妙手裁夺下，戏剧的主题更加深刻，更加耐人思索，也因为他的独特而深入的解读，让剧中的演员有了行动的支点，角色能够在舞台上大放异彩。对于辽宁戏剧舞台来说，他是导演艺术家队伍中的璀璨明星，为辽宁戏剧艺术的发展做出了巨大的贡献。

（张彤）

第十一节　刘喜廷

·刘喜廷

刘喜廷（1932—2019），1932 年生于黑龙江佳木斯，中共党员，国家一级导演。先后担任辽宁人民艺术剧院导演，辽宁儿童艺术剧院副院长、院长兼导演，辽宁歌剧院院长兼导演。曾任中国戏剧家协会理事、中国音乐家协会理事、辽宁省文联委员、辽宁省戏剧家协会副主席、辽宁电视艺术家协会理事。1992 年获国务院特殊津贴，2004 年获话剧研究会终身成就奖，2007 年获文化部“优秀话剧艺术工作者”称号。

一、与艺术初结缘

1932 年，刘喜廷生于黑龙江佳木斯双城的一个普通家庭。从小刘喜廷便表现出了对于艺术的浓厚兴趣，他母亲也很注重对他的艺术培养。1947 年，刘喜廷参加合江联中文工团时，只有 15 岁。他说：“一张白纸开一个头就把我的履历写完了。”第二年，调入合江鲁艺文工团，继续任演员。在这里，他接触到了最初的艺术指导和艺术实践。当时，团里有一批从延安鲁艺来的老同志，如张水华、林龙、马克等人，可以说，刘喜廷是在这些老艺术家的羽翼下成长起来的一代。在这些老艺术家言传身教的熏陶下，刘喜廷逐渐懂得了人为什么活着，艺术应该怎么做。排演《白毛女》的时候，导演张水华亲自示范，他拉着“喜儿”的手，给大家示范当一个贫苦农民吃到一碗小米饭时该是怎样的欣喜和满足，讲得大家都入了迷。除了《白毛女》，他们还排演了《血海深仇》等剧目。

小小年纪的刘喜廷作为演员还是很稚嫩的。刘喜廷曾在一个独幕剧中饰演工会主席，他以当时的团长吕鹏为参照，他认为干部就是吕鹏那样的，结果台上一直端着肩膀，搞得很是狼狈，下了台以后甚至产生了不想再登台的念头。这时候，林龙跟他说："我给你演一次，你看看。"看了林龙的演出，刘喜廷非常震撼，林龙自然流畅的表演让刘喜廷意识到他演的工会主席就是一个人，而林龙饰演的干部是把所有的干部"集中"起来，是艺术的集中。在这一次次的言传身教中，刘喜廷逐渐知道了什么是正确的演剧方法，什么是不正确的，得到了学习，在实践中积累了很多经验。

二、始终在学习

经验的积累一方面来自实践，另一方面则来自阅读。刘喜廷酷爱阅读，什么书都看，进入鲁艺文工团之后，经常因为晚上看书被批评。他经常告诫青年同志必须要大量地阅读，只有文化底蕴深厚了，解读作品的眼光、文化意味、文化层次和解读剧本、解读生活的能力也会提高。这个阅读习惯一直贯穿他艺术人生的始终。做了导演以后，每排完一部戏，他总要把自己关在屋子里十天半个月，在无人打扰的情况下，大量地阅读书籍，汲取营养，为下一部戏做准备，向着"一戏一格"的目标迈进。

刘喜廷在舞台艺术上涉猎颇多，用他自己的话讲是"不挑食"。他到鲁艺二团之后，下乡时他找到村里一个二人转老艺人，手拿呱嗒板，跟着老艺人学了八个月，也看了很多诸如《西厢记》《包公赔情》等原汁原味的二人转大戏。回到文工团后，他每天弹半个小时钢琴，还学过一段时间的板胡，扭秧歌也是每天的必修课，后来又开始涉猎舞蹈、歌剧、话剧。后来，在文训班时期，刘喜廷做了六年舞蹈科、京剧科的领导工作，天天"长"在课堂里，古典舞、民间舞、芭蕾舞、京剧的各个行当，都有所涉猎。这些都为他后来在排戏中能够运用多重表现手段做了充分的铺垫。

日常的文化艺术积累是刘喜廷一直强调的话题。他说，很多戏都提倡体验生活，但体验生活是体验什么？是要体验职业化特点，比如纺织女工应该有什么标志性的动作，产业工人应该有什么标志性动作。在台上要塑造这些形象，体验生活带来的艺术灵感是艺术创作的一个补充，更为主要的是要靠之前的经验和积累，不是体验几天生活就能塑造成功的，只靠短时间的积累学习是学不真学不全的。

三、开启导演生涯

由演员到导演的转变过程不是一蹴而就的。在鲁艺文工团时，得到了张水华导演等人的言传身教，到了东北人艺之后，接触到了很多导演，如万籁天、严正、安波、肖汀、洛汀等人，刘喜廷在他们身上学习到了各种导演方法。导演万籁天是从南国社来的，所以他能很好地把握 20 世纪 30 年代的年代戏；肖汀导演的小技巧小点子很多，导演风格特别突出；导演洛汀的导演风格是大写意的。

在理论层面上，刘喜廷在东北鲁艺文艺学院戏剧部研究室期间对戏剧理论进行了系统深入的学习，对中国现当代文学、外国文学的普遍涉猎，特别是他对斯坦尼斯拉夫斯基的表演体系进行了系统学习，这些都为他的导演艺术道路奠定了坚实的理论基础。

刘喜廷的导演生涯是从 1956 年开始的，他导演了他人生的第一部戏——独幕剧《刘莲英》，而后又导演了《生活的赞歌》(1959 年)。1960 年，他调入辽宁儿童艺术剧院后，开始专门从事导演工作，先后导演了童话剧《雪女王》《小铁脑壳遇险记》

·《小铁脑壳遇险记》剧照

·《人参娃娃》剧照

《人参娃娃》，音乐剧《雷锋的童年》《洪湖赤卫队》，歌舞剧《龙梅玉荣》，话剧《一件小事》《红岩》《女飞行员》《千万不要忘记》《一支转盘枪》，京剧《红灯记》《向阳颂》等。通过这些戏剧实践，他的导演艺术逐步走向成熟。

四、导演艺术走向成熟

1979 年，刘喜廷连续导演了两部强烈反映人民愿望的大戏——《陈毅出山》《报春花》，特别是《报春花》在全国范围内引起了强烈的反响，荣获了国庆 30 周年全国话剧调演创作一等奖、演出一等奖。而后他又先后排演了儿童剧《人鱼》《人参娃娃》，话剧《血总是热的》《短夜长歌》《那一年，在夏天》《夕照》，歌剧《桃花湾》《快乐寡妇》《人间自有真情在》《归去来》，京剧《胡茄》。其中，《人参娃娃》荣获了1982年全国儿童剧观摩演出优秀创作奖、优秀演出奖；《那一年，在夏天》荣获中宣部“五个一”工程奖；《夕照》获中国戏剧节“优秀导演奖”；《桃花湾》荣获辽宁省第三届艺术节优秀剧目奖、优秀导演奖；《人间自有真情在》获匈牙利人民共和国文化部奖状；歌剧《归去来》获全国歌剧调演优秀演出奖、“文华新剧目奖”、“文华优秀导演奖”；京剧《胡茄》荣获文化部“文华新剧目奖”。

《报春花》讲述了一个发生在20世纪70年代末的故事。东北某纺织厂，刚刚被“解放”的老干部李健即将履任厂长兼党委书记。当他准备以高涨的情绪投入火热的“四化”建设中时，发现他面对的是一个积重难返的工厂和一些思想僵化、抱残守缺的老干部。焦点冲突集中体现在白洁身上。在工作中，她积极肯干，是工友中的佼佼者，可依然因为出身反革命家庭而受到歧视和排挤。最后，李健力排众议，树立白洁为新时代的劳动模范。

该剧首演即引起了轰动。这是因为当时“血统论”的观念甚嚣尘上，一些出身不好但忠于祖国和党的进步青年深受其害，而《报春花》的主题思想从正面与之进行了尖锐对抗。

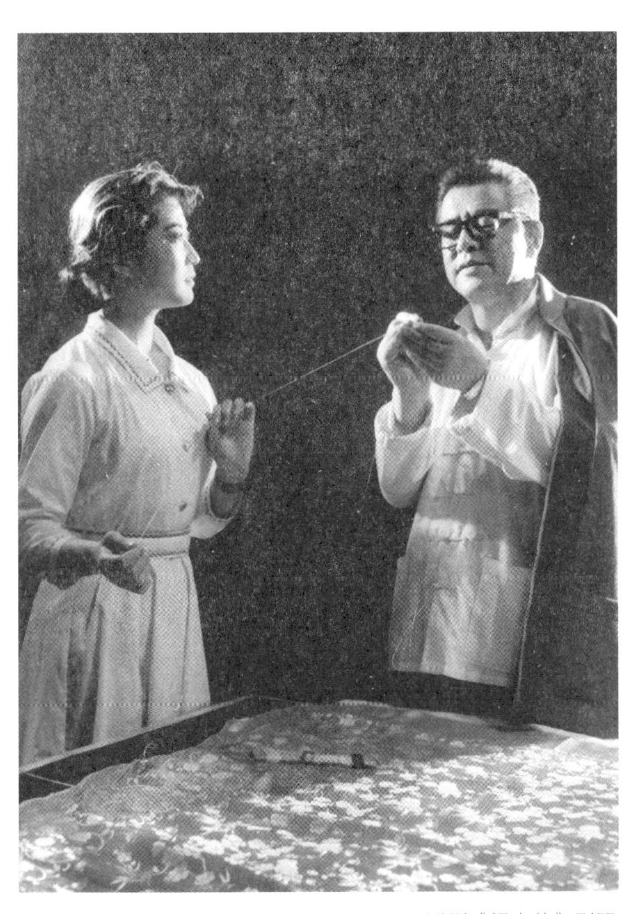

· 话剧《报春花》剧照

二度创作上，刘喜廷将这个问题剧灌注了浪漫的诗意，节奏流畅，张弛有度，处处可见导演的匠心独运。在这部剧中，刘喜廷运用了很多戏曲中常用的表现手段，是文训班时期的艺术积累。为了加深观众对白洁的印象，刘喜廷化用了京剧中烘托主要人物的方法。传统京剧中，为了突显主角，通常在人物登场前于幕后“叫板”，打一阵“急急风”，然后在“四击头”中登场亮相。白洁出场前，舞台上空无一人，长时间的静场使得观众的期待被激发起来，全神贯注地等待白洁的登场。第二场，关于树立什么样的标兵，李健、吴一萍、李红兰三人产生了矛盾冲突，随后转入了沉思。对于各怀心腹事的三个人，刘喜廷安排了一个“特殊”的舞台调度——三个人站成三角形，互不相干，边走边想边向下一个点行进。这个舞台调度是从京剧中“编辫子”的表现手法化用而来的，形象地展示了人物之间的矛盾冲突，同时，又于形体动作中展现人物内心矛盾复杂的心理活动。巧妙的调度，达到了事半功倍的舞台效果。

1991年，他在“辽宁省纪念中国共产党成立七十周年”大型文艺晚会中任总导演，被辽宁省委授予“优秀组织奖”并记功一次。他还荣获了辽宁省政府“十年优秀文艺成果奖”。

离休后，刘喜廷依旧从事着自己所热爱的导演工作。他先后导演了话剧《勾魂唢呐》《岁月》《母亲》《凌河影人》《三月桃花水》《半世为人》《带陌生女人回家》，歌剧《在那遥远的地方》，评剧《关东腊月雪》。他指导的剧目多次获得国家级、省部级大奖，如中宣部“五个一工程”奖、文华新剧目奖、中国戏剧节“优秀剧目奖”、全国话剧新剧目展演“剧目奖”、东北话剧会演“优秀剧目奖”、省艺术节“优秀剧目奖”，他本人多次获得国家级、省级“优秀导演奖”。

· 话剧《凌河影人》剧照

话剧《凌河影人》是刘喜廷导演艺术的又一代表作。该剧将苍凉激越的民间影调贯穿于可歌可泣的抗日故事，透露着强悍而崇高的生命之美，获得了观众与专家的一致认可。该剧荣获了第十一届文华大奖、全国话剧新剧目会演优秀剧目奖，入选“2004—2005 年度国家舞台艺术精品工程十大精品剧目”，刘喜廷本人也一并斩获了第十一届文华导演奖。

《凌河影人》讲述了辽西大凌河畔一群皮影民间艺人的传奇故事。该剧在主题挖掘上很深刻，把个人恩怨置于民族大义的历史背景下加以展示，最终，这些皮影艺人以生命为代价唱出的活人影象征着中华民族在民族危难时刻浴火重生的生命洗礼，慷慨悲壮，荡气回肠。深刻的主题，也需要恰切的舞台表现形式来承托。在这出戏中，展现了刘喜廷导演别具匠心的艺术构思。他大量借用了皮影、传统戏曲中的艺术元素，如三块白布幔、具有皮影特点的人物剪影等，既符合剧情及人物行为特点，又极大地丰富了舞台表现手段，呈现出了虚实相间、自由灵动的美学风格。舞台调度的匠心之处还在于，刘喜廷始终把影匠们放在舞台的中心位置，而日本侵略者的形象始终隐于幕布之后，这个别具一格的处理使得戏剧可以浓墨重彩地演绎这些普通中国人的悲欢离合、爱恨情仇，更有利于情感的升华。因此，《凌河影人》既充满了阳刚之气和乐观主义精神，有黄钟大吕的气势，又不乏儿女柔情，刻画了众多性格迥异、血肉丰满、鲜活灵动的人物形象。

五、民族化与现代化

刘喜廷一贯遵循的艺术宗旨，一是话剧必须民族化，一是话剧必须现代化。从他的导演履历来看，刘喜廷一直在努力践行这一宗旨。

张庚说：“话剧必须向一切民族传统的形式学习，在这学习中间一变过去对于旧东西轻视漠视的态度……我们的目的是要创造中国民族的新戏剧。”[①] 焦菊隐也表达过类似的看法：“外国的东西要学习、借鉴，这是毫无问题的，但我们不能妄自菲薄，应当花大力气学习、研究我们民族的戏曲艺术传统。对从事话剧艺术的人来讲，更有一个不可推卸的历史责任，即如何实现话剧民族化的问题。”[②] 实际上，中国话剧艺术的先行者们一直在实践层面上探索着话剧的民族化之路，刘喜廷便是其中一位，

① 张庚：《话剧民族化与旧剧现代化》，《理论与现实》1939 年第 1 卷第 3 期。

② 焦菊隐：《谈话剧接受民族戏曲传统的几个问题》，《焦菊隐文集》第四卷，文化艺术出版社，1988 年版，第 13 页。

他非常注重从传统戏曲中汲取营养，为话剧的民族化推波助澜。

中国传统戏曲具有写意性和虚拟性的特点，时空上无限自由，其虚拟性的表演方式可以弥补话剧时空转换上的不足，使得主题阐释、人物塑造更加得心应手。辽宁省文艺训练班戏曲教学工作的积累也使得他能根据剧本的特点，化用最为恰当的表演形式，如《报春花》《凌河影人》《勾魂唢呐》《岁月》等。特别是动辄几十年的时空展现，必须要在舞台的虚拟性上做文章。《岁月》是工业题材，探讨的是人生价值这个永恒的话题。刘喜廷导演在舞台虚拟性上下了很多功夫，根据意识流的剧本特点，在舞美上要求避免使用实景，只是转台上搭了一个半抽象景片，靠景片的转动来调换时空。《半世为人》的舞台处理更加虚拟，只在舞台上放置了三个巨大的圆形表演台，演员在无实物的情况下进行着全虚拟的表演，几十年的人生好似在记忆中倾泻流淌，舞台的能指和所指都要靠观众的“参与”来完成，从而，在客观上提升了舞台的表现力。

在话剧民族化的实践中，刘喜廷还非常多地将戏曲表演的具体程式化用到舞台表现中去，取得了非常好的艺术效果。传统戏曲中，“亮相”是一个非常重要的表现人物身份、性格、职业的程式，刘喜廷把戏曲舞台上常见的“亮相”引入话剧表演中，来突显人物性格。比如《报春花》中白洁的出场即是如此。话剧《那一年，在夏天》开场即是一组群像展示，在闪烁的强光之下，一群姿态各异的产业工人首先出现在观众眼前。他们虽然如雕塑般一动不动，却于静止中蕴蓄着巨大能量，将产业工人坚毅、果敢、吃苦耐劳的行业特点形象地呈现在舞台上，具有很强的视觉冲击力和感染力。《凌河影人》中也有这样的群像展示。河西红带着众人舍身炸桥时的定格，从他们坚毅的形体上，观众看到了牺牲小我的伟岸精神，他们才是中华民族的真正脊梁。除此之外，他还注重运用戏曲中的律动感和身段美。他要求在表演中要尽可能地传达出身段的柔性美。《凌河影人》的舞台动作就有这样的特点，因为剧中人物很多都是皮影艺人，他们身上自然带有这样的特点。如河西红与震东川的那场“竹杖戏”，一扯一搭，刚柔并济，拿捏得恰到好处，颇得戏曲动作的神韵。

西方话剧“现代化”进程由全面摒弃“再现”“写实”的现实主义而走向“表现”“写意”的现代主义。中国话剧“现代化”的进程则不同于西方。在新老话剧人的共同探索下，中国话剧“现代化”走上了一条肯定现实主义的基础、走兼收并蓄的发展之路。刘喜廷导演是中国话剧“现代化”的同行者，在民族艺术、传统戏曲汲取营养，追求话剧民族化的同时，他还注重吸收象征主义、浪漫主义、现代派等流派的表现元素，因此，他导演的戏剧厚重灵逸兼具，体验表现共存。

刘喜廷坚持现实主义的创作原则，追求真实的体验，同时，他又不全然满足于逼真地表现，而是将体验与表现、写实与写意统一起来，走融通幻觉与非幻觉的戏剧之路。《报春花》是一部批判“唯血统论”“唯成分论”极左错误思想的作品，给成千上万的人民心中送去了温暖抚慰。刘喜廷将全剧基调定为“春”，寓意温暖、希望。每一场戏，他都以“春”来命名：春风、催春、春潮、春雨、春寒、春花吐蕊、满园春色……贯穿全剧始终的是“春花”：李健家窗外的紫丁香、厂党委办公室门前的报春花、女工宿舍周围的白梨花、花架上的紫藤。这些早春的“使者”象征着人民内心的希望与期许，预告着建设祖国、实现“四化”的欣欣向荣的美好景象即将临近。春意盎然的“春花”传递出的温暖与希望由舞台向四周蔓延开来，温暖了观众战兢已久的心，也使得全剧始终笼罩在浓浓的诗意之中。

话剧《岁月》意识流倾向非常明显，通过主人公在生命即将走到尽头之际对自己一生的追忆，来探讨人生价值、生命的意义。舞台上，意识流和生活流的交替往复，给观众提供了充足的想象和思考空间。剧中的小女孩是具有象征意义的。她既是剧中人的“女儿”，又是“美”的化身，她还是间离效果的制造者。原剧本中并没有小女孩这个角色，但加入之后，不仅消解了可能出现的晦涩感觉，反而增添了艺术的享受。

刘喜廷是伴随新中国话剧一起成长起来的导演，是省内首屈一指的戏剧导演。作为一位颇具时代意识和创新意识的导演，刘喜廷认为中国话剧必须走民族化、现代化的发展之路，以“超越自我”为目标，在舞台实践中始终坚持自己的艺术追求。几十年的艺术人生，淬炼出许多珍贵的舞台经验，塑造了一批血肉丰满、独特灵动的人物形象。他将传统戏曲的写意性和程式有选择地植入话剧，对话剧民族化进行着有意义的探索。他最先接触斯坦尼的演剧体系，注重话剧反映现实、关注人生的真实再现，但却并不囿于此，他将其他演剧体系的精华兼收并蓄、为我所用，走出了一条融通幻觉与非幻觉、现实主义与现代主义的话剧现代化之路。

（张彤）

第三章·音乐篇

第一节　鲁艺音乐系发展概述

一、延安鲁艺音乐系的成立

鲁艺的建立不是偶然的，是在特定历史环境中创立的，鲁艺承担了重要的宣传与鼓舞职能，发挥了巨大作用。“五四”以后，中国新音乐的发展进入了一个全新时期，歌曲、合唱、室内乐、儿童音乐、流行音乐、电影音乐等，各种音乐艺术的发展，给当时的社会带来了一定的繁荣景象，也有很多经典的作品出现。但由于所处的时期所致，新音乐面对的群体有所不同。1921 年，中国共产党成立，伴随着工农运动等形式的发展，音乐形态与风格，以及所面临的受众群体发生了变化。同时马列主义在中国的传播，也对音乐文化发展起到了促进作用。随后，一些至今依然流传的歌曲进入了中国，例如《国际歌》《马赛曲》等，虽然数量上还不多，但是这些歌曲已经对那个时代的文艺现象产生了很大的影响。

1927 年，进入土地革命战争时期，一方面中国共产党继续领导中国人民反帝反封建的革命任务，建立各个根据地巩固胜利成果；另一方面，通过音乐等艺术形式，鼓舞士气，建立根据地的革命音乐文化。其中包括：红一方面军、红二方面军、“左翼”音乐理论以及后来的抗日救亡歌咏运动等。各个地方如火如荼的根据地音乐文化，对当时的革命发展进行了宣传与推动作用。这期间，包括黄自等作曲家创作的抗战音乐作品、冼星海的音乐创作、一二・九运动中的音乐等。这些音乐更好地丰富了当时的社会音乐形态，也对根据地音乐进行了补充。

基于以上种种因素，以及音乐文化对当时革命发展的巨大推动作用，1938 年春天，为了推动革命文艺事业的发展，建立更加专业的人才培养体系以及能够面向大众的音乐文化普及工作，中国共产党创立了延安鲁迅艺术学院。这是一所综合类的文化艺术学校，是培养文艺干部与文艺工作者的地方。1938 年 3 月 7 日，在成立大会之前，鲁艺发布了“鲁字第 1 号通告”，[①] 任命沙可夫为副院长（院长暂缺），吕冀

① 谷音、石振铎合编:《东北现代音乐史料》第二辑，沈阳音乐学院，1986 年版，第 97 页。

为音乐系主任，鲁迅艺术学院音乐系成立了。与此同时，由沙可夫作词，吕骥作曲，完成了《鲁迅艺术学院院歌》的创作任务。

最初的鲁迅艺术学院分为音乐、戏剧、美术三个系，在第二届中增加了文学专业，使鲁艺成为实现中共文艺政策的堡垒与核心。[①] 吕骥作为当时鲁艺音乐系的领导，将鲁艺音乐系的教育方针定为：“研究进步（音乐）理论和技术；研究中国音乐遗产，接受并发展之；培养抗战音乐干部；推动抗战音乐运动的发展”。这里既包含了专业音乐队伍的建立，也强调了对民族音乐遗产与文化的传承与发展，更重要的是，建立抗战音乐干部培训体系，主要为抗战服务，这也是当时历史环境下的必然发展趋势，鲁艺音乐系的建立为根据地音乐文化的发展以及新中国成立后音乐人才的培养点燃了星星之火。

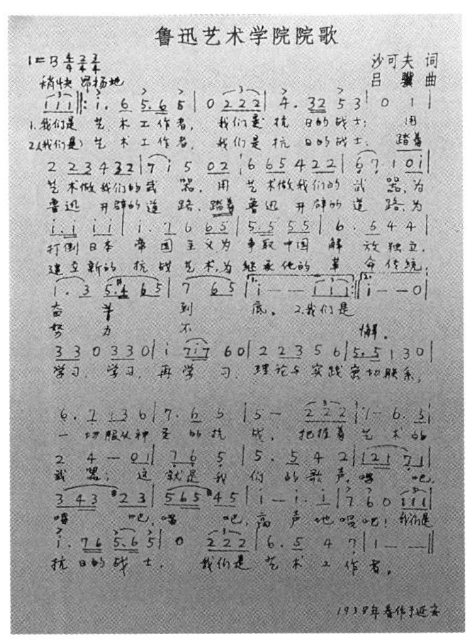

· 鲁迅艺术学院院歌

二、延安鲁艺音乐系初创与探索

鲁艺建立初期，音乐系课程与其他专业一样设置为“三三制”的短期教学模式，理论与实践的结合，为当时的战时音乐人才培养提供了“速成”模式。从 1938 年到 1945 年，共招收 6 届（期）学员，毕业 4 届（期），为抗战时期音乐文艺人才培养起到了积极的作用。鲁艺音乐系的音乐教育体制发展可分为两个阶段，初创阶段（1938—1940）与专门化提高阶段（1940—1942）。[②] 从这几届（期）的学员毕业情况看，不同时期的课程设置以及教员配置有很大的不同。从时间节点上看，初创阶段分为 1938 年 3—7 月的第一届，1938 年 8—11 月的第二届，1938 年 12 月—1940 年 4 月的第三届。第一、二届实行“三三制”的短期培训式课程，三个月在校学习，三个月前方实习，三个月返回学校继续学习。课程设置包含艺术论、军事、作曲、器乐、指挥、朗诵、音乐概论等。由于在前方实习无法按正常时间返回学校，

① 谷音、石振铎合编：《东北现代音乐史料》第二辑，沈阳音乐学院，1986 年版，第 51 页。

② 魏艳：《延安鲁艺音乐系教育体制初探》，《音乐研究》2018 年第 4 期，第 5 页。

很多学员无法完成正常的学制任务，所以大多数只学习了三个月，并没有完成“三三制”的教学计划。从第三届开始，为了保证学习时间，取消了到前方实习的课程安排，在校学习也从三个月增加到四至八个月。冼星海、杜矢甲、李焕之加入了教师队伍，扩充了师资力量。鲁艺初创阶段的发展，是一个由初学到专业化发展的阶段，从音乐系的课程设置看，发展趋势专业化、时间安排合理化，为培养抗战干部，推动抗战音乐发展做出了积极的贡献。与前两届有所不同，第三届（后期由冼星海任音乐系主任）对培养“理论技术水准较高”①的专门音乐人才进行了初步的探索。

从第四届开始，鲁艺音乐系进入专门化提高阶段。体现在：原有短期学制调整为正规化学制；明确了培养“专门人才”的新的教育目标；课程设置趋于完善和系统化。②学制由此前的几个月调整为3年制，第3年开始，分为声乐、器乐、作曲、指挥四大专业。而且在专业课程设置方面，增加了中国音乐史、西洋音乐史、民族音乐研究、作品分析等。学制的规范，让音乐系重新设定了教学目标，即培养音乐理论创作的专门人才，必须具有“基础巩固的某种技术专长”③。与初创阶段相比，专门化提高阶段对于人才培养的要求更高了，对于更好地适应抗战环境提出了新的要求。

1941年6月，第五届学员开始招生，学制设定与第四届一样，实行3年制；1942年4—9月鲁艺整风运动开始，全院停课；1943年鲁艺戏剧、音乐合并为戏剧音乐系，并入延安大学。1944年7月，鲁艺第六届学员入学，由于已经并入延安大学，所有的学制安排、教学计划以延安大学规定为基础。1945年11月中旬，党中央决定延安大学各学院，包括鲁艺在内，由校长周扬带领迁离延安奔赴东北解放区办学。在行至河北境内时，因东北战局变化，迁校队伍到达张家口与华北联大会合。周扬留任华北联大校长。鲁艺校部人员在张庚和吕骥的带领下，继续向东北进发。鲁艺音乐系结束了在延安7年多的光辉历程，出色地完成了在延安的文艺演出、创作活动，为抗战时期的延安文艺发展做出了巨大的贡献。7年多时间，鲁艺音乐系共毕业学员124人，培养了大量音乐人才，如：郑律成、安波、李焕之、关鹤童、庄映、梁寒光、卢肃、时乐濛、王莘、李鹰航、关鹤童、李凌等杰出的音乐家，为鲁艺精神传遍全国埋下了音乐的种子。

---

① 荣森（向隅、唐荣枚夫妇化名）:《鲁艺音乐系近况》，见《中国近代音乐史参考资料》第4编第1辑，第237页。

② 魏艳:《延安鲁艺音乐系教育体制初探》,《音乐研究》2018年第4期，第10页。

③ 魏艳:《延安鲁艺音乐系教育体制初探》,《音乐研究》2018年第4期，第10页。

三、延安鲁艺时期的音乐作品

延安鲁艺音乐系的成立，不仅肩负着培养音乐人才的重要使命，更重要的是创作出符合时代精神的音乐作品。《鲁迅艺术学院成立宣言》明确提出，鲁艺音乐教育就是要服务于目前的抗战，同时，也要为抗战胜利以后建立新中国而努力。在此基础上，音乐系的师生创作出了大量的抗战歌曲、器乐作品、合唱歌曲、秧歌剧、歌剧等，同时还撰写了大量理论性的研究文章和书籍，为抗战时期音乐理论与实践的结合提供了重要的支撑作用。

1. 歌曲创作方面

安波根据陕北民歌填词填曲了一些作品，如:《抗日点将》《识字小调》《八杯茶》等；鲁艺的第一届师生创作的歌曲《毕业上前线》（成仿吾词、吕骥曲）、《边区青年进行曲》（林红词、向隅曲）、《民族解放先锋队歌》（吕骥词曲）、《延安颂》（莫邪词、郑律成曲）等；鲁艺第二届师生创作的歌曲《打到东北去》（天蓝词、向隅曲）、《十月赞歌》（梅丝词、李焕之曲）、《血的誓言》（陆涯词、梁寒光曲）、《我们是青年的艺术工作者》（殷铁铭词曲）、《延水谣》（熊复词、郑律成曲）等。1939 年，冼星海创作了两部大型合唱作品《生产大合唱》（塞克词）和《黄河大合唱》（光未然词）。其中《生产大合唱》分四个部分:《春耕》，合唱;《播种》，独唱;《秋收》，混声合唱;

· 1939 年夏，冼星海指挥鲁艺合唱团排演《黄河大合唱》

《丰收》，独唱与大合唱。《黄河大合唱》分为九个乐章，分别为:《序曲》《黄河船夫曲》《黄河颂》《黄河之水天上来》《黄水谣》《河边对唱口》《黄河怨》《保卫黄河》《怒吼吧，黄河》。

同年，冼星海还创作了一部《九·一八大合唱》(原名《九一八民众大合唱》，天蓝词，冼星海曲，1939)，是一部为纪念九一八事变八周年而创作的叙事性大合唱。[①]随着冼星海的几部大型合唱作品在延安演出，很多师生掀起了创作大合唱的热潮，例如:《八路军大合唱》(公木词、郑律成曲)、《保卫西北大合唱》(鲁艺音乐系集体创作)、《太行山大合唱》(李伟曲)、《吕梁山大合唱》(周军词、马可曲)、《边区儿童团大合唱》(姚中等词、王莘曲)、《牺盟大合唱》(傅东岱词、冼星海曲)、《七月里在边区》(安波词，刘炽、马可、关鹤童、安波、张鲁曲)、《凤凰涅槃》(郭沫若词、吕骥曲)、《女子大合唱》(刘御词、李焕之曲)等。以上列举的这些歌曲作品只是鲁艺众多创作歌曲中的冰山一角，大量歌曲的应运而生对群众歌咏活动以及抗战提供了服务，这些歌曲紧密围绕着人民民族革命和解放斗争，具有强烈的时代特点。在音乐上，借鉴西方合唱创作手法，达到形象鲜明集中。[②]

2. 秧歌剧、歌剧方面

为了更好地贴近人民，创作人民喜欢的艺术作品，1942年文艺座谈会以后，这种陕北的民间艺术形式在延安兴起，由此，延安鲁艺的新秧歌运动蓬勃发展起来。秧歌剧是一种古老的艺术形式，深受延安人民喜爱，在周扬的《表现新的群众的时代》一文中提到:“它是一种熔戏剧、音乐、舞蹈于一炉的综合的艺术形式，它是一种新型的广场歌舞剧。”1943年，新秧歌作为全民参与的艺术形式，在延安盛行。这期间创作出了大量的音乐作品，如:《兄妹开荒》(王大化、李波)、《钟万财起家》、《动员起来》、《拥军花鼓》(安波)、《夫妻识字》(马可)、《南泥湾》、《牛永贵挂彩》(周而复)等。

·《兄妹开荒》乐谱

秧歌剧的蓬勃发展对歌剧的创作也起到了很大的促进作用，鲁艺的音乐家们尝试根据西方歌剧的模式创作了《军民进行曲》、《滏阳河》(冼星海)、《农村

① 计晓华:《延安鲁艺时期的合唱作品研究》，《乐府新声》2007年第4期，第142页。
② 计晓华:《延安鲁艺时期的合唱作品研究》，《乐府新声》2007年第4期，第143页。

曲》（向隅）、《塞北的黄昏》（刘炽）、《白毛女》（鲁艺集体创作）。歌剧《白毛女》的创作成为中国第一部真正意义上的民族歌剧。鲁艺时期的秧歌剧、新歌剧是特殊时期的历史产物，在特定的历史环境中发展，通过对延安时期的秧歌剧、新歌剧的梳理与回顾看出，鲁艺的音乐作品与人民、与生活是紧密而不可分割的。新秧歌运动是延安鲁艺贯彻落实毛泽东同志《在延安文艺座谈会上的讲话》精神的实践，是其进行改造嬗变的具体体现和重要标志。这些不同类型的作品真实地反映了解放区人民的生活、思想、情感，更反映出"讲话"后，毛泽东文艺思想在解放区的创造性发展。

四、黑土地上的鲁艺精神

1945 年 8 月，抗日战争取得了全面的胜利，为了巩固抗战成果，党中央派遣大批干部赶赴东北，同年，鲁艺奉命随延安大学迁往东北。1946 年 6 月，鲁艺师生经过重重艰险终于到达哈尔滨，鲁艺师生在哈尔滨的街头演出了歌剧《白毛女》、合唱《黄河大合唱》等节目，丰富了当地群众的音乐文化生活，通过鲁艺树立了我党在群众中的地位。之后，由于斗争的形势发生了变化，鲁艺按照中央东北局指示迁往佳木斯，划归东北大学并恢复办学。1946 年 12 月中央东北局宣传部决定鲁艺改编成文工团并以文工团的形式进行音乐活动以及文艺宣传，随后鲁艺文工团在佳木斯创立，这支文艺团体先后由"东北鲁艺文工一团"（牡丹江鲁艺文工团 1946 年 12 月）、

· 鲁艺秧歌队的乐队。前左起：李焕之、时乐濛、王元方等

"东北鲁艺文工二团"（合江鲁艺文工团 1947 年 4 月）、" 东北鲁艺文工三团"（松江鲁艺文工团 1947 年 5 月）、" 东北鲁艺文工四团"（通化鲁艺文工团 1947 年 7 月）组成。这四个文工团不仅排演了延安鲁艺时期的作品，如歌剧《白毛女》，歌曲《夫妻识字》《兄妹开荒》《没有共产党就没有新中国》《解放区的天》，合唱《翻身五更》《人民胜利大翻身》《解放军打胜仗》，秧歌剧《两个胡子》《归队》《参军》等作品，还根据东北民间音乐小调创作了大量的符合东北地域特色的作品，极大地丰富了东北地区的群众音乐文化生活，为抗战的胜利做出巨大的贡献，同时也扩大了我党在群众中的影响力。

为了更好地收集东北民间音乐资料，提升音乐创作的专业性，1948 年 5 月组建了东北鲁艺音乐工作团（东北音工团）。由吕骥任团长，瞿维任副团长，团部下设合唱队、管弦乐队、演唱组以及少年班。团干部有刘炽、王卓、胥树人、井岩盾、寄明、晓星、侯唯动、天蓝、关立人等。鲁艺从学校的培养模式改组为文工团的形式，这与当时的历史环境有很大的关联，彼时的东北以其重要的战略地位成为国共两党争夺的焦点地区，党中央号召革命干部奔赴东北开展群众工作。1948 年 11 月，东北全境解放，鲁艺各文工团、音工团相继抵达沈阳，根据党中央关于对于发展东北地区文艺工作的需要，决定恢复鲁艺办学，组建了鲁迅文艺学院。与此同时，在哈尔滨组建的东北音工团也被并入鲁迅文艺学院，改称为鲁迅文艺学院音乐工作团，任命向隅为该团团长，李劫夫为副团长。这一时期，文工团在沈阳的工厂、学校、部队等单位举行了一系列文艺宣传活动，演出曲目包括《白毛女》等延安时期的经典作品，也有《星星之火》《火》等来到东北后新创作的歌曲、歌剧、秧歌剧、器乐曲等①。

1949 年，更名为东北鲁迅文艺学院。1950 年 11 月，东北鲁艺再次组成庞大的"鲁艺抗美援朝文工团"，赴中朝边境慰问演出 38 场。1951 年，全国文艺工作会议召开，为响应本次会议，文艺工作逐步实行专业化、建设剧场艺术的会议精神，东北人民政府建立东北人民艺术剧院，鲁艺音工团、文工团和东北文工团除部分人员留校外，其余均划归东北人民艺术剧院。②

1953 年在东北鲁迅文艺学院音乐部的基础上，为了适应新中国音乐教育的发展以及对音乐人才培养的专业化模式，成立了东北音乐专科学校，由李劫夫担任校长，寄明担任副校长兼教务主任。东北音乐专科学校（1953—1958）设有声乐、民族器

① 冯喜超：《东北鲁艺文工团的活动研究》，硕士论文，2019 年，第 18 页。

② 冯喜超：《东北鲁艺文工团的活动研究》，硕士论文，2019 年，第 18 页。

乐、作曲、表演、钢琴、西洋管乐、弦乐等6个专业。此间，李劫夫校长坚持继承鲁艺的光荣传统，提出学校办学方向“音乐教育正规化”，培养目标：作曲系培养具有独立写作群众歌曲、合唱曲、小型器乐独奏曲、合奏曲，以及小型歌剧作曲的专门人才；声乐系培养能独唱、合唱和演唱歌剧的声乐人才；器乐系培养能掌握一种乐器的独奏、伴奏和合奏的专门演出人员。[①]根据形势的发展以及教育需求的变化，1958年东北音乐专科学校更名为沈阳音乐学院。与此同时，辽宁歌剧院、辽宁歌舞团作为“鲁艺”的分支，在辽宁大地上绽放盛开。作为“鲁艺”的“后裔”，辽宁的艺术工作者不仅延续了鲁艺的光荣传统，而且培养了大批的音乐人才，同时推出了大量经典的、耳熟能详的音乐作品，如：劫夫创作的《我们走在大路上》《革命人永远是年轻》，秦咏诚创作的《我为祖国献石油》《我和我的祖国》，傅庚辰创作的《闪闪红星》《映山红》，谷建芬创作的《年轻的朋友来相会》《歌声与微笑》《烛光里的妈妈》《思念》等，时至今日，鲁艺精神仍然是激励着我们奋发前进的号角。

· 鲁迅文艺学院牌匾（现存于沈阳音乐学院）

五、鲁艺精神的价值追求

从延安鲁艺开始，鲁艺精神的火种就已经深深地埋藏在土壤里，鲁艺的历史文化价值不仅体现在培养了大量的音乐家以及创作的经典音乐作品，更重要是在特定历史时期，鲁艺音乐文化所产生的物质所不能替代的精神动力。也正是由于鲁艺的创立，为后来的专业音乐院校的建立起到了人才培养作用。鲁艺精神在当下的音乐文化生活中显得格外重要。我们应该延续鲁艺带给我们在历史上、价值上、精神上、

① 宋彬：《在“鲁艺”影响下的东北专业音乐教育》，《艺术研究》2012年第4期，第50页。

生活上的启迪，延续文艺创作的大众化、民族化，创作出属于我们这个时代的作品。这种延续与继承，不仅是文化的传承，更重要的是精神价值的传承。

习近平总书记在文艺座谈会上强调："在文艺创作方面，也存在着有数量缺质量，有高原缺高峰的现象。"纵观鲁艺发展的历史，给我们留下的大量经典作品，至今依然在舞台呈现。前不久，为纪念5·23讲话77周年，《黄河大合唱》创作80周年，延安举行了纪念活动。《黄河大合唱》有几个版本，作曲家在创作的时候也在不停地修改、打磨。好的作品是通过时间的检验，像《黄河大合唱》这样在鲁艺时期创作的经典作品，仍然保持着旺盛的生命力，在当代的音乐舞台上不断地演出，带给观众的震撼力也是其他作品不可比拟的。当代音乐文化虽多元化发展，各个流派门类百花齐放，像鲁艺时期创作的被大众接受并有旺盛生命力的作品并不多，这也是我们这一代应该思考的问题。

鲁艺培养了大批音乐家，创作了众多抗战、革命歌曲，有着鲜明的时代性。鲁艺为人民提供了优秀的文艺精品，是我们当下应该学习的。鲁艺精神的延续，不仅是对文化艺术的传承，也是对当下音乐文化发展状态的反思。我们应该正视我们所处时代的精神价值导向，不要让没有审美标准的"娱乐的音乐"侵蚀青少年的精神世界。鲁艺文化的延续与传承，对于我们这个时代有着重要的作用，鲁艺精神的弘扬，会斧正当下浮躁的音乐文化，梳理正确的价值导向，创作出更多"高峰"的艺术作品。

鲁艺音乐系培养了大批艺术人才，创作了大量的艺术精品，由于篇幅所限，本书音乐篇未能完整地展现鲁艺时期以及后来转入东北地区所有的音乐家与作品，从学术角度讲，音乐篇还需要更好的深入研究，以展现出鲁艺时期完整的艺术生活。

鲁艺音乐系师生名单（1938.3—1945.9）

	时间	系主任	指导员	教员	助教	助理员	学员
第一届	1938.3—1938.7	吕骥		吕骥、向隅、唐荣枚			马林福、王一夫、王溪、方殷、肖逸、冷进、余晓明、岳中、陈滋德、张林、郑律成、罗椰波、庄严、席平、安波、薄平等

续表

	时间	系主任	指导员	教员	助教	助理员	学员
第二届	1938.8—1938.11	吕骥		吕骥、向隅、杜矢甲、唐荣枚		丁皑	丁皑、王元方、王荣、王久鸣、韦虹、叶林、曾凌、羊路由、李焕之、李鹰航、李明威、李淦、李一菲、杜粹远、庞静涵、张达观、张仮仙、张星源、陆友、周云琛、周极明、顾融、海啸、郭先泽、荆津、凌明、郝天风、李凌、殷铁铭、梁寒光、靳志光（金紫光）、翟定一、甄陌、戴蒙煤、张时莹、黄耕、周辛、杜芬、田涯、周宁等
第三届	1938.12—1940.4	冼星海（前） 吕骥（后）	苏灵扬	冼星海、吕骥、向隅、杜矢甲、唐荣枚、李焕之	郑律成、李丽莲、潘奇	张恒、张鲁	庄映、时乐濛、王莘、关鹤童、陈紫、刘炽、白韦、莎莱、汪鹏、李群、黄准、杜粹远、方韧、刘采石、叶林、樊清章、石林、李清泉、卢肃、陈地、田野、乔东君、叶枫、佳雨、罗浪、李清宇、安振春、路由、尤克、张恒、薄平、陈洪、李敏、李莫愁、陈因素、王素贞、庞静涵、彦萍、曾艺、陈素、李建清、谌亚选等
第四届	1940.7—1943.12	吕骥（代）		冼星海、吕骥、向隅、杜矢甲、唐荣枚、李焕之、张贞府、何士德、李元庆、任虹、瞿维			张鲁、史次欧、苏林、江雪、兰邨、易岚、石风、丁炬、李群、孟于、黄准、关立人、严庄、李丹、孟启予、周国瑾、达尼、路明、程迈、王博、朱荣辉、龙天雨、牟英、彭英、俞平、杨戈、韦尹、徐徐、加洛、张隶昌、李尼、杜利、胡斌武、朱受之等（黄准、李群等由上期转入本届继续学习）
第五届	1941年7月开学	吕骥（代）		冼星海、吕骥、向隅、杜矢甲、唐荣枚、李焕之、张贞府、何士德、李元庆、任虹、瞿维			谭彪、李清泉、程瑞徵、李健彤、李曦、韩明达、徐辉才、王荣、李刚、高克、丁菊、苏任、张本鸿等
第六届	1944年7月开学	吕骥（兼）、张庚（兼副主任）					卡洛夫、蒋王衡、霍希扬、耗汝惠、胡零、王昆、徐辉才、江雪、刘浩然、蒋忠、雪楠、熊焰、杜德甫、兰邨、李群、程瑞徵、王卓等

注：此名单通过延安鲁迅艺术学院旧址的《延安鲁艺校友名录》整理。

（崔健）

第二节　吕骥

· 吕骥

吕骥（1909—2002），曾用笔名丹朱、穆华、霍士奇、唯策等，湖南湘潭人，汉族。中国新音乐运动的先驱者之一，中国音乐家协会名誉主席，中国著名的作曲家、理论家和音乐教育家，在音乐领域造诣极高，获得了首届中国音乐金钟奖颁发的“终身荣誉勋章”。

一、童年

吕骥，1909年出生在美丽的湖南省湘潭县一个知识分子大家庭中。其父在吕骥出生前就去世了，母亲继承父亲遗志教育子女。受家庭影响，吕骥很小开始就熟读古诗和名篇佳作，吕骥的姑妈和两个姐姐都会演奏乐器，这些经历都潜移默化地影响着吕骥，让他对音乐产生了兴趣爱好。1918年的冬天，吕骥的母亲不幸病故。这对于一个不足十岁的孩子来说无疑是很残忍的，但是吕骥继承了父母的坚强乐观精神，非但没有放弃学业，反而更加努力学习。1919年小学毕业后，吕骥顺利考入了湘潭第一高级小学。受五四运动的影响，中国的文化教育事业也发生了重大改变，那时候蔡元培在北京成立了“北京大学音乐传习所”，这是中国第一所音乐教育机构。同时出现了肖友梅、赵元任、刘天华等新作曲家，他们的音乐活动体现了当时五四运动的时代精神。吕骥就读的高小训育老师每天都要向学生们通告当天的国内外重要时事新闻。吕骥通过老师的讲解，开阔了眼界，使他对校园外面的世界充满向往。

1922年吕骥高小毕业后考入私立的楚怡甲种工业学校。但是该校的教学内容对于吕骥来说实在是枯燥无趣，所以只读了一个学期，吕骥又考入了湖南长沙长郡中学。在这里吕骥受到国文老师黄衍仁的影响，开始阅读国内外的文学作品。大量的文学著作和当时五四运动精神的影响，使吕骥有了一定的文学理论基础和先进的社会思想。此时还有一位老师对他的影响很大，就是他的音乐老师黄醒。当时的黄醒思想先进，采用西洋方法教吕骥唱歌，而吕骥显现了其得天独厚的才能。没有学过声乐的他，唱法竟然跟老师的"新唱法"一样，这让同学们很羡慕，也让老师很惊讶。从这时期开始吕骥真正地接触了音乐，接触了钢琴艺术，为他以后的音乐创作打下了基础。1924 年，吕骥考入了湖南第一师范学校，这是一所公费学校，吕骥在这里开始了新的学习生活，他参加了学校的合唱队、体育排球队和世界语学习班。在这里学习，吕骥知道了欧洲的音乐交响乐之父海顿、巴托克时期作曲家亨德尔等，吕骥还跟音乐老师学习了五线谱和一些简单的和声学知识，这些让他对音乐产生浓厚的兴趣和独有的偏爱。

二、参加革命

1926 年广东革命政府北伐，顺利攻克长沙、武汉。在北伐革命军的影响下，此时的学校共青团组织也非常活跃，吕骥经常参加一些校园活动。1927 年 4 月，以蒋介石为首的国民党新右派在上海发动对国民党左派和共产党的武装政变。因为吕骥是无政府主义者，如果继续待在学校里很容易被长沙军警通缉捉拿，所以吕骥离开学校来到武汉，并找到一份文职工作。一天晚上，吕骥在街上遇到了昔日在长沙的同学张庚[①]，老朋友相见，兴奋不已，当晚他们畅谈了许多，谈到了现状，也谈到了未来。张庚告诉吕骥，他要和朋友们一起去上海劳动大学读书，在那里可以边读书边工作挣钱。这对于现阶段有些迷茫的吕骥来说是一件很令人振奋的好事，于是他决定一起去上海读书。

1928 年初，吕骥来到上海，此时的上海是"中共中央政治局机关"，是中国最繁华的工业、商业城市，这里聚集众多工人阶级队伍，除了政治、经济，这里也是文化聚集的城市。在这里不仅有政治争论，也有文化争论，以鲁迅为旗帜的左翼文化精神在慢慢渗透延展。吕骥参加了劳动大学的补习班，他经常观看学校社团排演的节目。同时还接触了一些外国钢琴曲，为了买贝多芬、舒伯特、舒曼等音乐家的

① 张庚：1934 年参加左翼剧联，开始从事戏剧活动。著有《中国戏曲通史》《戏曲艺术论》等。

钢琴曲乐谱，他勤俭节约，把省下的钱去买自己喜欢的钢琴曲谱。在这样一种音乐环境中，吕骥觉得自己关于音乐的专业水平还远远不够，想成为一个专业的音乐家，就必须进行专业的技术学习，于是，他萌生出报考音乐学院学习作曲的想法。

在积累一番后，吕骥于1930年8月考入了上海国立音乐专科学校钢琴组专修科。这所学校是中国第一所欧洲式的音乐专科学校，里面设置了许多西洋音乐课程。那时每天除了上主修课钢琴，还要上辅修课声乐、音乐史、音乐理论和音乐欣赏，还有一些英语、国文课等，这样他的精力就不太充足，不能专心学习音乐，所以练琴时间也比较少，就落下了钢琴课程，他不得不放弃钢琴专科，又选择声乐主修课进行学习。1931 年 4 月，新的学期开始后，吕骥因交不起学费再次辍学，他只好回到武汉，在当地一个学校一面靠教书赚取生活费，一面又做翻译工作。此间他翻译了《音乐史教程》，还把其中翻译的部分内容投到了上海音专校刊《乐艺》杂志发表。

1931 年 8 月吕骥再次考入上海国立音乐专科学校声乐专修科。老师是声乐系主任周淑安[①]教授。在周老师的教授下，吕骥的声乐专业素养和艺术舞台实践能力得到了提升，同时他在学习过程中还结识了一些志同道合的同学，他们交流专业素养问题和文艺思想，这使吕骥有了很多积极的想法。1931 年 9 月 18 日发生了震惊中外的九一八事变，一时间国内所有爱国群众纷纷游行示威，抵抗日本侵略者。吕骥和他的同学们也积极探讨国家政事、文化思潮、人生哲学还有艺术专业等，他们都渴望寻找一个能够将政治和艺术紧密联合在一起的创作道路。吕骥提出应该走共产党的路线，他们都应该去找共产党。这个主张得到了大家的认可，他们达成共识：要找到中国共产党，在共产党的领导下进行文化抗战。

1931 年 12 月吕骥的同学盛家伦[②]介绍他加入了中国左翼戏剧家联盟。1932 年 1 月 28 日夜里，日本突袭上海闸北，发动了一·二八事变，事变后上海的学生、工人和群众纷纷集会示威，吕骥就读的上海国立音乐专科学校已经无法正常上课，所以他和盛家伦一起离开上海来到了武汉。经盛家伦的介绍，1932 年 3 月吕骥和张庚等人一起创建了武汉左翼戏剧家联盟，并由吕骥担任组织部长，张庚为宣传部长，陈

---

① 周淑安：1914 年和 1927 年曾分别去美国进修音乐。1928 年回国后，任上海国立音乐专科学校教授，兼声乐系主任，1959 年任沈阳音乐学院声乐教授。

② 盛家伦：1932 年在上海参加“左翼”歌咏活动。新中国成立以后，任中央音乐学院民族音乐研究所研究员，中国音乐协会第一届理事。

荒煤[①]、盛家伦、刘璐、张西曼等为盟员。他们团结“鸽的艺术社”编排《卡门》剧目并演出，还把丽尼[②]为主编的武汉《时代日报》文艺副刊《煤坑》利用起来，发表带有积极革命倾向的文章或者诗歌等。他们还创办了半公开的“时代书报流动社”，用来宣传革命文化思想。工作期间，吕骥用翻译的身份掩护自己的政治身份，翻译了大量的音乐书籍，完成了普劳特[③]的《和声学》的翻译工作。1933年吕骥返回上海。

为了继续学习音乐，1934年吕骥第三次考入上海国立音专声乐专科，周淑安依然是他的声乐老师。这次他边学习边在一个私立学校做代课老师，还参加了由田汉、聂耳、任光、张署、安娥等人成立的“左翼戏剧家联盟音乐小组”[④]。他们积极举办音乐歌咏救亡运动，创作革命文艺歌曲，吕骥的艺术思想在新的革命道路上逐渐形成。而此时吕骥为了躲避上海巡捕房的抓捕，已不能去学校上课，就在这样紧张危险的局势下，吕骥仍坚定不移地从事革命工作和学习音乐创作。他去女青年会主办的女工夜校教唱歌，教他们电影歌曲《毕业歌》《码头工人》以及《渔光曲》等，同时吕骥还为电影《自由神》创写一首主题歌曲《自由神之歌》。这是一首救亡歌曲，也是吕骥第一首电影作品，展示了他创作的艺术特点。这些为他以后的音乐创作打下了良好的基础。

1935年的2月，26岁的吕骥在张庚和戏剧家谢韵心[⑤]的介绍下，加入了中国共产党。入党后的吕骥积极开展群众歌咏会，同时为骨干训练班的学生讲课，帮助他们提高专业的音乐水平和技能。在创作上，他提出中国的新音乐应该是走向人民大众的，为民族解放而创作。同年4月，党组织得知聂耳也被反动派列上了黑名单，随时会有生命危险，为了保护聂耳，党组织决定让聂耳途经日本去欧洲学习深造，此后剧联音乐小组的工作由吕骥接管负责。为了发展革命文化事业，吕骥为聂耳定稿的《义勇军进行曲》组成了一个小合唱队，包括盛家伦、司徒慧等7人，他们在吕骥的带领下，在法商百代唱片公司录制唱片，《义勇军进行曲》作为电影《风云儿

① 陈荒煤：曾参加武汉左翼戏剧家联盟。1938年到延安任鲁迅艺术学院戏剧系、文学系任教师。新中国成立以后，担任过中南军区文化部长、中南军政委员会文化部副部长、国家文化部电影局局长、文化部副部长和顾问，中国社会科学院文学研究所副所长、《文艺报》副主编等职务。

② 丽尼：1932年在武汉任《时代日报》副刊《煤坑》主编。1950—1957年先后担任中南人民出版社副主任、中南人民艺术出版社社长，兼中央电影出版社外国电影编译室副主任等职务。

③ 普劳特：曾担任《音乐月刊》编辑。

④ 左翼戏剧家联盟音乐小组：1934年在上海成立，简称左翼剧联音乐小组。由田汉领导，成员有聂耳、任光、吕骥等。他们经常在一起讨论、学习、开展革命音乐活动，1935年组织了业余合唱团，推进了抗日救亡歌咏运动。中国共产党发布“八一宣言”后，为促成抗日民族统一战线，音乐小组随着左翼剧联的解散而停止活动。

⑤ 谢韵心：曾担任北京电影学院副院长、院长、党委书记。1935年任左翼剧联编导部主任。

女》的主题歌曲迅速风靡整个中国。

1936年春，根据形势的需要，党组织决定解散“左翼作家联盟”和“左翼戏剧家联盟”。吕骥和孙师毅又组织了词曲作者联谊会，结识了塞克、安娥、任钧、周巍峙等音乐词曲作家，并与他们创作出了大量的抗日救亡歌曲。这一时期吕骥还创作了《民众救国歌》《妇女大众战歌》《我们要做一个新的英雄》《中华民族不会亡》《儿童年献歌》等十几首歌曲。在创作群众艺术作品的同时，吕骥还不停发表思想理论文章，在这一年先后发表了《论国防音乐》《中国新音乐的展望》《音乐的国防动员》《歌曲和唱法》《音乐对于声片之关系——及其处理的诸问题》《伟大而贫弱的歌声》等理论文章，希望通过音乐唤醒人民群众，积极地投身救亡救国运动。

三、延安鲁艺

1936年冬，吕骥等抗日救亡歌咏运动[①]的领导者们在上海举办了“援绥音乐会”，体现了爱国音乐人的统一团结精神。1937年，吕骥经上海新安儿旅行团的团长崔嵬介绍，随团一起去北平慰问演出，继续开展抗日救亡歌咏活动。同年7月7日，发生了卢沟桥事变，抗战形势十分严峻，此时正在太原的吕骥决定奔赴前线，与词作者夏川一起合作完成抗日前线歌曲《武装保卫山西》。此曲音乐旋律具有号召力，深受大家喜欢，该曲立刻唱遍全国，而此刻一种强烈的声音好像在时刻召唤着他，那就是延安。经过慎重考虑，吕骥决定向八路军驻晋办事处主任彭雪枫申请去延安，而那时的延安条件艰苦，也非常缺少这样有号召力的音乐人才，所以上级很快就批准了吕骥的申请。9月吕骥跟一名联络员和几名办事处人员一同启程，并于10月底到达延安。随后吕骥创作了《抗日军政大学校歌》和《陕北公学校歌》，这是在延安最早流传的歌。这些歌曲受到中国人民抗日军政大学[②]师生的热爱，也受到人民群众的欢迎。

1938年，为壮大团结延安的文艺工作者，繁荣文艺革命，中国共产党中央决定创办一所培养革命文艺干部的学校，鲁迅艺术学院因此创立。学院设置了戏剧、音乐、美术三大系。张庚为戏剧系主任，吕骥为音乐系主任，沃渣为美术系主任。当时的鲁艺招生有60多人，大多数是来自于抗日军政大学和陕北公学喜爱艺术的同

---

① 抗日救亡歌咏运动，是中国抗日战争爆发前后遍及全国的群众性爱国歌唱活动。这一运动在1931年开始，1935年形成热潮，1937年达到高潮。

② 中国人民抗日军政大学前身是1931年在江西瑞金成立的中国红军学校，1936年6月1日在陕北瓦窑堡创立中国人民抗日红军大学，简称“红大”。1937年迁至延安，改为中国人民抗日军事政治大学，简称“中国抗日军政大学”“抗大”。

· 鲁艺成立时在礼堂前合影

学。院校地址就在延安北部一个靠西侧的山坡上。同时吕骥和沙可夫还共同创作了一首《鲁迅艺术学院院歌》。1938 年 4 月 10 日，鲁迅艺术学院成立，在延安城内举行了隆重的典礼。

1939 年 5 月 11 日，中央决定将“鲁迅艺术学院”更名为“鲁迅艺术文学院”，7 月华北联合大学成立，从“抗大”“陕公”“鲁艺”抽调师生和训练班组成的八路军第五纵队一共八九十人，克服重重困难，历时 80 天跨过陕西、山西，终于在 9 月底到达了晋察冀边区河北省阜平县。吕骥跟团跋山涉水来到河北阜平县，在这里迅速展开音乐创作和音乐活动。通过一首首富有民族性、群众性的歌曲，来团结凝聚民族精神。

1940 年吕骥受命从阜平县回到了延安，继续担任鲁艺音乐系主任。回到延安，吕骥开展了民间研究工作，还将郭沫若的代表作长诗《凤凰涅槃》谱写成大型的声

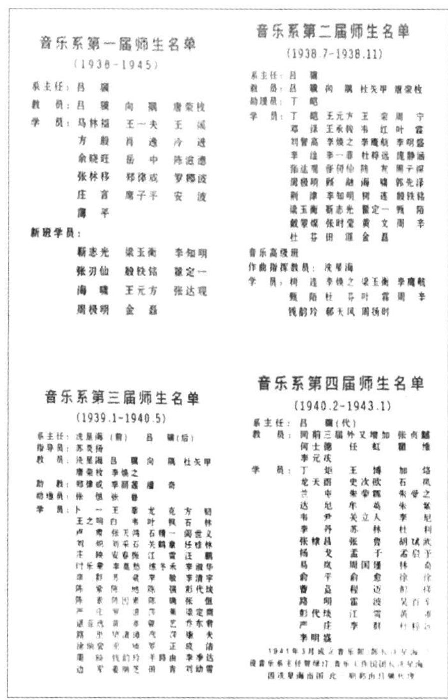
音乐系第一届师生名单

（1938-1945）

系主任：吕骥

教员：吕骥 向隅 唐荣枚

学员：马林福 王一夫 王阔 方殷 肖逸 冷进 余晓旺 岳中 陈滋德 张林移 郑律成 罗卿波 庄言 鹿子平 安波 唐平

新班学员：

靳志光 梁玉衡 李知明 张刃仙 殷铁铭 瞿定一 海啸 王元方 张达观 周楼明 金磊

音乐系第二届师生名单

（1938.7-1938.11）

系主任：吕骥

教员：吕骥 向隅 杜矢甲 唐荣枚

助理员：丁鲲

学员：丁鲲 王元方 王棠 周宁 邓泽 王承骏 韦虹 叶霖 刘智高 李焕之 李鹰航 李明盛 [illegible] 李一非 杜粹远 [illegible] 张达观 [illegible] 周楼明 甄融 海啸 郭先泽 荆律 李知明 柯连 殷铁铭 梁玉衡 靳志光 瞿定一 甄陌 [illegible] 张时堂 黄文 周辛 杜芬 田涯 金磊

音乐高级班

作曲指挥教员：冼星海

学员：柯连 李焕之 梁玉衡 李鹰航 甄陌 杜芬 叶霖 周辛 钱韵玲 [illegible]

音乐系第三届师生名单

（1939.1-1940.5）

系主任：冼星海（前） 吕骥（后）

指导员：苏灵扬

教员：冼星海 吕骥 向隅 杜矢甲 唐荣枚 李焕之

助教：郑律成 李丽莲 潘奇

助理员：张恒 张鲁

学员：[illegible]

音乐系第四届师生名单

（1940.2-1943.1）

系主任：吕骥（代）

教员：同前三届外又增加 张贞黻 何士德 任虹 瞿维 李元庆

学员：[illegible]

1941年3月成立音乐部，部长冼星海，[illegible]音乐工作团团长冼星海，因冼星海出国，此二职都由吕骥代理

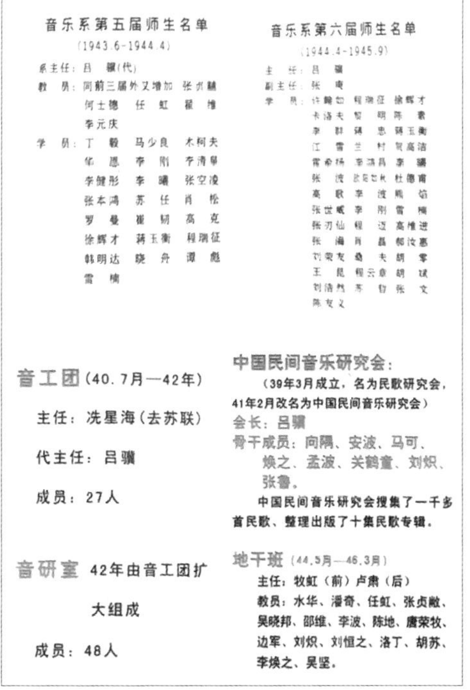
音乐系第五届师生名单

（1943.6-1944.4）

系主任：吕骥（代）

教员：同前三届外又增加 张贞黻 何士德 任虹 瞿维 李元庆

学员：丁毅 马少良 木柯夫 [illegible] 李刚 [illegible] 李键彤 李曦 张空凌 张本鸿 苏任 肖松 罗叠 崔韧 高克 徐辉才 蒋玉衡 程瑞征 韩明达 晓舟 谭彪 雷楠

音乐系第六届师生名单

（1944.4-1945.9）

主任：吕骥

副主任：张庚

学员：[illegible]

音工团（40.7月—42年）

主任：冼星海（去苏联）

代主任：吕骥

成员：27人

音研室 42年由音工团扩大组成

成员：48人

中国民间音乐研究会：

（39年3月成立，名为民歌研究会，41年2月改名为中国民间音乐研究会）

会长：吕骥

骨干成员：向隅、安波、马可、焕之、孟波、关鹤童、刘炽、张鲁。

中国民间音乐研究会搜集了一千多首民歌，整理出版了十集民歌专辑。

地干班（44.5月—46.3月）

主任：牧虹（前）卢肃（后）

教员：水华、潘奇、任虹、张贞黻、吴晓邦、邵维、李波、陈地、唐荣牧、边军、刘炽、刘恒之、洛丁、胡苏、李焕之、吴坚。

· 鲁艺历届师生名单

乐作品，并在延安举行祝贺郭沫若五十诞辰的音乐会演出，获得了各界好评。此后几年间，吕骥一直致力于音乐创作和音乐艺术理论研究。而此时的中国革命文艺已经有了丰富的艺术实践和深刻的社会理论思想。吕骥在回忆延安鲁艺工作时认为：从 1938 年到 1945 年这 8 年时光里，其实是有两方面研究和探索：一方面是前几年的音乐教育建设问题，为党的事业、为人民群众培养了一批有才华的专业人才和有能力的干部；另一方面就是后几年，通过学习和实践，真正深入到了广大人民群众中去，让音乐思想、艺术思想团结力量，凝聚信念。

1945 年 8 月 15 日，日本向包括中国在内的同盟国无条件投降，中国人民终于取得了抗日战争的伟大胜利。中共中央于 9 月 19 日做出明确的“向北发展，向南防御”的战略方针。为了贯彻方针，中共中央决定，延安的各所大学、学院要迁离延安北上，巩固东北根据地，去那里宣传文化思想，培养人才。延安鲁迅文艺学院也不例外，这样延安只留下了一小部分教学，其余人员一部分去了华北，一部分去了东北。11 月，沙可夫、吕骥率领的队伍离开延安，奔赴东北。他们跋山涉水，历经艰难，走了一个月，走到了张家口，此时东北局势有些紧张，所以他们只好滞留张家口，并入华北联大文艺学院，后来又与华北文工团部分同志组成了华北联大文工团，吕骥担任团长。

· 前排左起第四位为吕骥

在此期间吕骥积极宣传文化思想，组织演出，深入群众开展文艺活动，收集民间音乐资料等，他走到哪里就把文艺革命新思想带到哪里。1946 年 6 月，鲁艺接到命令，沙可夫留在华北联大任职，吕骥、张庚带领鲁艺队伍继续北上。于是在 7 月底，队伍到达了齐齐哈尔，并且重新组建东北大学，而鲁艺的队伍加入在东北大学下设的文学学院。同年 12 月鲁迅艺术文学院改组成了“东北鲁艺文工团总团”，吕骥为总团长，张庚为副团长。

1947 年根据中共中央的指示，先后成立四个文工团，其中四团是从其他三个团里各抽调一部分人组成。1948 年 4 月鲁艺四团进入辽宁大连瓦房店。来到瓦房店后，四团不但给学生们上课、做音乐方面的讲座，还组织观摩活动、文艺演出活动和座谈交流活动。他们不但在校园里，还走入了农村体验生活，由于当时正值土地改革运动，所以他们还帮助村民播种劳作，同时还不忘收集创作素材。在很短时间内他们举办演出活动 9 场，观众达到了 6 万人次，这些活动大力宣传了新的文化思想。

1948 年 11 月，沈阳解放，按照上级指令，全团北上进驻沈阳，同时东北鲁艺音工团也进入了沈阳。随后中共中央决定鲁艺在沈阳恢复办学，成立东北鲁迅文艺学院，吕骥为院长，张庚为副院长，原国民党中山大学校址作为东北鲁迅文艺学院的校址。1949 年春，鲁艺以“团”和“组”为单位，深入到工人群众中去宣传革命新思想，他们到了沈阳市皇姑机车车辆厂、机床厂、工人文化干校等，还去了抚顺矿区等单位，他们一边搞创作，一边在工厂宣传文化，传教新歌，积极开展活动，真正做到了像吕骥提出的那样：文艺为解放战争服务、为人民群众服务。其间他们还为沈阳市民出演了精彩剧目和节目，在沈阳的各大广场、体育场所演出大型歌舞剧《千万不要忘记》，在沈阳铁路文化宫演出《红旗歌》，在沈阳各大广场、东北局礼堂和东北文化俱乐部演出大型歌舞剧《保卫世界和平》等优秀的节目，得到了沈阳人民群众的热烈欢迎，真正发挥出促进凝聚民心、凝聚力量、团结一致的巨大作用。1949 年 10 月 2 日，50 万人在沈阳的中山广场举行开国庆典和庆祝游行，其中鲁艺的队伍非常壮观，广场上还奏响了大型军乐合唱《义勇军进行曲》。

· 鲁艺在沈阳

· 鲁艺在沈阳

早在延安时，吕骥就带领鲁艺的同事们研究民间音乐，并组织成立中国民间音乐研究会。到了沈阳以后，他们仍然继续研究民间音乐，搜集素材，如搜集东北民歌，研究东北的二人转音乐、莲花落音乐、皮影戏音乐等。吕骥和二团的队员们一起将搜集到的东北民间民歌整理，并且出版了《东北民歌选》。吕骥回忆关于鲁艺在东北这段时间，虽然教学时间不是很长，但是不论是建立新的思想体系还是深入开展实践活动，都是在中国共产党的领导下进行的，培养人才、培养干部首先必须要培养革命思想，这也是基础。通过这些年的经验和总结，吕骥将国外古典音乐素材、文化思想与中国进步的、爱国的、民族的素材和文化思想互相融合，开创出新的文化与新的思想。

四、创作作品及分析

吕骥一向重视创作对音乐文化发展的重要作用，直至来到东北，一直都在探索、研究、创作新作品、新理论。来到东北后，吕骥带领文工团的队员们参与了土地改革，边劳作、边搜集、边整理、边创作。为配合东北土地改革，文工团先后出演了《白毛女》《两个胡子》《光荣灯》《血海深仇》等剧目，还在大连的宏济大舞台（后改为人民剧场，先恢复名称，被大连京剧院使用）上演秧歌剧《永安屯翻身》《四季生产》《火》，小秧歌剧《全家光荣》《收割》《接担架》《归队》，以及歌舞剧《杨勇立功》等。在沈阳出演了大型歌舞《红灯狮子》、大型歌舞活报剧《保卫世界和平》，歌剧《星星之火》，还有其中选段《革命人永远是年轻》。同时吕骥还深入部队，深入到人民群众中去，创作了一些歌曲，如反映部队生活的歌曲《攻大城》，表现了东北战场上解放军战士勇敢作战，歌曲旋律具有豪迈的气概，深受战士们喜欢。还有歌曲《人民爆破手》表现部队爆破手的沉着冷静、果断勇敢的作战精神，也被战士们喜爱传唱。他积极从事音乐艺术理论方面的创作发表，在沈阳出版了由中国民间音乐研究会编撰，东北书店印刷发行的《东北民歌选》，其中收录了吕骥整理记谱的《运木歌》《东洋五更》等歌曲，还出版了《民间音乐论文集》。在他的支持下，东北音乐委员会评选出新中国成立以来东北地区优秀歌曲90余首，并编成了《东北群众歌曲选》。虽然吕骥在东北停留的时间不是很长，但是他所坚持的教育方针和创作思想的影响是很深厚的。正因如此，在此期间众多革命音乐艺术家才能创作出秧歌剧《夫妻识字》，大型歌剧《火》，歌曲《钢铁部队进行曲》《孤胆英雄》《庆祝收复延安好》《咱们工人有力量》《工人进行曲》《纺织工人歌》《工人大合唱》等作品。在此期间鲁艺留下的作品都是集中体现时代精神、凝聚人文力量的新作品，这一时期还是东北文艺工作者和广大群众相融合，东北文艺生根发芽的时期。他们深深地鼓舞了

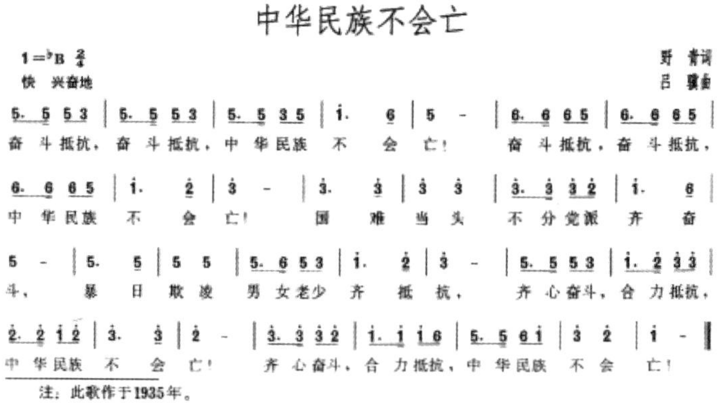

中华民族不会亡

1=♭B 2/4　快　兴奋地　　野青词　吕骥曲

奋斗抵抗，奋斗抵抗，中华民族不会亡！奋斗抵抗，奋斗抵抗，中华民族不会亡！国难当头不分党派齐奋斗，暴日欺凌男女老少齐抵抗，齐心奋斗，合力抵抗，中华民族不会亡！齐心奋斗，合力抵抗，中华民族不会亡！

注：此歌作于1935年。

·《中华民族不会亡》谱例

东北人民，繁荣了东北文艺，让以后的东北文化创作生机盎然，繁花似锦，硕果累累。

吕骥谱写了很多时代歌曲、抗战歌曲，他的创作真实反映了时代前进的潮流，唱出人民心声，他的众多优秀歌曲至今唱起来，仍然感受得到那个时代的情感。1936年创作的歌曲《中华民族不会灭亡》是一首抗战歌曲，由野青作词，此曲旋律稍快，节奏感强，极大展现了中华民族反抗侵略的伟大精神。

吕骥谱写了很多抗战素材和军事素材歌曲，深受人民群众和解放军战士的喜欢，突出代表作是延安时期的歌曲《抗日军政大学校歌》，这是吕骥到达延安后创作的第一首歌曲。它不仅是抗大总校（现国防大学校歌）和根据地的歌曲，也是鼓舞广大人民群众和英勇奋战的将士们的歌曲。这首歌是一首进行曲，旋律豪迈，有气魄，充满情感。整首歌曲唱起来铿锵雄壮，激动人心，很有感染力，激发了广大军民爱国主义情感和参加抗日战争的热情。

抗日军政大学校歌

1=♭E 2/4

凯丰 词
吕骥 曲

稍快

黄河之滨，集合着一群中华民族优秀的子孙。人类解放，救国的责任，全靠我们自己来担承。同学们，努力学习，团结、紧张、严肃、活泼，我们的作风；同学们，积极工作，艰苦奋斗、英勇牺牲，我们的传统。像黄河之水汹涌澎湃把日寇驱逐于国土之东，向着新社会前进，前进，我们是劳动者的先锋！

注：此歌作于1937年。

·《抗日军政大学校歌》谱例

吕骥是抗日救亡运动的积极倡导者和参加者，他通过音乐将广大人民群众的力量团结在一起，通过所创作的作品和艺术理论知识激发了人民群众的爱国主义情怀，并将其牢牢凝聚在一起。他将马克思主义和毛泽东思想与中国的实际情况相结合，开创了我国革命音乐事业的发展。吕骥的音乐作品具有强烈的时代性，在他的很多作品中，融入了陕北民间音乐文化特色，创作出大量符合地域文化的作品，反映出此时延安文艺工作的真实情况，为中国近现代音乐的发展做出了巨大的贡献。他的作品是人民的心声，是广大人民的精神武器，至今，这些歌曲还是我们的精神财富。

（于洋）

第三节　向隅

· 向隅

向隅（1912—1968），原名向瑞鸿，生于湖南长沙。历任延安鲁迅艺术学院音乐系教员，音乐研究室主任、音乐系主任，延安鲁艺实验剧团音乐顾问，延安鲁艺“星期音乐学校”校长。1945年后历任东北鲁艺音乐系主任、“哈尔滨工作小组”组长、松江鲁艺文工团团长（东北鲁艺三团）、东北鲁艺音工团团长、东北鲁迅文艺学院教授等职。新中国成立后，历任上海音乐学院党委书记兼副院长、中央人民广播电台音乐部主任、国家广播系统表演团体和中国唱片社的负责人，第一届中国音乐家协会秘书长、书记处书记和第一、二届理事。

一、少年时期

向隅原名向瑞鸿，1912年10月31日生于湖南长沙。其父向竹君原为小学教员，清末考入长沙县衙门任抄写员，民国时升任文书。其二哥上中学时参加了学校的国乐团，常带些乐器回家来练习。少年时期的向隅受哥哥影响对音乐产生了浓厚的兴趣，逐步学会了演奏二胡月琴等民族乐器，上小学时就能与二哥合奏一些民间乐曲。

小学毕业后，向隅报考食宿全部公费的湖南省立第一师范学校，在长沙县考试时成绩名列第一，在第一师范复试他又名列第一。入学后他在音乐教师邱望湘[①]的指导下，学习小提琴、钢琴和西洋音乐知识，有空他就到学校的礼堂去练习钢琴。吕骥、胡然[②]都是他在湖南省立第一师范学校时的同班同学。向隅是一名热爱祖国、富

① 邱望湘，浙江湖州人，作曲家。作品有歌曲《赏荷》《农歌》《抒情歌曲集》《童摇曲创作集》等。

② 胡然（1912—1971），字曼伦，出生于湖南益阳。中国男高音歌唱家。

于正义感的青年。在庆祝“北伐战争”胜利的示威中，他高举着大旗走在游行队伍的最前面，在学校和街头的群众集会上，他与同学们高唱《国民革命歌》《工农兵联合歌》《国际歌》等革命歌曲。中共地下组织曾派人与他联系，但不幸在 1927 年“马日事变”中被害，向隅与党组织失去了联系。

1928 年向隅到上海立达学院学习，次年考取了汉阳军械学院和上海劳动大学。他考虑到上海有优越的音乐环境，便选择了上海劳动大学。课余他抓紧自学小提琴，经过一年多的苦练，演奏水平有很大提高。面对着更为艰深的课程，向隅削减了一切可节省的开支，师从谭抒真继续学习小提琴。向隅在劳动大学学习期间与同乡同学刘保罗关系密切，在很多方面都受到刘保罗（后任上海左翼戏剧家联盟党团书记）的良好影响。

1932 年“一·二八”事变后，向隅考取了国立音专高中师范科，先后师从工部局管弦乐队首席小提琴家法利国富华[①]、钢琴家阿萨科夫和“音专”教务主任黄自学习小提琴、钢琴、和声学和作曲法。

1934 年向隅与音专同乡同学唐荣枚[②]结为夫妻，转年有了儿子，由于当时生活负担沉重，他只好中断学习，经黄自推荐去武昌艺术专科学校教了一年音乐理论课，积蓄了一些钱，之后返回上海以半工半读的方式升入音专本科师范学习。课余他帮人抄谱，参加演出，为电影配乐、录制唱片，兼任上海大夏大学附属中学的音乐教师，才得以勉强维持夫妻二人的学业。

在音专 5 年的学习生涯里，向隅如饥似渴地学习各种音乐知识，不断提高自己的音乐技能，通过阅读各种音乐书籍，分析乐谱，听音乐会，从事多种艺术实践，从各方面加强自己的音乐修养。向隅这时期创作的钢琴曲《秋窗》，曾由同学丁善德在音乐会上弹奏，得到老师黄自以及音专师生的好评。

向隅积极参加各种进步活动。1935 年底为了声援北京学生的“一二·九”运动，他带领武昌艺专的学生上街游行，静坐示威。在上海他与唐荣枚等人演唱救亡歌曲。为冼星海、贺绿汀作曲的电影《潇湘夜雨》《船家女》配乐与录制唱片。1937 年日本进犯上海时，向隅扛着他与音专师生捐献的一大口袋馒头，去前沿阵地慰问抗日将士。上海失守前向隅夫妇回到长沙参加党领导下的抗日活动，他们与音专同学张曙[③]

① 法利国富华，意大利犹太小提琴家、指挥家。生于意大利都灵与米兰之间的小城韦尔切利，卒于中国香港。

② 唐荣枚（1918—2014），女高音歌唱家、音乐教育家。湖南长沙人，向隅妻子。

③ 张曙（1909—1938），生于安徽歙县，中国作曲家、歌唱家。

等人一起组织群众歌咏队，在街头教唱抗日救亡歌曲，去医院慰问伤员。

向隅的二哥在1933年去比利时自费留学，因学习成绩优异后转为公费生，并来信说他愿意用节余的学费供给弟弟去著名的布鲁塞尔音乐学院深造。向隅的岳父与徐特立[①]、熊瑾玎[②]是一同从事教育事业的至诚好友。在徐老、熊老的亲切关怀和热情指引下，在中华民族处于生死存亡的危急关头，向隅毅然放弃了出国留学的机会，告别妻儿，踏上了奔赴延安的路途。

二、延安鲁艺

在去往延安的列车上，向隅热情地向旅客和士兵宣传抗日歌曲，用小提琴演奏《义勇军进行曲》《五月的鲜花》《打回老家去》《松花江上》等著名的救亡歌曲，并指挥他们歌唱，歌声、琴声点燃起旅客和士兵心中一团团烈火，驱散他们脸上的愁云和车厢内的昏暗寒冷，给他们带来了抗战的光和热。

来到延安，起先被分配到八路军的烽火剧社工作，不久转到新组建的西北战地服务团二团。

为了纪念“一·二八”抗战六周年，来到延安的文艺青年联排话剧《血祭上海》，向隅担任配乐和手风琴伴奏，演出连续公演了十余场，得到了大家一致好评。有次中央领导同志观看了《血祭上海》后，邀请演职员一起吃饭。毛泽东说：“这么多艺术人才聚集起来很不容易，就不要再散了。”大家谈到延安当时还没有专门的艺术学校，毛泽东、周恩来等人当即联名倡议创办一所培养抗战文艺干部的新型学校“鲁迅艺术学院”[③]，向隅参加了鲁迅艺术学院音乐系的筹建工作。音乐系第一届共招收了15名学员，刚创办时遇到了很多困难，由于教员和学员的共同努力，许多困难很快就得到了解决。除了要完成全院的必修课程，音乐系还开设了视唱练耳、指挥、唱歌、乐器、和声、作曲、朗诵等专修课程。向隅担任乐理、和声、作曲、小提琴等课程的教学工作，妻子唐荣枚1938年3月中旬也来到延安，担任音乐系的声乐教员。在此期间，他创作了《红缨枪》《守望曲》《反投降进行曲》《打到东北去》等几十首

---

① 徐特立（1877—1968），又名徐立华，中国革命家和教育家。他是毛泽东和田汉等著名人士的老师。被尊为“延安五老”之一。

② 熊瑾玎（1886—1973），中共中央在上海时期的财务管家，后在南方局的《新华日报》任过总经理，在党内长期被称为“老板”。

③ 唐荣枚：《延安鲁艺杂忆》，《乐府新声》（沈阳音乐学院学报）1998年第2期，第32页。

歌曲，并在集体创作的歌剧《农村曲》中担任主要作曲，《农村曲》[①] 结合了中外歌剧、戏曲的表现形式，以民族风格的曲调为素材，运用主题音调、独唱、对唱、重唱、齐唱、前奏曲、间奏曲等多种创作手法谱写。还编写了《作曲法》教材，在各抗日根据地广泛流传。

· 音乐系教员（左起）张贞黻、寄明、向隅在音乐会上演奏小提琴、大提琴、钢琴三重奏

1939 年 6 月，中央决定抽调延安鲁艺部分师生开赴敌后创办华北联合大学文艺学院。向隅不顾领导的照顾，几次打报告要求上前线。7 月 1 日妻子唐荣枚生下儿子，10 日向隅就随着行军的队伍踏上了征途。8 月初到绥德准备渡黄河时，向隅的脚伤化了脓，只得与其他伤病员返回延安治疗。向隅在八路军医院住院时，听到一孔窑洞里不时传出动听的音乐，他向同乡医生谭壮打听，得知那是印度援华医疗队的宿舍，他们带了一台手摇唱机和一些唱片，作为工作之余的娱乐。此后向隅就在音乐系开设了音乐欣赏课，为开阔学员的艺术视野，提高音乐修养，创造了良好的条件。

1940 年他创办“鲁迅延安星期音乐学校”并任校长，杜矢甲、唐荣枚、时乐濛、刘炽等人都在该校任教。他们教声乐、器乐，指挥合唱，还编校刊，印教材，开音乐会，把学校办得生气勃勃，活跃和促进了延安的群众音乐文化生活，并培养了一批优秀的音乐人才。

1942 年向隅参加了延安文艺座谈会，进一步明确了文艺为工农兵服务的方向，也使他深感到毛泽东的英明伟大，并创作了歌曲《歌颂毛泽东》，这是陕甘宁边区以至全中国较早的一首毛泽东的颂歌。这一年向隅主动申请加入了中国共产党。

1943 年 4 月，党中央为刘志丹[②] 举行隆重的移灵仪式，延安水平最高的鲁艺乐队承担了奏哀乐的任务。这支乐队由向隅担任队长兼指挥，组员由安波、马可、李焕之、时乐濛等人组成。他们根据从陕北绥德地区收集来的民间唢呐曲牌，集体编

---

① 贺舒：《向隅研究》，《中国优秀硕士学位论文全文数据库》，2012 年 1 月版。

② 黄蓉：《延安鲁艺时期的手风琴艺术研究》，《延安大学学报（社会科学版）》2020 年第 4 期，第 108—113 页。

配成《哀乐》。参加了延安的祭奠活动后，他们又随着移灵的队伍，步行百余里前往志丹县新建成的志丹陵。新中国成立后人们开追悼会时所奏的《葬礼进行曲》，就是由为刘志丹的移灵而编写的《哀乐》编配的。

1944年秧歌运动[①]以后，鲁迅艺术学院的音乐系与戏剧系合并为戏音系，向隅担任戏音系副主任。不久向隅参加了新歌剧《白毛女》的作曲，他还为全剧的音乐编写乐队配器，根据剧情的需要和导演的要求，创作歌剧的器乐音乐。《白毛女》在延安以及后来在张家口、哈尔滨演出时，都是由向隅担任指挥。

三、东北鲁艺

1945年11月延安鲁艺迁往东北办学。向隅担任东北大学鲁迅文艺学院音乐系主任。1946年秋，向隅率领鲁艺工作组返回哈尔滨活动，1947年春，发展成松江省鲁艺文工团（简称鲁艺三团），向隅任团长。为了建立巩固的革命根据地，向隅率领三团的同志投入土地改革，随着解放战争不断取得胜利，向隅率领三团去吉林、长春、锦州前线慰问演出。1948年冬，东北鲁艺在沈阳恢复办学，向隅出任东北鲁艺音乐工作团团长。

1949年，在北京出席了第一次全国文代会以后，贺绿汀与向隅奉命回母校——由原国立音专改组的中央音乐学院上海分院（后名为上海音乐学院）任正副院长。他们根据党的方针政策接办院务，聘请了一大批中外著名音乐家来院任教，制定了招生办法，恢复了正常的教学。向隅协助主持日常的院务和党务工作，还兼任学生政治思想辅导委员会主任、首届院教育工会主席。国民党在1950年夏天派飞机对上海进行狂轰滥炸，为了克服当时经济上的困难，支援国家建设，向隅倡议在该院工作的8名党员干部和教员，由高薪工资制改回为战争时期的供给制。上级批准了他们的要求后，向隅每月的工资由300元，改为按供给制折合的80元。这件事引起了强烈的反响，许多老教授感慨地说："共产党人一心为公，不贪钱财的品德，实在是叫人佩服！"

新中国成立后，向隅被调往上海担任中央音乐学院华东分院副院长。从1955年起，被周恩来点名调北京，先后任中央人民广播电台文艺部主任[②]、总编室编委、广

① 贺舒：《向隅研究》，《中国优秀硕士学位论文全文数据库》，2012年1月版。

② 金照：《音乐广播战线上的一位好领导——在"音乐家向隅同志纪念会"上的发言》，《人民音乐 》1982年第12期，第38页。

播系统表演团体办公室负责人、北京电台音乐部主任、中国音乐家协会书记处书记等职，为中国音乐广播事业的发展和中外音乐文化交流做出了贡献。在中央人民广播电台工作的这段时间，他进入了音乐作品创作的第二次高潮，创作的歌曲题材选择上有了根本性的改变，其中有反映祖国建设生活的，有反映工人生活的，有反映农民生活的，有反映我国对外友好关系的，有反映儿童生活的，等等。如《高山挡不住太阳》（老舍词，为全国青年社会主义建设积极分子大会而作）、《拿出革命干劲来》《我们要做有文化的公民》《中国孩子的心》，以及四部合唱曲《亚非人民胜利前进》《共青团员之歌》等歌曲。他能写铿锵有力的抗战歌曲，也能写反映人民群众美好生活的抒情歌曲，还能写慷慨激昂的反映社会主义建设的生活歌曲。他的歌曲总是和时代的发展紧密相连，与党中央的宣传政策相匹配，向隅创作的歌曲为中国音乐创作实践积累了宝贵的经验。

1961 年以后，他负责中央人民广播电台对外广播的音乐工作。其间，他出席国际广播组织亚洲会员国民间音乐广播会议，并多次率代表团出国访问。

1968 年 1 月 21 日，向隅病逝。

四、艺术创作及作品分析

几十年来，向隅坚持为中国革命和人民群众的需要而创作。他的音乐作品形象鲜明、音调流畅、感情真挚，具有浓郁的民族韵味。人民音乐出版社于 1982 年编辑出版了《向隅歌曲选》，这本选集里仅收录了向隅的 39 首歌曲，尽管这只是向隅作品的一部分，其余的由于各种原因已经无从查找，但是，从现有的歌曲选的内容看，选材范围很广，内容丰富，其中不乏艺术性和作曲手法都具有很高水平的作品。

·《向隅歌曲选》封面，1982 年版

《红缨枪》[1] 是向隅最具代表性的音乐作品之一，词作者金浪[2] 是鲁艺美术系第一届的学员，结业后被分配到抗敌演剧二队工作。1939 年初，二队由阎锡山统治的山西渡过黄河来到延安，金

① 张非：《情寄〈红缨枪〉——写在纪念向隅同志百年华诞之际》，《人民音乐》2011 年第 10 期，第 28—29 页。

② 金浪（1915—1999），浙江镇海人。1938 年在延安鲁迅艺术学院学习，后任浙江美术学院副教授。

浪深有感触地写下了这首形象的歌词。3月11日，二队在驻地延安西北旅社召开盛大联欢晚会，光未然①、金浪等人即席表演节目。应邀出席晚会的向隅答应为《红缨枪》作曲。

延安的土窑洞里，在一盏昏暗闪烁的小油灯下，向隅经过反复构思、修改，终于以广大群众喜闻乐见而又通俗易懂的艺术形式和表现手法，满腔激情地谱写了这首深受人们喜爱的优秀歌曲。5月11日庆祝鲁艺建校一周年的晚会上，首次演出的歌曲《红缨枪》（音乐系第三届学员王莘领唱），受到毛泽东以及千余听众的热烈欢迎。此歌不久即由延安传遍陕甘宁边区，又迅速流传到各敌后抗日根据地。首演过后，这首歌曲很快在延安和陕北地区流行开来，它唱出了中国人民的心声，其鲜明的音乐形象表现出对侵略者的仇恨和蔑视，号召人民拿起武器抗击侵略军，夺取最后的胜利。

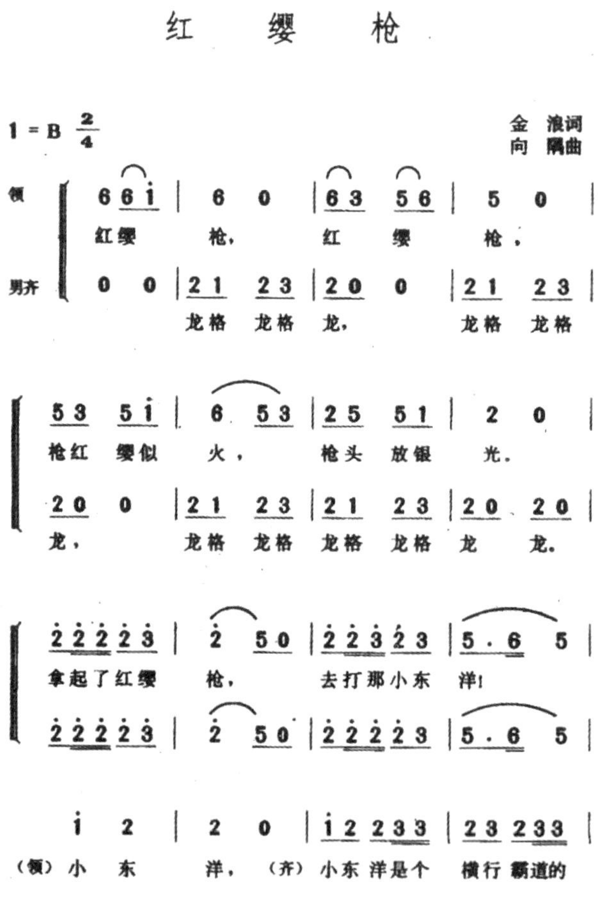

红缨枪

1 = B $\frac{2}{4}$

金浪词
向隅曲

领 6 6 i | 6 0 | 6 3 5 6 | 5 0 |
红缨 枪， 红 缨 枪，
男齐 0 0 | 2 1 2 3 | 2 0 0 | 2 1 2 3 |
龙格 龙格 龙， 龙格 龙格

5 3 5 i | 6 5 3 | 2 5 5 1 | 2 0 |
枪红 缨似 火， 枪头 放银 光。
2 0 0 | 2 1 2 3 | 2 1 2 3 | 2 0 2 0 |
龙， 龙格 龙格 龙格 龙格 龙 龙。

2 2 2 2 3 | 2 5 0 | 2 2 3 2 3 | 5 · 6 5 |
拿起了红缨 枪， 去打那小东 洋！
2 2 2 2 3 | 2 5 0 | 2 2 2 2 3 | 5 · 6 5 |

i 2 | 2 0 | i 2 2 3 3 | 2 3 2 3 3 |
（领）小 东 洋，（齐）小东 洋是个 横行 霸道的

谱例《红缨枪》局部

歌曲的创作背景以边区抗日儿童站岗放哨时扛着的红缨枪起兴，引入了“去打那小东洋”的主题。开头第一小节以轻松愉悦的心情表达了对红缨枪的喜爱，曲风简明轻快，充满童趣，倾情地歌颂了边区儿童十分喜爱手中的武器红缨枪。特别是那种天真活泼、童真童趣的特色表达得十分充分。整个曲调的最大优点就在于能充分表现出人民的志

① 光未然（1913—2002），原名张光年，湖北省光化县人，现代诗人、文学评论家。

气，是那种“拿起了红缨枪，去打那小东洋”的英武精神。同音反复带五声性级进的简短主题，坚定、干脆、有力，以它作几次变化模进形成具有鲜明的战斗性格。第一乐段以“拿起了红缨枪，去打那小东洋”的高音模仿句作为最明显的标记，深深印在人们的脑海之中。中段：“小东洋”七度下跳音调，突出“小”字，以及数来宝式的滚动的节奏，则带有讽刺和藐视的意味。再现乐段则从“拿起了红缨枪，去打那小东洋”高音乐句开始，然后才出现主题原型，这种倒述的再现形式是此歌特有的高潮逻辑决定的，等人们唱完了“你愿意做牛马？你愿意做猪羊？不愿意！不愿意”之后，势必要接上“拿起了红缨枪，去打那小东洋”高潮乐句，用一声具有千钧之力的怒吼，唱出了“不让那个鬼子再猖狂”的钢铁般的决心。

《红缨枪》是抗日战争时期影响大、流传广的小型二部合唱歌曲之一。它以果断有力的节奏和富于民间风格的曲调，塑造了游击战士英勇乐观的形象，体现了人民的志气、决心和威力。

向隅的一生创造了自己的辉煌，他生性宽厚豁达、乐观诙谐，经历种种挫折、磨难却依旧勤勤恳恳，是一位坚强的革命艺术家。他为我国民族音乐教育事业鞠躬尽瘁、竭尽心力，培养了一大批中青年文艺骨干力量，他们正为弘扬和发展民族音乐文化起着重要作用。向隅创作出许多歌唱生活、拥抱时代的音乐作品，每首歌曲都抒发着对人民、对祖国的忠心和挚爱。他的一言一行展现出对教育事业、对音乐艺术的执着追求，他的音乐创作及教育思想是留给我们的一笔丰厚的精神遗产，为我国音乐教育事业的承前启后、继往开来做出了可贵的贡献。向隅为中国革命文艺事业做出了积极的贡献，他的很多作品符合时代之声音，彰显时代之底色，他也为新中国成立以后音乐教育事业的发展做出了重大的贡献。作为鲁艺精神的传承者，把更多的人才推向了中国的音乐文化事业中。

（高月）

第四节　李劫夫

· 李劫夫

李劫夫（1913—1976），原名李云龙，吉林农安人。曾任延安人民剧社教员，西北战地服务团、冀东军区文工团团员，东北野战军第九纵队文工团团长，1948 年后任东北鲁艺音乐部部长，东北音乐专科学校校长，沈阳音乐学院教授、院长，中国音协第一、二届理事和辽宁分会主席。

一、童年

1913 年 11 月 17 日，劫夫在吉林省农安县出生，时名李云龙。李云龙出生时家中已有三个姐姐和两个哥哥，家境优渥。父亲李瑞春是一位京剧迷，受父亲的影响，家中的六个孩子个个对艺术感兴趣，小李云龙也跟着时而画画，时而摆弄一下哥哥姐姐的小乐器。在当地，还流行一项“唱唱本”活动，就是一种根据固定的曲调，即兴改编长短句的活动，每逢年节，小李云龙受乡亲们的邀约为他们“唱唱本”。7 岁那年李云龙入农安女子小学上学，后又转入县第一小学。1926 年，在李云龙小学毕业的时候，母亲去世，家中因为父亲的不善经营，家道衰落。李云龙辍学两年，在县城的一家中药店打杂，维持生计，雪上加霜的是，父亲因为债务问题入了监狱。劫夫在 10 年后的自传中提到：为了救出父亲，时常去求人，给狱卒跪拜。后来二哥从外地回到家中，救出父亲，他又得以继续读书。

1931 年 4 月，日本挑拨中朝关系，制造了“万宝山事件”，随后爆发了九一八事变，东北被日本人侵占。在动荡的年代里，李云龙的家里也发生变故，二哥因为与东北义勇军有联系而遭到当局追捕，被迫离家出逃。李云龙顶替二哥做小学教员，以维持家中生计。后来二哥随东北义勇军攻打农安，但是日伪军疯狂反扑，他们被迫撤退。李云龙和哥哥逃出城外，投奔长春的二姐夫家。在二姐夫的介绍下，获得了一份差事，在监狱做录事，就是帮助监狱的教诲师整理讲稿，这段经历短暂，只有两个月，却影响了其一生，这位每天在一起工作的教诲师，是中共长春的地下组织负责人刘作垣。通过与刘作垣的接触，他读到了进步书籍，了解了共产主义思想，为李云龙的黑暗生活带来了光明。1933 年，李云龙回到农安，继续在县里中学读书，并积极宣传抗日，不巧被搜查"反满抗日分子"的密探队盯上，在一个夜晚，悄悄离开了家乡。[①]

二、参加革命

1933 年，李云龙从大连转道，一路逃难到青岛，在馆长表兄张俊图的民众教育馆谋到了一份工作，既是助理员，又把自己当成学生，在这里读书、画画、继续拉小提琴，并且报名成为该馆国乐研究班第一期的学员，登记册上第一次使用"李捷夫"这个名字。

1934 年，劫夫由青岛来到了北平，在好友于仁和的介绍下，报考了北平美术学院并且被录取。该校是一所完全自费学校，当时有亲戚答应为他提供学费，但是后来亲戚反悔了，而他靠自己的能力读不起这种学校。就在他陷入两难的时候，意外地在朋友的公寓里碰到了刘作垣，听取了他的建议，又回到青岛民众教育馆。

重回青岛的日子里，劫夫结识了很多志趣相投的朋友，1935 年，他为诗人朋友王亚平设计了《诗歌》杂志的封面，从此开启了艺术之路，在杂志上发表漫画、木刻、文章。在这些作品中，他关注时代，发扬艺术的价值，启示伟大作品应为民族生存而歌。

· 李劫夫（第二排左三）在青岛

1936 年，表兄被撤去馆

① 霍长和:《红色音乐家——劫夫》，人民出版社，2011 年版，第 9 页。

长职务，劫夫因此失业离开民众教育馆，几个月后，在王亚平做代理校长的黄台路小学做教员，负责美术和音乐课。他教学生们演唱进步歌曲，积极宣传抵制日货活动。10月19日，鲁迅逝世，劫夫悲痛万分，与青岛文化界进步人士举行大型追悼会，会后参与筹备“青岛文化界抗敌协会”。一系列的活动，引起了国民党反动当局的注意，他们下令王亚平、劫夫等人立即辞职并离开青岛，否则将予以逮捕。劫夫被迫逃往南京，5个月后的一天，他收到了北平袁勃的来信，信中介绍了一些延安的情况，令劫夫眼前为之一亮。他去书店搜集了一些延安的信息，并且为“去延安”这个念头激动不已，当即来到了西安投奔高敏夫，希望高敏夫能为他介绍去延安，但是当他来到西安时，高敏夫已经去往延安。在没人引路的情况下，他独自一人前往延安。

三、延安生活

1937年5月，劫夫背着一把小提琴来到了延安。到延安之后，他的第一个工作是在中国工农红军延安人民剧社做教员，画画、排戏，能干的都干，也是从这时起，劫夫开始学习写作歌曲，首先是记小调填新词。当时在延安，小提琴是一个罕见物，劫夫通过小提琴结识了很多艺术工作者，陈明便是其中之一。一次戏剧表演中，陈明有一段独唱，唱着唱着，劫夫的小提琴伴奏声响起，二人因此结识，并在筹建西北战地服务团的时候，陈明第一个向丁玲举荐了他。就这样劫夫走入了西北战地服务团，由一名进步青年成长为一名革命工作者。

1937年8月11日，西北战地服务团召开全体大会，宣布了西战团的正式成立，这是抗日战争时期成立的最早的一个战地服务团体，也是半军事化管理、把宣传作为主要任务的团体。劫夫被分在张发组[①]，负责书写、印刷、散发标语、传单等，除此之外，歌曲创作的任务也落在他的头上，因为西战团除他之外没有人懂音乐。最初是听着名歌小调，把谱子记下来，然后再填新词，直到后来一首由丁玲作词、劫夫谱曲的《西北战地服务团团歌》问世，才实现了真正意义上的创作。在最受群众欢迎的秧歌舞中，劫夫还为节目吹唢呐。

西战团离开延安去前线，走一路宣传、演出一路，辗转行程3000余里，在所到之处写标语、绘画，宣传抗日，劫夫上台唱歌，演出乐器，讲解绘画、演戏，条

① 张发组，负责书写、印刷、散发标语、传单、绘制壁画等。

件艰苦，还要自己制作乐器。西战团到达前线西安，冲破国民党的封锁，巩固扩大了抗日民主统一战线，鼓舞了人民抗日斗志，受到了西安各界人士的热烈欢迎。

1938年7月22日，劫夫回到延安，9月加入中国共产党，在短短一年时间里迅速成长。劫夫这一时期的音乐，也是一个量变到质变的过渡，之前大量地为民歌记谱和记曲，而后逐渐开始尝试着独立创作，开辟一条新的创作道路。《战地新歌》共收录二十九首歌曲，十三首是劫夫记录下来的民歌，第二年《战地新歌》第二集出版时，劫夫的二十一首歌曲中，十五首是记谱，六首是真正意义的作曲，分别是《五月进行曲》《庆祝胜利歌》《五台山》《机械化兵团》《攻打望都城》《快搭起我们的舞台》。

四、创作

1938年10月，周巍峙作为西战团的副主任，负责带队从延安到敌后根据地晋察冀边区工作，1939年1月到达河北省平山县蛟潭庄村。这里环境残酷，斗争激烈，劫夫仍在美术组，写标语、画漫画、木刻、做乐器、扮演小角色，歌曲创作上却在不觉间悄悄发生了变化。这一年，劫夫主动放弃了之前为民歌记谱填新词的方式，而是开始了完全意义上的创作，他主编《歌创造》杂志，由文学组的成员写词，他和音乐组的年轻人创作旋律。这一年，劫夫共创作《我们的铁骑兵》《滹沱河》《太行山》等十七首歌曲，其中就有中国歌曲史上的名篇。《我们的铁骑兵》是劫夫在欢迎大龙华战斗胜利归来的子弟兵，望着山沟冲出的一支骑兵队有感而发，当即创作的旋律，这首歌写出后，在部队中广受欢迎，新中国成立后，还被改编成器乐曲《骑兵进行曲》。1940年劫夫创作歌曲《天上有个北斗星》《五十九个》等十五首。《五十九个》是劫夫看到59名中华儿女惨遭杀害的报道，悲愤不已，仅仅用两三个小时写出的为战争的呐喊。

劫夫的歌曲，特别是一些优秀歌曲，都是他在生活中有了深切的感受，因而情感真挚，形象鲜明，旋律流畅，易于上口，深受群众欢迎和喜爱。1941年至1942年是抗日战争中最艰苦的年代，也是革命精神大放异彩的年代，劫夫深为这些英雄的事迹所鼓舞，1941年劫夫创作歌曲《茂林挽歌》《两个民兵的故事》《大秋小唱》等十六首。歌曲《庆祝胜利》是1941年反“扫荡”斗争取得胜利时，田野写了歌词，劫夫为它谱了曲。1942年劫夫虽然只创作五首歌曲《中华民族》《狼牙山五壮士》等，但是却留下了《歌唱二小放牛郎》这首传世之作。

1943年劫夫被调离西北战地服务团，12月任晋察冀军区第三军分区“冲锋剧社”教员，1945年任热河军区“胜利剧社”副社长，1946年任冀东地区“尖兵剧社”社长。这三四年间，劫夫的工作频繁调动，但这一点儿也没有影响他的创作，相反，前线复杂的经历造就了他这一时期一大批高质量的音乐作品。1943年5月7日，日军制造了一起惨绝人寰的完县野场惨案。面对遍地同胞的尸体，劫夫在现场流着眼泪连词带曲写出歌曲《忘不了》，字字血，表达了对敌人的痛恨以及对同胞的哀悼，传颂着他们的英雄事迹，野场村的群众把这首歌当成自己的村史。1959年新中国成立十周年，中国人民解放军北京军区战友文工团把这首《忘不了》改编成大合唱，歌声与哭声交织，感动了在场的每一位观众。

1947年春节，劫夫与比自己小十五岁的张洛相识结婚。1948年9月，劫夫离开部队，到东北鲁迅文艺学院，任黑龙江省哈尔滨市东北音乐工作团的副团长，从此进入了他创作的又一个时期。

东北鲁艺时期，虽然恢复了办学，但总的来说，仍以文工团活动为主，不断组织下厂、下乡和为各种庆祝活动，进行各种规模的演出。劫夫在完成领导工作的同时，主要精力仍放在创作上。这一时期劫夫的创作在艺术上突出的特点是形式体裁更加多样，既有群众歌曲、独唱、表演唱，也有合唱、大合唱和歌剧音乐；在音乐形象方面，明朗、抒情因素增多；对民族民间音乐的吸收更融会贯通，更富创造性。

主要作品有为开国大典写作的《歌唱咱们的新国家》，与管桦一起创作的大型声乐作品《常家庄的故事》，以东北二人转的音乐和表演形式为基调的带表演的大合唱《胜利花开遍地红》，反映新中国成立后人民群众新的生活和精神风貌的《学习好比上高山》《当上生产模范来娶我》《村姑娘的愿望》《光荣灯》，反映抗美援朝的《志愿军驾驶员之歌》、男声独唱《雷之歌》，以及反映“五反”运动的表演唱《说理会》等。1950年初，劫夫参与了大型歌剧《星星之火》的创作，后来在哈尔滨、沈阳、大连等地演出四百余场，留下了《革命人永远是年轻》等经典唱段。

1951年8月，劫夫任鲁艺音乐部部长兼研究室主任。1953年2月9日，鲁艺音乐部扩建为东北音乐专科学校，劫夫出任校长。虽然其间因为行政事务，只创作了三十余首歌曲，但是他在音乐教育方面做出的贡献不可估量。劫夫继承了延安鲁艺的思想，“紧张、严肃、刻苦、虚心”八个光辉大字成了他的座右铭，这一优秀传统在他的教学中得到了传承和创新。在担任音乐学院院长时期，虽然工作繁重，年龄日长，身体多病，但他坚持到生活中去，到人民群众中去汲取创作源泉。他到过抗日战争时期由日寇所制造的热河“无人区”、山西老革命根据地、长白山大森林、地震中的邢台、塞北的大庆油田、鞍钢的高炉旁、人民公社的田野、解放军驻地。尽管患有心脏病和糖尿病，他50多岁时仍在其夫人陪同下赴青藏高原，步行在长征路上。自1953年国家进入大规模经济建设以来，他以高度的政治热情和社会责任感，又创作了一大批更为成熟更为优秀的杰作。如《摇篮曲》《如今唱歌用箩装》《哈瓦那的孩子》等，一曲气势雄伟豪壮、撼人心弦的《我们走在大路上》，唱遍长城内外、大江南北，至今仍经常出现在舞台上，激励着人们勇于开拓，奋发图强。

1956年，东北音专成立了民族音乐系，成为全国第一个建立民族音乐系的学校。劫夫通过继承延安鲁艺经验来塑造东北音专的专业特色，聘请老艺人走进课堂，鼓励学生到田间采风，走入人民群众之中，传承红色文化基因，建立并完善音乐教育体系。为了办学和在创作上更好地实践音乐的民族化，他抓紧机会学习民间音乐，与教师一道到民间、寺庙采风；为了弥补创作上某些基本功的不足，40多岁的他开始潜心研究和声学。

劫夫还为毛泽东的34首诗词谱写了57首歌曲。《蝶恋花·答李淑一》《沁园春·雪》《七律二首送瘟神》《十六字令三首·山》《忆秦娥·为女民兵题照》《卜算子·咏梅》《忆秦娥类山关》《七律·人民解放军占领南京》……这些熠熠发光的作品，以其深邃的思想，美妙的意境，鲜明丰厚的音乐形象以及在节奏的疏密急缓，旋律的抑扬，节拍的选择，调式和结构的变化，休止符的安排，与歌词的结合及至全曲总体的神韵等诸多方面独具匠心的处理，使音乐为诗词增强了魅力和穿透力，令人为之倾倒，为之惊叹。劫夫的全部创作，可以说是为有志于从事歌曲创作的人们提供了一部歌曲创作的教科书。

五、作品分析

1.《歌唱二小放牛郎》

1942年12月的一天，劫夫和方冰在谈起反“扫荡”中接触到的英雄人物和事迹时，劫夫提出，想把这些故事写成一首故事歌，让后人从歌声中听到这段历史。方冰马上回到屋里，只用了一小时，就写出了《歌唱二小放牛郎》的歌词，劫夫看了一遍，觉得很抒情，立刻回到住处，也用了一小时，谱好曲，旋律优美流畅、富有感情的乐曲完成。这首《歌唱二小放牛郎》的创作，只用了鞋帮、笔头、草纸、一个小时，一首经典的歌曲诞生了。[①]“牛儿还在山坡吃草，放牛的却不知道哪儿去了……”旋律悠扬的叙事民歌，讲述了一个动人的故事：年仅 13 岁的王二小在日本鬼子“扫荡”的时候，为了掩护几千名老乡和干部，不顾自己生命危险，把敌人带进了八路军的埋伏圈，气急败坏的日本鬼子把王二小挑在枪尖摔死在大石头上，干部和老乡脱离了危险。

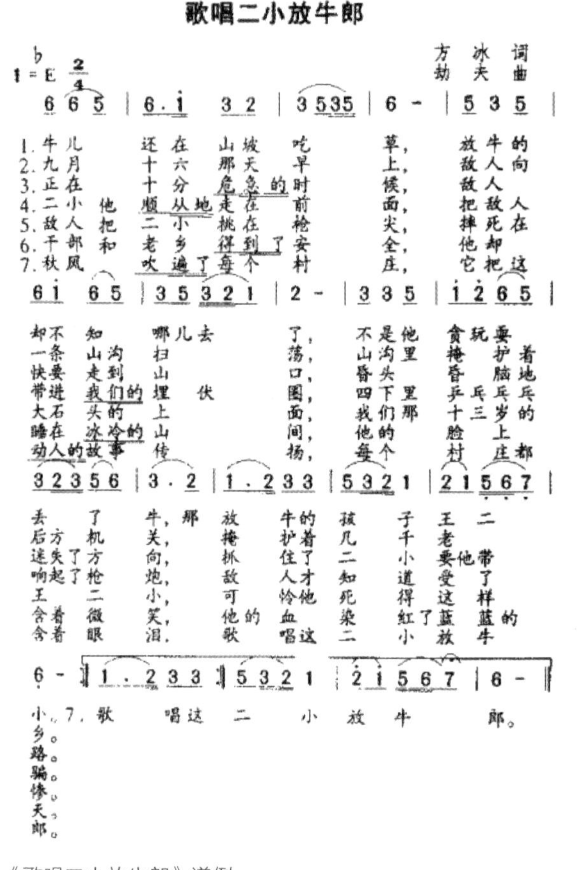

·《歌唱二小放牛郎》谱例

《歌唱二小放牛郎》是一首叙事歌，它是在民间分节歌的基础上发展起来的，运用起承转合四句体结构的旋律来咏唱多段歌词，颂扬了一个放牛娃大智大勇、诱敌深入并为之献出自己生命的英雄事迹。歌曲虽用同一旋律反复演唱七段歌词，因音乐优美动听，富有感染力，感情容量大，使人百唱不厌，回味无穷。特别是在演唱中根据各段词意采用不同的音乐表现手段（速度、力度）进行表情处理以及多声部的和声效果，使这首歌曲产生了更强的艺术感染力。

2.《我们走在大路上》

此曲的节奏清晰、明快，建构了一个人民群众不畏艰难、内心充满希望、建设祖国的音乐形象。主歌与副歌部分分别表现了不同的内心活动和面貌。主歌第一句“我们走在大路上”的上升旋律就奠定了人民内心充满活力的基调，抒情性的旋律和跳跃的节奏型表达了人民群众对祖国充满了信心和对祖国发展的一个美好愿景，因此，再大的困难都无法打败人民建设强大祖国的希望。副歌部分开始口号一般的“向

① 崔健：《劫夫百年放怀长天》，《中国艺术报》2013 年 11 月 18 日。

前进”是鼓励群众向前的一个信号，伴随着高潮的开始，人们内心的战斗情绪不断被推高，到达“革命气势不可阻挡”时中国人民要战胜天灾人祸的磅礴气势达到了最高，整个副歌表现了中国人民不畏艰险、奋发图强的精神。从头到尾，这首作品的音乐描绘的就是一幅中国人民对建设祖国充满了至高的热情，坚信会战胜一切艰难困苦，迎来胜利的曙光的美好愿景。

《我们走在大路上》是劫夫在1963年创作的一首作品。在这首作品诞生之前，祖国刚刚经历了三年困难时期，这首作品的出现，无疑是给遭受了无数痛苦的百姓带来了强大的精神力量。而这首作品的创作也与作者劫夫的经历有关，先是被判右

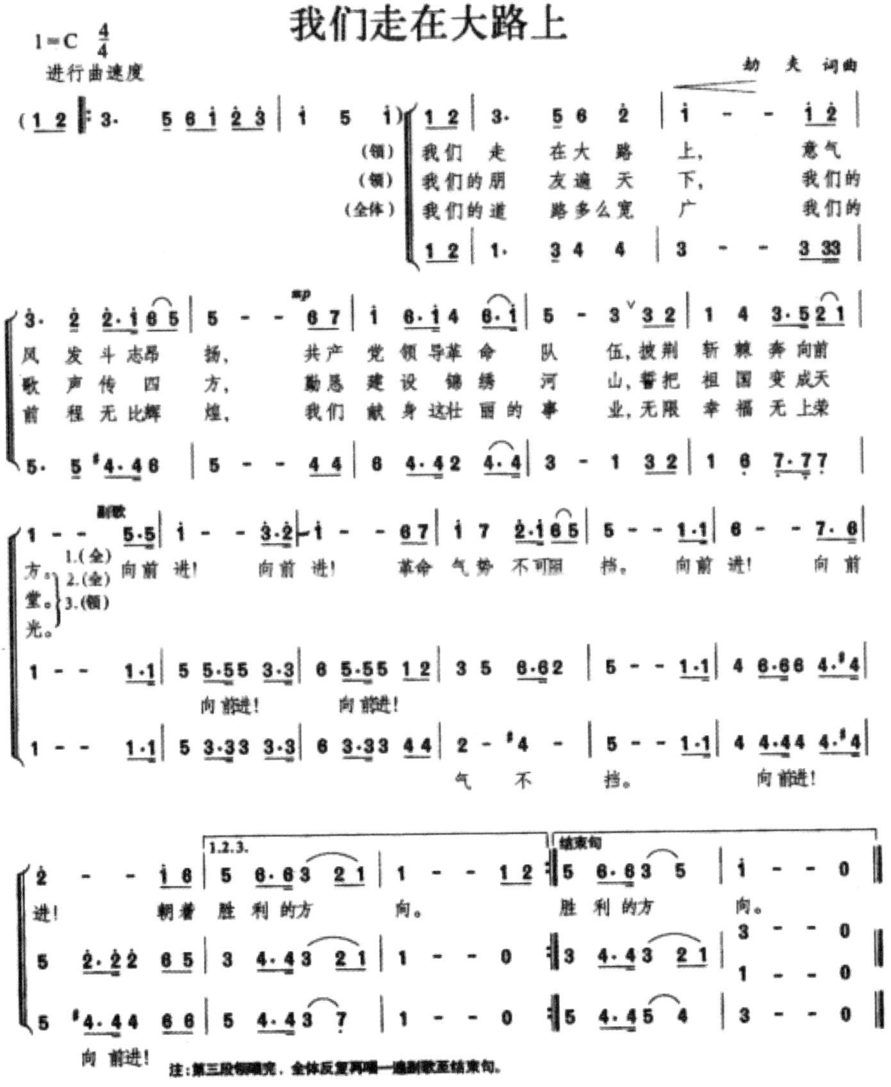

我们走在大路上

1=C $\frac{4}{4}$

进行曲速度

劫夫 词曲

（领）我们走在大路上，意气风发斗志昂扬，共产党领导革命队伍，披荆斩棘奔向前方。

（领）我们的朋友遍天下，我们的歌声传四方，勤恳建设锦绣河山，誓把祖国变成天堂。

（全体）我们的道路多么宽广，我们的前程无比辉煌，我们献身这壮丽的事业，无限幸福无上荣光。

副歌

1.（全）2.（全）3.（领）向前进！向前进！革命气势不可阻挡，向前进！向前进！朝着胜利的方向。

结束句 胜利的方向。

注：第三段领唱完，全体反复再唱一遍副歌至结束句。

·《我们走在大路上》谱例

倾错误，情绪一度低沉，看到了祖国的春天，劫夫的内心也重新燃起了希望，因此创作了《我们走在大路上》这部作品。一个时代有一个时代的歌曲，一个时代有一个时代的音乐旋律，正是因为这首作品真实地反映了人民的心声，所以在社会上产生了广泛的影响，且这首作品旋律优美，歌词朗朗上口，有很强的音乐性和音乐表现力，在国家各大重要场合，几乎都成为必不可少的音乐作品。直到今天，这首歌仍然深深地影响着新一代的中国人民，鼓励我们不断前行，不怕艰难，不忘先人的浴血奋战，始终对未来充满希望。①

劫夫一生创作的各种体裁、形式的声乐作品和歌剧音乐有两千余首，许多作品在战争年代已散失，至今已找到的有630余首（部）。他还撰写了《从“一般化”谈到歌曲创作问题》《对歌唱艺术应如何认识》《创作音乐的是人民——和工农音乐爱好者谈歌曲创作》《为肃清黄色音乐而斗争》《十年耕耘，百花齐放》《为了民族新歌剧的繁荣和发展》《关于歌剧的题材、形式和提高问题》《实践和改造的过程》《草原的春风——赞乌兰牧骑》《学习革命音乐家的优秀品质——安波作品广播音乐会前的讲话》等近50篇文章，在音乐理论和社会工作方面做出了贡献。作为多才多艺的音乐家，他还完成了多幅木刻和漫画。②

劫夫多才多艺，以自己对党、对国家、对人民的满腔热忱和全部才华，一生创作了大量的歌曲、美术作品和文章。他是时代的歌者，他的歌曲鼓舞了几代人，是我国最有影响力的作曲家之一。他的歌曲优美动人，气势磅礴，充溢着爱国主义、英雄主义和浪漫主义的激情，因此他被推崇为旋律的大家。对于艺术创作，他精益求精，一丝不苟，达到了痴迷的程度。他本人则是谦和平易，淡泊名利，一生朴实无华，一如他的作品，绝无矫饰，纯然流自内心，而这正是他的艺术生命力之所在。

（李欣阳）

① 赵楠:《论“我们走在大路上”的音乐价值》,《北方音乐》2018年第5期，第81页。

② 向延生主编:《中国近现代音乐家传》，春风文艺出版社，1994年版，第375页。

第五节 麦新

· 麦新

麦新（1914—1947），原名孙培元，出生于上海法租界恺自尔路宝昌里十号，祖籍江苏省常熟县。延安鲁迅艺术学院音乐系党支部书记，内蒙古哲里木盟开鲁县宣传部长、组织部长。“麦新”是他参加革命后为自己改的艺名，意味着迈向新的生活。

一、少年时期

麦新的父亲名叫孙仪卿，祖籍在江苏省常熟县，祖父是一名船夫。18岁时祖父因病去世，父亲孙仪卿便随表哥来到上海谋生。由于父亲头脑聪明又吃苦耐劳，短短三年时间，从开始的杂役工逐渐成了一家交易所里的账房先生，经济稳定后，搬到了上海法租界生活，随后娶妻生子，过上了小资产阶级生活。后来孙家有了一个女儿、两个儿子，麦新就是这户人家最小的儿子。当时孙家的生活富足体面，受法租界环境影响，父亲为孩子们买了一架钢琴，姐姐孙佩贞在父亲的督促下每天练琴，麦新从小便受到了音乐的熏陶。

儿时的麦新喜欢唱歌，并且学习用功，成绩优异。1926年，他考入南光中学，由于唱歌好听，他在学校的“歌友会”里总是带头上台演唱，还经常担任领唱或者指挥。中学二年级时，大哥因婚姻受打击，投河自尽，父亲无法接受这一事实，突发脑溢血不幸病故，继而母亲也一病不起，从此家道中落，麦新不得不中途辍学。

1929年，麦新在姐姐的帮助下，凭着自身出色的英语水平，考入外滩一家美商开设的“美亚保险公司”做练习生。从此负担起了养家的重任，在工作之余，他不断地阅读各类书刊，熟读历史，学习英语，练习唱歌。此时，上海正值民族危难时期，年幼的他目睹了工人罢工、学生罢课、商人罢市的情景，特别是“五卅惨案”的发生，更激起了他对帝国主义的愤怒和对祖国人民的深切同情。从小父母就告诉他要做一个诚实、勇敢、善良的人，也养成了他愤世嫉俗、敢作敢为、爱憎分明的个性。

1931年九一八事变发生后，国土沦丧，民族危亡，麦新参加了抗日民族救亡运动。1935年加入刘良模领导的抗日救亡团体“民众歌咏会”，并向群众教唱《义勇军进行曲》《自由神》《开路先锋》《打回老家去》等抗日救亡歌曲。因表现出色，成为“民众歌咏会”的主要负责人兼指挥，经常去纺织女工夜校、烟厂女工夜校教唱歌曲，从此正式踏上了音乐道路。“民众歌咏会”的发展和崛起，引起了上海许多革命作曲家和音乐家的关注。

1932年一·二八事变①，日寇进攻上海，广大人民群众和十九路军英勇抗敌，麦新奋不顾身地投入抢救伤员的战斗行列。不久，他参加了中国左翼戏剧家联盟会音乐小组“业余合唱团”，该团有着较高的思想和艺术水平，创始人是革命音乐家聂耳，麦新视聂耳为学习的榜样和精神上的偶像，他曾说：“聂耳开辟的道路就是我们要走的道路。”

·《大众歌声》杂志 1950 年版

1936年，麦新又加入了革命音乐家吕骥领导的“中国歌曲作者协会”“歌曲研究会”等救亡歌咏运动团体，并有幸结识了冼星海、贺绿汀、张曙等一批革命音乐家，他虚心地向众多名家学习钢琴、和声理论、歌曲创作艺术，不断提升自己的音乐素养。自此，麦新奋战在救亡歌咏运动的最前线，他担任过延安作曲家协会的干事、边区音乐界抗敌协会执委、聂耳创作奖金评选委员会评委等职。

1936年也是九一八事变五周年，全国

① 一·二八事变，又称一·二八淞沪抗战，日本称上海事变或第一次上海事变、淞沪战争。是在九一八事变之后，日本为了转移国际视线，并迫使南京国民政府屈服，于1932年1月28日晚发动的进攻上海中国守军的事件。

各地都在举行纪念活动。当时，华北告急，民众强烈要求政府抗日。在上海，要求抗日的游行队伍遭到警察、宪兵的驱散，此时报上又刊登蒋介石前一年的讲话："牺牲未到最后关头，绝不轻言牺牲；和平未到绝望时期，绝不放弃和平。"面对这一言论，麦新与好友孟波[①]合编了一本能够反映人民心声的、激励全国战士的歌曲集《大众歌声》杂志。随后又与孟波共同创作歌曲《牺牲已到最后关头》[②]，这首歌节奏铿锵有力，音色浑厚，表达出英雄们义无反顾的英勇气概。全曲采用特性音调，节奏贯穿发展的三段体结构，首尾呼应，一气呵成，听起来犹如肩并肩、手挽手的群众示威队伍，步伐坚定地向着争取民族生存和抗日救国的战场，勇往直前地进军。这首歌曲被发表在《大众歌声》杂志第二期，随后很快传遍全国各地，成为当时抗日救亡歌曲中的经典。孟波说："当时爱国人士有一个共同的信念，就是要把抗日救亡歌曲传到军队、街头、工厂、学校、商店的每一个角落，使它成为抗战年代最强音。"[③]

二、延安鲁艺

1940 年经周恩来批准，麦新来到了延安，分配到鲁迅艺术学院音乐系工作，担任党支部书记。这里有他当年结识的导师冼星海和吕骥，还有他仰慕已久的革命音乐家马可、瞿维、李劫夫、贺敬之等人。在延安，麦新创作的第一首作品是与贺敬之合作的歌曲《红五月》，这也是麦新到延安深入生活后将陕北民间音乐素材运用到自己作品中的一种尝试。在延安鲁艺学习工作的日子，是他创作精力最旺盛的时期。主要作品有《南泥湾垦荒》《春耕小曲》《保卫边区》《毛泽东歌》《志丹陵》等。同时，在延安的日子也是麦新一生中最幸福的时光，不仅在革命艺术创作中硕果累累，还因理想火花的碰撞收获了爱情，不久便与妻子小迈步入婚姻殿堂。

1942 年 5 月，中共中央在延安召开文艺座谈会，毛泽东发表《在延安文艺座谈会上的讲话》总结了五四运动以来中国革命文艺运动的历史经验，明确提出了文艺为工农兵服务的方向问题和如何为的方法问题。毛泽东特别指出："鲁迅的两句诗，'横眉冷对千夫指，俯首甘为孺子牛'，应该成为我们的座右铭。……都应该学习鲁迅的榜样，做无产阶级和人民大众的'牛'，鞠躬尽瘁，死而后已。"麦新受到了极大的教育与鼓舞，他认识到鲁迅的伟大，豁然开朗，如沐春风，决定要以鲁迅为榜

① 孟波（1916—2015），作曲家。主要作品有《牺牲已到最后关头》《高举革命大旗》等，他还促成了小提琴协奏曲《梁祝》的诞生。

② 孟惠惠：《我的父亲孟波》，《新四军研究》（第七辑），上海人民出版社，2015 年版，第 210—218 页。

③ 孟惠惠：《牺牲已到最后关头》，《理想在我心中〈续编〉》，中西书局，2012 年版，第 27—30 页。

样，跟随鲁迅的革命精神前进。随后他与其他文艺工作者一起走出“小鲁艺”到“大鲁艺”中去，也就是到广大人民群众中去，走知识分子与工农相结合的道路。在此期间，他撰写了文艺评论《创作不是少数人的事》《是改变工作作风的时候了》《略论聂耳的群众歌曲》《群众需要什么样的歌曲》《新的聂耳在工农兵中生长着》等五篇论著。

三、东北鲁艺

1945 年 8 月，抗日战争即将取得彻底胜利，麦新响应党中央的号召，随陈毅赴华东、上海等地开辟革命根据地。同年 12 月又转入东北，抵达辽宁省阜新市，在阜新煤矿从事群众文化工作，他参观了发电所、露天矿，走访了煤矿工人家庭……创作了《追悼歌》《挽歌》《庆祝解放区工人大联合》等歌曲。

1946 年 2 月，麦新随中共阜新地委到内蒙古哲里木盟开鲁县工作，先后任宣传部长、组织部长，参加领导当地土改运动和武装斗争。还创作了一批反映时代要求的革命歌曲，如《毛泽东歌》《保卫边区》等。1947 年 6 月 6 日，麦新在执行任务途中遭匪徒袭击，经过激烈战斗，终寡不敌众，壮烈牺牲，年仅 33 岁。6 月 10 日，开鲁县两千多名群众为麦新举行了追悼大会，开鲁县委把麦新工作过的五区改名为“麦新区”，把万发永村改名为“麦新村”，以纪念这位为中国人民解放事业献出宝贵生命的革命音乐家。

《麦新歌曲选》封面，1978 年版

四、艺术创作及作品分析

麦新一生共创作了 60 余首音乐作品，10 余首歌词作品。其内容大都以抗战、号召人民奋起反抗为中心主题，反映了作者所处时代尖锐的阶级斗争和民族矛盾的救亡群众歌曲[①]，如《向前冲》《马儿真正好》《大刀进行曲》《游击队歌》《国民革命军歌》等；作词歌曲，如

① 刘敏：《20 世纪二十、三十、四十年代中国儿童歌曲研究》，西北师范大学硕士论文，2015 年。

《九·一八纪念歌》《牺牲已到最后关头》《保卫马德里》；他还创作过大量广受欢迎的儿童歌曲，如《小铁牛》《儿童哨》《铲东铲东铲》《勇敢的小娃娃》等；还有一部分是号召妇女奋起斗争和赞扬人民军队的歌曲，如《欢迎朝鲜义勇军》《红色的军队前去》《女工救国歌》《中国妇女抗敌歌》等。

麦新代表作是驰名中外的《大刀进行曲》，这首不朽的革命战歌创作于 1937 年。1937 年 7 月 7 日，气焰嚣张的日军悍然发动了卢沟桥事变，向宛平城发起进攻。中国共产党通电全国，号召人民、军队和政府团结起来，铸成民族统一战线的坚固长城，抵抗日本侵略，驱逐日本侵略者。驻守卢沟桥的国民党第二十九路军大刀队奋起抗敌，在旅长何基沣的亲自指挥下，紧握红缨大刀和手榴弹，经过一夜浴血奋战，将龙王庙和平汉铁路桥阵地夺回。捷报频传，大刀队的英雄事迹更是不胫而走，令人神往。这一切使得麦新受到强烈的震撼，他热血沸腾，心中渐渐萌发出一个念头，那就是“以大刀精神”为主题，写一首歌颂英雄的激发全国人民热情的战歌。在创作过程中，麦新的脑海中不断涌现出浴血奋战的将士们的身影，还有各界群众以自己绵薄力量支援前线战士的感人画面，他的脑海中不断地有一些旋律的片段，他创作的灵感就是这样一点一滴地积累。

大刀进行曲

1=C 2/4　　麦新词曲

大刀向鬼子们的头上砍去，全国爱国的同胞们，抗战的一天来到了，抗战的一天来到了。前面有工农的子弟兵，后面有全国的老百姓，咱们军民团结勇敢前进！看准了敌人把他消灭！把他消灭！（喊）冲啊！大刀向鬼子们的头上砍去！（喊）杀！

·《大刀进行曲》谱例

这是一首 2/4 拍子的进行曲，旋律刚劲有力，节奏坚定，热情奔放，富有号召力。歌曲主要以切分音符、附点音符为基础，乐句之间承上启下连续展开，主导乐句首尾呼应，使整首曲子结构严谨，完整统一。

乐曲第一小节的开始音便点出主题，直抒胸臆，把气氛推向最高潮，喊出了中国人民对日本帝国主义的愤慨和英勇斗争的精神，从第四小节开始，大量使用空拍子、后十六的节奏音型，形成宣叙调的慢慢叙述，最后一个乐句是基本主题的再现，但却是高音区域，更加体现出气势磅礴的意境，结束时巧妙地运用拟声词“杀”，使得整首歌曲更具有震撼力，将气氛再次推向高潮。

1937 年 8 月 8 日下午，“国民救亡歌咏协会”[①]在上海举办了音乐会，这是《大刀进行曲》第一次以合唱的形式展现在公众面前，由麦新亲自指挥，自发而来的千名群众大声高唱《大刀进行曲》，歌声接着掌声，掌声接着歌声，大家情绪激昂，场面盛大。在首演过后，如疾风闪电般传遍了全国各地。这首歌的传唱，让前线的抗日战士大受鼓舞，“大刀队”的形象几乎成了“敢死队”的代名词，中国军民同仇敌忾，共赴国难，以视死如归、宁死不屈的民族气节奏响了气壮山河的英雄凯歌。

·《大刀进行曲》油画版

《大刀进行曲》在中国人民最需要的时候出现，是一首诞生在中华民族奋起抗击日本侵略者炮火声中的时代战歌。从此，成千上万的青年人唱着这支歌参军入伍，走向抗日前线。上海沦陷后，手无寸铁的学生面对日本宪兵，走向街头发起募捐，为前方将士赶制大刀，此后，中国军队与日军展开一场又一场的血战，硝烟弥漫的战场上，不时传来《大刀进行曲》的雄壮歌声。这首饱含着中国人爱国热忱和不屈斗志的歌曲，迅速传唱全国。多少次弹尽粮绝之际，多少名英雄好汉，就是吼着这首歌，抡着大砍刀，往日军堆里冲。这首歌是献给第二十九军的军歌，鼓舞了第二十九军乃至全国抗日战士的热情，这些高唱战歌视死如归的抗日将领，一次次地顽强抵抗，沉痛地打击了日本帝国主义的嚣张气焰，极大地振奋了民族精神。歌曲中铿锵有力的歌词，就像一声声响亮的号角，激励着每一个救亡图存的中国人，直到今天，这首歌已成为凝聚国人民族精神的象征。

1939 年《大刀进行曲》收录在《中国抗战歌曲集》中，这本歌曲集在全国各地

① 1937 年 8 月由 53 个歌咏团体联合组成，冼星海、何士德、沙梅、周巍峙、麦新、孙慎、孟波、周钢鸣等任干事，是歌咏界抗日民族统一战线的组织，也是由职业界救国会改组成立的上海职业界救亡协会的团体会员。

广为流传，使这首歌得到了更加广泛的传播。后来，还被翻译成多种文字，产生了国际性的影响。音乐家、原中国音协主席吕骥曾这样评价："麦新从开始接触音乐到写出《大刀进行曲》，总共才不过两年多时间，那个阶段他还只是个职业青年，与其说他具有一般人所不能理解的才气，不如说他具有许多人所缺乏的强烈的忠于人民的、像火一样的思想感情。他为我们做出了范例，值得我们学习。"①

麦新的一生是战斗的一生，他始终深怀崇高的革命理想和敢于牺牲的精神，使他在中国革命道路上很快成长为一名英勇无畏的革命战士，他一手拿枪一手拿笔，用自己的生命和才华为新中国的诞生谱写了壮丽的篇章。在民族危亡的紧要关头，他用音乐做武器，激励着中国人民前赴后继，为取得抗日战争的胜利做出了重要贡献。他在人民解放战争需要的时候，毅然从延安来到东北战场，在开鲁这片土地上，与反动派进行殊死斗争。他深入到群众中去，关爱他们的生活并引导他们参加革命。他一切从实际出发，把党的政策融汇到音乐里，把自己的音乐才华和本土大众文艺相结合，为适应当时斗争形势的需要，创作出一批更接近农民生活的歌曲，让一直生活在社会底层的农民群众，从这种朴素的音乐里听懂了中国共产党的主张，明白了革命的道理。麦新是一名伟大的革命战士，党的优秀领导干部，他有着超凡的志向、胸怀和品质。麦新的可贵之处就在于他超越了领导干部与老百姓的界限，他把领导者与劳动者的优秀品质集于一身，在人民大众的眼里，他是一个坚定、智慧并有着革命先进思想和文化的老百姓；而在干部的眼里，他又是一个坦率、勤劳、朴实又怀着革命激情的领导干部。

麦新曾经在日记中写道："记得离开延安时，周恩来同志讲的'奋斗的人生是曲折复杂的'，这是最正确的人生观，共产党员应该具备为党的生存、为人民的解放而抛头颅洒热血，这是最光荣的。"正是带着这样的信念，让他成为一名优秀的革命音乐家和战士，他的作品鼓舞着人民的斗志；他的革命精神永远值得我们弘扬和学习；他短暂的一生就是一首英雄的赞歌，他挥舞着大刀用音乐的力量砍向了敌人。

（高月）

① 柯瑞逢：《难忘音乐家麦新》，《世纪》2011年第2期，第78—80页。

第六节 安波

· 安波

安波（1915—1965），原名刘清錄，曾用笔名牟声，1915年10月22日出生于山东省牟平县宁海镇庙沟村。先后任东北文工团团长、鲁迅艺术学院党委副书记和音乐部部长、东北人民艺术剧院院长、辽宁人民艺术剧院院长、驻越南民主共和国文化专家、缅甸联邦教育部专家、中国音乐家协会辽宁分会主席、辽宁省委宣传部副部长、全国文联委员、中国音乐家协会常务理事、中国民间艺术研究会理事、中国音乐学院院长等职。

一、少年时期

安波的父亲是牟平县宁海镇庙沟村一名农民，名叫刘国曾，刘家曾经是富豪望族，但因安波的祖父执掌家业之时挥金如土，好逸恶劳，祖母也因眼见家道贫穷，忧患成疾，年仅36岁就撇下儿女撒手人寰，此后家中一贫如洗。安波的母亲孔昭诺是知书达理、善良质朴的女性，她经常一边干活，一边唱着山东民歌给年幼的安波听，母亲的歌带有浓郁的民间风味，像《包楞调》《赶牛网》《唱秧歌》《绣荷包》《打秋千》《放风筝》等都是当地家喻户晓的民间小曲；也有反映英雄气概和坚强斗志的《海洋号子》《黄河硪号》等。母亲的歌熏陶着童年的安波，并深刻地印在他的心中，为日后的音乐生涯做了铺垫。

1922年，安波到了读书的年纪，父母将他送到东关完小读书。这是一所新式学堂，学堂里设立乐歌课，也称之为学堂乐歌[①]，它的出现对于学校音乐教育的启蒙，

① 学堂乐歌，指20世纪初期中国各地新式学校中音乐课程中大量传唱的一些原创歌曲。

对于中国走向近代化社会的行程，起到了促进作用。当时所唱的歌曲传播着新思想，体现出时代文明的紧迫感，如《男儿第一志气高》《祖国歌》《扬子江》《送别》《放牛》《读书歌》等歌曲。其中《黄河》[①]被评为“20世纪华人音乐经典”。

后来，安波又在私塾读书近两年，学习了大量的唐诗宋词。1930年他以全县第一名的好成绩考上牟平初级师范学校，在校期间，结识了好友林浩。林浩是牟平区观水镇崖地村人，在牟平县上初中期间，受进步教师影响，阅读了进步文艺作品，萌发了爱国主义思想，1932年加入了中国共产主义青年团，1933年考入济南高中后加入中国共产党，担任济南市工委委员[②]。林浩不仅是安波的好友，还是他心中的榜样。此后，安波苦读文学、历史、音乐、美术以及民间工艺等课程，并在同年初秋，从家乡牟平辗转走进了久负盛名的山东曲阜师范学校艺术专科学习音乐。曲阜师范学校是一个有着光荣革命传统的地方，安波在这里结识了校友万里和孙鸿业，三个人志趣相投，经常登上曲阜的万仞宫墙，交流思想，畅想未来。

· 曲阜万仞宫墙

1934年1月，安波转入济南山东省立第一师范学校，这是中国最早的师范学校之一，有着悠久的历史和文化底蕴，同时也培养了一批优秀的爱国人士。安波在学校开阔了视野，他刻苦学习，历练才干，为以后踏上革命道路打下了坚实的基础。

1935年12月，安波任省立第一师范中共地下党支部书记，带领学生声援“一二·九”爱国运动。在开展党的地下工作的同时，安波不忘加强自身文化水平的提高，大量阅读报纸杂志、学习二胡和钢琴、选修英语日语等。

1936年，安波赴北平参加了全国各界救国会议，返回济南后组织成立了省立第一师范的“抗日救国会”。同年5月，来到上海参加全国各界救国联合会成立大会，并光荣加入了中国共产党。

① 《黄河》，1904年杨度作词，1905年沈心工作曲。

② 王丽文:《安波在辽宁》，《党史纵横》2016年第8期，第46页。

1937年2月，安波受组织派遣，到费县初级师范学校任教，教唱抗日救亡歌曲，组织学生演唱团，以艺术手段在校内外进行宣传，并建立了学生党支部。

1937年7月7日，震惊世界的七七事变爆发，全面抗战开始。安波加入了“济南学生界抗敌后援会”，投入到抗敌工作中，他率领后援会的代表们，组织抗敌宣传队、唱歌队、话剧队，深入民间。他们去商店、电影院等公共场所开展募捐，解决流亡学生的生活困难；他们去济南火车站，将食物、衣服等物品送给抗日军队；他们走向街头，共同高唱《义勇军进行曲》等抗日歌曲。

二、延安鲁艺

1937年10月，安波听说延安鲁迅艺术学院招生的消息，于是与数十名热血青年一起不畏艰难困苦，跋山涉水奔赴延安，来到延安鲁迅艺术学院，被分配到音乐系成为第一期学员。他表现优秀，先后担任学生党支部书记、中华民族解放先锋队区队长，从此，安波踏上了文艺工作的道路。

安波在延安鲁艺学习期间，也是鲁艺创校初期，生活和学习条件非常的艰苦，但这里的每一个年轻人，都散发着时代气息，都是朝气蓬勃的，脸上充满着乐观的笑容。他有幸结识了冼星海、李焕之、刘炽、马可、张鲁等许多著名的革命音乐家，并与他们共同学习、研究创作了大量的音乐作品，虽然第一学期只有三个月的时间，但经过刻苦钻研和他本身所具有的艺术潜质，已经让当时的安波有了创作和研究能力。

1939年春，为了更好地引领抗战歌咏运动，鲁艺成立了“民歌研究会”①，进行民歌采集活动，机构设立在音乐系，目的是以民歌为基础，创作出符合时代的新作品。采集活动以陕甘宁边区一带为核心，辐射至各个抗日根据地，通过对大量的民歌的搜集整理，并把这些民间的优秀成果运用到自己的创作之中，创作出了许多主题新、内容新、形式新的歌曲，很多歌曲成为不朽的经典，传唱至今。安波成了“民歌研究会”的重要成员。

1941年“民歌研究会”改名为“中国民间音乐研究会”，吕骥推选安波为负责人。他深入民间调查采集民间音乐，搜集民歌200余首，并根据民间音乐曲调改编新曲。1942年2月，安波作为鲁艺河防慰问团副团长，带领鲁艺美术系和“中国民

---

① 1939年春，延安鲁艺成立了“民歌研究会”，后更名为“中国民歌研究会”，一方面组织解放区音乐工作者采集民间音乐，另一方面积极开展研究工作。

间音乐研究会”成员去绥德、米脂、佳县、吴堡一带慰问保卫陕甘宁边区的河防将士们。其间搜集了《调兵曲》《大把把辫子》《二妹子观灯》《打连城》《闹五更》《迎春揽功》《令令郎》等民间音乐200余首，并根据民间音乐曲调改编新曲，其中最脍炙人口的是以陕北民歌曲调填词创作的《拥军花鼓》和秧歌剧《兄妹开荒》，因此他有了“小调大王”的称号。

在佳县期间，安波和农民们一起搜集了著名的陕北民歌《东方红》，这首被“中国民间音乐研究会”搜集到的《东方红》在1945年被鲁艺组织的“挺进东北干部团”带到了沈阳，在刘炽、王大化等音乐家修改完善下在沈阳正式演出，一举成名，从此也奠定了安波在延安文艺中的地位。

安波的音乐创作大多属于民歌风的歌曲，这一方面由于党中央一再倡导音乐工作者到民间去学习、体察、采风；另一方面也由于音乐工作者自觉地与群众结合，吸收民间滋养，以新的感情、新的风格和新的曲调，投入新的工作。

1945年，安波来到绥德“民众剧团”，花大量时间深入调查整理秦腔音乐[①]。他努力学习秦腔演唱，记录、分析秦腔音乐，完成了具有重要历史文化价值的民间戏曲音乐专著《秦腔音乐》一书，这是中国地方戏音乐现代整理的第一部力作。

三、东北鲁艺

1945年11月，党中央派大批干部去东北，以安波为首的一批延安鲁迅艺术学院的文艺工作者，也被派到东北地区，最先到达了热河。

1947年8月，安波建议并牵头筹建冀察热辽鲁迅艺术文学院，成立后并入新成立的冀察热辽联合大学，院长由中共中央冀察热辽分局宣传

· 晋察热辽鲁艺美术系同学合影

① 秦腔音乐：属板腔体结构，其板路有：慢板、二六板、带板、垫板、二倒板、滚板，唱腔音乐丰富多彩、优美动人。秦腔的音乐唱腔，分为“欢音”（花音）和“苦音”（哭音）两种声腔和六大唱板。

部部长赵毅敏兼任，安波先后任秘书长、副院长、院长。

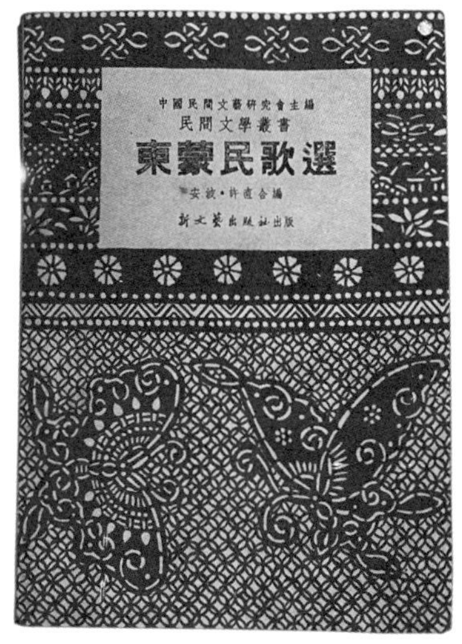

·《东蒙民歌选》封面，1948 年版

安波在冀察热辽鲁艺期间专门建立了蒙古族民歌抢救小组，主要成员有北京艺专音乐系毕业生、鲁艺短训班教师许直先生，他负责记录音乐及配歌，文学系学员胡尔查专门负责歌词蒙译汉的翻译工作，还有不少蒙古族学员如其木格等参与其中。近两年的时间他们共搜集了几百首蒙古族民歌，其中 200 多首先以《蒙古民歌选》为名出版，后来因为这些民歌主要来源于内蒙古东部，便命名为《东蒙民歌选》[①]，1951 年这个民歌集以《东蒙民歌选》的名字再次出版。

书中将《诺恩吉雅》来源标注为东蒙民歌，注释中说："诺恩吉雅系女名，这首歌传遍东蒙各地，唱法稍有差异，此处搜集的歌词较完整，据传说诺恩吉雅生于五六十年前，以此推算此歌当有三四十年之历史。"值得一提的是，作为中国民间音乐及世界音乐的经典民歌，《牧歌》《嘎达梅林》也是当年以安波等为首的冀察热辽鲁艺搜集整理发现的。

1949 年秋，安波与严正、海默共同创作了大型歌剧《纪念碑》，并在沈阳和抚顺连续上演 20 余场。在音乐戏剧化、唱与说相结合以及中国乐器与西洋乐器结合等方面，做出了可贵的探索，深受欢迎和好评。

1952 年 10 月 2 日，全国第一个综合性的大型艺术剧院——"东北人民艺术剧院"在原东北文化俱乐部正式成立，安波任院长。

四、艺术创作及作品分析

新中国成立后，安波全身心投入到新中国音乐事业中。但他的创作活动始于 20 世纪 30 年代末，作有歌曲 300 余首，以及多部秧歌剧、歌剧等。代表作有《拥军花鼓》《兄妹开荒》《八路军开荒歌》《七月里在边区》《因为有了共产党》《运动战歼灭战》《人民一定能战胜》《三绣金匾》《就义歌》《纪念碑》《草原烽火》等，已辑成《安波

---

① 1948 年，在冀察热辽地区，安波致力于搜集整理蒙古族民歌。在他的指导下，许直和胡尔查在收集到的大量民歌中，先后选辑整理了《蒙古民歌选》和《东蒙民歌选》。1948 年，在鲁艺的新迁地那拉碧流村，油印了《蒙古民歌选》。歌集共有 200 余首民歌，采用蒙汉文对照形式。

歌曲选》和《安波音乐作品选》。其中歌剧《草原烽火》[①] 是安波根据我国蒙古族著名作家乌兰巴干的长篇小说改编的剧本，作曲由他和张颂、刘守义共同完成。该剧是我国较早采用西洋歌剧模式，以宣叙调和咏叹调贯穿全剧的作品。（1960 年 3 月 19 日，作为辽宁歌剧院的建院项目的首演，为辽宁歌剧院奠定了全国歌剧界的领先地位。）

1953 年，全国迅速兴起农业合作化，此时怎样办好合作组织，努力加紧团结农村各阶层为发展生产、改变农民的命运，成为党和政府的燃眉之急。安波迅速地创作出了反映农村互助组到农业合作化内容的大型话剧《春风吹到诺敏河》，作为全国第一部反映农村合作社的话剧，在“东北第一届戏剧音乐舞蹈观摩演出”中获奖，并在“第一届全国话剧观摩演出大会”获得创作奖，该剧后来被拍成电影，其中电影音乐由安波独立完成。

· 话剧《春风吹到诺敏河》剧照

安波 1964 年 2 月任中国音乐学院首任院长兼党委书记，同年担任大型革命音乐舞蹈史诗《东方红》的编导和音乐组组长，并参与音乐创作。他大胆地将诗歌、朗诵、歌曲、舞蹈的多种艺术形式融合在一起，描绘出一幅辉煌壮丽的中国人民革命斗争的历史画卷。安波为这部史诗剧的创作做出了重大贡献。

此外，安波还撰写《星海同志永远在指导与鼓舞着我们》《劳动人民创造了优美的艺术形式——民歌》等 40 多篇论文。

安波最具代表性的作品是被誉为具有里程碑意义的秧歌剧《兄妹开荒》[②]，由王大化、李波、路由编剧，路由作词，安波作曲。这部作品是安波在陕北民歌的基础上，运用现代作曲技法勇于创新，大胆突破，赋予陕北民歌以新的时代特征、新的艺术生命。这部作品具有新的审美因素，它摒弃了民间歌曲对生活中那些粗俗的表现和色情的挑逗，以新式青年农民的精神面貌，反映陕北人民在大生产运动中，热火朝

① 王丽文:《安波在辽宁》,《党史纵横》2016 年第 8 期，第 46—48 页。

② 林波:《秧歌剧兄妹开荒的思想和艺术成就》,《河北师大学报（哲学社会科学版）》1979 年第 1 期，第 101—106 页。

天的干劲和风趣乐观的音乐形象。它是安波的音乐创作趋于深化，走向成熟，形成自己的独特艺术个性的一部成功之作。

·《兄妹开荒》原谱

《兄妹开荒》根据内容和剧情的变化，以及具体角色的要求，运用了不同的表演形式。如哥哥上场唱完后，愉快地吐了口气、擦擦额上的汗，就数了一段陕北民间流行的快板——“练子咀”来做自我介绍：“我小子本姓王，住在本县南区第二乡，自从三五年革命后，咱们的生活是一年更比一年强……”剧本中虽然有这种形式的出现，但仍然保持了秧歌剧以歌舞为主的特点。剧中唱的三个调子《雄鸡高声叫》《哥哥你听我言》《向劳动英雄们看齐》也是流行于广大群众中、为人们所熟悉的秧歌调，保持了秧歌的风格。在短短的一出小戏中，有说，有唱，有快板，唱中又有独唱、对唱、齐唱，形式多样，生动地反映了边区紧张活泼的劳动生活。

《雄鸡高声叫》这段音乐，是《兄妹开荒》全剧的核心主题，最能体现音乐家安

雄鸡高声叫

1＝F 2/4　秧歌剧《兄妹开荒》选曲　路　由词　安　波曲

中速

i·6 5 | 2·6 5 | i65 42 | 5 - |
（男）雄 鸡 雄 鸡 高呀么 高声 叫，
（女）太 阳 太 阳 当呀么 当头 照，

565 42 | 565 42 | 25 21♭7 | 1 - |
叫 得 太 阳 红 又 红。
送 饭 送 饭 走呀 走一 遭。

25 ♭7 | 25 ♭7·7 | 25 521 | ♭7 - |
身 强 力 壮 的 小 伙 子，
哥 哥 刨 地 多 辛 苦，

52 5 | 55 422 | 5 2 6 | 42 1 |
怎么 能 躺在 热炕上 作 呀 懒 虫。
怎么 能 饿着 肚子 来 呀 劳 动。

i·6 5 | 2·6 5 | i65 42 | 5 - |
扛 起 锄 头 上呀 上山 岗；
挑 起 担 儿 上呀 上山 岗；

·《雄鸡高声叫》谱例

波质朴、明朗、高亢、清新的艺术风格。曲调内在律动明朗、清新，有着浓郁的乡土气息，准确完美地体现了陕北劳动人民那种倔强、朴实的个性。

《兄妹开荒》中《向劳动英雄们看齐》一曲，是全剧的高潮，音乐更为精彩，它像流水行云那般欢畅，又像阳春三月充满光明，它是从充满希望的生活感受中写出来的充满生机的音乐。它的音乐是热烈的，饱含着欢乐；它的节奏是有力的，济以轻松。它有很干脆的重句和对应短句，如“向劳动英雄们看齐，向劳动英雄们看齐”和“哥哥我前面开荒地，妹妹来打土多卖力”；又有很活泼的由垛句伸展出来的长句，如“加紧生产不分男女，加紧生产不分呀男呀哈男和女”；还有由短句连成一气的长句：“努力，努力，靠咱们自己呀，靠咱们自己，呀哪咿呀嘿咿儿呀哈哪哈咿呀嘿！”而这些不同节奏型的乐句，非常自然地、非常严密地组成有机的整体，构成这首脍炙人口的对劳动的由衷的赞歌。

向劳动英雄们看齐

秧歌剧《兄妹开荒》选曲

1=G 2/4 稍快

路 由词
安 波曲

0 5 | 1 1 1 6 6 | 5 5 0 2 | 5 5 5 7 7 |
(合)向 劳动 英雄们 看齐，向 劳动 英雄们
嘿 大家 努力来 加油，嘿 大家 努力来

5 5 0 | 5·6 5 4 | 5·6 5 4 | 5·6 5 4 |
看齐！ 加 紧 生产 不 分 男女，加 紧 生产
加油！ 加 紧 生产 不 落 后呀，加 紧 生产

5 ♭7 1 | 2 2 4 | 2 5 5 ♭7 | 5 - |
不 分 呀 男 呀 哈 男呀 男和 女。
谁 也 呀 不 呀 哈 不呀 不落 后。

5 6 6 5 6 | 5 2 5 | 2 5 5 2 5 | 1 5 1 |
(兄)哥哥我 前面 开荒地，(妹)妹妹来 打土 多卖 力，
咱们 生有 两只手，劳动 起来 样样 有，

·《向劳动英雄们看齐》谱例

《兄妹开荒》在音乐上的成就在于一个“新”字，“新的人物、新的生活、新的思想”，创造了“新的音乐语言、新的音乐形式、新的音乐风格”。在《兄妹开荒》那里，劳动成为支持革命、支持抗日并使劳动者自己丰衣足食的光荣事业，情绪是愉快而热烈的，

· 秧歌剧《兄妹开荒》首演

而这一切，是通过活生生的音乐表现出来的。这音乐充满着生活的气息，它是生活土壤中生长开放的鲜花，它是生活矿藏中喷发出来的火花。《兄妹开荒》的成功，是深入生活、密切联系群众的硕果，这是文艺工作者应有的作风，更是今天每一个共产党员应有的作风。

1964 年，周恩来总理批准建立中国音乐学院，并调任安波同志为党委书记兼院长。安波到任后，在第一次主持党委会时，对领导班子提出了三点要求：第一，坚定不移地贯彻党的教育方针和文艺方针；第二，党委班子成员要团结，有意见当面讲；第三，要联系群众、依靠群众。[①] 他是这样说的，在以后的日子里也是这样做的。为投入中国音乐学院的建设，他继承了延安精神，发扬了革命传统，始终保持埋头苦干、朴实无华的作风，以远见卓识的领导才能和忘我的工作精神，为民族音乐教育和音乐文化带来了信念和希望，赢得全院师生员工的拥戴和崇敬。由于长期超负荷工作，身体严重透支，1965 年因患肺癌逝世于北京，终年 49 岁。

原中国作协辽宁省分会副主席慕柯夫曾这样中肯地评价安波："他来到这个世界上，辛勤地劳动，努力地创造，积极地贡献，他虽然离去了，但他还在这个世界上，因为他是一个真正的人。安波同志是一个真正的人，一个真正为人民为革命奋斗的共产党人。"安波在辽宁工作期间，作为文艺战线上的领导干部，为推动辽宁的艺术创作以及人才体系建设做出了积极的贡献。他创作的音乐作品都具有鲜明的时代特征，把文艺作品与贯彻党的方针路线紧密相连，主题思想始终是"人民"和"生活"。他是一位卓越的革命音乐艺术家，也是一位坚强而成熟的革命文艺事业的组织者、领导者。他的一生为新中国音乐文化和民族音乐教育事业发展做出了卓越的贡献。

（高月）

① 王照乾、李雁宾、张力：《功丰绩伟 志远品高——安波在中国音乐学院》，《人民音乐 》2001 年第 5 期，第 10—16 页。

第七节 瞿维

· 瞿维

瞿维（1917—2002），原名瞿世雄，生于江苏常州。1940年在延安鲁迅艺术文学院音乐系任教员，后任该校音乐工作团研究科长，抗日战争胜利后，随鲁艺经长途跋涉到达东北。历任牡丹江鲁艺文工团副团长、东北音乐工作团副团长、东北军区政治部文艺大队副大队长（辽沈战役期间）。1948年11月辽沈战役胜利后，任新成立的东北鲁迅艺术学院音乐系主任。1950年起，先后在长春东北电影制片厂和北京中央新闻纪录电影制片厂任作曲，并主持中央电影局作曲训练班。1955年9月到苏联，在莫斯科柴可夫斯基音乐学院作曲系进修。1959年学成归国后，在上海交响乐团任专职作曲。新中国成立以来，相继被推选为中国音乐家协会常务理事、副主席，音协上海分会副主席，全国文联委员。1981年10月兼任上海交通大学音乐研究室主任，中国高等学校音乐教育学学会会长。

一、童年

瞿维，1917年5月9日出生在江苏省常州的一个文人家庭，小时候家境殷实，祖父曾任四川的县官。家中艺术氛围浓厚，祖母喜爱川剧，幼年时瞿维经常随祖母去戏院听戏。瞿维的姑妈是小学教员，会唱歌、弹风琴，受祖母和姑妈的影响，瞿维从小就对民间戏曲和西洋音乐同时产生浓厚的兴趣。

上初中时，瞿维加入了学校的京剧小组，学了一些青衣戏，演唱《武家坡》和《宇宙锋》，进一步认识了民族音乐。1933年，瞿维考入上海新华艺术专科学校师范系，学习画画、音乐等，他的副科是钢琴，师从钟慕贞教授。在这里，他接受了正规的音乐训练，倾心学习钢琴演奏专业。“他爱读著名艺术家丰子恺的《近世西洋十大音乐家的故事》，音乐家们的经历也激励了他吸收音乐知识的渴望，此外他还爱听肖邦的作品，这对他后来的创作观念中将抒情性作为了重要依据起到萌芽作用。”[①]肖邦音乐的抒情性和民族性影响着瞿维，他梦想成为像肖邦一样的钢琴家。他还经常去听交响音乐会，丰富的和声、美妙的旋律吸引了他，1935 年，瞿维和上海新华艺术专科学校的同学们一起演唱并录音《运动会歌》，这是冼星海为电影《时世英雄》所作的插曲，从这之后他开始接触和了解聂耳、冼星海的作品，爱国热情受到启发和鼓舞，逐渐走上革命道路。

二、参加革命

1936 年毕业后，瞿维到上海光复中学任音乐、美术教员。半年后经人介绍先后到湖北宜昌职业中学和学院街小学教音乐、美术。抗战爆发后，瞿维一方面尽量找来一些革命书籍学习，如钱亦石的《关于中国社会性质的论战》、毛泽东的《论持久战》、艾思奇的《大众哲学》等，另一方面经常阅读《新华日报》，关心局势的发展。他积极参加爱国青年的抗日活动，教学生们唱抗日救亡歌曲，还到国民党的士兵中去教唱《救国军歌》和《义勇军进行曲》等进步歌曲。1938 年 5 月瞿维加入中国共产党。由于工作的需要，同年 11 月到了重庆，在国民党办的中国电影制片厂合唱团任钢琴伴奏（合唱指挥是盛家伦，贺绿汀、刘雪庵在该厂任作曲）。他还负责组织读书会，在读书会上讲抗日斗争的形势，宣传抗日的道理。

经作曲家任光介绍，1939 年 9 月瞿维赴陕西宜川第二战区民族革命艺术学院任音乐系主任，并把在二战区政工队的马可请来一同工作，10 月正式开学。后因国民党掀起反共高潮，学院被迫于翌年 2 月停课。瞿维与马可转到延安，经冼星海介绍，瞿维留在鲁艺音乐系任助教。7 月鲁艺音乐工作团成立后瞿维任研究科长。这时期他创作了钢琴曲《蒙古夜曲》。1942 年，他聆听了毛主席《在延安文艺座谈会上的讲话》，懂得了文艺应为谁服务和如何服务，更加认识到音乐工作者必须与广大人民群众火热的斗争生活相结合，音乐作品必须同民族民间音乐的优秀传统相结合，才能为群众接受、喜爱。他参加了 1943 年春的秧歌运动，对旧秧歌从内容到形式都进

① 向延生：《中国音乐家传》第二卷，春风文艺出版社，1994 年版，第 109 页。

行了改造，使之为新的时代服务。在安波、马可的带动下，瞿维常到民间搜集民歌，调查群众的文化生活状况。

瞿维与马可、张鲁、向隅、李焕之等人1945年春为延安鲁艺集体创作（贺敬之、丁毅执笔）的歌剧《白毛女》作曲。他与合作者努力吸收民间音乐和戏曲音调，并借鉴外国歌剧一些有益的经验，大胆创新，使音乐表现与戏剧内容紧密结合，这部我国最早的比较成熟的大型新歌剧，成为我国歌剧创作的里程碑。同年6月，《白毛女》为中国共产党第七次代表大会演出，前后在延安公演三十多场，观众反应强烈，党中央也给予了高度的评价。这部五幕（原为六幕）歌剧在张家口、哈尔滨、北京几经修改（1950年参加修改的作曲者还有陈紫、刘炽），新中国成立后在国内外曾久演不衰。

1945年11月，瞿维和鲁艺的师生一起，辗转跋涉，奔赴东北战场。由于交通不畅，到了张家口时瞿维留任华北联合大学音乐工作团音乐队副队长（队长是向隅），主要是演出《白毛女》的工作。1946年6月，瞿维随鲁艺到达哈尔滨继续演出《白毛女》，此时瞿维创作了钢琴曲《花鼓》，此曲的创作受到了歌剧《白毛女》运用民间音调的启发。1946年11月，瞿维与马可等人组成土改工作团，冒着零下四十摄氏度的严寒，到佳木斯刁翎地区发动群众，把贫雇农组织起来，同他们一起与封建地主阶级和伪满的汉奸恶霸展开轰轰烈烈的斗争，为期三个月。在斗争的过程中他感受到了人民对自己当家做主的诉求，创作了赞美人民群众的作品《我们是人民子弟兵》（献给三五九旅剿匪战士）和《人民子弟兵之歌》（两首均为晓星作词），歌曲中采用人民喜欢的节奏和旋律，受到了人民的喜爱，也表达了人民的心声。①

1947年4月，瞿维调任牡丹江鲁艺文工团副团长，该团主要是为了配合政治形势进行文艺宣传而创作演出秧歌剧和一些音乐节目，这些音乐活动为解放战争的全面胜利起到呐喊助威的作用，也加深了瞿维思想中作品应该具有革命战斗性的创作特征。同年，在镜泊湖水力发电厂，瞿维深入了解工人的劳动过程，谱写了歌颂工人、体现工人工作热情并受到工人喜爱的《发电工人歌》（晓星词）。②

“1948年春，吕骥和瞿维等在哈尔滨建立东北音乐工作团，分别任正、副团长。东北音工团由合唱队、演唱队和管弦乐队组成，以后又成立了少年班，主要招收农民子弟进行培训。”这时东北音工团配合形势组织了慰问军队的演出团，活跃于东北战

① 李敬：《瞿维音乐创作与社会历史背景研究》，南京艺术学院硕士论文，2015年，第6页。

② 李敬：《瞿维音乐创作与社会历史背景研究》，南京艺术学院硕士论文，2015年，第7页。

场，鼓舞了战士们的士气。进入哈尔滨后，瞿维创作了四重奏《对花》，曾在哈尔滨第六次劳动大会上演出，他深入工厂体验生活，为吴晓邦的舞蹈《工人舞》创作了音乐。1948年冬沈阳解放后，东北鲁迅艺术学院在沈阳恢复办学，瞿维任该院音乐系主任。

三、新中国成立后

1949年7月，瞿维到北京参加了第一届全国文代会。之后，作为中国青年代表团成员赴布达佩斯参加了世界青年联欢节，激动地听到了毛主席的庄严宣布："中国人民从此站起来了！"瞿维留在北京为纪录片《世界青年联欢节》谱曲。1950年2月，被调到长春东北电影制片厂任专职作曲。1951年他与张鲁为电影《白毛女》谱写了音乐，该片荣获文化部颁发的一等奖。1952年6月他被调回北京，任中央新闻电影制片厂作曲组组长，翌年在中央电影局作曲训练班任教员。

1954年，组织上决定派瞿维到苏联深造。1955年9月，作为特别选修生赴莫斯科柴可夫斯基音乐学院作曲系学习，师从巴拉萨良学习作曲，从斯克列勃克夫学习复调，从列维茨基学习配器。瞿维一方面潜心钻研音乐理论，一方面博览世界名作，听古典时期、浪漫派时期、现代派等不同作曲家不同风格的作品，听苏联国家交响乐团的音乐会，欣赏国家大剧院的歌剧，这些活动大大丰富了他的音乐思维世界。他把学到的理论用于创作实践，创作了《G大调弦乐四重奏》，钢琴曲《序曲二首》《变奏曲》等作品。其中《G大调弦乐四重奏》是以山西、陕北的民间音调为素材写成的。上海音乐学院女子四重奏团1960年参加舒曼国际四重奏比赛以及后来出访菲律宾等国时演奏了此曲。

· 瞿维（一排右一）与谢尔盖 · 阿尔捷米耶维奇 · 巴拉萨良（一排右二；瞿维莫斯科音乐学院老师）、邹鲁（二排右二）、朱践耳（二排右一）合影

瞿维在莫斯科看到国内出版的《人民音乐》杂志，记述陈毅建议将新建成的天安门广场人民英雄纪念碑上的浮雕——从鸦片战争到新中国诞生的革命历程写成交

响曲的消息后，即产生了要创作这一重大题材作品的念头，并作了粗略的考虑和构思。[①]1959 年 7 月，他学成归国到上海交响乐团担任专职作曲家后，便开始了这部作品的创作。作为标题音乐，如何准确地表现上述内容，是他一直在思考的问题。首先，他有战争的亲身体验，有对先烈们真挚的缅怀与歌颂的激情，它们都化为悲壮的音调。其次，他调动自己掌握的所有的技法和手段，准确地展现了革命英雄的音乐形象。经过几年的构思、创作，这部交响诗《人民英雄纪念碑》终于在 1963 年定稿，同年首演于上海。后在西德等地演出，并由林克昌[②]指挥日本名古屋交响乐团在香港灌制了唱片。

瞿维喜欢写容易被广大人民群众接受的作品。从 1959 年开始着手考虑创作的幻想曲《白毛女》于 1962 年完成。该曲是依据歌剧和电影《白毛女》的音乐创作的，简明扼要地表现了原剧的主要情节。1963 年钢琴家顾圣婴要举办中国作品音乐会，她特意请瞿维给她写一首《洪湖赤卫队》幻想曲，瞿维很快写出了钢琴曲，次年又将该曲改编成管弦乐作品。

1964 年，中国音协组织王莘、瞿维、王震亚、晓星、希扬 5 人赴大庆油田深入生活，创作反映第一线工人生活的音乐作品。他们和工人们同吃、同住、同劳动，铁人王进喜的先进事迹和令人振奋的大庆精神，极大地激起了瞿维的创作激情。他这时创作的《五好工人之歌》发表在《歌曲》杂志上，1965 年《红旗》杂志向全国推荐包括此曲的 10 首歌曲时，将其定名为《工人阶级硬骨头》，在全国流传，影响甚广。翌年，瞿维又以在大庆的生活感受创作了大合唱《油田颂》。这部注重艺术表现的作品是以音乐表现工人战斗生活的创业歌。同年在“上海之春”音乐会上演出后得到各方好评，被称为反映社会主义建设题材的一部难得的作品。这次音乐会上，还演出了瞿维 1964 年创作的组曲《光辉的节日》。

1966 年，瞿维被临时集中到上海舞蹈学校，为芭蕾舞剧《白毛女》的音乐做改编工作。在日中文化交流协会会长中岛健藏的建议下，1974 年应中央乐团之约，瞿维采用芭蕾舞剧《白毛女》的音乐改编完成了组曲《白毛女》，由中央乐团于同年访日时演出。1967 年，瞿维的创作又进入一个新的时期，主要作品有《北京的早晨多么好》《峡谷中的船歌》，室内乐《仙鹤舞》《荷花舞》，歌曲《青年进行曲》《大学之歌》《心中的旗帜》《清脆的铃声》《相会在北京》《北京在我心中》，交响诗《红娘子》，小乐

① 王晔：《二十世纪五十年代中国作曲家留苏期间音乐创作研究》，哈尔滨师范大学博士论文，2011 年。

② 林克昌：指挥家，小提琴家。曾任中央广播文工团管弦乐队音乐指导和首席指挥，中央音乐学院小提琴教授。

队合奏曲《草原之歌》(三乐章)，钢琴与乐队《音诗》，管弦乐《五指山随想曲》等。

歌曲《心中的旗帜》问世后很快出版了盒式磁带，带有钢琴伴奏的乐谱发表在《音乐创作》杂志上，在同年由《文汇报》发起的歌曲评奖活动中获优秀歌曲奖。这首歌连同《工人阶级硬骨头》等 10 首歌曲，1986 年由人民音乐出版社汇集成《我们心中的旗帜——瞿维歌曲选》出版。在这一时期创作的交响乐中，瞿维很注意吸收民歌和戏曲音乐的素材。《红娘子》原是为《剑舞》所写的音乐，描绘的是传说中的明代女英雄红娘子练兵习武的场面。1982 年采用京剧、昆曲的音调改写、发展而成。《音诗》中作者以舒缓与激越相结合的手法，表达了对新生活的热爱和赞颂，音乐有陕北地方风格。《五指山随想曲》是为海南建省而写，取材自海南岛黎族民歌，用《五指山歌》的旋律贯穿全曲，最后发展成庄严的颂歌，展示出宝岛美好的远景。

四、作品分析

钢琴曲《花鼓》是瞿维创作的最为人熟知的一首，写于 1946 年，也是如今钢琴专业学习的必弹曲目。此曲极富中国民间特色，改编自安徽民歌《凤阳花鼓》和江苏民歌《茉莉花》这两首民歌。

抗日战争胜利后，瞿维随鲁艺的同志们离开延安，来到东北哈尔滨，一次写作中，瞿维的脑海中一直浮现出 9 年前在常州看过的抗战戏演出，其中一个节目就是演员运用安徽花鼓的旋律打花鼓，配上抗日动员的歌词。用这种民俗性的音乐来表达欢乐的情绪，确定主题后，一首富有民族特色的钢琴曲顺利完成。

· 谱例引子

该曲是一首再现性质的三部曲式，由“快—慢—快”三段结构组成，引子采用“锣鼓”特色节奏型，渲染出热闹的场景，《凤阳花鼓》的旋律在高声部和低声部依次进行，似是秧歌场上男女对唱，末尾处采用复调创作的方式，多了一个声部的旋律，立体感增强，有了红红火火的秧歌舞氛围。第二主题节奏舒缓下来，《茉莉花》的旋律隐藏在流动的音符中，仿佛女子翩翩起舞，细腻委婉，与第一主题形成鲜明对比。第三主题再现部分是两个主题的综合，这一部分作曲家采用了复调手法使《凤阳花鼓》和《茉莉花》的旋律并置融合，这样的手法加之适当的补充和调整，乐曲中间的安静部分得以展开和发展，第一乐段的主题和材料也在此时得以完美再现。

瞿维先生的钢琴音乐作品《花鼓》中民族音乐的风格非常浓郁，其特性客观地反映出民族音乐的多样化。而在我国钢琴艺术发展的轨迹中有这样一首独具特色的音乐作品，是其他所有作品都无法与之相较的。《花鼓》的音乐形式和内容多种多样，融合了西方 20 世纪的作曲技艺。在这样的大环境下，该作品立足于民族文化，坚持“中西结合”的创作方针，从国外的优秀音乐作品中汲取养分，从而更深刻地体现出中国传统文化与民族精神的精髓，将现代性与民族性结合起来，创作有中国特色的钢琴作品。作曲家在创作过程中并非将民歌的声织体与旋律进行简单的搭配，而是重视音乐作品的内涵，它体现着中华民族的本质。同时，在创作手法上，作曲家在音乐作品中融入了更多的时代性与民族性，充分地显示出了作曲家对中华民族的深刻情感及民族神韵。①

· 1992 年 5 月 12 日，瞿维在鲁艺六届六中全会旧址前留念

《花鼓》这首充满民族风情的音乐作品包含着丰富的音乐形式、内容以及民族特色，它对我国钢琴曲的创作起到了积极的推动作用。音乐形象非常鲜明，瞿维先生利用钢琴的弹奏和音色的特点，运用各种弹奏技巧模仿着热闹欢腾、锣鼓喧天的场面，并利用音响效果将这种气氛发挥到极致。这个钢

① 马维纳：《安徽花鼓灯民间音乐艺术形态研究——以钢琴曲“花鼓”为例》，《赤峰学院学报（汉文哲学社会科学版）》2019 年第 3 期，第 114 页。

琴作品不仅为我国民族钢琴曲的发展开拓了更宽广的新领域，而且为我国的民族音乐的创作以及民间音乐艺术形态的创新发展做出了不朽的贡献。

瞿维是在老解放区成长起来的，作曲上成就显著，理论上颇有造诣，热心音乐社会活动的一位音乐家，在国内外享有盛誉。1985年5月，在中国音乐家协会第四届代表大会上，他被选为中国音乐家协会副主席。在音乐理论方面，瞿维也是一位勤奋的作者，陆续发表20多篇音乐论文。他是《聂耳全集》《冼星海全集》编辑负责人之一，《中国音乐教育》杂志主编和顾问。此外，他曾多次代表中国音乐家出国访问，其中包括1981年9月和1983年9月先后去布达佩斯和斯德哥尔摩参加第19届和第20届国际音乐理事会。2002年5月20日，瞿维先生逝世于江苏常州，当时他正在编写和整理《白毛女》管弦乐总谱，之后这一总谱由作曲家马友道完成，2003年由上海音乐出版社出版发行。

瞿维一生的音乐活动紧跟时代脚步，与时代同频，积极探索国家和人民对音乐的需求，在采用钢琴这一外来乐器表现中国民族音乐气质上，继承和发扬前人对中西结合创作技法的探索。抗战时期的延安鲁艺物质条件匮乏，瞿维利用仅有的一架钢琴丰富了延安的音乐生活，对中国音乐发展，特别是延安鲁艺时期钢琴艺术的专业化发展注入能量。从奔赴延安，到鲁艺文化的坚定传播者，他的音乐作品在反映个人心性和审美倾向的同时，折射出时代、社会发展的缩影，瞿维对中国音乐事业的发展做出了重要的贡献。

（李欣阳）

第八节 马可

· 马可

马可（1918—1976），江苏徐州人。1937 年以后从事抗日宣传活动。1950 年，在中央戏剧学院任音乐室主任、歌剧系主任；1953 年 2 月，调任中国戏曲研究院音乐室主任；1964 年成立中国音乐学院时，他被任命为副院长、党委副书记（后为代理书记）并兼任中国歌剧舞剧院院长，在学院内又兼作曲系及歌剧系主任。中国音乐家协会常务理事，中国音协民族音乐委员会副主任，中国曲艺工作者协会理事，《戏曲音乐》主编，中国人民政治协商会议全国委员会委员，第三届全国人民代表。

一、少年时代

1918 年，正值五四运动爆发前夕，马可出生在江苏省徐州市的一个基督教家庭，父母给孩子取名马可，虔诚地希望福音书给他的孩子带来幸福。马可 4 岁的时候进入教会幼稚园，全家靠自产自销牛奶维持生计。不幸的是父亲在马可 5 岁的时候积劳成疾，溘然病逝。为了上小学，小马可常常随母亲去野地割牛草，到集上出售，积攒起来交学费、买文具。其长兄和两个姐姐小小年纪就开始劳动挣回微薄的工资，维持着家庭的清苦生活。苦难的生活中，唯一给马可带来一点儿欢愉的便是那淳朴的乡音，他常常在割牛草时听牧童哼唱，又喜欢在傍晚坐在街沿上听邻里的老人吟唱民谣。

11 岁时，马可考入当地的徐州培正中学。在这所教会学校里，马可加入了唱诗班，唱诗班的乐曲多出自莫扎特和舒伯特，西洋乐的熏陶成了马可较早的音乐启蒙。14 岁，马可考上了私立徐州中学的高中部，他不仅学习优异，还热爱音乐，课余时间还学习拉二胡和弹琵琶。

1935年马可考上开封河南大学化学系，不到三个月时间，日本帝国主义的铁蹄悍然踏进关内，进一步蚕食华北大片领土，而国民党反动政府却奉行无耻的投降政策，与日寇签订了《何梅协定》[①]。日蒋的罪恶行径，激起了广大人民的无比愤怒，在当时的北平发生了震动全国的“一二·九”运动。在中国共产党的号召和组织下，抗日民主运动风起云涌。马可也被这时代的风暴卷入了斗争的行列。他和许多进步青年为了响应北平学生们的爱国行动，离开书桌，走出课堂校园，向国民党政府示威。这时马可不仅喜欢引吭高歌那些激动人心的救亡歌曲，而且还产生了作曲的动机，他很想学习一些作曲理论。

· 青年马可

他在自己的第一本创作歌曲集《牙牙集》的“起头”(即前言)里叙述了这段经历:“1936年秋天，忽然对音乐发生了浓厚的兴趣，跑到图书馆里借了几本音乐入门之类的书，看完之后，居然就想自己作曲。”[②]1936年9月30日，马可根据他观看河南全省运动会获得的印象，写下了一首《无题》的四句头器乐小品，这便是他编入《牙牙集》的第一首习作。

马可这时并未受过什么专门的音乐教育，并不了解很多作曲章法，但他深深懂得音乐是内心“情感”的反映。这在他之后的作品中也反映出来。无论是《故乡庙会》《同乐会歌》《春旅》，还是《爱情封住了我的口》《爱情》《相思曲》，都是些抒写个人情感之作，它们真实地反映了马可的思想面貌，是他特殊的内心生活的记叙[③]。

这些早期写的曲子，从没有发表过，当然也未曾流传，它们就像孩子牙牙学语似的，记录着马可学习音乐创作的启蒙。1937年全面抗战后，冼星海参加“救亡演

① 《何梅协定》是中华民国和日本达成的非正式协定，又作《梅津·何应钦协定》《何应钦—梅津美治郎协定》和《何梅换文》等。主要内容有：①罢免日本指定的中国军政人员；②取消或解散日本指定的国民党政府党政机构；③撤退驻河北的国民党中央军和东北军；④禁止抗日活动等。

② 马可:《牙牙集起头》(手稿)，1937年2月。

③ 葛晓枫:《马可的创作生涯及其艺术成就》,《连云港师范高等专科学校学报》2002年第4期，第39页。

剧二队”[①]从上海到内地巡回演出。9月4日到达河南省开封市，6日演剧队由旅馆迁居河南大学。在河南大学化学系读书的马可，得知这一消息后，便迫不及待地带着他写的音乐，来到冼星海的住所向他请教。

上海演剧队在开封紧张活动的9天，马可形影不离地跟着冼星海，成了冼星海开展歌咏活动的得力助手。他们每天都要跑很多路，从这个学校到那个学校，教大家唱新歌。马可全神贯注地聆听他教歌，讲作曲法，模仿冼星海的手势学指挥。不久，马可就拿着自己写的《保卫我们的平津》去请教，并提出了许多有关作曲方面的疑难问题要求解答。

《保卫我们的平津》初稿写于日本侵略军枪击卢沟桥，强占北平和天津的日子里。在这首歌的创作后记中马可写道：“七月七日发生卢沟桥事变，未及周月平津竟已失陷，闻讯作此歌时正小居邳邑，平津失陷，尚不之知也，故谓‘保卫’……而今竟无可保卫矣，痛哉！”马可以强烈的爱国激情，用简洁朴实、鲜明火热的歌词语言，比较生动地表达了他对祖国的无比热爱，誓向敌寇讨还血债的誓言。歌中唱道：“冲锋号响，挺起你的胸膛。上起刺刀来，跳出战壕外，杀呀！六七年的羞辱，五十载的愤怒，如今这一笔血账，一定要算清楚！”

1937年七七事变爆发后，马可投入到抗日救亡的队伍中。于1937年12月参加了一个抗敌演剧队，利用革命歌曲到各处做宣传工作。在演剧队里，马可的职务是音乐组长，但他什么工作都干。不仅是一个很活跃的演员，二胡也拉得很出色。经常晚上熬夜写词作曲，自己刻蜡纸、油印演剧队的刊物，大家赞扬他真像一匹“马”，总是不知疲倦地朝前奔跑。

在演剧队两年的时间里，马可每天早晨不到五点便起床，以火一样的热情和较熟练的技巧写出了《保卫南阳》《妇女战歌》《老百姓总动员》等两百多首歌曲。

二、延安鲁艺

1939年底，马可几经辗转，从国统区来到了延安，先是在鲁艺音乐系学习，随后被分配到音乐部所属的音工团工作。1940年7月领导派马可与庄映[②]到民众剧团

① 全称为上海话剧界救亡协会战时移动演剧队，1937年成立于上海。救亡演出队从大城市走向工厂、农村、前线，足迹遍及半个中国，还远涉南洋，影响深广。1938年后，改编为10个抗敌演剧宣传队和1个孩子剧团，其中有些一直坚持到全国解放。

② 庄映，作曲家，曾用名虔听，山东莒南人。1938年加入中国共产党，次年入延安鲁艺音乐系学习。作有歌曲《我爱我的祖国》《说打就打》，歌剧音乐《董存瑞》《柯山红日》（与人合作）等。

去担任音乐教员，马可在剧团里除了负责辅导提高演员们音乐文化外，就是看他们演戏，听唱民歌，或者记录曲牌，搜集民歌曲调。面对这些丰富多彩的民间音乐，他感到自己见识浅陋，过去懂得的东西太少了，对我国悠久的音乐文化传统和民间音乐的表现手法缺乏了解。通过不断学习民间音乐和创作实践，马可越来越深刻地认识到掌握一定的作曲技法固然是必要的，但技术毕竟只是一种工具，技术本身不能算是音乐。

在民众剧团，马可还从民间艺人李卜、朱宝甲和其他许多民歌演唱者那里学习和广泛收集了大量的民间音乐，而这些正是他过去创作中所缺少的东西。他从自己切身的体会中总结了过去许多杰出的音乐家所走过的道路。他说:“历来伟大的音乐家都是十分重视民间音乐的，他们通常把民间音乐吸收到他们的创造中，通过民间音乐找到了接近人民的道路。这是因为民间音乐生动地表现了人民的生活情趣，真实地反映了历史。”

· 教员马可在上课

在民众剧团工作半年多的时间里，马可和剧团建立了深厚的感情，他亲切地称剧团为“我的音乐老师”。他说:“当我离开剧团的时候，完全不是以一种服完苦役的心情，而是怀着无限的留恋向他们告别的。我回到鲁艺后仍旧不断地到剧团去‘补课’。”在民众剧团那些难忘的日子里，马可的思想感情发生了深刻的变化，学到了课堂所学不到的音乐技巧，这些，为马可后来的创作打下了基础。特别是在不久后兴起的秧歌运动和《夫妻识字》《白毛女》等创作中，他巧妙地运用了这时的积蓄。如果说，民众剧团的工作，为马可学习民间音乐提供了丰富的感性知识，那么参加中国民间音乐研究会的活动，就是马可对民间音乐理论进行探讨的初步实践。

这一时期，马可还和安波、关鹤童、张鲁、刘炽 5 人合作谱写了由安波作词的《七月里在边区》，因为曲子由他们 5 人各作一首，被人们戏称为“五人团”。这部大型音乐作品，采用民间音乐为素材，在音调运用上很有民族特点，演出后，颇受群众欢迎。思想感情上的变化和对民间音乐的深入研究，给马可的音乐创作带来了直接的积极影响。他扎根在民族音乐土壤，不断吸收人民群众的音乐语言，用以表达自己的创作意图，创作了不少民族风格和类似民歌体裁的歌曲，如《中国一只船》《纺车歌》《庆祝边区参议会小调》《黄河水手歌》《纪念碑》《贺龙》等。马可找到了自己学习音乐的“老师”，学到了独具民族特色的创作方法和创作技巧。

1942 年马可转入鲁艺音乐研究室，这一年，毛泽东亲临鲁艺，给师生们作了重要讲话，他号召文艺工作者要走出“小鲁艺”，投身到革命斗争和群众生活“大鲁艺”中去，到文艺的创作源泉中去，虚心向群众学习，创作出为群众欢迎的作品。在“大鲁艺”的广阔天地和艺术实践中，马可亲身经历了新秧歌运动、秧歌剧及新歌剧创作的整个过程。这一时期的创作实践，促使他的政治思想和创作风格逐渐转变和日趋成熟。在他创作的一些密切配合当时斗争的文艺作品中，最具代表性的有歌曲《南泥湾》《变工队生产》，秧歌剧《夫妻识字》以及参加集体创作的秧歌剧《周子山》《减租会》《下南路》和新歌剧《白毛女》等。在这些充满强烈的时代精神和浓郁的生活气息，洋溢着感人的战斗激情的作品中，马可以娴熟的作曲技巧，从不同方面、不同角度，生动而深刻地反映了边区的革命斗争生活。特别值得一提的是，在几十年后的今天，《南泥湾》和《白毛女》等不仅仍旧众口传唱，百唱不厌，具有经久不衰的生命力，而且还作为革命文艺的珍品陈列在延安革命纪念馆。这是党和人民给予马可的高度评价，也是对他坚持民族化方向的充分肯定。

· 20 世纪 50 年代初期，马可在创作

三、离开延安

1945 年 11 月，马可随鲁艺其他成员奉命挺进东北新解放区开展工作。马可从延安出发到张家口，再经内蒙古草原到达黑龙江的佳木斯，后又南下到沈阳和鞍山等地。这一时期，马可除参加了很多的革命活动外，在音乐创作上的成绩也是很出

色的。他继续写出了一些思想上和艺术上更趋成熟的作品，如《我们是民主青年》《咱们工人有力量》《做工谣》《胜利联唱》等歌曲，管弦乐《陕北组曲》，歌剧《血海深仇》《荒火》等[①]。马可这些音乐创作，在题材和体裁上都起了明显的变化，反映人民解放战争、迎接新中国诞生的内容占据了主要地位。

在东北的几年间，马可的生活是十分丰富的，音乐创作题材也多样广泛。他的许多优秀作品都产生在这个时代。为了表彰他为迎接新中国的诞生所做出的音乐成绩，1949 年 6 月，他被推选为东北解放区音乐界的代表，到北京出席了“中华全国文学艺术工作者代表大会”。在这次文艺界的盛会上，他听取党中央负责同志的报告及来自全国各地的文艺战士的经验介绍。他在会上做了《关于音乐运动问题》的专题发言。在文代会期间成立了“中华全国音乐工作者协会”，马可被选为 33 人组成的全国委员会的委员。革命斗争的伟大胜利，鼓舞着马可以更高涨的革命激情，踏上了新的征途。

1949 年新中国成立后，社会主义革命和社会主义建设时期丰富的现实生活，为马可的音乐生活开拓了新的天地，使他在自己的艺术道路上进入了一个音乐创作和音乐理论研究的全盛时期。1949 至 1966 年的 17 年里，马可担任中央音乐学院音乐系、戏剧系主任，中国戏曲研究院音乐系主任，1964 年中国音乐学院成立，担任副院长、党委书记。他同时还担任一些社会职务：中国音乐家协会常务理事，中国音协民族音乐委员会副主任，中国曲艺工作者协会理事，《戏曲音乐》主编，中国人民政治协商会议全国委员会委员，第三届全国人民代表等。

在完成如此繁重的工作任务和社会活动时，马可仍一如既往，从不间断地进行音乐创作。这期间，他写歌曲数百首，其中较流行的有《人定胜天》《青年骏马在飞奔》《你听，祖国在召唤》《雷锋，我们的榜样》《石油小唱》《伽倻琴，你多少弦》等。他很善于把握时代的脉搏，曾说：“用音乐来反映当代人民的生活意志为人民服务，就是音乐的时代精神。”他还指出：“歌曲是时代生活的一面镜子，只有忠实地反映了时代生活，唱出广大群众的心声，一首歌曲才能流传开来。”这期间，他参加歌剧《小二黑结婚》的创作，并是主要作曲者，还参加评剧《志愿军的未婚妻》等戏曲音乐的设计。创作了电影音乐三部《画中人》、《红河激浪》和《梅兰芳》（传记纪录片）。撰写了文学传记《冼星海传》和电影文学剧本《冼星海》以及音乐故事（广播稿）十余篇。

① 徐而立：《现代著名作曲家——马可》，《南京艺术学院学报》（音乐与表演版）1990 年第 12 期，第 61 页。

四、作品分析

《南泥湾》创作于1943年的春节，是延安鲁迅艺术学院编排的秧歌舞《挑花篮》中插曲之一。1943年延安掀起轰轰烈烈的“新秧歌运动”，这首歌曲原是马可与贺敬之等深入南泥湾三五九旅垦荒基地体验生活，受到感动，为了慰问三五九旅指战员所写的小歌舞《挑花篮》中的一首开场曲。 对此在马可当时所写的日记中曾有如下记载：“在南泥湾住了十几天，每时每刻我们的感官和思想都充满了新鲜感觉。……我以赞颂的心情为贺敬之的《南泥湾》谱了曲，赞颂这些英雄的事迹和英雄的性格，赞颂英雄们创造的这些秀丽清新的山川田野”。[①]

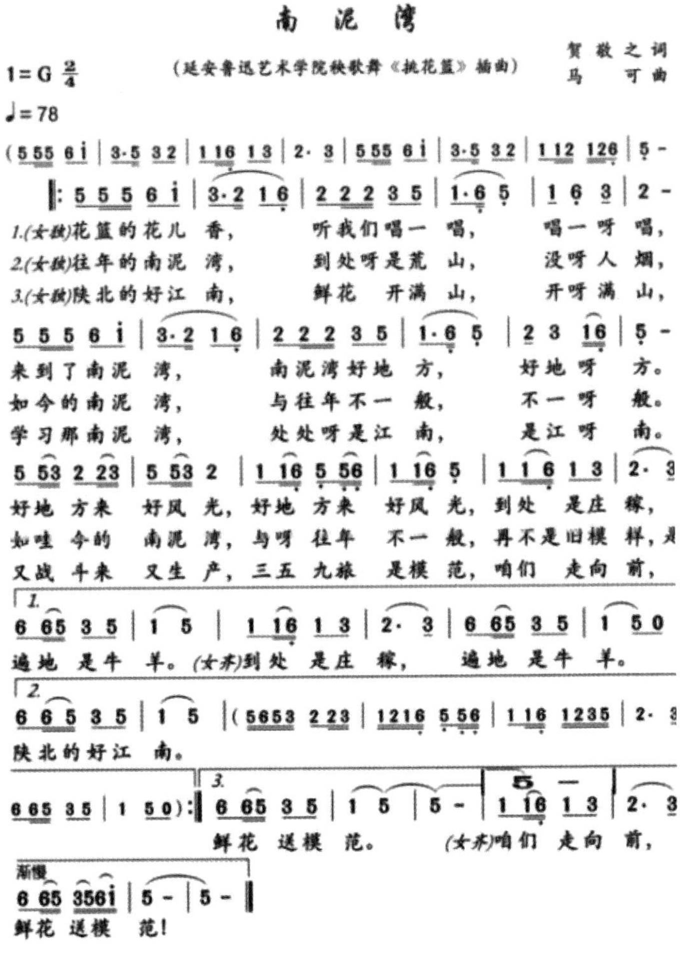

·《南泥湾》谱例

① 马可的《南泥湾的春天》一文，刊载于1962年2月11日的《中国青年报》。

全曲采用的是民间常用的分节歌曲的形式，徵调式，由对比性的二段式构成，前半段为方整型 12 小节，变化重复的“ABAC”式两句话，七度和六度的下行跳进饶有韵味地表达了《南泥湾》的委婉、优美。后半段的情绪变得更加欢快，后十六分音符的频繁使用推进了节奏的进行，表达了欢愉喜悦之情。歌词分为三段，第一段赞颂南泥湾，第二、三段之间采用顶针的表现手法，通过南泥湾今昔面貌巨大变化的对比，表达了陕北人民对进行开荒生产的八路军战士们的由衷赞美之情。尤其是第三段歌词，通俗上口，易于传唱记忆，所以更接近人民群众，但是在词义上却层层递进，直到最后全曲高潮处点题“咱们走向前，鲜花送模范”。

马可在歌曲、歌剧、管弦乐、戏曲音乐、电影音乐等方面创作了 600 余首（部）音乐作品，在民族音乐、戏曲音乐、歌剧音乐、冼星海研究等方面发表了几百篇论文及著作，为中国近现代音乐的建设和发展做出了重要贡献。新中国成立以后，马可对民族音乐的研究更加深入、广泛，对戏曲音乐的研究是他深入探讨民族音乐规律的重要课题。特别是他在担任中国戏曲研究院音乐室主任，主持中国音协民族音乐委员会及中国音乐学院工作的十余年间，对戏曲音乐进行了更富有创造性的研究，发表了一系列很有见地的文章。其中有《对中国戏曲音乐的现实主义传统的一点理解》《戏曲唱腔改革中的几个问题》《实事求是地评价戏曲音乐工作》《戏曲音乐表现现代生活的一些问题》《对戏曲的传统程式和群众性的看法》《克服保守思想，发展戏曲音乐》《从戏曲艺术的特点看戏曲音乐工作》《坚持戏曲音乐为社会主义服务和现实主义传统》等。在这些文章中，马可对八百年来我国戏曲音乐的规律和经验，对如何促进戏曲音乐的再创造和再发展等问题，论述得相当深透，很有说服力。这有助于加深人们对推陈出新、继承发展方针的理解，有助于解决戏曲音乐创作如何表现现代生活中的实际问题。这些文章发表后引起了音乐界、戏曲界的高度重视。

正当他的艺术创作呈现着最佳状态之时，却查出身患肝癌，匆匆走完了他的人生途程，年仅 58 岁。尽管他过早地离开了我们，但是马可光辉的一生谱写的旋律始终激荡人心、永留世间。

（李欣阳）

第九节　刘炽

· 刘炽

刘炽（1921—1998），原名刘德荫，陕西西安人。历任抗战剧团舞蹈班副班长，延安鲁迅艺术文学院音乐系教员，东北鲁艺音工团指挥。中华人民共和国成立以后，历任中央戏剧学院歌剧团作曲兼艺术指挥，中央实验歌剧院作曲兼艺委会委员，中国铁路文工团艺术顾问，辽宁省歌剧院副院长兼艺委会主任，中国煤矿文工团总团副团长兼艺委会委员，中国音协理事，创作委员会委员。

一、童年

刘炽，1921 年 3 月 10 日出生在西安甜水井一个贫寒的家庭。刘炽从小接触“西安鼓乐”，并跟随鼓乐民间艺人学习鼓乐。9 岁那年，为了给不富裕的家庭减轻负担，刘炽不得不去三仙庙里每天打扫佛堂。在那里，他参加了庙里的古乐社，遇到了一位叫富振中的笙、云锣老师和一位被称为王六爷的笛子老师，并跟老师学会了全套的工尺谱（中国汉族传统记谱法之一），仅仅一年就担任古乐社的领奏。平时除了在社里学习器乐演奏，他还喜欢去听“秦腔”。离家不远处有个易俗社，他总是跑去听那高亢、苍凉、婉转的唱腔和板胡的演奏。他喜欢这些声音，喜欢这些器乐，这为他日后的音乐创作打下了基础。1933 年，因为生活贫困，刘炽到西京印书馆的排字间当起了学徒。

二、参加革命

1936 年 12 月 12 日西安事变后，刘炽每天去热闹的街上卖《号外》，当他看到游街的学生运动，看到了火车上的红军，这些让他感悟到，他要参加红军，他要到那支队伍中去。于是，他便来到了离西安不远的云阳镇要求参加红军。就这样，15岁的刘炽当上了小红军。当时是伍修权[①]将军为他亲自戴上了红军帽，穿上了红军装。那时刘炽还不叫这个名字，叫刘德荫，是伍将军给他起了“刘炽”这个名字。从那以后，他就一直叫“刘炽”。随后刘炽随部队北上去了延安，在那里他成为红军大学的学员，听毛主席讲哲学，听朱德讲游击战，学习了很多，随后又参加了人民抗日剧社。这是红军队伍里较早的文艺团体了。当时的条件很艰苦，剧社里没有什么器乐，只有简单的风琴和云锣，因为刘炽音乐功底好，吹拉弹唱什么都会，是剧社里的全才，所以还担当起指挥和舞蹈班长。

· 1937 年 8 月，“抗战剧团”组成，演出《陆海空军总动员活报》，团员有：刘炽、李琦、刘烽、高田、李若冰、沙青等

1938 年，鲁迅文艺学院成立，全国很多有志青年前来报名。受其影响，刘炽也非常想去那里学习。1939 年他决定要报考鲁艺，但是当时他是人民抗日剧团里的骨干，团里都舍不得他走，然而为了不耽误他的前途，上级领导还是批准了他报考鲁艺。1939 年刘炽报考了鲁迅艺术文学院的音乐系第三期，冼星海是他的专业老师。也在这一年，刘炽加入了中国共产党。

三、鲁艺学习

考入鲁艺后的刘炽，跟随冼星海学习作曲和指挥。初到鲁艺，刘炽就赶上了学校排练冼星海的大型合唱作品《黄河大合唱》。他听了以后，内心澎湃，被这个作品深深感动了，于是开始认真学习。在学习音乐过程中，刘炽展现了对音乐独特的艺

① 伍修权（1908—1997），湖北人。无产阶级革命家、军事家、外交家，中国人民解放军原副总参谋长，是一位优秀的共产党员，为中国革命和建设建立了卓著的功勋。他曾领导建设了辽沈战役纪念馆。

术才能，思路新，进步快，是冼星海的得意门生。此外，他还非常的勤快，因为他考入学校时，音乐系的课程已经开课有一段时间了，他为了把落下的课补回来，不分昼夜，抓紧一切时间学习《基础乐理》和《和声学》，很快就把落下的课程追上了。此外，每次老师留的作业，他总是第一个完成，而且非常认真。那时冼星海要求每个学习作曲的学生都要定期交一个作业，《陕北情歌》就是刘炽上交的第一个作业，是一首具有陕北民歌、秦腔韵味风格的曲子。这也是他的处女作，得到了冼星海非常高的赞许。于是就有了第二首歌曲《叮叮当》，第三首混声二部合唱《打场歌》。这么优秀的作品，让冼星海很是兴奋，并且激动地鼓励刘炽，希望他能够努力学习创作，将来把自己的作品能够传遍中国。老师的鼓励让他信心百倍，更加坚定了创作的决心和志向。此后，刘炽学习了欧洲的音乐，如歌剧、交响乐等，还学习了欧洲的文学，了解了西方音乐家的经历和创作作品，这些都为他日后的艺术创作打下了坚实的基础。

1940 年 4 月，刘炽得知冼星海要前往苏联，为大型纪录片《延安与八路军》进行后期配乐，他很难过，有些舍不得老师，于是他想用自己的方式跟老师道别。他知道老师喜欢陕北民歌，所以抄了几首眉户调和陕北民歌送给了冼星海。5 月，在冼星海临行前，刘炽又取出一本《联共党史》，请老师给题词，冼星海挥笔写下赠言："希望你毕业后继续努力学习，为建立中华民族新兴的音乐和新兴的歌剧而作出贡献。"这句话成为日后刘炽学习与创作的灵魂和永恒的动力。

刘炽后来回忆，认为自己的一生当中，有三位老师对他的影响很大，一位是庙

· 鲁艺师生合影

里的音乐老师，一位是冼星海老师，第三位就是“人民”这位老师。1940 年，刘炽在鲁艺第三期顺利毕业。他决定继续留在鲁艺，一边当研读生，一边在音乐系任助理教员。因为儿时的刘炽就喜欢民间音乐，也接触过民间音乐，所以他对民间音乐有着独特的喜爱，于是参加了中国民间音乐研究会，搜集整理中国的民间歌曲。当时刘炽还与安波、马可、关鹤童、张鲁成立了一个民歌五人小组，到附近的农村去搜集民歌。1940 年 4 月鲁艺派焦心河、刘炽、陈涌等人参加了蒙古考察团。他们历经 90 多天跋涉，到达了伊克昭盟，开始搜集蒙古歌曲和一些当地民间艺术材料。刘炽创作的歌曲《英雄赞歌》主歌部分，采用了内蒙古伊盟乌审旗民歌《巴特尔陶陶乎》和大提琴曲《黄昏的景色》作为基本素材。同年回到延安，刘炽又参考这些搜集整理来的民间音乐素材创作了歌剧《塞北黄昏》。1942 年，鲁艺抽调安波、马达、焦心河、刘炽等九人组成了慰问团，前往黄河沿岸慰问河防前线的战士。在四个月时间里，他们去了绥德、米脂、吴堡等地搜集民歌，共搜集民歌三四百首，还多次在当地举办音乐活动。在米脂，刘炽访问了一些老艺人，老艺人们教会他许多曲牌和民歌。回到延安后，刘炽创作了男声合唱《打夯歌》，还和李焕之、刘恒之等人整理编写了《郿鄠道情集》《郿鄠道情第二集》，与李焕之、马可、张鲁一等人编写了《秧歌曲选集》。他与安波等一起创作的《七月里在边区》是一部表现边区人民新生活的歌曲作品，在陕甘宁地区迅速流传开来。

此后刘炽还创作了秧歌剧《减租会》、独唱歌曲《翻身道情》，和贺敬之一起创作了歌曲《胜利鼓舞》，深受大家喜欢。1943 年，边区政府文化工作委员会对成绩突出的研究人员进行奖励，刘炽名列其中。这些成绩对于他来说都得益于人民以及民间艺术的滋养。1945 年，抗日战争胜利了，中共中央决定派遣东北工作团北上开展工作，延安鲁艺也组成工作队一同北上。刘炽积极踊跃地报了名，结果去东北的名单里却没有他，这让他有些失望。1945 年 8 月，在举行欢送北

· 1945 年，延安鲁艺教师、研究生分赴解放区前，在延安交际处石阶上的合影

上队伍联欢会的时候，正巧遇见中央政治局委员、中央书记处书记周恩来同志前来为北上的队伍送行，心急之下的刘炽跑到周恩来面前，坚决要求跟着队伍去东北。就这样刘炽离开了延安，离开了这个他生活学习多年的地方，跟随队伍来到了东北沈阳。

· 刘炽指挥合唱

到了东北后，刘炽创作了歌曲《人民武装起来》，受到沈阳和大连等地群众的喜爱，同期创作了歌曲《东北青年进行曲》，在大连指挥演出了大合唱《黄河大合唱》，同时他还在电台教唱革命歌曲。随后刘炽辗转来到佳木斯、哈尔滨。1947 年东北鲁迅文艺工作团三团（松江鲁艺文工团）在哈尔滨建立，下设教育科、文艺运动科、美术组、创作组、总务科，唐荣枚①、刘炽分别担任文艺运动科正、副科长。

同年东北实行土地改革，刘炽和周立波合写了大型歌剧《火》，这是一部有深刻教育意义的作品，1948 年初在哈尔滨亚细亚电影院正式公演。此后该剧剧组为军区部队演出 9 场，为省市委、市政府、学校、文化界等演出 13 场，赢得社会上一致好评，同年获得了东北解放区党的文艺工作会东北局的奖励。随后，全团来到呼兰县康

· 1948 年 4 月，东北音乐工作团建团初期，在哈尔滨市河沟街 79 号团部门前合影。前右三为刘炽

① 唐荣枚，1938 年赴延安在鲁迅艺术学院音乐系担任教员，1946 年在东北鲁迅文艺学院音乐系担任教员。

金井区，因为这里是土改重点地区，在这里《火》剧组又为机关、工厂和村民等陆续演出14场。第六次全国人民代表大会召开时，刘炽写了一首《工人大合唱》。为了创作这首歌，他走访了机床厂、纺织厂等工厂车间。1948年辽沈战役期间，刘炽和吕骥等队员一起来到驻扎在梨树县的中国人民解放军第四野战军第一纵队。他和战士们同吃同住，参加了战士们的实战演习，后来干脆跟着部队去了前线，战士们钢铁般的意志和拼搏精神深深地打动了他，让他真切感受到，这些战士是真正的英雄，他要用自己的力量来鼓励他们，于是他创作了歌曲《钢铁部队进行曲》。这是一首英雄的赞歌，很快在部队中流传开来，战士们高唱此歌一路披荆斩棘，解放了沈阳，解放了全东北。1949年东北鲁迅文艺工作团三团遵循党的方针政策，参加了土改，参与了新文化、新政权的建设，用文艺这个武器传递了新思想、新文化，他们光荣地完成了使命。

1950年，刘炽被调到了北京，分配到中央戏剧学院的歌剧团，在团里他边作曲边做艺术指导。其间他写了一些舞蹈音乐和歌剧音乐，并参加了歌剧《白毛女》的修改工作。同期他还创作了一些电影音乐，如《上甘岭》的音乐《我的祖国》，这首歌曲可以说是家喻户晓，经久不衰。

1961年，为了发展中国的民族歌剧，刘炽回到沈阳，任辽宁歌剧院副院长兼艺委会主任，他带来了剧本《阿诗玛》，修改后在剧院排演，该剧在辽宁上演10场，得到了观众的一致好评。歌剧《阿诗玛》的成功上演，极大地鼓舞着刘炽创作民族歌剧的热情。

1966年，刘炽经历了人生中的“坎坷”，1968年他和家人来到辽宁盘锦接受监督劳动。在这种环境下，刘炽仍坚持专心投入音乐创作。70年代是辽河油田开发建设时期，刘炽创作了《又是一口高产井》《钻塔颂》等优秀歌曲，被石油工人们唱了十几年。1976年，刘炽被调回北京，1978年调到煤矿文工团。1998年，刘炽因病在北京去世。可以说刘炽一生都在创作，因为他对人民有情感，人民也喜爱他的作品。

四、艺术创作及作品分析

刘炽一生都献给了音乐事业，他以严谨的态度和饱满的热情对待音乐、对待创作，一生创作了70多部大型音乐作品，1000多首歌曲，电影音乐10部。出版书籍14本，发表论文近15万字。从1945年来到辽宁到1950年离开沈阳，这五年时间里，刘炽创作了《东北好地方》《人民胜利大翻身》《东北青年进行曲》《工人进行曲》等风格各异的歌曲。沈阳解放前夕他创作的《钢铁部队进行曲》，将人民群众和解放军的心紧密连在了一起，极大鼓舞了前线战士。解放后，他又创作了《工人大合唱》，电影歌曲《英雄儿女》《兵临城下》《大个子小个子》，歌剧《阿诗玛》，话剧音乐《战斗的青春》《第二个春天》等优秀音乐作品。1945 年 9 月，刘炽与演员王大化、诗人公木一道，把《东方红》重新编订四段歌词，修改后的《东方红》由刘炽担任指挥，在沈阳首次公开演出，随后这首歌传遍全中国。在歌剧、歌曲创作方面，刘炽把民族音乐、民歌与西方的创作技法相结合，大胆创新作曲结构，他的音乐作品能够使人感受到强烈的民族自豪感和浓郁的爱国情。他沿着冼星海的足迹，铭记着老师的嘱托，让革命音乐走入人民的心中，用自己的音乐作品鼓舞着人们。他的精神和他的作品将被辽宁人民永远传承下去。

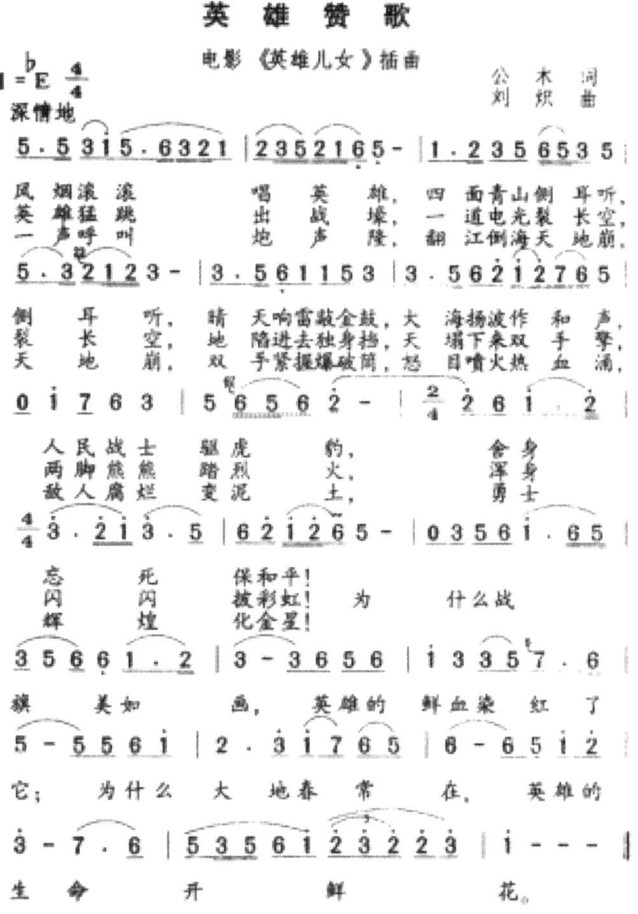

·《英雄赞歌》谱例

在刘炽创作的影视音乐中，电影《英雄儿女》插曲是非常有影响力的作品。这部电影音乐，分为主歌和副歌两部分，其中主题歌《英雄赞歌》，可以说是一部经久不衰的作品。《英雄赞歌》采用了民间音乐《巴特尔陶陶乎》的素材作为音乐创作动机。“陶陶乎”在蒙古族是英雄的意思，所以歌曲取名为《英雄赞歌》。该曲是4/4拍，结构为二部曲式，运用了大三和弦，旋律明快，节奏铿锵有力。第一部分为女生独唱部分，一共有六个乐句，第一句和第二句是启承关系，从第三句开始到第一部分结尾的地方，音乐逐渐放宽、扩大，用附点四分音符弱起，形成鲜明对比。在情感上层层递进，第一部分为开放式结尾，这让音乐的情感自然而然地过渡到第二部分。第二部分为女高音唱主旋律，其他为伴唱，旋律仍然保持分解和弦，但是把第一部分的旋律拉宽了八度，使情绪不断增高，把感情推到高潮，突出整首歌曲的主题思想，以慷慨激昂的高音结束。这样整首歌曲那种英雄视死如归的气魄体现出来，让听者能够产生共鸣，从而打动人心。

刘炽的很多作品紧跟时代，深受人民大众的喜爱。他通过音乐作品传递情感，打动人心，凝聚力量。他通过音乐作品继承和发扬了民族精神，作品中展现了民族的精神面貌，表达了人民群众的心声。他的旋律是一条长河，滋润了东北黑土地上的人民。他把鲁艺精神和新时代思想潜移默化地传承给后世子孙，他用音乐作品创造了一个又一个的辉煌，他用动人的旋律抒发了对祖国的热爱。

（于洋）

第四章·美术篇

第一节 鲁艺美术系发展概述

一、延安鲁艺美术系的创建历程

1938 年 2 月,《创立缘起》的发布标志着鲁迅艺术学院宣告成立。鲁艺第一届学员60余人，主要是从抗大、陕公及来延安的一些文艺青年中招收录取。3月14日，学院开始正式上课，4 月 10 日，鲁迅艺术学院成立大会在城内中央大礼堂举行。这种院制建设速度可谓奇迹，鲁艺师生自己动手搭建教室，虽然教学设施较差，但教师充分利用现有条件开展教学，学员的学习热情很高，足见当时艺术师生抗日报国的雄心壮志。

· 1938 年的延安鲁艺

· 美术系在新建画室上素描课

建校之初，鲁艺校址在延安旧城北门外西侧一个山洼的半山坡上。在环境艰苦、物资极度匮乏的条件下，师生们自己动手制作土纸，挖窑洞、盖画室，用枣木制作木刻用的木板，把伞骨、发条磨成木刻刀，用黄土包柳条烧制炭笔。基础课是素描、速写，理论课教学由学有所长的领导和专家承担，专业课是木刻创作和漫画。抗日战争时期的延安虽位置偏僻，但其发挥的艺术精神和民族力量却与祖国大江南北以至反对战争、热爱和平的世界各民族紧紧相连。窑洞里经常举办美术展览展现战地写生，同时还介绍世界各民族的优秀艺术作品。解放区的报纸用大量篇幅宣传延安鲁艺的美术活动，很多文化名人都发表了热议文章。

· 1940 年 10 月 10 日，鲁艺美术系举办了战地写生展览 左起：陈布文、华君武、马达、蔡若虹、王式廓、力群、许珂；前排吴咸（怀抱女儿陈荻地）

1938 年 10 月 10 日，鲁艺美术系木刻研究班举办首次木刻展览会，由于参观者很多，连展三天后又延展一天。在展览的总结会上，木刻研究班成员一致认为，应该把木刻带到前方去，带到敌人后方去。随后不久，院部决定抽调木刻研究班的五名成员，组成鲁艺木刻工作团开赴晋东南、晋察冀等敌后根据地开展创作宣传工作。团长胡一川，团员为彦涵、罗工柳、邹雅、华山。经过短期筹备，他们于 12 月在敌后根据地成立了鲁艺木刻工作团。1942 年木刻团成员们陆续回到延安，三年间创作了大量反映敌后斗争的作品。

· 鲁艺世界名画展

1939 年 11 月，木刻教师刘岘将来延安鲁艺任教之后创作的数十幅新作手拓，贴在马兰草纸上，装订数册，呈送中共中央领导阅赏。毛泽东阅后挥笔为刘岘木刻题词：“我不懂木刻的道理，但我喜欢看木刻。刘岘同志来边区时间不久，已有许多作品，希望继续努力，为创造中华民族的新艺术而奋斗。”

1939 年 7 月 7 日，陕北公学、鲁迅艺术学院、安吴堡青训班、延安工人学校四校合并为华北联合大学，简称“华北联大”。鲁艺抽调师生百余人组成华北联合大学文艺部，沙可夫任部长，吕骥任副部长。7 月 11 日，新组建的华北联大文艺部的队伍离开了鲁艺，开赴敌后抗日前线，踏上了挺进华北的征途。鲁艺的校址由延安北门外迁至东郊离城十多里的桥儿沟天主教堂，从此开始了鲁艺历史上的全新发展时期。

1939 年 10 月 20 日，鲁艺美术系师生共同发起并成立了“漫画研究会”，抗战剧团、烽火剧团等爱好漫画的同志亦参加。委员有四十余人，由华君武领导。华君武、蔡若虹、胡考、张谔、张仃等漫画家自1938年起陆续从国统区来到延安鲁艺，带来了鲁迅关于漫画创作的理念。他们将鲁迅文艺精神结合解放区的生活，以抗日活动为主要创作题材，在延安开展了丰富的漫画创作活动，并使这一活动得到长足发展。

1940年4月10日，是鲁艺成立两周年纪念日，毛泽东同志题写了“鲁迅艺术文学院”校名，同时还题写了八字校训：“紧张、严肃、刻苦、虚心”。[①] 直到今天，“紧张、严肃、刻苦、虚心”依然是鲁迅美术学院的校训。

· 鲁艺美术系教员1940年在延安桥儿沟合影。前排左起：王式廓、马达、胡考、华君武、胡蛮；后排左起：蔡若虹、王曼硕、力群、江丰

· 鲁艺美术工场创作室同志在进行木刻创作，左边是古元

鲁艺的美术教育在中国共产党的直接领导下，具体实施的是艺术反映时代、为工农兵服务的新民主主义文化教育方针。尽管条件艰苦，鲁艺仍积极开展各种文艺活动，1940年7月15日，鲁艺决定成立美术工场与音乐工作团。美术工场是带有研究、实习、生产三种性质的美术工作团体，钟敬之和江丰、华君武先后担任场长与正、副主任，美术工场的美术家们创作了许多具有重要政治意义的优秀作品，如王朝闻雕塑了毛泽东小型胸像、毛泽东圆浮雕侧像、小浮雕毛泽东

① 赵思运：《延安整风前后的鲁迅艺术学院》，《文艺理论研究》2012年第5期。

像、朱德像和鲁迅像；祁峻翻制了大型毛泽东圆浮雕侧像，制作了大型浮雕马克思、恩格斯、列宁和斯大林的侧像等。其他各类文化艺术形式也都在革命文艺的百花园内竞相开放。

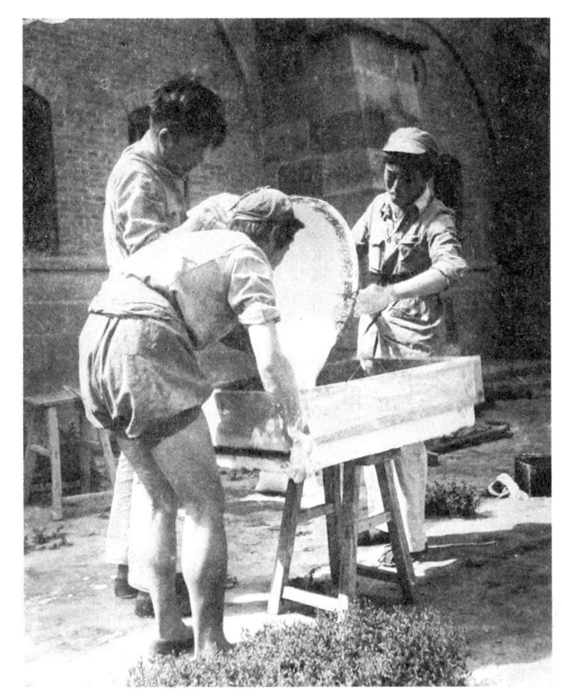

· 鲁艺美术工场创作室同志在翻新石膏像

1942 年 5 月，中共中央在延安召开文艺座谈会，会议由中共中央宣传部代理部长何克全（凯丰）主持，参加会议的有在延安的中央有关负责人毛泽东、朱德、任弼时等和文艺团体负责人、文艺工作者百余人。党中央紧紧抓住文艺与人民的关系，提出“人民文艺观”的三大要点：文艺来自人民生活，文艺要为人民服务，文艺家要和人民结合。鲁艺师生们深刻领会到中国共产党对文艺发展的新思想，认识到美术家必须转变立场，走现实主义道路，为人民为社会服务，积极投身到“为人民大众服务”的革命实践中去。

鲁迅艺术学院创建于抗战爆发之初，结束于抗战胜利之后。鲁艺先后共办 6 期：第一届共招收学员 60 余人。学员 1938 年 3 月初入学，学制 6 个月，主要培养有一技专长的艺术人才。第二届 1938 年 5 月 7 日开始招生，其教学的目的是“培养抗战艺术工作的干部，研究艺术理论，接受中国及外国各时代的遗产，以至创造中华民族的新艺术”。第三届 1939 年 1 月 10 日开学，分为初级班和高级班，学制均为 4 个月。教育的目的为“培养坚持长期抗战、坚持统一战线，为民族解放事业吃苦耐劳，适应于前、后方的艺术工作者及干部；培养党的坚强的艺术干部，为了加强、扩大党的艺术方面的影响及领导，奠定新艺术的初步基础”。第四届 1940 年 2 月招生，美术系招 40 名学生，学制暂定一年。7 月中旬开学，学习期限改为两年。1941 年 3 月又改为三年。本届教育目的为“为培养新文学艺术之理论、创作各方面的专门人才”。第五届 1941 年 6 月中旬招生，美术系招 40 名。1942 年 2 月间学员陆续到校上课，学制三年。1943 年 4 月 4 日并入延安大学后改称“鲁迅文艺学院”，本届教学目的为“以马列主义的理论与立场，培养适合抗战、建国需要之艺术、文学人才，为建立中华民族新民主主义的艺术文学而奋斗”。第六届 1944 年 5 月开始招收新生，7 月入学。此时鲁艺已成为延安大学所属的一个独立学院，美术系学制两年。除此之外，鲁艺还在原有各专业之外开设了普通科、部队艺术干部训练班等班次，培养出了大量的艺术干部。①

在艰苦卓绝的十四年抗战中，特别是从 1938 年 3 月到 1945 年 11 月的七年多时间里，鲁艺共培养了抗战艺术干部 685 人，其中美术系 147 人，为祖国各地输出了大量优秀的人才，以及一大批在抗战时极富影响力的艺术作品。鲁艺师生的艺术理想和中国革命始终紧紧联系在一起，他们在黄土高原上，以画笔为武器，用一件件鲜活生动、振奋人心的艺术作品，鼓舞了在抗日战争和解放战争中的民族英雄和苦难的人民。

附：延安鲁迅艺术文学院美术系第1—6届师生名单

	时间	系主任	教员	助理员	学员	注
第一届	1938.3—1938.7	沃渣	丁里、胡一川、马达、王曼硕、陈铁耕		钟惦棐、秦其谷、王劲（女）、杨廷宾、田桐生、吴虹（女）、石林、焦心河、项荒途、金浪、李汀、徐一枝、叶立平、陈山、符律衡（阿甲） 新班学员：杨角、华山、张晓非（女）、董薇、陈启刚	
第二届	1938.7—1938.11	沃渣	王曼硕、胡一川、陈铁耕、丁里马达	王良	骆风、陈正煦、彦涵、刘寿增（女）、杜芬、陈启刚、王文庶、王文秋（女）、季宗权、朱革、王琦、黄薇（女）、古达、罗工柳、黄再刊、杨筠（女）、尤石相、夏林、袁美云、张晓非（女）、陈角榆、肖肃、杨角、纽因棠（女）、张仲纯、邹雅、徐特、那迭云、华山、康朗、余奇（李克弱）	
美术研究班	1938.7—1938.11	沃渣	王曼硕、胡一川、陈铁耕、丁里马达	王良	钟惦棐、陈九、阿甲、秦其谷、石琳、马达、王式廓、王文庶（台湾）	
木刻研究班	1938.7—1938.11	沃渣	王曼硕、胡一川、陈铁耕、丁里马达	王良	陈铁耕、胡一川、焦心河、华山、叶立平、罗工柳、夏风、李黑	
第三届	1939.1—1940.5	王曼硕	江丰、沃渣、马达、力群、胡考、王式廓、蔡若虹、张仃、胡蛮、刘岘	孙冶	秦兆阳、流金、焰炎、张裴军、刘蒙天、石天、田零、炎羽、吴劳、李半黎、李又罘、钟灵、辛莽、陈九、杨静轩、李黑、张戎、郭风、曹辛之、王文庶、孙冶、王玫、古元、祁峻、夏风、安林、孟化风、林野（女）、蓬荆、施展、过健生、张菊（女）、郭钧、力克、饶曼彪、白炎（女）、张映雪、华君武	

① 李象群：《我们从延安走来》，辽宁美术出版社，2019 年版，第 27 页。

续表

	时间	系主任	教员	助理员	学员	注
第四届	1940.1—1943 年底	王曼硕	王式廓、胡蛮、蔡若虹、王朝闻、马达、力群	孙冶	牛乃文、计桂森、吕林、劳丁、阎漠里、划时、刘吾雄、程获希、聂勇亭、苗波、西克、陈因、李梓盛、秦增堂、程芸平、张凡夫、杜夏、周军、东方、朱文海、陈丕绪、陈士斌、苏光、苏坚、肖光、吕鸿尤、李光余、杨振宇、陈玉清、李义心、何思敬、宇田（女）、林军、毛宁、黄薇、陈凡（女）、张明坦、戚单、钱江、郝苓（女）、张菊、王文秋（女）	1941 年 3 月成立美术部、部长江丰。下设美术系和美术工场、美术工场主任江丰（兼）、副主任华君武。
第五届	1943.6—1944.7	王曼硕	沃渣、王曼硕、蔡若虹、力群、华君武、王式廓、古元、彦涵、莫朴、王朝闻、刘岘、江丰、马达	张菊	白沙、果克、沈可、林恒（女）、艾其华、龙行、江诗、吴铭（女）、康勃、刘迅、苏晖、冯小朋（女）、王秉国、赵泮滨、陈人、石岚（女）、程亮、王福祥、杨凯、张宇平、王流秋、毛之江、戚单、苗波、屈再华、希波、周芜、苏光、杨振宇、秦增堂、聂勇亭、牛文	
第六届	1944.4—1945.9	蔡若虹	教员：蔡若虹、王曼硕、马达、胡一川、沃渣、王朝闻、力群、华君武、古元、彦涵、杨角、莫朴、陈铁耕、江丰 研究及工作人员：叶洛、张望、古达、安林、黄再刊、杜芬、向洁、陈因、计桂森、张晓非（女）、辛莽、孟化风、王流秋、许群		苏晴、余志、杨楷、吴亦君（女）、东方、李艺、张波、李康将（女）、戚单、白沙、王福祥、李炎（女）、黄森、潘力模、刘兰、白炎（女）、张宇平、康勃、王秉国、黄君珊（女）、杜夏、蓬荆、龙行、陈凡（女）、张凡夫、刘迅、吕林、冯小朋（女）、赵泮滨、苏晖、毛宁、白莉（女）、陈丕绪、陈人、郭钧、张菊（女）	母亲班：吴咸、李炎、刘平杜、夏蕾

注：以上内容整理并摘录于延安鲁迅艺术学院旧址暨革命文艺家馆。

二、东北鲁艺美术部初创期

1945 年 8 月 24 日，鲁艺根据中共中央“向北发展，向南防御”的战略部署，率先组成文艺工作团，赴前方开展工作。延安“中华全国文艺界抗敌协会延安分会”发起与鲁艺联合组织的延安文艺工作团共分两团：第一团由舒群率领，40 余人。9 月 2 日，由舒群、田方、沙蒙率领的东北文艺工作团随同东北干部团一起从延安出发，向东北挺进，成为鲁艺最先进入东北解放区的一支文艺队伍；第二团由艾青率领，50 余人。9 月 20 日，由艾青、江丰率领的华北文艺工作团从延安出发前往张家口。

东北文艺工作团在途中，相继成立了四个东北鲁艺文工团，并在东北各地进行演出。1948 年底，鲁艺在沈阳恢复办学，在东北鲁艺文（音）工团的基础上，成立鲁迅文艺学院，由吕骥任院长，张庚任副院长。下设戏剧系、音乐系、美术系、文学研究室、舞蹈班、文工团、音工团以及行政办事机构。其中的美术部则先后由王曼硕、张仃、杨角等任部长。至此，鲁艺扎根于东北解放区。

1948 年 11 月 2 日沈阳解放，中共中央东北局宣传部决定延安鲁艺在沈阳恢复办学，校址设立在原沈阳市清华街（今沈阳市和平大街），校名为“鲁迅文艺学院”，任命吕骥为院长、张庚为副院长。1949 年 3 月，沈阳市政府把原辽东学院校址作为鲁艺美术部的办学校舍，并在校门挂上了用鲁迅字体刻制的“鲁艺美术部”校牌。1949 年 9 月，鲁迅文艺学院更名为“东北鲁迅文艺学院”，简称“东北鲁艺”。东北鲁艺下设美术部、戏剧部、音乐部、舞蹈班、文学研究室、文工团和音工团。其中的美术部则先后由王曼硕、张仃、杨角等任部长。至此，鲁艺文工团完成了服务于东北解放战争的光荣使命，重新集结归一，走上了新的办学之路并成为中共东北局唯一的直属大学。

· 1949 年 2 月，郭沫若（左三）、丁玲（左二）、吕骥（左四）、张庚（左一）与鲁艺师生合影

1949 年春，美术部开学第一件事便是师生动手建校。在王曼硕组织下，师生们把从国民党手中接管过来的新兵营，改建成鲁艺的学习园地，将马棚改建成素描教室。王曼硕还与王朝闻合作，塑了一批战士半身像，作为画素描的教具，改善了学生的学习条件。

在文艺为工农兵服务、为无产阶级政治服务的基本方针指导下，鲁艺开始逐步向正规化教学模式转变。

1950年，朝鲜战争爆发，东北局紧急命令鲁艺校址迁往哈尔滨，校址在哈尔滨市中央大街三号。同年11月，学院抽调美术部、戏剧部和音乐部的师生成立了“鲁艺抗美援朝文工团”，奔赴朝鲜前线进行慰问演出。在战火纷飞的前线，鲁艺抗美援朝文工团圆满地完成了任务。1952年朝鲜战局趋于稳定，鲁艺奉命于同年9月迁回沈阳，前往沈阳三好街的新校址（今鲁迅美术学院所在地）。在1951年至1952年间，王曼硕肩负重任，主持了在沈阳三好街的校址基建工程，直至今天也是鲁迅美术学院的主楼之一。

· 1949年，“文代大会”东北参观团在东北鲁艺参观美术部雕塑室

东北鲁艺继承了延安鲁艺的教学与社会实践紧密结合的方针和宗旨，始终站在时代前沿，深入生活，反映生活，坚持以现实主义思想观念指导艺术实践，将生活与艺术实践相结合，并在此基础上形成了鲁迅美术学院自身的教学体系与艺术特色，也奠定了鲁迅美术学院在全国艺术领域的重要位置。鲁迅美术学院紧密结合时代发展，配合东北的解放战争、抗美援朝战争与新中国的建设等时代精神培养了新中国第一代画家，创作出了大量有代表性的艺术作品。

· 1950年，（哈尔滨）东北鲁艺美术部雕塑工作室

三、东北美专到鲁迅美术学院

1953年，东北鲁艺改变了综合办学形式，在东北鲁艺美术部的基础上成立了东北美术专科学校，开始向着正规化、体系化教学转型，并于1958年发展为现在的鲁迅美术学院。

· 1958年，鲁迅美术学院挂牌

· 1958年，张启仁院长宣布鲁迅美术学院成立

东北美术专科学校的成立预示着鲁艺的美术教育和美术创作真正形成了气候，鲁迅美术学院的成立则标志着鲁艺传统的延伸与发展，并为其后的壮大奠定了牢固的基础。

在20世纪四五十年代，东北鲁艺采用“派出去”与“请进来”的方式相继从全国各地调入大批教师，如石泊夫、万今声、孙常非、王盛烈、晏少翔、朱鸣冈、赵梦朱、钟质夫等。又派出教师与学生去东欧国家、苏联与兄弟院校进行交流和学习，既充实了教学队伍，也为鲁迅美术学院今后的发展奠定了基础，为办学实力的提高创造了条件。

新中国成立之初，受国际环境、民族关系的影响，苏联的美术教育体系成为中国美术院校学习和借鉴的榜样，源自苏联的革命现实主义创作方法成了仿效的典型和推进的动力。1955年，文化部召开的全国素描教学座谈会上进一步推广了苏联的契斯恰科夫素描教学体系。从此，以契氏为代表的苏联素描教学经验被系统地引进中国的美术学院并被推广到全国的美术教育之中。

1956年，毛泽东同志在与音乐工作者的座谈会上强调了民族形式的问题，给处理中西学术之间的关系提供了一个指导思想。1956年7月，文化部召开全国油画教学会议再次讨论了民族风格问题。在这样的思想潮流中，民族传统重新得到了重视，民族意识高扬，这种艺术精神的转向也给东北鲁艺的教学与创作带来了新的思路。

继承中外优秀艺术遗产，创建民族新艺术的思想在鲁艺师生的教学与创作中得到了全面的贯彻与发展。鲁迅美术学院 1949—1958 年这一时期的艺术创作体现出了鲜明的现实主义、浪漫主义与民族艺术形式相结合的特色。它一方面继承了延安鲁艺传统，一方面又紧随时代发展，强调艺术反映现实、强调塑造人物的深度和力度，于是一批有代表性、有重大影响的杰作涌现出来。如《人民公社万岁》(雕塑系师生集体创作)、《我要读书》(贲庆余、王绪阳)、《早春》(路坦)、《八女投江》(王盛烈)、《瓦岗军开仓分粮》(贲庆余)、《黄巢起义军入长安》(王绪阳)、《万事开头难》(朱鸣冈)、《说唱人》(许勇)等。富有时代精神与影响力的艺术品的产生，与鲁艺对时代发展的关注和对社会生活的体验有关，体现了鲁迅美术学院艺术家在当时的历史条件下的艺术取向和主张。鲁迅美术学院的传统始终是关注生活，采用群众喜闻乐见的形式表现生活，紧密联系党的事业，结合时代发展，积极参与塑造时代精神。

60 年代初，鲁迅美术学院光荣完成国庆十周年献礼创作任务，从 1958 年下半年开始至 1960 年初，学院完成了北京农业展览馆前主题雕塑及门厅内浮雕，完成建筑的装潢与工艺设计。在绘画方面，完成组画《白手起家》，油画《平型关大捷》《山顶洞人》《攻克锦州》，中国画《黄巢起义军入长安》《瓦岗军开仓分粮》《戚继光平倭图》《虎门销烟》《施耐庵著水浒》等历史画创作。同时在雕塑、工艺等各方面都取得了优异成绩，涌现了大量优秀作品，体现了蓬勃的时代精神和辉煌的艺术成就，铸就了 20 世纪艺术史与艺术教育史上的丰碑。在 1960 年中央召开的全国文教界群英会上，鲁迅美术学院被选为全国文教界先进集体，其后，中央文化部教育司将鲁迅美术学院的教学情况转发给全国艺术院校予以表彰与传扬。

1964 年由于极左思潮影响，学院被打乱了正常的教学秩序。1965 年下半年至 1966 年上半年，教学一度恢复，但已元气大伤。其间，学院的国际交流活动照常进行，1965 年，中日友好青年访华团来鲁迅美术学院访问，副院长徐灵会见了来访团组；同年，王盛烈等一行五人受到东京艺术大学邀请赴日参观访问。1968 年至 1972 年全院下放到盘锦地区青堆子办农场，学院很多设备被丢弃，图书、资料、教具等损失严重，学院的正常教学活动停止达十年之久，但仍有教师和学生坚持在困难环境中进行群众艺术教育工作与创作活动，体现了延安鲁艺星火燎原的革命精神。1967 年 8 月，沈阳军区成立毛主席塑像办公室雕塑组，并决定在沈阳市中心的红旗广场(现为中山广场)兴建《毛泽东思想胜利万岁》大型组雕。这座雕像在社会剧烈动荡的大环境中生产，创作过程长达 3 年，至今仍然屹立在中山广场，成为城市公共艺术地标。

· 1969 年制作《毛泽东思想胜利万岁》组雕过程

20 世纪 70 年代，鲁迅美术学院的艺术家们受鲁艺精神、延安传统的力量激励，未曾放弃对艺术的追求。他们在草泽稻田间、工厂矿山中寻找艺术创作的源泉，在茅屋油灯下为艺术理论建设奋笔疾书，其间以《毛泽东思想胜利万岁》大型组雕为代表的雕塑、以《丙辰清明夜》为代表的版画、以《三湾改编》《战友》为代表的油画、以《白求恩在中国》为代表的连环画等作品横空出世，捍卫着延安鲁艺的传统光辉与鲁迅美术学院的业界领先地位。

1978 年，中国进入改革发展的新时期。国家提出了文艺“为广大的人民群众，首先是为工农业服务的方向”和“坚持百花齐放，推陈出新，洋为中用，古为今用”的方针政策，为后来中国文艺沿“二为”方向和“双百”方针健康发展，奠定了思想理论基础。党的十一届三中全会后，中国美术呈现出了“百花齐放”的局面，政治上的变化促进了美术界的发展。美术作品的样式变得丰富起来，艺术创作的空间变得更加开放，标志着中国文艺正意气风发地走向新时代。

从 1989 年开始，鲁迅美术学院根据美术教育的特点，在教学上进行了大胆尝

· 1971 年《白求恩在中国》连环画创作组到太行山深入生活实地考察

试，采用工作室制教学模式，以突破传统班级授课制教学模式的诸多局限，更利于集中资源、因材施教，有助于培养高、精、尖的艺术创作专门人才，走在了国家美术教育的前列。1989年，装潢设计系创建了国内美术院校第一所动画工作室；1994年，油画系在教学上成立三个工作室，即第一工作室（新古典）、第二工作室（新写实）、第三工作室（新表现）；1995年，版画系成立全国首家水彩画工作室；1997年，艺术创作研究中心下设中国人物画和大型艺术两个工作室；1998年，雕塑系成立抽象雕塑工作室和具象雕塑工作室。为了提高学生的动手实践和艺术创新能力，学院的设计学科在现有基础上还增设教学实验场所，1995年工业造型设计系正式建立了木型制作、石膏塑造、塑料成型三个实验室，力求改变以理论知识和专业技法讲授为主的传统教学模式，使学生真正能够学以致用，成为社会所需的实用型、复合型人才。

· 1997年鲁迅美术学院校庆60周年，雕塑系教员集体创作鲁迅先生坐像

在新世纪文化全球化的影响下，鲁迅美术学院走向高等教育的国际化发展趋势，积极探索与开展同国外知名院校学术交流、教学合作，通过教师交流、交换学生以及艺术交流展览等多种形式开展工作，努力提升学院的国际知名度，积极走出一条国际化办学的新路。学院先后与日本、新加坡、美国、俄罗斯、德国、韩国、法国、挪威、澳大利亚等国开展学术交流活动，探索国际化联合

· 2004年，美国著名水彩画家俄尔多到版画系讲学

培养的人才培养模式。这一系列举措，使学生拥有全球化的艺术视野，并形成能够同国际当代艺术界直接对话的能力。

四、鲁艺精神一脉相承

鲁迅美术学院的历任院长——张启仁、白大方、张望、王盛烈、宋惠民、韦尔申、李象群等，一直在为鲁艺精神的传承和发展不断努力。他们在美术教育工作上"重视政治思想教育，树立革命现实主义的艺术观，坚持理论和实践相结合，教育和生产相结合的教育理念，在一定程度上决定了新中国美术教育的性质和面貌，并由此影响了几代人的思维、知识结构和行为方式"。① 正是在这些教育工作者的不断努力下，鲁艺的艺术家们传承经典，不断创新，创作出大量的艺术精品，如杨角创作的大型油画《摇篮》和《作家萧军像》，施展创作的《刀林》《越陷越深》《秋收》等，王盛烈创作的《八女投江》《海风》《家乡的孩子》，许荣初、许勇、顾莲塘、王义胜联合创作的《白求恩在中国》，宋惠民创作的《曹雪芹》《北方四月》，韦尔申创作的《吉祥蒙古》《守望者》，李象群创作的《永恒的运转》《红星照耀中国》《元四家》等。鲁迅美术学院在大型历史题材组雕、全景画创作等方面居全国领先地位，代表作品有锦州辽沈战役纪念馆全景画《攻克锦州》、丹东抗美援朝纪念馆全景画《清川江畔围歼战》、武汉赤壁之战全景画馆全景画《赤壁之战》、河北西柏坡革命纪念馆半景画《大决战·三大战役》、江西井冈山革命斗争全景画馆全景画《井冈山革命斗争》等，还有鲁迅美术学院雕塑系师生集体创作的全国农业展览馆广场主题雕塑《人民公社万岁》、由田金铎教授主持创作的沈阳中山广场大型组雕《毛泽东思想胜利万岁》、由李象群院长主持创作的中央党校大型组雕《旗帜》。

东北鲁艺继承了延安鲁艺的光荣传统，弘扬了延安鲁艺的思想精神；鲁迅美术学院始终不忘延安精神和鲁艺传统，"走出小鲁艺，步入大鲁艺"，反对囚居在象牙塔内闭门造车，义不容辞地参与到艺术机制构建和党的政治使命的承担和履行职责之中。鲁迅美术学院的教学思想、教育建制、教学成果、人才培养与艺术创作，始终与党和国家的命运休戚相关、生死与共。

党的十八大以来，习近平总书记高度重视文艺工作，为中国文艺的发展指明方向。习近平在文艺座谈会上讲话："必须把创作生产优秀作品作为文艺工作的中心环

---

① 张岩岩：《鲁艺美术部在东北的历史沿革》，《辽宁师范大学学报（社会科学版）》2013 年第 3 期。

节，努力创作生产更多传播当代中国价值观念、体现中华文化精神、反映中国人审美追求，思想性、艺术性、观赏性有机统一的优秀作品。”在这新时代的背景下，鲁迅美术学院坚持以弘扬社会主义主旋律作为创作基础，坚持艺术是时代的艺术，是人民的艺术，坚守并继承延安鲁艺的传统，继续为党和人民进行创作，为时代而创作。

· 鲁迅美术学院校园内的鲁迅雕塑

回首历史，鲁艺精神开启了中国美术的新篇章，为新中国培养了大量的优秀艺术人才，为党的文艺事业做出了杰出贡献。在战争年代与建设时期，所有的鲁艺人始终不忘延安精神，他们一代又一代传承精神之炬，对东北历史文化的繁荣、对今天鲁迅美术学院的发展都做出了巨大贡献，产生了深远影响。

（李丹青）

第二节　王曼硕

· 王曼硕

王曼硕（1905—1985），原名王文溥，号万石，山东肥城人。祖籍山西洪洞。毕业于北平美术专科学校，留学于日本东京美术学校。回国后先后受聘于北平京华美术学院、国立艺术专科学校。1938年赴延安，1949年后历任东北鲁迅艺术学院副院长、中央美术学院副院长。1975年后在美术研究所从事研究工作。1978年后曾任中国艺术研究院顾问。中国美术家协会第一、二届理事。

一、留日求学

王曼硕生于书香门第，自幼年起就常常阅览祖父收藏的书、画，耳濡目染间受到浓烈的艺术熏陶，也由此对绘画、书法、篆刻等产生了强烈的向往。1912年就读于家乡县城小学，1918年考入济南育英中学，在五四新文化运动的影响下，对新时代的文化和艺术精神有了新的了解和认识。1919年他曾写了一首小诗《汽笛》：“划破静静的晨空，汽笛一声长鸣，催促工人奔向工厂，在机器的隆隆声中，贪婪的工厂老板吞噬着工人的血和肉。”这首诗在他国语老师的帮助下投寄到《晨报》发表。从诗作中我们看出青年时期的王曼硕已经对劳苦大众产生了同情，对社会阶级有了初步认识，这为他日后的革命艺术道路埋下伏笔。

因为酷爱书法、绘画和篆刻，在中学时期，他在济南买了不少欧体、魏体等碑帖和拓片，还有古今篆刻家的印谱以及一些艺术理论家的书籍。他像海绵吸水一样自我学习关于艺术的一切。

1923年，王曼硕考入北平美专图案系，一年后，因该校学生向教育部请愿要求撤换校长，学校被封闭，他便自行回家。后来虽能继续求学，但因家道中落，就此中断了学业。[①]1932年，王曼硕与朱肖筠结婚。朱肖筠是陶阳村人，没有多少文化。但是二人在生活上彼此体恤，精神上互相扶持。朱肖筠在王曼硕自学期间，照顾他的饮食起居，为他研墨斟水，让他把时间充分利用在学习书画和篆刻上。父母家人怕他自学徒劳无益，劝其另辟新途。他却坚定地说："锲而不舍，金石可镂，滴水即能穿石，以我毅力，岂有不成之理！"自此愈加发愤。

在当时，西方绘画艺术在日本产生的影响要远远大过中国，因此王曼硕萌生了东渡日本，进一步学习美术理论知识、创作技法的想法。在得到妻子、家人的支持后，他每天黎明即起，开始自学日语。功夫不负有心人，1927年他考取了公费留学，东渡日本，先在绘画研究所、先端川画学校补习。1928年考进东京美术学校油画系。也就是在日留学期间他为自己更名为王曼硕。他如鱼得水，如饥似渴地研究绘画理论，随时随地进行速写和篆刻练习，进步很快。课余，他还有书法、篆刻作品参加东京艺术团体"泰东书道院"举办的展览会。之后，常有不少诗友找他治印，其中就有时任东京美术学校校长和田英作。[②]完成了五年日本本科学业之后，他深深爱上了素描、人体解剖和油画，因此又考取了该校两年制的研究生继续深造。据传，当时考入研究生部学习的中国人仅有两人，即王曼硕和陈杰（陈之福）。在研究生部学习期间，王曼硕的素描受到了更加严格的培训。

· 油画《日本妇女肖像》，1953东京艺术大学美术系收藏

1933年，他参加了一位姓宋的留学生组织的马克思主义学会，在学会里有计划地学习了唯物主义、历史唯物主义等马克思理论著作。他在东京曾看过介绍十月革命后的苏联情况的办公开画报和刊物。这些革命理论和革命思想在他的心中开始了萌芽。

二、回国教书

1935年春，王曼硕毕业后回到北平，希望能在故都为祖国的艺术事业贡献力量。但因没有人脉和背景，他四处奔走都无立足之地，只好在家作画消遣。在这一

① 王路、王林：《默而不识、学而不厌、诲人不倦——美术家、艺术教育家王曼硕的艺术与生平》，《美术观察》2012年第5期。

② 王路、王林：《默而不识、学而不厌、诲人不倦——美术家、艺术教育家王曼硕的艺术与生平》，《美术观察》2012年第5期。

时期他创作了《故都之晨》和《破石膏》两幅油画。这既是当时北平萧索颓败的景象，对民生凋敝的旧中国进行的无情鞭笞，也是他当时在京的人生写照。6月，王曼硕受聘于京华美术学院，经院长邱石冥的介绍，结识了齐白石，后经齐老介绍为北平几家大刻字店刻字，也是在这期间他拜师齐白石，不断向齐老学习书画篆刻，被齐白石誉为“艺术界不可多得的人才”。

1935年9月，王曼硕在北平国立艺术专科学校任教，讲授人体解剖学和素描课。很快，他由讲师、副教授升为教授并兼任艺专附属中学部主任。王曼硕在教学中以学生为主体，让学生自由创作、自由评论分析，收效甚好。同时他又关心学生们的救亡活动，并暗中支持和保护他们。在教学期间，王曼硕得到了一具完整的人体骨骼，他研究参阅了许多国外有关人体解剖学的理论，开始绘画一套完整的人体解剖学讲义，编绘了《艺用人体解剖讲义稿》。这份讲义在美术基础理论教学中起到了很大的作用。

1937年4月，王曼硕的作品《故都之晨》《破石膏》《静物》等在南京第二次全国美术展览会上展出，其中《破石膏》被收入同年商务印书馆出版的《现代西画图案雕刻集》，但其余全部绘画资料与拓出来的印稿，在抗日战争年代散失了。

三、延安岁月

1938年8月，王曼硕目睹国土沦陷，深感悲愤。他和北平艺专进步学生孙冶、夏风、李黑商定同去延安，他负责所有人的全部路费。抵达延安后，延安的革命艺术环境使王曼硕深受鼓舞，他为教学为艺术创作投入了巨大精力，甚至达到忘我的境界。他不但承担素描、解剖学等许多课程的任教工作，还两度出任鲁艺美术系主任，为革命培养了大量艺术人才。课余时间，他绘制人体解剖图讲义，亲自油印成册作为教材，供大家使用。他还用黄泥制作了人体半身塑像，供素描教学之用。1939年，他光荣加入了中国共产党。

同时，他积极带动师生开展劳动生产，组织大家开荒、纺线、织布、做衣服，主张自我生产，减轻人民负担。他深刻领会《在延安文艺座谈会上的讲话》精神，鼓励学生把广阔的生活作为艺术创作的源泉，创作出内容与形式和谐统一的优秀作品。教学之余，亦操刀治印，曾为博古、李鼎铭、江丰、宋侃夫等人治印多方。

关于延安生活的经历，王曼硕曾著有回忆录《忆鲁艺的美术教育》，文中他这样回忆道：“一九三八年九月初我到鲁艺时，校址设在延安城北门外文庙旧址附近的一个小山沟里。山脚下有五六间土平房，这里是美术系的教室、教务处的会议室并兼作干部宿舍……山下平房每当下雨时，屋内漏雨不止，山下的窑洞虽无漏雨之虑，但逢到雨天、道路泥泞难行。窑洞前是一块平坦的场地，是体育场，也是露天课堂。美术系的学生常在这里上课，上课时，每人带一块小面板，用来练习素描……美术系为了加强对学生的素描训练，需要有一个光线较好的画室。于是，在一九四一年，师生们自己动手上山伐木备料，不到半个月的时间，就利用一间旧厨房作为基础，扩建成了一个新画室……一九四二年，在延安文艺座谈会之后，毛泽东同志曾到鲁艺来做报告，他指出："鲁艺是一个'小鲁艺'，而社会则是一个'大鲁艺'。延安鲁艺的美术教育，努力遵循了毛泽东同志这一基本思想。在学校的课堂上，教给学生们必要的、基本的绘画理论知识和技巧，同时让学生们到社会这个大课堂去汲取无尽的营养和知识，从而使他们体会到了，丰富多彩的社会生活，是艺术工作者从事创作取之不尽、用之不竭的源泉。鲁艺是重视到生活中去实习的，实习是学习必经的阶段……"①

从王曼硕的回忆文章中，我们能够看到延安鲁艺的时代精神对老一代艺术家们的深刻影响，这种影响所带来的良好的学习风气、工作作风也被老一辈艺术家们从延安带到了东北，传播到了辽宁，并如火炬在一代又一代的艺术工作者身上接力传行。

四、东北之旅

1945 年抗日战争胜利后，延安鲁艺将全校人员分为两支队伍，分别到华北和东北两个地区开展文艺工作。王曼硕被派往东北地区，到达张家口时因前进道路受阻，被临时派往宣化龙烟矿山工会工作。他深入矿区同工人谈心，为矿工画像，创作了许多反映矿工生活的绘画及诗文，其中有些发表在当时的《晋察冀日报》上。同年 6 月他同干部大队一起抵达佳木斯，被派到东北大学艺术学院工作，主持开办了几期速成美术班，以适应当时对美术工作者的急需。

同年秋，他被调往合江省②民运工作委员会参加刁翎地区的土改工作并担任土改队队长。在发动群众的工作中他发现，时值严寒冬天，当地村上的一户富农在受到贫农清算之后，当晚即被扫地出门，一夜间可能会冻死，这时王曼硕同贫农代表商议，让这几口人住到一间无人居住的空房里，地上铺些柴草，保证不被冻死。同时，他耐心地向大家讲解土改政策，讲明我们只是在经济上消灭剥削制度、平分土地，而不是从肉体上消灭地主、富农。这样做就避免了过火斗争、流血冲突。这些做法

① 王曼硕：《忆鲁艺的美术教育》，《美苑》1987 年第 1 期。

② 合江省：1945—1949 年东北地区行政区域，现已并入黑龙江省。

足见王曼硕的善良和对事业的忠诚。此后他被调到合江日报社及东北画报社任美术编辑和美术记者。其间，曾编绘 102 幅连环画《于廷州罪恶史》在《东北画报》上连载，编写的小故事《懒汉》等小册子也出了单行本。

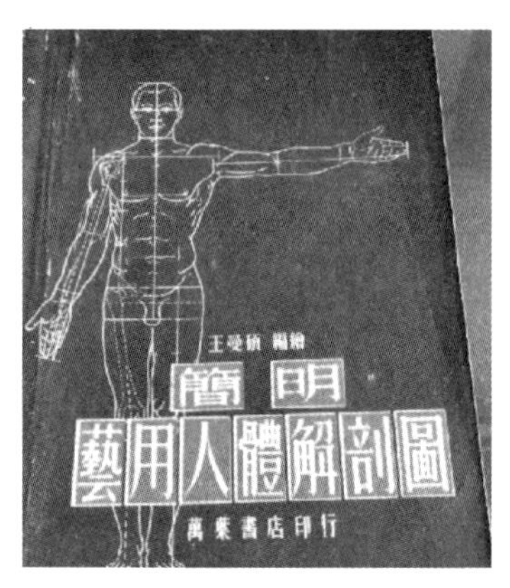

·《简明艺用人体解剖图》

1947 年，王曼硕去哈尔滨领导东北画报社，他办画报、办美术训练班。又在哈尔滨成立了哈尔滨大学美术系，他在延安的同事石泊夫等任该校美术系教授。在此期间，根据革命工作的需要，王曼硕绘制了多幅英雄模范的肖像刊载于《东北画报》。1948 年 10 月东北烈士纪念馆在哈尔滨落成，他为纪念馆绘制了杨靖宇将军油画肖像。同年，《简明艺用人体解剖图》由东北书店出版。发行不久，1951 年又由上海万叶书店再版，这本书不仅美术工作者就连一些医务工作者和医学院校的学生也都争相购买，万叶书店连续四次再版此书。①

1949 年春，他被调往沈阳，任鲁迅文艺学院教授兼任美术部主任。同年 9 月，鲁迅文艺学院更名为东北鲁迅文艺学院，由塞克、王曼硕接任正、副院长。王曼硕一直坚持延安鲁艺的办学精神，在课堂上对学生进行基础理论和艺术创作技巧的严格培养、训练，并定期派送学生深入农村、深入社会，向群众学习，在生活中汲取创作素材。而且，王曼硕认为无论是创作西洋油画还是国画，素描是一切绘画的基本。对素描训练的重视我们可以从他学生的回忆文章中得到印证。学生周光远曾在文章中写道：“强调要重视素描的首先是王曼硕老师，他是带头人，最先拿出自己画的人物素描示范，那是用铅笔画的，16 开纸的小幅素描头像。用不同粗细的长短线准确而又精练地画出了一位老者形象。素描像画得形神兼备，使好多学员为之惊叹不已。”②

除了重视学生的技巧和理论培养，对于学生艺术品格和坚强意志的塑造，以及对延安鲁艺精神的理解和传承，王曼硕都坚持循循善诱、亲历教导。周光远忆文中说：“1949 年冬，美术部决定让搞公益图案的研究生去东北博物馆学习，命我去办理主管一切。为了学习的方便，我住进了博物馆，后来天气越来越冷，又无取暖设备，为保证古文物安全和防火，又不准搭建炉子生火取暖，为此我去王曼硕老师家谈了我们想搬出来的打算，一谈谈到半夜。他（王曼硕）两眼挂着红丝，仍然耐心地坚

① 王路、王林：《默而不识、学而不厌、诲人不倦——美术家、艺术教育家王曼硕的艺术与生平》，《美术观察》2012 年第 5 期。

② 周光远：《忆王曼硕老师》，《鲁艺在东北·美术部专辑》，中国文联出版社，2006 年版，第 282 页。

持让我住下去，不要搬出来，这不是命令而是说服，这是我有生以来第一次遇到的耐心人。他讲了好多，如：‘4 亿人的国家，5000 年的文化，中华民族的艺术在世界上的地位，学工艺的不了解我国的历史文化怎么能行？日本和西方学者都十分崇敬中国文化，中国人自己更应重视古代文化，艺术是宝藏，是古代劳动人民用血和汗凝聚成的艺术结晶。’他反复强调去学习的必要，要坚持住下去。”[①] 这次学习让周光远等人收获很大，也为鲁艺工艺图案专业的教学摹写课打下了基础。

不仅仅在学识、品格上培养学生，王曼硕还身体力行地关心学生的饮食健康。在鲁艺建校初期，他发扬延安艰苦奋斗的传统和作风，带领美术部的师生利用业余时间把校舍后院的一片荒地开垦出来，种上了蔬菜还喂养了牲畜，为大家改善伙食、调理身体。

同时，王曼硕还号召、组织高年级的学生组成鞍钢美术组、机床厂美术组，办《鞍钢画报》和《机工画报》，以反映工人在劳动中的先进事迹，树立先进模范形象。他尤其特别引导学生重视一些重大庆典活动中美术的宣传作用。可以说，正是秉持着这样一种“从小鲁艺走向大鲁艺”的教育思想，王曼硕为国家培养了一大批艺术人才，这些艺术人才在新中国建设中创作了大量反映时代精神的艺术作品，有着浓厚的“解放区美学风格”。

1950 年 9 月学院迁往哈尔滨，后来又决定在沈阳建新校舍，王曼硕负责基建工作。当时国家处于经济恢复时期，又加上抗美援朝战争的影响，筹建工作相当困难，身为副院长的王曼硕，不得不奔波于沈阳、哈尔滨两地，亲力亲为，筹建校舍。1952 年 9 月学院迁回沈阳，东北美专正式成立，杨角、张晓非两位老师任正副校长。王曼硕被调到东北行政委员会任文化局局长。任职期间，他认真研究文艺发展的方针政策，培养地区基层文化干部，壮大祖国文化事业。他从不考虑自己身份角色、职位岗位的变化，一心一意为国家和人民工作服务。

王曼硕在东北地区先后工作了八年，度过了解放战争和新中国诞生后的艰苦创业时期，他始终保持着艰苦朴实的作风，勤勉工作，中共中央东北局曾授予他“模范共产党员”称号，《东北日报》亦刊登过他感人的事迹。中国美术家协会成立后，他成为该会最早的会员和理事之一。[②]

---

① 周光远：《忆王曼硕老师》，《鲁艺在东北 · 美术部专辑》，中国文联出版社，2006 年版，第 280 页。

② 王路、王林：《默而不识、学而不厌、诲人不倦——美术家、艺术教育家王曼硕的艺术与生平》，《美术观察》2012 年第 5 期。

五、治学时光

1954年，王曼硕被调往北京任中央美术学院副院长兼党委书记，并兼管民族美术研究所（现美术研究所前身）的工作。任职间，他接到文化部副部长周扬的来信，信中强调要他将工作重点放在改革和发展国画，团结和改造国画家上面。由此，王曼硕对中央美术学院的教学情况和民族美术研究所的筹建进行了深入调研，撰写了《关于中央美术学院民族美术研究所的问题》《关于彩墨化教学上的问题》等多篇工作与学术报告。在这些报告中，他结合当时国内美术发展需求与中央美术学院及民族美术研究所所处的重要地位，针对当时全国美术创作与美术教育存在的问题，提出了教学、研究分开的解决方案与各自的工作方向。他提议在中央美术学院设美术研究室，专门解决全国美术院校的教学与教材问题，并定期召集各地美术院校教师来京研究交流教学和教材问题；在绘画研究方面单独成立研究所，配备专职干部，组织全国的美术研究、创作，通过创作实践和研究来改革国画，继承和发扬民族绘画的现实主义传统。在1954年至1956年期间，他带领研究人员及画家赴甘肃敦煌、山西天龙山石窟等地临摹考察研究古代造像，收集艺术资料。同时他也利用业余时间进行艺术创作，1956年创作了油画《颐和园春色》《藻鉴堂》等。[①]

· 油画《颐和园春色》，1956年

20世纪50年代，在中央美术学院彩墨画系的课程设置问题上，一直存在不同意见，学习国画是先从临摹学起还是先从素描学起，始终存有争议。王曼硕和江丰等老师一致主张在国画教学中吸取西洋美术科学训练方法。1957年，他在《美术与研究》上发表了《国画与素描》一文，对国画的发展与素描基础训练之间的关系进行了深刻论述。同年4月，王曼硕率中国画家代表团赴苏联举办中国现代国画展，展览展出了90多位著名国画家的作品，深受苏联人民的欢迎。王曼硕在展览开幕式做报告，为俄文版《现代中国画展览作品目录》撰写序言，概述中国绘画发展的历史、中国画的现实主义传统及特点，介绍新中国诞生后的绘画艺术成就。

---

① 王路、王林：《默而不识、学而不厌、诲人不倦——美术家、艺术教育家王曼硕的艺术与生平》，《美术观察》2012年第5期。

1957 年整风运动开始，这样一位受人爱戴、德高望重的老师被错划为“右派分子”。1959 年王曼硕被列入第一批“摘帽”“右派”名单。1960 年 2 月，他回到美术研究所参加《中国现代美术史》的编写工作，同时在美术研究所资料室做资料员，负责收集整理书法、篆刻方面的资料。此间，他广泛浏览我国古今艺术理论书籍，尤其爱读《艺舟双楫》《桐阴画诀》《画鉴》等清人著名书画论著，广取诸家之长，尝试多种风格治印，逐渐形成了自己婉通而厚重的艺术风格。此外，他经常走访北京琉璃厂的中国书店、荣宝斋等古旧书肆，凭借早年积累的学识，他的眼光独到精准。他对任何工作都是严谨认真，他将新购资料连同资料室原有的资料，都做了分类、编目、上架等整理工作，并将残破的资料修补好，用毛笔在每一册印谱或古书的封面函套上题写书名。通过他多年的努力，美术研究所资料室的印谱及相关学术著作收藏已达到非常高的水平。①

1963 年，日本画家代表团来华，王曼硕陪同访问，并为代表团成员杉本健吉、硲伊之助等人治印留念。1976 年大地震波及北京，王曼硕走路已然不稳，拄上了拐杖，但依然坚持每天上班工作。“文化大革命”期间，王曼硕虽被关入“牛棚”劳动改造，但他内心坚信自己无愧于祖国和人民，因此心怀坦荡，劳动之余继续修学。

粉碎“四人帮”之后，他又加倍努力工作起来。他勤于篆刻，又为刘开渠、黄胄、张潭等人分别治印。1978 年底，文化部发文为王曼硕右派问题平反。此时，老人患上了脑血栓，卧病在床，但仍神志清醒，关心国家大事。1982 年，天津杨柳青画社出版了《王曼硕印存》。

1985 年 1 月 11 日，因患病，王曼硕在北京积水潭医院与世长辞，终年 80 岁。

王曼硕先生一生辗转祖国南北多地，毕生从事艺术创作实践与艺术教育活动，注重中西艺术的结合与创新，精于绘画，长于书法、篆刻。他修德修己，研于艺术、奉献教育。他从延安一路走来东北，不问前路、踏实工作，最终成为第一代东北美术教育家，成为延安精神的实践者、传播者。1986 年，《王曼硕作品选》由辽宁美术出版社出版。对于王曼硕的一生，党和人民给予了高度评价，他是当之无愧的人民教育家、艺术家。

（孟迪）

① 王路、王林：《默而不识、学而不厌、诲人不倦——美术家、艺术教育家王曼硕的艺术与生平》，《美术观察》2012 年第 5 期。

第三节　刘荣夫

· 刘荣夫

刘荣夫（1909—2004），出生于辽宁省大连市，祖籍山西省交城县。他毕生从事高等美术教育工作，1949年起先后在东北鲁迅文艺学院、东北美专、鲁迅美术学院任教授。是我国美术教育界的老前辈，雕塑家、油画家，也是鲁迅美术学院雕塑系首任系主任。中国美术家协会会员，中国雕塑家学会辽宁省分会顾问，辽宁省城市雕塑规划领导小组委员。

一、组建雕塑系

1928年，刘荣夫东渡日本东京帝国大学农业部学习。因为酷爱绘画，他违背了父亲的意愿，因此被中断了经济来源。他于1929年进入东京同舟舍洋画研究所学习，后入东京帝国美术学校，师从日本雕塑大师川端龙子（罗丹学生）。他勤工俭学自食其力，在艰苦的条件下坚持自己的理想学习绘画。据他自己回忆，当时面包舍不得吃，要留下来一块擦木炭素描用。1935年，他以优异的成绩从日本东京帝国美术学校毕业。这一年他创作的油画作品《塔玛拉》获日本二科会展特选奖。1936年创作的油画作品《晨》入选日本二科会展特选奖。

1937年他回到祖国，至新中国成立之前，一直在北平国立艺术专科学校任教。其间他于1943年再次赴日，入东京美术学校研究科学习。1947年，他因支持进步学生的爱国斗争被迫离职。为追求真理，他冒着被国民党政府迫害的风险，毅然投身革命，几经周折，经朝鲜平壤辗转进入东北解放区。1948年到东北画报社，任美术训练班班主任。在这期间，他与苏辉、冯香生合作，为哈尔滨东北烈士纪念馆门厅完成了《无名英雄像》雕塑，作品以质朴无华的手法，塑造出一位充满英雄气概的东北战士的形象，是中华人民共和国成立前的优秀雕塑作品之一。1949 年到东北鲁艺美术部任教，当时美术部主任和副主任为王曼硕和张仃。

1951 年初，刘荣夫受命组建雕塑系，任系主任。这是新中国最早的雕塑艺术教学与创作单位。雕塑系的组建不是凭空而来，1938 年成立于延安的鲁迅艺术学院美术系雕塑组，是今天鲁迅美术学院雕塑系的源头和令人骄傲的精神动力。[①] 当时雕塑系教师为郑惠南、王熙民、张法孟、金克俭、黄新维等先生。学生有两个年级共 10 名，学制 3 年，后于 1955 年改为学制 4 年，1961 年改为 5 年制。

刘荣夫在建设雕塑系的过程中，首先重视的就是师资队伍的建设。没有优秀的师资，就没有系统的教学大纲，也就无从下手去培养学生。所以刘荣夫先从公艺系调入张法孟先生。1951 年秋又将从法国留学回来的王熙民先生调入，1954 年把毕业于杭州国立艺专雕塑系第一期的黄心维先生调入。这期间还有年轻好学的金克俭加入。这四位颇具才华的艺术家，加上组建时期的郑惠南先生，五个人在刘荣夫的组织下，充分发挥各自特长，构成丰富多样、坚实有力的教学阵容。郑惠南先生早年留学日本后，曾在故宫博物院工作，他天资聪颖，思路开阔，风格细腻，有很高的素养和鉴赏能力；张法孟先生善于对形体结构把握，强调点、线、面，治学极为严谨；王熙民先生热情浪漫，善于捕捉对形体的感受，对学生指导时极富魅力；金克俭先生曾于 1956 年参加苏联苏里科夫美术学院的雕塑家尼古拉·尼古拉耶维奇·克林杜霍夫在中央美术学院主持的雕塑训练班，系统地学习了苏联雕塑风格；黄心维先生善于大刀阔斧、捕捉整体，并曾在英商魏达洋行工作，有丰富的青铜铸造经验。[②]

这样一组风格迥异、特色鲜明的教师队伍，使学生在启蒙时期既受到严格规范的基础训练，又受到不同风格的熏染，对日后艺术个性的发展有着难以估量的影响，也为鲁美雕塑系未来发展打下良好基础。同时为了学院长远发展，刘荣夫还鼓励教师和有潜质的学生外出进修，留学深造。

二、育人岁月

刘荣夫热爱教育事业，在尊重艺术规律的同时，他主张建立有民族特色的雕塑教学体系，因此倡导学生对我国民族民间雕塑艺术进行研究和学习。鲁迅美术学院雕塑系是全国最早将民族遗产的临摹和专题考察正式列入教学计划的单位。长期实

① 鲁美校庆专题:《鲁迅美术学院雕塑系 80 年大事记》，搜狐鲁迅美术学院官网 2018.10.11。

② 陈绳正:《雕塑系的创建者——刘荣夫》,《鲁艺在东北·美术部专辑》，中国文联出版社，2006 年版，第 316 页。

践证明，这种教学模式在创造社会主义新的艺术实践形式探讨中影响是极其深远的。刘荣夫身体力行地实践着自己的教学理念，带头研究挖掘当代雕塑遗产的精华。他观察各大石窟，拍摄了大量图片，又利用自己有限的工资大力收购散落在民间的古代小型雕塑，启发着当时只知道西方雕塑的年轻学子，增强大家对民族艺术的认识。这种教学使学生们逐渐对我国优秀而丰富的雕塑艺术遗产产生了研究热情，逐步有了深入的了解，并在日后的创作实践中体现出了教学成果。①

1952 年刘荣夫带领教师完成沈阳中苏友谊宫的浮雕创作；雕塑系首届毕业生（1952 届）的毕业作品是为东北烈士纪念馆创作的《东北战士抗联群像》（张季增、秦毓宗合作）；1955 年，张玉礼的作品《老饲养员》、杨美应的作品《浇铸》获辽宁省青年美展一等奖，庞乃轩的作品《起锚》获二等奖。1957—1958 年，雕塑系课余承担了《哈尔滨抗洪纪念碑》的雕塑创作，这是雕塑系第一次大规模的师生集体创作。1958 年，为迎接新中国成立十周年，全国各大院校雕塑系赴京，参加首都十大建筑工程中的雕塑项目。鲁美雕塑系承担创作全国农业展览馆门前两座广场群像、室内门厅大浮雕块及门厅群像《毛主席和农民》的工作。1959 年国庆前，以“工、农、商、学、兵”和“农、林、牧、副、渔”为主题的《人民公社万岁》两座广场组雕完成。1968 年，《毛泽东思想胜利万岁》大型组雕的毛主席像泥塑稿在辽宁展览馆大厅完成。1970 年 10 月 1 日国庆节，在沈阳红旗广场完成了《毛泽东思想胜利万岁》大型组雕工程……② 综上可见，自鲁美雕塑系创建以来，从教师到学生，在刘荣夫先生的带领下，无不遵循着延安鲁艺的精神，秉持着教学与实践结合、创作与实践结合、艺术与生活紧密结合的优良传统前行，让民族文化结合时代审美在不同的造型艺术中焕发生机，让艺术贴近生活，服务人民。

据学生们回忆，刘荣夫办学、治学十分严谨，每次讲课，都有清晰完整的教案，丰富的图片资料都装订得整整齐齐。带领学生下厂下乡进行生活体验时，还严格要求大家的思想作风，保持鲁艺的革命传统。他在自己的艺术创作中，同样一丝不苟，兢兢业业。1955 年主持完成的《四平解放战争纪念碑》（与黄心维、王熙民合作）是中华人民共和国成立初期的优秀青铜作品之一，随后他着手为 1957 年纪念建军 30 周年全国美展创作《杨靖宇将军像》，并为将军遗首翻制石膏面膜，这件珍贵的文物至今还保存在雕塑系。1958 年，刘荣夫先生响应党的号召，不顾年事已高，报名下

① 陈绳正：《雕塑系的创建者——刘荣夫》，《鲁艺在东北・美术部专辑》，中国文联出版社，2006 年版，第 318 页。

② 鲁美校庆专题：《鲁迅美术学院雕塑系 80 年大事记》，搜狐鲁迅美术学院官网 2018.10.11。

乡改造。次年冬，在沈阳市郊区马岗乡挖土劳动中不幸被坍塌的土方压住，骨盆粉碎性骨折，虽经多次手术治疗，但行走已大不如从前。

1978年，刘荣夫整顿精神，继续艺术创作之旅。他身赴大庆为大庆油田科技博物馆创作大型浮雕《中国古代利用地下煤气烤盐图》，巧妙地应用汉代石刻画的浅浮雕线刻手法，韵味古朴高雅，深受好评。他还在古稀之年长途跋涉，到龙门、敦煌、麦积山、云冈、大足等石窟采风，特别对山西稷山、侯马、晋城、新绛、平遥等地的民间砖刻作系统考察，收集了大量珍贵资料，制成幻灯片，回来为学生作了颇有见解的学术报告。

20世纪80年代，刘荣夫作为中国玻璃油画家的代表以《北京风光》等作品，参加在日本静冈县滨松市举行的世界玻璃油画展。1981年，他在大连滨海创作的《星海潮流》在日本《新潮》杂志发表，受到日本读者的喜爱。同年，他在赴日探亲之际，与日本艺术界名家和艺术大学教授们以及左派版画组织座谈，探讨学术问题，为中日两国文化交流做出了贡献。1984年，刘荣夫先生被身残志坚的优秀青年张海迪的事迹所感动，专程到山东聊城张海迪家中做了采访，从此与张海迪结为深厚的忘年之交。他深情地创作了彩色浮雕《向张海迪学习》，把这位传奇式的姑娘描写为在海滨弹琴歌唱，画面极富浪漫气息。刘荣夫先生全力促成了张海迪与日本残疾人的会晤，并作全程翻译。

80年代中期，鲁迅美术学院举行了刘荣夫作品回顾展。除展出了刘荣夫先生的雕塑和油画、素描作品外还展示了他多年来的许多教学大纲和学术论文，如《关于我国古代佛教艺术的评价与继承的问题》《我国古代雕塑的特殊语言》《介绍山西平遥双林寺罗汉像》等，充分显示了这位老艺术家的卓越艺术历程，雕塑系在此时还为刘荣夫先生举行了从艺50周年暨80寿辰纪念会，历届毕业生向敬爱的老师献上鲜花和蛋糕，祝他长寿健康。①

2004年，艺术家与世长辞，带走了艺术和时空中的永恒。

三、作品赏析

1.《晨》

这幅作品创作于刘荣夫青年赴日留学时期，在日本时就已经入选二科会展特选

---

① 陈绳正:《雕塑系的创建者——刘荣夫》,《鲁艺在东北·美术部专辑》，中国文联出版社，2006年版，第321页。

奖。日前这幅作品的市场成交价已经达到人民币 63 万余元。市场价格当然不是衡量艺术作品生命价值的唯一途径，但是也可以见证一位艺术家艺术作品的生命力，见证收藏爱好者对其作品的喜爱度。

· 油画《晨》，1936 年

这幅画作色调明朗、鲜艳，柠檬黄色的床垫和少女靛蓝色的和服慵懒地交织在一起，给人一种明快的夏威夷风情。少女卧榻背后两盆牵牛花开放得稚嫩又热烈，画家也是特意用一种看似笨拙又质朴的手法描述这一切，这种描述方式恰恰体现了青春的懵懂、生涩和美好。

2.《学生赠送的鲜花》

· 油画《学生赠送的鲜花》，1986 年

这幅作品创作于 1986 年，是一幅静物油画佳作，色彩有强烈的民族感。整幅画面，以中央的花瓶和鲜花作为主轴线，鲜花由红色向橘红色汇聚，与周围其他瓶饰的柠黄，背景墙上的青绿以及桌布上的墨兰、青蓝色，几组大色调的强烈对比，制造了一种视觉上的宁静。作品虽然描绘的是静物，但如此和谐的组物和造景，体现出作者内心丰富、细腻的情感。

3.《四平解放纪念碑》

该作品是一件新中国成立初期很有代表性的优秀青铜作品，具有时代意义。作品塑造了两位步伐坚定不移、动作英武有力的人民军人形象。两位军人弯曲的膝盖和

· 雕塑《四平解放纪念碑》（刘荣夫、黄心维、王熙民），1954 年

身后飘扬的披风，构成了整个雕塑前后力量的均衡感。画面是静止的，也是前进的，两位军人目光如炬，昂首向前。作品定格在一种视死如归的气魄中，在无言的凝固中流淌着激情的血脉。三位创作者对作品整体造型结构和形体力量的把握都十分的精准、细致。

刘荣夫一生敦厚善良、学理扎实，作风严谨、造诣深厚，他对西洋绘画以及中国民族雕塑技法都有深入的理论研究，且见解独特，颇有价值。他的艺术教学同他的艺术作品，都与他做人一致，朴实、严谨、低调。雕塑系创办初期的艺术理想和追求，是以延安鲁艺精神为宗旨的，这样一面坚定的艺术旗帜经由他手，传递给一代又一代优秀卓越的鲁美艺术家。正是在这样德才兼备的老艺术家手中接过创建的旗帜，鲁美雕塑系才能逐步建立完整的现实主义雕塑体系，并且以具有东北特点的具象雕塑流派方式、面貌而著称，同时立足当代艺术的现实语境，推动造型艺术与功能建设完美相融。

（孟迪）

第四节　万今声

万今声（1912—1993），辽宁省本溪人，出生于本溪县碱厂镇。初小即开始美术学习，青年时期留学日本，主攻油画专业。回国后任吉林师道大学美术系主任。1950 年参加了中国美术家协会，成为首批会员之一。1952 年鲁艺迁回沈阳，更名为东北美术专科学校，万今声任绘画系主任。后任鲁迅美术学院油画系主任、教授。1954 年被选为沈阳市第一届人大代表、沈阳市第一届政协委员，其后一直连任到六届政协委员，1989 年受聘为中国美术家协会辽宁分会顾问，是我国著名油画家、美术教育家。

一、青年有为

1929 年夏，万今声考入东北大学附属高中文科，当时为其讲授国文的教师是梁启超先生的弟弟梁启雄先生。因为爱好美术，所以万今声在学期间曾参加“美术研究会”的业余学习，当时美术研究会的主要老师是孙佩苍先生，孙先生与徐悲鸿先生是在巴黎留学时期的同学，因此孙先生保存有许多徐先生的素描作品，这些作品可供学员们长期欣赏、揣摩，这种教学方式令万今声获益良多。1935 年，万今声考入吉林高等师范学校美术科（兼攻音乐），主任教师由当时的教务主任池田季藏先生兼任。池田是日本太平洋画会会员，早年曾留学巴黎，其教学和绘画风格都或多或少地对万今声的艺术审美产生一些影响。1939 年毕业后，万今声先在东丰县师范学校实习了一年后回母校留校任助教。

1942 年，万今声赴日，以讲师身份去日本东京上野美专（现艺术大学）留学考察两年。这段留学生涯让万今声接触到了黑田清辉、藤岛武二等日本艺术家所创立的日式学院派和印象派风格，感受到“他们通过油画造型训练及色彩训练，纯化了油画艺术语言”①。正是这段学习时间的艺术熏陶，在万今声一生的油画作品中，我们

① 李程：《20 世纪留日油画家对东北地区油画的影响》，《美与时代：美术学刊（中）》2017 年第 9 期。

可以看到他对造型和色彩的孜孜追求。回国后，万今声晋升为教授，在从事艺术教育的同时也从事艺术创作，他的艺术风格在当时造成了一定社会影响。可以说“在苏联艺术家未有来到中国之前，留学日本的这群油画艺术家，开创了东北油画的新篇章。而万今声是对东北地区油画创作与油画教育影响最大的代表人物之一”①。

1945年吉林民主政府在原高师的基础上成立吉林师道大学，万今声任美术系主任。1946年至1947年，国民党统治时期，吉林师道大学由南京政府接管并成立了长白师范学院，万今声继续在该校美术系任教。后来因为时局变化，长白师院随国民党军先后撤至抚顺、北平，但美术系的师生坚守未动，一直留在吉林。1948年3月吉林解放，东北大学迁入吉林市，接收了美术系的师生，万今声被任命为美术系副主任。同年，东北画报社社长朱丹和总编辑张仃到吉林作报告、讲课，介绍了解放区的美术活动和《东北画报》的宣传作用，使师生第一次了解到艺术可以为人民、为革命服务，艺术可以是一种宣传武器，用来打击、揭露敌人。由此万今声带领学生一起积极创作，配合时局，利用艺术进行政治宣传。他也在日后的教学岁月中深刻感受到鲁艺精神的力量。

1949年3月，吉林东北大学美术系与沈阳东北鲁迅文艺学院美术部合并，万今声被任命为绘画组组长。新中国成立前夕，为庆贺中华人民共和国的诞生，鲁艺美术部的师生日夜绘制宣传画，万今声直接在锌版上精心绘制了一幅题为《在毛主席指引下胜利前进》的宣传画，画面上红旗招展，毛主席挥手指引着前进方向。这幅画印刷出版后受到广泛流传，贴满了沈阳城区街道。

一、开疆拓土

1953年美术部从东北鲁迅文艺学院中分离出来，正式成立东北美术专科学校，1958年更名为鲁迅美术学院，万今声任绘画系与油画系主任。他始终站在教学的第一线，担任素描等基础课教学，为鲁迅美术学院油画专业方方面面的建设，开疆拓土，打下坚实基础。

1955年7月，全国各美术院校为了交流在素描教学方面的经验，以改进和提高素描教学的质量，统一制定教学大纲，明确素描原理、素描基本练习目的及素描的现实主义创作方向等问题，中华人民共和国文化部在北京中央美院召开了全国素描

① 李程:《20世纪留日油画家对东北地区油画的影响》,《美与时代：美术学刊（中）》2017年第9期。

教学座谈会。参加这次座谈会的共有二十二个院校，美术教员共五十余人。据马文启[①]先生在描述其老师教学生涯的回忆文章中写道："这次会议涉及院系调整和是否有条件开设油画、雕塑专业等问题。这次会议有来自全国各大美术院校的领导和主教素描的教授、讲师、助教参加，让各校参加会议的素描教师当场作画，要看真本事，见真章。万老师（万今声）不愧为美术教育的专家、素描教学战线的老将，不但在会议上论述了自己对教学的创造性见解，而且把理论体现在自己实际'表演'的习作上。万老师的素描引起了会议参加者的注目，受到董希文、金冶等教授、专家的好评，并获得了当时在中央美院油画研究班讲课的外国画家的赞许。据说当时中央美院院长江丰曾对鲁美的领导讲，'你们学校有万今声这样既有理论又有深厚素描功力的教授，完全有条件开办油画专业。'"[②]从这件事情不仅可以看出万今声个人的绘画功底，更看到他在新中国成立初期油画专业的建设与发展中功不可没。

· 万今声在课堂上

油画专业可以说是鲁迅美术学院在建院初期的代表性专业，而素描是绘画的专业基础，自该专业建设以来，教员及院系领导都强调素描这种基础课程的重要性。万今声作为油画学科的带头人，更是十分重视素描教学。他要求新生从进入美术学院开始，素描课程就要高标准、严要求，要做到"有法"可依、"有技"可循。他因为"长期从事素描教学，结合实践形成了自己一整套系统的理论与教学方法，坚持主张严格的形体塑造写生基本功训练。而且强调要有科学的训练体系，主张基本功训练要严，但严中有放，以严为主，认为凡属艺术表现范畴的可以放，属于规律认识范畴的一定要严。万今声还主张素描教学也要百花齐放，要根据学生特点，因材施教，因势利导，要按学生各自的艺术禀赋去发展，不能千篇一律、千人一面，都是一个模式，同样是严格的写实训练，画法上也不尽相同"。

万今声在鲁美的教学生涯中，非常注重理论总结和理论开发。他常常在报纸杂

① 马文启（1926.11— ），辽宁东沟人，擅长中国画、版画及书籍装帧设计，1949年在沈阳东北鲁迅美术部研究室学习。

② 马文启：《一代宗师——美术教育家、油画家万今声教授》，《鲁艺在东北·美术部专辑》，中国文联出版社，2006年版，第339页。

志上发表学术论文，探讨素描教学、油画创作等问题。其中有影响力的文章有《高标准、严要求——漫谈素描基础训练中的严和放》《素描问题八讲》《油画的色彩》等。在这些重要的理论文章中，他提炼总结出的许多具有实践意义的教学观点，至今仍对美术专业的学生有所帮助。他指出，“速写练习的优越性在于锐化视觉的敏感性，捕捉形象特征和动势姿态，进行有选择的扼要的传神动态表现，这对于素描长作业过程中抓大体、抓特征方面是个有益的补充训练。……更重要的是，速写注意把学生的训练实践卷入到生活中去，引起对生活的关心，活跃形象记忆的素质，这对创作才智的培养是非常有利的。速写画法，并无定格，人各不同，凭画者的即兴感受，条件反射地快画，意到笔随地多画，积量以求质。”①

· 油画《案头》，1984 年

如果说素描是油画绘画的基础，那么色彩则是油画创作的基调。万今声不但重视素描，更是忘我地追求色彩的意境感。万今声的艺术教学生涯主要有两大方面，“一是对色彩的捕捉，二是肩负起了艺术家的社会责任。前者是受日本油画艺术的影响，后者则是时代所趋。万今声十分重视油画色彩的表现，曾发表过《油画的色彩》一文，针对写生时万今声提出：‘画时应该为客观对象的色彩所吸引，所激动，充满感情地，以忘我的天真态度去捕捉自己的感受印象；临时想象色彩学是来不及的……色彩感受第一印象最为鲜明，最能概括地把握总的情调。’并且他还引用法国印象主义画家莫奈的话来证明对油画色彩的捕捉需要感觉与印象。莫奈说过：‘我希望自己生来是个盲人，然后突然将视觉还给我，这样，我就能观察到自然的原来面貌。’万今声的油画艺术不仅追求对色彩的瞬间感受，更是强调色彩与造型的结合”。②

· 素描《米开朗琪罗》，1979 年

学生周玉玮也曾在一篇文章中提到，万今声老师的教学不墨守成规，除了研究

① 万今声：《漫谈素描基础训练中的“严”和“放”》，《美苑》1985 年第 1 期。

② 李程：《20 世纪留日油画家对东北地区油画的影响》，《美与时代：美术学刊（中）》2017 年第 9 期。

古今中外的艺术文化遗产，还融会贯通，运用唯物辩证法加以实践。“在基础教学上，他（万今声老师）明确地提出‘先透后脱’的观点。所谓“透’就是首先提纲挈领地理解造型规律和艺术表现规律，落实到观察和表现上，能掌握整幅画面的全局和整个进展的全过程，而这只有通过严格的基本功训练才能获得，否则将是半瓶醋。所谓‘脱’是在过硬的基本功前提下，进入运用自如的发挥阶段。能够‘脱’才不至于僵化，为规律所局限，才能见画者的本色和独到处，而更富于艺术感染力。这是高年级学生和画家的事。‘先透后脱’这一教学主张，是万老从培养艺术上的尖端人才这一高远目标出发的，是积五十年教学经验，有针对性的提法。”

可以说，正是万今声秉持着这样既有深度又人性化的教学理论和培养方式，对学生进行有针对性的培养和塑造，才使鲁美的油画专业自创建以来，不断繁荣发展，人才辈出，成绩享誉国内外。可贵的是，万今声并不固守自我，而是不断在教学实践中总结艺术规律，还利用业余时间翻译外文，如克劳申的《色彩》，以丰富美术理论文献。

理论与教学始终并存于万今声的美育事业中。在教学上，万今声总是亲力亲为，诲人不倦。据学生们回忆，他总是同学生一起作画，给大家讲解、作示范。他认真观察每个学生的特点，亲自给学生改画指导，有些基础不好的素描初稿，经过万老师的改动，即刻起死回生，生动起来。万今声还经常不辞辛苦地带同学们到户外写生，他善于用机智的比喻和实践式的指导来代替理论性的说教。绘画艺术的教学就在于调动学生对形象的深刻感受力、表现力的热情。学生孙文超在回忆老师的教学艺术的文章中这样写道：“万老师特别重视在习作中保持艺术的整体性，认为失掉了整体性就丢掉了艺术本身，画家要向一位高明的乐团指挥，耳朵要超人的灵敏，精于察觉某个音符，哪怕最细微的不和谐，而及时给予暗示，画家的眼睛同样重要，也应是捕捉形象特征的触角，既善于调度造型的整体‘合唱’，又能明察秋毫，绝不可把习作堆成大拼盘，这些启示帮助同学们从细枝末节的困境中摆脱出来，站得更高了。”

三、勤于创作

万今声自从日本留学归来，即立于中国美术界讲坛上耕耘，悠悠数十年，从一而终。他一生诲人无数，桃李成蹊。他的众多学生对他的爱戴和感激之情，都融于笔下，溢于言表。学生周玉玮曾在文章中动情地写道：“在十年浩劫中，他经受了难以想象的磨难和凌辱，但他从来不向人吐露，一心所想的只是如何将有限时光献给教学。万老师回学校时，临时住处条件不好，他在四面透风的空闲大厨房中，不顾严冬的寒冻，摆上静物画习作。一天早晨，我有事去万老师家，看到老师围被伏在床上给干训班编写教材，他那全神贯注的情态令人感动……”学生马文启也在文中盛赞恩师：“一生忠诚于教育，精诚于艺术，他淡泊名利，生活乐观，从不计较得失，他教书育人，诲人不倦，为人师表堪称楷模典范。”

万今声不仅教学、著述立作，对于绘画创作也是用笔殷勤。课上课下，有时间就进行素描练习、油画创作。还常常自筹经费，去外地旅行写生。大型的作品虽不多，但是在各个历史转折的时间节点上，都有代表作品。如 1954 年创作了油画《攀登在祖国山岭上》，作品表现了在新中国成立初期，国家经济生产建设正处于恢复期，地质学家们不辞辛劳、不畏困苦、翻山越岭寻找矿藏，为实现祖国“四化”建设而努力，作品入选参加第一届全国美展。1958 年创作了油画《中朝会师》，现藏于中国革命军事博物馆。1959 年暑期，与乌叔养教授去桓仁县写生，收集素材，创作了油画《山沟有了水电站》，该作品参加了在哈尔滨市举行的“东北三省美展”。后又创作《引水上山》，作品出版单幅彩色画页；1979 年创作油画作品《石膏像》《十月》；1980 年作有《熊岳老城》《迎春花》；1983 年创作《常熟水巷》《沈园遗迹》；1984 年离休后，仍笔耕不辍，创作《雪后》《案头》；1986 年创作《女中学生》《离宫——蒙古式山庄》《村边》《马蹄莲》《旱莲》《故乡奥镜》《微雨》《山海关之晨》，以及《雉》（1987 年）、《乐山大佛》（1989 年）等，其中油画作品《大雁塔》被中国美术馆收藏。万今声大部分艺术作品均收录在《万今声画文集》中，该文集于 1991 年由辽宁美术出版社特约马文启教授编辑出版。此外，万今声还参加过

· 油画《沈园遗迹》，1983 年

· 油画《中朝会师》，1958 年

"紫罗兰"画展、第六届全国美展、新加坡画展以及在加拿大举办的画展活动等。

在这些优秀作品中，《中朝会师》很有代表意义。作品气势恢宏，场面壮观，属于中大型现实主义油画作品。作者以写实主义风格描绘了中国和朝鲜两国人民在峡谷会师的这一热烈场面。画面中以远山树木的静止衬托出人物的行动感，对比鲜明。所有人物的肢体动态准确而生动，动态感极强，色彩柔和，明暗过渡均匀。作者对雪后阳光照射下的色彩的捕捉描绘，不仅展示了其高超的色彩技巧，同时也让观赏者体会到一种兴奋激烈又宁静祥和的感受。战争与和平的意境感跃然纸上。

在当今时代的格局中回溯万今声的一生，发现他不是一个单纯的油画家或者美术教育家，他是不断地探索艺术理论、夯实艺术基础，并以此为肩负责任的具有时代意义的美术教育工作者。他曾说："我们的习作训练，不是为色彩而色彩，也不是为派别而派别，而是为了反映祖国的伟大现实……"万今声是一位将艺术事业与时代命脉相结合的具有崇高历史使命感的艺术家。而这一切也正是来源于历史的潮流，同时也与他工作于鲁迅美术学院这所具有红色基因传承的学校有关。[①]

（孟迪）

① 李程：《20世纪留日油画家对东北地区油画的影响》，《美与时代：美术学刊（中）》2017年第9期。

第五节 华君武

· 华君武

华君武（1915—2010），汉族，祖籍江苏无锡荡口镇，出生于杭州。1938 年到达延安，从事抗日宣传，并为《解放日报》画时事漫画。1940 年 4 月加入中国共产党。1949 年 12 月起，历任《人民日报》美术组组长、《人民文学》美术顾问。1961 年起，华君武开始在《光明日报》的《东风》副刊上发表“人民内部讽刺漫画”。曾任中国美协副主席、全国人大代表、政协委员，历任《人民日报》美术组组长、文学艺术部主任；中国美术家协会秘书长、书记处书记、常务书记、副主席、顾问；中国文联委员、书记处书记等职务。2010 年 6 月因病于北京逝世，享年 95 岁。

一、童年时代

华君武原籍是江苏省无锡市。他的父亲从日本留学归国后，被安排在浙江省医学专科学校任教，全家便随父亲迁居杭州，1915 年华君武于杭州出生，他的童年就是在这美丽的西子湖畔度过的。杭州的青山秀水孕育了他的艺术细胞，他要把这如画的景色画在纸上。他爱上了画画，可是母亲认为画画会一辈子受穷，不如学工科。母亲苦口婆心地劝他、叮嘱他，要他少画几张画，多学点数学。华君武最不喜欢的功课就是数学，发给他的数学演算本，他在上面画满了小人。他把自己一颗天真、热情、自信的心，全交给了画画。

学生时代的华君武就对漫画情有独钟。1930 年华君武在浙江省立第一中学读初中一年级，他创作的漫画《打预防针的学生》就在校刊上发表了。这幅漫画作品灵感来源于学校组织学生打预防针的场景。华君武看到几个调皮的学生，在打针过程中故意装作特别疼的样子，龇牙咧嘴作怪态，他用画笔记录下这一场景，创作出了顽皮的学生假装出的鬼脸形象。校刊的发表对于学生时代的华君武是极大的鼓励。

从此华君武开始画漫画，渐渐地桌面上的画稿越堆越高，他从自己的画稿中选了几幅满意的作品，向报社投稿，可是报社没有刊登这些漫画。华君武也没有因为第一次失败而灰心，他还是不停地画，不停地向报社投稿。一次又一次，画稿都石沉大海。他把自己每次寄出去的画稿作了记载，前后投出去的画稿累计起来有二百多幅。面对这些废稿，他仔细审视并冷静思考，终于悟出了一点道理：这二百多幅漫画都是模仿别人的漫画，照猫画虎画出来的，不是自己的构思。从此他开始了真正的创作。初中第二学年，华君武从一本诗集中读到两句诗："江南可采莲，莲叶何田田。"这两句出自古乐府的诗句给他提供了素材，启发了他的艺术灵感。他画了乘船采莲的女郎和圆形的荷叶，构成了一幅抒情韵味的漫画。①这次他终于获得了成功，漫画《江南可采莲，莲叶何田田》在《浙江日报》上发表了，报社还给了一块大洋的稿费。这一发表给华君武带来了喜悦和信心，进一步奠定了他今后的漫画之路。1933 年华君武考上上海大同大学附属高中，并从高中时期正式开始了漫画投稿生涯。

华君武高中毕业后，在上海商业储蓄银行任初级试用助理行员，同时继续漫画投稿。华君武在自传《漫画一生》中，非常自谦地谈到为何选择漫画这样的艺术形式："我自幼喜欢绘画，但一画静物，就很狼狈，总也画不像，我喜欢用比较随意的、写意的手法画画。这符合我的性格，最终我选择了漫画。"②

二、延安时期

1937 年全面抗战爆发，"八一三"日本侵占上海后，大量的有志青年、学生和文艺工作者形成"到延安去"的潮流。华君武以救亡图强为己任，怀着一腔热血，瞒着母亲，从上海出发，几经周折，经过香港、广州、长沙、汉口、重庆、成都、西安，最终到达延安。从此以后，他以漫画为武器，把自己的命运与祖国的命运紧紧结合在一起。

1938 年 11 月华君武到达陕北，并加入陕北公学 48 队。同年 12 月华君武到延安鲁迅艺术文学院，在美术高级班、漫画研究班任研究员。1940 年到 1945 年的 6

① 孙海鸥：《画了 200 幅废稿之后——华君武的故事》，《上海企业》2019 年第 11 期。

② 华君武：《漫画一生》，《新闻与写作》2008 年第 4 期。

年间，他先后在艺术指导科、美术工场美术系任支部书记、教员。华君武于1940年加入了中国共产党，成为一名无产阶级先锋战士。

华君武初到延安的几年，当地百姓并不喜欢他的漫画。老百姓看惯了在墙报上面的连环画和宣传画，看不懂华君武画的漫画。华君武开始自我找原因，并发现自己一直是模仿西方画漫画的技法和表现方法，延安的老百姓肯定看不懂也不喜欢看。后来他深入生活，走到工农兵当中去，观察他们的生活，学习他们的语言。此后华君武的漫画有很大的转变，追求民族化与大众化。百姓看得懂了，也爱看了。他说："这都是后来我追求的一个方面，假如没这些东西，我的漫画也不会这样，所以现在我说真话，没共产党对我的培养，就没今天华君武的漫画。"

· 1942年，华君武与蔡若虹（右）、张谔（左）在延安举行的"讽刺画展"时合影于延安军人俱乐部前

华君武在延安时期有幸与毛泽东有三次接触，受到很多宝贵的教育和启迪，对他此后作品的内容和思想有着深远的影响。第一次是1942年，华君武和蔡若虹、张谔在延安军人俱乐部举办"讽刺画展"，作品60余幅，作品内容对延安新社会中存在的某些弱点和不足给予指出。参观者络绎不绝，毛泽东也来参观了画展，并在看完画展后对华君武说："漫画要发展啊。"华君武对照自己的漫画作品，仔细琢磨毛泽东的这句话，他认识到：这个画展有很大的片面性。他举例说："我们三个人画了一个红军干部，钢笔插了五六根。那个时候红军干部一般都是农民出身，从小没有上学的机会。他们接受了教育以后，就喜欢买支钢笔插一插。要提高文化水平，当然不是插几根钢笔就行。但抓住这件事做文章，其实还是很片面。"第二次是同年8月，毛主席邀了华君武、蔡若虹、张谔三个人到家里做客。在给予赞扬、勉励的同时，毛主席以登在《解放日报》上华君武的漫画作品《1939年所植的树》举例，谈了"一定要弄清楚个别和一般的关系，局部和全局的关系"。毛主席说："种树不去好好地保护，这是可以批评的。但是这样子讲就是像整个延安的种树都是不好。应该是王家坪种的不好，就说王家坪植树怎么样怎么样。"毛主席还说："对人民的缺点不要老是讽刺，对人民要鼓励，对人民的缺点不要冷嘲，不要冷眼旁观，不要热讽。"华君武后来说："这就很明确地批评了我

们的片面性。一个这么伟大的领袖管我们的漫画展，恐怕世界上还没有。”[①]此后，华君武对自己的漫画作品进一步做了反思和总结，片面性的漫画相对减少了。延安文艺座谈会，是华君武第三次见到毛泽东，华君武在现场聆听了毛泽东在延安文艺座谈会上的讲话。此后，在艺术创作的实践中他不断领会毛泽东关于“文艺为工农兵服务、为人民大众服务”的重要论述，他的文艺观和创作风格发生了转折性的变化，“群众是否看得懂”成为他创作的前提。之后，他创作了一批漫画佳作：《肉骨头引狗》《丰收》《诱降》等，其作品锋芒显露，直指阶级敌人。

· 木刻版画《榜样》，1945 年

· 漫画《肉骨头引狗》，1947 年

华君武后来在谈到延安时期的生活时说：“虽然艰苦，但纯洁的同志关系、火热的学习生活、昂扬的革命热情，既使年轻的华君武树立起无产阶级世界观，又使他感受到一生中从未有过的快乐。”他说延安的“生活是很艰苦的，并没有觉得苦呀，那时候真是革命乐观主义”。

三、东北时期

1945 年，鲁艺根据中共中央“向北发展，向南防御”的战略部署，组成鲁艺文工团。华君武随鲁艺文工团前往东北解放区，1945 年 11 月到沈阳，12 月调东北日报社工作，一直到 1949 年解放战争胜利。华君武在东北工作生活了近五年，这一期

① 钟关平：《感悟华君武》，《中华魂》2007 年第 9 期。

间是他漫画创作的一个高峰，他的漫画开始被老百姓所熟知并产生很大的影响。其间创作了《肃清贪污游戏》《进攻的踏脚石》《磨好刀再杀》《教师爷陈诚》《打了再给》《运输队》《在反革命的后台》《春天到，河冰解》《就位》等优秀漫画作品。如：1947 年他创作的漫画作品《磨好刀再杀》，画中国民党反动派一手持写有“和平方案”的盾牌，一手正在磨刀霍霍。该画画风简练、生动，形象地表现出在解放战争时期，蒋介石向美国求援助：要钱、要物、要军火，是打着和平谈判的幌子，准备内战的丑恶嘴脸。

· 漫画《磨好刀再杀》，1947 年

华君武这时期的作品最突出的特点是成功地塑造了“蒋介石”的漫画形象，而且形象十分富有感染力，其作品内容多是揭露蒋介石，反映蒋家王朝的崩塌，这些漫画揭露和打击了敌人，鼓舞了人民的斗志，有力地配合了人民解放战争的伟大进程。因此，国民党特务组织将华君武列入暗杀的黑名单，并冠以“诬蔑领袖”的罪名，这使华君武成为反蒋的“文坛英雄”。

华君武这一时期的漫画作品标志了他的独特画风的正式确立，并达到一个全新的水平。华君武成为解放战争时期最有代表性的漫画家之一，其风格在他下一阶段的艺术创作实践中，得到延续和发扬光大。

四、新中国成立后

中华人民共和国成立后，华君武的漫画作品始终犀利尖锐、爱憎分明，斗志不减当年。1949 年 12 月，华君武被调入人民日报社工作，并任美术组组长，负责报纸的美术和摄影，后又任文学艺术部主任、编辑部党支部书记。

华君武在纪念《人民日报》创刊五十周年的文章中回忆：“五六十年代范长江、邓拓关心漫画，我们请他们和漫画作者见面，讲解时事，分析问题，谈政策，提高大家的认识，对漫画创作有很大的帮助。可以说，报纸培养了漫画家。”可见当时的人民日报社是非常重视漫画工作的。

1953年，华君武历任中国美术家协会党组副书记、秘书长、书记处书记、副主席、顾问等职务，他的主要精力开始处理美协的事务。这时华君武的漫画创作也从配合时事新闻转向关注社会生活。这一时期，华君武的漫画按题材大致可分为国际时事类、内部讽刺类和漫画插图类。其中更为突出、影响力最大的是“内部讽刺漫画”。1959年至1965年《光明日报》“东风”副刊上，刊发了大量这类漫画作品，画家们称它为“小小试验田”。

华君武始终对社会生活题材进行思考与探索。经过多年的创作与摸索，其漫画作品将反映人民内部矛盾的功能重新发展起来。华君武谈到此举的目的时，感慨道：“新社会也存在旧思想、旧意识，这是人们头脑中从旧社会带来的。共产党反对这种旧的思想、意识、作风，所以提出世界观的改造……旧思想不会因为社会制度的改变而自动消灭，这就是社会主义长期存在的矛盾。漫画批评讽刺旧的也就是帮助建立新的……”1957年，华君武在毛泽东《关于正确处理人民内部矛盾的问题》的论断发表后，更坚定了这种看法，不久他便推出了“人民内部讽刺漫画”。华君武就此漫画的创作，总结了三条：“一、画错误的思想不针对人，亦对事不对人之意，也可以避免自动对号入座。二、漫画是一种批评，对待人民内部也要与人为善，不要丑化。三、也批评人性中的弱点，思想方法上的形而上学，等等，以扩大漫画的题材。”

20世纪50年代后期，美术界受“大跃进”的浮夸作风影响，形成一股千篇一律的模仿风气。华君武深感“用古代英雄和神仙出台已在美术创作上成为一种互相抄袭、模仿、公式化的倾向”。于是华君武创作了大量的讽刺漫画作品，如批评给人扣大帽子的作品《杜甫检讨》，批评多子女的作品《“大”“小”家庭》，批评占用公用电话胡侃的作品《生根》，批评胡乱生造简化字的作品《仓颉认字》，批评杞人忧天生活态度的作品《看医书》，批评空洞而冗长发言的作品《误人青春》，批评文化水平不高的作品《听相声》等，这些漫画作品给读者观众留下了深刻的印象。

· 漫画《杜甫检讨》，1990年

华君武新中国成立后的作品，其思想的深度、选材的广度都超越了以往，并达到一个新的水平，受群众所熟悉和喜爱。

华君武始终关心国家大事，关注国际风云变幻。他针对国人随地吐痰等陋习，画了漫画《文明车队》，还配写了短文《雪耻》。有的餐厅为赚钱，挂起希特勒像；还有照相馆开设日本军服照相业务，他拍案而起，作画进行抨击。华君武还针对文艺界出现的消极现象，写文章进行批评，认为，漫画不能为了“搞笑”，而丢掉“斗争性”，“变成茶余饭后休闲逗乐的东西”。

·漫画《误人青春》，1961 年

华君武的漫画艺术审美价值是十分独特的，既讲究立意、含蓄、夸张、幽默、庄重等的艺术内容美，也追求造型、线条、构图等的艺术形式美。在华君武的漫画作品里，形式美与内容美不可分离地结合于一体之中。[①] 华君武以他敏锐的视角观察社会，针砭时弊；用手中的画笔为武器，成为一名无产阶级先锋战士。华君武说：“不到延安，没有党的教育、毛主席的教育，也就没有我的漫画，没有华君武的今天，这一点是感受非常深刻的。”华君武始终不忘毛主席对他的教诲，不忘延安对他的培养，不忘一个共产党员所肩负的历史重任和光荣使命。

（李丹青）

① 杨树山、胡平：《华君武漫画艺术的审美价值研究》，《艺术与设计》2013 年第 5 期。

第六节　杨角　张晓非

· 杨角、张晓非

杨角（1916—1998），别名杨力森，字立生，黑龙江绥化人。擅长油画。1935 年学习于北平美专绘画系，1937 年毕业于上海美专西洋画系。历任延安鲁迅艺术学院美术教员，东北鲁迅文艺学院教授，东北美专校长，哈尔滨艺术学院美术系主任，哈尔滨市文联创作室主任，黑龙江省委宣传部副部长、顾问等。作品有《摇篮》《张志新》《九十老人》等。

张晓非（1918—1996），出生于黑龙江省双城县。曾用名张力、张莹。1935 年到北平美专绘画系学习，拜李苦禅等名家学国画。次年转入杭州国立艺术专科学校，师承林风眠。在校期间因参加学生救亡运动遭当局逮捕，获释后于 1937 年转到上海美术专科学校学习油画。“八一三”抗战后，参加上海妇女运动促进会及上海美术界救亡宣传队。1950 年任东北鲁迅文艺学院副教授，1952 年任东北美术专科学校副校长，1954 年当选为辽宁省政协委员。作品多次参加全国、省、市美展。为中国美术家协会会员。

杨角

一、革命艺术履历

杨角早年就读于黑龙江省第二中学（今绥化市第二中学前身），毕业后入北平交通职业学校，1935 年入北平美术专科学校绘画系学习。受鲁迅作品熏陶，在校组织“狂人画会”“世界语研究会”，并担任“坦克画会”的负责人。在当时北大学生卢狄（即陆平）等人影响下，积极参加北平“一二·九”学生运动，加入了中华民族解放先锋队。1936 年转到上海美术专科学校西洋画系学习，因参加进步活动被当局逮捕入狱。1937 年上海美专毕业后，因抗日战争爆发，原拟赴法国勤工俭学的计划作罢。是年夏，与画家女友张晓非结婚，并投身于上海“八一三”抗战宣传工作。上海沦陷后，于 1938 年同夫人辗转奔赴革命圣地延安。先入陕北公学学习，同年 7 月入鲁艺美术系第二期学习，9 月份加入中国共产党。①

1938 年 11 月，杨角被分配到太行山抗日根据地民族革命艺术学校任教官。1940 年任“太行鲁艺”（晋东南鲁迅艺术学校）秘书长兼美术系主任。1943 年回延安鲁艺美术部任研究员，任美术系第五、六届教员。1945 年日本投降后，杨角随大部队奔赴东北解放区工作，先后担任扶余和肇州县民运部长。1948 年，调任鞍山钢铁厂总工会秘书长。1950 年至 1952 年任东北鲁艺教务长和美术部长。杨角任东北鲁艺美术部长时只有 32 岁，他为鲁艺美术部的初创时期打下了坚实基础，奉献了自己的青壮之年，是东北鲁艺美术部创办过程中名副其实的开拓者和奠基人。

孙恩同②曾在回忆文章中写到，1950 年解放战争刚刚结束，鲁艺美术部底子薄，教学设备很简陋，缺少应有的教具，更重要的是缺乏师资力量，美术部只有五六名骨干教师，从东大来的石泊夫、万今声、孙常非、傅鑫华；师专来的李寿如、王盛烈；从长白师院来的张德田、陈执中、张世忠。面对有限的师资，杨角并没有被这些困难吓倒，他说：“我们鲁艺美术部底子薄，一穷二白，没有中央美术学院名教授那样多，这不要怕，我们要‘走出去、请进来’，自力更生，下大力气自己培养，缺啥补啥…… 我们要自己培养素描教员。”杨角把小食堂利用上办素描学习班，请万今声教授为指导。他亲自带头画素描，带动一批教员参加，榜样的力量是无穷的，大家进步很快，每个人都想要把鲁艺美术部办成优质的、出色的、有特点的学校，劲儿往一处使，那种团结向上的精神、如一团火般的学习劲头，难于言表。③

二、东北美专时期

1953 年，东北鲁艺美术部改制为东北美术专科学校，杨角是首任校长兼党组书记、教授。杨角担任东北美专校长期间，为学校正规化建设倾注了许多心血。“建国初期，百废待兴，困难重重，白手起家办学校谈何容易，从基本建设，师资配备，到教学大纲、后勤保障甚至资料建设作品收藏等都亲自承办。建设一支实力雄厚的

① 王恩吉:《一位沧桑老人的背影——怀念杨角老师》,《美术》1998 年第 5 期。

② 孙恩同，中国现代国画家，鲁迅美术学院国画系教授。1949 年东北鲁迅文艺学院美术部研究生。

③ 孙恩同:《忆杨角和张晓非》,《鲁艺在东北·美术部专辑》，中国文联出版社，2006 年版，第 297 页。

教师队伍至关重要。一批资深教授成为美专的基石，又培养了一大批中坚力量，只几年时间，学校已初具规模。1958 年东北美专升格为鲁迅美术学院，杨角老师夫妇功不可没。每念及此，人们无不称颂。”[①]

从办学到教学再到抓创作，杨角都亲力亲为，事事关照。他对教学有一种高度负责的精神，对治学有着一丝不苟的严谨态度。学生陈尊三[②]曾讲述过这样一件小事：“大约是 1954 年吧，杨角同志由国内寄来一封信，信中说国内出版了一册苏联素描教程的书，对其中头像素描的步骤图产生了困惑，因该书的头像素描步骤的第一图将人的头部先画成一个涂有明暗调子的鸡蛋形，由此依次逐步画成人的头部，他问我苏联美院上课也是这样画的吗？我当即回信说实际并非如此，头像自打轮廓伊始即将头部理解为以颧骨为转折点的立方体，完全不必画成概念化的蛋形，后来我听说杨角同志对此回信极为重视，立即公开传阅并付诸实施于教学之中。”[③]这件小事充分体现出老艺术家的治学态度和雷厉风行的办事作风。

· 油画《抗联战士》，1957 年

在艺术创作生产实践上，杨角毕生都遵循现实主义创作方法，坚持发扬延安精神，继承鲁艺传统。他在 1984 年鲁迅美术学院创作座谈会上的讲话就印证了自己在这个时代中的艺术追求。他说：“鲁艺这个响亮、光辉的名字与我们学院有着直接的历史渊源，它就是我们学院的前身，也可以说我们这几代人都是直接或间接地从延安走出来的。正是这个革命艺术教育的老传统——延安精神才使我们这个学校能够沿着正确的轨道克服一切困难发展壮大起来的。几十年来，延安鲁艺、东北鲁艺、东北美专、鲁迅美院所培养的人才已经遍布全国，成为我们艺术事业的骨干和领导力量，他们在社会主义的文艺大军里树立了一种优良的作风，做出了优异的贡献，形成了鲁艺特有的风格。我们回顾历史不是要重复过去一些特定时代的某些具体做法和问题的提法，而是要从革命传统中学习他的精神……”[④]

从美术部创建初期到东北美专时期，杨角一直秉持着鲁艺传统建学办学、教书

---

① 王恩吉：《一位沧桑老人的背影——怀念杨角老师》，《美术》1998 年第 5 期。

② 陈尊三，版画家、美术教育家，在杨角任职期曾赴苏联留学。

③ 陈尊三：《难忘的年代——回忆杨角 张晓非二三事》，《鲁艺在东北 · 美术部专辑》，中国文联出版社，2006 年版，第 288 页。

④ 杨角：《继承发扬鲁艺的革命传统》，《美苑》1984 年第 2 期。

育人。他要求学生在学习专业理论和绘画技巧之余，必须深入工厂、农村，深入生活。他为学生耐心讲解从“小鲁艺”迈向“大鲁艺”的现实意义，讲解如何深入生活，如何确定创作选题，他指引学生，生活是创作的源泉，他说：“要深入到群众生活中去，不要浮在上面，始终把群众作为教师和知心朋友不能动摇，生活中有积极的一面，也有消极的一面，选题要选积极的题材，这是最关键的，不能见啥画啥，有了题材下一步要用什么形式恰如其分地表现出来也很关键。为了创作要收集有用的素材，有目的的来画你所需要的人物环境、道具。”①他认真批阅学生的创作草图，让大家从实际出发，收获良多。

作为建设时期的美术院校，艺术创作尤为重要。杨角在校期间曾组织创作了连环画《我要读书》，由在校生王绪阳、贲庆余（1929—2004）绘制，成为20世纪50年代优秀的连环画作品之一，获得全国青年美展一等奖和全国连环画一等奖。路坦、陶治安、周立、王绪阳、贲庆余合作的连环画《童工》，当时也轰动一时，获宋庆龄基金会全国少儿读物一等奖。王盛烈的《八女投江》，贲庆余的《瓦岗军分粮》等作品都享有盛誉。可以说，1955年美术部的毕业创作成绩很是突出，这是以鲁艺精神指导教学所获得的重大成果，杨角、张晓非功不可没。

· 油画《摇篮》，1963年

三、离开鲁美的岁月

杨角、张晓非本于1957年调任北京国务院文化部工作，尚未就职夫妇二人便被划为“江丰②反党集团”骨干，定为右派分子，下放到黑龙江北大荒农场。1960年至1966年，杨角恢复工作，任哈尔滨艺术学院美术系教员、系主任和哈尔滨市文联主任、创作员。正当他想为哈尔滨艺术学院倾注艺术理想之时，“文化大革命”的发生使他再度受到冲击。1972年至1978年，他重回哈尔滨创作评论室任创作员。

① 孙恩同：《忆杨角和张晓非》，《鲁艺在东北·美术部专辑》，中国文联出版社，2006年版，第296页。

② 江丰（1910—1982），擅长版画、美术理论、美术教育。1938年赴延安，负责编辑《前线画报》。曾任鲁迅艺术学院美术部主任、中央美术学院副院长、中央美术学院院长、中国美术家协会主席。

1979 年“右派分子”问题得到平反，恢复党籍。“杨角同志为了等候他的结论，在北京待了近两个月之久，当他拿到文化部发给他的改正结论文件时，那种欢欣鼓舞的神情至今仍历历在目，那一个结论仿佛宣告了他的新生。”① 哈尔滨话剧院曾以杨角跌宕起伏的革命经历为原型创排了一部话剧《妈妈，你听我说》。

1980 年，杨角任哈尔滨市文联副主席、党组书记，哈尔滨市政协副主席，市人大代表。1981 年任中共黑龙江省委宣传部第一副部长，兼任省文化局党组书记，省政协委员，省国际文化交流中心理事会理事。1983 年退居二线，任省委宣传部顾问，并当选为省文联副主席、中国美术家协会常务理事、理事，中国书法家协会会员。

· 油画《玉泉农家》，1964 年

自 20 世纪 50 年代以来，杨角画了许多描写劳动生活的风俗画、肖像画和自然风景画。如《菜园》《放牧》《抗联战士》《九十岁老人像》《收蚕茧》《完达山早春》《秋收季节的午餐》《云山傍晚》《九月的早晨》《摇篮》《作家萧军像》《场院》《老人像》《高粱地》等。其中油画《玉泉农家》被中国美术馆收藏。《爱德华·杰·特温博士像》被美国堪萨斯大学收藏。他的书法作品根基扎实，遒劲潇洒，曾获日本国际美术协会的奖项。友人王琦盛赞他用笔讲究，字体挺拔，工整圆熟，潇洒自如，不落窠臼。国内多处碑林有其书法作品刻石，美术馆、图书馆、纪念馆藏有他的作品。1991 年，杨角在黑龙江省美术馆举办了个人书法展，展出书法作品计 100 多件。

· 油画《九月的早晨》，1960 年

晚年杨角离休在家，完成油画《诗人艾青肖像》《张晓非肖像》等。

杨角晚年体力渐衰，但精神不减，仍潜心学问，关心国事，关心培养年轻人。每每发现天资聪颖的少年人才，便如获至宝，悉心辅导。青年雕塑家李向群、青年女画家曹香滨

① 王琦:《无尽的思念》,《文艺评论》2002 年第 5 期，第 80 页。

就是自幼受杨角老师教育指导而成才的。杨角为学生们的每一件作品的诞生而喝彩，并如数家珍般地把他们的作品照片珍藏在自己随身的记事本中。甚至在病逝前几天，他还在询问青年画家曹香滨当选“中国画坛百杰”的事情。①

1998 年 1 月 24 日，杨角先生在哈尔滨因病逝世，享年 82 岁。

张晓非

一、一作成名

张晓非的命运路线与丈夫杨角密不可分。在校期间，二人就共同参加一些学生运动，婚后更是目标一致，共同做进步青年。她于 1938 年同杨角共赴延安，入延安鲁迅艺术学院美术系学习。同年 8 月加入中国共产党。1939 年到抗日根据地晋东南鲁艺任教四年。在教学的同时，创作了大量的反映抗日重大题材的美术作品，其中《会议》获“八路军创作一等奖”。

1943 年，张晓非同杨角回到延安鲁艺美术部研究室工作并参加了延安整风运动。在此期间，她创作了木版年画《识一千字》《人兴财旺》等优秀作品。后来在江丰同志的支持下，她把年画《识一千字》刻成套色木刻，连同《人兴财旺》都邮寄到国统区，引起热烈反响。当时大后方已开展一场热烈的有关文艺民族形式的大论战。在美术界，曾经把焦心河②的木刻《制军鞋》看成是运用民族形式较为成功的作品，这回见到张晓非的《识一千字》，大家认为这是美术作品运用民族形式的又一收获。这幅作品更多运用了我国民间木版年画的特点，造型完整，线条清晰，色彩鲜明强烈，在中国现代版画史和年画史

· 年画《人兴财旺》，1944 年

① 王恩吉:《一位沧桑老人的背影——怀念杨角老师》,《美术》1998 年第 5 期。

② 焦心河（1917—1948），原名思贺，字德庆，又名星河、新贺、星鹤，河南泌阳县人。木刻艺术家。

上应占有重要地位。①

据张晓非自己回忆："当时搞创作，思想非常单纯，没有想要打出去，走向全国、走向世界的雄心壮志，只是一个心眼儿，怎样为抗战出力，为工农兵服务。这就要想办法使作品能为他们所理解、所接受、所欣赏、所利用。也就是要解决'如何为'的问题。这问题当时对我们所谓受过正规美术教育的人来说，还是一个难关。我从西洋素描训练和绘画名作那里培养起来的审美观点和艺术趣味，就成了克服这一难关的障碍。例如：总认为希腊鼻子是最美的，深眼窝也是最美的，因此，往往画得不像中国人而常受指责。那时还不时兴像现在这样，把歪歪扭扭的变形也算美的说法，更不存在'只要二三好友看懂就行'的理论，倒是强烈要求为群众喜闻乐见，否则便无用武之地。面对这种现实情况，我醒悟到必须解除洋教条对我的束缚，才能进入新的创作境地。给我开动脑筋、开阔思路的力量，有我们研究室的集体，有领导人的启发，最主要的还有《在延安文艺座谈会上的讲话》指引我在创作上进行新的探索。"②

二、东北时期

抗战胜利后，张晓非被调到东北解放区参加土改运动，先后担任肇州、扶余两县的宣传部长。1948 年任鞍钢总工会文教部长。工作之余，画了大量反映工人生活的速写，创作了大型油画《第一炉钢水》。在她的指导下，东北鲁艺美术部前来参加教学实践的学生们用连环画形式创作了《老孟泰》，再现了全国劳动模范孟泰的动人事迹，在全国产生极好的影响。学生陈尊三在回忆文中写道："我们就带着这样的创作冲动去画速写，然后构图、起稿完成一套表现全国闻名的英雄人物老孟泰的连环画。在杨角同志和晓非同志的帮助下，一幅幅推敲、修改，画得非常顺手，不仅艺术实践上得到了提高，在思想上也经受了锻炼。过去'革命大熔炉'一词对我来说只是个抽象的概念而已，而现在到了鞍钢，才

· 人物速写，1957 年

① 王琦：《无尽的思念》，《文艺评论》2002 年第 5 期。

② 张晓非：《在延安鲁艺进行创作的点滴回忆》，《美苑》1984 年第 4 期。

有了那么丰富那么新鲜而形象的体会。”①

在鞍钢，张晓非和杨角还组织学生创作《鞍钢画报》，创排出许多富有现实主义气息的艺术作品。张晓非那大气的性格、爽朗的笑声以及女性特有的细心关切，都给同学们留下了美好的回忆。在人们的记忆中，她是浪漫自由的艺术家，是不断给人以信心鼓励的好领导，是能与同事、同学在艺术生活上共同奋进的好同志，也是关心爱护学生身心发展的好老师。她与杨角以宽阔的胸怀，乐观向上的人生态度，身体力行的榜样力量、务实精神，团结同事团结集体，带动一代又一代美术师生的成长。

1950 年，张晓非调任沈阳东北鲁艺美术部副教授兼绘画系主任。1953 年又任东北美术专科学校副校长兼党组副书记。这期间，结合教学创作了油画《高坎村》《秋收季节》等作品。在东北美专任职期间，她深受师生爱戴，许多学生把她视为亲人，其专业水准和政治素养更是妇女干部的典范。

· 水粉《保加利亚 18 世纪的街道》，1956 年

1956 年张晓非以画家身份出访保加利亚，在莫斯科参观了特列恰科夫画廊，访问了一些画家，画了一批油画风景写生作品，如《保加利亚代拉诺沃风景》等，促进了国际文化交流。她回国后撰写了《访保加利亚美术家》的文章，发表在 1956 年 11 月《美术》杂志上。“她的作品灵感和素材都是从劳动生活中汲取得来，如《月光下的场院》《北大荒的早晨》《北方农村之秋》等，色彩鲜明、浑厚，用笔开阔自如，气势磅礴，与她的性格相似。在明朗灿烂的色调中，不仅令人呼吸到大自然的清新空气和浓郁的生活气息，更使人感受到作者豁达开朗的心境和对艺术执着追求的精神。”②

· 油画《高坎村 》，1955 年

① 陈尊三：《难忘的年代——回忆杨角 张晓非二三事》，《鲁艺在东北 · 美术部专辑》，中国文联出版社，2006 年版，第 291 页。

② 王琦：《无尽的思念》，《文艺评论》2002 年第 5 期。

三、创作不息

1957年，张晓非随丈夫杨角调北京国务院文化部工作，未及成行即被打为“江丰反党集团”骨干，发送黑龙江北大荒农场。1960年调回哈尔滨艺术学院美术系任教，并出任美术系主任。之后，负责组建了哈尔滨市美术工作室（现哈尔滨画院前身），并使之成为哈尔滨市最有实力的美术创作团体，为哈尔滨市培养了一批美术人才。在这期间她创作了大幅油画《往事》，寄语过往的浮沉人生。就在她收拾心情、整顿人生，准备迈向新的事业篇章之际，“文化大革命”到来，她同丈夫杨角又一次被卷入命运的旋涡之中。十年浩劫，她身心备受摧残，长期患病直至半瘫状态，长达二十年之久。1979年其“右派”问题得到平反，恢复了党籍。

许多人为张晓非这样一位有灵性的艺术家过早止步于艺术而惋惜，更多的人为她承受身体病痛折磨而心疼不已。但张晓非仍以顽强的生命意志战胜了命运对她的禁锢，她在半瘫中训练自己用左手绘画，渐渐的，色彩又从记忆里纷至沓来，她用残缺的生命再一次尽全力拥抱艺术。她的学生雪韵在文章中激动地描述：“这时期她最喜爱和擅长的是画花卉、静物。我看到她用从不曾拿过笔的左手艰难、激动地调着颜色，用斑斓跳跃的色彩表现盎然的生命，以苍凉深沉的笔触托出老艺术家在晚年身残时刻追求艺术的虔诚之心和永不泯灭的生命热情。她的系列写生创作《芍药》《野菊》《达子香》等展现在我们面前。这些作品参加了在中国美术馆和黑龙江省美术馆的展览，并被报纸杂志多次刊登，油画《达子香》被中国美术馆收藏。”①

张晓非一生创作了许多油画作品，极具个人风格，她主要的油画作品有《炊烟》《海滨》《保加利亚维多山风景》等，其中《迎春》（1985年）被中国美术馆收藏。1990年完成的水彩画《野花》是她一生中最后一幅作品。1996年8月26日，张晓非先生在哈尔滨逝世。

四、作品赏析

1.《识一千字》

这幅作品得到江丰、王曼硕、王式廓、莫朴等画家的充分肯定，认为其地方特色、民族风格鲜明，构图丰满，注意了年画的装饰性，不死板，不落俗套，设色鲜

① 雪韵：《永不泯灭的生命热情——怀念张晓非老师》，《美术》1996年第12期。

而不艳，具有健康朴素之美。[①]新中国成立后，《识一千字》数次参加了全国性展览，《美术》杂志和许多刊物都登载过这幅作品。1980年作品被选送到联合国教科文组织举办的美展展出，现藏于中国美术馆。1991年再度参加了由中国美术家协会、中国版画家协会主办的《中国新兴版画回顾展》。该作品是延安时期最具代表性的作品之一。

· 木板油画《识一千字》，1943年

2.《冬天的北大荒》

作品创作于作者在北大荒劳动改造时期。虽然描绘的是冬天的北大荒，但是作者还是以暖色调去表现，太阳散发着温暖的光，大地也呈现着冬日的暖意。作品整体气息体现了作者虽然在逆境中，但仍然对生活充满了希望。画面中的主体是牛车和赶牛的人，体现了作者对劳动人民的关注和歌颂。

· 油画《冬天的北大荒》，1958年

3.《野花》

这幅作品是作者生前最后一幅创作。作者晚年瘫痪在床十余年之久，因为对生命和艺术的热爱，锻炼自己左手执笔创作。这幅水彩静物画，笔触简练，用色轻薄，但表现出的画面整体却是立体厚重的。图中野花开得正旺，色彩丰富，体现作者对生活永恒的热爱，然而画面背景的黑色似乎要弥漫吞噬这一簇鲜艳的生命，让人在明快的心境中有一丝忧虑。这似乎是作者对自己生命最后时刻的内心写照。

· 水彩画《野花》，1990年

能够给予张晓非生命动力的除了艺术，一

① 张晓非:《在延安鲁艺进行创作的点滴回忆》,《美苑》1984年第4期。

定是她的爱人杨角。这位与她一直共同经受命运沉浮的老艺术家、教育家，在她患病二十余年里，不离左右。“尽管她语言不流畅，但每一个手势，每一句模糊的语言，杨角都能理解，这一对情深意厚度过金婚的老夫妻的心灵永远是相通的。两位半个世纪的患难知己常常相对而坐，从延安窑洞谈到抗战的生死经历；从米开朗琪罗、毕加索、列宾谈到组织抗日救国的‘坦克画会’；从在北平参加‘一二·九’学生运动谈到在北大荒的艰苦改造和偷偷作画以及共同热爱的艺术教育事业……”①

杨角与张晓非，这一对革命夫妻伉俪情深。在延安鲁艺文艺革命摇篮时期以及后来东北鲁艺的黄金时代，都留有二人携手共进的足迹。杨角沉稳大气，张晓非浪漫活跃，两个人从性情到精神追求，甚至在二人的艺术创作上，都能体现出一种互补式的平衡感。他们在青年学艺之时就已经认定彼此，常一同在西子湖畔，唱着当时流行的进步歌曲，在共同的理想中畅想着未来，那种珠联璧合的默契羡煞旁人。二人一生辗转大江南北，为东北鲁艺的建设和国家美术教育事业贡献了毕生之力。

（孟迪）

① 雪韵:《永不泯灭的生命热情——怀念张晓非老师》,《美术》1996 年第 12 期。

第七节 张望

· 张望

张望（1916—1992），曾用名张致平、张广赞。曾任鲁迅美术学院院长、党委副书记、教授。任中国美术家协会理事、中国版画家协会理事、辽宁省文联委员、辽宁省美术家协会副主席、辽宁省科学美术协会理事长、辽宁省版画学会名誉会长、中国鲁迅研究会理事、东北鲁迅学会理事、《版画》杂志编委等职务。担任第八届沈阳市人民代表、第四次全国文代会代表。

一、新兴木刻运动的战士

张望1916年出生在潮州城，籍贯广东大埔百侯南山村，百侯张氏曾是当地的名门望族，族中之人或经商或从政，富甲一方，颇有势力。上世纪初，张望之父张敬城举家前往汕头发展。张望1922年读大埔旅潮小学，小学时曾拜两个画匠为师。1928年在汕头洄澜中学读书时，张望到地方上一些留法、英、日的学生办的私人画室，每个暑期都在各画室画石膏头像或静物画。

1931年张望考上上海美术专科学校。在上海学习三年半，后来张望家境败落，在美专学习时的后期生活最困难，家里借债来交学费，吃饭和房租等都是东拼西凑，乃至上当铺典当有限的衣物来解决的，因此难免要挨饿。这时期可以说是张望参加革命的准备阶段。

鲁迅先生从1931年创办“木刻讲习会”起，便热心倡导新兴版画运动，培育青年学生学习版画创作，希冀造就一批以版画为战斗武器的美术家，用艺术唤起民众觉醒。

中国左翼文艺运动兴起，鲁迅为革命美术而奔走呼喊，给予青年木刻群体热忱的指导和扶持：现在新的、年青的、没有名的作家的作品……以清醒的意识和坚强的努力，在榛莽中露出了日见生长的健壮的新芽。自然，这是很幼小的，但是，唯其幼小，所以希望就在这一面。鲁迅的话如希望之光，震撼了少年学子的心灵，张望同几位志同道合的同窗学友携手创立了“MK 木刻研究会”青年木刻团体，“MK”是左翼的小团体，是坚持反帝反封建反资本主义的，也是地下党的一个外围组织。美专的革命骨干都在话剧团和木刻会中，在党支部领导下工作。张望曾与木刻团成员在校内外进行秘密地写标语、散传单和邮递刊物等宣传斗争和串联活动。这些都是在特殊情况下进行的。“MK木刻会”由少数几个人发展到数十人，在鲁迅鼓励和校外木刻朋友支持下，连续开了几次展览会，影响良好。

张望成了鲁迅先生的关门弟子，亲聆教导，得到鲁迅先生的提携和鼓励。他 15 岁创作的木刻《沪郊一瞥》《帮爸爸抬上去》，透视着他少小的心灵对社会问题的关注，虽说只是诉说社会生活的现象，但底层民众的疾苦已撞击着作者的心灵，引发了真挚的同情，愤世事之不平。这虽是张望艺术生涯的起步，但已初见鸿鹄之志的端倪，这得益于鲁迅先生的教诲。张望的木刻作品着眼普通生活，触及深层的社会症结，针砭时弊，振臂直呼，乃至呐喊抗议，是非观、政治观呈现质的飞跃，俨然以战斗者的姿态步入阵线分明的战场，肩负起时代的责任。十几岁的年纪自觉地跻身于同腥风血雨搏击的阵列，其精神力量无疑是生自内心的觉醒和观念的升华。此时鲁迅先生介绍各国版画精品到中国，青年们大开眼界，广泛汲取经验和营养，作品面貌一新，技法、构图日臻成熟，虽然说其中有较浓重的外来风格的影子，或略带效仿之嫌，但新艺术的诞生，必经借鉴、吸收、消化之过程，新羽未成胎羽自存，何况鲁迅先生有言：“采用外国的良规，加以发挥，使我们的作品更加丰满是一条路；择取中国的遗产，融合新机，使将来的作品别开生面也是一条路。”

1933年，张望年仅17岁，创作出中国近代美术史上丰碑式的力作《出路》和《负伤的头》，以其成熟完美的艺术性和强烈的感染力，深得鲁迅先生的垂爱和推崇，收入画集《小刻纪程》，鲁迅在小引中也曾记述了这部作品产生的艰难。当时创作环境的险恶是不言而喻的，也许白色恐怖的高压正是激奋作者发泄满腔怒火的动力，才创作出这充满仇恨、感人肺腑的画来。鲁迅先生在致俄罗斯艺术家希仁斯基等人的信中一语破的：“几乎所有‘爱好者’当时都是‘左翼人物’，倾向革命，搞了一些画着工人、红旗，写着‘五一’字样等等的作品，这当然就为白色政府所厌恶，他们只要看到真理的一点火星都要发抖。不久，所有的版画研究班都遭封闭，有些学员被逮捕，迄今仍在狱中……这种镇压手段终究是枉费心机。……中国青年仍将坚持进行这项工作。”鲁迅致版画家陈烟桥信中对《负伤的头》格外器重，说：“MK社原要出版一本选集，稿在我这里……致平（即张望）的《负伤的头》最好，比去年的《出路》，进步多了，我也想印进，不知你能否找他一问，能否同意。”这“一问”之征询，有鼓励，有鞭策，有慧眼识才，更有真情爱才、壮心举才的鼎力提拔的深意。①

· 版画《出路》，1933 年

MK 木刻研究会自 1931 年在上海美专创立，到 1934 年主要成员遭捕，被迫停止活动，这个小团体也等于解散了。“MK”虽然结束，留校的会员仍继续搞木刻创作，但只能在晚间秘密搞，不能像以前那样公开地集体活动了。“MK”面对国民党白色恐怖的威胁，投身到反帝反封建的新民主主义革命运动中，握紧刻刀，直面人生，倾诉人民的疾苦，痛斥当权者的弊政，讴歌抗日志士的英雄事迹。“MK”完成了它的历史任务，这三年中，通过“左联”美协成员陈烟桥先生获得鲁迅先生无微不至的关怀和指导，有鼓励也有批评。从题材的选取到技法应用，从作品的展览到出版选集，从个人的成长到团体发展，从身陷困境到求助营救，无处不凝聚着鲁迅先生的挚情和心血。

① 李福来：《新兴木刻运动的杰出战士——张望》，《美苑》1992 年第 4 期。

二、一路向延安

1938 年夏天，张望获得一封八路军驻粤办事处赴延安的介绍信。追求真理、向往光明，是当时有为青年伟大的抱负。张望与女友秀君等 5 人从潮州出发，好不容易辗转到汉口后，借住中华木刻界抗敌协会，在那里遇到了马达、力群、刘建庵。此时张望生活困难，到八路军驻武汉办事处去求援，当时信阳失守，办事处答应先为大家联系参加第二兵团政治部宣传大队。张望询问以后可否有机会入川赴延安，有人告诉张望入川有可能，只是路难行，还得特别注意地上和天上。那人还说：你是会画画的广东人吧。张望后来得知这就是中央革命军事委员会副主席周恩来，他为见面如此匆匆而感到遗憾，更为感叹的是周恩来副主席竟然知道自己。

张望等人后来被安排到第二兵团宣传大队，随即向延安出发，当行至大冶一带时，因同伴秀君病重，张望留下陪秀君治病休养。这样他们与大部队脱离，待病好后两人立即向西步行前进。到达沅陵时已无分文了，得知《抗敌日报》缺少美编人员，张望和秀君才找到了立足栖身之地。《抗敌日报》是以郭沫若名义开办的，我党抗日统战的产物，负责人是廖沫沙，编辑部由周立波负责。张望和秀君在报社从事木刻插图和校对工作。由于他们的目的是入川上延安，秀君常常到街上去探听消息。正巧看到重庆国民党军委后勤部政治部驻沅陵办事处张贴广告招聘木刻人员，并注明一旦被录取立即入川去重庆。张望和秀君登门应考，当场被录用，两天后即登车告别了沅陵。

1939 年张望与秀君到达重庆后，赶到嘉陵江北齐家花园后勤部政治部报到。张望心里清楚，在这里工作是暂时的，入川总算更靠近陕北。张望找到在重庆的中国左翼美术家联盟朋友陈烟桥，并相约由他陪同去见中央革命军事委员会副主席周恩来。周恩来住宅的院内住有国民党密探，昼夜监视周副主席和进出人员，以保护为名，盯梢跟踪为实。张望和陈烟桥研究了许多办法应付特务的盘问，最后终于见到了周副主席。周副主席对他的到来表示欢迎，同时询问路上情况，并答应张望的要求，一定安排他与秀君去延安。

1939 年 8 月国民党实施公务员一律加入国民党的决定，张望与秀君商议后决定尽快脱离后勤部。同时四处寻找工作，并加速木刻创作，以便投稿赚稿费维持生活。当他们决定走的时候，后勤部政治部因正缺美编人员再三劝留，张望和秀君依然要走，这时有人提来一只装满钞票的小皮箱，说是政治部主任特此作为解决生活困难之用。张望与秀君表示谢意之后拒收这笔钱。此时有朋友又介绍张望去中央大学美术系任教，薪水优厚，但需加入国民党，张望又拒绝这样的要求。不久陈烟桥和白危告诉张望，陶行知先生欢迎他去学校任教，这真是一个好机会，张望与秀君结束了两个月没工作、靠借钱与稿费维持的动荡生活。

1939年12月，国民党顽固派制造“平江惨案”“确山惨案”，掀起了第一次反共武装摩擦高潮。1940年冬又制造震惊中外的“皖南事变”，制造了第二次反共高潮，形势变得非常复杂。张望这期间转到新华日报社工作，其间经常受到周恩来的关怀和教导，当反动派的报纸攻击张望在《新华日报》刊登的木刻漫画时，周恩来就鼓励他：“不要理他们，我们的木刻内容永远也不会合他们的胃口的，你要努力奋斗。”同时又鼓励舒非（即袁文殊）同志：“你的文章写得很好，又加上木刻插图，更出色了，是别家报纸没有的……”后遇情况紧急，周恩来决定将一批育才学校的教师和家属，马上撤出重庆去延安，并请叶剑英和邓颖超两位参政员将他们护送出重庆地区最危险的关隘——青木关。

1941年10月，经过三年多时间，辗转了万水千山，张望终于到达日夜思念的延安。张望被分配到鲁艺，当时报上还有一则新闻：“艺术工作者李元庆、舒非（袁文殊）、张望、李肖、叶洛，最近从重庆来到延安，在‘鲁艺’工作。”①

张望这一时期相继创作了《浪》《失所》《阿芒的一生》《贫病中》《国际青年节》《纪念“七·七”四周年》《打倒法西斯》等优秀作品，显示了作者的扎实功力和深厚素养，步入艺术创作的成熟期。

三、在鲁艺

1942年5月，毛主席发表了《在延安文艺座谈会上的讲话》。张望自始至终参加会议，聆听毛主席的教导，又经过整风运动，同广大延安文艺工作者一起接受了一次深刻的马克思主义文艺思想教育，从思想上提高了认识，明确了文艺为工农兵服务的方向。美术工作者深入农村，向民间文艺学习，同群众相结合，木刻作品发生了巨大的变化。张望的《八路军帮助蒙民秋收》《延安居民酝酿候选人》等作品，比之文艺座谈会以前的作品不论思想性和艺术性都有了提高，并显然超脱了“洋木刻”的影子，富有显著的民族风格，体现了他艺术生涯中的一大飞跃。1945年，张

① 南草：《美术家张望历险赴延安》，《新文化史料》1996年第12期。

望加入中国共产党。

张望是创建鲁美的重要领导人之一。从东北鲁艺恢复教学开始，张望就出任教务主任，到东北美专时期做教务长，一直主导教学管理工作。张望先生动用各种社会力量，和班子成员共同努力，为学校调配了一批一流教师，不断搭建起新的教学框架，使鲁艺“从土八路办学转变为专家学者治学”（张望语），成为当时与中央美术学院比肩的实力强劲的综合类美术学校。在具体施行中，张望也是亲力亲为。1950 年做教务主任时，兼任普通班班主任。1952 年 10 月，图工班改为图案系，他兼任系主任。1953 年 3 月任东北美专教务长时，兼任附属中学校长。

· 版画《八路军帮助蒙民秋收》，1945 年

1958 年，东北美术专科学校升为本科院校，起个什么校名成了全校教职工的热议话题。当时有提议叫东方美术学院的，也有说叫中国美术学院的，还有说叫东北美术学院的，沈阳美术学院的……最后还是张望先生力排众议，建议班子坚持鲁艺传统，沿用鲁迅的名字，叫“鲁迅美术学院”。今天不仅为学校遗留下巨大的无形资产，更使学院的后辈有一种“根”的感觉。

第五任院长宋惠民曾说：“张望老师跟鲁迅美术学院的关系是十分密切的。可以说，张望老师是缔造鲁迅美术学院主要的领导人之一。”在鲁迅美术学院发展进程中，张望是唯一历经延安鲁艺、东北鲁艺、东北美专、鲁美学院四个阶段的人。先后任职于华北联大、东北鲁艺、东北美专和鲁迅美术学院。20 世纪 70 年代晚期任鲁迅美术学院院长，成为我国著名的美术家、美术教育家、美术理论家、“鲁迅学”专家和世界著名的文化名人。

在繁忙的行政和领导工作之余，他仍不弃刻刀，坚持创作，《鲁迅与藤野先生》《师徒》《张志新》等都饱含着强烈的创作激情。尤为感人的是，在年逾花甲、从领导岗位上退下来之后，张望仍宝刀不老，以超人的毅力跋山涉水，游历全国，深入生活采风，创作了五十多幅充满诗情画意的作品，以补偿由于动荡和动乱而流逝的时光。有时因老眼昏花，力不从心，经常是别人三天能刻完的作品，他却要艰难地刻上十天半月。出差、开会他总是腋下不离木版，手中不离刻刀，随走随刻，偶遇难处，还向青年学生躬身请教，不耻下问。每成一作，便赋诗感怀，文图并茂，相得益彰，画中有诗，诗中有画，在稚拙中求索清新的意境。此时的画，皆有感而发，寓深情于画中。比如，《红梅岭》挽悼“皖南事变”中牺牲的烈士，《杨虎城在茂陵》追怀将军的铮铮气概，《涵碧楼》思念周总理的恩德，《国花红》颂扬南国的英雄，《咏井冈山》赞美红军的摇篮……这些，都浸透着作者对革命事业的耿耿忠心和历历深情。他的老年之作重意不重法，求法外之法，无法之法，因此更显得简洁、明快、多变、雄健有力，体现了无我之我的艺术精神，同那标榜“艺术就是表现自我”的绝对自我主义者的新潮精英们所谓的艺术理论，有着天壤之别。先生向来鄙视自我游戏的“艺术”，一生秉持的信条就是艺术为大众、艺术为人民、艺术为革命服务。这来自鲁迅，来自毛泽东，也来自于个人的终生实践。正如关山月先生为张望所题：“佩公刀代笔，赖以立战功，因饮延河水，文风老更雄。”确是最恰当的评价。

四、作品赏析 ——《负伤的头》

黑白木刻《负伤的头》赏析：这幅不大的木刻，雕刻了一个受伤的工人像。额头和一只眼睛被打伤了，没有受伤的眼睛发出仇恨的光芒。一腔悲愤、一身力量、一种勇往直前的神态跃然纸上。黑白木刻最适宜表现强烈的情感，而运刀的速度、力量与方式，也最易于强烈地抒发艺术家的内心情绪。这件肖像用锐利的三角刀，排线紧密、粗犷，充分描绘出受伤者面部肌肉的紧张和内心的状态。《负伤的头》创作于 1934 年，成为

· 黑白木刻《负伤的头》，1934 年

中国近代美术史上丰碑式的力作，以其成熟完美的艺术性和强烈的感染力，深得鲁迅先生的垂爱和推崇。

2015年，在“纪念中国人民抗日战争暨世界反法西斯胜利七十周年”之际，许勇老师即选用《负伤的头》作为纪念图案印制文化衫，赠送全校教职员工和学生，以志不忘胜利来之不易。

张望终生自视为鲁迅的学生并引以为荣。从15岁受教于鲁迅，又倾毕生精力研究鲁迅，传播鲁迅的思想，在鲁迅学方面做出了杰出的贡献，是名副其实的鲁迅思想研究的学者。他学识渊博，治学严谨，探迹索隐，辑著《鲁迅论美术》，编纂《鲁迅年表》，精研美术理论，关注美术创作，以马克思主义观点进行广泛的分析和评价，集成《新美术评论集》。晚年则思想活跃，文思敏捷，广涉中外古今，阐述艺术见解，维护现实主义的创作理论，坚持文艺为人民服务、为社会主义服务的方向，提携青年，褒扬优秀艺术家。忆丁玲，写叶洛，记述白危，介绍延安生活，回顾个人的历程，汇成《张望集》，给后人留下珍贵的遗产。他还著有《鲁迅论美术》《新美术评论集》《比亚兹莱画集》，其中《鲁迅论美术》一书由日本译成日文出版。此外，发表了许多有关研究鲁迅的重要论文，其版画创作曾多次参加全国版画展览。1988年荣获日中艺术交流中心颁发的“重大贡献金奖”和国际美协第十二回展出奖，1991年荣获中国美协、中国版协颁发的“中国新兴版画杰出贡献奖”。

（李丹青）

第八节 张仃

· 张仃

张仃（1917—2010），原名贯成（冠成），字豁然，号它山，辽宁黑山人。曾担任中国文联委员、中国美术家协会常务理事、中国美术家协会全国壁画工作委员会主任委员、中国工艺美术家协会副理事长、中国画研究院院务委员、黄宾虹研究会会长，中央工艺美术学院教授、院长，《1949—1989 中国美术年鉴》顾问等职务。

一、早期漫画创作

张仃 1917 年 7 月 7 日出生在辽宁北镇医巫闾山脚下的周屯。他在童年时代就显露了绘画的天赋，九一八事变后他流浪到关内，考上了张恨水创办的北华美术专门学校（简称北华美专）国画系，学习国画，兼作漫画。从此，他以画笔作武器，用漫画、宣传画的艺术形式奋起抗战，救国救民。张仃骨子里的艺术天赋伴着时代的激荡风云，不断地丰富与完善着他的艺术人生。

张仃真正展示自己作品，是在 1933 年北华美专校内的展览会上。他在一丈二宣纸上画了几张罗汉鬼怪，但却遭到师生的嘲笑。1934 年在北华美专画展上，张仃的作品才真正得到社会认可。展览中展出了张仃 30 余幅漫画作品，都是表现北平平民生活的，其中《有吏夜捉人》《焚书坑儒》等尤其受到好评。

1934 年张仃发起筹建北平左翼美术家联盟，并因此被反动政权迫害入狱，一年后才被保释出狱。19 岁那年，张仃漂泊到南京时，取“孤苦伶仃”之意，改名为“张仃”[①]。抗日战争全面爆发后，张仃活跃在民族独立运动的前沿，他投身“抗日漫画宣

① 郑永格：《中国现代美术的奇峰异岭——张仃先生的艺术人生》，《景德镇学院学报》2020 年第 1 期第 35 卷。

传队”，在各地巡回展出他的漫画作品。这一时期，他的漫画代表作有《春劫》《乞食》《买卖完成了》《同志》《日寇空袭贫民区》《野有饿殍》《打回老家去》《世界和平阵线的公敌》《蹂躏得体无完肤》《收复失地》《年午夜》等，这些作品反映了“一二·八”战后的现实生活，揭露日本帝国主义的罪恶行径，反映了当时社会的黑暗。张仃在这一时期遇到了伯乐张光宇，张光宇是上海漫画界的领军人物，他在自己主编的杂志上，频频地刊用张仃的作品。从那之后很多漫画刊物争着抢着向年轻的张仃约稿，他的作品分别在当时的南京《中国日报》《新民报》和上海的《时代漫画》《中国漫画》《漫画界》等刊物上发表，引起了很大的社会反响。特别是宣传画《打回老家去》，深刻地反映了歌曲《我的家在东北松花江上》的主题思想，成为抗战时期最具有代表性和影响力的美术作品。

· 漫画《春劫》，1936 年

当时《时代画报》的主编叶浅予评论张仃道：“漫画刊物的编者们好像发掘了一座金矿，舍得用大篇幅发表他的作品。”丁聪先生更是称赞道：“我很佩服他，他也真是画得好，又重又厚，学是学不来的。后来一想，没办法，他是东北的真正深受侵略压迫的人，他有一种感情。你没有，你怎么能画得出来？”

张仃的漫画创作一直到 1957 年才告一段落。在长达 25 年的漫画创作中，他的创作主题与时代同行，作品反映了平民的苦难、揭露与谴责日寇侵华的暴行、讽刺官僚主义等。张仃谈自己的漫画作品：“主要是讽刺，没有幽默。”

张仃一生崇拜鲁迅，鲁迅在《小品文的危机》中谈及自己的创作时曾说：“生存的小品文，必须是匕首，是投枪，能和读者一同杀出一条生存的血路的东西；但自然，它也能给人愉快和休息，然而这并不是‘小摆设’，更不是抚慰和麻痹，它给人的愉快和休息是休养，是劳作和战斗之前的准备。”张仃的漫画作品也是遵循鲁迅先生的这一创作原则。张仃的漫画时代性和战斗性强，主题深刻而鲜明，视角独特，既具有宣传画的视觉冲击力，又有漫画的幽默夸张意味，还具有鲜明的民族风格和通俗性，自成一派。他是民族独立的革命文艺先锋，20 世纪 30 年代中国漫画的思想“潮流”和“金矿”，在中国漫画界具有很高的学术地位和重要影响。他的漫画为民族独立做出了不可磨灭的贡献，为中国漫画艺术事业的发展做出了杰出贡献，成为 20 世纪中国文化艺术史的重要组成部分。

二、延安时代“摩登”的艺术家

1938 年春，延安鲁艺（延安鲁迅艺术学院）成立之初只有美术、音乐、戏剧三个系，当年 8 月招收第二届学员，又增设了文学系。这年秋天张仃来到延安。毛泽东批示周扬，安排张仃在延安鲁迅艺术学院任教。他既从事美术教学，又从事年画、宣传画和装饰画的创作，同时还从事舞台美术、服装设计和大生产运动成果展示等实用艺术设计。

1941 年张仃受聘为延安鲁迅研究会美术顾问，并为研究会设计了会标、为延安青年剧院设计了大门。他的艺术设计因地制宜，实用与审美结合得十分紧密，创意和形式新颖，得到军民的喜爱。为配合延安抗战宣传，他创办的延安《街头画报》雅俗共赏，备受大众欢迎。张仃还为作家俱乐部设计了徽标——俱乐部的“徽标”是一团红色的火焰，中间一把金色的钥匙，寓意着作家有着开启人们灵魂的作用。延安作家俱乐部的成立是件大事，毛主席等领导人也经常参加在那里举办的舞会。当年在延安搞装饰艺术的人非常少，绝大部分与装饰艺术和设计有关的事情都落在了张仃的身上。俱乐部内部的设计，他就地取材用的都是山沟里的土材料：把折叠椅用灰色的毡子绷上，还扎了两个蓝边；用木头板搭起一个酒吧，外面罩上蓝白相间的土布；老乡们筛面粉用的箩片，用木头制成筒状，把小油灯放在里面，挂在四面的墙上，柔和的灯光从筛网里透出朦胧的光；把一个大箩筐吊在屋顶中央，白土布抽成褶制成灯罩。作家俱乐部成立的当天晚上就在这里举行了舞会，后来这里成了延安文艺活动的一个中心。今天我们还可以在很多历史文献中找到有关当年这个俱乐部的文字。

1938 年，他为在八路军礼堂举行的展览会绘制了一幅 3 米多高的工农兵招贴宣传画，张仃还亲手为“延安大生产运动”展览会中的产品设计了装潢包装。张仃对这次展览记忆深刻，后来还动情地回忆说：“那个大的展览完了，在联防军政治部又把它搞成小型的展览，后来美军观察组到了延安，他们一批来的还有外国记者，他们看了这个展览后说‘我们在重庆都没有看过这么精制的展览’。他们对这个展览评价很高”。张仃在延安的艺术实践与设计获得了许多人的肯定，就此陕北黄土地上横空出世了一个无师自通的设计大师。他所组织和承担的艺术创作活动增添了延安的文化活力，树立了延安的文化新形象，受到中央领导和文艺工作者的高度赞扬。

年轻时候的张仃很新潮，是被称为“延安三怪”之一的美术家。西装、礼帽、呢子大衣、吊带裤，这是当年照片中张仃常常穿戴的行头，在张仃夫人灰娃的记忆里，张仃喜欢穿高筒皮靴，着皮夹克，头发梳得像普希金一样。他的巧手和设计品位，让留学归来的人都惊叹不已，所以艾青当时就说：“张仃到哪里，摩登就到哪里。”[①]

在聆听了毛泽东《在延安文艺座谈会上的讲话》之后，张仃不仅在延安《解放日报》上发表了《画家下乡》，号召美术家到生活中去，而且还以自己的艺术创作实践走在前列。他在延安完成的各种设计和发起的新年画运动及艺术创作活动，引领着延安的文化时尚，推进了解放区的文化艺术主流，激励革命情怀，呼唤人民奋起解放。张仃是延安诞生的杰出的“大美术家”。他不断开拓革命文艺的新境界，将生活是艺术的源泉、文艺为人民服务的精神坚持终身。由此，奠定了他在新中国文艺发展中的历史地位。

· 1938 年，张仃率抗日艺术宣传队到达榆林

三、到东北教学

1945 年 8 月日本投降，抗战胜利，党中央决定：“延安鲁艺迁往东北办学。”出发前，毛主席和周恩来同志接见艺术家们并讲了话，勉励大家。迁校队伍由周扬带领，踏上征程向东北挺进，途经河北怀来县时，因东北战场形势急转，去路受阻，中央电令，折返张家口待命。这期间，张仃带领学生到工厂和铁路上体验生活画速写。这是张仃第一次接触工人，画工人。过去延安没有工厂，画的都是农民。

1946 年春，鲁艺奉命继续向东北进发，由于周扬留任华北联大副校长，队伍由

① 卢新华：《革命文艺的先锋，艺术创新的旗帜，中国艺术的骄傲——张仃百年诞辰纪念展 1917—2017》，《装饰》2017 年第 10 期。

吕骥、张庚带领北上，经白城子、齐齐哈尔，到达哈尔滨后，东北局宣传部长凯丰找张仃谈话，准备调他到哈尔滨大学任教务长，张仃说：“我是画画的，适合做美术工作。”后来就把张仃派到东北画报社当了总编辑，社长是朱丹，创作室主任是王曼硕，还有刘迅也在画报社。

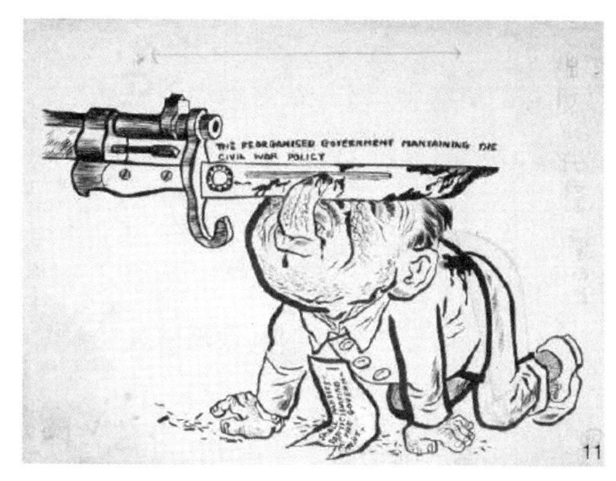

· 漫画《屈膝的代价》，1946 年，厦门美术馆藏

1948 年 11 月 2 日沈阳解放，还是凯丰找张仃谈话，派他到沈阳参加鲁艺复校办学工作，于是王曼硕和张仃被调到沈阳鲁艺美术部，任正副主任。他们接管了原辽东学院后被国民党驻军占用的一处三层小楼，作为美术部的办学校舍，离清华街校部不远，位于民生街，紧邻铁路中学。在沈阳招收了一批学员，有王绪阳、路坦等，当时他们才十四五岁，贲庆余是从哈尔滨考来的。还有一些学生是从吉林东北大学和流落北平的原吉林长白师范学院合并来的。当时美术部的教员很少，有陈执中、万今声、刘荣夫等。另外还有做辅导员工作的佟骏、李行素、蓬静茹、王政媛等。恢复办学的初始阶段，各方面条件都很差，但张仃和大家同心协力，一起把楼里楼外整理一新，教室、办公室都挂上了绿底白字的门牌。校门上也挂出了用鲁迅字体刻制的“鲁艺美术部”原木板本色黑字的校牌。把一排国民党驻军用作马棚的房子改造成三大间有天窗的素描教室。在院子里平整出运动场，竖起篮球架，边角的闲地种上了蔬菜，还养了几头猪，以改善师生的伙食。[①]

· 年画《土改分浮财》，1947 年，中国美术馆藏

① 张仃：《忆鲁艺美术部在东北沈阳恢复办学》，《鲁艺在东北 · 美术部专辑》，中国文联出版社，2006 年版，第 84 页。

当时学校教学除文化课外，首先重点抓绘画基础：素描和速写的学习，因为有了扎实的基本功，才能很好地为人民服务。再就是，学习要结合社会实践，要在实践活动中提高本领。因此王曼硕和张仃派一些高年级的学生到工厂体验生活搞创作，在工会和宣传部的领导下开办工人美术培训班，出画刊，办画报，如在鞍钢创办了《鞍钢画报》，在沈阳铁西区机床厂创办了《机工画报》。

张仃在鲁艺工作的时间很短，算来不过半年，但这是延安鲁艺迁至东北在沈阳恢复办学的重要初始阶段。

1949 年 5 月中旬，中央军委借调张仃去北京编《中国人民三年解放战争》大画册。当时作为助手随张仃到北京工作的有美术部工艺研究生周光远和东北画报社的编辑戢维藩。画册编成后，张仃继续在中南海参加筹备开国大典的设计工作，后来就留在北京，与王朝闻、胡一川、王式廓、罗工柳组成五人接管小组，接管了中国最老牌的国立北平艺术专科学校。1950 年 4 月，经中央人民政府批准，在国立北平艺术专科学校的基础上，成立中央美术学院。张仃任实用美术系主任、教授。1955 年，张仃参与到中央工艺美术学院的筹建工作中，1957 年由中央美院调入中央工艺美术学院，任主管教学的副院长。他在中央工艺美术学院主讲的课程有水墨、国画、山水、壁画创作、艺术概论、室内装潢、重彩壁画、壁刻、装饰美术创作等。1961 年张仃担任全国工艺美术教材编选工作组组长，组织编写专业基础课、专业课教材 13 种。1979 年至 1983 年任中央工艺美术学院院长。2000 年，84 岁高龄的他还招收了两名中国山水画博士生。

中国的现代美术教育的开篇大概有两种各具特色的追求：一种是以徐悲鸿、林风眠为代表的比较接近西方艺术的走向；另一种是以潘天寿为代表的既接受西方艺术但绝不放弃中国传统的文化坚守。到了中华人民共和国成立以后，以张仃为代表的“中央工艺美术学院”学派，如张光宇、吴冠中、祝大年、雷圭元、庞薰琹等，他们提出了一种新的追求。他们不在已经有的西方艺术、中国传统艺术的艺术语言中寻找出路，而是将美术紧紧地与新时代的新生活结合在一起，最显著的特点就是实用性，这在中国的美术教育史上是空前的。在中国历史上，美术从来没过如此自觉主动地参与到社会生活的方方面面，影响并改变着生活，这种“参与”在中华人民共和国的历史上留下了深刻印记，成为一个时代的标志。

四、新中国实用美术事业的奠基者

张仃在延安的经历改变了他的艺术轨迹乃至命运，并让他成了革命组织中的一分子，正是因为有了在延安和鲁艺的成果，“新中国的首席形象设计师”之重任也就顺理成章地落在了他的肩上。

中华人民共和国成立初期，张仃设计了中国人民政治协商会议会徽、参与设计了中华人民共和国国徽，为怀仁堂大门、新华门大门作整体设计，设计了中南海出入证，全国政协会场的美术设计，设计改造怀仁堂及勤政殿，开国大典天安门广场的总设计等；设计了国庆一周年大会会场，设计了第一届全国政协会议纪念邮票、开国大典纪念邮票、天安门及观礼台三座门、广场的旗帜，并亲临现场为天安门城楼安装了第一枚国徽（木制）；为冯玉祥将军追悼会设计会场，担任“人民英雄纪念碑兴建委员会”美术组组长。

从延安开创性的装饰到中华人民共和国重要标志的设计，一路走来让张仃成了装饰设计公认的大师。新生的中华人民共和国，受到全世界的瞩目，在国际展览会上中国馆格外地被人关注，又是张仃在频繁的外事活动中，负责一系列中国馆的设计。张仃的舞台一次次地扩大，他的艺术设计才能也一次又一次地让世人刮目相看。在参加1956年巴黎国际展览时，张仃用中国特有的竹子设计了一个别致的小花园，新颖独特的设计得到了欧洲人的青睐，让世人佩服，一位富商更是要买下来作为艺术品收藏。

张仃是新中国实用美术事业当之无愧的奠基者和领导者。时代风貌、中国气派、民族风格，是张仃实用美术创作与教学的指导思想，也是他创立的中国设计学派的美学理念。

作为一个“大美术家”，张仃对公众艺术和环境艺术一直给予极大关注。复兴中

· 壁画《泰山朝阳图壁画》，1983 年

国灿烂辉煌的壁画艺术传统，也一直是他的梦想。1979 年，张仃受命组织创作首都国际机场壁画群，成为中国走向开放的第一簇报春花，并开启了波澜壮阔的中国新壁画。他的壁画，或重彩，或焦墨，炳焕耀采，满厅生辉。有专家评价：“张仃是当代壁画运动杰出的带头人。”

五、焦墨山水

张仃虽然在艺术的众多领域都有很高的成就，但在他心中，中国画的分量是最重的，他在晚年曾经说过：“生在一个有毛笔和宣纸还有墨的国度，真是幸运了。”少年的张仃也是因为考入北华美专的国画系，才开启了他的艺术人生。但是张仃一生经历了太多磨难与坎坷，后来加入革命队伍后，因工作的需要，他没有画国画的机遇。庆幸的是，他一直没有脱离艺术相关的内容。1954 年经过一番努力，张仃与罗铭、李可染等到江南写生，张仃在《我与中国画》中说道：“我第一次，用毛笔和宣纸，对景写起生来。”[①] 这次江南写生，他见到了仰望已久的黄宾虹。张仃回到北京后，又机缘巧合地从荣宝斋的经理手里购得了黄宾虹的《山水册页》。这也许就是命运的安排，黄宾虹的焦墨山水册页在张仃人生最艰难的时候，成了他生活里不可或缺的一个部分。

1956 年张仃第一个提出了“南黄北齐说”，南黄指的就是著名山水画家和绘画理论家黄宾虹，北齐指的就是以画虾闻名世界的一代大师齐白石。张仃将黄宾虹、齐白石放在当代中国画的整体格局中，并摆在很高的位置上。张仃认为黄宾虹晚年的焦墨山水独树一帜。焦墨也称之为枯笔、渴笔、竭墨，自古以来因其对艺术功底的要求严苛而少有画家问津。张仃留下的文字不多，但他对此却有体系式的总结：“元朝始有王蒙偶尔画过焦墨，至清代程邃、近代黄宾虹，才真正以焦墨著称。”焦墨的妙处何在呢？张仃总结为：“焦墨好比音调中的黄钟大吕，乐器中的钢琴，音乐形式中的铜管乐和打击乐，极宜表达艺术的阳刚之气和雄性之美。”

在河北石家庄获鹿县的小壁村下放时，他重提画笔，开始水墨写生。1974 年因病获准回京，病居香山农舍时，他继续坚持焦墨写生，后辑为《香山纵笔》册页，这距离他 1954 年江南写生并拜见黄宾虹先生正好二十年。1977 年，是张仃焦墨画创作的重要年份，这一年他带领中央工艺美术学院的教师，到京郊房山的十渡那里

---

① 李兆忠：《我与中国画——张仃谈艺录》，《美术大观》1997 年第 2 期。

进行山水写生。他用焦墨的技法，第一次现场创作了长卷《房山十渡焦墨写生（卷）》。业内的老朋友们欣喜异常，争相传阅，观后大有眼前一亮的感觉，纷纷按捺不住激动的心情，题跋祝贺。李可染先生的跋文赞其结构“雄伟而精微”，用笔“纯用焦墨”因而“苍劲腴润”，因“前人无此笔墨”所以“真奇迹也”。两年后，他在北海公园举办焦墨作品画展，这是他二十多年对焦墨的思考与实践所获成果的第一次正式亮相。张仃用自己的艺术实践动摇了中国山水画“地倾东南”的格局，为中国北派山水争得了面子，使北派山水重回画坛主流，焦墨山水中透露的阳刚之气与艺术创新精神，也复兴了中国山水画文化气度中的多元追求与丰富蕴含。进入 80 年代，他的焦墨山水创作进入了高峰时期，特别是 1984 年离休以后，他全身心地投入到焦墨山水的创作中，这也标志着他的焦墨山水创作进入了巅峰时期。

国画《丽江老街》，1990 年

如果从 1954 年的江南写生拜见黄宾虹先生算起，经过 30 年的发酵，焦墨这一古老的中国画技法终于在张仃的手里焕发出青春。那次江南写生可以看作他焦墨山水创作的滥觞，房山丨渡的创作可以看作是其成熟。焦墨山水既是张仃深藏于生命基因的艺术天分的流溢，也是他面对滚滚红尘而寻求世外桃源作为抗衡的一种选择，如果说这些还都是他自己私家情怀的话，那么，也必须看到他的焦墨山水更是在公共语境层面，探索革新传统绘画、表达文化立场、寻求精神家园的一个宣言。这是张仃在晚年对于中国山水画、水墨画做出的杰出贡献。在绘画题材方面，张仃大胆地突破了中国传统画的逼仄樊篱，升华了写实山水的维度，开辟了中国传统山水画的新境界：人文关怀、家国意识、革命史诗、历史沧桑……空前开放的维度，使得焦墨山水硬朗地在中国传统画系统中斐然成章。20世纪50年代张仃为“中国山水画革新”举旗呐喊，90年代他为“守住中国画底线”声嘶力竭，时代不同，语境各异，观点有别，但对历史使命的毅然担当是不变的。[①]

张仃无论在漫画、年画、宣传画、工艺美术、舞台美术、电影动画、艺术设计、装饰画、壁画、中国画、书法等领域从事创作和理论研究，还是在艺术教育领域探索耕耘，总是立时代潮头，发时代先声，引领时代先进文化潮流，从而留下了让人瞩目的杰出成就，为党和国家的文化艺术事业做出了杰出贡献。像他这样涉猎、探索如此广阔创作领域的艺术家、教育家是极罕见和特殊的。

2005年，他将自己130多幅不同时期创作的各类代表作品捐赠给中国美术馆，这是一笔宝贵的财富。张仃一生的创作实践都与时代发展进程紧密相连，他在不同时期都有不同艺术风格的作品奉献给社会。始终以革命的先锋性，引领先进文化艺术思想，开一代艺术新风。他以现代的视角，对民族与民间的艺术进行了现代意义上的传承和创新，他的艺术作品真正具有中国的作风和中国的气派，是在世界现代艺术格局中傲然展示的中国符号。

（李丹青）

① 郑永格:《中国现代美术的奇峰异岭——张仃先生的艺术人生》,《景德镇学院学报》2020年第1期第35卷。

第九节　孙常非

· 孙常非

孙常非（1920—1986），出生在吉林市一个书香门第，父亲是艺术鉴赏家、书法家。受父亲影响和熏陶，孙常非自幼酷爱绘画艺术，年轻时即被誉为吉林"四大才子"之一。孙常非先后于吉林第四国民高等学校、吉林省省立舒兰国民高等学校、吉林八百垄师道学校、吉林大学（现东北师范大学）、东北鲁迅文艺学院美术部、鲁迅美术学院任教。在特殊时代、地域、历史背景下生活、创作、育人，版画创作尤富成就，更于教学中开拓了绘画透视学理论。著有《透视画法》《透视学教程》《绘画应用透视学》等书。孙常非是20世纪三四十年代东北版画界卓有成就的艺术家，也是中国绘画透视学研究的先驱。

一、以刻刀为武器

孙常非是土生土长的东北人，一辈子生活在关东大地上。他的木刻作品，大部分创作于东北沦陷时期，他把一腔爱国热血倾注于木刻作品中，发出不做亡国奴的声声呐喊，是一个以现实主义态度作画的人。早在吉林师大读书时，孙常非就开始进行版画创作，其间作有《屠门》《挣扎（一）》《呐喊》《大家齐向前》《开路》《场院（一）》等，毕业以后，更是没有间断地记录着那一时期东北人民的生存状态、社会形态与底层人民的心声，由于指向明确，被日伪政权列入黑名单之中。孙常非现存作品计有300余幅，大多是20多岁时所作，如能继续，成就不可小觑。1945年光复后，他创作的大幅木刻作品《大鼻子押着小鼻子》，贴满了吉林市的大街小巷，画面是苏联红军押着日本鬼子，表达了东北人民对光复的快慰和对解放者的敬意。[1]

① 李象群：《我们从延安走来——鲁迅美术学院八十周年文献汇编》，辽宁美术出版社，2019年版，第477页。

木口木刻[①]是孙常非木刻创作的又一贡献，其1945年以后所作的这些作品，在艺术探索上实现了升华，细腻的刀法、缜密的线条、严整的构图、突出的黑白对比等语言突显了木口木刻的特色，或以丰富的细节构成场面的真实，或借丰富有生机的线条塑造出人物的精神，刻印的技法和断面木板的材质特性相映成趣，十分富有艺术感染力。其中数幅《毛主席像》《鲁迅像》以精湛的水平成为中国现代版画史中不可忽视的佳作。[②]

· 木版画《毛主席像》，1950年

对于孙常非的版画，中国美术馆王晓梅在《孙常非木刻选集》后记里面的一段话说得非常中肯，“对于中国美术来说，鲁迅先生倡导的新兴版画运动是一段值得珍视和研究的历史和现象。中国美术馆以往亦尤重视这一在民族危亡之时‘顷刻能办’的具有战斗精神艺术的收藏和研究，王琦、刘岘、汪刃锋、赵延年、力群、李桦、罗清桢、郑野夫等版画家作品的入藏，为后人全面了解新兴木刻运动的面貌提供了有力的支持。孙常非先生在东北地区特殊的艺术经历及其对新兴版画精神的传承，也具有重要的史料和历史意义。作为20世纪上半叶东北版画的重要留存，将在展示与研究中发挥其应有的作用。”

二、开拓绘画透视理论

孙常非不仅是木刻艺术家，更是美术教育家。早年在吉林执教之时，他就用坚定的民族斗志感染了身陷囹圄的青年学子。1948年，孙常非调至东北鲁艺美术部，从此为新中国美术教育事业奉献一生。20世纪50年代初期，是东北鲁艺迈向正规化建设时期，教学计划、教学大纲趋于缜密，根据课程需要，学校分配孙常非承担创建新学科任务。为此，他甚至不惜告别多年钟爱的版画创作，将全部心力投身于学院艺用透视课程的构建工作中，并首任公共课基础教学部主任。他自编教材，自

① 木口木刻是一种凸版印制技术，即在木板上用雕刻刀、线晕雕刻刀或刮刀制作印面，亦指其上印出的版画原作。

② 《“刀笔利痕——孙常非木刻展”前言》，2012年8月孙常非木刻展。

制教具，工作卓有成效。

对于透视学，孙先生认为：这是一门十分重要的技法理论，是一门科学。透视对于绘画的重要性犹如语法对于写文章，逻辑对于思维活动那样必不可少。几年间他结合教学实践，1956 年，他写了《透视画法》一书，1958 年由上海人民美术出版社出版，并多次再版印刷，成为当时全国美术院校教科书。1962 年，孙先生编著的《透视学教程》，计 16 万字 400 图，与辽宁美术出版社签订出版合同后，未能付梓，致使该稿散失。但他并未灰心，以锲而不舍的精神，继续研究著书。①

1968 年孙常非随学校集体下放到辽宁省义县红墙公社，后到北镇县青堆子农场进行劳动改造。直到 1974 年，工农兵学员入学，因教学需要，孙常非才重回讲台。一经重返讲台，他的工作几近疯狂，每次授课，都要带两片"可待因"，否则，剧烈的咳嗽会影响讲课。他治学严谨，诲人不倦，经常出入学生宿舍辅导学生创作。改编新教材，1980 年《绘画应用透视学》由辽宁美术出版社出版，同年孙常非晋升为副教授。

孙常非在绘画透视学研究中解决了许多理论问题，他在《绘画应用透视学》一书中明确指出，透视学属于自然科学，为艺术界与科学界一直争论不休的问题画上句号，使透视学的发展与研究更具专业化，更有章可循。在什么是透视这个名词概念谁都不能下准确定义的问题上，孙常非明确指出，透视的实质是个投影——中心投影。纠正了国内教科书对于透视这个简单的定义出现不同解释的混乱局面。他认为"透视"这个概念就完整的意义来说，应包括形体透视和空气透视（研究和表现空间距离对物体的色彩及明度所起的作用），以及清晰度的变化（远小近大变化的结果是逐步地删掉物体的细节，色彩上随着距离的增加逐渐减弱与合并，所以愈远也就愈发简略、概括、模糊，这与中国画论中讲到的那些"远山无皴，远水无痕，远人无目，远树无枝"等处理空间方法不谋而合），从而拓宽了美术透视学研究领域，暗示出心理空间的表现。孙常非指出透视首先讲的是在

·《绘画应用透视学》，1980 年

① 孙晓俄、胡乃敏：《纵横刻经纬曲直求方圆——孙常非的透视学研究和木刻创作》，《美苑》1998 年第 10 期。

一个仅有两度的平面上表现三度的立体空间，是描绘各种形式的立体图形的根本矛盾。在透视中解决这个问题，须认识到它不仅指所画对象是占有三度空间，而且包括了观者和对象所构居的空间关系。也就是说，作透视图不仅要解决立体与平面的矛盾，还要解决在画面上不画观者自己，却要把自己和对象的空间关系表现出来的矛盾，这就指出了透视图区别于工业制图中的轴测投影图。“透视必须靠变形才能实现”，“总按着物体实际比例画是不行的”。现在看，此论点很具有前卫性。《绘画应用透视学》是孙常非多年来研究成果，重点解决了在一个平面上表现具体的立体的空间，怎样表现观者和它的统一关系等透视中的基本问题。关于怎样画好透视图问题，孙常非认为有两点：一是要通晓透视变化规律，掌握透视变形；二要看到变中的不变因素，即物体的固有联结。如果连物体本身的结构都搞不清楚，又何以谈变呢？加强对图形的认识也很重要，既要掌握画好透视图的本领，又要具备通过透视变形认识物体实际结构即还原的能力。孙先生在论述方法上，直接作图分析，便于学生领会透视原理，特别是用正反图例对比说明效果就更加易懂。为了了解透视图的实际关联、实际形态，孙常非借助于其他投影的画法来说明是非常必要的。这是现代国际通用的一种研究方法。《透视画法问答》是渗透着孙常非心血的著作，几乎是在病榻和医院里完成的。1993 年，该书由辽宁美术出版社出版。

综合孙常非出版的《透视画法》《绘画应用透视学》《透视画法问答》三部专著，形成他的独具创新较为完整的艺用透视学教学体系，国内众多的美术院校在今天的课堂上仍沿用这一体系，这是孙常非为我国美术技法理论发展做出的巨大贡献。孙常非由木刻转向透视学的教学与科研之中，将透视学这门理论发展到了一个新的高度，成为我国绘画透视学基础理论的开拓者和奠基人之一，影响了一代艺术学子，使当时鲁迅美术学院的透视教学水平在全国美术院校中处于领先地位。孙先生与中央美院文金杨、中国美院殷光宇在中国美术技法理论方面形成三足鼎立局面。

三、作品赏析

《挣扎》是孙常非有代表性的一幅作品，创作于 1938 年。作品刻画了一位被缚的在死亡线上挣扎而又不甘屈服的勇士形象。画面以强悍有力的刀触，刻出了勇士坚毅的面容。勇士的胳膊向后被绳子束绑着，但他仍高昂着头，愤怒的目光像一束光向天射去。勇士的身体刚健有力，肌肉发达，是典型的劳动者的健美体魄。人物的头发随风飞扬，表现了勇士大义凛然的英雄气概。作者用娴熟的技法和对比强烈的艺术形式召唤人民去觉醒、抗争，展示了中华民族不屈不挠的奋斗精神。该作品立意深刻，技法娴熟，形式感强，有强烈的艺术感染力。

·黑白木刻《挣扎》，1938 年

《烈马》作于 1945 年初，当时德寇已经战败，日寇末日即将来临。作品中的烈马昂头甩尾，目光充满愤怒，张着嘴向空中嘶鸣。马的四蹄腾空，奔腾跳跃，人物从马背上摔落，整个画面极具动态感，给人的视觉冲击非常强烈。孙常非用烈马象征着中国人民，它把骑在人民头上的日寇狠狠地摔在地上。该作品的刀触果敢爽利，画面对比强烈，体现作者在这一时期强烈的情感和对侵略者不屈的态度。

·版画《烈马》，1945 年

1986 年 5 月 13 日，孙常非先生因病在沈阳逝世，享年 66 岁。根据他的遗愿，遗体捐献给中国医科大学第二附属医院（现盛京医院）为医学所用。三十多年前，孙先生就能打破世俗观念，用自己的行动诠释一个彻底的唯物主义者无私无畏的襟怀。1993 年，孙常非的《透视画法问答》由辽宁美术出版社出版，并再版。2011 年，《孙常非木刻选集》由辽宁美术出版社出版。2012 年 8 月 22 日，由中国美术馆、鲁迅美术学院主办的“刀笔利痕——孙常非木刻展”在中国美术馆开幕，历时 7 天。孙常非家属向中国美术馆捐献了他展品中的 58 件作品，中国美术馆同时向家属颁发了收藏证书，并出版画册《孙常非木刻选集》，以示感谢。孙常非的一生是波澜起伏的，他的儿女们在一篇文章中概括：“见证大时代的沉默者，命运洪流中的普通人。”沉默者并非沉默，普通人也并不普通，孙常非的一生，让我们永远铭记鲁美有这样一位令人尊重的师者。

（李丹青）

第十节　王盛烈

· 王盛烈

王盛烈（1923—2003），青年时期赴日留学，1945年归国，加入东北青年同盟，曾任宣传部部长。1947年任沈阳师范专科学校艺术科代理主任。1948年，任东北行政学院师范部美术部美术组主任。1949年6月，转入东北鲁迅文艺学院美术部任讲师。1956年，任东北美术专科学校副教授。1958年，任沈阳鲁迅美术学院副教授、中国画系第一副主任。1980年，任鲁迅美术学院中国画系主任，后任鲁迅美术学院副院长。鲁迅美术学院终身荣誉教授。原中国美术家协会常务理事、沈阳市政协常委、辽宁中国画研究会会长，同泽书画研究院院长、名誉院长、总顾问。1988年，任中国同泽书画研究院院长，同年被英国剑桥名人传记协会接纳为会员并列入《远东·大洋洲名人录》，被美国传记协会列入《国际卓越人物名人录》。

一、青年艺术经历

王盛烈出生于沈阳市东陵区五岳乡中华寺村一个农民家庭，他的父亲是村里的私塾先生。家里有几亩薄田，母亲精明能干、豁达豪爽。王盛烈同他的六位兄弟姐妹，很小就开始承担劳动，分担家庭责任。他回忆说，每天都要到地里干活，晚上在点着油灯的桌上写小楷。当时的中国是多灾多难的。在他八岁那年，发生了九一八事变，他很早就体会到丧权辱国的滋味。[①]九一八事变

· 王盛烈童年（右一）

① 于晨：《耕者的信念——王盛烈先生其人其画》，《书画艺术》2000年第6期。

后随家迁居抚顺，在那里度过了青少年时期。

· 炭笔、水彩《风景速写》，1943 年于日本

1941 年 4 月，18 岁的王盛烈以第一名的成绩考入日本新京美术院东京分室赴日留学，师从川端龙子、阪口一草、和田五郎、横川毅一郎等系统学习素描、油画、日本画。留学期间，他学习成绩优异，多幅作品参加新京美术院东京分室在长春、沈阳、大连举办的巡回展。三年的系统学习使他具备了扎实的造型能力，但是这个能力是素描的能力、写生的能力，是西式美术教育的结果，还没有形成自己的绘画风格。[①]

王盛烈留学期间，恰逢蒋兆和先生[②]在东京举办东渡画展。蒋兆和的作品风格给王盛烈留下深刻印象，这种将西方写实技法和东方写意精神相融合的大胆的表现现实生活的艺术作品让王盛烈深感震撼，传统水墨也能把现代人物形象刻画得生动传神，甚至能感觉到人物内心的情感表达。这个画展为日后王盛烈选择写实的水墨人物画埋下伏线。有专家称，"蒋先生和王先生四十年代在日本的那次相遇，在他一生当中的那种重要的意义是不言而喻的。因为一个艺术家的成长是要有机缘的，王盛烈先生遇到高师，名师出高徒，一代一代把事业发展下去。"[③]

王盛烈留日时期成绩一直出类拔萃，与他同时赴日留学的同学赵天福回忆说："有一届成绩展的海报就是他的素描，用木炭画的石膏像拉奥孔。由于成绩突出，他被川端龙子选去当学生，甚至打算把他留校当老师。"[④]但是王盛烈不想留在日本当助教，更不满日本政府对中国的政治立场和态度，因此他毅然放下未完的学业于 1944 年提前回国。回国后担任民营长春时事公论社的美术编辑。"八一五"日本投降那天晚上，他和同学康明瑶、吕馥慧（后与之结为夫妇）等通宵赶制庆祝胜利的招贴画和标语。那种兴奋和喜悦，令他终生难忘。在此期间他构思了一幅作品，并画成草图命名为《路》，画的是一行人，在黑夜里打着灯笼行走，黑黑的调子，压抑得让人喘不过气来，只有一行灯笼的微光使人感到生命力的顽强和占领区人民的希望。[⑤]

① 苑鸣鑫：《王盛烈艺术研究》，首都师范大学硕士论文，2009 年，第 4—6 页。
② 蒋兆和（1904—1986），被称为 20 世纪中国现代水墨人物画的一代宗师。
③ 刘曦林：《趁大好时光要出成果出经典——"王盛烈艺术成就回顾展"研讨会》，《美术》2006 年第 2 期。
④ 韩桂芝：《难忘的回忆——赵福天先生访谈录》，《耕者足迹——王盛烈纪念文集》，人民美术出版社。
⑤ 徐水平：《中正不倚 耕耘不辍——王铁牛谈王盛烈》，《美术家》2006 年第 7 期，第 35 页。

1946年的春天，在北京，王盛烈拿着这幅画的草稿去请教徐悲鸿先生，得到了徐先生的肯定与赞许。徐悲鸿给他提出许多有益的建议。这期间，他曾三次拜访徐悲鸿，两次到家里，一次到北平艺专徐先生的办公室。他们谈了许多艺术上的问题，谈伦勃朗，谈米勒……徐悲鸿对他给予了无私的帮助，曾数次写信介绍他到东北工作。徐悲鸿那种学者风度，对青年人爱护的诚恳态度，对王盛烈日后从事美术教育工作产生深远影响，① 现实主义艺术风格也在此时在他心中产生了萌芽。

二、现实主义风格初探

1949年6月，王盛烈加入到从延安鲁艺一路到东北的一群艺术革命家队伍中，在这个充满活力、思想进步、创作活跃的集体中，他接触到了鲁艺的革命艺术传统，吸收了从小鲁艺走向大鲁艺的革命艺术精神，并在此基础上不断探索，逐步确立了具有时代特征的现实主义艺术观。正如他自己所说，“每个人的际遇无一不是与那个时代的命运联系在一起的，每个艺术家的艺术倾向都与他所处的时代环境生活经历分不开。民族忧患使我度过不堪回首的年代，经历过由于民族灾难所蒙受的心灵损伤，可能就是这个原因使我在艺术上做了至今的选择——现实主义。当然不能排除还有属于我自身具有的主观上的因素。”②

1956年，为庆祝中国人民解放军建军30周年，总政、文化部组织全国画家创作反映中国革命战争的历史画。反映东北抗联战斗生活的创作任务落到东北鲁艺的头上。学院领导经过讨论，把任务分配给王盛烈和王绪阳。此后，王盛烈创作出中国绘画史上的经典作品——《八女投江》。这幅作品的创作源于王盛烈一次听报告的经历。1949年，在抗日将军冯仲云的抗联斗争汇报会上，王盛烈头一次听到“八女投江”的故事，第一反应就是要把它画下来。这个想法酝酿了八年之久。这八年里，他通过大量的写生、收集资料、揣摩，终于在1957年，完成《八女投江》，也借此一举成名。当时的画坛涌现出

· 素描《八女投江》，1957年

① 于晨：《耕者的信念——王盛烈先生其人其画》，《书画艺术》2000年第6期。

② 王盛烈：《画余的思考》，《美苑》2006年第2期。

一大批优秀的人物画，如黄胄的《洪荒风雪》、石鲁的《转战陕北》等。《八女投江》与这些作品的区别在于，王盛烈是用素描与笔墨相结合的方式塑造人物，造型有西方绘画的严谨，笔墨有传统水墨的韵味。为了使人物形象真实生动，他找来学生做模特，画了大量的素描写生。这样的笔墨方式与语言特点适于表现现实生活，其结构也更适于传达现代人的审美感受。《八女投江》创作的成功不仅奠定了王盛烈在中国画坛的地位，也使他更加自觉地坚持现实主义的创作手法。[①]

王盛烈所秉持的现实主义艺术理想，是一种根植于生活、生命的大范畴概念，不是狭隘的现实语境或主体意识，这种艺术理想可以随时代变迁而变化艺术创作形式。但是其根本——以人、人性为本位的艺术观不能改变。他自己曾有这样的论述："现实主义是根植于信念和认识的必然行为，是艺术家对社会的一种真诚，是基于对真理的理解和把握的坚定性。是对人类美好愿望的自觉表露，是艺术家良知在行为上的实践，出于有所爱有所悟，出于对是非黑白的鲜明立场，亦当所为者为之，亦当不为者断然不为。当然做到这一点是要付出代价的，然而却是中国知识分子的一种宝贵品格。"这些论述对于当代艺术家的创作，仍有参考价值。

三、建设中国画专业

1955年，因为王盛烈系统地学过油画、日本画，组织上安排他在鲁美负责组建东北有史以来第一个中国画专业，从此他便把主要精力投放在了中国画的教学和创作上。"他经常下乡、下厂体验生活，收集素材，画速写，创作出版了许多群众喜闻乐见的年画、插图、宣传画、国画、油画等作品。油画《阅读》就是这一时期的代表作，画的是车间女工在休息时阅读书刊学习的情景。这幅画是最早描写女工的画作，得到一致的好评，此画参加了全国第二届美展，被中国美术馆收藏。"[②]

· 油画《阅读》

作为鲁迅美术学院中国画系的组建者，1958年王盛烈开始系统地开展国画的教学工作，

① 苑鸣鑫：《王盛烈艺术研究》，首都师范大学硕士论文，2009年，第4—6页。

② 马文启：《大道不塞 细雨无声——画家王盛烈的中国画艺术》，《美苑》1993年第3期。

当时因为缺人手，他就从北京请来了赵梦朱、钟质夫、王心竟三位先生。20 世纪 60 年代，他又请来了季观之、晏少翔、郭西河先生来充实教员。他的办学思想从不保守，为了提高学生们的素养，几年的时间他陆续从全国请来了蒋兆和、叶浅予、傅抱石、关山月等先生来鲁美给学生上课。同时，他还把王绪阳、李汉华、温读耕、许勇、孙恩同等人送到外边去深造，为东北乃至全国培养了一批又一批的美术人才。

在王盛烈的主持下，骨干教师和学生创作了工业题材组画《鞍钢颂》《让洼塘变富仓》等一批作品，成为表现重工业题材的绘画代表作，在当时引起了强烈的社会反响。鲁迅美术学院中国画系的教学成果及人才培养受到普遍关注。写实主义画风也成为鲁迅美术学院中国画系的典型画风。[①] 有人说，“王盛烈先生是东北水墨写实画派的开创者和带头人。东北不少写实风格的水墨画家，都是在王先生的培育之下成长起来的”。[②]

1964 年，因组织几名青年教师讨论当时中国画创作问题，王盛烈被诬陷为组织“反党势力小集团”，免去系第一副主任职务，停止教学。1966 年“文化大革命”开始，王盛烈被迫离开教学岗位，在辽南吕王公社参加劳动。在这期间，他没有放弃艺术追求，他画了大量的速写和人物写生，有农村小景，也有山花野草，反映了画家细腻丰富的情感和对真、善、美的不断追求。在特殊的时代背景下，他开始思考人生，思考人性，思考生命的意义。在农村期间，他没有条件画大的主题性作品，就利用劳动的间歇画速写。

· 1979 年，与鲁美中国画系学生在一起

所以这个时期主题性创作很少，但是速写的数量非常多。他用速写记录那段难忘的日子。这些速写对他日后的创作产生了重大影响。[③]

经历了十年的劳动改造，王盛烈对人生的感悟更加深刻。平反后，他回到鲁迅美术学院继续工作，主管教学工作。他一方面坚持以抗日题材为主的主题性创作，另一方面更加关注现实，关注家乡的人和事，创作了很多乡土题材的作品。他开始进入人生中的第二个创作高峰，作品的取材更加广泛，除人物画外，还涉及山水和

① 苑鸣鑫:《王盛烈艺术研究》，首都师范大学硕士论文，2009 年，第 4—6 页。
② 薛永年:《现实主义中国画的艺术丰碑——王盛烈艺术研讨会纪要》,《美苑》2006 年第 2 期。
③ 苑鸣鑫:《王盛烈艺术研究》，首都师范大学出版社，2009 年版，第 4—6 页。

花鸟画。创作出了《童年的记忆》《家乡的孩子》《耕者》《山泉》《海滨姊妹》《放学路上》《老将军的规劝》《除却巫山不是云》《秋雨》《悠悠天池水》《日本有个东史郎》等作品。渐渐地，他的创作主题从历史现实主义转向人文现实主义，作品愈加深厚凝重，充满人性光辉。

四、终成一代宗师

王盛烈一生从事严肃的现实主义创作，但并不排斥其他的艺术形式，他认为艺术的道路殊途同归。只要这幅作品能传递出对真、善、美的追求，为人们提供健康的精神食粮就是好的，是于社会有益的。在他的认识上，现实主义是个广阔的天地，而不是被限定死的一种形式，但是他不喜欢颓废、无聊、变态的作品，看到那样的作品，他有时感到很忧虑。[①]

在对中国画的研究和创作上，他并没有因为自身的西洋理论基础而轻视国画艺术的基础训练，相反，他非常重视传统国画技法的学习，而且在学习的过程中，越来越意识到传统艺术的重要。他曾在多篇文章中论述，“传统是人类文明发展的标志，无可怀疑的具备其连续性，人们常说的承前启后，有前者才有后者。传统是永恒的，不仅局限于其历史意义，更重要的是体现其历史精神和美的价值，哪怕是极其简单的单纯到不能再单纯的程度，其价值也是永恒的，人们对它的美的理解也是难以估算的，如那些远古的岩画，赵佶的工笔花鸟，使我产生‘后来者未必居上’的感觉，用这种方法描绘今天同类对象，从手法上、材料上，包括美学理解上，可以看出有着明显的时代痕迹，但在美的创造力和感染力上、美的含量上，较之今天的画家，甚至是名家，究竟逊色多少是很难说的。人在把握彼时彼地，根据那个时代的认识和实践创造出来的美的形态境界是永恒的、不受时间限制的，是不可替代的，当然，其价值也不是随着主观意愿的起伏而能否定得了的。不要轻言可以抛却昨天，既往方能开来。”这些言论，足显大家风范。

与此同时，王盛烈还是一位富有感召力的艺术活动家，1991 年，他发起策划了“纪念九一八事变六十周年中国画大展”。他亲自组织选题，发动东北三省各方面的画家开研讨会和草图观摩会，最后在沈阳、北京进行了巡展。在巡展过程中，他再一次强调，“东北画风的形成其实是东北画家长期坚持鲁艺精神的产物，是鲁艺传统

① 于晨:《耕者的信念——王盛烈先生其人其画》,《书画艺术》2000 年第 6 期。

的扩大和延伸，它具有强烈的时代性和鲜明的地域性。东北画风的核心是贴近时代、贴近生活，与人民的意志和愿望，祖国的前途和命运息息相关，坚持革命现实主义的创作方法，为人民、为社会主义服务。实践证明，革命现实主义的创作道路还是相当广阔的。”[①]这些论述表明鲁艺精神是东北现实主义艺术创作的核心之源，更契合了今天时代对艺术的要求。

同时，王盛烈还主持筹建了同泽书画院、辽宁中国画研究会，为东北书画艺术不断地贡献力量。他十分赞同艺术观与时代同行，赞同艺术样式样态的多样化发展，他不断地借助自己的艺术成就，积极地引导青年人树立正确的艺术价值观，呼吁人们理解和重视现实主义艺术观的永恒价值。

五、作品赏析

1.《八女投江》

· 中国画《八女投江》，1957 年，中国人民军事博物馆藏

东北抗日联军第二路军第五军妇女团的八名女战士（指导员冷云，班长胡秀芝、杨贵珍，战士郭桂琴、黄桂清、李凤善、王惠民、安顺福）为掩护大部队突围转移，在弹尽援绝的情况下，毅然背起重伤的战友，一同跳下浪涛滚滚的乌斯浑河。这个英勇的故事是《八女投江》作品的缘起。《八女投江》是王盛烈审美意识的物化形态，是他内心情感的提炼与升华。作品呈现出壮丽而凄美的悲剧性艺术效果。王盛烈巧妙地运用江边的巨大岩石抬高一部分人物，形成了人物群像的运动变化，整幅画作从右边的岩石到走进江水中的最前面的女战士，呈现出流动的“S”形构图，形成画

① 记者：《东北画家的群体意识——王盛烈教授谈纪念“九·一八”事变六十周年中国画展》，《美苑》1991 年第 4 期。

面强烈的节奏韵律。[①]

2.《海风》

·纸本水墨《海风》，1962年

《海风》创作于1962年，是王盛烈在海洋岛上的生活所见。作品体现了20世纪五六十年代人们对现实生活的理想主义认识，体现了那个时代人们的精神风貌。[②]《海风》是《八女投江》创作风格的延续，巧合的是，画面人物仍旧是八位女性的形象。画面里的女民兵完全用水墨来表现，没有用一点儿色彩，强化了女性刚强勇敢的一面，弱化了女性柔美的一面。女民兵的形象是王盛烈从大量的写生中提炼出来的，具有典型性，对人物精神面貌的把握非常到位。[③]

3.《秋雨》

·中国画《秋雨》，与刘建华合作，1991年

《秋雨》可以说是王盛烈艺术创作的又一个高峰，这幅作品创作于1991年，既没有宏大的叙事，也没有典型性的情节，只是作者亲自见证、深刻印在心中的一个历史片断，现实主义的内涵在这幅作品中得以扩展和升华。王铁牛先生称之为“人文现实主义”，即用真情表达普通人的生存状态和精神状况。如果说《八女投江》还有民族主义情结，那么《秋雨》便是超越种族的人性表达。[④]

4.《家乡的孩子》

《家乡的孩子》一画中作者用稚拙生涩的笔触描绘了一群农家少年。画面没有背景，没有典型的环境和情节，把笔墨全部用在刻画人物上，突出少年的天真无邪。

---

① 史友梅:《品〈八女投江〉之“三味”》,《艺术评论》2017年第11期。

② 尚辉:《凝重的画卷——王盛烈为世纪中国美术留下的民族形象》,《耕者足迹——王盛烈纪念文集》，人民美术出版社，2005年版，第38页。

③ 苑鸣鑫:《王盛烈艺术研究》，首都师范大学硕士论文，2009年，第4—6页。

④ 徐水平:《中正不倚 耕耘不辍——王铁牛谈王盛烈》,《美术家》2006年第7期，第35页。

皴擦技法的使用，刻画出棉衣厚重的质感。通过对农家少年的描绘，追忆自己的童年。人物天真活泼的形象背后是作者对逝去时光的留恋。[①]

据王盛烈的儿子王铁牛回忆，“父亲对于当下艺术的意义，一言以蔽之，传统文脉。传统文脉的含义是丰富的：其一，画家应该以士人自任，以道义担当。传统士人内美和外修并举，为人温柔敦厚，处事不计名利，心有通天地之气，画才达物情之象；其二，只有‘国画’这一名目成立，就应具有中国画的固有精神，传统文脉便不能割断。父亲学习西方的造型、构成，又重修传统笔墨。父亲的‘人文现实主义’体现了中国传统文化‘以人为本’、‘天人合一’的精神，即以真近人，以善感人，以美动人；其三，艺术的创造性，即所谓的现代性问题，父亲正是吸收传统的精神将现实主义的内涵升华和扩展为‘人文现实主义’。父亲说现实主义是表现人性的艺术，又说现实主义不是教条，还说现实主义不是唯一的艺术方法。他在这方面有很多思考，提倡探索的多维性，但探索的基础是‘道不远人’。”[②]

· 中国画《家乡的孩子》，1984 年，中国美术馆藏

纵观王盛烈先生一生，集才华、功名于表述，道义、真情于内心。他在临终时有句话：“那些仇恨我的学生，以后也会爱我的。”这是何等坦荡胸襟能有此言。放眼当今，举国学术界，综述、研究、评赏王盛烈先生其作其人的文章达百余篇，有许多佳作包括先生自己的理论文章，都已经达到相当的鉴赏深度、艺术价值，晚辈后生自愧无法超越。因此，这篇追述文章，其实是各个专家、学者的思想片段综合、论述精华集锦。笔者在以拙力拼凑的过程中，得以窥见王盛烈先生不朽的艺术情怀与道义担当，于无形之中得以勉励，即便腐朽总能甚嚣尘上，思想与艺术也当永存！

（孟迪）

---

① 苑鸣鑫：《王盛烈艺术研究》，首都师范大学硕士论文，2009 年，第 4—6 页。

② 徐水平：《中正不倚　耕耘不辍——王铁牛谈王盛烈》，《美术家》2006 年第 7 期，第 37 页。

第十一节　贲庆余　王绪阳　路坦

1948 年，贲庆余、路坦、王绪阳考入鲁迅文艺学院美术部，成为鲁艺第八届学员。他们当时接受的是延安鲁艺革命传统教育、马列主义基础理论以及延安老同志的言传身教。王曼硕、张仃、古元、杨角、张晓非、张望等老同志用他们的言行和作品做出了榜样，文艺为人民服务的思想在他们幼小的心灵里深深地扎下了根。三人很早就结下了革命友谊与艺术共鸣。从 20 世纪 50 年代开始，三人的版画、连环画等作品在国内就有很大的反响。

贲庆余

· 贲庆余

贲庆余（1929—2004），出生在哈尔滨市，少年时代便展露出艺术才华。1946 年，17 岁的贲庆余就读于哈尔滨一中，他绘制了大幅毛主席像和“为人民服务”横额标语参加五四青年节的游行。1948 年春天，东北鲁艺美术部部长张仃看到贲庆余的画，觉得很有灵气，便通知他报考东北鲁艺。贲庆余从此开始了半个多世纪的艺术人生。

贲庆余是当代著名现实主义艺术家关东画派的开创者和代表人物之一。其创作涉及中国画、连环画、版画、水粉画、插图等诸多画种。他于 1954 年与路坦、王绪阳、陶治安、周立合作的连环画《童工》获全国儿童文艺创作一等奖，由时任国家副主席宋庆龄亲自颁奖。他在 1959 年创作的大型中国画人物画《瓦岗军开仓分粮》是他的成名之作，其作品受到高度关注和赞誉。1963 年他与王绪阳合作的连环画《我要读书》获全国连环画评奖一等奖，成为当代连环画创作的佼佼者。90 年代后创作的中国画《难忘那血与火》《忠魂颂》和《晚钟》等也颇受好评。赍庆余的作品深刻地体现出当代现实主义艺术的魅力。

1959年赍庆余创作了中国画《瓦岗军开仓分粮》。作品描绘隋末农民起义大军中瓦岗军队伍为百姓开仓分粮的宏大场面。画面以粮堆为构图中心，具体刻画在粮堆四周，起义军官兵为百姓分粮、倒粮，民众取粮、扛粮、运粮的种种情景，突出体现了“民以食为天”和起义军一心为民的主题思想。人物形象众多而不雷同，特征突出，个性鲜明，用线奔放泼辣，笔墨技法取自传统又自成风貌，整个画面处于有秩序的律动之中，具有蓬勃旺盛的艺术魅力。该作品被中国历史博物馆收藏，并于1997年入选《中国现代美术全集·中国画卷》，于2000年入选“百年中国画展”并入编《百年中国画集》，成为经典传世作品载入史册。

· 1953年赍庆余、路坦、王绪阳、陶治安、周立创作的连环画《童工》

赍庆余是东北美术界的重要理论家。他长期从事艺术创作和教学实践，弘扬东北画风，打造关东画派艺术群体，主持鲁美院刊《美苑》以及《同泽书画》的编审工作和主编各类大型画册，并撰写发表大量的学术论文、评论文章、核心发言稿以及创作心得札记等，在美术理论界和学术界颇具影响，从而奠定了他在东北美术理论界和东北美术史上的重要地位。

· 中国画《瓦岗军开仓分粮》，1959年

赍庆余是东北现实主义画风在全国画坛上的忠实代言人，是关东画派重要的学术带头人之一。他的许多文章都是向全国评介东北地区老中青

画家，同时也是他多年创作实践的总结。从20世纪50年代发表的《孕育于真实之中》，到80年代的《植根于人民》，到90年代的《塑民族之魂》《坚持人民的价值观》直至新世纪初的《献给母亲的歌》《一个需要巨人的时代》《呼唤激情，重振雄风》等文章多是糅进了自己的创作体会和美学理念，有激情，有形象，有诚恳真切的情感，以百年宏观的视野与民族复兴的大势，以振奋人心的豪放语言，论述艺术与党、与人民、与时代的关系，坚持“二为”方向和“双百”方针，促使艺术成为“民族精神”的火炬和“人民奋进”的号角。①

赍庆余半个多世纪的创作实践、理论建树和教学成果向世人证明了他是一位无可争辩的、坚定而执着的现实主义艺术家和理论家，是一位极力弘扬革命文艺传统的战士。无论形势如何复杂多变，艺术界、学术界各种新潮怪论如何此起彼伏，赍庆余始终保持清醒理智的头脑，不泯艺术家的良知，以深刻的政治敏感和洞察力，以崇高的社会责任感和历史责任感泰然处之，显示出一种高度的坚定和自信。另一方面，他在创作和教学实践中深谙艺术理论的薄弱会使精品力作的产生滞后。因此，他怀着强烈的忧患意识和责任心毅然在美术创作鼎盛时期抛名利而甘于寂寞，弃丹青而举文字，闯入美术评论、理论领域一发而不可收，令许多朋友和同道所不解。

半个多世纪以来，赍庆余始终如一地在东北鲁艺即鲁迅美术学院这块阵地上默默耕耘和收获着。赍庆余是一位学者型艺术家，他一生勤奋手不离卷，以精品力作崛起于中国画坛。赍庆余的一生为鲁艺奉献，为振兴祖国美术事业而拼搏进取，为积累东北美术史而默默奉献，弘扬了东北画风，崛起了关东画派。赍庆余崇高的人格和丰厚的艺术遗产将永远激励鲁艺后人继续奋发向前。

① 中国同泽书画研究院:《深切怀念赍庆余同志》,《美术》2004年第4期。

王绪阳

· 王绪阳

王绪阳1932年生于辽宁省庄河县大孤山镇（现属东港市）。他从小喜欢画画，战乱年代流落沈阳、抚顺一带，是个半失学的中学生，捡过煤渣，卖过报，在医院里侍候过伤兵。社会底层的苦难和国民党官僚们的腐败，他都有所认识。1948年鲁艺在沈阳复校成立了东北鲁艺，招生时，他是奔着能解决食宿温饱问题去的。是鲁艺的革命大家庭抚育了他，融化、改造了他，使他成为一位有觉悟的革命文艺工作者。

王绪阳于20世纪50年代初开始创作，主要是年画、连环画。他善于进行形象的思维，具有敏锐的生活感受能力，勾画小人儿是他的特长。譬如连环画《童工》中的第一幅：高玉宝流落在大连码头上，本是过场画，但是经王绪阳的处理，就形象地反映了那个殖民地时代背景，有了典型的意味。根据童年印象，他画出了背负重担的码头工人，收货发货的资本家、账房先生，当监工的把头和统治者日本人。用低视线把这一切巧妙地重叠了起来，还露出了地平线上远去的货轮，岸边上帆船的桅杆，这很让同伴们折服。如果说《童工》的创作，主要靠作者朴素的感情完成了任务的话，那么之后的《我要读书》的创作，则是在一定的艺术审美理想指导之下进行的。

《我要读书》是王绪阳的代表作，该作品的创作获得成功，是鲁艺教学上的一个成果，代表了一个集体、一种传统、一种倾向，而且是对于真实的艺术的呼唤。这部连环画在当时的美术界引起共鸣。这部连环画追求严肃的艺术质量，也追求生活与艺术、真实与典型的和谐统一。结合于人民，植根于人民，这是代表了鲁艺的大传统的。《童工》《我要读书》都获得了全国一等奖，王绪阳曾与路坦一起代表创作室赴京领奖。从此王绪阳个人的荣誉与鲁艺的荣誉分不开了，20世纪90年代王绪阳被选为中国美协中国画艺委会委员。他几十年一贯坚持的是鲁艺的现实主义艺术方向，这对于当代中国画艺术，仍具有重要意义。

1957年以来，王绪阳先后创作了《兴安岭风雪》《黄巢起义军入长安》《运河上》《新土》和《矿工红花》等作品。在创作中王绪阳继续他的现实主义探索，坚持从生活出发这一原则，使自己的艺术不脱离人民群众的实践。这段时间，他因为历史画的创作和去南京学习，结识了傅抱石、亚明等中国画艺术大家，加深了对中国艺术传统精神的理解，从而确定了自己中国画探索的大方向：用现代的现实主义艺术观念，整理传统艺术精华，沟通南、北派的笔墨技法，取长补短，重视笔墨但不游离于生活，讲究形式但要服务于内容，走两派结合之路。①

· 连环画《我要读书》，贲庆余、王绪阳，1954年

《兴安岭风雪》是他第一幅用中国画笔墨表现的历史画。虽然还有些稚嫩，但构图意境是有新意的，有种真实的、悲壮的氛围和气势：原始森林，风吹木倒，如刺向敌人的利剑。抗联战士风雪中露营，相濡以沫，这情节、形象还是很感人的。《黄巢起义军入长安》是为国庆十周年中国历史博物馆建馆而作，在故宫和历史博物馆专家们帮助下，经过艰苦的努力，解决了创作准备工作中的问题。《运河上》创作于1960年，当时王朝闻同志曾评价这幅画是画出了“情”字。这幅画表达了人们美好的乡情，表现了美丽的运河风光，画法上兼有北方的重人物、重真实的美，也融会了南方重写意、重抒情的长处，增加了水乡秀美的风韵，这是王绪阳进修江苏国画院时的创作。

70年代末至90年代，王绪阳又迎来一个新的创作丰收期。先后创作了《重建》，小说插图《李自成》《冰湖鱼跃》《蓝色田野》，以及《中华血泪》《中流砥柱》《小米加步枪》等作品。

1979年创作的《重建》一画，是画家真情的表露，也有着象征的意味。《冰湖

① 贲庆余：《在鲁艺精神哺育下成长——论王绪阳的艺术道路》，《美苑》1997年第3期。

鱼跃》《蓝色田野》表现的是新时期普通人民欢快的劳动生活。

90年代创作的《中流砥柱》与《小米加步枪》是两幅革命历史画，对纪念抗战胜利50周年具有重大的历史意义。王绪阳是这次全国性纪念画展的倡议者、组织者，为成功地展出，付出了巨大的精力，克服了不少障碍，而最关键的是历史观、艺术观。

王绪阳的艺术道路始终没有离开过鲁艺的大传统。其实，鲁艺精神就是一种科学的艺术观。这种艺术观，真诚地服务于人民，而人民也给予它丰厚的回报。从延安时代开始，土地与人民是我们艺术的母体的观念就诞生了，经过近六十年的艰苦实践，培养出的几代鲁艺新人继承、发展了这个革命文艺传统，而王绪阳就是其中一位普通战士。他的艺术道路是向着这个大方向走的，这不仅对过去有意义，对未来更是意义重大。

路坦

· 路坦

路坦（1934—1988），生于吉林公主岭的一个革命家庭。路坦的祖父、外祖父一辈在当地曾是有一定声望的大户。路坦的舅父是共产党员，他从日本名牌大学留学归国后，表面是上层社会的经济界名流，而实际是党的地下工作者，并有着不平凡的经历。路坦的父母都是具有一定进步思想的东北学生，他们在路坦舅父的影响下，也参加了党的地下工作，在国民党统治时期以流亡地主子弟的身份活动于长春、公主岭一带，用生活贫困的小市民阶层做掩护。

因而，路坦的童年是在极为动荡的环境中度过的。有的时候处在游击区，他因时局动荡而失学。路坦上街卖过烟卷、报纸，为影院送过片子，为人打过皮鞋油。他目睹了国民党军警官僚们对人民的凶残镇压，自己也受过他们的欺侮，使他很早就体验到了阶级的爱憎。

1947—1948年间，他随着父母回到解放区，见过真正的八路军。路坦和一支解放军连队的战士以及班排连长都交上了朋友，差一点儿被部队带走，当时因为他太小没有去成，不久这支部队参加了四平战役，战后部队又回来休整，等路坦再去找老朋友时，回来的老朋友已屈指可数了。因此，他懂得了胜利的代价，牺牲的意义。

路坦虽是断断续续地读完小学、中学，但是在这样的革命家庭、社会环境之中，他很早就接触到了革命文艺，知道了鲁迅和高尔基。1948 年，年仅十四岁的路坦来鲁艺美术部应试。口试时人家问他文艺复兴三杰是谁，路坦回答："鲁迅、郭沫若、茅盾。" 年幼的他当然不知道文艺复兴，他说的是当代中国文坛三杰，这三位是当之无愧的。他的回答仍然有水平，给了大家好印象，并通过了入学考试。

当时鲁艺的副院长、美术部部长王曼硕，对有才能的、各方面表现好的学员非常重视。下乡下厂是鲁艺当时进行教育的主要方式方法，强调文艺工作者首先要在思想感情上与工农一致起来。王曼硕和张仃、夏风、刘荣夫等老师一起研究，选拔了一批苗子，跟着研究生（哈大、东大来的高年级生）一起去鞍钢搞工人美术运动、学习为工人服务的本领。1949 年夏，路坦、贲庆余和王绪阳等人一起被选中，都去了工厂锻炼。

1952 年路坦毕业后，被分配到鲁艺美术部创作研究室从事创作研究工作，他任创作组组长，后来还正式担任了张晓非老师的助教。路坦和其他四位同志合作的连环画《童工》成功地塑造了性格倔强的少年高玉宝形象，《童工》的出现在当时引起国内美术界的关注。

如果说《童工》仅仅是路坦在创作上的起步之作的话，那么为小说《高玉宝》所作的全套插图是他独立创作的成名之作。这是应中国少儿出版社之约而绘制的整套插图，其中除文中插图用毛笔绘制外，其余单页插图全部为套色石版画。石版画艺术在 20 世纪 50 年代初的画坛上实属凤毛麟角，这套画以浑厚泼辣的笔法，强烈对比的黑白，艺术地再现了书中的主要情节，塑造了幼年高玉宝的艺术形象，令人耳目一新。路坦以他敏锐的观察力和艺术概括力形象地揭示了高玉宝母子在富人压榨下的痛苦与抗争。如《母子分别》一幅：在村头，高玉宝伏在母亲怀里痛哭。母亲虽然只有背影，但那扭转的身姿却极好地表现了她不愿儿子看到她在流泪的心理状态，连那远方的一排排毛头柳也似乎善解人意而弯了身子在微微颤抖。石版画插图《高玉宝》获得很大成功，为此他荣获全国青年美展创作二等奖。

此后不久他又为袁静的小说《小黑马的故事》制作了全部石版插图和封面设计。这是继《高玉宝》插图后又一部描写流浪儿童生活的成功之作。路坦之所以能成功地塑造流浪儿形象，与他在少年时代有过类似的经历分不开。新中国成立前夕，为了掩护在国统区从事地下工作的父母，他曾经在街头卖过香烟，接触过与他年龄相仿的穷孩子，因而非常熟悉他们，在创作中自然就把他们的影子融进笔下的人物中去。《小黑马的故事》和《高玉宝》由于深受读者欢迎，曾参加在莱比锡举办的中国书籍装帧插图展，深得好评。①

鞍钢是新中国成立初期祖国的工业基地，曾经是鲁艺教学的实习基地之一。在鞍钢实习过程中他成为孟泰的好朋友，他创作的两幅石版画《孟泰肖像》，不仅外貌肖似，更主要的是生动地刻画了老英雄那祥和、质朴中透着刚毅，蕴藏着睿智的丰富的内心世界。路坦正是以这种对劳动人民虔诚的爱作为创作动力，创作出了动人、形神兼备的佳作来。路坦在鞍钢寻找到了新的艺术创作源泉，还创作了石版画《炉前工》《饮》。这两幅作品笔力遒劲、豪迈雄浑，战斗在高炉铁水前的两尊工人雕像，通身闪烁着异样的光彩。

· 石版画《孟泰肖像》，1954 年

由于路坦熟悉大工业环境，善于表现工业美，所以他为小说《百炼成钢》《风雨的黎明》作插图便相当顺手了。简洁的构图、宏大的气势、工业环境中人物特有的气质在他的笔下都举重若轻，每幅插图都凝聚着他对工业美的独特的理解。

鲁迅先生的形象及其作品中的人物是路坦在创作生涯后期最倾心的题材。他阅读了大量鲁迅原著，将有关章节整齐地记录在笔记本上。他尽可能周密地收集大量有关鲁迅生平的图片资料，潜心研究，偶有所得立即动笔构图。1978 年他身体已渐虚弱，但仍然坚持到鲁迅故乡绍兴写生，去亲自观察水乡那古老的街巷，体验时代背景和气氛。在此基础上他创作了国画插图《祝福》《狂人日记》《明天》，水粉插图《孔乙己》，铜版插图《白光》等。由于他对鲁迅原著研究得深入，所以他笔下的书中人物都极其贴切传神：无论是沦为乞丐的孔乙己，还是为亡儿而悲痛的单四嫂子，都以极简洁的笔法刻画出特定环境下人物的神态。

路坦是一位忠诚于党的教育事业的版画教育家，几十年来他把全部的心血都倾

① 陈尊三:《奉献之路——纪念路坦同志逝世一周年》,《美苑》1989 年第 4 期。

注在版画教育事业上。他培养了一批批学生，分布在全国各地成了那里的美术骨干力量。他还辅导了一些业余版画作者，这些人后来都成为版画界的中坚力量，如北大荒农垦局的郝伯义就是他的得意门生。

路坦的全部作品都具有鲜明的时代感和民族风格，不论是刀锋刚劲的木刻还是浑厚质朴的石版，无论是痛快淋漓的水彩还是笔墨纵横的国画，都洋溢着一种内在的力量，一种豪侠之气。

路坦在人生的旅途上只走了五十五个春秋，但他为祖国的美术教育事业付出了全部的聪明才智。他一无所求，直到他逝世时居住的依然是两居室房子，用的依然是 20 世纪 50 年代的旧家具，路坦先生为党的艺术教育事业而奉献的鲁艺精神将留给我们。

（李丹青）

第五章·文学篇

第一节　鲁艺文学系发展概述

一、延安时期鲁艺文学系办学情况

鲁迅艺术学院是中国共产党在延安时期创办的第一所培养抗日文艺工作者和文艺干部的高等学府。其目的是："培养抗战艺术干部，研究正确的艺术理论，整理中国艺术遗产，建立中国新的艺术。"

1938 年 2 月由毛泽东、周恩来、林伯渠、徐特立、成仿吾、艾思奇、周扬联名发起，以新文化旗手——鲁迅先生命名，表示要向着他所开辟的道路大踏步前进。1938 年 4 月 10 日，鲁迅艺术学院正式成立，1940 年更名为"鲁迅艺术文学院"，1943 年并入延安大学后又更名为"鲁迅文艺学院"，统一简称"鲁艺"。

延安时期的鲁艺文学系设置得较晚，成立之初并没有文学系，1938 年 7 月，其他院系招收第二届学员的时候文学系才开始招生，至 1945 年招收学员总计 254 人。文学其实是其他艺术形式的酵母，比如戏剧、影视，甚至绘画等艺术门类里，都包含着文学的基因。

在抗日战争阶段，鲁艺的第一期学员基本是从中国人民抗日军政大学和陕北公学来的，这是由组织派送的方式选拔的学员，不需要入学考试。到了第二期以后，生源开始多元化，有了比较宽松的考试。当时的文学系招生考试分为笔试和口试。延安鲁艺文学系招生考试着重强调现实性，这也是延安鲁艺突出的特点。文学系的专业课程比以前更多更丰富了，除了共同的必修课外，设置了文学概论、中国新文学运动、民间文学研

· 延安鲁艺旧址

究、世界名著选读、文艺现状研究、应用文、新闻学、创作实习等课程，教师的阵容也更加强大。

在延安鲁艺的课堂上，学员们学习新文学的规律和写作技巧，在课外通过各种形式进行创作。并通过下乡和上前线等多种途径深入基层体验生活，收集素材，进而进行文学创作。可以看出，课程是强调深入生活的重要性的。这也是文学创作历来的一贯传统——深入生活、深入实际。文学系师生创作了大量反映抗战、反映人民群众生产生活的优秀作品，编译出版了一些世界文学名著，还出版了《草叶》等文学刊物。

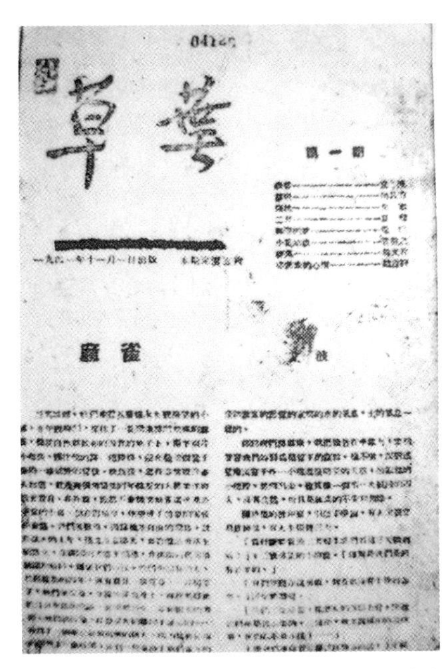
草葉

第一期

麻雀

· 鲁艺“草叶社”编辑文学刊物《草叶》（第一期）

延安鲁艺的八年时间，文学系的专任教师有 18 人，他们是周扬、何其芳、沙汀、萧三、茅盾、周立波、舒群、陈荒煤、艾青、萧军等。这些人都是新文学作家，没有专门研究学问的学者。他们的很多课程都是现身说法，结合自己的作品谈创作体会。全部用新文学的作家上课，也是延安鲁艺文学系的最大特点。

七七事变爆发，山河破碎，无数热血的中华儿女报国无门，延安成了他们心中的圣地。各地文艺青年纷纷奔赴延安，追求光明和希望，前赴后继地成为鲁艺学员。在毛泽东、张闻天、周恩来等中共领导人的关怀下，在周扬、何其芳、陈荒煤等一大批教师的培养下，他们成长为无产阶级文艺战士，创作了大量的脍炙人口的作品。

附：延安鲁迅艺术文学院文学系第二至六届师生名单

	时间	系主任	副系主任	教师	学员	注
第二届	1938.7—1938.11	周扬（兼）、沙汀（代）		周扬、何其芳、沙汀、严文井、陈荒煤、萧三、卞之琳 助理员：王宗一	丁基、岳瑟、耿西、岳鹏（女）、牧虹、李又华、王抗、谢黎（女）、艾提、白汝援、刘备耕、田蔚（女）、王子刚、孔厥、余志平、汪耀前（女）、尤淇、羊君度、天蓝、莫耶（女）、江湄、那沙、杨明、黄慕海（女）、肖殷、牧军、吴曾贤、蒋在文（女）、周游、东方胤、林耶、罗炯、梁彦、叶拉、高戈、朱野蕻、张文彦、张非垢、凌前、贾霁、浪淘、康濯、黄烽、张石秋、雷哲如、陈寒梅、崔获、乔秋远、鲁勒、黎览奔、孙健秋、上官在干	1938 年冬沙汀、何其芳率领尤淇、艾提、浪淘、张非垢、岳瑟、莫耶、黄慕海、康濯等随一二〇师去敌后

续表

	时间	系主任	副系主任	教师	学员	注
第三届	1939.1—1940.5	周扬（兼）		周立波、萧三、严文井、陈荒煤。秘书：王子刚	丁克辛、毛星、王彦才、王韦（女）、田健、华丁、叶克、李星华（女）、杨思仲、陈冷、陈奇凡、司汀（女）、陈再生、陈山、田家、苏俊（女）、玛金、原火、姚中、洪任舆（女）、金曼辉、林陵、高鲁、胡述文（女）、黄竹君、黄钢、梅行、林伊乐（女）、葛陵、葛洛、蔡其矫、聂眉初（女）、雷诺、贾芝、鲁果、林蓝（女）、柯蓝、张蓓、林漫、夏蕾（女）、洪流、毛蓬	1939 年 3 月 13 日，陈荒煤率领鲁艺文艺工作团去前方，成员有黄钢、杨明、梅行、葛陵、乔秋远。回延后，该团（包括文学组和美术组华君武、朱吾石）于 1939 年 3 月随实验剧团去前方的有林伊乐、王韦、洪任奥、刘滇
第四届	1940.2—1943 年底	何其芳		陈荒煤、严文井、张桂、周立波。秘书：黄钢 助理员：王抗	刘征、刘漠冰、白原、安危、自评、邢立斌、江孟华、李元获、李戒、林间、林沫、黄正甫、李方立、朱寨、刘漠、侯唯动、章炼峰、单宁、贺敬之、赵英风、张铁夫、涨潮、张棣赓、胥树人、陈奔、寒枫、董洪、程昆、雷汀、鲁光、潘之汀、黎辛、穆青、区惠雄、戴明、聂眉初（女）、万力、林伊乐、王光震、文戎（女）、余志平、井岩盾、叶石、叶冷（女）、黄慕海、黄竹君、鲁果、张瑛（女）、方俊夫、马沛文、冯牧、梁萍如（女）、高梁	1941 年 3 月成立文学部。部长由周扬兼，下设文学系、文艺工作团。文艺工作团主任严文井，成员有岳瑟、杨思仲、毛星、梅行、黄钢、葛陵、黄照、贾芝、李星华、葛洛等。9 月 10 日改为文学研究室，下分创作组、文史理论组
第五届	1943.6—1944.7	何其芳（后由严文井代）		周立波、何其芳、天蓝、曹葆华。助理员：林蓝（女）	毛永、廖耐难、刘学基、王振宇（女）、史博克、孙剑冰、孙邦达、张凛（女）、李南力、王燎萤、李薰风、叶茵（女）、冷冰、齐鸣、寒十坡、李瑞荣（女）、纪云龙、牟决鸣（女）、李季、李纳（女）、胡征、詹光、路达、莎莉（女）、朱轮、王岚、吴淼、廖苏华（女）、王培一、陈戈华、陆荆、吴国英（女）、呆丁、孟奚、鲁光、何路（女）、思基、江风、林平、罗真理（女）、周承术、王清、马茅颖、王培芝（女）、何奇、李敏、柳波 贺鸿荃（女）、胡苏、洪禹、陆石、黄铁（女）、路丁、李文、黎风、赵路（女）、石田、朱衡彬、康白乐、王淑耘（女）、马沛文、郭铁、寒林、章煌（女）、杜克鲁、叶石、贾萌、施谊（女）、于心喻（女）、史洛明（女）、林野（女）路比（女）王适怡（女）、雪牧（女）	系外随系听课的同志有：苏俊、江、李石涵、陈祖武、牛运仓、陈山、罗茅等 1942 年 4 月成立战时文艺运动资料室，主任陈荒煤（前）、何其芳（后）
第六届	1944.7—1945.9	舒群（常）、欧阳凡海		萧军、艾青、陈荒煤、欧阳凡海、舒群、公木、孙犁、天蓝、严文井、邵子南、何子南、何其芳	马毅、马子健、马荆宇、马尊卿（女）、东昉、刘蔚、马介、刘力群（女）、刘并温、张邦来、张逊斌、刘素峰（女）、张龙题、史博克、李肖白、司仃（女）、李孟、李馥、李冰、石迪克（女）、张兆虎、李玉林、李在田、荆蓝（女）、阎圣禹、伍延秀、肖彦、王培之（女）、杨子美、刑宏、杜德明（李若冰）、沈蕴敏、韩书田、姜粥臣、杨（女）、草沙、纪云龙、冷冰、陶萍（女）、徐莹、高森、徐涤尘、赵昔（女）、程远、徐攻、龚古今、梁瑜（女）、饶王奎、黄仁、潘湘、彭英（女）、续磊（女）、林1鸣（女）、秦师、吴作贤（女）	

以上内容整理并摘录于延安鲁迅艺术学院旧址暨革命文艺家馆。

鲁艺在革命历史上发挥了巨大作用并对中国现代文化艺术产生了深远的影响，被称为“新文艺圣殿”。在西北黄土高原的这条不起眼的小山坳里，蕴藏着一个个后来文学史上能够成为大师的名字。郑律成、刘炽、莫耶、王昆、成荫、罗工柳、李波、贺敬之、时乐濛、于蓝、秦兆阳、黄钢、康濯等作家、艺术家均是鲁艺学员。这些闪光的名字可以说是群贤云集，文星荟萃，在中国文学艺术史上留下一道灿烂的光芒。

· 延安鲁艺文学系旧址

鲁艺就是一棵大树，它的艺术教育用毛泽东的话来说，就是：“小鲁艺与大鲁艺的结合。”鲁艺的艺术是源于生活的。毛泽东亲自为学院题写了院名，拟定了“紧张，严肃，刻苦，虚心”的校训。在1938年4月10日鲁艺的开学典礼上，毛泽东做了以艺术的作用与使命为题的重要讲话，4月28日又到鲁艺讲话提出三条希望：一是我们的艺术家要有理想，不仅为抗战，还要为新中国的建设，为社会主义、共产主义的实现而奋斗。二是要有生活，没有生活创作不出好作品，艺术家的大观园在全中国。要使自己的艺术与时代、人民密切结合，就必须切实地在大观园中生活一番、考察一番。三是刻苦学习，掌握优秀的艺术技巧，没有技巧表现不了生活的丰富内容，也创作不出好的作品。希望鲁艺的艺术家不要以出名为目的，而是使自己的艺术为伟大民族解放事业服务。他还为鲁艺题词：“抗战的现实主义，革命的浪漫主义。”强调艺术的真实与理想的结合是毛泽东一贯的创作思想，他以后多次到鲁艺讲话，提出“小鲁艺”与“大鲁艺”相结合的教学原则。

二、鲁艺的文学精神辐射东北

在全民族浴血抗战中，鲁艺人牢记毛泽东《在鲁迅艺术学院的讲话》和《在延安文艺座谈会上的讲话》精神，自觉把艺术理想融入党和人民的伟大事业之中，走出“小鲁艺”，走向“大鲁艺”，深入实际，深入生活，创作了《黄河大合唱》《兄妹开荒》

《白毛女》《王贵与李香香》等一大批具有时代精神、泥土气息和民族特色的经典文艺作品，发挥了文艺在动员群众、组织群众、团结人民、打击敌人中的巨大作用。

1945年底，鲁艺迁往东北、华北等地，参加解放战争和土地改革运动。新中国成立后，鲁艺师生分赴全国各地，成为新中国文艺事业的骨干和领导力量，创办了一批文艺院校和文艺团体，至今为文艺人才的培养和文艺事业的繁荣发挥着巨大的作用。

抗日战争胜利后，满目疮痍的东北终于回到了祖国的怀抱。但蒋介石却勾结美帝国主义，企图先行抢占东北，夺取胜利果实。在这两种前途、两种命运决战的紧要关头，党中央和毛主席采取“针锋相对，寸土必争”的方针，争取和平民主，反对内战独裁。为使文化教育事业更好地服务于伟大的解放战争，迎接新中国的诞生，1945年8月24日，延安文化界百余人在陕甘宁边区政府交际处举行欢送会——欢送即将开赴前线的华北文艺工作团和东北文艺工作团，他们均是以延安大学鲁艺师生为主体组成。

我们可以想象当时振奋人心的场景、依依惜别的一幕。这些文学的种子即将出发，从延安、从鲁艺辐射到全中国每一寸土地上。他们以文学的名义出发，他们以文学的力量建设美丽希望的新中国。

1946年，鲁艺分批迁到佳木斯市，划归东北大学并恢复办学，并在当地演出了秧歌剧等群众喜闻乐见的多种形式的文艺节目，演出受到广大群众热烈的欢迎，同时吸引了大批青年加入东北鲁艺，为鲁艺增添了新生力量。同年冬，为了配合解放战争和土地改革的需要，东北局决定将鲁艺文艺学院脱离东北大学，组建东北鲁艺文工团一、二、三、四团和音工团，进入东北解放区开展革命工作。

战斗在东北解放区的五个鲁艺文（音）工团，坚持为广大工农兵服务，为解放战争服务的宗旨，跟随部队辗转于东北各地并深入到敌占区，一边参加剿匪和土地改革，一边进行创作和慰问演出。东北鲁艺文工团在文艺创作和演出实践中，培养和锻炼了队伍，增长了才干，活动范围遍及北满、南满、东满67个市县（镇）。

当时东北鲁艺各文工团积极宣传党的方针政策，密切联系群众，及时根据战争形势和土改运动的需要，创作演出了数以千计的文艺节目和剧目。其中包括歌剧《火》《永安屯翻身》，秧歌剧《李二小参军》《归队》《干活好》《两个胡子》《收割》，话剧《牢笼计》以及音乐作品《咱们工人有力量》和《工人大合唱》等。这些作品反映出中国人民寻求独立解放和建立新中国的强烈愿望和坚定决心，起到了“团结人民、教育人民、打击敌人、消灭敌人”的战斗作用，受到人民群众的热烈欢迎。

为了壮大革命力量，引导青年走向革命，1947年范政创作了一部小说《夏红秋》。小说的主要内容写的是主人公夏红秋是被反动思想毒害较深的女青年，在党的教育下转变立场，走向革命的故事，小说在青年中引起了很大反响。这部中篇小说也是最早反映东北青年思想的作品。

这个时期是文学创作生根开花的收获时期，创作和演出都非常活跃。文学作品佳作迭出，产生了很多优秀的作品。如周立波的《暴风骤雨》，马加的《江山村十日》《开不败的花朵》，刘白羽的《红旗》，华山的《英雄十月》，西虹的《零下四十度》，草明的《原动力》，李纳的《煤》等。

三、黑土地上活跃的作家和作品

一个杰出的文学家就是一个民族心灵世界的英雄。这样的英雄越多，这个民族的文学艺术就越丰富多彩，对世界文学的影响也就越大。文学的火种从延安宝塔山下点燃，以星火燎原之势迅速燃烧，很快就照亮了整个中国。这些作家本身就是革命战士，一手拿笔，一手握枪，党指派到哪里就冲到哪里。

著名作家周立波当时也来到东北，是北方火热的生活给了他无限的灵感和创作冲动。周立波的长篇小说《暴风骤雨》以松花江畔一个叫元茂屯的村子为背景，完整地反映了东北地区土地改革的过程。1946年4月，周立波调到哈尔滨市担任《松江农民报》的编辑。在哈尔滨期间，周立波花五十多天写出了《暴风骤雨》一书的上卷。第二卷的初稿则只用了四十多天。写完之后，身体强健的周立波大病了一场。

· 作家周立波

《暴风骤雨》是中国土改小说的代表作。它在第一次全国文代会（中华全国文学艺术工作者代表大会）上作为解放区的优秀作品获得表彰，并且在1951年获斯大林文学奖三等奖，由此该作以及作者周立波奠定了在中国文学史上的地位。

马加也是在延安鲁艺的熔炉中成长起来的作家。他在延安时期历时三年多奔赴抗日前线，采访和经历了大大小小的战斗，真正地深入生活，扎根人民群众。奔赴东北以后，马加参加土地改革，创作了大量的优秀作品。像《江山村十日》就是他深入土改收获的成果。马加参加抗美援朝，随志愿军后勤分部领导的民工支前队一

· 马加在延安时期

起战斗，写出了长篇小说《在祖国的东方》。合作化开始，他先后在盖县农村体验生活，在新民兴隆店安家，在长山子农村深入生活，写出了《红色的果实》。“文化大革命”以后，他又写了《北国风云录》《雪映关山》两部姊妹篇长篇小说，获得了中国首届满族文学奖、东北文学奖和辽宁省政府优秀作品一等奖。进入耄耋之年，他仍然笔耕不辍，写出了长达 10 余万字的长篇回忆录《漂泊生涯》，受到广泛好评。

作家草明也是这些作家里的杰出代表，她的主要文学成绩是工业题材文学作品的创作。草明从东北解放区开始创作的工业题材文学，比如小说《乘风破浪》《神州儿女》《原动力》等作品在中国现当代文学史上具有非常独到的、历史不会忘记也不应该忘记的重要价值。作为左翼作家和革命战士的草明不畏艰难，写作了多部新民主主义和社会主义建设时期的工业题材小说，成为这一领域写得最多、最好的作家之一，为中国现当代文学提供了填补历史空白性的表现领域和文学经验，这是草明的贡献和光荣。

延安鲁艺的精神随着东北解放的号角漫延到白山黑水，从东北流亡到上海及关内各地的一些青年作者，如萧红、萧军、舒群、罗烽、白朗、马加等人，习惯上被称为“东北作家群”。他们有的未正式加入“左联”，但其创作实际上构成“左联”文学的一部分。正是他们开了抗日文学的先河，第一次把作家的心血，与东北广袤的黑土，铁蹄下的不屈人民、茂草、高粱搅成一团，以一种浓郁的眷恋乡土的爱国主义情绪和粗犷的地方风格，呈现给全国的读者。

· 作家舒群

翻开历史的画卷，展读这些浸润着鲁艺精神的作家作品，叫人由衷地敬佩和叹服。延安鲁艺文学的火种，燃烧在东北这块黑土地上，滋养了辽宁这方热土。鲁艺精神在辽宁黑土地上铸魂扎根，长成参天的大树，取得了瞩目的成就。我们一起翻开历史的画卷，感受这些闪光名字背后的累累硕果。

舒群是黑龙江哈尔滨人。1931 年参加东北的抗日义勇军，1935 年来上海，参加了“左联”。1936 年在上海生活书店出版的《没有祖国的孩子》影响甚广。

1940 年在延安任鲁迅艺术学院教员、系主任。

萧军是辽宁锦县人。曾在东北陆军讲武堂宪兵教练处为学员。长篇小说《八月的乡村》得到鲁迅的赏识而被编入《奴隶丛书》出版。抗战期间，曾两次到过延安。长篇小说有《五月的矿山》《第三代》（又名《过去的年代》）等。晚年从事戏曲创作与文物研究。他和萧红并称“二萧”，他们的作品既是东北沦陷苦难的现实写照，也是东北生活的独特叙述，既是东北抗争侵略的生动记录，也是东北人民性格和精神的文学表现。“二萧”的作品显示的是中国新文学的多样生态，凸显的是东北地域文学的独特风貌，表达的是现代文学的多元价值向度。

罗烽是辽宁沈阳人。毕业于哈尔滨呼海铁路传习所。随即参加中国共产党，1933 年起负责领导北满（地下）文艺运动。1935 年至上海，参加“左联”，先后出版短篇小说集《呼兰河边》、中篇小说《归来》，对日本侵略者的暴行作了血泪控诉。1941 年去延安，曾任中华全国文艺界抗敌协会延安分会主席。

白朗是辽宁沈阳人。曾在哈尔滨《国际协报》主编文艺副刊，从事小说、散文创作，1935 年流亡上海。抗战时期，在山西写了一批控诉日军暴行的作品，1941 年在延安主编《解放日报》文艺副刊。出版短篇小说集、散文集、报告文学集、长篇小说等共 20 种左右。

师田手是吉林扶余人。九一八事变流亡关内，1933 年在上海参加“左联”，主要负责组织工作。抗战后期在解放区、重庆发表作品，大多发表于《抗战文艺》与《大公报》副刊《战线》。

雷加是辽宁丹东人。九一八事变后流亡关内，曾两次去延安。抗战初期在《文艺战线》《文艺阵地》等刊物发表《鸭绿江》等短篇小说。曾在延安抗大学习。1945 年在东北担任工业部门的管理工作。主要著作有长篇小说集《潜力》，共分《春天来到了鸭绿江》《站在最前列》和《蓝色的青枫林》三部。

蔡天心原名蔡国政，出生在辽宁省沈阳市，历任《新民报》副主编、延安中央研究院文艺理论研究员，中共辽西地委宣传部副部长，吉林大学教授，辽宁学院院长，《东北文艺》主编，东北文联秘书长，中国作家协会辽宁分会专业作家、副主席。自 1933 年开始发表作品，有中短篇小说《长白山下》《东北之谷》《初春的日子》《扶持》《蠢动》，长篇小说《大地的青春》《浑河的风暴》，诗集《红旗颂》，文艺评论集《文艺论集》，诗词集《晴雪集》等。

四、鲁艺精神在辽宁黑土地上扎根铸魂

辽沈战役前夕，东北鲁艺各文工团随部队来到前线，在硝烟弥漫的战场边战斗边宣传，边创作边演出。走在战争最前线的东北鲁艺文工团经常利用嗓音洪亮的优势，承担向敌人喊话、宣传党的政策的任务，在精神上瓦解敌人。在决战东北的战场上，东北鲁艺文工团的团员在前沿阵地轮番喊话搞思想动员，这样的攻心战激起了国民党士兵的思乡之情，瓦解了国民党军队的士气，一定程度上加快了辽沈战役胜利和解放东北的步伐。

1948 年 11 月 2 日，沈阳解放，东北鲁艺文工团随部队进入沈阳，并投入到庆祝沈阳暨东北全境解放的演出宣传活动之中，同时也为庆祝新中国的成立进行准备工作。同年底，中共中央东北局决定，鲁艺在沈阳恢复办学，在东北鲁艺文工团的基础上，成立鲁艺文艺学院。1949 年 10 月 2 日，开国大典后的第二天，沈阳的庆祝活动便拉开了序幕。为了庆祝中华人民共和国的成立，鲁艺组织了游行队伍和文艺队伍参加庆典活动。50 万沈阳市民在中山广场举行了盛大的开国庆典和欢庆游行。在一处牌楼下，由鲁艺和沈阳市政府乐队组成的大型军乐合唱团演奏并高唱《义勇军进行曲》，第一次让中华人民共和国国歌响彻沈阳上空。

后来，辽宁这块黑土地上涌现出很多作家，虽然很多作家没有去过延安鲁艺，但是他们的作品无一例外地浸润了鲁艺精神的营养，创作出很多著名的作品。1953 年 2 月，在鲁艺音乐部的基础上，成立了东北音乐专科学校，就是现在的沈阳音乐学院。在鲁艺美术部的基础上，成立了东北美术专科学校，就是现在的鲁迅美术学院。鲁艺戏剧部大部分人员调往东北人民艺术剧院，一部分调往东北戏曲研究院，从事戏曲研究工作去了。而这些艺术领域都离不开文学的创作人才，他们大多都是多面手，既写文学作品，也从事戏剧和其他艺术门类的创作。

· 小说《沸腾的群山》封面

辽宁新时期的文学创作，可以说很好地继承和弘扬了鲁艺精神，呈现了承上启下、继往开来的大好局面。在抒写革命战争题材的作家中，韶华创作了长篇小说《燃烧的土地》《浪涛滚滚》《沧海横流》《过渡年代》《三角红黄白》等。

20世纪80年代的中期，陈屿创作了著名的长篇小说《夜幕下的哈尔滨》。这部描写抗日地下斗争的小说风靡全国，其鲜明的人物个性、曲折的故事情节深深地打动了广大读者。小说讲述了20世纪30年代日本占领我国东北后，以哈尔滨市第一中学教师王一民为首的中共地下党员及爱国人士，在中国共产党领导下，与日本侵略者斗争的故事。情节曲折惊险，极富戏剧性。

在工业题材作品创作中，成果也很喜人，可以说辽宁工业题材小说为辽宁掀起了文学的第二次小高潮。20世纪五六十年代工业题材的文学创作很重要，出现了周立波的《铁水奔流》，萧军的《五月的矿山》，雷加的《潜力》三部曲——《春天来到鸭绿江》《站在最前列》《蓝色的青枫林》，罗丹的《风雨的黎明》，艾芜的《百炼成钢》，草明的《火车头》《乘风破浪》，李云德的《沸腾的群山》等作品。艾芜的《百炼成钢》，是他1952年到东北鞍山“深入生活”的成果，发表于1957年。小说以某钢铁厂九号平炉三位炉长之间的矛盾冲突，表现工人阶级的劳动热情，和公而忘私的高贵品质。

· 延安鲁艺赴东北途经张家口时部分同志合影

鲁艺是革命的圣地，在这块沃土上生根发芽的文学之树遍布全中国，给新中国的文学和文艺事业带来了无限活力。鲁艺精神给辽宁这块土地沐浴了光明，燃烧了激情和希望。一个个闪光的名字，一部部熠熠生辉的文学作品，必将传承鲁艺精神，镌刻在辽宁的大地上，伫立起一座永恒的历史丰碑！

（李铭）

第二节　萧军

· 萧军

萧军（1907—1988），原名刘鸿霖，笔名三郎、田军。曾任中国全国文联委员、中国作家协会理事。“东北作家群”代表人物、左翼文学战士、抗战文学的先驱。

一、生平

萧军 1907 年 7 月 3 日出生于辽宁省锦县（今凌海市）沈家台镇下碾盘沟村。母亲早逝的萧军的童年并不幸福，特别是得知母亲的自杀是由于不堪忍受父亲的打骂后，对于父亲的仇恨日益增加。可以说萧军的童年的爱是缺失的。唯一的温暖来自于祖母和五姑。6 岁那年，萧军开始在私塾、洋学堂读书，8 岁那年父亲破产，让他的家庭一夜之间陷入深渊。

· 萧军戎装照片

1925 年，萧军到吉林参军，开启了自己的军旅人生。但兵营内的黑暗，社会的腐败，让怀揣着报国理想的萧军失望至极。就在这时，他遇到了他文学道路的引路人罗炳然，开启了文学探索之路。1927 年秋，萧军考入东北陆军讲武堂宪兵教练处第七期，这时候他对于文学已愈加痴迷。1929 年创作发表处女作散文《懦……》。1931 年九一八事变爆发，让目睹了这一切的萧军无比悲怆，他空有一身报国热情却无处施展，1932 年来到哈尔滨的萧军又目睹了哈尔滨的沦陷，两次目睹所在城市被日寇的无情摧毁和蹂躏，让萧军开始重新审视自己的反抗之路。就在这种抗日救亡的背景下，萧军拿起了笔，开启了自己长达 50 年的创作道路。

1932 年，萧军与萧红相识，共同的文学志趣、相同的悲惨境遇，让二人心意相通，很快走到了一起。在东三省大好河山沦陷为日寇殖民地后，中华民族到了生死存亡之际，中国共产党秘密派遣优秀人员，来到东北进行抗日救亡活动。同有进步思想的“二萧”与金剑啸、舒群、罗烽、白朗等进步青年一同组成了坚强的革命新军，在共产党领导下开始以文艺为武器，投入到民族解放斗争的战斗中。他们创办了《哈尔滨新报》《新潮》等报刊，创作反帝作品，团结进步作家，组织爱国活动，用这样的方式团结、唤醒、鼓舞民心。

· 萧军与萧红合影

1933 年，萧军以三郎的笔名与悄吟（萧红）出版小说、散文集《跋涉》，其中收录了他的《孤雏》《烛心》《桃色的线》等 6 篇小说。1933 年春，萧军开始长篇小说《八月的乡村》创作。随着白色恐怖的加重，他们的地下工作点随时存在着暴露的风险，进步青年决定陆续离开哈尔滨，寻找新的抗日战场。1934 年 6 月，他们携带《八月的乡村》手稿，一路辗转，抵达了青岛，投奔舒群夫妇。青岛的生活安定、舒适，但这并没有消磨掉二人心中刻骨的民族仇恨和一腔的革命热情。他们在这个时期构思、创作了大量抗战文学，而萧红的代表作《生死场》、萧军的代表作《八月的乡村》都是在这个时期创作的。

1934 年 10 月，二人动身前往上海，在上海，萧军得到了他人生中最敬重的导师鲁迅先生的支持、帮助与鼓励，可以说鲁迅先生对于“二萧”文学创作的成长起到了非常重大的影响。《八月的乡村》一经问世便立刻轰动了当时的文坛，萧军和萧红也成为“东北作家群”的代表人物。在这一时期，萧军也进入了创作的高峰期，创作了《职业》《货船》《樱花》《为了活》《大连丸上》《十月》《军中》《笔》《我的家在满洲》《除夜》等文学作品，同时还参加了《作家》《海燕》两本文学刊物的编辑工作。这个时期的萧军在鲁迅先生的指导下，已经转变成一个真正的革命作家。

“八一三事变”后，上海局势空前紧张，文艺界人士纷纷撤离。萧军和萧红被迫开始了新的流亡生活。同年10月，他们抵达武汉，与左翼作家一起创办了文学刊物《七月》，萧军不仅积极参与编辑、出版工作，还撰写了杂文《不是战胜，就是灭亡》等，同时开始在《七月》连载他的长篇小说《第三代》。1937年年底，抗日战争进入了非常危急，也是异常艰苦的阶段，此时的萧军空有一腔报国热血，无处挥洒，他迫切地希望可以在战场上与日寇正面交锋，而此时恰逢晋南临汾创办“民族革命大学”，李公朴先生邀请萧军和萧红到临汾担任民族革命大学艺术系文艺指导，随后二人于1938年2月抵达临汾。此时的临汾虽不算真正意义上的抗日前线，但抗日的战火已将临汾包围，在文学系任教期间，萧军、萧红、端木蕻良、聂绀弩等作家受到学生们的热情欢迎。不久后，丁玲率领的西北战地服务团从抗日前线出发来到此处，两支队伍的会师使得这个晋南小城的抗日救亡活动开展得热火朝天。随着日寇的炮火逐渐逼近，为了保存实力，两支队伍以及各抗日机关、团体纷纷向后方撤退。萧红随着丁玲率领的西北战地服务团出发奔赴西安，萧军则一路辗转于1938年3月独自抵达延安。

· 1936年春，初闯上海文坛的东北作家“三兄弟”（左起舒群、萧军、罗烽）在上海。1938年后他们先后到达延安，并参加了“延安文艺座谈会”

在延安，萧军第一次得到了毛泽东和周恩来同志的接见。同年6月萧军与王德芬结婚，并开始创作旅行散文集《侧面》。1939年1月，萧军被任命为刚刚成立的中华全国文艺界抗敌协会成都分会理事。由于这个时期发表了针砭时弊、鼓吹抗战的文章，开展了众多积极抗日救亡的活动，萧军被列入国民党暗杀黑名单。在经历一系列的流亡后，萧军决定重回延安。重新回到延安的萧军受到了毛泽东同志及组织的重视，并被毛泽东委托整理文艺界情况，并于1942年5月参加了延安文艺座谈会。在延安时期他共创作杂文、专论、小说、诗歌等 40 多部文艺作品。

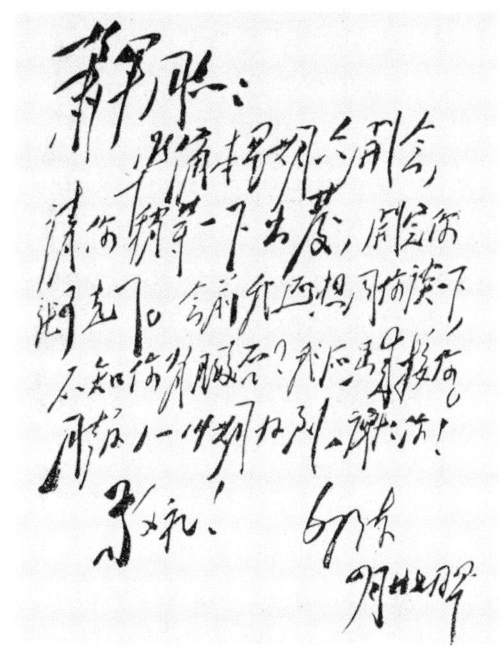
萧军同志：
准备本星期六开会，
不知你有暇否？我派马来接你
敬礼！ 毛泽东
四月廿七日

· 1942 年 4 月 27 日，毛泽东写给萧军的信

1945 年 8 月，日本法西斯无条件投降，在庆祝胜利的同时，党中央做出“迅速撤离开赴东北、华北，保卫人民胜利果实”的指示。11 月萧军携全家随同“鲁艺文艺大队”奔赴东北。于 1946 年 9 月抵达哈尔滨，随后赴佳木斯担任东北大学鲁迅文学院院长，同年 12 月随东北局文化部前往沈阳。1947 年萧军被分配至抚顺煤矿总工会，在煤矿工作的经历，让他体会到工人阶级的无私和伟大，而对于煤矿模范工人资料的整理，也成为他歌颂煤矿工人长篇小说《五月的矿山》的素材。

新中国成立后，萧军调至北京，1952 年起在北京市人民政府文教委员会从事考古研究工作。1954 年，长篇小说《五月的矿山》出版。

1979 年萧军重新回归长别 30 年的文艺界，重启创作之路，接连撰写了《哈尔滨之歌三部曲》《忆长春》《江城诗话》等散文，同年 8 月回到了阔别已久的东北大地。1980 年后，萧军陆续被推选为第五届全国政协委员、北京市政协委员，以顾问和委员的身份参加了全国文联及作协的学术会议，并先后前往美国、新加坡、日本及中国香港和澳门等国家和地区进行学术交流。

1988 年 6 月 22 日，萧军病逝于北京。

二、文学创作评述

萧军的文学创作可以分为三个重要时期，第一个时期是 20 世纪 30 年代到抗日战争前，在这个时期他撰写了《桃色的线》《烛心》《下等人》等 6 篇短篇小说，并以长篇巨作《八月的乡村》享誉文坛，也奠定了在文坛及作家群中的地位。

《八月的乡村》以粗放的笔触、生动的艺术形象表现了在共产党领导下的东北人民的艰苦斗争和坚强意志。“左联”党组织负责人胡乔木这样评价：“《八月的乡村》

的伟大成功，我想是在带给了中国文坛一个全新的场面，新的题材，新的人物，新的背景。”①该作品以抗联英雄傅天飞事迹及作家舒群提供的素材为基底，选取了东北抗日战场的侧面，聚焦 20 世纪 30 年代初期日本铁蹄奴役下的东北大地，讲述了一支从敌人阵营中拉出来的 9 人队伍，在敌人的穷追不舍下，一路辗转前往王家堡子村与革命军队伍会合。之后又根据整训需要从王家堡子村转战到了东安。萧军在这部作品中刻画了一组抗联战士的人物群像，而且这些游击队员的形象各具神采，有正面英雄人物陈柱司令和铁鹰队长，也有中间人物唐老疙瘩，还有反面人物刘大个子等。可以说，小说客观塑造的这些典型人物集中体现了时代的、民族的反抗精神，同时也反射出当时游击队的真实状况。

由于是“旧军人”出身，萧军对于早年在军营感受到的腐败和骄奢淫逸历历在目，所以在作品中塑造的司令员陈柱充分体现出共产党领导下的指挥官体恤下属、节俭朴素的优良品质。而中间人物和反面人物的塑造也体现出当时游击队员性格中所体现出的弱点和短视。例如唐老疙瘩为了爱情而不顾组织纪律，刘大个子幻想着混入革命队伍就可以发战争财……这些落后形象的塑造也体现出在当时革命形势下游击队员构成的复杂性，也表现出当时斗争的艰难。但无论各自的动机怎样，但在他们的身上共同体现出从对革命的怀疑情绪到逐渐觉醒的过程，以及不屈的反抗、斗争精神和顽强的革命生命力。

虽然整部作品的笔触是粗犷的，但是在小说中也融入了抒情的浪漫格调，作者没有将过多的笔墨直面惨烈的斗争，而是擅长通过景物描写，烘托战争的场面以及人物心理的情绪。同时融入了爱情的描写，譬如唐老疙瘩和李七嫂的爱情。不同于当时其他小说中对于爱情的描写，《八月的乡村》中的爱情起始于东北的山村，因此有着更为质朴、直接甚至热烈的情愫。

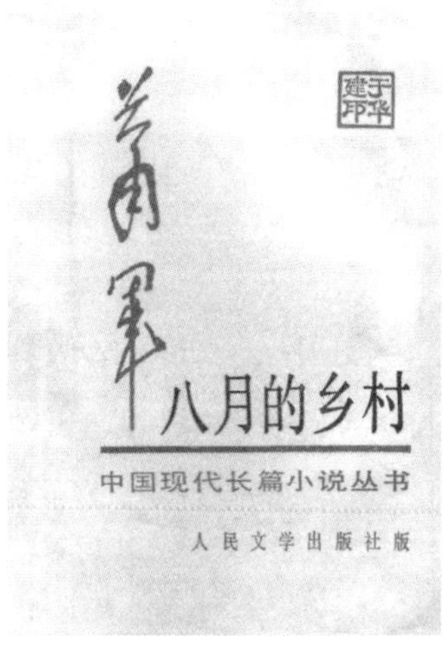

· 长篇小说《八月的乡村》封面

除此之外，《八月的乡村》描绘的东北地方色彩也别具审美魅力。萧军用抒情的笔墨，描写对自己故乡的眷恋，在白山黑土中描摹广袤的东北大地的风景。特有的东北风土人情发散着浓重的生活气息，

① 胡乔木：《每周文学》，《时事新报》第 23 期第 2 章。

正如鲁迅在本书序言中所评价的："作者的心血和失去的天空，土地，受难的人民，以至失去的茂草，高粱，蝈蝈、蚊子，搅成一团，鲜红的在读者眼前展开。"

萧军抗日战争时期的创作是其创作的成熟期，也是他创作的第二个高峰期。长篇小说代表作《第三代》集中体现了这个时期萧军的创作精神和娴熟的创作技法。《第三代》可以看作是《八月的乡村》的延续，对于抗战时期民众的抗争精神作了深入的探索，继续以宏大的笔触，勾勒东北辽阔而壮美的画面，始终秉持着时代意识和探索精神，多角度、多侧面地去描绘那个时代下东北农民历史命运的历史图景。细腻刻画了不同阶层、不同身份、不同地位、不同性格的人物从清末民初到第一次世界大战爆发期间所经历的苦难和爆发出来的抗争精神。

· 长篇小说《第三代》封面

《第三代》中塑造的人物达 60 余人，最令人瞩目的还是农民的艺术群像。人称"老义和团"的井泉龙始终刻在心底的是对于地主阶级及帝国主义的仇恨，这一直燃烧着他斗争的意志，在他的身上鲜明地体现着辽西人民豪爽、粗犷、无畏的侠义感；而同为老一代农民的林青表现出的则是另一种风趣、乐观的人生态度，同样体现出辽西人民骨子里的外向、豁达、开朗。虽然历经苦难，依旧风轻云淡，但复仇的火焰始终未能熄灭，终于在爱民村村民被逼无奈，无处安身时挺身而出。同时，作品中以翠屏、大环子、四姑娘为代表的农村妇女形象也各具特色，她们的强悍、泼辣、隐忍、坚强，集中代表了那个时期辽西劳动妇女的形象。

萧军在《第三代》中语言艺术的运用和文字的精准拿捏，使整部作品无论在事件的叙述、人物个性化语言设置、景物的生动描绘上，都给人一种赏心悦目的感觉。大量乡土语言的使用，让这部作品充盈着浓郁的时代色彩和地域风格。

第三个时期是抗战胜利后到 20 世纪 50 年代。在这个历史时期，萧军的创作经历了一些波折，但他始终没有停下创作的步伐，在抚顺矿山工作期间，因受到工人阶级忘我工作精神的感召创作了长篇小说《五月的矿山》。《五月的矿山》是萧军对于工业题材文学创作的第一次尝试，也是当时中国文坛少有的题材。讲述了在刚刚解放的东北某煤都，工人阶级怀揣着高亢的热情奋战在红五月里，以忘我的劳动支援中国人民解放军渡江解放江南，迎接中华人民共和国的诞生。作品通过描述解放初期工业建设的艰苦，官僚主义带来的阻碍，以及青年人的爱情，描绘了一幅解放初期工厂的历史生活画卷。《五月的矿山》的创作再次体现了萧军对生活敏锐的捕捉能力，在东北解放初期，随着民主革命的胜利，党的工作重心从农村向城市的转移新的形势下，萧军成了为数不多的拿起手中的笔，歌颂工人阶级领导地位和伟大事业的作家之一。他以饱满的创作激情歌颂工人阶级火热的劳动场面，描绘工业建设初期的艰辛与荣耀。虽然笔墨略显粗糙，人物略显单薄，但在中国文学史上也有其独具的魅力和价值。

·《萧军全集》书影

正如萧军所说："一个人为自己而生，生活就会苦恼，处处会碰到死角！一个人为社会而活，前赴后继是自然规律，就会乐观，如同鲁迅先生，仍活在人们心中。"[①] 在数十年的文学道路上，他始终用饱满的创作热情和为人民抒写的信念，描摹着时代的人民、时代的精神、时代的气魄。从 20 世纪 30 年代初期刚刚走上创作道路起，萧军的创作就从未离开过人民，他将笔触伸展到底层群众的不幸与呐喊中，伸展到抗战时期劳动人民的自觉反抗与觉醒中，伸展到农民阶级、工人阶级在历史的不同时期的生命中……同时，对故乡浓浓的爱意和东北黑土地的眷恋，让他的作品呈现出浓重的乡土气息，早在 20 世纪 30 年代，就被称为"乡土作家"。即使身陷囹圄，萧军也没有停下文学创作的多方探索，他始终以高度的创作自觉担当着一个作家的使命，用雄浑、壮阔、遒劲、大气的艺术魅力描绘壮丽的生活画卷。他的作品也始终彰显着强烈的时代意识和浓厚的历史深度。

原中国作家协会党组书记、副主席金炳华说："萧军同志把自己的一生都献给了中国革命和文学事业。他的一生是不断反抗黑暗、反抗愚昧落后，不断追求光明、追求真理的一生；是热爱党、热爱祖国、热爱人民的一生；是愈挫愈奋、百折不挠、充满传奇色彩的一生；是拥有坚定信念、远大理想与宽广抱负，始终秉承鲁迅先生

① 王科、徐塞、张英伟：《萧军评传》，中国社会出版社，2008 年版，第 239 页。

伟大精神，遵循鲁迅先生所代表的新文化运动前进方向而认真创作和不懈奋斗的一生。萧军同志的革命和创作道路启示我们：作家一定要关心关注人民，密切同人民群众的联系，积极反映人民心声，要在人民创造历史的实践中进行文学的创造，在人民的伟大中成就文学的伟大；作家首先应当是坚定的爱国者，要胸怀祖国、胸怀时代、胸怀人民；作家一定要有崇高的精神、高尚的人格，要有高度的历史使命感和社会责任感，努力攀登人生和艺术高峰，做到德艺双馨。”①

· 晚年的萧军

（张倩）

① 江湖：《纪念萧军百年诞辰暨〈萧军全集〉出版座谈会在京举行》，《文艺报》2007 年 7 月 17 日。

第三节　周立波

· 周立波

周立波（1908—1979），本名周绍仪，字凤翔，号剡卿，又名周奉悟，笔名有周立波、周德、张尚斌、雅歌、张一柯。湖南益阳人，中国现代作家、编译家，与赵树理并称“南周北赵”。周立波历任八路军前线司令部和晋察冀边区战地记者，延安鲁艺教师，《解放日报》文艺副刊副主编，《中原日报》副社长，北平军调部中共代表团翻译，中共松江省委宣传部宣传处长，沈阳鲁艺研究室主任，《人民文学》编委，湖南省文联主席，中国作协湖南分会主席，全国第一、二、三届人大代表，全国第五届政协委员，中国文联第一、二、三届委员，中国作协第一、二届理事。

一、生平

1908年8月9日（光绪三十四年七月）周立波出生于益阳县谢林港镇邓石桥村清溪组，父亲周仙梯为当地乡贤，曾任当地学校的校长及周氏宗族的族长。因父亲的开明，周立波在童年时期受到了较好的教育，先后在当地私塾，县立初级小学、高级小学读书，1924年考入长沙省立第一中学。读书期间的周立波聪慧过人，成绩优异，把自己浸润在知识的海洋里，阅读了大量文学作品、戏剧作品。但第一次大革命的洪流在不久之后冲击了他，1925年五卅运动和省港大罢工先后爆发，掀开了全国大革命的序幕，周立波在身边进步同学的影响下逐渐从“故纸堆”里抽离出来，开始关心周围的时局、政事，特别在结识了上海大夏大学读书的周扬①后，思想发生了急剧的变化。在周扬的影响下，周立波开始阅读新文学的报刊、书籍，二人交流

① 周扬（1908—1989），作家、现代文艺理论家、文学翻译家、文艺活动家。曾任陕甘宁边区教育厅长、鲁迅艺术文学院副院长、延安大学校长、中共中央宣传部副部长、文化部副部长、中国文联主席、中国作协副主席等。与周立波为本家叔侄关系。

新文学思潮、革命潮流，并积极投身革命。

1927年蒋介石发动“四一二”反革命政变，怀有革命理想的周立波在家乡无处立足，1928年远赴上海，投奔周扬夫妇。来到上海后，周立波一边奋发自学英语，一边积极寻找工作及学习机会。于1929年9月考入上海劳动大学社会科学院经济学系。在此期间，周立波阅读了大量外国文学作品，并开始翻译外国文学作品。

· 鲁艺文学系教员周立波在讲课（1942年）

1930年3月，中国左翼作家联盟在上海成立，吸引了大量文学进步青年，周立波也是其中之一。1934年10月周立波加入“左联”，随后加入中国共产党，正式开启文学与革命生涯。这个时期周立波始终致力于翻译、推荐、研究外国文学作品，侧重外国进步文学作品，学习钻研马克思主义文艺理论，在报刊、杂志上发表了大量文艺理论、文学评论、外国文学推荐及中国左翼作家评论等文章。他先后翻译了苏联作家肖洛霍夫的《被开垦的处女地》（第一部）、俄国作家普希金的《杜布罗夫斯基》、捷克斯洛伐克作家基希的报告文学集《秘密的中国》及美国、巴西、爱尔兰等国家的作品，被称为“青年翻译家”。同时，周立波和周扬将“国防文学”的口号介绍到国内，并将之宣传推广。在“左联”解散后，他参与发起并成立了中国文艺家协会，并在《文学界》月刊和《光明》半月刊担任编辑。

1937年，周立波参加由郭沫若在上海发起的文艺界战时服务团，开始进行抗日救亡文艺宣传工作。1937年七七事变后，上海左翼文艺工作者响应国家号召陆续撤离上海，周立波在赴延安途中接到指令，安排他作为随军记者兼任英语翻译，陪同美国进步作家史沫特莱赴前线访问。在这次任务结束后，周立波又陪同当时美国驻华参赞卡尔逊赴晋察冀考察八路军抗日实况。1938年，周立波陪同苏联塔斯社驻华军事记者瓦鲁耶夫赴战地访问。在多次访问前线的过程中，周立波撰写了《战地日记》《晋察冀边区日报》两部报告文学。

1939年底，周立波抵达延安，被分配到鲁迅艺术文学院工作，1940—1942年期间以“名著选读”为学员开课，系统讲述高尔基、普希金、果戈里、托尔斯泰、歌德、巴尔扎克等经典作品及《红楼梦》、鲁迅文学作品等中国经典名著，并形成一定的文学理论及美学观点。同时兼任翻译处长。这个时期，周立波创作了小说《纪念》《麻雀》《牛》《夏天的晚上》等。1942 年，周立波参加延安文艺座谈会，对自身进行了自我批评，认为“我们的文学，‘五四’以来，受了外国文学的影响，好影响居多，坏影响也有。在形式上，使得我们的作家有洋八股的倾向，这是坏影响。我们还没有独创的新形式”①。这使他的文学创作风格逐渐发生了转变。1944 年 2 月，周立波任《解放日报》副刊部副部长，主编文艺副刊。1944 年，他请缨参加八路军一二〇师三五九旅南下支队，任司令部秘书，到湘粤赣边区建立抗日根据地。随后，他任中原军区《七七日报》副社长，后根据南下支队的战斗经历撰写了报告文学《南下记》。

·《周立波鲁艺讲稿》

1946 年 8 月，周立波担任冀辽热区党委机关报《民生报》副社长。后根据中共中央关于“建立巩固的东北根据地”的指示深入基层，先后任松江省②珠河县元宝区委员、副书记、书记，领导土地改革工作。1947 年 5 月，正式调任松江省委宣传部工作。同年 12 月，反映土地改革的长篇小说《暴风骤雨》完成。同时他还负责松江省委主办的《松江农民报》、东北文协主办的《文学战线》月刊的编辑工作。1949 年 3 月担任鲁迅文艺学院研究室主任。

· 周立波（1974 年冬）

新中国成立后，周立波开始以更加饱满的状态投入到文学创作中去。创作了反映新中国工业建设的小说《铁水奔流》，并因担任中苏合拍电影《解放了的中国》艺术顾问，获得斯大林文学奖金。1955 年 9 月，周立波举家迁往湖南

① 周立波:《思想、生活和形式》，载《文学浅论》，北京出版社，1959 年版，第 86 页。

② 松江省为中华民国东北的一个省级行政区，是东九省其中之一，简称松，省会牡丹江。中华人民共和国成立后，于 1954 年废省，并入黑龙江省。

益阳，参加了当地高级农业生产合作社建设工作，并根据这段经历创作了长篇巨著《山乡巨变》。随后陆续创作了反映社会主义新农村建设的《山那面人家》《桐花没有开》等25篇短篇小说。1978年，周立波以王震为原型创作短篇小说《湘江一夜》，获得1978年全国优秀短篇小说一等奖。

1979年，周立波病逝于北京。

二、文学创作评述

早期的周立波以翻译外国文学及文学理论研究初露锋芒，毕生致力于学术研究和理论探索。从20世纪30年代起致力于宣传马克思主义文艺理论，介绍外国进步文学、作家。在延安担任鲁艺教员时期，为学员讲述文学理论、外国文学的同时，做了大量文艺理论研究整理工作。至今学术界认为“周立波的鲁艺讲稿是我国近代文艺理论研究的极为重要的文献”[①]。延安文艺座谈会后，“周立波以毛泽东的文艺理论作为自己理论探索的依归”[②]。他始终坚持唯物主义反映论基本原理，正确认识和处理文艺与生活的关系，坚持生活是文学的源泉的观点。“运用马克思主义文艺理论的立场、观点和方法，分析、研究文艺现象，提出了一系列颇有见地的主张，建立了他较为完备的美学理论体系。”[③]

· 周立波在写作（1954年）

周立波是一位杰出的作家。“他一生共创作发表了300万字的文学作品，有散文、诗歌、报告文学、短篇小说、长篇小说等。”[④] 早在“左联”时期，他就以立波、雅乐的笔名发表了一批散文、杂文和诗歌，多以抒情及叙事作品以及介绍外国文学及作家为主。报告文学《晋察冀边区印象记》《战地日记》诞生于硝烟弥漫的战场，也是抗战初期最优秀的报告文学之一。周立波以一种客观真实的态度，生动记载了边区军民的抗战事迹，表现了抗战初期人民对于抗战胜利的决心和向往，也表达出作者强烈的爱国热情和战斗激情。

---

① 徐迟：《读周立波遗稿有感》，《外国文学研究》1982年第2期。

② 邹理、姚时珍：《百年周立波》，湖南教育出版社，2008年版，第16页。

③ 庄汉新：《不死的精灵、严峻的期待》，《战士·作家·学者》，湖南文艺出版社，1988年版，第48页。

④ 邹理、姚时珍：《百年周立波》，湖南教育出版社，2008年版，第18页。

1946年，周立波随军转战到东北后，参加了东北解放区土地改革斗争。在参加松江省珠河县元宝区斗争生活中，产生了强烈的创作冲动。而他创作生涯中里程碑式的巨作《暴风骤雨》应运而生。长篇小说《暴风骤雨》全书分上、下卷，上卷讲述的是土改初期党中央发布《关于土地问题的指示》到全国土地会议召开之前的土改过程；下卷主要描写的是土改后期《中国土地法大纲》颁布后农村土改运动进一步深入的过程。书中描写了东北某地区一个叫元茂屯的村子1946年到1947年间土地改革的全过程。以恢宏的气势生动描绘了中国农村彻底推翻几千年来封建统治这一伟大变革的历史画卷，热情歌颂中国农民在共产党领导下冲破封建藩篱，大步迈向光明未来的革命精神。

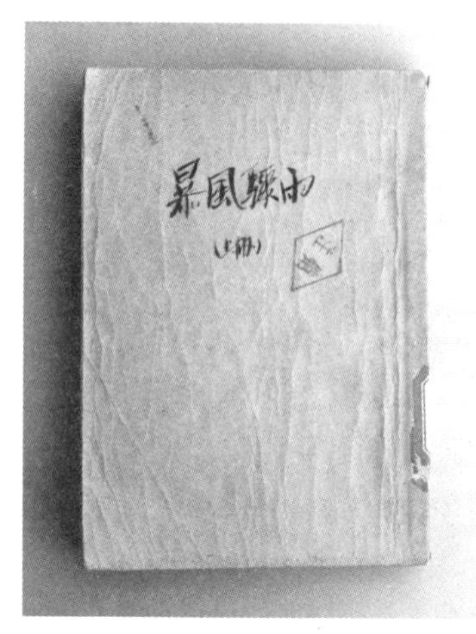

·《暴风骤雨》封面，1952年4月版

作品塑造了以赵玉林、郭全海为代表的性格鲜明的先进农民的典型。一个个有血有肉的农村新人物艺术形象，成为这个时期周立波文艺思想及文学创作成熟的标志。农民赵玉林外号“赵光腚”，旧社会饱受凄苦、苦难的摧残，让他的性格中凸显出坚韧和倔强。由此，当土地改革工作开展时，赵玉林成为最早觉醒、斗争的农民先进分子。他一方面对阶级敌人有着深刻的仇恨，另一方面对像他一样的劳苦大众情同手足。在担任农工联合会主任后，他身上高度的革命热情被激发出来，不分昼夜地工作和大公无私的品德，使他成为当地民众拥护的改革领袖。最后在保卫元茂屯的战斗中牺牲的赵玉林，成为民众心目中的英雄。他的精神和品质，激励着更多的贫苦农民加入了这场土地改革的浪潮。郭全海身为赵玉林工作的接班人，跟赵玉林有同样的遭遇和思想品质。他的童年一直生活在韩老六的阴影中，苦难的童年经历让他对阶级敌人有刻骨的仇恨。由此，他坚定地拥护党的决定，拥护党的路线。这个年轻人以自己的勇敢、坚韧得到了贫苦农民的信任。在担任贫雇农团长后，带领贫民斗争的过程中也逐渐

· 周立波参加劳动

表现出自己性格中胆大心细、英勇无畏的品格。

值得一提的是，除了主要人物的塑造，其他人物的塑造也非常成功。如密切联系群众、时刻为大众服务的工作队长萧祥；勤劳、善良、温顺、刻苦的赵大嫂；勇敢、独立、充满反抗精神的刘桂兰；精悍、泼辣、刚强的白大嫂子；诙谐、幽默又见风使舵的车把式老孙头……

同时，《暴风骤雨》浓郁的地域语言特色也成为一大亮点。他大胆学习、运用东北农村的俚语、俗语，用农民的语言描述农民的生活，表达农民自身的情感和斗争情绪，凸显浓烈、炙热、鲜明的乡土特色。

新中国成立后，周立波创作热情极度高涨，他的创作也进入了新里程。创作一部反映新中国建设和工人生活作品的信念也愈加强烈，周立波主动请缨，先后三次赴石景山钢铁厂体验生活，并最终创作了长篇小说《铁水奔流》。《铁水奔流》描写了华北解放后骆驼山钢铁厂一片落败、荒凉，军事代表刘耀先率领着众人不断努力，逐渐克服物质短缺、技术落后等一系列问题，终于，一号锅炉在 7 月 1 日党的生日那天流出了铁水……小说刻画了李大贵等先进工人的典型形象，由他们在旧社会和新中国性格的反差，人物的成长，反映在党领导下的新中国成立初期工业生产的波澜壮阔的历史画卷。此书一经出版即引起广泛关注，受到读者的欢迎和好评。

回到湖南益阳家乡的周立波参加了当地高级农业生产合作社的建设工作，并根据这段经历创作了长篇巨著《山乡巨变》，描写了 1955 年至 1956 年湖北省清溪乡在农村生产合作社运动中发生的一系列变化。全书分正篇、续篇两部分，共 42 万余字。正篇讲述一个叫作邓秀梅的干部，被县委派遣至乡村，与村民一起建设常青农业生产合作社。但是当地农民对农村合作社认识不足，私心较重，所以不肯加入合作社。邓秀梅通过耐心的疏导、教育、引领，最终让村民认识了农业合作社的价值和意义，并带领大家共同努力使得农业合作社迎来了秋日丰收。续篇讲述的是农业合作社建立后，向高级社发展的一系

· 周立波为写作《山乡巨变》采访中

列生产、生活事件。全书艺术地再现了合作化运动前后，中国农民走上集体化道路时的心路历程、崭新风貌、社会主义新农村的社会面貌。与《暴风骤雨》一脉相承的是，本书同样是以鲜活人物塑造及生动的语言风格得到了广大读者、文学界、评论界的喜爱和热烈反响，体现了周立波炉火纯青的文学造诣和对于生活的准确把握。

在《山乡巨变》中可以看到在那个特定的岁月，不同阶层农民面对走向合作化这条未知道路时不同的个性、心理、意志、追求，以及由人物性格的发展而生发的不同线索的矛盾冲突：陈先晋是贫民，王菊生是富裕中农，二人出身、阶层、经济地位完全不同，在步入合作化的道路中也发展出截然不同的经历。陈先晋代表着土地私有观念根深蒂固的贫苦农民的形象，他无法意识到农村合作化会给他的生活带来怎样新的转机，而是心心念念着自己“还没有作热，又要交了”的土地；王菊生勤劳又有经济实力，他尖酸、刻薄，“难说话”，最初不肯入社，入社后又斤斤计较，直到初级社成立后他遇到了难题，农业社帮助他走出了困境，他才真正扭转了思想。周立波对陈先晋、王菊生的人物塑造，客观地还原了当时农民面对农业合作社这个新鲜事物时的彷徨、犹疑、抵触，也揭示出农民性格中的矛盾根源。

在《山乡巨变》中延续了《暴风骤雨》中典型人物老孙头的人物塑造的经验，塑造了贫农盛佑亭这一形象，极其丰满，充满喜剧色彩。他被人称作“亭面糊”“面糊”，他最大的特点是善良、啰唆，但是又粗心、愚钝，经常做出一些稀里糊涂的事情。但是出身贫贱的他心中对党有无限的感激及忠诚，所以他入社也是稀里糊涂的，只凭着自己对党的政策方针的无条件信任，他在行动上是进步的，骨子里还是一个被封建思想禁锢了多年的老农民。他认为种地是自己的本分，在家搞“一言堂”，对自己的家人没有好脸色，骂骂咧咧。这个人物，让读者对那个时期老一辈贫苦农民的朴实、可爱、善良又短视的性格一目了然。

《山乡巨变》的语言极其生动、朴实。人物的语言符合不同阶层、身份、地位，大量俚语、俗语的使用，大大增强了文字的通俗性、灵动性，也让这部作品的群众性更强，更容易被读者接受，同时也增强了地域风格和时代气息。

周扬曾在1983年的一篇文章中这样说道：“立波首先是一个忠诚的革命战士，然后才是一个作家。立波从来没有把这个地位颠倒过。”[①] 的确，周立波集战士、学者、作家的身份于一身，在每一个历史时期，都以饱满的创作激情和对生活的描摹

① 周扬:《怀念立波》,《周扬新时期文稿》，山西人民出版社，2001年版，第812页。

的强烈渴望，一次次奔赴战斗一线。从投身革命后参加工人罢工活动被捕，到作为战地记者走遍华北前线，到作为教员走上鲁艺讲台，到作为领导投身土地改革、新中国工业建设，他始终用自己的言行和笔墨践行着文学为生活创作、为人民创作的信念。深厚的理论基础、高超的文学素养、大量的阅读积累、渊博的学识，使他成为中国现代最重要的文化名人之一。

· 周立波与夫人林蓝在东北

"周立波的生命和事业，是由三个闪光的链环有机地连缀在一起的——坚韧而热烈的战士、平静而淡泊的学者、率真而诚实的作家。这三个闪光的链环连缀在一起，铸就了周立波的满腹经纶、一身浩气、盈胸才思、两袖清风，使他始终是一个真正的人、一个纯粹的共产党员，一个对自由、文明和理想的不懈的追求者。"①

（张倩）

① 艾斐:《延安铸就的作家气质与学者风骨》,《艾斐自选集（文学卷）》，中国广播电视出版社，2004年版，第699页。

第四节　罗烽　白朗

· 罗烽

罗烽（1909—1991），原名傅乃琦，笔名洛虹，辽宁省沈阳市人。1929 年加入中国共产党，曾任中共满洲省委候补委员。创办《文艺》《夜哨》周刊，1935 年在上海加入“左联”。曾任陕甘宁边区文化工作委员会秘书长、中共东北局宣传部委员、东北文艺家协会代主任、中共旅大特区委员会文委书记。新中国成立后，历任东北人民政府文化部副部长兼秘书长，东北文联第一副主席，中国作协第一、二届理事、顾问。

· 白朗

白朗（1912—1994），原名刘东兰，又名刘莉、弋白、杜微等。辽宁省沈阳市人。1929 年与表兄罗烽结婚。1933 年考入《国际协报》当编辑，1933 年 4 月间接任《国际协报》副刊编辑。编辑《国际公园》《体育》《妇女》《儿童》等周刊，创办《文艺》周刊。利用该副刊进行反满抗日宣传。1935 年 5 月，与出狱的丈夫罗烽共同前往上海，并加入“左联”。1941 年前往延安，1945 年加入中国共产党。

一、罗烽生平

罗烽 1909 年 12 月 13 日出生于辽宁省沈阳市苏家屯。幼年家境贫寒，家中生计依靠父母糊洋火盒、糊裱布钱包为生。作为家中独子，罗烽较早承担了部分家务，对于苦难生活有了直接的体悟。由于家教甚严，母亲禁止他与身边的玩伴玩耍，但出于孩童的天性，他常常偷偷跑出去，为此不免受到母亲严厉的责罚。

六七岁的时候，罗烽开始进入私塾读书。但他并不喜欢私塾的教育方式，天性渴望自由的他成了“孩子王”。随着进入小学学习，他的性格也由之前的调皮顽劣变得安静而斯文起来。童年的这段经历为他之后的文学创作提供了素材，在1936年创作的短篇小说《最后一次试验》中，罗烽塑造了一个拾荒男孩儿阿龙。虽然生活在社会底层，食不果腹，风餐露宿，但他身上始终饱有对生活的热情。正如罗烽在小说中评价：“这孩子是一个伤感家，他有热情。”[①]阿龙始终表现出与年龄不符的成熟，他不断地寻找生活的出路。但生活的屡次打击，使他终于认清了，只有金钱才是万能的，最终不幸失去生命。罗烽在这篇小说中描述了底层人民生活的悲苦，同时也将自己孩童时期内心的渴望，对美好生活的追求以及对生活的探索精神表露了出来。

由于家境的再次败落，初中毕业后的罗烽没有继续读书。1928年，为了谋生也为了得到再次学习的机会，罗烽只身前往哈尔滨，报考了呼海铁路传习所，并被顺利录取。这一年，他不仅学习到了铁路方面的专业知识，还结识了中共地下党人胡起。胡起推荐他阅读《少年维特之烦恼》《苦闷的象征》，蒋光慈的《纪念碑》《鸭绿江上》，鲁迅的杂文及柔石的《二月》等书籍，还吸收他加入北京派来的中共地下党员胡庆荣组织的读书会。这一段读书会的经历，极大拓展了他的文学视野，为他之后文学风格的形成、文学方向的选择起到了重要的作用，同时中共地下党的外围组织也对他革命思想的不断成熟产生了重大影响。

1929年2月，罗烽加入了中国共产党，担任中共呼海铁路特别支部宣传委员。同年3月，结束了在传习所的学习，正式进入铁路实习阶段，同年秋天，他与白朗结为夫妻。随着政治信念的不断坚定，他把与铁路劳动者相处的经历诉诸文字，开始以“洛虹”为笔名，创作诗歌控诉黑暗的社会，描述对于未来光明的向往，对大同世界的无限希冀。随后，罗烽、白朗与萧军、萧红、舒群、金剑啸等人一起创建了《夜哨》《文艺》两个进步文艺副刊以及“星星剧团”等党的文艺阵地。在《夜哨》创刊号上，罗烽以笔名“洛虹”发表独幕剧《两个阵营的对峙》[②]，剧中罗烽借铁路工人之口发出了“起来，全世界的奴隶，起来，全世界的罪人”[③]的呼告。随后，罗烽陆续创作杂文《从星星剧团的出现说到哈尔滨戏剧的将来》，短篇小说《口供》，杂

① 罗烽:《罗烽集》，黑龙江大学出版社，2011年版，第35页。

② 载于1933年8月6日《大同报》副刊《夜哨》创刊号。

③ 巫晓燕:《罗烽白朗研究》，春风文艺出版社，2019年版，第53页。

文《文学与天才——文艺琐谈之一》，诗歌《从黑暗中鉴别你的路吧》《说什么胜似天堂》，短篇小说《胜利》等，均发表于《夜哨》。

随着白色恐怖的不断加剧，1934 年 6 月罗烽被捕入狱，狱中被酷刑折磨得身心俱疲的罗烽并没有熄灭心中燃烧的革命热情。出狱后，罗烽偕妻子白朗赴上海投奔萧军、萧红，加入了中国左翼作家联盟。重新与党组织取得联系的罗烽燃起高涨的革命热情，这段时期，“罗烽”的笔名正式启用，他以更加崇高的思想觉悟，更加遒劲坚定的文字，发表了大量文章，包括诗歌、散文、小说等，陆续发表于《海燕》《作家》《夜莺》《光明》《文艺界》《中流》等刊物上。随后，罗烽短篇小说集《呼兰河边》和中篇小说集《归来》分别由北新书局及良友图书出版公司出版。其中短篇小说《第七个坑》还被翻译成英文发表于《国际文学》。

1937 年，七七事变揭开了民族全面抗日战争的序幕。罗烽负责中国文艺家协会募捐办公室工作，同时担任文艺家战时服务团的宣传部部长。“八一三事变”后，上海局势空前紧张，文艺界人士纷纷撤离，罗烽被迫离沪，计划由南京出发前往山西战场，随后辗转南京、武汉、临汾、重庆等地。1938 年 3 月，中华全国文艺界抗敌协会成立，罗烽与白朗作为协会的发起人之一，罗烽被选为理事。随后，他们跟随组织跋山涉水，经历重重险阻，投入到全国抗战救亡的大洪流中。创作发表诗歌《鲁迅先生逝世周年有感》《明天，我回故乡去》《我们十万》《生与死》《被侵凌的》《张伯伦赞》《遗产》，短篇小说《空军陆战队》《天灵盖及其他》《梦和外套》《横渡》《累犯》，长篇小说《满洲的囚徒》，多幕剧《国旗飘扬》，歌词《总动员》，出版杂文集《蒺藜集》等。

· 罗烽、白朗与孩子合影

1941 年皖南事变发生后，罗烽与白朗相继由重庆前往延安。罗烽当选“中华全国文艺界抗敌协会延安分会”第一任执行主席。毛泽东委托他搜集辽宁文艺界的有关材料，为延安文艺座谈会的召开做准备。1941 年，他撰写的论文《高尔基论文艺与思想》获得了毛泽东的肯定。这一时期他创作了大量诗歌、散文、杂文、小说等，发表于《文艺月报》《解放日报《自由中国》《文艺阵地》等重要报纸杂志，如杂文《嚣张录》，小说《在哈尔滨日本领事馆》，散文《还是杂文时代》，诗歌《寂寞》《送远征》

《梦出关》等。

1945年日本宣布无条件投降，罗烽被派往东北任吉江省[①]宣传部部长兼任《前进报》副社长、东北文艺协会代主任等职。新中国成立后，又历任东北局宣传部常委、东北文化部副部长、东北文联副主席等重要职位，对新中国成立后东北文化建设和文学发展做出了突出贡献。创作发表散文《哈南前线记行》《让正义裁判"肮脏的战争"》《人民的觉醒表现出巨大的力量》，短篇小说集《故乡集》，京剧戏本《满江红》，杂文《革谁的命》，报告文学《列车在前进》（与杨煊合作）等。

·老年时期的罗烽与白朗合影

20世纪80年代，《罗烽文集》出版。罗烽晚年曾任中国作家协会专业作家、顾问，1991年10月病逝于北京。

二、白朗生平

白朗1912年8月2日出生于辽宁省沈阳市，与罗烽为姨表兄妹，白朗比罗烽小三岁。两兄妹青梅竹马、两小无猜。由于白朗父亲早逝，母亲遭受丈夫离世的巨大悲痛而病倒，童年遭遇的不幸让白朗的幼年时代蒙上了巨大的阴影。但罗烽的出现让白朗的童年生活亮起了一道曙光。充满朝气又生性活泼的罗烽经常带着白朗加入自己组织的游戏，而男孩子气的白朗更是对表哥钦佩有加。后来白朗考入了黑龙江省立第一女子学院，聪明、独立、外向的白朗在学习中很快表露出独特的天分，成为学校品学兼优的优等生，读书期间，母亲将她许配给表哥罗烽。

1929年，罗烽与白朗结婚，正是这一年罗烽结束了学习生活，开始工作实习阶段。这时候的白朗还不知道丈夫已经接触到秘密的革命组织，被发展成了一名中国共产党党员。罗烽常听从组织的安排编印地下宣传品，散发给铁路工人，启发他们的阶级觉悟。在白朗的日记体报告文学中曾这样写道："……最使我莫解的却是他那

① 吉江省，解放战争时期，中国共产党在吉江地区建立的地方领导机关。1946年1月，中共中央东北局将原辽北省委主要成员组成中共吉江省委员会，工作机构设组织部和宣传部。吉江省委下辖洮南地委及安广、大赉、郭前旗、扶余、肇源、肇州、肇东、长春、乾安、农安十个县（旗）委。

近乎古怪服装的更换。勃一向是不修边幅的，他经常轮换穿着那两套不花钱的哔叽制服，即使参加什么宴会，他也不肯穿一件稍微讲究点的衣服，朋友们奚落他，他也不觉得寒酸……可是他却变了，每当晚间走出去的时候，总要换上一件衣服。制服、西服、便衣轮流在身上穿上脱下。”[①]不明真相的白朗以为罗烽对感情不忠。直到发现了她误以为的“情书”原来是“这样好的东西”。[②]1931 年，白朗经由罗烽介绍加入了“反日同盟会”。

哈尔滨沦陷后，罗烽受杨靖宇的秘密嘱托开始着手出版“反日总会”会报《民众报》。白朗成为丈夫的得力助手。在此期间，二人秘密翻印党内文件、传单，编辑出版《民众报》。1933 年，由罗烽担任文艺周刊主编的《夜哨》创办，白朗正式开启文学创作生涯，创作短篇小说《只是一条路》《叛逆的儿子》等。1933 年秋，在党组织的授意下，白朗考入《国际协报》担任编辑职务。1933 年 4 月接任《国际协报》副刊编辑。在此期间将《家庭》《妇女》两个周刊合并，创办《文艺》周刊，并利用该刊副刊积极开展反满抗日宣传。此外，白朗积极参加了罗烽、萧红、萧军、金剑啸领导的“星星剧团”，并在剧团中担任女主角。因时局危急，白朗不得不频繁更换笔名，刘莉、弋白、莉、杜微等都是她使用过的笔名，并以这些笔名在《文艺》副刊发表了短篇小说《惊悚的光圈》等一系列小说作品。

· 1933 年白朗（左）、关大为（中）、萧红（右）合影

1934 年 6 月 18 日，由于叛徒告密，哈尔滨地下党组织遭到破坏，罗烽被捕入狱。这让白朗遭受到巨大的打击。她一边急切地盼望丈夫早日归来，一边用坚强的意志坚持《文艺》编辑出刊工作。1935 年 5 月，罗烽出狱。白朗同丈夫一同前往上海，1935 年 11 月加入了左翼作家联盟。与党组织重新取得了联系，使得这对夫妻重新燃起了对革命事业的渴望和无限的创作激情。白朗陆续创作了短篇小说《伊瓦鲁河畔》《轮下》等文学作品发表在当时的进步文艺期刊上。

① 白朗:《白朗集》，黑龙江大学出版社，2011 年版，第 228 页。“勃”为《狱外集》一文中白朗对罗烽的称呼。

② 白朗:《白朗集》，黑龙江大学出版社，2011 年版，第 231 页。

七七事变后，怀孕中期的白朗依旧奋战在战时服务团。1937 年 9 月 5 日，奉组织命令，罗烽、白朗夫妇从上海撤离，罗烽准备从南京动身前往山西战区，而临产的白朗随罗烽母亲赴武昌投奔亲戚待产。11 月 12 日白朗产下儿子傅英，夫妻二人虽两地分居，但白朗依旧秘密辅助丈夫的革命宣传工作。不久后战火逼近武汉，白朗转战到了重庆。同为中华全国文艺界抗敌协会发起人的夫妻俩在重庆会合后，又随战地访问团奔赴前线。战地访问团的工作充满了危机、艰辛，同时也伴随着欢乐和激情。1940 年，以战地工作为素材的中篇小说集《我们十四个》出版，同年白朗创作了中篇小说集《老夫妻》、散文集《西行散记》等，用文字细数日寇在中华的残酷暴行，描述大后方抗日如火如荼的局面，同时鼓舞民众积极参与革命斗争，并表现出对未来光明生活的无限向往。

1941 年皖南事变后，白朗随罗烽抵达延安，1942 年参加延安文艺座谈会，同年担任《解放日报》副刊文艺编辑，1945 年在中央党校入党。日本宣布无条件投降后，罗烽、白朗回到了东北。随后白朗迎来了创作的高峰期。1946 年开始担任党报《东北日报》主编。此间创作发表出版小说集《牛四的故事》、短篇小说《不朽的英雄》《死角》等。

· 白朗在前线

20 世纪 50 年代白朗创作了中篇小说《为了幸福的明天》、长篇小说《在轨道上前进》，用文字热情讴歌社会主义建设初期涌现出的英雄人物和社会主义新人、新事儿，歌颂抗美援朝战场上的志愿军。此时，白朗开始频繁活跃于国际妇女联合会组织舞台，先后代表中国妇女联合会，及跟随作家协会前往朝鲜慰问志愿军，并赴维也纳、哥本哈根、赫尔辛基、板门店、新德里等地参加会议及进行访问工作。

20 世纪 60 年代，白朗创作了短篇小说《少织了一朵大红花》《温泉》《警钟》等作品。1994 年 2 月 7 日病逝于北京。

· 晚年白朗

三、罗烽文学创作评述

罗烽是中国现代文学史上东北作家群中最重要的作家之一。他的作品始终体现出高度的民族自觉和肩负的历史使命，凸显出浓浓的爱国主义情怀、家国情怀和革命现实主义情怀，也充满着浓厚的时代气息和地域特色。他的创作继承了五四新文学运动以来“作品直面人生，反映社会生活”的传统，作品始终从现实出发，用文字对血淋淋的法西斯兽行进行控诉，同时深度还原那个苦难的岁月中，百姓的挣扎、呐喊与觉醒、反抗，表现出人性的复杂与深刻。

在他早期的文学创作中，可见鲁迅先生对其精神及创作风格的影响。作品对于当时的中国农民有着深刻的反思，也对战时中国国民性进行了批判，这一点可在他早期代表作短篇小说《第七个坑》中得以体现。《第七个坑》主要描写了九一八事变后的沈阳，鞋匠耿大在一片纷乱中寻求避难之所，途中遇到一个日本兵，用刺刀威胁他用铁锹挖了六个坑，并活埋了六个中国人，这其中就有他的舅舅。当日本兵要把他埋进第七个坑时，耿大猛然觉醒，挥起铁锹杀掉了日本兵，并将其埋在了第七个坑中。罗烽有意识地刻画出了当时社会由耿大代表的广大国民身上的奴性。同时，也细腻地描写了当时的中国百姓由麻木、愚钝，最终警醒、觉悟、反抗的过程。不仅还原了当时日本侵略者的残暴、冷血，也暗喻着在绝境中的人，最终只能通过自己的觉醒和反抗才能救赎自己。

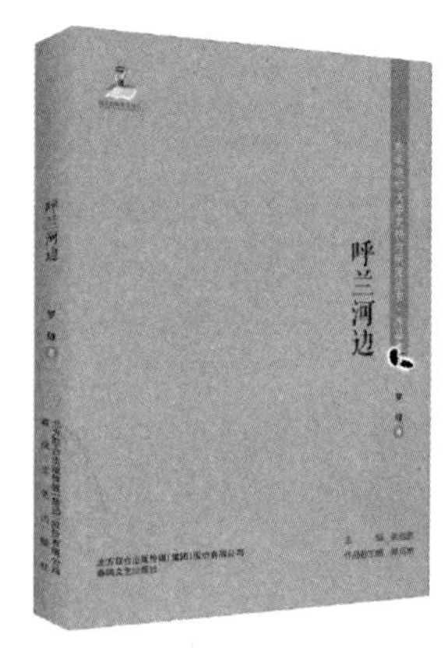

· 短篇小说集《呼兰河边》书影

《第七个坑》收录于1937年8月上海北新书局出版的短篇小说集《呼兰河边》，在此小说集中共有13篇短篇小说，无不是鞭挞日本帝国主义和封建势力的罪行，以及同情弱小百姓的苦难与不幸。短篇小说《呼兰河边》则以一个知识分子的视角描写了一个放牛的孩子的悲惨境遇。牧童与小牛始终同时出现。最后小牛被日本侵略者烹食，孩子被无情杀害。而孩子与小牛则形成了一种微妙的互文关系，二者合二为一。作者以独特的视角和娴熟的笔法将战争时代知识分子救亡无望的绝望以及对百姓深深的忏悔表达得淋漓尽致。这些小说绝大部分都直面战争的残酷，描写东北沦陷区人民反抗日伪统治。短篇小说《生意最好的时候》则描写了一个铁匠炉老板，试图为伪警察厅制造脚镣赚取钱财，最终却沦为阶下囚的故事；短篇小说《最后一次实验》则描写了一个上海以捡垃圾为生的小孩子阿龙的底层生活。罗烽以独特的视角，将一个个普通人的故事讲述出来，通过控诉侵略者的残酷、冷血，展现了当时百姓生活的血泪史。体现了作家内心对于人民深沉的爱与恨，也体现出他高度自觉的革命精神和时代精神。“……总算用笔墨泼绘了灾难深重的亿万人民的挣扎、呐喊、愤怒、厮杀和搏斗的身影……”[①]

罗烽的作品可见其在人生不同阶段，不同人生经历，所描绘出不同历史背景下的时代底色，以及民族的灵魂。他擅长描述不同阶级、不同阶层人民对于命运抗争的百态，同时他的叙事风格也在不断地创作积累中更加遒劲、厚重。

·《罗烽文集》封面

中篇小说《粮食》是罗烽创作成熟时期代表作。讲述了晋中大地上，被日寇荼毒后的农民万般无奈躲进山里。正值秋收，农民冒死回家收割粮食，却引发了一场农民与乡绅、与农救会、与日本人之间的残酷斗争。最后不仅收割的粮食被汉奸烧毁，村民们也被杀害了。小说的视角独特，用较多的笔墨描写了在残酷现实下，人民的内部矛盾，批判了那个时代国民身上的奴性和愚钝。铺垫着灰色的基调，凸显出那个年代的阴郁、冷酷。而这个时期罗烽的创作风格已从之前的直抒胸臆渐渐过渡为内敛、凝重。

四、白朗文学创作评述

白朗作为东北作家群中少有的女性作家，她在创作中凸显出的独特的女性审美视角和细腻的语言风格被人津津乐道。而作为作家罗烽的妻子，一路风雨兼程，让他们有着共同的革命信仰、共同的人生追求。

白朗的“作品富有时代性的革命内容，洋溢着浪漫主义的气息”[②]。她的作品以小说为主，在文字的长河中，可以看到她对故乡沦陷后的悲愤和向往、战争时期浓郁的爱国气息、

· 白朗与劳动模范赵桂兰

① 罗烽:《罗烽文集》(一),《短篇小说集“呼兰河边”后记代后记》注，春风文艺出版社，1983年版，第321页。

② 王纯平:《论三十年代东北文学的崛起》,《辽宁师范大学学报》(社科版) 1989年第3期。

新中国成立后对新生活的赞美和歌颂。她用文字观照现实，用文字诉说家国情怀。

代表作《老夫妻》是以抗日战争为背景创作的中篇小说。讲述了一个叫张老财的地主，他自私又吝啬，古板又守旧，起初对于战争充耳不闻，只是一心想守护自己心心念念的家财。但是当他看到日寇奸淫烧杀、无恶不作的暴行后，反抗的意识终于觉醒，一步步走上了复仇之路，爱国情感也逐渐升腾。白朗巧妙地选择了一个老地主作为反映抗日战争的切入点，通过人物抗战意识的逐渐苏醒，表达当时中华大地上千千万万贫苦农民的思想转变历程，也从侧面烘托了抗战必胜的光明前景。这是白朗作品主题之一。

作为一个女性作家，白朗擅长用女性的细腻刻画人物的心理变化和性格发展，在讲述张老财复杂的心理变化过程中，使用了大量的心理描写，一步步细微揭示张老财面对日寇侵袭、被营救、反抗负伤等一系列事件下细致入微的思想转变。同时对张老太太的心理塑造，也是有迹可循。从一开始对于张老财的气愤，到一步步地理解、支持，再到最后的爱和敬重，使得这对“老夫妻”的性格转变从容自然，毫无突兀之感。

短篇小说代表作《轮下》是以 1932 年哈尔滨水灾为背景创作的带有报告文学色彩的作品。作品深刻揭示了残暴的日寇侵略的场面，以及广大民众在受灾后为了生存而进行的惨烈的反击与斗争。后来有学者评价她的这篇作品：“笼罩着凄楚沉郁的悲剧气氛，描绘了波澜壮阔的群众斗争场面，并且在描写时采用电影蒙太奇的结构手法，把人物对话、动作、心理刻画组合成一组组电影镜头，平行交叉，迭复剪辑在一起，使小说文简流畅，人物个性突出，情节跌宕，节奏明快。”[1] 这段评论一定程度概括了白朗的创作风格。

·《白朗文集》封面

罗烽、白朗这一对文坛伉俪，彼此相伴 60 年，在战火纷飞的年代，他们用爱和无产阶级革命信仰彼此鼓励，携手同行，他们的作品向世人展现了东北沦陷后百姓的困苦，革命志士为守护家国的无畏拼搏，对日军侵占国土和对百姓无情掠夺的强烈控诉，让更多的国人看到东北人民为反抗侵略、守护家园的斗争。他们在革命中彼此鼓励、在创作中互相影响、在生活中彼此相伴，成就了一段文坛佳话。

（张倩）

① 白朗：《白朗集》，黑龙江大学出版社，2001 年版，第 13 页。

第五节　马加

· 马加

马加（1910—2004），满族，中共党员。原名白永丰，曾用名白晓光，笔名马加。马加1928年秋考入东北大学，接受了进步青年和革命文学的影响。1931年九一八事变后，流亡到北平。1932年参加反帝大同盟读书会。1935年加入左翼作家联盟。七七事变后，继续在关内做抗日救亡工作。1938年到延安。同年秋季，从陕北公学毕业，被分配到陕甘宁边区搞创作。1941年被调到文艺界抗敌协会，同年加入中国共产党。1942年应邀参加了具有历史意义的延安文艺座谈会。抗战胜利后，随同部队返回东北。1946、1947年参加土改运动。抗美援朝战争爆发后，随中国人民志愿军到朝鲜。马加曾任东北作家协会主席、辽宁省文学艺术界联合会主席、中国作家协会辽宁分会主席等职务。

一、童年经历

在辽宁省新民市，在辽河的东岸，有个不起眼的村庄叫弓匠堡子。1910年2月的一天，这个村庄里降生了一个男孩，他就是马加。马加的爷爷叫白明儒，是老白家第一代读书人，后来做了乡里的小学教员，他拥护康梁变法，受到地方官绅排斥，所以没有得到重用。爷爷在家写诗作画，郁郁不得志，但是他却把进步的思想传给了下一代。马加的父亲叫白清宪，受父辈的影响识文断字。为了养家糊口，到县城的中药铺当药房先生。父亲虽然是农村人，但是思想并不保守。他意识到自己的下一代要想有出息，那就必须要发奋读书。于是，在1925年的春天，马加被父亲送到县城的文会中学读书。

在学校里马加很是刻苦，他不但学习了文化知识，也受到了进步思想的熏陶。那个时期，马加接触到了“五四”以来的反封建文学作品，比如蒋光慈写的《鸭绿江上》，马加读得如醉如痴，深深被小说内容吸引。马加的文学启蒙受到了两位老师的影响，他们是王莲友和罗慕华，他们当时在《盛京时报》等报刊发表作品，使得马加特别羡慕。受老师的影响，他也萌生了写文章和投稿发表的想法。1928 年，马加从新民文会中学毕业，考取了东北大学。对于马加，这是一个全新的世界。马加珍惜机会，努力学习，因为喜欢文学，进入东北大学以后有机会看到鲁迅和茅盾、丁玲等人的作品，大大开阔了视野。那段时间，他经常泡在图书馆里给自己充电。

· 马加著作

马加的第一篇作品是一首叫《秋之歌》的诗歌，他怀着忐忑的心情把诗歌投寄给了沈阳的《平民日报》，让马加没有想到的是，这首诗歌很快就发表了。马加倍感鼓舞，马上写了一篇叫《惆怅》的短篇小说，发表在《东北大学周刊》上。这些作品虽然稚嫩，却是马加面对世界用笔发出的第一声。

二、流亡生涯

1931 年发生了很多大事，这些大事直接影响到了马加的人生。

日本的商人侵占了新民县七公台村的土地，打死打伤中国农民，并且造成了水灾。人民生活在水深火热当中，马加原本不富裕的家庭更是雪上加霜。家里没有钱，马加在学校交不起学费，只好休学回家。父亲从小给马加定了婚约，叫马加赶紧完婚。在这乱世之秋，早点成家过日子是当时最好的选择。马加不服从命运的安排，他决心出去闯荡世界，追求新生活。1931 年 8 月，马加坐火车去了北平，住在东城沙滩文丰公寓。

九一八事变的发生，使马加彻底震惊了。听逃亡的同学说，沈阳被日本兵占领，他们的学校东北大学也挂上了日本的旗子。这段血海深仇深深刺痛了马加，马加非常愤怒，感觉整个世界都黑暗下来。后来，马加把愤怒的情感转化为一首叫《火祭》

的诗歌，以此来抒发难以排解的情绪。这期间，马加返回过家乡新民一次，可是他根本无法在老家生活，1934年春天，马加被迫再次流亡到北平。那段时间，他迷茫，苦闷，不知道面对这满目疮痍的世界，自己活着到底能够做点什么，家乡和国家的前途到底在哪里。

回到北平以后，马加开始专心写作。在清华园参加左翼作家联盟，才算有了一个家的感觉。那时候，马加完成长篇小说《登基前后》的初稿，开始写关于“一二·九”运动的千行长诗《古都进行曲》。马加的创作热情很高涨，他每天都觉得胸中燃烧着激情。那首《火祭》的诗歌也在《文艺月报》上发表了。这首诗歌被当时的《文艺年鉴》评为1933年最好的诗作。

马加在北平的境遇越来越好，后来还参与创办了《文学导报》，马加向“左联”领导人做汇报申请，把《文学导报》置于中国共产党北平市委的领导下，走上了一条革命的道路。马加写的《参加战区服务团》的文章在上海的《光明》杂志发表，这是马加流亡以来在上海发表的第一篇文章。这篇文章的影响很大，马加和上海的东北作家们开始建立了联系。

马加在北平参加抗日救亡的宣传活动，生活条件艰苦，但是他意志坚定，不管什么样的危险和困难都绝不放弃自己的信念。七七事变后北平陷落，马加参加平津流亡同学会，辗转于山东、河南、山西等地，沿途宣传抗日。1938年1月由西安到临汾，参加了民族解放先锋队。到山西岚县农村进行宣传发动抗战工作，为八路军一二〇师扩军。4月到山西朔县参加由续范亭领导的游击队，在雁门关外打游击。5月，步行14天到达延安，从此开始了他早就向往的革命战士的人生。

三、延安圣地

马加一路辗转，到达革命圣地延安，并进入陕北公学学习。结业以后到边区文协工作，不久有机会参加了八路军的文工团，跟随朱德总司令渡过黄河，进入太行山。马加到了八路军总部，之后随一二九师活动，与战士同甘共苦，体验生活、写作品。之后又到冀南军区，随政治部活动，参加了著名的陈庄战役、滹沱河战斗、打温塘战役，在平西军区遇辽阳籍的团长白乙化，两人为辽宁同乡、革命同志，结下深厚友谊，后白乙化壮烈牺牲，令马加终身怀念。

马加在八路军里见到过中国革命中很多军政领导人，如朱德、刘伯承、陈赓、杨秀峰、吕正操、萧克、贺龙等。曾与很多著名的文艺家有过交往，如柯仲平、艾思奇、卞之琳、魏巍、田间、周而复、刘白羽、柳青、丁玲等。马加是在 1941 年由刘白羽、柳青二人介绍入党的。

马加一路行军，参加战斗，并且笔耕不辍，在八路军中找到了用武之地，也找到了从文之地，写出了很多反映八路军战斗生活的文艺作品。马加从 1938 年 10 月开始跟随八路军一二九师行动，3 年中跟随部队走遍了华北 6 个抗日根据地，参加过很多次大小战斗。马加写的作品有《杨秀峰的片段》《萧克将军在马兰》《过甸子梁》等。在当时，写前线题材并且发表的作品数量他名列前茅。

· 中篇小说《开不败的花朵》封面

能够参加延安文艺座谈会，亲耳聆听毛主席的教诲，对于马加来说是人生最重要的大事。有了延安文艺座谈会的精神指引，马加的创作坚定了方向。抗战胜利后回东北，写出了长篇小说《开不败的花朵》。该作品在全国第二次、第四次文学艺术工作者代表大会的工作报告中被列为优秀作品，以后又被收入《中国新文学大系》，并译成英、日、德、蒙等几国文字，在国内外先后发行 20 次，享誉中外。

· 长篇小说《江山村十日》封面

马加参加北满的土改，写出了《江山村十日》；参加抗美援朝，随志愿军后勤分部领导的民工支前队一起战斗，写出了《在祖国的东方》；合作化开始，他先后在盖县农村体验生活，在新民兴隆店安家，在长山子农村深入生活，写出了《红色的果实》。“文化大革命”以后，他又写了《北国风云录》《雪映关山》两部姊妹篇长篇小说，获得了中国首届满族文学奖、东北文学奖和辽宁省政府优秀作品一等奖。进入耄耋之年，他仍然笔耕不辍，写出了长达 10 余万字的长篇回忆录《漂泊生涯》，受到广泛好评。1998 年出版《马加文集》八卷本共 400 余万字，这是马加一生文学创作的总结，也是辽宁省乃至全国文学极为重要的文学财富。

马加是一个自觉融入生活、扎根生活的人民作家，尤其是聆听毛主席《在延安文艺座谈会上的讲话》以后，他更是懂得了生活才是写作的第一源泉。长期以来，深入生活是马加的必修课。土地改革时期，他下到佳木斯乡下，跟农民摸爬滚打在一起，近距离地感受农民的疾苦。抗美援朝时期，他跟随部队跨过鸭绿江，在硝烟弥漫的战壕里采访战士。在志愿军行军途中，马加一起跟着吃过炒面。在农业合作化时期，又住在了盖县太阳升公社广交农民朋友，在田间地头请教种地的经验，在老乡的热炕头上和农民彻夜交谈。建立人民公社时期，马加到新民县兴隆公社落户，在乡下蹲点好几年。他跟社员们一起出工铲地，种植果树。

四、著作等身

小说《血映关山——神州烽火录》以抗战为背景，围绕二男二女东北流亡青年的革命经历，真实生动地再现了北平沦陷后，京西、长城一带烽火硝烟的抗日战场、辽河岸边东北人民的困苦生活和不甘压迫的反抗斗争。小说中对延安中共上层人物及陕北公学、抗大等一些军政学校学习生活的描写富于特色，耐人寻味。作品着意刻画了周云、沈风、叶雨芳、刘亚雄等人物形象，他们的爱与恨、喜与怒，强烈体现了那个时代的色彩。

长篇小说《北国风云录》以九一八事变和卢沟桥事变为背景，以东北流亡青年生活为主要内容，把这些流亡青年在日本侵略者铁蹄下的灾难和颠沛流离的生活抒写得淋漓尽致。把他们不屈不挠的斗争意志，以及他们之间真挚的友谊、纯真的爱情交织在一起，构成了一幅幅从辽河两岸到古城北京的色彩斑斓的生活画卷，真实再现了抗日战争的变幻风云和中国共产党领导下的抗日战争的浴血战斗生活。小说以独特的艺术风格和富有地方色彩的语言，塑造了各阶层人物的鲜明形象，随着扣人心弦的情节，使读者能在艺术的享受中重温这段历史。长篇小说《北国风云录》里的素材，大多数是马加的亲身经历，他写这部长篇小说，力图把握时代精神、社会的面貌、关东草原的风俗画，在斗争的旋涡中再现30年代的生活。刻画了各阶层的人物特征，抒写了他们的信仰和各自不同的命运。

· 长篇小说《北国风云录》封面

《开不败的花朵》是马加创作的中篇小说。马加响应毛主席号召，去东北建立革命根据地。他和战友们长途行军，从延安出发，在张家口经过短暂停留，继续前行到达通辽。这个时候，才知道四平那里我军已经撤退，去北满的铁路断了。想要去哈尔滨，必须通过东科尔沁中旗大草原。大草原一望无边，对于马加而言，重回东北跟当初流亡是不一样的心情。一切都充满了新鲜感觉，尽管路途不顺利，但是每个人都信心满满，渴望到达胜利的目的地。在马加坐着的胶轮车上，几乎全是老红军和八路军老同志，其中一个叫王耀东的副团长给马加留下了深刻的印象。他穿着旧军装，不苟言笑，作风朴素，待人真诚。王耀东一路上讲着故事，抽着旱烟，跟大家非常亲近。行军的第三天，走到三家子附近沙坨子处，马加的干部队伍和当地叛变的保安队遭遇，王耀东接受上级任务，在和敌人的战斗中英勇牺牲。王耀东的英雄气概深深感染了马加，他决定把这一切写成小说《开不败的花朵》，让更多的人知道。小说以蒙古草原为背景，描写了解放战争时期一支干部队伍在大草原上同敌人进行的一场遭遇战，歌颂了革命干部的优良素质。小说曾先后再版 14 次，被译成英、德、日、蒙四国文字出版。

长篇小说《江山村十日》的故事发生地在松花江南岸一个小村庄，村庄的名字叫江山村。马加从佳木斯到江山村一路采访，颇有感触。这之前他参与土改工作两年多，积累了大量的生活素材，充实了他饱满的情感，那鲜活的生活和人物在马加的脑海里萦绕，久久挥之不去。作品历时一年创作，前后改写了四遍。这是马加在延安文艺座谈会后，深入生活的一部分记录，也是聆听“讲话”后的成果。这是一部时代的交响乐，一首乡村的赞美歌，充满着浓郁的地域特色，歌颂了北大荒开荒斩草的先驱者们，在共产党的领导下，从奴隶的地位变成了土地的主人，打下了人民的江山，书写了历史崭新的一页。

长篇小说《在祖国的东方》是马加一部重要的作品，这部小说写的是我国边疆地方的农民，在敌人发动侵略战争之后，被飞机轰炸，目睹了美帝国主义屠杀朝鲜平民的暴行。他们离开了自己的家乡，组织起民工队参加抗美援朝，积极勇敢地投入战斗。长篇小说《在祖国的东方》通过一支民工队的活动，反映出中国人民如何克服困难，锻炼成钢铁的队伍，发扬了高度的国际主义与爱国主义精神。

· 长篇小说《在祖国的东方》封面

马加在创作后期还创作了大量的散文作品，散文集《祖国的江河土地》收入了他在新中国成立以来创作的散文作品十七篇。其中有描写重返革命圣地延安的《回到杨家岭》，有缅怀敬爱的周总理的《祖国的江河土地》，有回忆杨朔和柳青两位作家的散文《酿造生活的战士》《生命不息》，还有旅行游记散文，有歌颂乡土新貌新变化的散文等。马加的散文作品真挚、朴实、醇厚、自然，既反映了作家生活经历的片段，也烘托了新时代的侧影。

马加作品极具自己的特色，风景描写、环境衬托、人物刻画、对话等，都是马加观察生活深入生活后的提炼。马加的作品文笔朴实，故事生动，人物鲜活，生活气息浓郁。这就形成了马加作品特有的东北地方色彩和乡土情调，形成了他独特的乡土文学的艺术风格。特别是东北土语的运用达到一个前人未能企及的程度，至今仍为广大读者久久不能忘怀。回顾马加的人生和创作之路，正如他中篇小说《开不败的花朵》开头所言："五月梢，在内蒙古的草原上，到处都是开不败的花朵……" 马加的作品和他所传承的鲁艺精神，也是我们心中开不败的花朵。

证书

兹授予马加同志：

"人民作家"称号

辽宁省人民政府

2000年2月

· 马加"人民作家"荣誉证书

（李铭）

第六节　草明

· 草明

草明（1913—2002），原名吴绚文，广东顺德人，中共党员。1932 年加入“左联”，历任“左联”小说研究组成员，“左联”机关杂志《现实文学》创办人之一，《救亡日报》记者，延安中央研究院文艺研究室特别研究员，东北文协、东三省作协分会副主席，辽宁作协主席，北京市作协专业作家，全国第二、三、四、五、六、七届政协委员，中国文联全委会委员。1941 年奔赴延安，1942 年参加“延安文艺座谈会”，1945 年奔赴东北。先后著有长、中、短篇小说及散文 20 多部，共计 600 多万字，是一生写工人的女作家。1953 年加入中国作家协会。1987 年曾获五一劳动奖章、全国优秀作家称号。

一、革命启蒙

广东省顺德是珠江三角洲肥沃的土地，那是草明的家乡。一条美丽的桂花溪流经村庄，汇入珠江，最后流入大海。1913 年 6 月 15 日，草明的降生给母亲带来了巨大的欢喜。草明小时候体弱多病，身材矮小，头发稀少，五六岁的时候便经常跟药罐子打交道。草明的父亲念过私塾，考上了举人，当过清朝的官吏。辛亥革命以后赋闲在家。父亲回到乡下不久开始与族中乡绅筹建一个丝厂，还搞了一个火力发电厂，折腾了几年，生意渐渐萧条，家境也开始窘迫起来。草明的母亲深明大义，她鉴于自己没有文化，一辈子受歧视，就叫自己的儿女努力学习，草明小时候，母亲叫三哥教她认字。认识五个字便奖励一枚铜板。草明聪颖好学，很快就认识了几百个字。草明 11 岁的时候，母亲送她到外村的学校去读书，这在当时是很了不起的壮举。母亲为了供孩子们读书识字，自己做女红贴补家用。草明有时候半夜醒来，经常看到母亲还在灯下干活。母亲的眼睛熬红了，还不住地咳嗽，身体状况越来越差。

草明 13 岁的时候，母亲终于积劳成疾，转年春天母亲心力衰竭，永远地离开了人世。母亲走了，家里没有疼爱草明的人了。三哥托人介绍，到广州一家钱庄当学徒去了。四哥承担起这个家庭的重任。他们经常吃了上顿没有下顿。母亲含辛茹苦供草明上学，是想叫她长大了当个接生的大夫，如果能够在小学校当教员就更理想了。草明看到一些进步学生，听他们唱着“打倒列强，摧毁军阀”的歌谣，却不明白是什么意思。

· 中篇小说《原动力》封面

1927 年草明离开家乡到广州上学。1928 年夏天，勤奋好学的草明跳级考上了广东省立女子高中师范学校。在学校读书时期，她开阔了视野，开始爱上文学，接触进步人士，阅读了大量的文学名著，从高尔基和鲁迅的作品里受到启发，面对黑暗的现实社会，萌发了发出自己声音的想法。

二、投身革命

九一八事变发生后，草明参加了学生爱国运动。这个时候，她受进步教师的影响，逐步看清了软弱的中国，看到了外国列强对祖国的欺凌。草明参加一个给工人看的小报的写作，开始了她的写作之旅。这样她也惹恼了国民党政府，上了国民党政府的黑名单。说起“草明”这个笔名来还很有意思，草明最初搞创作的时候，国民党反动派到处捕杀革命者，只好用笔名发表文章。当时在学校的时候，草明参与创办了一个进步刊物叫《萌芽》，草明灵机一动，就把“萌”字上下拆解，变成了草明。草明说，这个笔名有“野火烧不尽，春风吹又生”的意思，象征着星星之火可以燎原。

时间来到了 1934 年，广州的情况有些危急。草明等人受到了特务的追捕，无奈之下她选择出走广州，辗转来到了上海。当时在上海《中华日报》当副刊主编的聂绀弩邀请草明和胡风等人参加聚会。这样的聚会类似文学沙龙，使他们有机缘见到了鲁迅先生。就这样，草明结识了鲁迅先生，并从先生身上学习到了很多宝贵的东西。在上海写作期间，她完成了自己的中篇小说《绝地》。这部小说是草明的第一部中篇作品，对于她来说很有意义。

草明在写作间隙与鲁迅、茅盾等十七个人联合签署了《中国文艺工作者的宣言》。因为草明的作品产生了一定影响，当局开始注意到了她。1935 年草明不幸被捕入狱，在狱中她坚持自己的信仰，拒不低头。这期间，她得到了鲁迅和茅盾等人的营救，有的朋友还提供经济支持，这些行为都深深感动了狱中的草明。出狱以后，她继续坚持从事左翼文艺活动。此时鲁迅先生突然逝世，草明参加了治丧委员会的工作，因为跟许广平是广东老乡，两个人关系非常亲密，草明陪同许广平夫人到鲁迅墓地吊唁。结识鲁迅先生，接近鲁迅先生，聆听鲁迅先生的教诲，使得草明受益匪浅，也成为草明左翼文艺生涯中的重大事件，对日后草明的成长和创作产生了良好的影响。草明在上海写文章，向鲁迅先生学习到了宝贵的创作知识和精神财富。这个时期草明的作品主要描写工厂女工的痛苦生活，写这些女工的不幸和反抗。

抗日战争全面爆发以后，草明先后在广州、沅陵、重庆等地从事抗日的宣传工作。1938 年在广州的时候，郭沫若主持《救亡日报》，夏衍担任主编。草明在《救亡日报》担任副刊记者工作。这个时期的草明，深刻领会了底层人民的生活艰辛和中国人民抗日救亡的决心。1939 年草明来到了重庆，从事抗日题材的写作。皖南事变发生，蒋介石开始反共。草明在重庆待不下去了，辗转撤离到了延安。

草明在延安参加了延安文艺座谈会，这是草明在创作上的一个重要转折点。聆听延安文艺座谈会的思想洗礼，带给草明世界观与文学观的根本性转变，使草明彻底服膺毛泽东文艺思想，并形成了终其一生都始终坚持的文艺思想和认识。

· 草明参加延安文艺座谈会留影

“中国的革命的文学艺术家，有出息的文学艺术家，必须到群众中去，必须长期地无条件地全心全意地到工农兵群众中去，到火热的斗争中去，到唯一的最广大最丰富的源泉中去。”这是毛泽东在延安文艺座谈会上的谆谆教诲，这些话草明记在本子上，记在心里头，更付诸实践中。日后，草明更是把延安鲁艺精神带到了东北。在这之前，草明的创作没有过太多的深入思考，尤其是为什么去写作、为谁写作的目标不够明确。亲耳聆听毛主席的重要讲话以后，草明懂得了一个作家的创作要紧紧和工农兵联系起来，这样的作品才会有长久的生命力。对比之下，草明深刻意识到自己先前的创作严重脱离了实际，脱离了工农兵。听完毛主席的重要讲话，草明决心按照毛主席的指示去做，主动接近和表现工农。这期间，草明主动请缨深入到陕甘宁农村去体验生活扎根生活。

三、深入生活

日本投降后，草明从延安到山西，又到张家口和齐齐哈尔，最后一路辗转到达哈尔滨。这个阶段草明一路收集了大量的素材。草明创作了一部分短篇小说，比如《诞生》《解放了虎列拉》《新夫妇》等。草明路过张家口，曾经到过宣化龙烟炼铁厂做了五个月的工会工作。这是草明第一次和工人师傅亲密接触。她根据这些生活素材，创作了《龙烟的三月》《沙漠之夜》等散文作品。

1947 年春天，东北大部分农村的土地改革运动正在逐渐深入。草明被领导派去镜泊湖水力发电厂收集素材，她毫无怨言，服从分配进工厂开始了火热的生活。工人们喜欢听故事，草明就给工人们讲述毛主席的故事，讲红军二万五千里长征的故事，工人们很受感动，很多工人师傅听着听着就流下了热泪。草明很快就和工人们建立了深厚的感情，这也给她日后写《原动力》奠定了坚实的生活基础。

沈阳解放的第三天，大批干部随着解放军进入沈阳。草明自告奋勇要求到工厂去工作。她选择了皇姑屯机车车辆厂，负责党群工作。草明投入到火热的工厂生活中去，创作完成了小说《火车头》，1950 年这部小说出版。在沈阳工作六年期间，除了小说《火车头》以外，还写了大量的短篇小说和散文作品。1952 年，草明主持过东北作协工作。1954 年到鞍钢落户，在炼钢厂蹲点，做了三年的炼钢厂党委副书记。后来写了长篇小说《乘风破浪》。草明一直深入在工农兵火热的生活前线，深入基层和群众中去，创作了大量反映人民和时代的文艺作品，产生了很大的反响。

四、文学成就

· 长篇小说《乘风破浪》封面

草明是新中国工业题材文学创作的主要开拓者，毕生讴歌工人阶级的杰出女作家。草明创作的工业题材长篇小说可以说具有里程碑的意义。

长篇小说《乘风破浪》是在 1959 年创作的作品。这部作品歌颂了鞍钢工人阶级的英雄气概。这部长篇小说成为工业文学的代表作品，为草明赢得了荣耀，也深深被工人喜欢。草明在鞍钢深扎生活十年，这是一份厚重的礼物。长篇小说《乘风破浪》主要是以 1957 年的整风和 1958 年“大跃进”为背景，以东北兴隆钢铁公司为增产 25 万吨钢所展开的斗争为主线，描绘了领导与群众、个人与集体、革新与保守的错综复杂的矛盾，特别着墨于领导工作中两种思想作风的斗争，展现了工业战线热火朝天的生活图景，歌颂了钢铁工人为改变我国落后面貌表现出来的乘风破浪的英雄气概。

这部长篇小说全景式展示了奋发图强建设新中国的决心和精神面貌。作者通过具有典型性格的人物形象塑造，全方位地描写了我国第一个大型的钢铁联合企业，描写了工人阶级的英雄形象。著名作家魏巍读过这部长篇小说以后，心情非常激动。他找到草明谈自己的看法。魏巍认为，草明的小说《乘风破浪》是反映我国工业战线的一部力作。它反映了我国在第一个五年计划期间工业发展的光辉灿烂的历史。

草明深谙艺术来源于生活这个真理，在鞍钢工作和生活了 10 年，不仅仅自己创作，还精心培养了一大批卓有成就的工人作家，比如李云德、朱建章、徐光夫、王维洲、纪征民、王世阁、任清顺、邓洪文、费世清等。其中李云德写出了长篇小说《沸腾的群山》。

· 长篇小说《神州儿女》封面

《神州儿女》是草明创作的一部工业题材的长篇小说，歌颂工人阶级革命精神和高尚品德的优秀著作。作者以一个工业城市为背景，比较全面地再现了历史过程。长篇小说《神州儿女》也是草明呕心沥血之作，从鞍钢来到北京工作和生活，一直在北京第一机床厂。她找到了自己创作的土壤，只有去工厂，到工人师傅中去，那里才有她创作取之不竭的源泉。她始终没有忘记自己的生活根源，没有离开人民大众。《神州儿女》就是最好的证明。

草明是以写长篇小说著称的作家，被誉为开掘新中国工业题材的拓荒者。其实，草明的最初创作是以短篇小说和中篇小说享誉文坛的。中篇小说《原动力》反映的年代是解放战争时期，松花江北岸解放了，党和劳动人民为了支援解放战争，开始克服困难恢复生产。北满的工业遭到敌人的两度破坏，一次是日本侵略者撤退时候的破坏，一次是国民党政府的破坏，满目疮痍，遍地废墟，在这样的情况下党领导人民抓紧时间恢复生产。小说《原动力》作为新中国工业文学史的奠基之作，受到了郭沫若、茅盾和鲁迅夫人许广平等文艺界人士的高度评价。1948 年 6 月，在哈尔滨召开的全国第六届劳动大会上，这部小说作为赠书被发到工人代表手中。1950 年 11 月，草明随以郭沫若为团长的中国代表团，参加在波兰华沙召开的第二届世界保卫和平大会，她的这部小说作为中国代表团向大会的赠书，分发给了各国代表。这部小说先后被翻译成多种外国文字。

草明的散文作品也非常有独特的个性，充满了浓烈的生活气息和时代特征，尤其写工人和工厂，笔触更是充满深情，这主要是因为草明长期深入生活的关系。草明的散文作品结构简约，语言朴素。

在文学创作领域，草明是多面手。中篇小说《小加的经历》是她不多见的儿童文学作品，主要内容是：小加是一个活泼、热情的小姑娘。新中国成立前，由于反动派的迫害，弄得她家破人亡，无处安身，因此被送进了一个教会办的孤儿院里。孤儿院简直是人间地狱，小加在那里受尽了折磨。新中国成立后，她才重见天日，并且见到了她亲爱的妈妈。小加后来又进了学校。她从孤儿院里带来的孤僻、心胸狭窄等坏脾气，在老师和家长的耐心教育下，也慢慢得到了改正。这本儿童长篇小说扣人心弦，读来感人至深。这部小说跟草明的人生经历息息相关。在抗战时期，女儿刚刚出生。为了保证完成好抗日救亡工作，她顾不上照顾自己的孩子，和丈夫忍着悲伤把女儿送回家乡广州。谁想到不久广州被日本人占领，祖父母也相继去世，亲生女儿一度颠沛流离，差点被人贩子卖掉。新中国成立以后，草明日夜思念自己的女儿，经过多方寻找，女儿才回到身边。在打探女儿消息的日日夜夜，她以泪洗面，觉得自己没有尽到一个母亲的职责。这段人生经历时时触动着她，使得她后来完成了中篇小说《小加的经历》。

纵观草明的文艺创作，主要受到了两次精神的洗礼。一是在上海从事左翼文艺创作过程中与鲁迅先生的接触。一是在延安参加延安文艺座谈会，聆听毛主席的讲话，并深刻认识到自己的创作局限性，使草明坚定了为广大工农兵创作的决心和方向，真正地在内心树立了方向。草明从东北解放区开始创作的工业题材文学，在中国现当代文学史上具有非常独到的、历史不会忘记也不应该忘记的重要价值。作为左翼作家和革命战士的草明不畏艰难，闯入她喜欢的工业题材领域，一发而不可收地写作了多部新民主主义和社会主义建设时期的工业题材小说，成为这一领域写得最多、最好的作家之一，为中国现当代文学提供了填补历史空白性的表现领域和文学经验，这是草明的贡献和光荣。草明的工业题材文学创作并不完美，带有历史与时代的局限，但却珍贵而有价值。

（李铭）

第七节　谢挺宇　师田手　蔡天心

蔡天心、谢挺宇、师田手三位作家都以短篇小说见长，对乡土和文学那独到的热爱和深沉的情怀孕育了他们作品独特厚重的艺术特色。他们都身处东北广袤的土地上，都经历过延安鲁艺精神的洗礼，后都返回东北进行建设工作。他们的小说擅长反映生活真实、擅长反映历史浪潮中东北小人物的悲欢离合，可以说是东北短篇小说的代表人物。

谢挺宇

· 谢挺宇

谢挺宇（1911—2007），浙江宣平人，毕业于日本东京法政大学文学院。1938 年参加革命工作，历任延安新华社译电员，辽宁省政府外事厅秘书，齐齐哈尔市政府外事科副科长，工业局局长，沈阳作家协会青年创作委员会副主任，阜新市文化局副局长，辽宁省文联常务理事，辽宁省作家协会副主席。

谢挺宇出生于浙江宣平武义县西下山村，父亲长期活跃在上海，是南京的名医。在这样的家庭氛围下，谢挺宇很小的时候就在家乡读了私塾。1927 年，父亲将他送到上海南洋中学读书，后又转去南京五卅中学。1931 年谢挺宇进入上海大夏大学学习，一年后转入北平朝阳大学政治系，自此开始了文学创作。学生时代，谢挺宇经历了“五卅”惨案和九一八事变，这些事件在他的心灵上留下了深深的印痕，影响到了他从事文学创作后的风格。1934 年，谢挺宇来到日本，到日本文学院进修，后转东京政法大学。在日本期间，谢挺宇以日本人民生活和反侵略战争为题材，创作了《三等避暑地带》《没有光的彗星》《雾夜紫灯》等一系列短篇小说，寄回国内发表在上海的《文学》《作家》等刊物上，引起了留日中国留学生和日本文学界的关注。[1]

·短篇小说《雾夜紫灯》封面

1935年，日本帝国主义加紧了对中国的侵略，谢挺宇愤怒地离开日本回到故土投身中华民族的抗日战争中，他很快担任重庆《扫荡报》记者，积极到第一线采访，并撰写了大量的文章对日本帝国主义丑恶的侵略行径进行抨击，向全世界宣传中华民族英勇抗击日本侵略者的不屈精神和壮举。他的文章很快就引起了中国共产党的重视，当时在重庆的谢挺宇经常与周恩来同志会面，共同探讨抗日救国的方法。在一次次交流中，谢挺宇逐渐理解了共产党的理念并对延安产生了强烈的向往。周恩来同志很快就批准了谢挺宇前往延安的请求。1938年，到达武汉八路军办事处的谢挺宇光荣地加入了中国共产党，并于1940年到达了延安。

在延安，谢挺宇很快进入了马列学院学习党的理论知识，毕业后在新华社担任译电员。延安的物质生活虽然是清苦的，但精神生活却异常丰富。这里的山水人文和抗日救亡的思想结合给予了他无限的创作灵感。基于在日本的生活经历，他创作了散文《豹子》《去国》等多篇文章，内容大多从日本人民的角度突显反战情绪。

·1955年谢挺宇与妻子温华

1945年，抗日战争胜利，谢挺宇以“文化工作者团”团员的身份从延安一路走到了东北，来到了我党接收的第一座城市——齐齐哈尔市。当时的齐齐哈尔市政府刚刚成立，谢挺宇担任市委秘书，后随着东北解放战争的战略反攻，谢挺宇升任一区的区长和区委副书记。面对百姓生活艰难、各种生产近乎停滞的状态，他深入工作第一线，发动群众、清算汉奸，成立委员会安抚市民，发展生产支援解

① 李俊庄:《怀念谢老——忆著名作家谢挺宇》,《党史纵横》2015年第4期。

放战争。1949年谢挺宇担任市政府工业局局长，他积极培养和发现工人积极分子，做基础性工作，为全市工业恢复和建设做了极大的贡献。而这些经历全部汇聚成了他创作的作品《齐市奸霸录》。

新中国成立后，谢挺宇调入东北作家协会，先后任专业作家创作委员会和青年创作委员会副主任。1958年，谢挺宇积极响应号召，举家迁入阜新市，深入群众生活，任新邱矿务局党委副书记。在这期间，他创作并出版了《毛泽东同志》《矿山上的》《断线结网》等多部诗歌和小说作品。

粉碎“四人帮”后，谢挺宇积极投入到揭批林彪集团和“四人帮”集团的斗争中。1979年，他撰写了散文《一株美丽的奇葩——向张志新烈士致敬》，刊发于《辽宁日报》上。这是首次向全国披露“四人帮”迫害张志新烈士的罪行。多年后，在谈及这段经历时，谢老总是很淡然。他说：“我作为一名中国共产党党员、革命者，就得要经得起各种政治运动的考验。”2007年，谢挺宇以96岁高龄辞世。

谢挺宇前期的作品贴近现实，笔触细腻，异常真实地写出了日本民众在战争中的生活，反映了日本民众广泛的反战心理。去日本留学前，他面对日本侵略，不理解为何如此小的日本，能量会那么大。他怀着这样一种心理用眼观看，用心体会，探究日本到底是个怎么样的国家。后来随着在日本生活的时间越来越长，他越来越痛恨日本军国主义，同情和热爱日本人民。他深刻地认识到，日本帝国主义不仅是中国人民的敌人，也是日本人民的敌人，而两国人民联合起来之日，就是日本帝国主义灭亡之时。短篇小说《雾夜紫灯》的主题就是这个。当时中国“恐日病”异常的流行，日本不可战胜的神话比比皆是。谢挺宇从身在日本的观察视角，披露了这个国家人民的贫穷、遭受的迫害和死亡，让人们从另一个侧面真切地认识到了日本军国主义不仅对外给整个东亚人民造成了巨大灾难，对内也在残酷掠夺和镇压本国民众。通过他的小说，人们更加痛恨日本帝国主义，增强了抗日必胜的信心。新中国成立后，谢挺宇作为代表参加了全国文代会，时任文化部长的茅盾看到谢挺宇时高兴地说：“谢挺宇！你在日本写的小说很好嘛。”[1]

对人物命运的呈现是谢挺宇的短篇小说最大优势。文学作品尤其是小说都是在写人，侧重点却各有不同，如人物行动、思想、感情，当然也有命运。但是短篇小说的字数是有限制的，既能体现命运又能让读者共情，难度非常的大。谢挺宇描述

① 李兴武：《来自太平洋上的声息——谢挺宇和他的短篇集〈雾夜紫灯〉》，《当代作家评论》1984年第2期。

人物的命运，清晰自然，舒缓流畅，将遭际和命运联系在一块，让读者也参与进来。他擅长用多种手段表现人物命运。首先是他能抓住外貌变化，可以用极少的文字量达到最大程度的表现力。如肖像的描写中，透过久别的眼睛引出人物过去和现在，通过人物额间眼角皱纹、表情的变化反映人物的经历。其次，详略得当，人的命运无外乎人的一生或一段经历，短篇小说受篇幅影响，不可能将所有事件都写得很详细，这就要求作者有着精密的详略设计。谢挺宇的短篇小说，细节铺陈精巧，又能对人物的身世进行概括，通过插叙、倒叙等方式表现，顺应情节的发展，自然地将材料以人物的随想、回溯、对话回顾等方式表现，让读者不觉得牵强。再次，将人物的境遇和命运与社会性有机地结合在一起，不孤立地写人物，通过人物的家庭、群体关系来表现。他塑造主要人物的家庭关系一目了然，个人命运和家庭命运紧密相接。他塑造的每一个革命者都与他的革命组织命运重合。最后，追求气氛与人物命运的高度一致，所描述的景物，和叙事、抒情、议论都围绕人物的命运自然地流转起来。他善于创造作品的独特的气氛和固定的基调，如一首诗歌，将自然、社会、人物等的所有场景循序渐进地分层次地展开，互相作用。而所有的场景又都被一种情绪支配，充满着强大的艺术魅力，使作品中人物与读者紧密相连，产生共情。

· 谢挺宇老年照

谢挺宇一生四处奔波，有挫折和坎坷，却始终不忘初心，于名利少，于真理多，怀着满腔的热忱为党的革命事业奉献自己的一生，以高贵的品德踏踏实实投入工作，以高超的艺术创作手法，在文学这条道路上取得了不凡的成就，赢得了广大读者的认可。

师田手

· 师田手

师田手（1911—1995），原名田质成，笔名田手。出生于吉林扶余。1933 年开始发表作品。1936 年肄业于北京大学中文系，同年参加革命工作。历任中华民族解放先锋队队员，同蒲铁路总工会①、武汉民先办事处②干事。延安中组部训练班班长，延安文协组织部长、干部科长、党支部书记，三五九旅文工队秘书，《东北日报》记者，吉林省委备粮工作队主任，双阳县县长、县委常委，吉林省文教局长、教育厅长及省文教委员会副主任，东北作协副主席、党组副书记。1949 年加入中国作家协会。

师田手出生在吉林省西北路道的新城县（他出生后第三年改扶余县），此处是黑吉的交界处。幼年时期的师田手亲眼见证了俄国与日本对东北广袤土地的渗透和侵略，切身经历了东北人民的苦难，他经历的东北沦陷时期的生活，为他后续的创作积累了大量素材。

成年后的师田手离开家乡前往北京就读北京大学中文系，在学校中，他广泛参与学生运动，积极向党组织靠拢。1936 年，他从北京大学肄业，立刻参加了革命工作，成为中华民族解放先锋队队员。后至山西成为同蒲铁路总工会干事，又转到武汉成为武汉民先办事处干事。在这期间，他光荣地加入了中国共产党，并向延安进发。

到延安后，师田手经过学习很快就任中组部训练班班长，延安文协组织部长、干部科长、党支部书记。后又被派到三五九旅③任文工队秘书。当时延安正在进行轰

① 同蒲铁路总工会是抗日战争时期，中国共产党领导的铁路工人团体。1937 年 11 月在山西侯马成立，辖属临汾、运城、风陵渡等分会，有会员 4000 多名。1938 年 3 月，侯马失陷后，机关转移到翼城。主要领导人杨维、杨珏、马洪等。

② 武汉民先办事处全称民族解放先锋队驻武汉办事处，是“一二·九”学生运动后，平津学生南下扩大宣传团遭到国民党的破坏，使大家深感团结起来的必要，一致认为只有建立一个永久性的战斗团体，才能把抗日救亡运动坚持下去。他们决定建立统一的组织——民族解放先锋队。

③ 三五九旅是抗日战争时期，八路军第一二〇师主力部队之一。部队整编后王震任旅长。1939 年，三五九旅主力调回陕甘宁边区驻防。1940 年冬，该旅开赴南泥湾执行屯田任务。

轰烈烈的大生产运动，师田手随着三五九旅开往南泥湾，目睹了八路军战士一点一点地将荒地开垦成良田。他听着贺敬之填词的歌曲《南泥湾》一边与战士们一起垦荒，一边怀着满腔的热情写下了诗歌《歌唱南泥湾》。在此期间师田手还在《解放日报》上发表了大量的文章，如《突飞猛进的朱占国》《开荒英雄霍殿林》《除草中的陈团长》《模范班长白银雪》《三个模范的青年》等报道。

鋤草中的陳團長

師田手

開荒英雄霍殿林

師田手

突飛猛進的朱占國

師田手

田保霖

活在新社會裏

歐陽山

·《解放日报》发表的师田手作品

抗日战争胜利后，他带着延安鲁艺的精神回到东北，任《东北日报》记者，吉林省委备粮工作队主任，双阳县县长、县委常委，后转入吉林省文教局任局长、教育厅长及省文教委员会副主任，东北作协副主席、党组副书记。1949 年加入中国作家协会。

·短篇小说《大风雪里》书影

《大风雪里》是师田手的短篇小说集，全书一共 19 万字，共收入《大风雪里》《一天》《窑洞工人》《战士的秋收》《前哨上的勇士》《罗兴秀的惨死》等多个短篇。其中《大风雪里》讲述了一个叫秋姐子的女人路过骡子屯附近时，突然被伪满洲国的哨兵抓住，哨兵从她的身上搜出了有关东北抗日联军的字条。日本指导官得知了此事之后，引诱秋姐子骗取更多的情报，然而秋姐子大义凛然不为所动，日本指导官一怒之下将其杀害。师田手的作品笔法凌厉，情节表现真实残酷，这和他自身丰厚的生活积累和当记者时的素材积累是分不开的。

蔡天心

· 蔡天心

蔡天心（1915—1983），原名蔡国政，曾用名蔡哲、君谟、白石，四川大学中文系毕业。蔡天心出生在今辽宁省沈阳市常家湾村，历任《新民报》副主编、延安中央研究院文艺理论研究员，中共辽西地委宣传部副部长，吉林大学教授，辽宁学院院长，《东北文艺》主编，东北文联秘书长，中国作家协会辽宁分会专业作家、副主席，1955 年加入中国作协。

年幼时期的蔡天心经历了 20 世纪初的军阀混战和列强瓜分，目睹了日本人在东北的种种暴行，内心早早地就种下了救国的种子。1931 年日本在沈阳发动了蓄谋已久的九一八事变，迅速占领了东北全境。蔡天心充满了震惊、愤怒和悲伤。他深刻意识到中华民族已经到了异常危难的时刻，暗自下定决心抗日救国。第二年，蔡天心考入奉天文会高中。在学习期间，有机会阅读大量的文学作品，包括以高尔基为代表的 19 世纪俄国文学，鲁迅先生的《呐喊》《彷徨》等国内进步文学作品。在阅读过程中，蔡天心逐渐受到了新思想的启蒙，反帝反封建的进步思想对他之后创作风格主基调的形成产生了重大的影响。

从 1933 年开始，蔡天心在《满洲报》上相继发表了诗歌《北国姑娘》、散文《回家》。又在《泰东日报》之《文艺周刊》发表短篇小说《饥饿》，正式开启了创作之路。蔡天心高中毕业，考入山东大学中文系，离开已经沦为日本占领地的伪满洲国，流亡关内，同年冬天，他在青岛创作完成了代表作——中篇小说《东北之谷》。1936 年，蔡天心又创作了中篇小说《山村父女》，作品艺术性上逐渐趋于成熟。在校期间，他成立文学社团，组织同学积极开展活动，并在《青岛民报》开设《新地》文艺副刊。1937 年 1 月，蔡天心引起了党组织的关注，并被吸收进入青年组织“中华民族解放先锋队”，积极开展抗日救亡运动。同年，开始创作长篇小说《浑河的风暴》。

1937 年 7 月，日本在卢沟桥发动了七七事变，标志着全面抗战的爆发。蔡天心从青岛流亡至武汉，后又到成都，在四川大学中文系借读期间，他一边开展抗日救亡运动，一边成立文学研究会，继续从事文艺创作与研究工作。主编《新民报》的《铁流》文学周刊和《半月文艺》。1938 年，蔡天心正式加入中国共产党，并担任党在四川大学文学院的支部书记，第二年毕业后，在四川省立教育科学馆工作。同时，担任党组织在成都《战时学生》社主编和支部书记。

中篇小说《东北之谷》封面

1940 年，蔡天心奔赴延安。很快进入中央党校进行学习，认真研读马列主义著作，逐渐掌握了革命文艺理论知识并积极参与各种文学实践活动。毕业后，他很快任延安中央研究院文艺理论研究室秘书、研究员。在延安期间，他作为文艺界抗敌协会延安分会会员，参与了各种文学活动、整风运动以及延安文艺座谈会。1945 年任中央党校四部教员，开始从事教育工作，同年继续完成长篇小说《浑河的风暴》。

抗日战争胜利之后，继承了延安鲁艺精神的蔡天心被派回东北进行抗敌斗争。1946 年夏，调吉林大学从事文学教学工作。同年，东北战场的战况愈加胶着和激烈。蔡天心参加了著名的“四保临江”战役，深处这场惨烈的战争之中，成了他深刻和难忘的经历。1971 年蔡天心在追忆那段艰苦战斗岁月时，写下了“孤城日落，乱山草丛，莽原千里英姿发。军号长鸣震林海，马蹄踏碎冰川月”的诗句。此外，他还在临江县开展了“反奸反霸”斗争和土改运动。正是这些经历，让他创作出了诗歌《仇恨的火焰》，在《东北日报》上发表。随后，蔡天心调辽宁公学任校长，辽宁公学与辽南学院合并为辽宁学院后任院长。在东北局文委任秘书期间，长期的文艺教学工作，让蔡天心对文艺形势产生了独到的见解，连续发表《培养文艺新军及鼓励文艺创作》《对目前文艺工作诸问题的意见》两篇文章。

1950 年，东北文代会后，蔡天心当选为东北文联委员、编辑出版部部长、东北作家协会秘书长。值得一提的是，《东北文艺》(《鸭绿江》创刊名）在沈阳复刊的时候，蔡天心是第一位署上主编名字的作家。自《东北文艺》1946 年创刊后，编辑就一直没有署名，可以这样说，1950 年《鸭绿江》封三上出现编辑的名字，是从蔡天心做主

· 短篇小说集《大地的青春》封面

编开始的。[①]之后蔡天心又任东北文联秘书长兼东北文化部社会文化处处长，中国作协委员，东北作家协会工作委员会委员，中国作协辽宁分会副主席、党组副书记。1953 年开始，蔡天心扎根在沈阳高坎兴隆村体验生活，并赴辽南、辽西、吉林、黑龙江等地参加农业社建立试点的诸多工作，后迁至旧站村继续深入生活，这些经历让他积累了大量浓厚的农村生活素材，成为创作灵感的源泉。1953 年至 1963 年间他出版了短篇小说集《长白山下》《苇青河上》《初春的日子》，中篇小说《扶持》《蠢动》，散文集《毛主席到了高坎乡》，诗集《红旗颂》，文艺评论集《文艺论集》。1963 年，《大地的青春》（第一部）由春风文艺出版社出版。

1964 年的文艺整风中，《大地的青春》受到了严重的批判，蔡天心本人也被诬陷为资产阶级自由化。随后的“文化大革命”期间，他被下放到农村。在农村期间，他并没有放弃创作，坚持修改了《浑河的风暴》的第二部，并写下了长篇小说《辽河套》，这部小说将“文化大革命”中的农村景象描述得淋漓尽致，他创作的一百五十余首诗歌汇集成了诗集《晴雪集》。

1976 年粉碎“四人帮”后，蔡天心被平反，第二年恢复工作的他被调北京外文出版社工作。20 世纪 80 年代，他的诗集《晴雪集》和长篇小说《浑河的风暴》（第一部）由湖南人民出版社出版。1983 年 3 月 5 日，68 岁的蔡天心因肝癌在北京病逝，一个月后，散文集《鸿爪集》出版。四年后，遗作《浑河的风暴》（第二部）由妻子江帆修改完成并出版。

蔡天心新中国成立前创作的文学作品体裁各不相同，风格各异，但作品的核心主题思想都是反映东北农村艰难生存境况、揭露日本帝国主义侵略的罪证、表达东北人民反抗侵略的意志和决心。其中充满了对东北故土的深情、对家乡同胞的关怀、对日本帝国主义的仇恨和对东北人民抗争精神的歌颂。这些情感毋庸置疑，与他本人前半生目睹故土沦丧、颠沛流离的经历分不开，更重要的是，在经历了延安鲁艺洗礼过后，他的作品将革命实践与东北情结有机地结合在一起，洋溢着别样的厚重情感。新中国成立后的蔡天心的作品大多配合当时的政策所创作，起到了一定的宣传作用。长

① 宁珍志:《〈鸭绿江〉与新中国文学经典》,《鸭绿江》(上半月) 2020 年第 10 期。

期切身的生活积累让他的作品擅长用生动自然浓郁的地域特色，以现实主义创作方法深入探讨现实生活中的矛盾，探究人们的精神生活，生发出了独特的艺术魅力。

蔡天心的代表作是《东北之谷》，发表于1937年上海《文丛》月刊7月号，小说以主人公朱老汉为主视角，巧妙地用他的一生将近现代东北民众不屈不挠抗争的史诗卷轴展开。这部小说一经问世便引起了广泛关注，被《中国新文学大系》收录。《中国新文学大系〈小说三集〉》导言中明确指出，这部小说是1935年“国防文学”口号提出以后出现的“国防文学”优秀小说作品的一部分。《中国现代小说史》（曾庆瑞、赵遐秋著，中国传媒大学出版社2007）中也提到：由于“国防文学”口号的推动，很多作家都在以抗日救亡为题材从事短篇小说的创作，蔡天心的《东北之谷》就属于这类创作。[①]

除创作之外，长期从事编辑和文学教育工作的蔡天心还十分重视青年文学作者的培养和扶植，积极响应“双百”方针，广泛呼吁扩大文艺队伍、倡导文学创作题材多样化。1951年任东北文联秘书长期间，他积极组织“东北文艺创作研究班”和“文学讲习班”，培养了一大批青年作者。在深入生活期间，他还在当地组织了“文学创作研究班”，广泛传播党的文艺方针路线，认真地教授文学创作技巧，积极分享创作经验，主张青年作者多读中外名著，多练笔再搞创作，写下《谈“红”和“专”“业”和“余”》《从放下谈起》《谈思想和创作》《再谈思想和创作》等文章专门与青年们分享经验。[②]

正如1962年沈从文先生《赠蔡天心、江帆及诸同志》中所写“北国蕴良璞，醇厚比南金。金石本贞固，琢磨更明莹”[③]，蔡天心的作品在撇开历史大环境那些必然因素后，更值得人们去体会和玩味。另一方面，他本人谦虚正直，担任编辑时拥有着为他人作嫁衣的高尚品格；不忘初心，敢于在大是大非面前坚定正确的艺术理念和方针政策；胸怀宽广，勇于承认自己的错误，对周立波《暴风骤雨》的错误评价，蔡天心发表了《再论〈暴风骤雨〉》来表达歉意；[④]重视传承，用尽全力为东北培养了一大批本土作者，为他热爱的土地和人民留下了宝贵的精神财富。

（钟一鸣）

① 曾庆瑞、赵遐秋：《中国现代小说史》，中国传媒大学出版社，2007年版。

② 政协沈阳市东陵区委员会史资料编辑委员会：《东陵区文史资料》，1989年。

③ 沈从文：《沈从文全集诗歌修订本》（第15卷），北岳文艺出版社，2009年版，第270页。

④ 张枫：《激荡在东北之谷的生命脉搏》，《鸭绿江》（上半月版）2015年第1期。

第八节　舒群

· 舒群

舒群（1913—1989），满族。黑龙江阿城人。本名李书堂，曾用名李春阳、李旭东、李存哲，笔名黑人、舒群。1932年参加第三国际工作，1935年参加上海“左联”，后赴延安，历任延安鲁艺文学系主任，抗战胜利后返回东北任东北大学副校长。东北电影制片厂厂长，东北文联副主席，中国文联副秘书长，中国作家协会秘书长，一度在鞍钢、本钢任职，中国作家协会顾问，《中国》杂志主编。全国第五、六、七届政协委员。1935年开始发表作品。

一、生平

舒群1913年9月20日出生于黑龙江省阿城县（今哈尔滨市阿城区）。舒群自幼便显示出对文学的热爱。父母节衣缩食供其读书，1927年，舒群以第一名的成绩考入哈尔滨一中，但因交不起学费在一年后辍学。后在苏联女老师周云谢克列娃的帮助下进入了“苏联子弟第十一中学”读书。这位苏联女教师给予舒群生活和学习很大帮助，并介绍他阅读了大量苏联文学名著。1930年，舒群重新回到哈尔滨一中读书，在这期间开始大量阅读古今中外文学名著，并同时参加了学校的学生运动。因家境贫寒，半年后舒群退学。后考入航务局做俄文翻译。在此期间，舒群与担任某轮船二副的共产党员傅天飞交往甚密，这也促使他共产主义信念的愈加高涨，创作热情也持续燃烧。18岁那年，舒群开始向《哈尔

· 学生时代的舒群

滨报》投稿，正式开启文学创作生涯。

九一八事变后，舒群的爱国热情被彻底激发，他毅然辞掉工作奔赴了抗日前线。1932 年 3 月，舒群参加了第三国际一个中国情报局，正式开始了革命生涯。同年 9 月，因工作表现优异，思想觉悟提高迅速，舒群秘密加入中国共产党，成为一名真正的共产主义战士。在这个时期，舒群继续从事写作，在《大同报》《国际协报》《哈尔滨商报》等以黑人的笔名发表作品，也由此与中共地下党员金剑啸、罗烽及众多左翼文化人士结成革命友情，并加入了进步剧团“星星剧团”。

1934 年，在白色恐怖的笼罩下，舒群不得已离开哈尔滨前往青岛，在地下党倪姓友人帮助下得以度日。1934 年，因内奸告密，青岛地下党组织遭到破坏，舒群与妻子同时被捕。在监狱中完成了小说《没有祖国的孩子》初稿。

1936 年春，初闯上海文坛的舒群

1935 年舒群出狱后前往上海，同年加入中国左翼作家联盟，恢复党组织关系，小说《没有祖国的孩子》在 1936 年的《文学》杂志发表，此为舒群代表作，也标志着他专业创作的正式开始。在此期间，他创作了 20 余篇短篇小说，分别收录于《没有祖国的孩子》《战地》两本短篇小说集。

1937 年“八一三”事变后，党组织指示文艺界人士撤离上海，舒群同沙汀、罗烽等奔赴重庆，但因工作需要舒群滞留南京，在工作结束后随周扬带领的第二组进步作家队伍奔赴延安。在去延安途中，舒群受党组织派遣，以随军记者的身份前往山西东南前线，任朱德总司令秘书。1938 年 2 月，又由组织安排赴武汉与丁玲共同创办《战地》杂志[①]。

1940 年春，舒群从国统区调回延安，任鲁迅艺术学院文学系教员，1941 年担任《解放日报》(综合版)主编。在此期间，舒群创作并发表了短篇小说《海的彼岸》《血的短曲之九》、诗歌《小诗六首》、独幕剧《路》等。随后，舒群在毛泽东的委托下协助筹备延安文艺座谈会，并于 1942 年 5 月参加延安文艺座谈会。1944 年秋，舒群担任鲁迅艺术学院文学系主任，这期间团结和召集了周立波、陈荒煤、严文井、萧军、艾青等大批优秀教师及文化名人。

① 因当时丁玲身居延安，此刊物实际由舒群主编。

1945 年 8 月 15 日，日本宣布无条件投降，延安沸腾了，舒群跟大家一样彻夜未眠，沉浸在胜利的喜悦中。随后，经党中央指示，以鲁艺为中心成立了由延安各界文化人士参加的文工团，委派舒群带领的第一团远赴东北。同年 10 月 28 日，文工团北上沈阳，并改名为东北文工团，舒群担任团长。该团下设文学、美术、戏剧、音乐四大艺术门类，11 月率东北文艺工作团跟随东北局从沈阳转移至本溪，次年 1 月，舒群担任东北大学副校长。

1946 年因形势需要，舒群带领东北大学师生陆续经由抚顺、梅河口抵达长春。4 月 18 日东北民主联军占领长春后，舒群担任东北文协副主席，接管“满映”[①] 任经理。后因国共谈判失败，为了配合战争需要，保存电影资源，舒群带领延安电影团一行 40 余人抵达兴山（今黑龙江鹤岗），在极其艰苦的条件下，领导电影工作者拍摄了《瓮中捉鳖》《留下他打老蒋》《大战成子街》等电影。

1948 年 12 月，辽沈战役胜利，沈阳解放。东北局进驻沈阳，舒群被任命为东北文协副主任。次年 3 月在北京参加中华全国文学艺术工作者代表大会，当选中国文联副秘书长。

1949 年 10 月 1 日，中华人民共和国成立后，东北成立文化筹委会，舒群任委员，后被选为副主任，12 月 1 日任东北文联副主席。舒群在担任文化部门领导干部的同时，没有停下创作的步伐，他创作发表了短篇小说《我的女教师》《童话》《一夜》等。1950 年 11 月，舒群以作家的身份奔赴抗美援朝战场，在志愿军三十九军一一六师师部工作，并以此为素材创作了长篇小说《第三战役》，战地通讯《天上地下》发表于《人民日报》引起强烈反响。

· 舒群与家人合影（1978 年）

1951 年，舒群积劳成疾，奉组织命令回国治疗。病愈后被调至北京，担任中国文学艺术联合会副秘书长、中国作家协会秘书长。1953 年，中央为加强文艺创作，让文艺更好地为人民服务，有计划地组织安排文艺工作者深入到工厂、农村、部队体验生活。舒群奉命再回东北

① 满映，全称株式会社满洲映画协会，后改名东北电影公司。

赴鞍钢体验生活，并以此为素材创作了长篇小说《这一代人》、短篇小说《在厂史以外》等工业题材作品。

1979 年后，舒群先后担任本溪市文联副主席、中国作协顾问，全国政协第五、六、七届委员会委员。1980 年后，虽身体每况愈下，但他依旧笔耕不辍。创作发表了纪实性中篇小说集《毛泽东故事》，回忆录《思念》《早年的影》，短篇小说《少年 chen 女》《醒》《美女陈情》《合欢篇》《中南海的夜》《无神者的祈祷》，中篇小说《金缕传》等。同时，《舒群文集》《舒群短篇小说选》相继出版。其中短篇小说《少年 chen 女》在《人民文学》发表后反响热烈，获 1981 年全国优秀短篇小说奖。

· 老年舒群

1989 年 8 月 2 日，舒群不幸在北京逝世，享年 76 岁。

二、文学创作评述

舒群是中国当代杰出作家，东北作家群领军人物，也是中国新文学事业、新中国文学事业杰出的组织者、建设者。“他对中国抗日文学和世界反法西斯文学的创作，对中国现当代文学的发展和新中国的文学事业，都做出了不可磨灭的历史贡献；他的小说在多方面具有话语的创新和叙事的建树，给文学史留下了宝贵的财富。”①

短篇小说《没有祖国的孩子》是舒群的处女作，也是他的代表作。这部在狱中完成的作品，一经问世就震动了文坛。《没有祖国的孩子》创作于日寇野蛮进攻，吞噬祖国东北，肆意烧杀抢掠之后，出生于东北并参加了东北义勇军的舒群亲历了国土的沦丧、家乡的满目疮痍，被迫流亡在外，他以一个作家敏锐的洞察力捕捉到了当时时代的精神主题，他用自己流淌在心底的深切的血泪和深情的呐喊，写下了《没有祖国的孩子》。作品描写了在日本侵

· 短篇小说集《没有祖国的孩子》书影

① 王科、史建国：《舒群年谱》，作家出版社，2013 年版，第 3 页。

略者侵占东北后，不同国籍的三个孩子：朝鲜孩子果里，苏联孩子果里沙，中国孩子果瓦列夫在东铁学校的友谊及悲欢离合的故事。果里来自于朝鲜，但是他的祖国早在20世纪20年代就被日寇侵吞，带领广大工人英勇斗争的爸爸也惨死在日寇的枪下，果里被迫远离家乡，逃亡中国。但这时的中国也沦陷在了一片阴霾中。果里虽受尽欺辱和嘲讽，但他依旧保持着对生活的无限的向往和希望。

舒群通过朝鲜孩子果里的悲惨经历，讲述一个“没有祖国的孩子”的凄苦和悲凉，通过描写孩子之间的友谊，通过孩子的口说出“不像你们中国人还有国……”[①]，由此警醒中国人对于祖国的认知，启迪和鼓舞当时在日本铁骑下的国人在面对苦难、家国沦陷的时候，要奋起反抗，挽救国家命运，只有这样才能重获民主和自由。

舒群巧妙地通过孩童的视角去窥探战争的残酷和生活的惨烈，可以从果瓦列夫的身上看到作者童年的影子。初中时的苏联女老师周云谢克列娃成为舒群的文学启蒙人，对他影响至深，他以这段经历为素材创作了短篇小说《我的女教师》，而《没有祖国的孩子》也是这段生活经历的一个缩影。最为难能可贵的是，作者从始至终用孩子的口吻和视角叙事，因此在作品的整体结构上有一定的独创性，小说并没有按照线性叙述，而是用片段式的叙事剪辑而成，正是这种形式上散而主题高度集中的文学结构，使本部作品呈现出独特的艺术魅力。

同时，极其细腻的心理描写也成为作品深入人心的另一大原因。舒群擅长用细节描写反映人物性格的转变。当果里对“我”说“不像你们中国人还有国……”后，“我记住了这句话。兵营的军号响着，望着祖国的旗慢慢地升到旗杆的顶点。无意中，自己觉得好像什么光荣似的”[②]。通过这一细节，体现出果瓦列夫在目睹果里的遭遇及听闻他的故事后，内心涌现出的复杂情绪：有对小伙伴的极度同情，有对日寇的满腔愤怒，也有对自己还有“国”的欣慰。可以看到，一个孩子已深切感受到了战争的残酷，也在心中升腾出复仇的火苗和高涨的民族气节。“但是，不过几天，祖国的旗从旗杆的顶点匆忙地落下来；再升起来的，是另样的旗子了。那是属于另一个国家的——正是九月十八日后的第八十九天。”[③]不过几十字的心理描写，传递出一个孩子复杂的心理变化，刚刚燃起的庆幸突然荡然无存，他紧迫地感受到了自己的祖国也正处于动荡之中，国家的旗子似乎随时都会被“匆忙落下”，而自己是否也会

---

① 舒群:《舒群集》，黑龙江大学出版社，2011年版，第10页。

② 舒群:《舒群集》，黑龙江大学出版社，2011年版，第10页。

③ 舒群:《舒群集》，黑龙江大学出版社，2011年版，第10页。

变成另一个“没有祖国的孩子”？

·《舒群集》封面

这种对于孩童心理的描写，让读者从另一个角度感受到了战争的残酷，甚至比描写惨烈的战场更为震撼。舒群擅长从战争的侧面，对于不同阶层、不同身份、不同性格人物的描写去凸显战争的残酷和民众的苦难，如爱国青年学生，进步的报社编辑、记者，挣扎在生活线上的妓女、流浪的负伤军人……这些作品深刻揭露出日本列强的丑恶嘴脸、惨无人道的暴行，也表现出中华儿女面对苦难不屈的民族气节和永不磨灭的斗争精神。舒群的作品也关照到大量的少数民族人民，如小说《沙漠之花》描写的是萨达尔图为首的蒙古工人自发抗日救国的故事；小说《邻家》描写了一对朝鲜族母女的故事；《海的彼岸》刻画了一个朝鲜贵族在祖国沦陷后流亡中国的故事……通过不同民族，甚至不同国籍的人物的觉醒、反抗、斗争的描写，反映出作家对于各族人民团结一心，决心抵抗、斗争、奋战的强烈决心，也表达了对于祖国各族人民众志成城抗战胜利的美好愿景。

·《舒群文集》封面

舒群的文学创作风格有东北作家群的普遍特点：浓郁的乡愁、朴实的语言、敏锐的时代洞察力和现实主义风格的表达。他也在自己50余年的创作中开拓出了自己的风格和独具的魅力。“舒群同志是一位值得爱戴的真正的革命战士，人民作家。”①

（张倩）

① 王科、史建国：《舒群年谱》，作家出版社，2013年版，第3页。

第九节　方冰

· 方冰

方冰（1914—1997），原名张世方，安徽人，中共党员，1938 年毕业于陕北公立学校。历任西北战地服务团文艺队长，昌宛、房县抗联宣传部长，辽宁省新民县宣传部长，港铁工会党总支书记，大连市文联主任、文化局长等职务。1939 年开始发表作品。1953 年加入中国作家协会。

一、在战火中成长

方冰的童年很是贫苦，1914 年 9 月 16 日他出生在安徽一个小山村里。方冰的家庭是贫农，从出生开始他就过着吃不饱的日子。方冰很是懂事，从小就知道帮助父母干家务活。父亲通情达理，他明白只有读书学习知识才是孩子的出路。于是，父亲号召全家节衣缩食供方冰到私塾去读书。方冰的私塾先生很是开明，他不但教给孩子们知识，还讲国内的大事，灌输一些进步的思想。这些思想在幼小的方冰心里扎下根来，使得方冰有了自己的理想。那时候方冰特别喜欢武术，喜欢中国历史上的侠客，他决心长大以后也做一个会飞檐走壁劫富济贫的英

· 以方冰作词的《歌唱二小放牛郎》为素材的连环画

雄好汉。谁想到很多年以后，方冰没有做成侠客，却成为一个英雄的诗人。

抗战以后方冰奔赴延安，追求光明，进入抗大学习，喜欢上了诗歌创作。他给自己取个笔名叫方冰。这个笔名的寓意是做人要四棱八角，行事方方正正无愧于心。心灵要向坚冰一样透明、晶莹和坚强。笔名这么叫的，方冰的一生也是这样磊落率真度过的。

提起方冰就不得不提那首享誉中国、脍炙人口的歌曲《歌唱二小放牛郎》，“牛儿还在山上吃草，放牛的却不知道哪去了。不是他贪玩耍丢了牛，放牛的孩子王二小……”这首妇孺皆知的歌曲的词作者就是方冰。这首歌曲被编入了全国中小学音乐教材，还被改编成连环画。

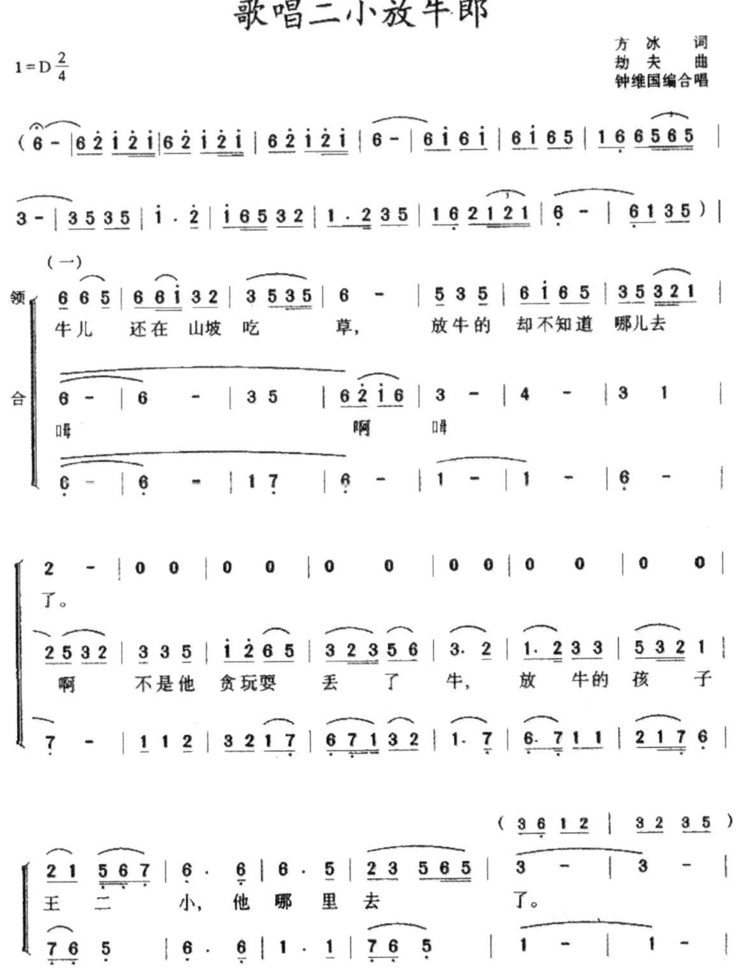

·《歌唱二小放牛郎》曲谱

1940年春，日本鬼子从河北一个村庄抓走了59名男女自卫队队员，凶残的鬼子把自卫队队长装进麻袋里，哈哈笑着扔上天，又重重地摔到地上；对年轻妇女们，硬扒开上衣，用刺刀划破她们的乳房，任鲜血流淌全身；对一个十二三岁的少年，用开水浇头，这少年一直挺身不屈。大家均同声高喊：誓死不投降！打倒日本帝国主义！日本鬼子用机枪和刺刀一气杀死59名中国同胞。李劫夫看罢通讯，立即找到作家邵子南写词，含泪写下了名为《五十九个》的歌曲。方冰亲眼看到青年人唱着这首歌曲报名上前线，为59名兄弟姐妹、为死难的同胞报仇雪恨！

方冰不是闭门造车的诗人，他是一个战斗诗人。他不仅仅用笔写诗，还经常跟随部队参加大大小小的战斗。1940年秋天，反扫荡之后方冰住在晋察冀边区平山与灵寿交错的一个山村，那个小山村名字叫两界峰。当时的战斗非常残酷，条件也很恶劣。八路军的队伍化整为零，一两个单独活动，这样才能躲避日本鬼子的“围剿”。方冰被派到平定县待了一段时间，回到两界峰住在老乡家里。作曲家李劫夫是方冰的好友，几个人在老乡的大炕上，点着大麻籽的油灯，一起说起反“扫荡”中发生的英雄故事。劫夫很感慨，他提议要创作歌曲，叫人民传唱不忘记那些英勇的英雄。这个想法和方冰不谋而合。方冰坐在老乡家门口的台阶上，用的笔更有趣，是高粱秸秆插钢笔尖，蘸的墨水是自己买颜色用水泡的，纸是土造麻纸。

·《歌唱二小放牛郎》单行本封面

方冰回想起日本鬼子在华北“清剿”“扫荡”的禽兽行为，他们到处烧杀抢掠，无恶不作。可是英勇的人民群众不肯屈服，他们智斗顽敌，很多人献出了生命。在李劫夫的要求下，方冰先写了个《王禾小唱》，自己觉得不够劲，又将自己听到、看到、使他不止一次流过泪的抗敌事迹，集中在他熟悉的那些扛着红缨枪站岗放哨、放牛、拦羊、同敌人机智搏斗的孩子身上。他按叙事诗格式细写，将牺牲的时日定在自己生日那一天，使自己和小英雄合一，永怀不忘。有了饱满的情感，方冰就有了创作的冲动。很快这首歌词就创作完成，方冰把诗稿交给李劫夫，李劫夫边看边念，一拍大腿说：“好！抒情又悲壮！我马上谱曲。”劫夫把这首歌定名为《歌唱二小放牛郎》，随之，将《王禾小唱》也谱了曲，算王二小的大名吧。劫夫、方冰两人边拍着大腿，边踱步吟唱，自己也不停地擦着眼泪。定稿后，他们马上印出歌片儿，散发各地。不久，《晋察冀日报》给予刊发，很快流传。

李劫夫找到“西战团”一名从农村招来的被称为“金嗓子”的小姑娘顾品祥来独唱。劫夫一句句教，方冰一段段讲，指导她怎样将这首歌唱得抒情，又坚强有力，表现出对英雄的赞扬和对敌人的仇恨。李劫夫还用葫芦瓢模仿曼陀铃做了个瓢琴，让她自弹自唱，更有情有力。自此，小顾就抱着这个土乐器，走到哪里就把“王二小”唱到哪里，一直唱到日本投降、抗战胜利。新中国成立后，小顾进了中央歌舞团任独唱演员，《歌唱二小放牛郎》成了她的保留节目。

方冰自觉深入火热的生活，把对生活的热爱化为诗行。尤其是抗日战争时期的经历，对方冰的创作影响深远。方冰去过延安，接受革命圣火的熏陶，经历过严酷战争的锤炼，他继承鲁艺精神，用诗行做武器，抒发对祖国、对人民和党的深情。方冰在敌后，最使他感动的就是这些普通的老百姓，他们真穷啊，可他们把粮食送给八路军，情愿自己吃糠咽菜。如果说今天仍然对人民怀有深深的感情，那是晋察冀的农民教育了他；如果说他的诗心至今还没有衰老，那是晋察冀人民哺育了他。离开了人民生活，离开了人民感情，诗人和他的诗都要枯竭。

二、战斗岁月

新中国成立后，战争结束了，战斗没有了，可是方冰仍然严格要求自己，时刻提醒自己不要脱离群众，不要远离生活。条件好了，方冰却没有选择去大城市享福，他长年居住在小城镇，与印染工人、广大农民常年来往。据说，他有好几位各行各业的朋友，很多都是底层的，有的是地地道道的淳朴农民，有的是赶大车的车把式，有的是种菜的菜农，他们都经常来方冰的家里做客，聊牲畜的脾气秉性，聊种地种菜的经验。有的吃住在方冰的家里，彼此家里有什么事情都互通有无。一位工人师傅是方冰的多年好友，有一年他得病，方冰听说以后护送病人去大连和沈阳等地求医问药……

晚年的方冰曾写组诗《永恒的怀念》，纪念他的三位晋察冀诗友——陈辉、史轮、任霄。这三位才华横溢的年轻诗人，都用生命写出了自己最耀眼的诗篇：陈辉拉响手榴弹，与敌人同归于尽；史轮和任霄，则在被捕后宁死不屈。他怀念与这些血气方刚的年轻战友一起编印《诗建设》的日子。

· 方冰诗集《战斗的乡村》

方冰的诗《战斗的乡村》《柴堡》，描写的都是抗日军民可歌可泣的事迹。诗集后记还说明，“我写的都是大白话，是当年写在墙头、印在彩纸上的，是从人民日常生活中提炼的‘诗句’”，这样“才能被广大人民百姓所理解”。这位用大白话写诗的作家，在晋察冀抗日根据地，是位常和百姓混在一起的头包毛巾、腿绑裹腿的游击队员，或者是肩扛红缨枪、手拿竹板的宣传鼓动员。

方冰创作的两篇小说《鸡》《两个羊倌》，均写的是普通小人物，个性鲜活，语言生动，生活气息浓郁。后来，他被调到辽宁作协兼任副主席，家仍在农村。不论在什么时候，方冰始终脚踏实地从生活中汲取营养，再把营养转化到字里行间。他把延安鲁艺的火种撒播在自己的生命旅程中。

三、英雄诗人

《战斗的乡村》是方冰 1957 年由作家出版社出版的诗集，这些诗歌是方冰在抗战期间在敌后晋察冀边区创作的，还有部分是胜利以后来到东北的最初两年创作的。《战斗的乡村》分为上、下两部分。上部分完全是短诗，绝大多数都是在晋察冀边区写的。下部分是方冰的著名叙事诗《柴堡》。1940 年秋天的反“扫荡”，方冰被派到山西平定县三区打游击。区长叫郝正光，不幸在反“扫荡”中被敌人抓捕，英勇牺牲。老百姓想念他，《柴堡》就是方冰纪念他写的。这首诗歌首次发表在《解放日报》，1947 年在大连光华书店出过单行本。

《大海的心》是方冰 1985 年在春风出版社出版的一本自选诗集，一共选了方冰创作的 176 首诗歌作品，根据内容分为了七辑。其中《永恒的怀念》一辑中的几首诗，是为了纪念抗日战争期间的战友写的。这一辑中的诗歌也非常引人注目。史轮、陈辉、任霄三位都是年轻的诗人，他们都是怀着对祖国和人民美好的祝愿，壮烈牺牲的。他们是人民的好儿女，是党培养的好党员。当时在敌后根据地，方冰接替田间主编一个油印诗刊《诗建设》，这个时候史轮等三人给方冰投稿，他们得以相识。

史轮的诗歌热情奔放，不落俗套，很见功力。陈辉的诗歌才情洋溢，包藏着一团熊熊燃烧的火焰。任霄是一个女孩子，诗歌朴实爽快，掷地有声。在《永恒的怀念》这一辑当中，方冰用炽热的情感抒写了对战友诗人的怀念，读来情真意切，荡气回肠。

· 方冰诗集《大海的心》

方冰的《戈壁绿洲油田》是《当代诗歌》月刊社自印的内部诗歌集子，其中收录了方冰创作的 15 首诗歌作品，都是方冰在新疆的所见所闻，其中《天山牧场》《阿勒泰》《留给石河子》等诗作都非常有特色。他相继出版了《飞》《大海的心》等诗集。

方冰是理想主义者，坚持深入生活、扎根人民，不忘“晋察冀精神”，为人民抒情，为人民歌唱，诗句仍朴实无华、真挚老到，高扬时代真善美，也尖刻针砭时弊。方冰的诗歌作品真挚感人，他主张诗人的感情尽量同人民群众的感情融合在一起，应该从人民的日常生活中提炼诗句。主张用人民群众喜闻乐见的形式写诗，这样的诗歌才能被广大人民群众所理解和喜欢，才能扩大战斗作用。

（李铭）

第十节 陈屿

· 陈屿

陈屿（1924—2005），历任东北文化教育工作队创作组长、科长、演出委员会主任，东北人民艺术剧院及东北作家协会编剧、作家，鞍山市文联秘书长、副主席，辽宁人民艺术剧院编剧，中国作家协会辽宁分会书记处书记、副主席，辽宁省文联委员，辽宁省第五、六届政协委员。辽宁省戏剧家协会副主席，辽宁省作家协会顾问等。

一、生平

1924 年 6 月 26 日，陈屿在黑龙江省巴彦县出生，此时的巴彦县抵御土匪的游击队改名为第一路省防军。伪满洲国建立后，日本侵略者及伪满军队先后占据该县。1932 年，日本关东军的一个小队侵入巴彦县后，这里百姓的悲惨生活开始了。年仅 8 岁的陈屿对日本军队的野蛮行径深恶痛绝，当时，巴彦县建立的抗日武装力量与日伪统治者开始了战斗。

陈屿的父母较重视对他的培养，他学习也很上进。1940 年，陈屿就读于哈尔滨市第一中学。1945 年开始尝试写作。1946 年，热爱戏剧的陈屿，开始尝试业余话剧创作，他所创作的四幕话剧《忏悔》，由哈尔滨青年话剧团排演。此后，他开始了戏剧创作之路。

1947 年，陈屿在哈尔滨大学戏剧音乐系上学时，担任哈大文工团创作组长，参与创作了大型歌剧《阴谋》。1948 年 6 月，东北文化教育工作队在哈尔滨成立，陈屿任演出委员会主任兼创作组长。同年，陈屿与李鹰航、李士勤等创作组成员，集体创作出歌剧《立功》。该歌剧为工业题材作品，共 8 场。第六次全国劳动代表大会在哈尔滨举行时，该剧曾为全国劳动代表们演出。

1948年11月2日，历时52天的辽沈战役终于结束了。解放军正式进入沈阳，标志着东北全境解放。随之，东北文化教育工作队也从哈尔滨迁至沈阳。此时，陈屿随工作队来到了沈阳，歌剧《立功》与沈阳观众见面。1949年7月，《立功》剧组赴京为毛主席、周总理及文艺界代表、一届政协全体同志演出多场。此后的四个多月中，该剧为京津地区的观众演出近百场，十余万观众观看了该剧，收到30多面锦旗。

1950年，陈屿为了写好抗日题材的作品，开始搜集相关资料。先后到过哈尔滨东北抗日烈士纪念馆、英雄杨靖宇壮烈牺牲时的密林等地寻找英雄人物的故事。与此同时，联络采访了一些曾经战斗过的抗联战士。后来陈屿接到了其他创作任务，在有限的时间中，创作了一部以中朝抗日为题材的话剧《血肉相连》。

1951年10月，东北文教工作队与东北文工团等单位合并组成了东北人民艺术剧院，陈屿成为剧院创作室的编剧。因创作成绩突出，在沈阳市青年代表会上被选为沈阳市模范青年。令陈屿激动的是，这一年他光荣地加入了中国共产党。

1954年，为建立一支强大的工人阶级的文艺队伍，党发出文艺工作者长期地无条件地全身心地到工农兵中安家落户，和他们一起同甘共苦，去改造自己的思想情感，从而写出无愧于我们这个伟大时代的文艺作品的号召。① 陈屿积极响应国家号召，举家迁入鞍山市。此后，为深入生活，他在鞍钢第二炼钢工地担任党总支副书记的职务，在深入生活中实现了与劳动人民同劳动、共甘苦的号召。因工作需要，陈屿先后担任鞍山市文联秘书长、副主席。

1956年，陈屿光荣地加入中国作家协会。在剧本创作上有一定成绩的他，一直对小说创作有着特殊的情感，而且总有人建议他创作小说。1959年，他终于推开小说创作之门，写了一篇取材于爱情故事的中篇小说《出路》。该小说由春风文艺出版社出版后，受到了广大读者的欢迎，首次印刷的4.5万册，在短时间内售罄。1959年10月号起，《处女地》杂志（《鸭绿江》杂志的前身）将读者的来信，整理成正反两方面的意见，开办了关于小说的讨论专题。

1960年春，在抚顺召开了历时半个月的全省文艺工作座谈会。陈屿的中篇小说《出路》也在其中。② 有人批评了他的作品，并指责他由剧本创作转向小说创作是贪

① 云川：《剧作家们到群众中去安家落户》，《剧本》1957年第12期，第4—6页。

② 赵郁秀：《我与陈屿》，《鸭绿江》（上半月刊）2006年第6期，第61页。

图名利，让他很是委屈。

抚顺会议后不久，陈屿接到为鞍山市委第二书记、市长李维民同志整理革命回忆录的工作。李维民做了十多年地下工作，他曲折惊险、动人心弦的英雄故事，早已在鞍山人民口中相传。陈屿全身心投入这项工作，每次记录李维民的故事时，他都会被这位老革命坚定的革命精神所感动。1960 年 9 月号的《处女地》杂志发表了陈屿整理的李维民回忆录节选，以“战斗在敌人心脏”为题。而后，该期刊以《地下烽火》为总题，直至 1962 年初，不断连载该回忆录。李维民革命回忆录整理工作于 1963 年冬完毕，当时春风文艺出版社已准备出版。但文艺战线上的斗争日趋尖锐，该书呈报中共中央宣传部审阅后，就没有了音讯。直到 1980 年，这部由李维民口述、陈屿整理的革命回忆录《地下烽火》，才由春风文艺出版社出版。令人遗憾的是，李维民在该书出版前五年离世。

· 话剧《白卷先生》

粉碎“四人帮”后，陈屿迎来了他创作的黄金期。1972 年，周总理根据毛主席加强基础理论的教学研究，对高等学校的招生工作做出指示，发出了在高校招生时进行文化考核的文件，不料这个让人振奋的消息遭到了“四人帮”的强烈反对。陈屿得知被人利用的辽宁青年张铁生的故事后，决定以他为原型创作一部讽刺“四人帮”及爪牙的话剧。1978 年，陈屿编剧的多幕讽刺喜剧《白卷先生》由辽宁人民艺术剧院首演，导演王文清。一经演出，受到了观众的喜爱，在社会上引起了强烈的反响。其他剧团闻讯后，纷纷学习排演此话剧，由此《白卷先生》在全国百余剧团上演。而全国众多单位的业余文艺宣传队也纷纷排演此话剧，可见其影响之广。

多年后，陈屿的创作又给大家带来了惊喜，1984 年 5 月春风文艺出版社出版了陈屿创作的长篇小说《夜幕下的哈尔滨》。这部时代特征鲜明的抗日题材小说在当时达到了家喻户晓的程度。该小说共 70 万字，共上、下两册，多次再版，获辽宁省人民政府优秀文艺创作奖。1984 年，该小说被改编为 13 集同名电视剧，由中国电视剧制作中心、电视剧艺术委员会及青岛电视台联合摄制，王刚、林达信、迟重瑞等主演，在中央电视台播出。电视连续剧《夜幕下的哈尔滨》获1985年第三届大众电视金鹰奖优秀连续剧奖。2008年4月，解放军文艺出版社再次出版《夜幕下的哈尔滨》。同年，由赵宝刚执导，陆毅、李小冉、周杰主演的33集电视连续剧《夜幕下的哈尔滨》在中央电视台综合频道播出，可见该小说的艺术性之深、戏剧性之强、在全国的影响之广。

1982年，陈屿、陆中成合作完成了多幕话剧《人生在世》，由辽宁人民艺术剧院演出，产生了良好的社会反响，并再获辽宁省人民政府优秀文艺创作奖。1995年陈屿、翟贞华合作完成了多幕话剧《鼓王》，由鞍山市话剧团首演，导演林兆华（特邀）。该剧获1995年第三届辽宁省文化艺术节金奖，同年获辽宁省精神文明建设“五个一工程”奖，1996年第六届文化部文华新剧目奖。

2005年4月25日，陈屿因病在鞍山逝世。

二、文学创作评述

陈屿近60年的创作中，身为剧作家和小说家的他，虽然没去过延安，但在他的身上却体现着鲜明的延安鲁艺的精神传承，创作出了众多优秀的作品。代表作品话剧《白卷先生》、长篇小说《夜幕下的哈尔滨》都引起了强烈的社会反响。他还创作了多幕话剧《是谁在进攻》（与孙芋合作），多幕话剧《在建设行列里》，独幕话剧《朋友和敌人》《两条路》《血肉相连》《自作聪明》《啼笑皆非》等。

革命回忆录《地下烽火》共45万余字，由李维民口述，陈屿整理，一经出版受到了读者的好评，获得辽宁省人民政府文艺创作奖第一名。该书是一部东北地下斗争的革命回忆录，重点记述了原本生活在山清水秀的吉林城的李维民，亲身经历了日本帝国主义者对中国的侵略，对百姓的压迫。从1930年，李维民光荣地加入中国共产党那天起，除有一段时间，他因工作需要来到革命圣地延安工作外，一直在东北从事党的地下工作。从九一八事变直至东北全境解放前夕，他和战友们坚定不移地与侵略者抗争的战斗历程。作品情

· 革命回忆录《地下烽火》封面

节生动，语言流畅质朴，描绘了为东北的解放和祖国的光明而进行英勇斗争的一批地下工作者的光辉形象，热情地赞颂了他们崇高的爱国主义、革命英雄主义精神。同时，也以犀利的笔触，揭露了日本侵略者的滔天罪行，以及蒋介石出卖东北，发动内战的罪恶行径。

多幕讽刺喜剧《白卷先生》共 6 场，讲述了 1973 年夏天，在宁远城考场中，主人公张铁生翻窗混入考场后的故事。话剧通过 5 个场景——宁远城考场、省教育局会议室、欺天岭农学院工作队办公室、欺天岭农学院党委书记办公室及欺天岭农学院校园展开。张铁生面对考卷上的考题，就像在看天书，他想尽一切办法也答不出来，最后只好写了一封“哀告信”。这封“哀告信”让“四人帮”及爪牙们乐开了花，他们终于可以利用这封信兴风作浪了。而后，张铁生不仅进入了欺天岭农学院，还当上了欺天岭农学院党委副书记。此后，学校不仅拆除了实验室，砸坏了学院的一些“洋设备”，居然撤销了学校设置的理论课和基础课等，身为教育局局长的吴笑敏为了讨好“四人帮”，居然在学院新设置了“抓走资派”和“撒谎”两个专业，好端端的学校让他们搞得乌烟瘴气……

《白卷先生》是一部笑中带泪，荒唐的情节中令人反思的作品。陈屿创作该剧的初衷是要讽刺“四人帮”的丑恶嘴脸，如果要高度还原历史事件，会让观众又陷于悲痛中，于是他选择了创作一部喜剧，用夸张、荒诞的手法，展现剧中的小丑们，这些丑恶、无知、虚伪的小丑的所作所为既滑稽又荒唐，让观众看后捧腹大笑。然而，陈屿在该剧中还塑造了革命老干部卢望东、老科学家肖汉等一些正面人物，当他们被这些小丑迫害时，不禁让观众鼻子发酸，使观众清晰地看到“四人帮”荒唐、丑恶的嘴脸。该剧获得辽宁省委及辽宁省革命委员会的嘉奖。

· 长篇小说《夜幕下的哈尔滨》（上、下）封面

长篇小说《夜幕下的哈尔滨》是陈屿小说创作的代表作。该小说以 1934 年日本侵略者把“满洲”改为“满洲帝国”时的哈尔滨为创作背景，讲述了日本侵略者占领我国东北后，处于日寇和伪满统治下的哈尔滨被阴霾笼罩着。此时，以哈尔滨第一中学教师王一民为首的哈尔滨地下

工作者，在中国共产党的领导下，与日寇、伪满激烈地斗争的故事，反映了哈尔滨各阶层人民对日伪进行的殊死斗争。该小说塑造出王一民、李汉超、罗世诚、柳絮影等鲜明的人物形象，不同人生轨迹的哈尔滨人民在民族兴亡和民族尊严面前，舍弃个人利益，全力抗日，谱写出中华儿女可歌可泣的英雄赞歌。该作品通过尖锐的矛盾冲突、曲折的故事情节深深地打动了广大读者。该作品创作的成功，是陈屿几十年的生活积淀与写作技巧相融合的结果。陈屿本人是东北人民被剥削奋起反抗直至解放，建立了新中国，逐步自给自足到小康生活的见证者。青年时期的陈屿在哈尔滨求学时，目睹了哈尔滨人民水深火热的生活，热爱文学创作的他，在心里就萌生了要把那段历史写出来的念头。

话剧《鼓王》讲述改革开放时期，雪莲湾以坑骗起家的暴发户大富贵豪赌成性，在一次警察抓赌中，将十万赌金藏起，后来被老鼓王一家三口得到。巨款打破了鼓家两代人平静和谐的生活，是留下还是上交，在鼓家激起了千层浪。老鼓王背着沉重的思想包袱走上了一年一度的赛鼓节，在“气正鼓在、气邪鼓亡”的歌声中历次夺魁的老鼓王败倒在赛鼓场上。老鼓王突然醒悟，人活着要有“正气”，于是他将钱如数上交，重新擂出熟悉的鼓声。该剧的故事情节清晰，没有繁杂的关系线，塑造出了质朴的人物形象。集歌、舞、乐为一体，借助鼓给人以警示。鼓既是道具又是一种象征，折射出当今生活中人们不同的金钱观、价值观，从道德和精神情操的角度深刻揭示出“贫贱不能移”这一传统美德。其中幕间鼓的运用，作为一种精神与力量，贯穿到底。

陈屿不是高产作家，但他创作出的作品精益求精，具有鲜明的时代特征，矛盾冲突尖锐，故事生动感人，语言风趣，自然流畅，善于塑造典型人物。他创作的作品总能流露出浓郁的生活气息，具有辛辣讽刺风格。

（刘雪）

第十一节　韶华

· 韶华

韶华（1925—　），原名周玉铭，汉族。1944 年开始发表小说，先后著有长篇小说、中篇小说、短篇小说等 30 余部，600 余万字。历任《东北文艺》副主编、辽宁省委宣传部文艺处处长，辽宁省作协党组书记、副主席，中国作协书记处书记、辽宁省作协顾问、中国作协第七届全委会名誉委员等。

一、生平

1925 年 11 月 22 日，韶华出生在河南省滑县庄子营村的一户农民家里。小时候，韶华只在农村的私塾堂里读过《三字经》《百家姓》《千字文》的“课本”，后来背诵过《论语》《孟子》等国学经典，因为没有老师讲解，他不知道背诵的文言文是什么意思，但通过这种方式认识了一些字，开启了他的文学启蒙。因为家境贫寒，只读了四年半的书。

1938 年 4 月 8 日，侵华日军在河南滑县白道口陈营村大肆烧杀抢掠、残害百姓。日军进行大屠杀后，又纵火烧毁了全村的房屋和草垛，使隐藏之中的村民被活活烧死，制造了惨绝人寰的“四·八惨案”。当时，年仅 13 岁的韶华，听到日军的罪行后，愤怒中萌生了参军的想法。而这颗种子，随着时间的推移生根发芽。1940 年 2 月，年仅 15 岁的他参加了国民革命军第十八集团军（八路军），在战争的血与火的洗礼中度过了他的少年时代。因为年龄小，认识一些字，身高和步枪差不多一样高的韶华，被安排为宣传队员，后来因为工作积极上进，又识字好学，被安排为连队的文化教员。他随部队在敌人占领区打游击的时候，收集了一些 20 世纪 30 年代鲁迅、郭沫若、茅盾等作家的作品，开始接触文学。

1943—1945 年，韶华在冀鲁豫边区抗日第一中学学习期间，拼命读书，以弥补战争中失去的时光。因为对文学感兴趣，学习之余，开始创作小说。1944 年，在冀鲁豫边区文联主办的《文化生活》期刊上，发表了短篇小说《石磙》，该作品是反映土地改革的作品，也是韶华发表的第一篇短篇小说。之后，他的人生与文学开始了不解之缘。

1945 年 8 月 15 日，日本帝国主义宣布无条件投降。为了进一步巩固抗战胜利，中国共产党中央成立了东北局并组建了挺进东北的“东北干部团”，建立起东北根据地。整个“东干团”有各方面的干部几千人，成为开辟东北根据地的主力军。[①] 而当时的安东（丹东），有部分敌伪残余变成了国民党的接收要员和特务，大肆宣传共产党在东北待不长等言论，当时国共两军在部分地区已经短兵相接。为了让广大人民群众对中国共产党的政策有一个正确的认识和深入的了解，通过多种形式加强宣传工作迫在眉睫。为了培养教育青年人，中共安东省委和省政府决定，成立白山艺术学校，同时创办了《白山》文艺杂志。韶华随一批干部来到东北后，1946 年春，调到该杂志社任编辑。1947 年，他被调到齐齐哈尔，在《西满日报》任随军记者。多年的编辑、记者工作，不仅让韶华的文学功力快速提高，还让他有了更多观察生活、深入生活的机会。工作之余，他没有间断创作。1949 年，东北新华书店出版了他的短篇小说集《荣誉》。

· 1947 年 6 月韶华在四平

1950 年，韶华被调到东北文协，成为一名专业作家，他的短篇小说集《战斗中的友谊》由东北新华书店出版。正当他要把这些年从生活中提炼的创作选题列入创作日程，构思着鲜活的人物形象时，朝鲜战争爆发了。曾经参加过抗日战争、解放战争的他，这一次仍积极响应国家号召，跨过了鸭绿江，踏上了朝鲜的土地，参加“抗美援朝，保家卫国”的战争。此时，作为专业作家的他，更多的责任是将在

① 郝汝惠：《鲁艺在东北》，辽海出版社，2000 年版，第 244 页。

前线的所见所闻所感，提炼成文章创作出来。1951 年回国后，他写了儿童文学、短篇小说、长篇小说等众多作品。其中，1951 年创作的儿童文学《小游击队员》由文化供应社股份有限公司出版。1952 年创作的儿童文学《朝鲜小英雄》由文化供应社股份有限公司出版。1953 年创作的短篇小说集《第六颗手榴弹》由新文艺出版社出版。1956 年创作的反映抗美援朝的长篇小说《燃烧的土地》，由中国青年出版社出版；同年，短篇小说集《荆棘路》，由作家出版社出版。

进入社会主义经济建设时期，韶华为了体验生活，写出更好的作品，主动向组织申请到辽宁省大伙房水库建设工地挂职工作，担任工程局党委宣传部长，这期间韶华除了做职工的思想政治工作外，还要参加各种会议和平时的劳动。之后又来到清河水库，担任党委副书记。韶华挂职的 5 年，参与见证了大伙房水库和清河水库的建设工作。这期间，他白天工作，晚上挤出睡觉的时间继续创作，完成了多篇短篇小说、报告文学等作品。1959 年，短篇小说集《巨人的故事》，由春风文艺出版社出版。同年，报告文学集《沸腾的山谷》，由春风文艺出版社出版。

1960 年，韶华任辽宁省委宣传部文艺处处长。他在繁忙的工作之余，仍然没有停止创作。每当他想起在水库的工作经历时，心里总是不能平静。1961 年他开始创作长篇小说《浪涛滚滚》，并于 1962 年创作完成，由中国青年出版社出版。一经出版就在广大读者中引起了强烈的反响。不仅如此，茅盾先生大约在 1963 年读过此书，并在书的空白处做了多达一万五六千字的点评，点评涉及小说的结构、情节、人物塑造等方面的内容，茅盾先生的儿子韦韬把他珍藏的该书捐赠给“茅盾故居”。1989 年，“茅盾故居”的工作人员遇到了韶华，并告知此事。韶华认真读完先生点评的内容，结合自己当时创作时的感受和艺术构思，写了“作者自白”。这也是三十年后作者对《浪涛滚滚》创作得失成败的自我总结及反思。[①]1991 年 8 月中国青年出版社将带有茅盾先生点评文字及“作者自白”的茅盾点评本《浪涛滚滚》出版发行。

· 茅盾点评本《浪涛滚滚》

1965 年，北京电影制片厂摄制完成了彩色故事

① 此段内容整理自茅盾点评本《浪涛滚滚》，中国青年出版社，1991 年版。

片《浪涛滚滚》，历经波折后于1979年得以公映。该影片在尊重原著的前提下，集中概括了主要内容，删减了一些次要的情节。该片的导演陈荫，曾经赴延安参加过革命，在鲁迅艺术学院戏剧系学习过。她曾经拍摄完成了《钢铁战士》《万水千山》《上海姑娘》等影片，主演为秦怡、陈戈。影片上映至今，影响深远。

韶华曾在东北输油管道局体验生活并兼任局党委副书记。1973年9月，为了庆祝我国第一条输油管道——东北输油管道建成投产，他特意创作了一首长篇组诗《巨龙之歌》，这是一首反映输油管道建设者们艰苦创业的作品。经过了一段时间的构思与沉淀，1977年夏天，韶华开始创作长篇小说《沧海横流》，这部长达30万字的作品，历时两年，于1979年创作完成，由中国青年出版社出版。

20世纪70年代后期，韶华回到中国作家协会辽宁分会工作，不仅创作了不同篇幅的小说，还创作了大量的散文、寓言等不同形式的文学体裁的作品。其中，包括1980年由春风文艺出版社出版的寓言集《风筝和雄鹰》，1981年由上海文艺出版社出版的短篇小说集《你要小心》，1982年由春风文艺出版社出版的散文集《北海道纪行》等。

1984年，在全国第四次作家会员代表大会上，韶华被推选为中国作家协会书记处书记。1985年，中国青年出版社出版了韶华创作的长篇小说《过渡年代》。

早在20世纪50年代初期，韶华就有了为同代人作传的想法，一些鲜明的人物形象有了大体构思，可是他们发生了什么故事，如何让作品显示出时代气息，是他一直思索的问题。他深知创作不能闭门造车，要深入体验生活，从生活中打捞有价值有意义的素材，所以他向上级申请下基层，到大伙房水库和清河水库建设现场体验生活。深入生活之后，他确定了《过渡年代》的创作背景定在大型水库的建设中，此时陶冶、秦可道、李枫林等人物形象一直在韶华脑中闪现，但他并没有着急动笔写该小说，而是先尝试创作类似的题材练笔，于是创作了中篇小说《浪涛滚滚》。《浪涛滚滚》发表后，作者认真总结了自己创作的经验和不足，又前往其他水利工地、油田深入生活，20年间几次动笔，都因为种种原因而搁浅，直到1982年，韶华废弃了原来已完成的20万字的草稿，重新梳理故事脉络、人物性格等内容开始创作《过渡年代》。30年的构思交织30年的生活积累，这次他一发而不可收，50余万字的作品初稿仅仅用了10个月就完成了。他一直想表达的所谓“和平建设”，实际上是很不和平的。从某种意义上说，它比革命战争、地下工作尤为复杂。[①]

① 韶华:《非说不可的话》,《当代作家评论》1984年第5期，第45页。

改革开放后，中国社会更加多元化、开放化，逐渐进入数字化时代。20世纪80年代后期，电脑已经开始流行，但只是少数人会用电脑。此时，已经年过六旬的韶华，并没有满足手写的创作方式，而是愿意接触和尝试新的事物，开始学习电脑打字。1988年起，他就放下了手中的笔，改为用电脑创作。他600余万字的作品中，有400多万字是用键盘敲打出来的，此阶段更是他的高产阶段。随着网络时代的发展，博客逐渐进入了公众的视野，韶华也开通了博客，平均每两三天就更新一篇文章。1988年后，他用电脑打字创作的散文集《身边人物志》由作家出版社出版；创作的中篇小说《糊涂姑娘荒唐事》，发表在1989年的《花城》期刊；创作的报告文学《爱国华侨企业家潘洪江》，由香港现代出版社出版。

2007年，韶华创作的《韶华人生百味寓言》，由工人出版社出版。他总结自己多年的经历时写道："抗日战争把兵当，解放战争上战场（随军记者），土地改革下了乡（记者），抗美援朝过了江（到前线体验生活），经济建设修建大伙房（水库），文化革命遭了殃（被打成'走资派''三反分子'）。"① 一些重大历史事件他不仅经历了，而且还都在第一线。虽然没去过延安，但他一直秉承着艰苦奋斗的革命精神，为了创作不怕吃苦，深入到一线最艰苦的建设中去，创作的作品围绕时代的重点事件，反映出时代的特征，彰显时代精神，展现当时复杂的社会现象。如，反映抗美援朝时期的作品《燃烧的土地》，反映土地改革的作品《石磙》，反映经济建设的作品《浪涛滚滚》《过渡年代》等。

韶华不仅在小说、散文创作上造诣匪浅，在寓言、童话创作上也有自己风格，创作出版了寓言集《风筝和雄鹰》《新聊斋夜话》，科幻童话《吴承恩孙悟空和猪八戒新传》等。韶华在《新聊斋夜话》的自序中写道："写寓言，需要极大的夸张、荒诞、变形、想象力、浪漫主义色彩。有时夸张到不合理（但合哲理）的程度，还需要幽默感，哲理性，趣味性，发人深思，令人品味；琢磨出一种人生的、社会的道理来。"② 在韶华的寓言作品中，凝聚和结晶了当代社会生活及其变迁，"当代社会情势关系"，特别是当代社会心态，响着时代的声音和历史的脚步，奏着20世纪80至90年代中国人情感和理性世界的心曲。③

---

① 韶华:《60年回首一瞥》,《鸭绿江》2009年第11期，第77页。

② 韶华:《新聊斋夜话》，作家出版社，1995年版，"自序"。

③ 彭定安:《现代寓言：现实的世界与艺术的世界——读韶华〈寓言、故事、笑话、幽默小品集粹〉》,《当代作家评论》1996年第6期，第54页。

二、文学创作评述

长篇小说《浪涛滚滚》讲述了在延安相识的封树凯和钟叶平，于1943年结婚后，因为革命需要，常年分居在两地，一晃就是十几年。1958年的春天，省委领导考虑到封树凯和钟叶平的特殊情况，将钟叶平调到青龙水库任党委书记。到任不久，全国掀起了社会主义建设“大跃进”运动。钟叶平积极工作，为贯彻总路线精神，制定出了提前一年竣工的水库建设跃进计划。没想到省水利局局长陈超人对这个计划大为不满并不赞成实施，但钟叶平的计划得到了省委倪书记的支持。可是这年入冬非常早，工程进展缓慢。陈超人误听助手夸大汇报后，制定了扒开合龙口的错误方法。钟叶平与武断的陈超人等据理力争，抵制错误方案的党委办公室主任苏世荣向省委写信反映陈超人的行为。关键时刻，倪书记来到建设工地深入调查此事，批评了陈超人等的错误方案。然而，陈超人受批评后，没有意识到自己的错误。为了个人的面子，不顾施工安全，搞起“遍地开花”工程，造成人身伤亡的严重事故，血的教训使陈超人等受到严肃的处理……该小说反映了社会主义建设中错综复杂的矛盾和斗争。

· 长篇小说《浪涛滚滚》封面

长篇小说《沧海横流》主要讲述了1973年的秋天，一条横贯东北大地的输油管道动工兴建了。兴建的队伍中，包括从各个石油战场抽调来的带着大庆“铁人”精神的输油队伍，参加过会战的中国人民解放军和农村民兵。随着会战队伍的组建，也混进了几个阴谋家、野心家和投机分子。当建设者们在和大自然斗争的同时，也展开了一场光明与黑暗、真理与谬论、英雄与丑类的斗争。该小说塑造了老一辈无产阶级革命家刘远征，青年干部赵春先以及郑启林、姜振光、冯德奎、刘银滨等“铁人”式的建设者们的光辉形象，同时也刻画出一些正面的知识分子以及阴谋家、野心家及投机分子的丑恶嘴脸。尖锐复杂的斗争，风云巨变的时代，像一面镜子时刻检验着人们。“沧海横流，

· 长篇小说《沧海横流》封面

方显出英雄本色”。[①]

· 长篇小说《过渡年代》（上下）封面

长篇小说《过渡年代》的出版在韶华文学创作上无疑具有里程碑的意义。小说以水库建设为背景，描写了我国20世纪50年代的社会生活，展现了社会建设者的群像，重点塑造了十几个个性鲜明，具有代表性的人物形象。该小说虽然出版于80年代，但此小说的构思已在韶华心中孕育了整整30年。

该作品既写出了轰轰烈烈地进行社会主义建设的主旋律，写了人们昂扬的斗志和牺牲精神，也写出了大规模经济建设与疾风暴雨的阶级斗争相交错的复杂的社会现象，写出了真善美与假丑恶相交织的画卷。[②]

韶华是辽宁作家群中有影响力、有历史责任感的作家，又是具有革命精神的作家，长时间地体验生活，使他的作品更真实、生动，具有鲜明的时代精神和浓郁的生活气息。“韶华的创作，不仅关系个人的创作思维与创作心理，而且具有它的时代条件和文化语境的深厚背景。关于后者，我在阅读过程中，首先想到的，便是这种大背景的作用，和韶华对于它的回应：这是一位有社会责任感和艺术敏感的作家对于社会——时代的要求所做出的回答。”[③]

（刘雪）

① 韶华：《沧海横流》，中国青年出版社，1979年版，“内容提要”。

② 何镇邦：《为同代人作传——读韶华的长篇小说〈过渡年代〉》，《当代作家评论》1985年第2期，第35页。

③ 彭定安：《现代寓言：现实的世界与艺术的世界——读韶华〈寓言、故事、笑话、幽默小品集粹〉》，《当代作家评论》1996年第6期，第52页。

参考文献

REFERENCES

▼

[1] 钟敬之:《延安十年戏剧图集》，上海文艺出版社，1982 年版。

[2] 安葵:《张康评传》，文化艺术出版社，1997 年版。

[3] 李默然:《戏剧人生》，春风文艺出版社，1996 年版。

[4] 关捷:《人民艺术家李默然》，辽宁人民出版社，2011 年版。

[5] 谷音、石振铎、傅景瑞编:《鲁迅艺术学院沈阳音乐学院大事记（征求意见稿）》，沈阳音乐学院《东北现代音乐史》编委会，1983 年 4 月。

[6] 谷音、石振铎合编:《鲁迅文艺学院文献》（内部资料），沈阳音乐学院《东北现代音乐史〉编委会，1986 年 8 月。

[7] 桂亚林、黄莉莉等著:《在艺术的精神殿堂前——辽宁人民艺术剧院的现实主义道路》，中国戏剧出版社，2013 年版。

[8] 谢俊华、孙浩等著:《中国话剧艺术的一颗明珠——辽宁人民艺术剧院 40 年》，中国戏剧出版社，1994 年版。

[9] 郑永为主编:《辽宁艺术名家口述史》，辽宁大学出版，2014 年版。

[10] 羊驰:《真实与美是戏剧的生命——访辽宁人艺著名剧作家崔德志》，《辽宁人艺》2007 年第 3 期。

[11] 崔德志:《我为什么写〈报春花〉》，《沈阳日报》1979 年 9 月 15 日。

[12] 曹禺、金山:《著名戏剧家曹禺和金山谈〈报春花〉》，《辽宁日报》1979 年 10 月 19 日。

[13] 焦菊隐:《焦菊隐文集》，文化艺术出版社，1988 年版。

[14] 张庚、郭汉城:《中国戏曲通史》，中国戏剧出版社，1980 年版。

[15] 焦菊隐:《焦菊隐戏剧论文集》，上海文艺出版社，1979 年版。

[16] 董健:《戏剧与时代》，人民文学出版社，2004 年版。

[17] 王晓鹰:《戏剧演出的假定性》，中国戏剧出版社，1995 年版。

[18] 张耀卿:《执着的戏剧人生——记导演艺术家肖汀》,《辽宁人艺》2008 年第 2 期。

[19] 张岩岩:《鲁艺美术部在东北的历史沿革》,《辽宁师范大学学报（社会科学版）》2013 年第 3 期。

[20] 李象群:《我们从延安走来》，辽宁美术出版社，2019 年版。

[21] 李进:《毛泽东〈在延安文艺座谈会上的讲话〉研究》,《世纪桥》2020 年第 6 期。

[22] 赵思运:《延安整风前后的鲁迅艺术学院》,《文艺理论研究》2012 年第 5 期。

[23] 孙岚:《胡锦涛文化建设思想的主要特点》,《牡丹江教育学院学报》2011 年第 9 期。

[24] 孙冶:《怀念王曼硕同志》,《美苑》1987 年第 1 期。

[25] 周光远:《忆王曼硕老师》,《鲁艺在东北·美术部专辑》，中国文联出版社，2006 年版。

[26] 梁益谦:《忆导师王曼硕》,《鲁艺在东北·美术部专辑》. 中国文联出版社，2006 年版。

[27] 曲保中:《缅怀王曼硕老师》《鲁艺在东北·美术部专辑》，中国文联出版社，2006 年版。

[28] 王路、王林:《默而不识、学而不厌、诲人不倦——美术家、艺术教育家王曼硕的艺术与生平》,《美术观察》2012 年第 5 期。

[29] 陈绳正:《雕塑系的创建者——刘荣夫》,《鲁艺在东北·美术部专辑》，中国文联出版社，2006 年版。

[30] 鲁美校庆专题:《鲁迅美术学院雕塑系 80 年大事记》，搜狐鲁迅美术学院官网，2018 年 10 月 11 日。

[31] 美苑编辑:《刘荣夫》,《美苑》1985 年第 2 期。

[32] 鲁美佬杨:《前辈》，万卷出版公司，2018 年版。

[33] 李程:《20 世纪留日油画家对东北地区油画的影响》,《美与时代：美术学刊（中）》2017 年第 9 期。

[34] 马文启:《一代宗师——美术教育家、油画家万今声教授》,《鲁艺在东北·美术部专辑》，中国文联出版社，2006 年版。

[35] 万今声:《素描问题八讲》,《美苑》1994 年第 1 期。

[36] 孙海鸥:《画了 200 幅废稿之后——华君武的故事》,《上海企业》2019 年第 11 期。

[37] 华君武:《漫画一生》,《新闻与写作》2008 年第 4 期。

[38] 钟关平:《感悟华君武》,《中华魂》2007 年第 9 期。

[39] 杨树山、胡平:《华君武漫画艺术的审美价值研究》,《艺术与设计》2013 年第 5 期。

[40] 陈尊三:《难忘的年代——回忆杨角、张晓非二三事》,《鲁艺在东北·美术部专辑》,中国文联出版社,2006 年版。

[41] 雪韵:《永不泯灭的生命热情——怀念张晓非老师》,《美术》1996 年第 12 期。

[42] 王琦:《无尽的思念》,《文艺评论》2002 年第 5 期。

[43] 张望、施晓燕:《张望自传材料》,《纪念鲁迅倡导新兴版画 85 周年暨张望诞辰 100 周年学术研讨会论文集》。

[44] 李福来:《新兴木刻运动的杰出战士——张望》,《美苑》1992 年第 4 期。

[45] 南草:《美术家张望历险赴延安》,《新文化史料》1996 年第 12 期。

[46] 郑永格:《中国现代美术的奇峰异岭——张仃先生的艺术人生》,《景德镇学院学报》2020 年第 1 期。

[47] 卢新华:《革命文艺的先锋,艺术创新的旗帜,中国艺术的骄傲——张仃百年诞辰纪念展 1917—2017》,《装饰》2017 年第 10 期。

[48] 张婷婷:《为什么张仃让我们如此怀念》,《中国美术报》2017 年第 56 期。

[49] 张仃:《忆鲁艺美术部在东北沈阳恢复办学》,《鲁艺在东北·美术部专辑》,中国文联出版社,2006 年版。

[50] 李兆忠:《我与中国画——张仃谈艺录》,《美术大观》1997 年第 2 期。

[51] 范迪安:《刀笔利痕——孙常非木刻展”前言》,2012 年 8 月孙常非木刻展。

[52] 孙晓俄、胡乃敏:《纵横刻经纬曲直求方圆——孙常非的透视学研究和木刻创作》,《美苑》1998 年第 10 期。

[53] 苑鸣鑫:《王盛烈艺术研究》,首都师范大学硕士论文,2009 年。

[54] 徐水平:《中正不倚　耕耘不辍——王铁牛谈王盛烈》,《美术家》2006 年第 7 期。

[55] 于晨:《耕者的信念——王盛烈先生其人其画》,《书画艺术》2000 年第 6 期。

[56] 中国同泽书画研究院:《深切怀念贲庆余同志》,《美术》2004 年第 4 期。

[57] 贲庆余:《在鲁艺精神哺育下成长——论王绪阳的艺术道路》,《美苑》1997 年第 3 期。

[58] 庆余:《一束温馨的回忆——忆路坦兼及我们艺术上的童年》,《美苑》1990 年第 3 期。

[59] 陈尊三:《奉献之路——纪念路坦同志逝世一周年》,《美苑》1989 年第 4 期。

[60] 伍雍谊:《人民音乐家——吕骥传》，中国文联出版社，2005 年版。

[61] 王培元:《延安鲁艺风云录》，广西师范大学出版社，2004 年版。

[62] 乔书田:《中国革命音乐的先驱——吕骥》(连载 1—10),《音乐生活》2014 年第 1 期—第 10 期。

[63] 李业道:《吕骥评传——第一部分 1909—1937(上)》,《音乐研究》1995 年第 3 期。

[64] 李业道:《吕骥评传——第一部分 1909—1937(中)》,《音乐研究》1996 年第 1 期。

[65] 李业道:《吕骥评传——第一部分 1909—1937(下)》,《音乐研究》1996 年第 2 期。

[66] 李业道:《吕骥评传——第二部分 1937—1949(上)》,《音乐研究》1996 年第 4 期。

[67] 李业道:《吕骥评传——第二部分 1937—1949(中)》,《音乐研究》1997 年第 1 期。

[68] 李业道:《吕骥评传——第二部分 1937—1949(下)》,《音乐研究》1997 年第 2 期。

[69] 夏佩婷、计晓华:《吕骥在延安鲁艺时期的音乐活动》,《音乐生活》2020 年第 2 期。

[70] 毛小莉:《音乐评论家——吕骥》,《剧影月报》2013 年第 4 期。

[71] 辽宁延安文艺学会编:《鲁艺在东北》，辽海出版社，2000 年版。

[72] 刘欣欣口述:《黑土地上一团火——忆我的父亲刘炽在东北的音乐人生》,《文艺理论与批评》2016 年第 2 期。

[73] 王长丽:《张庚和东北鲁艺四团在大连开展文化活动始末》,《大连城市历史

文化研究》2018年第1期。

[74]赵征溶:《刘炽在延安》,《文艺理论与批评》2016年第2期。

[75]赵征溶:《根植于民族音乐的沃土——论刘炽的创作道路及其成就》,《人民音乐》2008年第10期。

[76]刘至遥:《刘炽的歌曲创作研究》,沈阳师范大学硕士论文,2016年。

[77]梁茂春:《口若激流 赤诚沸炽——采访刘炽说明》,《歌唱世界》2014年第10期。

[78]梁茂春整理:《人民的歌声丰富而感人(上)——访问刘炽记录》,《歌唱世界》2014年第10期。

[79]梁茂春整理:《人民的歌声丰富而感人(中)——访问刘炽记录》,《歌唱世界》2014年第11期。

[80]梁茂春整理:《人民的歌声丰富而感人(下)——访问刘炽记录》,《歌唱世界》2014年第12期。

[81]王丽文:《安波传》,辽宁人民出版社,2019年版。

[82]刘再生:《中国近代音乐史简述》,人民音乐出版社,2009年版。

[83]王丽文:《安波在辽宁》,《党史纵横》2016年第8期。

[84]向延生:《小鲁艺与大鲁艺》,《中国电视》2012年第6期。

[85]郭玲玲:《在东北鲁艺生活过的音乐家——音乐家安波、李劫夫及其音乐创作》,《戏剧之家》2012年第11期。

[86]林波:《秧歌剧兄妹开荒的思想和艺术成就》,《河北师大学报(哲学社会科学版)》1979年第1期。

[87]俞玉姿、林凌风:《重温安波同志在中国音乐学院的办学实践——纪念安波百年诞辰》,《人民音乐》2016年第4期。

[88]王照乾、李雁宾、张力:《功丰绩伟 志远品高——安波在中国音乐学院》,《人民音乐》2001年第5期。

[89]孟波、乔书田:《麦新传》,上海文艺出版社,1982年版。

[90]孟惠惠:《我的父亲孟波》,《新四军研究》(第七辑),上海人民出版社,2015年版。

[91]孟慧慧:《牺牲已到最后关头》,《理想在我心中〈续编〉》,中西书局,2012年版。

[92] 于继增:《〈大刀进行曲〉谱写的壮烈人生》,《史文精华》2012 年第 1 期。

[93] 周芳:《文化强国建设视阈下的〈在延安文艺座谈会上的讲话〉的研究》,西北师范大学硕士论文,2013 年。

[94] 刘敏:《20 世纪二十、三十、四十年代中国儿童歌曲研究》,西北师范大学硕士论文,2015 年。

[95] 李本高:《毛泽东同志关于民族革命理论的几个问题——纪念毛泽东同志诞生九十周年》,《中国人民抗日战争纪念馆文丛》第四辑,北京出版社,1992 年版。

[96] 柯瑞逢:《难忘音乐家麦新》,《世纪》2011 年第 2 期。

[97] 唐荣枚:《延安鲁艺杂忆》,《乐府新声(沈阳音乐学院学报)》1998 年第 2 期。

[98] 贺舒:《向隅研究》,中国优秀硕士学位论文全文数据库,2012 年。

[99] 黄蓉:《延安鲁艺时期的手风琴艺术研究》,《延安大学学报(社会科学版)》2020 年第 4 期。

[100] 金照:《音乐广播战线上的一位好领导——在“音乐家向隅同志纪念会”上的发言》,《人民音乐》1982 年第 12 期。

[101] 张非:《情寄〈红缨枪〉——写在纪念向隅同志百年华诞之际》,《人民音乐》2011 年第 10 期。

[102] 黎英海:《长缨在手——〈喜读向隅歌曲选〉》,《人民音乐》1982 年第 9 期。

[103] 汪毓和:《中国近现代音乐史》,人民音乐出版社,2009 年版。

[104] 瞿维:《瞿维文选》,广东高等教育出版社,1996 年版。

[105] 袁月:《瞿维钢琴音乐创作研究》,南京艺术学院硕士论文,2015 年。

[106] 向延生主编:《中国近现代音乐家传》(第 3 卷),春风文艺出版社,1994 年版。

[107] 李敬:《瞿维音乐创作与社会历史背景研究》,南京艺术学院硕士论文,2015 年。

[108] 严宝瑜:《悼念瞿维同志》,《人民音乐》2002 年第 9 期。

[109] 冯光钰:《走向音乐家的路——马可生平与创作》,中国文联出版公司,1989 年版。

[110] 马可:《马可歌曲选》,人民音乐出版社,1978 年版。

[111] 汪毓和:《为人民的事业贡献终身——纪念马可逝世二十周年》,《人民音乐》1996 年第 8 期。

[112]关心:《青年马可的思想变革与音乐道路》,《音乐研究》2013年第1期。

[113]晏甬:《我所认识的马可》,《人民音乐》1998年第11期。

[114]马海星:《马可在河南大学的前前后后》,《河南大学学报》(社会科学版)1984年第5期。

[115]霍长和:《红色音乐家——劫夫》,人民出版社,2011年版。

[116]冯喜超:《东北鲁艺文工团的音乐活动研究》,沈阳音乐学院硕士论文,2019年。

[117]崔健:《劫夫百年 放怀长天》,《中国艺术报》2013年11月18日。

[118]傅庚辰:《人民的知音——听中央歌剧院“劫夫作品音乐会”有感》,《人民日报》2012年6月19日。

[119]舒群:《舒群集》,黑龙江大学出版社,2011年版。

[120]王科、史建国编著:《舒群年谱》,作家出版社,2013年版。

[121]白朗:《白朗集》,黑龙江大学出版社,2011年版。

[122]巫晓燕:《罗烽白朗研究》,春风文艺出版社,2019年版。

[123]罗烽:《罗烽集》,黑龙江大学出版社,2011年版。

[124]范庆超:《抗战时期东北作家研究(1931—1945)》,中国社会科学出版社,2013年版。

[125]张军锋编:《延安文艺座谈会的台前幕后》,陕西师范大学出版总社有限公司,2014年版。

[126]任文主编:《永远的鲁艺》,陕西师范大学出版总社有限公司,2014年版。

[127]萧军:《人与人间——萧军回忆录》,中国文联出版社,2006年版。

[128]王科、徐塞、张英伟:《萧军评传》,中国社会出版社,2008年版。

[129]胡光凡:《周立波评传》,湖南文艺出版社,2018年版。

[130]邹理、姚时珍:《百年周立波》,湖南教育出版社,2008年版。

[131]邹理:《周立波年谱》,上海人民出版社,2020年版。

[132]白长青:《辽海文坛漫步》,社会科学文献出版社,2013年版。

[133]郝汝惠:《鲁艺在东北》,辽海出版社,2000年版。

[134]韶华:《浪涛滚滚》(茅盾点评本),中国青年出版社,1991年版。

[135]韶华:《非说不可的话》,《当代作家评论》1984年第5期。

[136]韶华:《韶华人生百味寓言》,工人出版社,2007年版。

[137] 韶华:《新聊斋夜话》，作家出版社，1995年版。

[138] 彭定安:《现代寓言：现实的世界与艺术的世界——读韶华〈寓言、故事、笑话、幽默小品集粹〉》,《当代作家评论》1996年第6期。

[139] 韶华:《沧海横流》，中国青年出版社，1979年版。

[140] 何镇邦:《为同代人作传——读韶华的长篇小说〈过渡年代〉》,《当代作家评论》1985年第2期。

[141] 韶华:《中国小说名家新作丛书·韶华卷》，海峡文艺出版社，1995年版。

[142] 韶华:《描写人民内部矛盾的一次尝试——〈浪涛滚滚〉写作随感》,《电影艺术》1964年第2期。

[143] 赵郁秀:《我与陈屿》,《鸭绿江》2006年第6期（上半月刊）。

[144] 于德义:《生活之树长青——记梅花奖获得者刘文治》,《戏剧报》1984年第5期。

[145] 司达:《声声鼓响总关情——评话剧〈鼓王〉》,《中国戏剧》1996年第2期。

[146] 谢俊华、孙浩、杨砚耕、回宝琨等:《中国话剧艺术的一颗明珠》，中国戏剧出版社，1994年版。

[147] 陈屿整理，李维民口述:《地下烽火》，春风文艺出版社，1980年版。

[148] 陈屿:《夜幕下的哈尔滨》，春风文艺出版社，1984年版。

[149] 宁珍志:《〈鸭绿江〉与新中国文学经典》,《鸭绿江》2020年第10期（上半月刊）。

[150] 曾庆瑞、赵遐秋:《中国现代小说史》，中国传媒大学出版社，2007年版。

[151] 政协沈阳市东陵区委员会史资料编辑委员会编:《东陵区文史资料》，1989年。

[152] 沈从文:《沈从文全集·诗歌》（第15卷），北岳文艺出版社，2009年版。

[153] 张枫:《激荡在东北之谷的生命脉搏》,《鸭绿江》2015年第1期（上半月刊）。

[154] 李俊庄:《怀念谢老——忆著名作家谢挺宇》,《党史纵横》2015年第4期。

[155] 李兴武:《来自太平洋上的声息——谢挺宇和他的短篇集〈雾夜紫灯〉》,《当代作家评论》1984年第2期。

[156] 胡世宗:《诗人晓凡》,《中国铁路文艺》2016年第3期。

[157] 晓凡:《车间风雷（六首）》,《诗刊》1964年Z1期。

[158] 李良玉、晓刚:《回眸凝视　秋心朗吟》,《辽宁工学院学报》2001 年第 6 期。

[159] 邓萌柯:《走向深沉、丰富和成熟——读刘振近期诗作》,《当代作家评论》, 1984 年第 5 期。